〖中华诗词存稿·名家专辑〗

中华诗词学会 编

潇湘云水楼集

（上　册）

雍文华 著

中国书籍出版社
China Book Press

图书在版编目（CIP）数据

潇湘云水楼集·上册/雍文华著 . -- 北京 : 中国书籍出版社 , 2020.6

（中华诗词存稿）

ISBN 978-7-5068-7864-7

Ⅰ . ①潇… Ⅱ . ①雍… Ⅲ . ①长篇历史小说—中国—当代 Ⅳ . ① I217.2

中国版本图书馆 CIP 数据核字 (2020) 第 090826 号

潇湘云水楼集·上册

雍文华 著

责任编辑	李国永	
责任印制	孙马飞　马　芝	
封面设计	采薇阁	
出版发行	中国书籍出版社	
地　　址	北京市丰台区三路居路 97 号（邮编：100073）	
电　　话	（010）52257143（总编室）（010）52257140（发行部）	
电子邮箱	eo@chinabp.com.cn	
经　　销	全国新华书店	
印　　刷	北京虎彩文化传播有限公司	
开　　本	710 毫米 ×1000 毫米 1/16	
字　　数	280 千字	
印　　张	24.25	
版　　次	2020 年 6 月第 1 版　2020 年 6 月第 1 次印刷	
书　　号	ISBN 978-7-5068-7864-7	
定　　价	598.00 元（全 2 册）	

《中华诗词存稿》
编委会名单

作者简介

　　雍文华，原姓许，1938年6月生于湖北公安县，后流落湖湘，遂入籍湖南湘阴县。1964年湖南师范大学中文系毕业，1978年入中国社会科学院研究生院文学系，师从导师吴世昌、乔象锺先生专攻唐宋诗词，1981年毕业，获文学硕士学位。1982年开始发表论文《〈谗书〉——一部抗争和愤激之作》。曾任中共中央宣传部文艺局文学处长，中国作家协会创作研究部副主任、研究员，享受国务院特殊津贴。系中国作家协会会员、太湖世界文化论坛常务理事、中华诗词学会原副会长兼学术部主任，现任该会顾问。著有《罗隐集》《民族历史主题》《潇湘云水楼诗词》及长篇历史小说《共和涅槃》等。

总　序

　　我们这个诗歌大国有一个很好的传统，历来注重"采诗"、搜集整理诗歌材料。作为唯一的全国性诗词组织的中华诗词学会，自1987年5月成立以来，就十分重视这项工作。学会每年的学术研讨会和历届华夏诗词奖，都出版论文集和获奖作品集。纪念学会成立二十年、三十年时，还专门编辑出版了《大事记》《论文选集》《诗词选集》。《中华诗词》创刊以来，每年都制作年度合订本。2007年5月，在"北京天识东方文化艺术传播有限公司"资助下，以近代以来诗词创作、诗词理论、诗词运动重要文献汇编，当代名家个人作品专集等为主要内容，出版了《中华诗词文库》。经过十来年的编辑整理，已经出了近百卷。这些诗集、文集的出版，记录了近百年来尤其是改革开放四十多年来，中华诗词从起步、复苏走向复兴的砥砺前行的历程，为近、当代诗歌史的撰写准备了丰富的资料。

　　党的十八大以来，中华民族优秀传统文化重新受到应有的重视。习近平总书记《念奴娇·追思焦裕禄》词和《军民情》七律的相继发表，引领中华大地诗潮滚滚而来。《中共中央关于繁荣发展社会主义文艺的意见》和中办、国办《关于实施中华优秀传统文化传承发展工程的意见》，都明确提出"加强对中华诗词、音乐舞蹈、书法绘画、曲艺杂技和历史文化纪录片、动画片、出版物等的扶持"。国家教育部组织制定由中华诗词学会起草的新中国语言体系中的新韵书《中华通韵》已经通过国家语言文字工作委员会语言文字规范标准审定委员会审定，即将颁布全国试行。这些，都使我们真切地感受到，中华诗词的春天真的到来了。诗人们乘着骀荡春风，正以高昂的激情，书写着中华民族伟大复兴的新时代、新史诗，国家富强、民族振兴、人民幸福的中国梦；正以与人民同呼吸、共命运的诗人之心，对人民的欢乐，人民的忧患，人民的情怀给以诗意的表达；正以"美"或"刺"的诗人之笔，对市场经济大潮中人民对幸福生活的期待，对美好未来的希望，对假丑恶的深恶痛绝，或给以方向，或给以赞美，或给以鞭挞。正如习近平总书记所指出的："好的文艺作品就应该像蓝天上的阳光、春季里的清风一样，能够启迪思想、温润心灵、陶冶人生，能够扫除颓废萎靡之风。"

当前，传统诗词创作者和诗词爱好者队伍发展迅速，已超过三百万。每天创作的诗词作品超过唐诗、宋词、元曲的总和。诗词评论研究队伍也成长很快，诗词评论、诗词学、诗词创作理论研究成果丰硕。如何从浩如烟海的诗词作品中"淘"出优秀作品，并使之存下来、传下去，如何使诗词研究理论成果"面世"并发挥应有的指导作用，确实是摆在我们面前的无可回避的一个重要课题。中华诗词学会是一个没有国家编制，没有国家拨款的社会团体，事业的运转主要靠社会赞助和会员费支撑。俊识（北京）文化传媒有限公司总经理吕梁松，北京采薇阁总经理王强，两位一直是对中华传统文化情有独钟的热心人，慷慨解囊，愿意同中华诗词学会一起，搜集整理编辑推出《中华诗词存稿》这套书，共同为中华诗词文化的继承和发展，做成这件十分有意义的事情。

　　《中华诗词存稿》主要搜集整理出版三部分内容的资料：一是当代诗词名家的个人作品集；二是当代诗词评论家、诗词学者的学术著作集；三是当代诗词作品、诗词理论学术成果阶段性、专题性、地域性的集成类作品集。诗词作品强调精品意识，沙里淘金，把"有筋骨、有道德、有温度"的优秀诗词作品搜集起来。诗词评论、研究类资料强调理论性和创新性，应具有鲜明的个性特点，具有创建性的见解。集成类的资料应有一定的史料保存价值。总之，做成一套具有当代价值和历史意义的好书。在此，我们编委会人员，向提供资料，筛选编辑，版面设计，校对勘误，包括所有为这套资料付出辛勤劳动的同志们，表示真诚的谢意！

郑欣淼

二〇一九年七月于北京

题 辞

（刘征）

买椟而还珠，寓话传自古。
椟贵镶金银，珠质劣如土。
凡百重实质，表象乃其附。
但求照夜珠，良否何论椟。
都门聚佳士，词客多把晤。
晚岁逢雍君，宛如玉在璞。
殷殷把书卷，谦谦无多语。
及展所作诗，佳章灿珠玉。
清如嗅春兰，幽香沁肺腑。
旷如仰秋晴，老鹤翩然舞。
老制沈园词，少咏无题句。
多情诗自华，美不一而足。
方今诗运兴，古调翻新曲。
高歌时代声，弹琴兼拷鼓。
君方大有为，才华未迟暮。
千仞跻峰巅，许君从容步。
雍君来叩扉，戊子当夏五。
云诗将付梓，嘱我为之序。
萧萧修竹风，簌簌槐花雨。
细细味君诗，悠悠寻梦路。
潇湘云水间，秉笔为君祝。

【注】

雍君少年所作《无题》，及近年所作《水龙吟·沈园感赋》均我激赏。

二〇〇八年七月八日

为《潇湘云水楼诗词》而写

吉狄马加

　　诗友雍文华君，要我为他即将出版的诗词集写几句话。说实在的，这可真的把我难住了。因为无论从年龄和学识来讲，让我来完成此事都是不恰当的。我曾力荐由一位前辈诗人作序，可文华还是执意要我来写，并且还很是鼓励了一番。我看推辞亦无济于事，也就只好勉为其难了。

　　我想既然是说诗，就免不了要说到人，首先让我简单介绍一下文华的生平吧。文华生于一九三八年六月，算起来今年该进入五十八岁了。他的出生地是湖北公安，后流落湖湘，遂入籍湖南湘阴。他是六十年代的大学毕业生，一九七八年有幸考入中国社会科学院研究生院，专攻唐宋诗词。他从事过教师工作，编辑工作，还在中央宣传部担任过文学处长一职。他现为中国作家协会创作研究部副主任，主要从事于文学理论的研究工作。看完这几行称不上履历的介绍文字，聪明的读者已不难猜出文华的大概经历了。是的，文华属于那样一代知识分子，他们的性格中饱含传统的情愫，他们的青春都曾被理想的火焰点燃，他们经历过的苦难是生活的馈赠，他们从未忘记过自己的责任和肩负的使命。在这里我要说明的是，如果不了解这一代知识分子的精神背景，不知道他们所生活的特殊年代，那么我们是无法解读出这些诗词的深刻含义的。我不想将文华的诗词，一般化的归之于旧体诗词写法中的哪几类，或直接去解读其中的某几首。但可以肯定地说，读他的诗词，均可以透视出时代的影子，感悟到人生的沧桑。这些诗词，真可谓以道相勉，以情为慰，淋漓尽致地表现了作者的志趣和情操。

读文华的诗词，有一种"编年史"的感觉。这是因为他的诗词，真实地记录了人生旅途中的心路历程。他不是那种能将所有的生活都化解成诗的人，如果把诗人划分成若干类型的话，他无疑属于最为本色型的诗人。他的诗词大都带有"自传"的痕迹，不少作品可以说是对他生命中每一个"驿站"的注释。当然我所说他带有"自传"的性质，绝不是狭隘的，它既浓缩着诗人作为个体生命的悲欢，也包含着诗人作为个体生命所折射出的时代。这些诗词，或直抒胸臆，或对物兴怀，或写爱情友谊，或写亲友交往，可以看出它们大都是写实的（这里不是指艺术手法），充满着现实主义的精神。从这本诗词集中，还能读到不少的咏史诗，尤其让我感慨的是，这些诗词中含有丰富的思想内涵，鲜明地体现了诗人的人生观和价值取向，凝聚了诗人的忧患意识和社会责任感。"诗言志"的文学观，始终贯穿在文华的诗词创作中。献诗以陈志，赋诗以言志，他的诗词是对自己的心灵和所经历过的人生的最真实写照。

最后我还想说的是，文华长期研究中国古典诗词，具有较为深厚的功底。他在旧体诗词创作中，有着自己独特的艺术见解和美学追求。他主张在创作中坚持今韵，押韵从宽，给诗以更大的自由度。他力求用最为朴实的语言，去表现更加深刻的思想。应该说，他在旧体诗词的形式和技巧的运用上，已进行了许多难能可贵的探索。在这里需要提醒读者的是，作为文华的朋友，我只是有幸提前拜读了这本诗词集，并在匆忙间写了这一点不成样的感想，故不敢将此妄称为序也。我看以上寥寥数语，充其量就算是几句想说的心里话吧。

【注】

《潇湘云水楼诗词》为作者1996年前诗词作品选集，1997年3月由作家出版社出版。

一九九六年四月北京

中华诗词学会第二届顾问、会长、常务副会长、副会长、秘书长合影，后排右四为作者。　　　　　　　　　　　　　　　　（二〇〇五年五月）

太湖文化论坛首届年会专家座谈会合影，三排左三为作者。
（二〇〇九年三月二十九日　于京西宾馆）

第四届茅盾文学奖（1989—1994）评奖委员会全体评委合影。后排右一为作者。　　　　　　　　　　　　　　　　　　　　　　（一九九七年十一月十日）

永记师恩。文学所八一届研究生毕业合影。导师由左至右：一排：1.乔象钟、2.范宁、3.吴伯箫、5.温济泽、6.陈荒煤、7.蔡仪、8.吴世昌、10.许觉民、11.王士菁、12.邓绍基。二排：4.马良春、5.栾勋、6.吴庚舜、7.曹道衡、8.王善忠、9.徐公恃、15.汤学智。后排右二为作者。

（一九八一年十月）

在第二届中国诗歌节闭幕招待晚会上。
（二〇〇九年五月二十五日于西安）

吴世昌五弟子合影。自右至左，1.雍文华、2.施议对、3.马德富（明清专业同学）、4.刘扬忠、5.董乃斌、6.陶文鹏。

（一九九八年十一月五日于海宁）

中央宣传文化系统专家赴呼伦贝尔考察留念，三排左二为作者。（一九九八年七月）

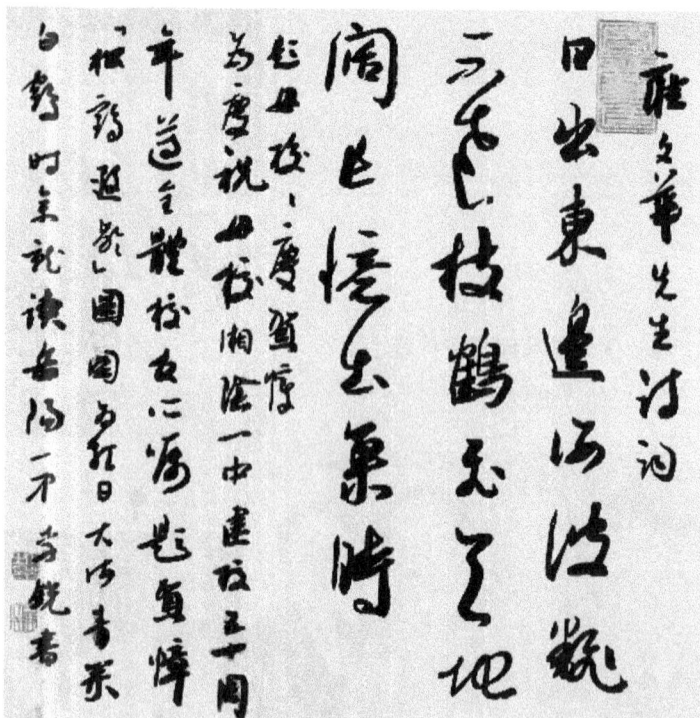

李锐书　题母校校庆贺幛

西施　　　　　　　　　　　　　　湘人　吴广　奉师

刘征 书　寄内诗

慰　菊　　　　　　　　　　　湘人 吴广

弘征 书　登祝融峰

任光椿 作 薛涛井

丁芒 书 沁园春·山海关

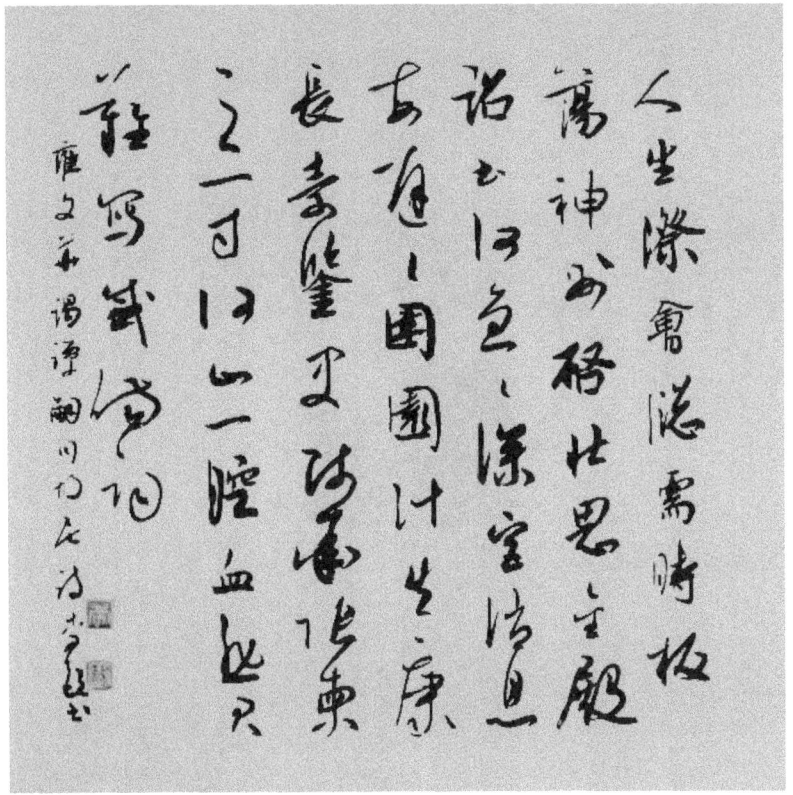

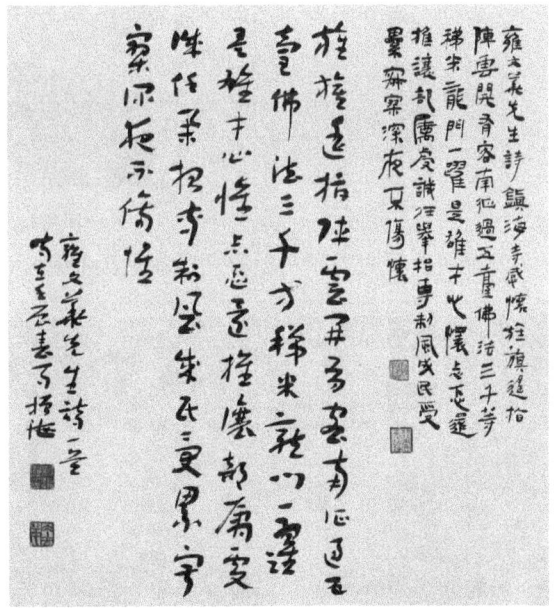

与夫人易咏枚在巴黎卢孚宫

中国社会科学院学部委员、文学研究所所长、《文学评论》主编、社科院研究生院博导、同班同学杨义与作者

刘老 （刘征）与作者

蔡厚示老与作者

蔡长松《湖海诗词集》作品研讨会

北京、上海、天津、吉林、山东等七省宣传部长联席会议合影

与孙儿Sunny雍昊（前）、Ari雍旻（后）在七十寿宴上

孙女Angela雍若晴

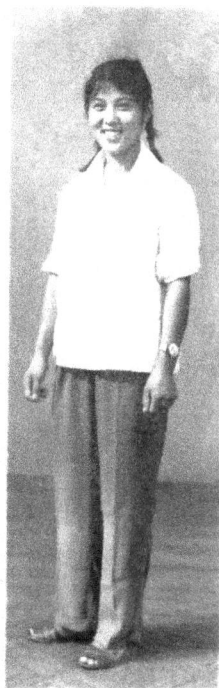

夫人 易咏枚

蔡雯博士撰、周东芬书法家书《水龙吟·赋贺义父文华先生杖朝之寿》

全家福。长子雍海、长媳于彬；次子雍岳、次媳高敬莉；长孙Sunny（雍昊）、次孙Ari(雍旻)、孙女Angela（雍若晴）

目　录

上编　诗词卷

内　篇

外　篇

上编 诗词卷

内　篇：

题母校校庆贺幛

　　为庆祝母校湘阴一中建校五十四周年，遵全体校友所嘱，题贺幛《松鹤遐龄》图。图为红日、大海、青松、白鹤。时余就读于岳阳一中。

日出东边海，波翻不老枝。
鹤飞天地阔，长忆出巢时。

一九五九年九月

题画《西施》

送入吴宫一搦娇，浣江从此听空涛①。
捧心千载传佳话②，未解灯前学细腰③。

【注】

　　① 浣江，浙江浦阳江流至诸暨城东南，一称浣江，又作浣浦浣溪。江侧有浣纱石，相传为西施浣纱处。

　　② 捧心：《庄子·天运》"西子病心而矉其里，其里之丑人见而美之，归亦捧心而矉其里。"

　　③《后汉书·马廖传》："传曰：'吴王好剑客，百姓多创瘢；楚王好细腰，宫中多饿死'。"《墨子·兼爱》："昔者楚灵王好细腰，灵王之臣，皆以一饭为节，胁息然后带，扶墙然后起。"《韩非子·二柄》亦云："楚灵王好细腰而国中多饿人。"

一九六一年

题画《司马相如与卓文君》

相思风解入屏深，一卷珠帘四目春。

漫道琴堂风月事，伤心却是《白头吟》。

【注】

《史记·司马相如列传》："是时卓王孙有女文君新寡，好音，故相如缪与令相重，而以琴心挑之。……及饮卓氏，弄琴，文君窃从户窥之，心悦而好之，恐不得当也。既罢，相如乃使人重赐文君侍者，通殷勤。文君夜亡奔相如，相如乃与驰归成都。"又，《西京杂记》云："司马相如将聘茂陵一女为妾，文君作《白头吟》以自绝，相如乃止。"

一九六一年

题《岩岩瀑布图》

峭然两壁争高下，一派飞泉落半空。

天外云峰轻若气，溪中狂澜走如风。

盘松应有高人迹，野寺虚留拜佛钟。

春色无边芳景好，绿荫深处一旗红。

一九六三年

无 题

水中明月镜中花，咫尺如同万里涯。

眼底还留清影在，夜深犹自卷窗纱。

【注】

某晚偕同学数人去化学系教室自习，天气酷热，谓友人刘世民曰：口渴。答曰：左前方有泉水。余愕然，视之，则见一女生，风姿绰约。一路谈笑回宿舍，戏题一绝，以助乐也。

一九六三年八月

清明前夕梦谒双亲醒后哭吐此诗

晓钟惊断思亲梦，犹记哀哀伴短堤。

数页纸钱心作烬，一番拜扫泪沾泥。

平芜千里空浮雾，荒冢天涯不见旗。

遥谢碑前双翠柳，殷勤为我总依依。

【注】

母亲李金秀一九一三年农历十一月生，因无钱治病，一九五三年农历十月逝世，葬临资口西平芜，坟前有双柳。一九五八年大跃进，坟被掘平，时余在外读书，未及迁移，是为终身憾事。继父雍连生一八九三年生，一九六二年病逝，亦葬于附近堤畔。

一九六四年清明

暮春游爱晚亭 (折腰体)

萧萧古木抱山亭,水软风轻暗有声。
桃花不解游人意,枉自多情乱洒红。

一九六四年四月

登祝融峰

偕张紫华游南岳。

卓立千寻接玉京,此来谁共放歌行。
怕余不就登高赋,有负东南第一峰。

【注】

张紫华,女,衡阳人,雅好文学,时执教于衡阳市工会,与余诗书往来,颇为投契,一九六六年"文化大革命"中始断绝交往。

一九六五年七月

忆旧游寄张紫华

相思无计托飞鸿，约向衡山顶上行。

落照千峰开画境，云衫一袭想姿容。

心期汗漫双星炯，情极深幽片语穷。

种种当时何限意，洞庭波浪岭南风。

【注】

时余执教洞庭湖畔。

一九六五年九月

慰　菊

一九六五年夏，余率学生误将校园菊花剐去数株，深悔不识花中君子，心甚惜之。告之友人张紫华，曰宜作慰菊一首。时余执教湖南澧县一中。

东皇有意护华林，百卉凋残又遣君。

自笑秋霜摧劲节，独标高格树坚贞。

欲将香色留园圃，敢惜头颅作碎金。

一曲俚词三致意，人间不乏惜花心。

一九六五年九月

寄衡阳友人

获靓子（紫华）所寄檀木书笺并信，且附以诗，有句云："一缕幽香终不改，愿与书生伴典章。"

梦魂千里绕关山，惆怅云天一见难。
且把华笺依枕畔，一行化作两行看。

一九六五年九月

首次见咏枚留赠

大罗天上月朦胧，雾鬓云鬟幻又明。
欲驾鸾车三万里，蕙风兰思满箫声。

【注】
易咏枚，湖南长沙人，一九四四年二月十三日生，一九六八年十月二十二日与余结缡，现为中国现代文学馆馆员。

一九六七年五月

寄咏枚

一九六七年七月，长沙武斗之风猖炽，余困于长沙戥子桥，赋此寄咏枚。其居处南有乌山。

斗室萤窗客枕孤，天涯咫尺少归途。
乌山明月应依旧，八月中秋见得无？

一九六七年七月

读龚自珍《寒月吟》怆然赋此

我有乌山月一轮，容光心迹两清新。
可怜云雾侵颜色，怎奈盈亏太苦辛。
有意苍天磨玉质，何人青眼识琼琳。
会当三五团圆夜，看取婵娟共北辰。

一九七五年五月

偶 成

时动乱频仍，民生凋敝，国势危殆，余忧思深广。

民情国势寻思遍，千古兴亡感慨多。
未敢自矜医国手，空将笔墨写蹉跎。

一九七六年五月

偶 题 （二首选一）

卧病新洲，读《红楼梦·五美吟》，据旧作《题画＜西施＞》《题画＜司马相如与卓文君＞》，续此二绝。

其一 王嫱

天子无能抗虏锋，却将花貌当雄兵。
九重丹陛多朱紫，争看明妃马上行。

一九七七年三月

临江仙·卧病新洲

万里长风吹白日，悠悠宇宙无穷。古今兴替起纷争。人间多壮举，青史有英雄。　　我亦楚中狂啸客，十年湖海飘零。羞谈事业与功名。行藏用舍事，搔首问苍冥。

一九七七年五月

咏　史

项　羽

学书学剑两难成，虞舜重瞳岂后生？

百战中原成霸业，始知济世欲谙兵。

【注】

《史记·项羽本纪》云："项籍少时，学书不成，去学剑，又不成。项梁怒之。籍曰：'书足以记名姓而已。剑一人敌，不足学，学万人敌。'于是项梁乃教籍兵法，……"又云："太史公曰：吾闻之周生曰'舜目盖重瞳子'，又闻项羽亦重瞳子。"

一九七七年十月

岳麓山怀古

不是秦皇汉武封，潇湘人物擅佳名。

行藏龙虎凭衡岳，洗涤乾坤有洞庭。

拨乱常悲江左客，澄清追慕祖生风。

湘妃虞舜思量着，好听湘江拍岸声。

一九七七年十一月三日

浏览志余

一九七八年十月，余考入中国社会科学院研究生院，从吴世昌先生攻唐宋诗词。一九八一年三月至五月，余与学友陶文鹏、刘扬忠、陈圣生一行四人，由北京出发，经冀、豫、陕（陈因病离队）、川（陶、刘入黔探家）、鄂、湘、赣、浙、沪、苏、皖、鲁、津十三省、市，实地考察，撰写研究生毕业论文，因之得以畅游山川名胜，偶有所感，辄以记之。其中冀、鄂、湘、赣、皖、鲁、津匆匆路过，未作游览。

汴河州桥

“州桥南北是天街”，写州桥盛况。但今日之汴河，沟渠而已矣！石拱桥一座，已非旧物。沧海桑田，几经变迁，名存而实亡矣！遥想宣政风流，目睹今日之破败，令人不胜今昔之感。

车马骈阗仕女多，州桥南北尽笙歌。
风流尚想宣和日，冷落遗踪认汴河！

一九八一年三月二十八日

吊白太傅墓

白太傅墓在洛阳伊水之滨，龙门左岸青山之上。灰砖围绕，土冢一丛，前有墓碑、题刻，百十青松环护周围。

德艺如君有几人？龙门伊水觅诗魂。

珠玑万斛长遗世，何必青松绕墓门。

【注】

珠玑，喻诗文之美。杜牧有"一杯宽幕席，五字弄珠玑"之句。

一九八一年三月三十日

骊山飞霞阁

飞霞阁，又名晾发台，建于贵妃池上。相传杨妃每出浴，必倚台观景晾发。余见杨妃池所陈阎立本《杨妃出浴图》，身着素色轻纱，大有娇不胜衣之态，而风情宛然，颇动人浮想。

初试轻罗倚玉台，人间天上月华开。

几回侧耳宜春殿，隐约笙歌入阁来。

【注】

宜春殿，华清池殿名之一。

一九八一年四月一日

骊　山

明皇贵妃故事，千古流传，人多兴亡盛衰之感，亦有欣赏凭吊之情。

骊山歌舞几时休？鼙鼓渔阳动地愁。
长恨人心多昧误，兴亡声里话风流。

一九八一年四月一日

武侯祠

中原流落问宏谋，白帝宫深又托孤。
英雄不洒兴亡泪，细看君臣手足图。

一九八一年四月五日

夜宿峨眉金顶

青峰割云表，金顶作神游。
明月出深涧，银河傍户流。

【注】

"峨眉天下秀"，早向往之，费时三日，山行二百余里，直至海拔三千余米之最高处金顶。

一九八一年四月九日

游峨眉山

报国祠中佛，伏虎寺旁溪。

两水汇流处，清音世上稀。

苍崖开栈道，蓝天一线奇。

九十九个拐，三千三百梯。

洗象白云里，洪坪树若荠。

缘壁过天险，高风吹我衣。

金顶遥纵目，仙游自可期。

【注】

报国祠伏虎寺清音阁栈道一线天洪椿坪洗象池天险均为峨眉名胜，金顶乃最高峰。

一九八一年四月九日

日暮江行

落日苍山黑，长河半道金。

江行风浪急，回望暮云深。

一九八一年四月十四日

暮春游西湖

晨起坐于湖滨公园，面对西子湖，看青山碧水，朝雾山岚，听风声水韵，鸟语人声，颇觉惬意。

百顷西湖漾碧波，天光云影共婆娑。
风翻柳浪莺声碎，日照青山紫气多。

【注】
柳浪闻莺，乃西湖十景之一。

一九八一年五月八日

谒岳王庙（四首）

其 一

一夜风波玉柱倾，垂成功败恨无穷。
黄龙痛饮成虚话，京洛繁华剩棘荆。
北国胡尘飞玉阙，南朝遗恨压皇城。
浙江潮涌千年日，似诉人间事不平。

其 二

千古凝思恨不平，东南半壁毁长城。
金瓯已缺无完日，忠骨沉埋岂复生！
可叹英雄难济事，奈何宵小易成功。
诚知此痛殊难绝，宰树萧萧暮霭横。

其 三

一从高庙自藏弓，谁复中原再用兵。

宣政风流尘与土，遗民血泪死和生。

忠臣抵死图恢复，汉主虚诏拜两宫。

无数伤心亡国魄，吞声夜夜汴梁城。

其 四

英雄原岂顾家身，千古悲吟是后昆。

不向西湖留恨水，总为青史重坚贞。

每当国运多乖蹇，自是中华出巨人。

芳草六陵何寂寞，巍然独拜岳王坟。

【注】

南宋高宗、孝宗、光宗、宁宗、理宗、度宗陵墓均在绍兴。

一九八一年五月八日

苏州灵岩山洗花池

相传西施常于此洗花。

云山千里认儿家，浩渺湖烟锁馆娃。

忽忆苎萝山下事，春花洗作越溪纱。

一九八一年五月十四日

苏州灵岩山玩月池

相传西施常于此玩月。

藤萝掩映碧琅玕，翠袖单寒意态闲。
自别若耶溪畔女，一泓秋水两婵娟。

一九八一年五月十四日

南京莫愁湖胜棋楼

　　莫愁湖以古代美女卢莫愁命名，风物颇佳。中有胜棋楼，相传为明太祖朱元璋与中山王徐达弈棋之处。每对弈，徐终失子败北。一日太祖告之，必欲诚心相搏，以定高下。自辰至午，不分胜负。后太祖步步进逼，而徐则犹豫徘徊，似不能举子。太祖询问其故，徐答以请皇上细观棋局，乃成"万岁"二字。太祖始信中山王棋艺之妙，事国之忠，乃以其楼赐之。余细味其事，颇有感焉。

莫愁风物极清幽，高柳春风映画楼。
十里芙蕖悲绝色，一朝圣眷累名侯。
凄清琴韵多心事，精妙棋图有隐忧。
我自苍茫思往古，平湖水阔夕阳流。

一九八一年五月十六日

菩萨蛮·戏作媚词寄内

巫山十二峰回转，情思缭乱天涯远。一枕鬓云松，丹青画不成。　　玉人经岁别，长是中天月。窗外晓风寒，鸳衾人正单。

一九八一年秋

寄内 （四首选其一其二）

其　一

犹记临行赠别词，近来愁损好腰肢。
诗情寂寞黄昏后，又是凭栏独立时。

其　二

客里京华索寞居，潇湘明月近何如？
一声归雁长天晚，细读江南问讯书。

一九八一年十月

金缕曲

十二日夜读友人李之宁书，慨谈功名事业，余颇生悲感，书以寄之。

　　　　千里遥相隔。记从游，麓山把酒，洞庭玩月。浪漫青春浑似火，惯了无拘无节。怕忆岳阳楼畔约。自古多情皆自贱，一封书，直把鸳盟拆。些个事，真难说。　　廿年别后思量切。想当初，功名共许，平生事业。中夜闻鸡双起舞，长是神魂飞越。到而今，花残香歇。我自无成空怅望，更怜君，呕尽心头血。西阁上，共圆缺。

【注】

　　李之宁，原名李再蛟，为余大学同学，"文化大革命"中，遭受迫害，创痛殊深，故而改名，以期遗忘往昔，时执教于湖南龙山一中。

　　　　　　　　　　　　一九八一年十二月十二日

西行吟草

一九八二年八月至九月，中央宣传部、文化部、团中央、总工会组成联合调查组，检查全国群众文化工作，为中央起草有关文件作准备。余与文化部群文司副司长梁泽楚一行四人，历经甘肃、四川、湖北、湖南四省。

薛涛井

成都市东南，有薛涛井。余行色匆匆，未及见访。念涛情才遭际，深有感焉。

山川灵气独相锺，一代名姝出锦城。
想见石栏清井畔，月明花下总含情。

一九八二年九月十日

都江堰

离堆高阁入云天，截住岷江万里烟。
一自李侯开凿后，宝瓶甘露遍西川。

【注】
宝瓶口在离堆山下，为李冰父子分流岷江灌溉川西之处。

一九八二年九月十二日

陕中纪游

一九八三年三月，中共中央书记处派出赴陕整党试点小组，进行整党试点工作，余参与焉，在西安、汉中、南郑、兴平等地试点调查，至六月结束。

骊　山

楼阁重重次第开，霓裳羯鼓紧相催。

伤心一片骊山月，曾照潼关烽火来。

【注】

《乐苑》：玄宗制霓裳羽衣曲十二遍。《杨太贞外传》：天宝四载七月，……於凤凰园册太贞宫女道士杨氏为贵妃，半后服用。进见之日，奏霓裳羽衣曲。《唐音癸籤》：羯鼓，龟兹、高昌、疏勒、天竺部之乐，状如漆桶，下承以牙床，用两杖击之，其声焦杀鸣烈，合一簇一均。玄宗素达音律，尤善于此，称之为八音领袖。

一九八三年三月六日

韩信拜将坛（二首）

随中央赴陕整党试点小组诸君访韩信拜将坛。坛在汉中市南，高丈余，前有牌楼，上悬"忍辱负重"横匾，后有飞檐四角方亭，中有石碑，刻有"汉大将韩信拜将坛"八字，背刻七绝一首云："辜负孤忠一片丹，未央宫月剑光寒。沛公帝业今何在？不及淮阴有将坛。"

其 一

翦项亡秦势绝伦，也曾虎帐听三分。

可怜衣食推恩语，不敌高皇社稷心。

其 二

天下为私岂可宁？一朝鸟尽欲藏弓。

未央宫里凄凉月，曾照高皇唱《大风》。

【注】

武涉、蒯通均说齐王韩信反汉，与楚连和，三分天下。信答以汉王解衣衣我，推食食我，谢而不用。事见《史记·淮阴侯列传》。

一九八三年三月九日

南湖公园

随赴陕诸君游南郑县南湖公园。

青山抱水水初平，水上寒烟翠霭生。
沉醉一湖幽似梦，群凫惊起满天星。

一九八三年三月十二日

咏乾陵

飞檄扬州逞骂词，却怜才士尚栖迟。
则天皇帝多雄略，无字碑前有所思。

【注】

徐敬业起兵讨武后，骆宾王作《讨武曌檄》。《资治通鉴》
卷二百三《唐纪》十九云："太后见檄问曰：谁所为？或对曰：
骆宾王。太后曰：宰相之过也。人有如此才，而使之流落不偶乎？"

一九八三年四月二十九日

蓬莱阁

蓬莱阁，丹崖千尺，高阁凌空，大海苍茫，岛屿隐约，"海市蜃楼"一出，楼台亭阁、车马人物，历历在目，传为海上神仙居处。秦皇汉武均曾来此求仙，历代墨客骚人亦多来此游览题咏。蓬莱阁又是我国海防要塞，筑有水城，明代抗倭名将戚继光曾镇守于此。

> 览胜筹边事不同，江山如许费才情。
> 人人只道苏诗好，我却低眉看水城。

【注】

宋元丰八年（公元一〇八五年），苏轼知登州军州事，为官仅五日，游蓬莱阁，作《海市诗》，诗碑现存于阁上苏公祠。时余正读钱锺书《谈艺录》，中有"诗人例作大言"之语。

一九八六年五月九日

夜宿黄山玉屏楼

天都峰之西有玉屏山，状若屏风。玉屏楼乃山寺文殊院改建。由玉屏山南向俯视，朱砂、紫石、老人诸峰，皆在其下。

> 簇列戈矛第几重？风涛满耳动危峰。
> 天都云气连东海，月与星辰上玉屏。

【注】

元汪泽民《游黄山记》："莲峰丹碧，峭拔攒蹙，若植圭，若侧弁，若列戈矛……"

一九八六年五月三十一日

长白山天池

与东北三省作家联谊会诸君游天池。

丹崖千尺镶深碧，谁遣云中玉镜开？
广袖长裙飞欲举，人间天上两低徊。

【注】

传说天池是玉皇大帝封给仙女们沐浴的地方。时游人中多裙装女士，尤多朝鲜族妇女。

一九八六年七月

瞻仰杨靖宇烈士陵园（二首）

其 一

将军义气薄云天，羞尽当年媚敌颜。
精卫头颅空自许，从来大难判忠奸。

其 二

社稷身家两不全，头颅甘向国门悬。
将军有幸捐忠骨，铸我中华正气篇。

【注】

汪精卫早年《被逮口占》诗有"引刀成一快，不负少年头"句。

一九八六年八月一日

采桑子·病中获之宁信

支离病榻缠绵久，醒也无聊，睡也无聊。唯有乡心入梦遥。　　人生只有情难老，细若秋毫，猛若春潮。幸有华笺慰寂寥。

一九八七年三月

游海口市五公祠（二首）

其　一

五公者，李德裕其一也。唐大中二年（公元八四八年）被白敏中、令狐绹等人陷害，由潮州司马再贬崖州司户参军。

中原北望水云深，万里投荒一逐臣。
瘴雨蛮烟侵朽骨，槿花椰叶乱离魂。
自嗟有道浮诸海，所恨清虚势必贫。
若是尧阶列时彦，沧溟何惜此孤身。

其　二

五公祠左有苏公祠。绍圣四年（公元一〇九七年）四月，苏轼被贬为琼州别驾，奉命自惠州移昌化军（今海南省儋县）安置。苏轼收徒讲学，积极传播中原文化。

政海风波急，先生屡谪迁。

暂将天下计，化作教民篇。

海角栖难稳，天涯道益坚。

江山留胜迹，余事已成烟！

一九八七年七月

梅

题全国侨联所举办梅花书画展。

本是瑶台种，翻为下界花。

雪霜孤瘦影，犹自带烟霞。

一九九一年十月

西山八大处龙泉寺

天宇明朝日，山岚接险巇。

小苞桃媚眼，青线柳牵衣。

径野人稀至，林深鸟自啼。

坐看云雾散，城郭与天低。

一九九二年三月二十日

延安万花山 (折腰体)

延安万花山，牡丹独盛。延安时期，毛泽东、周恩来、朱德、任弼时等中央领导同志曾前往观赏，余感而赋此。

云合长空雁字斜，边城四月少芳华。

寂寞东风谁做主，者原开遍牡丹花。

一九九二年五月九日

题延安万花山牡丹园

欧阳修《洛阳牡丹记》云："牡丹出丹州、延州……"（延州即今延安，丹州即今宜川，亦属延安）。又云："牡丹初不载文字，唯以药载草本，然于花中不为高第。大抵丹、延以西及褒斜道中尤多，与荆棘无异，土人皆取以为薪。"明代以后已经灭绝，唯万花山牡丹幸存至今。

上苑天香举世夸，灵根原本在天涯。
时人不识真情性，误作人间富贵花。

一九九二年五月九日

题延安万花山杜甫夜宿处（二首）

天宝十五年（公元七五六年）八月，杜甫试图北上延州，出安塞芦子关，往甘肃灵武投奔肃宗，时洛阳、长安均已陷落。

其 一

仓皇龙驾走千车，谁道长安是帝家？
遥望灞桥烟柳色，满城羯鼓杂胡笳。

其 二

麻衣杖履走天涯，四野苍茫落日斜。
试看牡丹枝上泪，梦中都作洛阳花。

一九九二年五月九日

三峡纪游

一九九二年十月，中国当代文学国际学术研讨会在武汉召开，会后参加在宜昌市举办的首届三峡艺术节，并游览三峡。

当阳长坂坡

当阳市有长坂坡遗址，已辟长坂公园，内有赵子龙救主塑像，并"长坂雄风"碑。

将军百战定安危，天命从来似有归？
想见仓皇辞庙日，雄风长坂更堪悲。

【注】
"仓皇辞庙"：指邓艾伐蜀，后主束手请降。

一九九二年十月十九日

神女峰

本是巫山自在身，为云为雨幻难真。
中原才子知多少，难写霓裳月色裙。

一九九二年十月二十一日

屈原祠

匡时济世梦难凭，远引高蹈又不能。
千古才人同一命，心香一瓣是骚经。

一九九二年十月二十三日

王昭君

上国何人弭寇仇，琵琶无语塞鸿秋。
可怜魏绛和戎策，不洗男儿万古羞。

【注】
魏绛，春秋晋国大夫，提出"和戎五利"，是为和戎策始作俑者。

一九九二年十月二十三日

踏莎行·游桃花源

　　一九九三年三月，湖南省常德市桃花源游园会暨丁玲文学创作国际研讨会在桃源县举行，桃花源管区同志索诗，仓促以填此阕。是时国内外专家、学者、经贸客商云集。

　　　　杏眼含娇，桃腮欲语。芷囊兰佩佳期误。渔郎一去已千年，碧云洞口长遮护①。　　往事微茫，遗踪如许。东风催放花千树。而今都作武陵游，问津亭上人来去②。

【注】

① 洞口：即秦人洞，穿过洞口，即到秦人村，所谓"世外桃源"处。

② 问津亭：《桃花源记》中有"后遂无问津者"句，后人于此建亭，名曰"问津亭"。

　　　　　　　　　　　　　　　一九九三年三月二十六日

一萼红·岳麓山集会

一九九三年三月下旬，余返湘参加丁玲文学创作国际研讨会，访好友祁东刘世民。四月四日，与大学同学刘光裕、戴启后、王岱仙、吴家蓉、罗炳章、罗曙临、刘荣熙相约会于岳麓山下。我辈自六四年一别，三十年来，风流云散，宛若参商。斗转星移，年华暗换，人生事业，已过中天。少年心事，多成梦幻，一生求索，建树无多。抚今追昔，情怀怆然，因共推余填词，光裕作曲，岱仙二胡演奏，以记一时之会。

梦魂牵。认青林碧水，依约旧山川。爱晚亭前，桃花人面，风情不减当年。赫曦台、残碑重拭，黄兴墓、曾与共流连。月映明眸，花分素手，心事谁传？　　检点当时旧梦，剩倦游况味，信笔吟笺。画虎文章，屠龙事业，而今都付云烟。问高天、能怜我辈，细思量、再计后身缘？唯有山间空翠，风露凄然！

一九九三年四月四日

送雍海出访日本

海岳当初赐令名，情亲舐犊一何浓。

百川吐纳思仁泽，一柱岿然赞事功。

尘世浮沉成底事，襟怀萧索是儒生。

尧天舜日欣逢盛，伫看鲲鹏上九重。

【注】

雍海，一九六九年八月三日生，北京邮电大学毕业，时在日本西科姆（中国）公司任职。雍岳，一九七二年四月二十七日生，中国人民大学毕业，时在北京国际信托投资公司工作。

一九九四年元月

临江仙

为庆祝澧县一中建校九十周年，伯准兄受命编集《寸草春晖》文集，来函索诗，以资余曾执教该校之留念，由是欣然命笔，赋此小词奉寄。

昔日兰江桥畔会，座中都是鸿儒。杏坛商略起雄图。才情高八斗，学富五车书。　　九畹幽兰姿窈窕，清香自在云衢。阳和雨露绿庭芜。梦魂天地阔，心事忆当初。

一九九四年六月二十六日

题赠李寿和

杨国英编竣《名人笔下的公安》一书，李寿和携稿至京，嘱余题一绝以资留念。

梦溪流水入潇湘，烟月荆门事渺茫。

千里京华归梦切，名人笔下认家乡。

【注】

余本出生湖北荆州公安县。

一九九五年元月一日

挽舅母李母秦老孺人

儿时幽梦渺如烟，湘浦荆门几播迁。

唯有外家抚孤事，而今一念一泫然。

【注】

一九四三年秋，生父许金山去世，孤儿寡母于一九四四年投奔湖南湘阴外祖父李守芝。以一贫苦农家，养我母子三年，其恩重于泰山。

一九九五年二月二十日

泰山曲阜纪游

曲阜感怀

"孔学名高实秕糠"，而今人谓要商量。
人伦教化多精义，王道纲常却谬荒。
当时困厄恓恓狗，后世崇隆百代王。
天下为公行大道，泣麟嗟凤总堪伤。

【注】

《史记·孔子世家》："孔子适郑，与弟子相失，孔子独立郭东门，郑人或谓子贡曰：'东门有人，其颡似尧，其项类皋陶，其肩类子产，然自要以下不及禹三寸，累累若丧家之狗。'子贡以实告孔子。孔子欣然笑曰：'形状，末也。而谓似丧家之狗，然哉！然哉！'"此律中两联失粘，唐人七律多有之，如王维《出塞作》（居延城外猎天骄）《和太常寺韦主簿五郎温汤寓目》（汉主离宫接露台）《酌酒与裴迪》（酌酒与君君自宽）《寒食城东即事》（清溪一道穿桃李）《送方尊师归嵩山》（仙官欲住九龙潭）等。

一九九五年五月十四日

远眺君山

空蒙烟雨荡胸舒，六月巴陵暑气无。
我欲岳阳楼上醉，玉壶倾倒洞庭湖。

一九九五年六月十六日余五十七初度

蝶恋花·君山二妃墓

　　细雨霏霏天色暝。山外斜阳，照遍凄凉冢。满目松枝都是恨，幽篁泪滴自消损。　　云暗苍梧人不醒。望极天涯，渺渺皇舆讯。沧海桑田只一瞬，湖边立尽孤寒影。

一九九五年六月十六日

偕建午清棣登岳阳楼

　　朝来玉鉴认遗珠，想见湘妃意态殊。
　　何人给我三千亿，买得君山作画图！

【注】

　　刘建午，湖南湘阴人，曾任岳阳市教委副主任，时为岳阳大学校长；陈清棣，中国作家协会创作联络部二处处长。

一九九五年六月十七日

偷得白居易一联凑成一绝

草萤有耀终非火，荷露虽圆岂是珠。

未有情才兼器识，骚坛一席总为虚。

一九九五年八月

湖北公安创办文艺刊物《黄山头》
李寿和同志来函索贺诗题二绝奉寄

其　一

三袁故里起奇才，艺苑挥毫逐队来。

诗思如天清似水，春兰秋菊一时开。

其　二

诗骚千古立双峰，楚调从来别有情。

我愿诸君开异境，新人新事唱新声。

一九九五年十月十四日

水龙吟

一九九六年九月五日至十八日，中国作家代表团访问罗马尼亚，于黑海之滨度假胜地奈普登总统宾馆看俄罗斯奥佳克歌舞队小姐演出感赋。

广寒宫里飞来，绫绡纷举、腰肢软。云鬟香雾，秋波频注，黛眉轻浅。照水惊鸿，临风弱柳，岭云舒卷。听清歌一曲，飘零自感，天涯女，愁和怨。

素昧平生相见。恨东风不怜莺燕。相如词赋，潘郎诗思，凄凉已倦。十万列伊，聊相馈赠，郁情分遣。记当时上苑，嫣红姹紫，而今春晚。

【注】

列伊，罗马尼亚货币名称。

一九九六年九月八日

香港回归志喜

百载侵凌国势危，香江窃割事堪悲。

有常天道人争奋，无限河山气自恢。

两制尧封开日月，一朝禹贡益煌辉。

更期台岛诸兄弟，同拭金瓯共举杯。

一九九七年七月

夏初临·起飞

水击三千，抟飚九万，瞬间已上重霄。挽驾羲和，六龙西去夭娇。无须意绪寥寥。有银河一泻迢遥。金风玉露，琪花瑶草，何限妖娆。

九重天阙，喜降纶音；星姨月姊，妩媚相邀。天孙何在？难寻梦里娇娇。下视人寰，望家园、心帜飘摇。细思量，河岳山川，心上高标。

一九九八年七月二十六日

挽姚雪垠老三章

其　一

三月莺花正值时，狂风折尽最高枝①。
凄凉梁苑音方杳，困厄儒生命若丝。
岂是天公多弃置，如何忠悃不相思？
殷勤记取东君约，青眼高歌只自持。

其　二

花开花落岂由之，待罪江城鬓欲丝。
蹙额非关蜗角利，焚肠只为不工诗②。
漫言天意高难问，却有丹书下未迟③。
黄鹤楼头抬望眼，如椽大笔写明时。

其　三

一部闯王绝妙词，深沉大气海天思。

难期百载雕龙手，合有千秋振玉诗。

黄口评书原说梦④，风流作传好为师。

文星今日归班去，《薤露》吟成泪若丝。

【注】

① 反右时，姚老被错划为"极右分子"。

② 《李自成》草创未就。

③ "文革"期间及一九七五年十月，毛主席两次指示对姚老加以保护，给予支持。

④ 或云：高夫人太高，红娘子太红，老神仙太神。

一九九九年五月六日

望江东·温哥华 [vancouver] 岛
吐芬露 [tofino] 观太平洋

云水苍茫日将暮。望不见，神州路。排空海浪摇天宇。千山雪，万声鼓。　　阆风蹀马知何处？温哥华，吐芬露。梦里江山本无据。只海鸟，翻飞舞。

【注】

吐芬露 [tofino] 位于温哥华 [Vancouver] 岛西海岸，为每年四月世界著名的太平洋赏鲸圣地。

二〇〇〇年七月三日

高贵林 [coguitlam] 森林溪

蓝天白云高，林木深且秀。

健鸟自翱翔，溪云偶出岫。

溪风扑面来，开我襟和袖。

溪石永无言，溪水长速速。

人生天地间，动静谁参透？

二〇〇〇年八月十日

高贵林 [coguitlam] 林中即景

万里霜风紧，天寒大木稀。

吟哦来复去，枫叶绕人衣。

二〇〇〇年十月十八日

拟《共和涅槃·雷铁崖诗·挽道一》

百丈狂澜孰挽回？湖湘又降济时才。

锄非聂政衣边血，爱国灵均水泊哀。

后死秋风悲海峤，忠魂夜雨绕泉台。

何当一扫妖胡穴，解却生前抑郁怀。

拟《共和涅槃·胡汉民词·送陈璧君黎仲实北上京城》

泪眼问天天不语。惨碧愁黄,四面秋声苦。梦里血痕惊且怖,釜薪千古伤心句①。 万里燕京关塞阻。匹马吴钩,谁是山河主?来岁花开莺又舞,相逢执手知何处?

【注】

① 一九一〇年三月,汪精卫决意北上京城刺杀摄政王载沣,诀别胡汉民时说:"欲牺牲其身者,其所由之道有二:一曰恒,二曰烈。恒若釜,烈若薪。薪投于爨火,光熊然,俄顷灰烬;而釜则尽受煎熬,其苦愈甚……余素鲜恒德,只能为薪了。"并留下手书。汪被捕后,胡出示手书,乃指血写成八个大字:"我今为薪,兄当为釜。"

拟《共和涅槃·吴禄贞诗》

神州板荡势倾危,揽辔中原执仗谁?
多少壮怀犹未了,又添惆怅到蛾眉。

【注】

此为吴禄贞由北京去滦州联络第二十镇统制张绍曾、第二混成协协统蓝天蔚企图发动兵变,率领燕晋联军直下北京,在火车上邂逅近北京某报女访员而写的。

二〇〇二年十一月十日

沁园春·山海关

辽左咽喉，京国屏藩，第一戍楼。看龙行南渤，鱼吞北斗；云含曙色，月趁潮流。海曲仙居，天边蜃市，万国梯航作胜游。风光好，是天开图画，惠我神州。　　沧桑往复回眸。说不尽人民多少愁。叹秦皇楼舰，沉身水底；唐宗铁甲，埋镞平畴。明患倭奴，清隳海禁，如此江山怎自由？从今后，计安危祸福，还费筹谋。

二〇〇三年八月三十日
于秦皇岛金海园全国第十七届中华诗词研讨会

谒谭嗣同故居

人生际会总需时，板荡神州启壮思。
金殿诏书何急急，深宫消息每迟迟。
围园计失康长素，鉴史师承张柬之[①]？
一寸河山一腔血，悲君难写感伤词。

【注】

① 康有为有围颐和园捕杀慈禧太后之政变计划。毕永年《诡谋直纪》："夜九时，（康）召仆（毕）至其室，谓仆曰：'汝知今日之危急乎？……吾欲效唐朝张柬之废武后之举，……召袁世凯入京，欲令其为李多祚也。'"

二〇〇三年九月十五日于中华诗词学会浏阳工作会议

七绝·游桃花源

流水桃花别有天，阮郎消息隔千年。

此来不入秦人洞，只作凡人不作仙。

二〇〇三年九月十八日于中国常德首届诗人节

东风第一枝

甲申正月十四日立春，二十日咏枚六十初度，赋此为寿。

　　春色三分，一分芳思，二分仍在梅萼。华堂喜
气盈盈，料峭春寒相隔。亲朋好友，函与电，天南海北。
共举觞，桑尼孙儿，伊亚也来称酌[①]。　　三十六
年如电抹[②]。思往昔，一枝寒恻。天边红杏如霞，
岩畔素心幽厄。无私天意，冷芳馨，飞入琼阁。
看将来，次第百花，正有三千颜色。

【注】

① 桑尼，英文名，sunny，中文名雍昊，二〇〇二年十二月十二日生于加拿大温哥华。

② 咏枚与余于一九六八年结缡。

二〇〇四年二月十日

临江仙·参观阳江柳西荔园

闻道阳江诗会盛，鸾车响过遥天。绛衫犹带九重烟。海风云鬓绿，山月黛眉妍。　　腰际香囊轻解赠，座中谁是坡仙？愿将裙幅作蛮笺。漠江歌管激，珠玉柳西园。

二〇〇四年六月二十二日于全国第十八届中华诗词研讨会

八声甘州·沈园感赋

二〇〇四年，绍兴市举行"沈园杯"诗词大赛，九月颁奖，余忝列评委，因有沈园之游。

是天公别降济时才，策马入长安。试评章风月，纵横王霸，豪气如山。雪夜楼船淮上，铁骑走秦川。许诗心将略，图像凌烟。　　不料朝天无路，只兰亭禹庙，消尽流年。甚御香朝服，尘土着青衫。定中原，毋忘家祭；念伊人，垂死尚潸然。天知否？人生魔障，难越情关。

二〇〇四年九月二十二日

景德镇市千禧年诗词大赛，余忝列评委，赋此志贺

女娲抟黄土，太古立初民。
烈火三千度，成兹百炼身。
青花何秀雅，粉彩亦丰神。
彩釉蕙兰质，玲珑玉鉴心。
昌南即 china，铸我中华魂。

【注】

昌南，原为景德镇之古名，其英文为 china，即为瓷器，亦为中国。

二〇〇四年十一月十四日

湖南纪行

二〇〇五年五月二十日离京赴湖南南岳、怀化、新晃。

南岳途中

远岭笼轻雾，平畴水气深。
江南芳草地，人亦吐清氛。

穿崖诗林

足下云涛涌，苍崖铸妙文。
径深人语响，细辨是哦吟。

二○○五年五月二十二日

席上口占

二○○五年五月二十三日，新晃县委、县府设宴招待中华诗词学会考察组，侗族姑娘环席排于客人之后，唱歌进酒。即席口占。

侗族姑娘绕席排，侗歌声彻绮筵开。
"夜郎醇"酒君须醉，^①不爱侗乡君不来。

【注】
① 新晃，古夜郎国属地。"夜郎醇"为当地佳酿。

二○○五年五月二十三日

哀杜湖湘行五绝

湖南平江杜甫墓修缮竣工典礼暨杜甫诗歌与时代精神国际学术研讨会有作

一

伊祁枝脉陶唐后①，家事原为史与诗②。

鼓瑟至今悲帝子，洞庭风雨欲何之。

【注】

① 杜甫《祭远祖当阳君（杜预）文》："初，陶唐氏出自伊祁，圣人之后，世食旧德。"

② 杜甫《宗武生日》："诗是吾家事。"祖父杜审言雅善五言，与李峤、崔融、苏味道合称"文章四友"。十三世祖杜预，晋镇南大将军，号"《左传》癖"，有《春秋左氏经传集解》传世。

二

杀伐乾坤心底血，多艰黎庶梦中魂。

湖湘漂泊伤时酒，辜负平生国士心。

三

致君尧舜光明殿①，凤阁从容据要津②。

天患沉疴难自起，凄其一梦到灵均。

【注】

① 天宝十年（公元七五一年），杜甫献《三大礼赋》，命待制集贤院。

② 至德二年（公元七五七年），官拜左拾遗。房琯罢相，杜甫疏救，触怒肃宗，次年贬华州司功。

四

天时人事两相违，青鬓豪情一例摧。

已到诗人埋骨地①，乾坤小立不胜悲。

【注】

① 屈原沉于汨罗江。

五

自古儒冠总误身，况兼赤县满兵氛。

诗成不负江山丽，已胜匡君策万分。

二〇〇五年九月二十四日于湖南平江

相逢执手歌

首届海峡两岸诗词笔会在福建省龙岩市举行，有作。

今夕是何夕？相逢执手看。

百年云水隔，兄弟不团圆。

忆昔甲午年，清廷树降幡。

索款又索地，日人逞凶顽。

哀哀中国人，举世竟无援。

弃子饲豺虎，断臂割台湾。

神州同一哭，国弱何以堪！

地裂而天崩，台胞生死间：

内渡归大陆，人走地难迁；

待敌来接收，从倭誓不甘。

走降均不可，天畀其艰难！

炎黄神明胄，百策谋自全，

据台为岛国，自主保家园。

唐抚刘镇守，苦心巧周旋：

对外称总统，对内称臣藩；

蓝底黄虎旗，俯首向内瞻。

拳拳中国心，世人谁深谙？

至今读国史，滂沱泪不干。

世事若轮转，变化如风烟。

光复未几日，旋即又孤悬。

白云其靉靆，不见有飞鸢。

海水扬其波，不见有归船。

中天一轮月，深宵照不眠。

长风一万里，吹得鬓毛斑。

造物心肠别，吾人道路艰！

皆缘有大国，狼狈售其奸。

口念友谊经，实望其豆煎。

扼我中华吭，所争在霸权。

我不惭后人，我不辱祖先。

中华欲崛起，无人可阻拦。

统一吾家事，两岸一肩担。

听我执手歌，相期重一言：

誓补金瓯缺，以血荐轩辕。

【注】

唐抚：署台湾巡抚唐景崧；刘镇守：台南镇守刘永福。

二〇〇六年十一月二十四日

题龙岩市国家森林公园"江山睡美人"（三首）

一

天生玉体玲珑雪，未敢轻佻作睡姿。

只为台澎来远客，月明风露满相思。

二

辜负青春玉丽姿，秋风袅袅断肠时。
愁心寄与团圝月，照老离人知不知？

三

东风催放百花开，盼得离人祭祖回。
我备云绡三百匹，新诗吟罢任君裁。

二〇〇六年十一月二十五日

烛影摇红·江山睡美人

题"江山睡美人"三章，意犹未尽，再续一解。

美女江山，说来往事声凄咽。虞妃歌舞对重瞳，虎帐殷殷血。锦袜香囊旧约，雨霖铃，翻成歌阕。桃花扇上，空写一番，佳人奇节。　　惊看仙姬，横陈玉体玲珑雪。东风着意整云鬟，细省芙蓉靥。一种幽怀清绝，但凝眸，天边眉月。伊人何幸，九域和谐，做成宫阙。

二〇〇六年十一月二十五日

临江仙·寿轶青老

壮岁鹰扬威冀鲁，凌烟阁上元勋。晚年犹作卧龙吟。尽心施教化，诗国一枝春。　　花树数株诗一首，倾杯祝寿情深。仁者为寿寿斯仁。愿君康且健，彭祖不为尊。

二〇〇七年三月十四日

临江仙·贺庚峰老八十华诞

早岁频筹天下计，东江十万旗旌。中年疗救说辛勤。晚年归卧后，犹自作鸾鸣。　　八十人间诗酒客，春风桃李箫笙。亲朋高奉紫瑶觥。问谁堪可比，南极老人星。

二〇〇七年四月七日

梧叶儿·瑞士琉森湖

山朦胧，水朦胧，天风送诗情。山几重，水几重，游船破浪行。绿荫笼，人在梦魂中。

二〇〇七年六月

游武夷山九曲溪

幔亭招饮

月映星眸酒染衣，诸仙沉醉幔亭西。
云槎今夜归何处？碧水丹崖九曲溪。

二〇〇七年十二月十二日

九曲棹歌（十首）

宋朱熹有《九曲棹歌》十首，辛稼轩亦有《游武夷，作棹歌呈晦翁》十首。适余应邀参加中国武夷山陆游国际学术研讨会，因有武夷山九曲溪之游，兼慕先贤，而有此续貂之作。

冠　篇

丹霞地貌绝人寰，九曲溪流绕赤山。
险峻雄奇兼秀媚，武夷山水冠东南。

九　曲

蓬莱出水列诸峰，秀色溪光照眼青。
我放云槎河汉里，昵人孔雀亦开屏。

【注】
九曲有沙潭倩影、孔雀开屏（孔雀开屏石）等景观。

八　曲

一声长啸视云天，玉蕊风烟缥缈间。

环佩叮咚多想象，三仙台上会神仙。

【注】

八曲有烟际玉芷（玉蕊峰）、环佩岩、三仙聚会（品石岩）等景观。

七　曲

我有愁心郁不抒，云窗月幛渺天姝。

青狮上水寻消息，丹凤先传一纸书。

【注】

七曲有凤栖丹廊（金鸡岩、北廊岩）、上水青狮（上水狮）等景观。

六　曲

千寻壁立响惊雷，月地云阶梦已回。

彻骨茶香马兰渚，神魂已共白云飞。

【注】

六曲有壁立万仞（仙掌峰）、穹谷珠玑（响声岩）、马兰茶香（马兰洲）等景观。

五　曲

夕照沧浪对晚烟，隐屏山下礼先贤。
武夷精舍思清貌，绝学文心万世传。

【注】

五曲有文峰沧浪（更衣台）、紫屏夕照（晚对峰）、玉宇理窟（隐屏峰、朱熹武夷精舍遗址）等景观。

四　曲

仙钓台前竹筏轻，卧龙潭上水波平。
疏林偶见鲜红果，小鸟枝头正放声。

【注】

四曲有卧龙潭、仙钓台等景观。

三　曲

无限伤心仰首看，悬崖绝壁有船棺。
百年身世归何处，合在青山流水间。

【注】

三曲有奇观架壑船，即悬崖船棺。

二 曲

凌霄飞落浴香潭，云似衣裳雾似鬟。

一夜镜台心欲绝，可怜不见大王山。

【注】

二曲有铁板嶂、赤壁凌霄（凌霄峰）、三髻卓卓（三髻峰）、玉女出浴（玉女峰）、情寄镜台（镜台）等景观。相传大王与玉女偷情，玉皇大帝以铁板嶂阻隔之。

一 曲

竹筏飞流溅紫烟，猿惊鱼跃到晴川。

一经九曲漂流后，已是人间换骨仙。

【注】

一曲有猿惊鱼跃（仙猿石、鲤鱼石）、月满晴川（晴川）、换骨岩等景观。

二〇〇七年十二月十六日

题李白《九日龙山饮》

落帽传佳话，天知惜此才。
千章劳梦想，万死却归来。
黄菊应无恙，青山隐大材。
思量多少事，白也有余哀！

二〇〇八年一月十八日

神　女

滔滔巫峡水，寄意到荆州。
自昔行云雨，相思已白头。
阳台留好梦，宫殿变荒垆。
岁月牵情地，交兵直未休。
人寰多劫难，赤子竟为仇。
指辨云中树，中流欲放舟。
千峰暗云雾，万斛尽烦忧。
混沌重开日，红光射斗牛！
莺花迷紫陌，火凤起城楼。
不作楚腰舞，还从故国游。

【注】
荆州又名凤凰城。

二〇〇八年一月十八日

青玉案

庾峰先生大著《庾峰诗词选》出版，赋此为贺。

天公不管黎民苦，岂目击，沉沦去？轻掷头颅镰斧举，斗旋星转，一春花树，迢递神州路。　　征衫撑尽尘和土，又唱雷霆郁沉句。每为兴邦呼与鼓庾公句，调声敲韵，子山余绪，相慰当时侣。

二〇〇八年三月十日

水龙吟

偕咏枚游黄叶村，感曹雪芹遭遇，怅然寄声。

东风又绿西山，花飞草长芹溪秀。衔泥春燕，沾香粉蝶，绕堂前后。古壁龙蛇，惜惜门馆，似曾依旧？睹先生清貌，沉吟不语，却还是，新来瘦。　　忆昔村头黄叶，总飘零，做成僝僽。残垣断壁，绳床破被，半盆稀粥。泪尽三生，情伤千古，更谁消受？叹人间，多少俊才厮养，不如刍狗！

二〇〇八年四月二日

顾渚山雅集联句

戊子初交，风日清和，第十届茶文化研讨会在浙江长兴举行。南北吟俦，云集顾渚山麓，品茗联句极宾主一时之乐，爰刊布以志其盛。

古值良辰调锦瑟（刘国富），今逢快事列诗墙。流觞欲继兰亭会（章根明），春色偏多陆羽乡。紫笋沏来茶胜酒（刘征），新词唱彻凤求凰。红泥炉火汤初沸（梁东），绿雨旗枪客漫尝。顾渚雷芽催梦笔（杨金亭），竹山雅集灿文光。才人高韵铿金石（周笃文），故国风华被典章。天目云深明月峡（雍文华），太湖波淼木瓜堂。苕溪白鹭翔西塞（蔡厚示），叙午清泉仰上苍。绝品始争悬脚岭（林从龙），时壶长摆健身房。昆仑雪煮江南翠（星汉），玉洱杯分漠北香。道悟空灵青未了（王亚平），心行静美路犹长。奇峰沃野崇真气（褚水敖），瑞草繁枝送嫩凉（戴盟）。濡墨三江歌盛世（钱法成），联珠五月播遐方。笑言欲试风生腋（王漱居），默啜还思雾湿裳。乞米官勤民能富（周友生），谈经锋健语能狂。忘机独好偷闲日（徐弘道），许国无论染鬓霜。何幸吾侪展鹏翅（薄松涛），偏教后乘步中唐。鲁公大历临州乐（嵇发根），箸下流霞到处芳，浪起吴边拍河汉（杜使恩），焰腾越角射朝阳。久仪颜杜虹霓吐（马以），雄视杭宁首更昂（孙文友）。

【注】

此联章序和前三句是刘征老所作，因要请当地领导参加，故前三句置于刘、章二人之下。

二〇〇八年五月二十九日

湖州茶歌（五首）

二○○八年五月二十八日——三十日，浙江湖州（长兴）举办首届陆羽茶文化节，中华诗词学会刘征、林从龙、蔡厚示、梁东、杨金亭、周笃文、星汉、王亚平、褚水敖诸先生应邀顾渚山联句，余亦叨陪末座，于是有湖州（长兴）之行。

（一）喊 茶

天目云深留好梦，太湖波渺不闻声。
忽传夜半惊天鼓，始展蛾眉向晓青。

【注】
当地山民于惊蛰时分，夜半上山擂鼓喊茶，期望冬梦中的茶叶萌动苏复，展叶待采。

（二）采 茶

姊妹相邀上翠微，爪如粉蝶急翻飞。
茶歌一曲欺人小，香片情思染满衣。

【注】
姑娘山上采茶，小伙山下炒茶，茶歌互唱。茶歌亦即情歌。

（三）炒　茶

紫笋连拳半不舒，铜炉文火漫煎初。
愿身化作锅中叶，妹炒妹烘心自如。

（四）沏　茶

松间汲取金沙水，紫笋煎来色更鲜。
天赐一瓯浮绿玉，云窗月下待神仙。

（五）会　茶

夜深姑嫂配咸茶，玄鬓柳眉相互夸。
忽见中天一轮月，嫦娥此刻亦思家？

【注】

江南杭、嘉、湖中秋之夜，妇女一边制作咸茶，一边思念丈夫，相聚品饮，谓之姑嫂茶。

二〇〇八年五月二十九日

悼北川诗社遇难吟友（三首）

5月12日下午，北川诗社在县文化馆集会，就出版《北川国土诗集》准备听取县国土局局长情况介绍。巨灾突降，山体倾颓，将文化馆整体掩埋，五十余名诗友，全部遇难。

一

北川消息忽惊心，何意天公也不仁！
五十余人齐驾鹤，故园此刻绝歌吟。

二

谪仙抱月返天衢，长吉召为玉府书。
纵使帝廷吟帜好，云山西望泪如珠！

三

识荆无份惜今生，却有灵犀一点通。
好把诗骚传后代，心香一瓣奠诸公。

二〇〇八年六月十日

次柏扶疏《诗人采风王莽岭》韵

俯视中原秀，云山自北来。
古今多际会，三晋汇奇才。
雉堞龙形隐①，琴台霁色开。
中兴与改制，相视一悠哉！

【注】

刘秀城。

二〇〇八年七月十六日

龙游石窟（八首）

龙游地处浙江中西部，商周时为"姑蔑"国，与越国交从甚密。秦置太末县，后改称"龙游"，至今有 2230 年建县历史。衢江绕城而过，对岸有凤凰山。山中有石岩背村，随处散落着许多长方形小水塘，深不可测，老百姓称之为"无底潭"。1992 年 6 月 9 日，村民吴阿奶等三人用一台抽水机抽了四天四夜，见洞口扩大，且见几根石柱浮出，水仍深不可测。于是增添三部抽水机，整整抽了十七天十七夜，露出一个人工开凿的石窟，高三十余米，底面积近两千平方米。石背村有这样的石窟二十四个，整个凤凰山有三十余座。巨大的石方工程，完全可与秦始皇兵马俑、埃及金字塔、希腊地下神庙并美，号称世界第九大奇迹，非国家之力，难以营造。造于何年，何以有如此之高的科技含量，作什么用途：采石场？仓库？帝王陵寝？国防工程？均为不解之谜。二〇〇八年十一月五日至七日，龙游县委、县政府举办"龙游石窟行"诗词大会，海内外诗家词人云集，余应邀与会。

一

石窟神奇举世惊，斑斓故事说无穷。

人间第九奇观在，再证中华造化功。

二

人生只道寄居虫，姑蔑王侯自厚躬。

班祖连襟施鬼斧①，艰难凿出地王宫。

【注】

① 相传石窟为鲁班妹夫李石匠所凿。

三

太末地宫珍宝丰，王侯只认首山铜。

若无侯霸通消息，那有中兴帝业隆。

【注】

相传王莽篡位后，王亲显贵到太末地宫藏宝。此事被内宫侯霸探知，密告同窗好友刘秀，并助刘秀逃离京城。后刘秀起兵，破洞夺宝，以资军饷。

四

竹林禅寺有高僧①，南海慈航照眼青②。
八十一池诏敕建③，龙游石窟亦施生？

【注】

① 凤凰山建有唐代古刹竹林禅寺。

② 龙游又称小南海。

③ 唐乾元三年（公元760年），肃宗下诏在剑南黔中荆南浙西等地共建放生池八十一所，今龙游石窟一、二号石窟即当时敕建的濲州南海行官放生池。

五

卧薪尝胆困犹雄，石窟幽深正练兵。
最是馆娃声色好，不闻边徼鼓鼙声！

【注】

有专家认为石窟为越王勾践伐吴所秘密开凿的练兵洞窟。

六

岩洞开挖巧且雄，三千年后尚朦胧。
方家学者争鸣激，莫辨云烟隐玉容。

七

虎帐旌旗花影重，胡公胆气自摩空①。

楼船东下三江去②，倭寇尸横草木腥！

【注】

① 明代抗倭名将胡宗宪曾于翠光岩石窟练兵。

② 指衢江、富春江、钱塘江。

八

极目苍穹西复东，流光过隙自从容。

龙游历尽沧桑变，依旧高吹紫陌风。

二〇〇八年十一月六日

题翠光岩

苍崖临水立，石窟见雕痕。

洞映衢江月，风梳翠岭云。

田畴成妙画，诗思入遥岑。

信美浙西地，争相发浩吟！

二〇〇八年十一月六日

登白帝城

　　2008年12月，湖北荆州市委、市政府举办"中国·荆州古城杯"全国诗词大赛，余受聘为组委会顾问、评委会副主任。1至4日评奖完毕，回公安闸口及荆门探亲。7至8日，许静邀余偕内子咏枚及翠华、奇志游三峡，至白帝城，有作。

滚滚长江水，夔门扼险流。

远山含落日，山寺正清秋。

迹认横江锁①，空陈八阵图②。

兴亡思往古，彳亍在城头。

【注】

　　①　帅守淮右徐宗武，知夔州主管夔路安抚司公事，节制本路屯戍军马。南宋景定五年（公元1264年）徐宗武在东襄口瞿塘峡石盘之上，竖铁柱，横跨大江至南岸牛鼻洞置铁链拦江，以抗击顺江而下之元军。现尚存铁柱两根。

　　②　诸葛亮于瞿塘峡排八阵图以抗击吴军。

二〇〇八年十二月八日

登白帝城望夔门

云雾锁高峡，夔门壁立开。

水流青嶂断，天际远帆来！

波撼白帝庙，江沉滟滪堆。

瞿塘观胜景，一顾一徘徊。

二〇〇八年十二月八日

沉痛悼念孙轶青会长

莫道身如寄，艰难事欲为。

开基凭武略，治事有良规。

名淡元勋阁，功垂艺苑碑。

频揩双泪眼，默默送君归。

二〇〇九年三月十七日

踏莎行·挽孙轶青老

照日旌旗，惊天鼙鼓，当年征战身如虎。乾坤底定卸戎装，春风词笔凌云赋。　　懿德长思，音容宛驻，穹苍仰视情难诉。泉台风月莫留君，梦魂犹得频相顾。

二〇〇九年三月十七日

望江楼·白家大院

白家大院,原为(清)礼亲王别墅园林,昆明湖东南,紧临颐和园,内有银安殿、丁香院、海棠院、湖心亭等建筑,现时主人邀请十名湘籍诗人品尝御膳,并为景点题诗,以取代旧有诗联。

(一)宅　门

白家院,园宅礼亲王。一列宫灯风送柳,高槐掩映是宫墙。车马往来忙。

(二)大　院

佳丽地,人谓大观园。楼阁亭台多气象,奇花异草好鲜妍。芳径影翩翩。

(三)银安殿

银安殿,宾客满庭阶。击鼓含杯宫内宴,一回潇洒作王爷。情味总些些。

(四)丁香院

清愁起,绮思为谁生?明月夜深诗笔好,丁香结子忆卿卿。相对到天明。

（五）海棠院

春工好，颜色浅深红。好梦频侵初放日，诗情难染旧时容。无语问东风。

（六）湖心亭

湖亭上，独立望云天。万寿山岚穿发际，昆明湖水到亭前。问史忆前贤。

二〇〇九年五月十四日

雾灵山花果山庄晨起

五更鸡唱起，云头曙色开。
山花如有待，天际晓风来。

二〇〇九年六月二十一日

车向雾灵山

雾髻云鬟美，心知望客来。
未须登绝顶，山路紫花开。

二〇〇九年六月二十二日

登雾灵山

山灵知我至，一扫雾云开。
四望幽燕小，千峰匍匐来。

二〇〇九年六月二十二日

雾灵山花果山庄留念

杰阁崇楼一体新，满山花果四时春。
松间明月多清思，引得神仙夜叩门。

二〇〇九年六月二十二日

山　亭

天晓群山静，鸟鸣三两声。
朝阳喷薄出，立正鞠三躬。

二〇〇九年六月二十三日

次韵刘章《山庄春宵》

密云水月镜飞天，照得梨花夜不眠。
想见仙媛多意态，东风为我动窗帘。

二〇〇九年六月二十六日

附：刘章《山庄春宵》

别墅山庄四海天，山庄梦暖夜无眠。
梨花描月溶溶色，窗挂松风鸟语帘。

次韵刘章《咏花果山庄》

青云碧树拥楼台，三月春风任剪裁。
好是天公无妒意，遂教红紫满山来。

二〇〇九年六月二十六日

附：刘章《咏花果山庄》

依山就势建楼台，绿树红楼自剪裁。
莫问门牌多少号，花香果味引君来。

二〇〇九年六月二十六日

珍珠梅

珍珠梅先花后叶，七月尚叶茂花繁，清香远播，余深有感焉。

不请春工作画师，淡容素服出妆迟。

风翻密叶芳流远，月照琼花意转痴。

粉蝶犹温当日梦，游蜂错认昔时姿。

一从青帝排班后，别有情怀自惜枝。

二〇〇九年六月二十七日

附：释弘愚《和雍文华先生〈珍珠梅〉》

许是成才不在师，修来正果竟何迟。

魂芳颜素随蜂远，雾绕岚萦令蝶痴。

一段尘缘烧旧梦，几回仙境衬新姿。

任它万紫千红后，我自悠然开上枝。

李文朝《七律·奉和雍文华老师〈珍珠梅〉》

难坏天宫御画师，娇容淡雅步春迟。

晨光洒露香风远，月影扶摇望客痴。

蝶舞身狂思恋梦，蜂飞眼乱辨柔姿。

珍珠梅品千红暗，悦目清心第一枝。

李树喜《文华先生述珠梅之妙，遥想而为句》

玉树珠花韵自寒，经冬历夏不知年。

深山默默无人识，引得诗家另眼看。

赵京战《步韵雍老师珍珠梅》

青娥为伴帝为师，一别广寒梳洗迟。

花果鹃声啼后醒，雾灵山色望中痴①。

珍珠簪发玲珑髻，雨露沾身涕泪姿。

应是慈心度看客，白头犹惜普陀枝。

【注】

① 指雾灵山，花果山庄。

时新《奉和雍文华先生〈珍珠梅〉诗》

伴月和烟作幻师，芳心一点望春迟。

鹃眉清泪暗香远，粉蕊羞颜顾盼痴。

探海怀珠多旧梦，倚风伴暑是新姿。

岁阑疏叶薄寒后，雪骨梅胎上老枝。

月白《和雍文华先生诗〈珍珠梅〉》

自古仙灵皆有诗，何因被谪得归迟。

方从约后相望久，未及开时独自痴。

蝶影疑来非凤貌，花容诚顾是仙姿。

小亭楚楚偏怜处，欲遣馨香隔几枝。

殷宪《和雍文华先生〈珍珠梅〉》

吾庭前有木，异枝而同本，一则似柳，初夏素花蓬勃；一则类榆，入伏果红如梅，余嘉其清素无邪，留影于初夏之时，今读雍文华先生《珍珠梅》，复睹时新君贴照，方知余所藏照正是梅君，因依原韵和之。

二〇〇九年七月十八日

本月初在大同，雍文华先生抄《珍珠梅》一章索和，予与时新兄相约和诗，岂意原诗尚未传来，时兄已捷足先登矣。读时兄和章方知珍珠梅正是吾庭前无名灌木。日前匆匆奉和，今复审之，粗糙不堪入目，因又斟酌再三，改稿重贴于下：

信哉无友不为师，名木于庭识恁迟。

自作荣枯无愠色，天生清素岂狂痴。

相依高士成朋执，漫点红梅助雪姿。

八载未知君姓字，格心藏得露花枝。

二〇〇九年七月二十一日

河口奕人《和雍文华先生〈珍珠梅〉》

万花堆砌本无师，得识春光已觉迟。

未雨闲庭三度好，有心别院一番痴。

人间素白如云貌，檐下清真是玉姿。

闻道馨香能几树，同时何怨不同枝。

星汉《步韵奉和雍文华先生〈珍珠梅〉》

何毕黄金贿画师，一身清白着花迟。

初迎盛夏情怀烈，又送新秋本态痴。

对月纵无倾国貌，摇风总是少年姿。

投荒如我天山下，雪后依然绽瘦枝。

梨 树

老干繁枝果色明，青春无奈付流尘。

清狂小杜多惆怅，三月梨花断续风。

二〇〇九年六月二十八日

晋北行

大同云冈石窟

石窟开挖重复重，庄严佛像洞天中。
丰颐广额胸怀阔，睿智威灵气度弘。
只道深祈民福祉，原来却为帝威崇！
大同治世千年愿，贝叶声声念不穷！

【注】

北魏师贤建议文成帝"诏有司为石像，令如帝身"。云冈第16-20窟为昙曜五窟，一般认为分别是道武帝、明元帝、太武帝、景穆帝、文成帝的象征。

悬空寺（二首）

一

背负危崖足履空，此中消息甚分明。
人生百孽谁堪重，佛界诸天岂可轻？
曲折坎坷山路远，凄清幽独壁花红。
我登斯寺无穷感，注目云天听梵声！

二

一登寺观便悬空，头顶苍穹足御风。
佛法相期三界外，是非抛却炷香中。
空山寂灭鸣蝉噪，绝壁孤危老柏葱。
极目关山千万里，羽衣仙阙岂关情！

应县木塔

一塔崔嵬接紫冥，千年兴废总从容。
瑶池八骏时时过，人事风烟屡屡生。
紫陌红尘忙似火，白云苍狗变无声。
中华元气充盈后，任汝东西南北风！

镇海寺感怀

旌旗遥指阵云开，有客南征过五台。
佛法三千等稊米，龙门一跃是雄才！
心怀忐忑还推让，部属虔诚任举抬。
专制风成民受累，寂寥深夜不伤怀？

二〇〇九年七月三——六日

临江仙·寿张结老

气敛风云心淡定，骚坛谁是神驹？时年八十
未悬车①。方瞳如点漆，长颊正含朱。　　　得道
修真非药石，也非运动宽舒。海棠也不衬霜株②。
本是羲皇客，清气自相殊！

【注】

① 张结老《游拴驴泉戏作》有句云："从无纱帽想，只是
未悬车。"

② 相传北宋词人张先八十岁娶一十八岁小妾，苏轼调侃云:
"十八新娘八十郎，苍苍白发对红妆。鸳鸯被里成双夜，一树梨
花压海棠。"

二〇〇九年七月十一日

云南红河开远行·云窝寺

鸿雪因缘孰铸成？佛龛灯火袅烟青。
地河浪涌来天阙，仙棹迟回问姓名。
愧我心痴祈好梦，怜她情重系苍生。
年年蹀躞云窝上，红豆相持待凤声。

【注】

寺内有阴河流出，水势浩大，声闻数里，故当地名曰响水村。
寺外有红豆树一株，树龄已近三百年。

灵芝湖森林公园

轻舟容与上天衢，水阁凉亭见画图。

未必林间无墨客，也应花下有仙姝。

晴空翠岭岚如织，永夜平波月胜珠。

梦里高唐风物好，楚宫依约在芝湖。

临江仙·云窝寺红豆树

　　浪涌银河如击鼓，彩舟已出村头。清新兰气满山流。山花头上插，半笑半含羞。　　我有相思千万缕，凭卿付与琼楼。高寒岂耐别时秋。倚身红豆树，遥觅水波眸。

【注】

因地河水响，声闻数里，故当地名中和营镇响水村。

二〇〇九年七月十六日

临江仙·国庆之夜

　　月暗云霄星隐彩，银花又放京城。华年六十庆升平。凤箫歌管里，醉舞到天明。　　着意东风吹世换，鸡鸣风雨消停。天心顾我再中兴。和风吹四海，中国是旗旌！

己丑（二〇〇九）秋七月

九月六日晚飞抵澳门，翌日诗词雅集有作

抟飙瞬息海南头，十万明星一望收。

高塔云霄惊帝座，长桥沧海接千舟。

多情造物遗风月，阅世铜驼忆昔愁。

凤管龙箫花放日，江山如画映新秋。

二〇〇九年九月七日

八十感怀

时年七十有二，超前赋此

行年八十未悬车，辛苦人间一宿儒。

廊庙江湖存想象，困穷通达计粗疏。

已将忠悃输公府，尚有尘心系贩夫。

检点平生欣慰事，清风明月一楼书。

二〇〇九年十二月二十日

次韵吴地赐《七十感怀》兼贺《俚语秋声》出版

行年七十不孤微，尚有雄心欲放飞。
绛帐贤才堪自许，春风词笔为谁挥！
江山人物长怀想，岁月心期漫与归。
垂老吟情花放日，平生意气岂相违！

二〇〇九年十二月二十三日

满庭芳·游天坛

大学同窗友李丽君、李定华来京与贺金菊、曾祥霞及余相会。阔别近五十年，喜极重逢，相与话旧，感慨良多。四月十九日，并偕刘德俭、易咏枚，同游天坛，有作。

桃绽新容，柳开青眼，呢喃紫燕凌云。重逢旧雨，谈笑一登临。造物多情顾我，好东风，卷得均匀。环丘上，苍茫百感，驻足立天心。　　伤神。当此际，朱颜已改，心事犹存：漫班马文章，一例沙尘。政治空头如剑，铸就了，多少酸辛！思往昔，潇湘望断，清泪久沾襟。

【注】
天心：环丘中央一石，人立其上，声音宏大高远，见宇宙之苍茫辽阔，谓之天心石。

二〇一〇年四月十九日

戏题贺金菊、李丽君、李定华三女士天坛九龙柏小照

一株古柏隐龙姿，不耐凄清几许时。
三只凤凰齐展袖，春风鳞甲动心思！

二〇一〇年四月二十三日

苏南人物五题

叶绍袁　柳亚子故乡人，明末诗人，多故国之思

寒林细雨又轻烟，对影东窗亦黯然。
四起胡笳终日泪，伤心家国忆从前。

陈子龙　上海松江人

文坛半壁势堪雄，国破家亡梦亦空。
不幸词章身外事，松江泪水共涵声。

顾炎武　江苏昆山人

中华文化有传承，"天下兴亡"是正声。
十谒明陵难隐志，世人谁识古文明。

夏完淳　上海松江人

梦绕关山欲补天，芒鞋间道走穷边。
南冠正气天无感，只许斯人十七年！

陈去病　1898 年与柳亚子父柳念曾组织雪耻学会，
1903 年东渡日本

曾因雪耻树旗旌，又作东瀛万里行。
片木精诚谁识得，三声天啸若为听？
羞诸中夏君夷狄，愤起苏南帅杰英。
秋菊有情供恨眼，虎丘兀自请长缨。

二〇一〇年五月

关西机场口占

五月二十日 18:20，飞抵大阪府关西机场。

久欲访倭国，关西一望巡。
当年不占领，羞作旅游人！

二〇一〇年五月二十日

2010 年汨罗国际龙舟节有作

水泊哀思重，孤高是本真。

一朝辞玉陛，千里作行吟。

《哀郢》伤时泪，《怀沙》故国心。

龙舟征鼓发，珍重又招魂。

二〇一〇年六月十六日，余七十有二初度。

一萼红·岳麓山集会

2010 年 6 月 21 日，与大学同学黎笃定、李定华、唐德绵、邓守洸、罗曙临、罗炳章、吴家蓉、王岱仙、戴启后相约会于长沙岳麓山。犹记 1993 年 4 月 4 日，与刘光裕、戴启后、王岱仙、吴家蓉、罗炳章、罗曙临、刘荣熙第一次会于岳麓山下，共推余填《一萼红·岳麓山集会》一词，光裕作曲，岱仙二胡演奏，以记一时之会。十七年过去，光裕下世，不胜唏嘘。爰依旧调，再谱一章，以资留念。

　　五十年。念人生一瞬，执手细相看：世路艰危，沧桑巨变，此生是否平安？论婚姻，那人可好？多少个，子女绕堂前？孔孟仁心，老庄智慧，尚可承传？　　回首雪泥鸿爪，能同窗学府，也是情缘。不朽文章，英雄事业，思量辜负前言！有苍天，多情顾我，到而今，相对晚芳天。你我三浮大白，共庆团圆！

二〇一〇年六月二十一日

麓山行（二首）

一

观景长廊曲又舒，潇湘八景已模糊。

雨中红蕊低垂首，一曲湘灵诉尽无？

二

我从云麓下山来，花影纷披一路开。

岭树千层如海浪，施施冒出寺尖来。

榆林行·红石峡摩崖石刻

云机万里到边疆，阅尽摹崖太感伤。

"地接秦封"开上郡，"天成雄秀"列遐方。

"河山千古"堆骸骨，"大漠金汤"费主张。

"还我河山"犹在耳，死于安乐要提防。

镇北台

万里长城第一台，登临犹自费疑猜。

传闻大漠风沙急，想象榆林面目非。

草色连天随眼绿，柳荫砸地入怀来。

愚公精卫皆神力，清澈黄河亦可为。

红石峡

九边关塞立崇楼，万里长城漠漠秋。

细柳云旗张两岸，琳宫鹤影映中流。

渔阳鼙鼓经时响，敕勒歌谣自在讴。

才思满崖多想象，江山衰盛在人谋。

二　一　年九月七日

唐山行

南湖（三首）

原为地震时矿区塌陷之巨坑，现已修建成烟波浩渺、花树森森、画舫轻移、游人如织之南湖，其秀丽不在杭州西湖之下，堪为北中国之明珠。

一

芦花秋月雁声高，浅水潾潾画舫摇。
击鼓传杯多绮思，舞衣歌扇逞妖娆！

二

何人画出此丹青，水色天容一镜明。
错把南湖比西子，凤鸣声里听黄莺！

【注】
新唐山又名凤凰城。又，"柳浪闻莺"为西湖八景之一。

三

此中清泪一湖多，惆怅临流感逝波。
好是天公知悔罪，遂教红紫满山坡！

青山关远眺

逶迤城堞走苍龙，曾是秦关汉代营。

塞北地沉星尽黯，海东天跃日初升！

当年鼙鼓惊宫阙，今日驼铃入昊穹。

眼底江山多变化，人民创造总为雄！

二〇一〇年九月十二至十三日

雁荡山行

观雁荡山大龙湫

穿云破雾下青冥，一隐深潭万事空。

忽见笨熊攀砥柱，又思鳞甲动秋风！

二〇一〇年九月二十七日

夜赏灵峰

牧童横笛

月衬峰峦如剪影，清风良夜逗恣游。
一声寒笛三秋远，好与牛郎共唱酬。

立　鹰

独立青峰顶，凝眸小大千。
一朝舒健翮，背负九重天！

夫妻峰

凝眸细省沧桑面，轻手回环系领巾。
九秩人间双过客，风尘不减旧时情！

二〇一〇年九月二十八日

三亚杂吟

　　二〇一〇年十一月十二日至十六日，原海南省委副书记蔡长松《湖海诗词集》研讨会在海南琼海博鳌论坛博鳌厅举行，余应邀出席。会后去三亚，入驻爱琴海岸康年度假酒店休养，二十四日返回北京。

临江仙·观海（二首）

一

　　爱琴海岸平台上，天风频送涛声。绿椰妙曼舞姿轻。婉似天仙女，来取镜中容。　　海色澄明光景好，随心直入青冥。天容淡定总温馨。白帆天际处，可作棹歌行？

【注】

　　首句平平仄仄起调亦为《临江仙》体式之一，如：（五代）冯延巳"冷红飘起桃花片"、和凝"海棠香老春江晚"及（清）洪大全"寄身虎口运筹工"等。

二

　　一派汪洋天际水，晨光自出新容。绿椰树下意朦胧。鬓香风送远，轻语慕娉婷。　　我有愁思千百迭，天涯海角安宁？近来水怪又狰狞。青山兀自立，共听海涛声。

【注】
近期越南在南海侵我主权活动频繁。

二〇一七年十一月十七日

踏莎行·海滩夜步

　　星度微云，椰翻细语。天涯海角魂犹驻。当年携手听涛声，而今只有伤心处。　　冷月清辉，寒秋重露。流光几度将人误。幽人寂寂海滩行，潮来足印须臾去。

二〇一〇年十一月十七日

柳梢青·自感

　　老眼朦胧，阳台临海，阅遍秋空。云水齐飞，海天一色，都是心情。　　百年身世重衡，回首处、飞鸿历程：一片山河，几千云路，一抹萍踪！

二〇一〇年十一月十九日

梅花引·眠海

　　椰树前，小床边，一脉温馨对海眠。貌如仙，话如弦，海岸泳装，花枝朵朵鲜。　　水晶宫里牵情梦，明珠瑶草时相共。水连天，思连天，有蝶飞来，施施认昔缘。

二〇一〇年十一月二十日

浙江采风

次韵刘征老《送学会诸诗友江南采风》

2011年3月22日,中华诗词学会诸君应邀赴嘉兴、义乌采风,
刘征老有诗相送。

春风吹绿上眉梢,意态花魂共窈娆。

吴越烟深当探史,南湖水阔好撑篙。

川原百载怀英杰,诗思千程接远郊。

顾我天公如有待,楚骚唐韵自雄豪!

二〇一一年三月二十二日

附:刘征《送学会诸诗友江南采风》

乍染鹅黄庭柳梢,消寒春意日妖娆。

江南想渐花如锦,河上应能始放篙。

电视屏中看芳草,午休梦里踏青郊。

游观千里羡诸友,谢氏风流霞客豪。

二〇一一年三月十七日

狮子汇感赋

　　1921 年 7 月 23 日，中国共产党第一次全国代表大会在上海召开，后转移至浙江嘉兴南湖一条红船上。狮子汇乃南湖渡口。现塑群雕，中共一大以毛泽东为首的十二名（实为十三名）代表于此焦急地等待红船到来。

王母夭桃几度开，人间天上不同悲。
南湖招得楼船出，红日一轮破雾来！

二〇一一年三月二十三日

烟雨南湖（阕）

天教分付好湖山，不许时人侧目看。
银杏千年巢水鹤，柳烟百匝隐崇台。

二〇一一年三月二十三日

上溪八面厅

三雕绝艺世惊初，八面厅堂杰构殊。
鹅湟灵光开绣户，黄山岚气入书橱。
清风明月来还去，鸟韵溪声急又舒。
闻道义乌风物好，京城千里访名庐。

二〇一〇年三月二十五日

游桃花坞（二首）

先作一首，咸谓叹老嗟卑，意气萧索，责令改之，奉命再作。

一

十里桃坞杖策行，眉分青黛颊分红。
风流不似扬州牧，辜负人间三月风！

二

十里桃坞踽踽行，眉分青黛颊分红。
风流犹胜扬州牧，检点人间三月风！

二〇一一年三月二十五日

访吴晗故居

夫子何为者，凄凉一昧人。
纳谏需明主，参机赖密辛。
本应求学理，支耳听纶音。
治史当知史，探津岂失津？
真宰秽如土，悲君泪满襟。

二〇一一年三月二十六日

访冯雪峰故居

有感于冯雪峰与毛泽东之交往。据故居陈列介绍，冯雪峰与毛泽东党内一文一武，神交已久，相慕弥深；长征时，张国焘欲加害毛泽东，乃冯走告脱险，后见面相交甚欢。

抵掌论天下，伤时泪共倾。

一操犹未绝，角徵换宫声！

二〇一一年三月二十六日

次韵梁东老《骆宾王》

将相勋名寄上流[①]，贞观事渺已难求。

谏书九叠伤天听[②]，义斾三千拥箭楼。

每遇江潮观海日，一番蝉唱入凉秋。

文章后世真堪用？泪洒云天月一钩！

【注】

① 骆宾王远祖骆统曾任程乌相，骆式忠曾任东吴侯。

② 公元 678 年骆宾王在长安作侍御史，因不满武后擅国，屡次上书言天下大计，忤旨下狱，作《在狱咏蝉》。

二〇一一年三月二十七日

附：梁东老《骆宾王》

剑气班声逐水流，图功克敌复何求？

忍从后土思基业，不悔烽烟上戍楼。

六尺微躯惟报国，几行羽檄足惊秋。

长安主簿曾临海，留得寒蝉月一钩。

二〇一一年三月二十七日

赠雍昊

长孙雍昊八岁学诵唐诗，未久疑而问曰：今人无作？遵长媳于彬嘱，为写数首。

风　筝

久有青云志，今朝上九重。

岂徒鹏翮健，更欲借东风。

Ipad

轻轻一按钮，有画又有声。

世上纷繁事，荧屏半尺中。

春日游湖

花开缘日丽，柳舞藉风柔。
白鹭波心起，金鱼水面游。

二〇一一年四月十六日

次韵李文朝将军《贺鹏飞张涵喜结良缘》

三生石上根芽好，五百年开并蒂花。
飞翼扶摇穷碧落，涵香沉醉带烟霞。
花含远思春为伴，鸟识贞诚国是家。
九点齐烟心上帜，一番相约走天涯。

二〇一一年六月二十七日

康乃馨花束

壬辰正月二十（阳历二月十一）乃咏枚 68 华诞，侄女薇薇自湖北公安快递康乃馨十六枝至京祝寿，孝心可嘉，感而赋此。

氤氲香气满京师，康乃馨开十六枝。
月染胭脂初识面，风裁妙曼嫁时衣。
三千王母蟠桃会，万里云天竞秀姿。
历世自持标格在，芸窗淡泊总相思。

二〇一二年二月十二日

恭贺段天顺老八十华诞（二首）

一

你是何人我是谁？同城同屋不相随。

天安门上旗升日，父子相知四泪垂。

【注】

段天顺《竹枝斋诗稿·参加中共北平地下党员大会（5首之5）：2月4日，中共北平地下党员大会在宣武门国会街北大四院礼堂秘密举行。当时，北平中共地下党员约有3300多人。"人群惊现父容颜，跨步流星奔面前。凝对移时疑是梦，泪花湿了眼镜边。"并注父亲段西侠，长期从事党的地下工作，在抗日战争和解放战争期间，我们海淀住家是党的地下交通站，但父亲从未向我说过。余考入河北高中后一直住校。为遵守地下党的纪律，也从未向父亲透露过我入党的事。此次大会相遇，父亲惊喜万分。

二

江山瑰丽日迟迟，犹忆刘郎杨柳词。

段公铁笛横空出，十万龙孙绕凤池。

二〇一二年三月二十一日

自度曲·长沙麓谷公园即景

水满平溪自在流，花树正温柔。倩姿留不住，
岂堪愁。只恨东风吹得早，花开花落，谁问因由？

二〇一二年四月八日

蜜　蜂

染绿沾红竟日忙，一生事业在春光。
芸窗月夜思量汝，依旧清新百种香。

二〇一二年五月九日

广西采风

2012 年 6 月 25 日—7 月 3 日，中华诗词学会采风团应邀赴广西宜州、上思、防城东兴市采风有作。

刘三姐故乡——宜州（三首）

龙江岸峰

婉转龙江傍碧岑，美人含思列江滨。
天公未许临明镜，雾鬓风鬟看未真！

车发刘三姐故乡

青山妩媚费人猜，疑是歌仙对面来。
枧下河边歌忽起，施施冒出对歌台！

三姐对歌台

大山深负相思债，八桂情人来竞赛。
才感对歌恋恋情，满台又唱"拿嗬海"！

【注】
"拿嗬海"，即著名的广西彩调。

二〇一二年六月二十六日

十万大山国家森林公园（五首）

峡谷栈道

栈道谁高步？明江自问津。

溪流原逐下，行客贵登临。

山鸟鸣幽独，林花送素馨。

无愁前路远，一步一程新！

峡谷溪流

溪水长流年复年，春花秋月渺如烟。

风云唯有溪中石，独立无言看大千！

天女浴池

暂开怨目明秋水，好展愁眉淡远峰。

想见瑶池一轮月，天风飞下玉钗声！

情网同心

天公知我欲凌空，故遣怀春汗漫情。

一自仙姬归碧落，百年秋雨洗愁容。

混茫剑气沧溟窄，慷慨歌吟泰岳倾。

鸿雪因缘谁料得，同心永结到三生！

十万大山

一霎穷荒雨，连天到海涯。
溪声清越响，林壑壁崖花。
诗思关山远，吟情触处佳。
青山十万座，满目是烟霞。

二〇一二年六月三十日

国门东兴（五首）

国　门

漠漠长天白鹤飞，北仑河上百帆催。
秦花汉草思如故，山月江云意已归。
往岁良知兰麝贵，今朝又见桂香吹。
可怜百越煌煌史，曾是中华一萼梅！

【注】

公元前 214 年，秦始皇在红河中下游，古称交趾安南，居民为雒越人之地，设置了南海、桂林、象郡三郡。秦末中原大乱，秦将赵陀，河北正定人，武力统一各郡，建立南越国，是为越南建国之始。汉武帝灭了南越政权，改为郡县，自此之后，直至唐五代末，南越都是中国的郡县，越南史称"郡县时代"，约一千二百年。宋太祖开宝元年（968），交趾人丁部领建立丁朝，脱离中国统辖，但一直向中国称臣纳贡，史称"藩属时期"。直至清德宗光绪十一年（1885），中法《天津条约》签订，越南成为法国保护国，才结束约 900 年的藩属关系。故尾联言及之。

中越大桥

一桥连两国，相邻在咫尺。
不慎一抬腿，便成越境士！
北仑河水来，百舸忙如织。
江柳欲飞丝，江花灿如炽。
边民自往来，多是儿女子。
华人自北往，千金常一掷。
南来是越人，悄然来集市。
竹笠头上戴，丝巾掩口齿。
阿娜有美姿，令人侧目视。
千年兄弟情，但愿长如此！

大清国一号界碑

万里南疆一界碑，至今仍觉势崔巍。
碑身未必高三尺，识得尧阶百丈威！

赵　霞

赵霞，京族（越南族）妇女袍服，类似旗袍。取名赵霞，莫名所以，是否与南越国王赵佗有关，待考。赵佗，河北正定人。

洋红夺人目，上绣金凤凰。
长袖轻笼臂，玉手只闻香。
开衩到腰际，白裤显修长。
阿娜多意态，旗袍姊妹装！

独弦琴

京族多聪慧，独弦发指音！
人对黄昏月，花留百越身。
诗思含幽蕴，离情入浩吟。
相思已无极，遥望白云深！

二〇一二年七月二日

断 句

8月23日参观辽东白岩城，王改正采小花一朵献给宋彩霞，旋即收回送给另一女士，余口占两句：

采得瑶池花一朵，献遍巫山十二峰。

读祁寯藻咏物诗

事业煌煌在凤台，谁知也有百重哀。
朝荣暮谢机难测，旧感新栖梦不来。
死有余丝悲自缚，身多傲骨忌人猜！
秋心独老怜纨扇，松径禅关已暗开。

【注】

参阅祁寯藻《秋后槿花》《风》《鹊巢》《春蚕》《晚菊》《晚凉》《煖室牡丹再开》等诗作。

二〇一二年八月二十七日于山西寿阳

挽张结老

长颊方瞳存玉貌①，遗诗读罢总情伤。

一声鹤唳三更后，便是先生返故乡！

【注】

① 余《临江仙·寿张结老八十华诞》有"方瞳如点漆，长颊正含朱"句。

二〇一二年九月十一日晨

次韵奉和高昌先生中秋小诗

圆缺阴晴自往来，天机总是费人猜。

雪泥鸿爪寻常事，岂有愁眉不好开。

附：高昌原诗

随扁随圆看月来，或晴或雨不须猜。

寒窗梦稳悠悠枕，古径花繁慢慢开。

二〇一二年十月一日

南社研究会雅集题词

诗如云态度，人似柳风流。

【注】

高旭，别号慧云；柳暗合柳亚子。

南社研究会雅集有作

心魂长系舜尧天，不改南音三百年。

忠义岳王堪踵武，风骚屈子属前缘。

虎丘吟帜驱胡橄，《南社丛刊》太史篇。

未必秋声摇落尽，三春花草又鲜妍。

　　　　　　　　　壬辰冬于北京澳门中心

次韵奉和唐德绵《中秋感怀》

中秋佳节，德绵寄赠七律一首，就钓鱼岛事，义愤填膺，忧思深广，次韵奉和，同气相求，同声相应之谓也。

惨惨阴风近九秋，东瀛魔舞令人愁。
讲台能作欺人语，怒海犹操折楫舟。
拓土焉能言战败，报仇终竟死难休。
羽书要指山姆叔，债有主兮冤有头！

【注】
尾联原为"羽檄不飞华盛顿，世人原不问源头。"

二〇一二年十月十一日

二〇一二年除夕之夜

岁末青衫拭酒痕，天教放浪是诗心。
春花秋月如流水，永夜相思属故人。

二〇一二年十二月三十一日

次韵袁公第锐古琴台绝句（四首）

一

高山流水到而今，风貌神思尚可寻。
利义两分遗古训，琴台总系百年心。

二

楚天细雨贵如金，春到明湖草木深。
人世只珍阿堵物，何人再顾伯牙琴。

三

屈子行吟百感侵，庙堂久绝识贤音。
江云鹤翅长天渺，三绕琴台发浩吟。

四

然诺从来值万金，惯将白眼看升沉。
高山流水长相续，唤起人间济世心。

【注】
明湖即月湖。

二〇一三年元月四日

悼湘人谭公博文

衡山云气归何处？洞庭波渺不闻声！
我为湖湘三堕泪，楚材又失一精英。

【注】

谭公时任内蒙古政协主席。

二〇一三年三月六日

癸巳恭王府海棠雅集

次韵李文朝《癸巳西府海棠雅咏》

又到千枝竞秀时，海棠春暖露华滋。
嫣红浅淡牵情梦，黛绿浓深感遇诗。
迟放难违青帝意，名成不到凤凰池。
桃梨落尽妖娆色，始识人间贞洁姿。

【注】

宋·石扬休《海棠》有"开尽夭桃落尽梨"句。

萃锦园（六首）

一

明湖烟树鸟啾啾，高阁崇台几百秋。
燕子归飞寻旧侣，满园百姓作春游。

二

拼将帝位换名园，占尽春光数百年。
贪腐亦能全首领，永璘真个会沉潜！

三

"棣华协力"意何长，一纸矫诏识悖狂。
行走军机才几日，飞然又到读书堂！

四

"垂帘听政"孰主张？天遂兰儿绮梦香。
金銮殿上帘垂地，不见英雄议政王。

五

遥控朝廷罪不容，戒台寺里度余生。
牡丹院内花伤眼，立看禅房抱塔松！

六

名王空有"白虹刀","立长"难期帝梦遥。
欲把名园换帝业，卅万银钞作水漂。

西府海棠（六首）

一

　　据载：海棠花期 2 月下旬—5 月上旬，未开时红色，开后渐变为粉红、白、淡红、艳红、红白相杂。

春风吹拂露华浓，万种风情自在生。
纵然靓丽多颜色，只记当初一点红。

二

绣幌雕鞍满锦园，海棠花下证仙缘。
灯前歌管新春梦，惆怅难消忆昔年。

三

妖娆天赋令人怜，谪下尘寰赏罚偏。
不是小红桃杏色，等闲只作媚时颜！

四

谁道海棠是亚元，十分国色自鲜妍。

东君属意迟开日，自着红装作散仙。

【注】

杨万里诗云："除却牡丹了，海棠当亚元。"又，海棠号称"国艳""花中神仙"。再，宋·李定《和石扬休海棠》云："已是化工教艳绝，莫嫌青帝与开迟。"

五

邀月台前月似钩，绛珠凝睇在高丘。

看取海棠花树影，伤心能不忆红楼？

六

妙香亭上倚红装，袅袅东风遍地香。

满眼韶华天遂愿，梅魂柳态也癫狂！

二〇一三年四月十六日

闲居漫笔（二首）

一

江月窥人早，林花夕照迟。
天地伤飘忽，予亦起愁思。

【注】
阿姆斯特丹高纬度，晚上10点天光犹如白昼。

二

宿雨林花重，晨风鸟翅轻。
物物皆天性，各自有穷通。

二〇一三年六月十八日

羊角村即景

运河如织水迢迢，绿树荫深岸草高。
结队游船篱畔过，家家门对小虹桥。

二〇一三年六月二十九日

林间漫步

斜阳淡淡晚风轻，嚼韵含思踽踽行。

林花镇日无人问，犹自嫣然照眼明。

二〇一三年七月三日

临江仙·咏枚七十寿词

百尺松身成老干，潇湘柳少吹绵。相偎相倚话当年：柔情如水蜜，侠骨比金坚。　　风雨百年多杀伐，不离不弃安然。相交枝叶尚葱妍。好温蝴蝶梦，相对晚芳天。

二〇一四年二月十九日

附：蔡雯词

临江仙·赋贺义母从心之寿

南极摇辉皆献寿，高堂七十芳辰。明珠倍惜掌中珍。初逢人似故，恩义日如新。　　一世贤妻兼令母，几番苦辣酸辛。添筹海屋享天伦。寸心芳草意，何以报三春。

蔡雯：女，天津人。天津师大本科、北京师大硕士、南京大学博士、南开大学博士后，研究方向词学。博士后导师为叶嘉莹先生。现为北京首都师大文学院讲师。

二〇一四年二月十九日

甲午恭王府海棠雅集次韵马凯《致雅集诗友》

王府多兴废，海棠凋复生。
自持梅萼韵，来对蕙和风。
脸晕红霞染，思清霁月升。
流光惊过客，好听管弦声！

附：马凯《致雅集诗友》

王府悬明月，海棠催复生。

引吭听润雨，落笔遣东风。

得句随情溢，和诗逐兴升。

清醇人自醉，天籁共心声。

和李文朝《满庭芳·甲午海棠雅集》

天教开迟①，难辞艳丽，也留一脉芬芳。叠葩重萼，初试斗新妆。无奈妖娆难画，敛双蛾，影落濠梁。东风袅，蜂翻蝶舞，相逐过横塘。　　悠长，漫赢得，冰肌玉骨，历尽沧桑。奈穷僻孤根，不泛崇光。桃杏小红颜色②，浑抛却，气正遒方。从今后，云衫飞举，天际莫彷徨。

【注】

① 宋·李定《和石扬休海棠》："已是化工教艳绝，莫嫌青帝与开迟。"

② 宋·苏轼《红梅》："怕愁贪睡独开迟，自恐冰容不入时。故作小红桃杏色，尚余孤瘦雪霜姿。"又，据载：海棠未开时红色，开后渐变为粉红白淡红艳红红白相杂。此处取其弃红变白。

附：李文朝《满庭芳·甲午海棠雅集》

花应天时，春随人意，府深庭漫芬芳。海棠初绽，娇美著新妆。墨客骚人又聚，仙音起、韵绕雕梁。恭王苑，琼楼玉树，倒影入清塘。　　绵长，思绪里，丹墙绿瓦，见证沧桑。有遗梦红楼，异彩奇光。岁次重逢甲午，非昔比，狮醒东方。凭栏望，花团锦簇，正道莫彷徨。

绝句（四首）

一

东风袅袅又重来，萃锦名花次第开。
好听笙歌归院落，夜深灯火下楼台。

【注】
"笙歌""灯火"，皆前人句。

二

深宫西海好春光，天赋妖娆一脉香。
惜玉坡公应会意，莫烧银烛照红妆。

【注】
宋·苏轼《海棠》："只恐夜深花睡去，高烧银烛照红妆。"

三

妖娆全在欲开时①，错过繁花碧玉枝。

意态由来天造就，少陵唯此不能诗②。

【注】

① 唐·郑谷《海棠》："秾丽最宜新着雨，妖娆全在欲开时。"

② 杜甫无海棠诗。

四

梨蕊梅花细写真，海棠从此更销魂。

淡极愁多谁会得，红楼最解女儿心。

【注】

曹雪芹《红楼梦·咏白海棠》有"偷来梨蕊三分白，借得梅花一缕魂""淡极始知花更艳，愁多焉得玉无痕"句。

二〇一四年四月十八日

一萼红·岳麓山集会

昔杨度三上江亭（北京陶然亭），三填《百字令》阕。今我大学同学为毕业 50 周年，集会岳麓山，是为我参与的第三次集会也。邓守洸、刘攻错、陈雪春、李之宁、李定华、李丽君、李海星、肖隶芳、何伯素、张奇贤、吴家蓉、范品汉、罗曙临、姚运湘、贺金菊、唐德绵、曾祥霞、黎笃定及作者共 19 人与会，而罗炳章、戴启后、刘世民又相继谢世，令人悲痛莫名，感慨系之。爰依前例，再题《一萼红》阕以记之。

岳麓山。正春红才谢，夏绿又弥天。千里湘江，声沉汨水，波翻橘子洲前。想今生、朝阳蓬勃，看前路、百卉正鲜妍。屈子风骚，毛公事业，均可承传。　　无奈人生难料，算江湖廊庙，辜负前贤。名利锱铢，穷通齐一，须臾过眼云烟。秉素心、输忠公府，施教化、绛帐隐林泉。纵使莺声渐老，也觉怡然！

二〇一四年五月三十日于长沙岳麓山

神农架大九湖国家湿地公园

6 月 14 日与许静、易顺祥、周子其、易舜梅、易咏梅、小苏游湖北神农架

云鬟雾鬓下瑶台，大九湖光照影开。
十里平波桥上约，施施走出美人来。

竹枝词·车过昭君故里（三首）

一

百二关河赖尔全，昭君勋业大如天。
而今盛赞和戎策，教尔身沉百世冤。

二

"昭君故里"听流莺，动我江山美女情。
尚有香溪清氛在，车窗掠影几倾城。

三

"昭君故里"觅遗踪，花萼含思水带馨。
溪岸一声长笛起，江南漠北两伤心。

二〇一四年六月十五日

江神子·荆门天鹅湖

2014年6月，湖北神农架避暑不果，闵其顺、许静留住荆门，馆于白玫瑰大酒店，前临天鹅湖，早晚游息其间，有作。

天鹅湖上日初红。晓风清。水波明。岸草丛花，
眉眼笑盈盈。高柳绿槐幽径里，长笛起，两三声。
平湖栏槛小风亭。有卿卿。好娉婷。玉珮明珰，
风举舞衣轻。欲把湖山遗美女，忙咔嚓，入银屏。

二〇一四年六月十九日

南社学会·北京雅集

联：九域南音再响，百年诗教重兴。

诗：欲凭文字播风潮，百劫山河正寂寥。
　　突进狂飙推白话，开来继往本风骚。
　　《青年》鼓角传千代，南社旌旗照九霄。
　　近代诗坛朱与紫，谁人识得正根苗！

二〇一四年九月二十日于北京中山公园今雨来轩

西湖杂吟

西　湖

花港云霓红杏雨，白堤杨柳小蛮腰。
走遍江南与江北，西湖依旧最妖娆。

二〇一四年十月二十一日

过西泠苏小小墓

墓园一夜了无痕，苏小坟亭又一新。
先贤应有如来肚，千古人间重美人。

【注】
据传：毛泽东一句"我与死人住在一起"，一夜之间，西湖高陵大墓悉数铲除，于谦、张苍水、秋瑾及诸多辛亥先烈一无幸免。昨过西泠，见苏小小墓修葺一新。

二〇一四年十月二十二日

瞻仰郁达夫故居

天降斯人也，门对富春江。

酒醉鞭名马，情多累玉娘。

高文耀华夏，客死在他乡。

寂寞斜阳里，我来吊国殇。

二〇一四年十月二十三日

桂　花

　　郁达夫故居东西各有桂树一株，芬芳远播，咏枚爱之特甚，临别折一小枝而归。

夜月看桂花，清晨嗅几回。

昨访达夫居，折得一枝归。

二〇一四年十月二十三日

曲院风荷

湖烟山气两苍茫，十里荷香引梦长。

情系风流苏小小，义合贞诚岳鄂王？

【注】

"曲院风荷"左侧是苏小小墓，右侧为岳王庙。

二〇一四年十月二十四日

孤山放鹤台

竹影松阴尽日眠，等闲心事水云间。

高台一鹤凌云上，引我梅魂到广寒。

二〇一四年十月二十八日

元旦献辞

海日飞天际，江春走大千。

人怀中国梦，花发舜尧天。

二〇一五年一月一日

纪念雷加诞生百周年座谈会感赋

独立凝眸看大千，男儿头顶一方天。

陕甘马踏关山月，晋冀人操霹雳弦。

岂有机心窥世故，唯将忠悃著新篇。

百年风雨人生路，风骨文章两灿然。

二〇一五年二月十二日

辛未恭王府海棠雅集·乡愁（四首）

一

蚕豆花开飞紫云，棉铃乍放白如银。

儿时风物成追忆，且学三袁发浩吟！

【注】

余出生于湖北公安。

二

竹篱茅舍小园林，双柳依依父母坟。

一自关河缠马足，百年春雨洗愁心。

【注】

湖南湘阴临资口有父母坟茔。

三

登楼凝望洞庭波，五味人生感慨多。
记取湘妃斑竹泪，青梅竹马又如何？

四

岳麓文心试比高，汨罗江水自滔滔。
湘灵一曲传心事，南国何人赋楚骚？

二〇一五年四月十三日

金缕曲·悼扬忠师弟

知汝难相别。想当初，五人折桂，吴门立雪①。薪桂米珠蜗室小，也学韦编三绝。别子抛妻愁万叠。偶尔书生多意气，饮绿醑，诗韵分拈夜。踏遍了，长安月。　　而今莫道花香歇。问词坛，吴、唐去后②，谁持节钺？晏柳苏辛重鼓吹，细探源流真诀③。数吾子，"黄浦"人杰④。纵使泉台风月好，莫留君，梦里成惊瞥。泪沾袖，声呜咽！

【注】

① 1978年中国社会科学院研究生院成立，首届文学系唐宋诗词专业招收董乃斌、刘扬忠、施议对、陶文鹏、雍文华五人，导师为吴世昌先生。

② 词学家吴世昌、唐圭璋先生。

③ 扬忠所著《唐宋词流派史》。

④ 中国社会科学院研究生院首届研究生被戏称为"黄埔一期"。

二〇一五年六月十二日于北京潇湘云水楼

2016 年元旦

隔年梅蕊尚留香，一夜春风便作狂。

期与百花申后约，东君为我再称觞！

二〇一六年元旦

贺欧阳鹤老九十华诞

电力生涯五十年，诗骚风雅又三千。

惯将恣肆凌云笔，写就人文科技篇。

先祖文心三世纪，人间万象寸心间。

观君颜色如童稚，彭祖三呼兄弟缘。

【注】

欧阳鹤老，1927 年生，湖南长沙人。清华大学电机系毕业，与朱　基总理同班，下情直达中央，使中华诗词学会获得国家一定的资助。鹤老上溯六代祖，曾长岳麓书院 27 年，湖湘名人曾国藩、左宗棠、郭嵩涛皆出其门下。欧阳老创作诗词 3000 余首，有《鸣皋集》《欧阳鹤诗词选》《欧阳鹤诗文选》等出版。

二〇一六年一月

临江仙·大学同学集会

2016年3月17日，大学同学李定华、李丽君、王代仙、吴家蓉、罗曙临、何伯素、刘玫错、陈雪春、李之宁、邓守光、黎笃定、唐德绵及余13人集于长沙。

　　　　踏雪飞鸿谁记省？三生石上根芽。银河几度欲廻槎。白云存想象，飞梦到天涯。　　百岁心期成缥缈，而今情味些些。酒肠犹自乱翻鸦。戏言当日事，无奈一哈哈！

（近读蔡雯诗词及《雅韵淳风·樱花八韵》，自觉应该少敛粗豪劲直，略增柔媚深婉，然观此词结尾，依然不得要领，呜呼惜哉！）

二〇一六年三月十七日

过凤凰沱江河桥

2016年3月19日至24日，李之宁、方明珍、炎子邀余和咏枚去凤凰、吉首。

　　　　扶杖过河桥，一步三颤抖。
　　　　临流照苍颜，鱼儿也嫌丑。
　　　　西子对面来，腰如风摆柳。
　　　　屏息让道儿，芳香出其口。
　　　　造物心肠别，人有我没有！

二〇一六年三月二十日

台湾之旅

2017 年 1 月 20 日—2 月 3 日，有台湾之行。

士林官邸

一旗独树夕阳中，如此山河百感生。
胆气夜阑窥北斗，雄心朝食泣南溟。
曾经北伐追神武，更历驱倭见本忠。
败成之机谁悟得，也曾一度问心灵。

二〇一七年一月三十日

北回归线上

回归线上未回归，云水相思实可悲。
北向回归成一统，复兴之梦好腾飞！

二〇一七年一月三十一日

天峰塔

禅寺桃花一树开，山行一路上层台。
白云天际须臾去，是色是空何处来？

二〇一七年一月三十一日

八十感赋

明天 6 月 1 日，下个月我将进入 80。早晨花园散步，脑子里蹦出这么几句，有点怪怪的，但也是心灵的真实写照，与八年前所写《八十感怀》又是另一番面貌。

我于大块一尘埃，大块无私作舞台。
八十人生多变化，三千词赋只菲才。
庙堂经纬高难问，眼底春秋去复来。
但愿斯民康且健，黄昏逼近也开怀。

二〇一七年五月三十一日

附：蔡 雯

水龙吟·赋贺义父杖朝之寿

俊游忆昔西园，夺袍争席裁诗处。莲台妙法，传灯心曲，殷殷密付。风义平生，一怀热血，为师为父。尽贞修不减，深恩永志，霜逢雪，寒兼暑。　　真羡神仙眷侣，向人间、比翼衔羽。堂前嘉实，承欢膝下，高枝深护。犹见梦醒，叮咛满纸，语温如许。看锦字成蹊，春风桃李，为先生赋。

临江仙·长沙烈士公园大学同学聚会读国生老弟词感赋

　　自在白云多缱绻，小舟容与汪洋。日升月落总平常。百年多梦想，天地一苍茫。　　踏雪飞鸿些个事，笑看白发如霜。人生原本是沧桑。只愿民安好，中国再辉煌！

二〇一七年十月十五日

台湾之行漫笔

2017-12-21—2018-01-04 在台湾，12—25—01-2 自台北沿西海岸南下至最南端屏东垦丁。

序　诗

　　我本潇湘一散仙，寻幽特地到台湾。
　　草山行馆徘徊久，日月潭边魂梦牵。
　　阿里山深诗烂漫，垦丁海阔意翩跹。
　　金瓯尚缺无由补，衰朽余年亦怅然。

【注】

　　草山行馆为蒋介石败退台湾第一居处，后蒋将草山改为阳明山；阿里山有阿里山诗道，两旁立有余光中、席慕蓉、隐地等诗人的诗碑。

草山行馆

世将成败论英雄，特思方能出彀中。

虞姬饮剑史迁笔，李广难封班固情。

一统中原夸北伐，八年抗战是奇功！

老死边陲长北望，中华一国气犹雄！

【注】

台北中正纪念堂坐南朝北；大陆进入联合国，为坚持一个中国，蒋毅然退出联合国。

赤崁城

"亿载金城"赤崁城，巍巍塑像郑成功。

荷兰窃据台湾岛，船坚炮利抖威风。

祖宗寸土不能弃，兵锋直指安平城。

乘风破浪400舰，三万五千狼虎兵。

三战三捷惊神勇，荷兰守军如土崩。

西望重洋三万里，退走才可求其生。

谈判历经九个月，荷兰黯然离安平。

三十八年殖民史，煌煌一旦送其终！

反观今日台湾事，方识英雄国姓公。

二〇一八年一月三日

日月潭

漫卷窗帷涵碧楼，一帧山水入吟眸。

水含云影姗姗过，山耸青苍默默幽。

日升月落成金律，暑去寒来岂碰头。

日月如今双共水，人间何事不相谋？

二〇一八年一月二日由垦丁至台北车上

中台禅寺

寺高一百零八米，飞檐直插重霄里。

庄严佛殿三七层，层层令人有惊喜。

黄金镂刻成袈裟，冠盖装成皆玉石。

印度佛教已式微，神州大地独一指。

中华自古崇佛祖，耗尽民财真无数。

一旁别馆有珍藏，宋唐佛像生如栩。

世界博物馆其名，应博游人真赞许！

金婚志感

初识卿卿面，惊诧复徘徊。

妆疑洛水出，人似月宫来。

半纪风烟炽，百年鸾凤谐。

险夷贵如一，穷通志不衰。

湘竹燕歌动，童心老眼开。

流光梳白发，于我如何哉！

二〇一八年十月二十二日

游台东三仙台

传说吕洞宾、李铁拐、何仙姑曾降临于此。三仙台为台湾岛第一道曙光照耀之处。

海上仙姬睡眼开，天公即送彩衣来。

月明沧海巫山梦，思满阳春咏絮才。

洛水妖娆空意态，吴宫掩抑旧情怀。

飞云也似多情客，共绕桥栏几度回。

二〇一九年二月十九日

外 篇

读雷锋日记

辽阳远望雾难开，恨极苍天未减哀。
我不为文空吊问，唯将字字照灵台。

一九六三年

题《长江三峡图》

高崖如削阻前川，百折难回自浩然。
记取长江天上水，莫效中流舴板船。

一九六三年

登岳阳楼望君山

一九六三年七月，余为某偕之宁达岳阳，事有不果，归岳登楼赋此。

亭前翠竹雾笼寒，长使仙姬泪不干。
恨我不能三飞渡，年年依旧望君山。

【注】

君山有娥皇女英二妃墓望夫亭，亭前有湘妃竹。岳阳楼有三醉亭，相传吕洞宾曾三醉于此，吟诗飞渡洞庭湖。

一九六三年七月

寄岳阳友人

三楚楼台月近人，满湖芳草总关情。

风清月白高吟际，盼我轻舟下洞庭。

【注】

岳阳楼有南北二阙门，其外题"南极潇湘，北通巫峡"，其里题"江上风清，天边月白"。

一九六三年九月

枫　叶

深红老叶比春葩，点染寒霜色更佳。

纵使凋零秋带去，明年再赋杜鹃花。

一九六三年秋

留别衡阳胡生

天公多惠意，使我过衡阳。

浇花虽未久，沾着一身香。

最喜南枝秀，郁郁有奇光。

有意勤栽种，无计傍花房。

麓山遥望处，天际雁成行！

一九六三年

实习衡阳留别八中唐乘云老师

初张绛帐无方策，幸有高师决胜筹。

语似长溪多曼婉，心如大海载沉浮。

秋鸿去去心还在，湘水悠悠意未休。

但愿杏坛高筑起，年年桃李发芳丘。

【注】

唐乘云先生曾赠《江城子》一首留别，惜原词已失。

一九六三年冬

荷塘偶感

仰承天露最舒闲，乍起云波叶叶翻。

堪笑薰风心太急，新荷犹未露红颜。

【注】

大学好友张兴汉君于一九八八年十一月二十二日来函说："我在当年的日记中，又翻出了你的一首诗。诗后有一注解：与文华兄晨读于湘江荷塘边，他触景生情，临风赋诗，似有心底波澜。"

一九六四年六月

乾 坤

乾坤谁与问沉浮，突起狂飚落九州。

戎马干戈三十载，工农旗帜万千秋。

胸中浩气连非亚，笔底风雷动美欧。

万里红旗照烽火，人间亿姓尽抬头。

一九六八年十二月二十六日

闻恢复我国联合国席位

天风万里夹惊雷，两霸零丁相对哀。

手擎红旗飞瀚海，无边春色映空来。

一九七一年十月二十五日

江城子·韶峰青

茫茫大块锁寒云，泪盈盈，气难平。欲诉奇冤，千古有谁听？纵有英雄持戟起，空激烈，剩悲声。　　红旗一展起工农，举刀兵，向天横。旭日飞窗，春满万家村。翘首彤云情不已，松不老，韶峰青。

【注】

大块：大地，见《庄子·大宗师》。

一九七一年十二月二十六日

读周总理中共十大政治报告（四首）

一

领袖英明主义真，神州万里若金城。
君看叛逆乱天纪，一样徒劳一样坟。

二

陈兵百万意如何？一枕黄粱好梦多。
须知八亿青霜剑，不斩天狼不止戈！

三

敢与美苏作寇仇，义旗高举反潮流。
春风十里长安道，万国衣冠入上都。

四

倚天抽剑定乾坤，万里河山处处春。
亿姓天窗飞晓日，五洲烽火昭霓旌。

【注】

一九七一年九月十三日，林彪叛逃，死于蒙古温都尔罕，最终身败名裂。

一九七三年

念奴娇·橘子洲头

为中国共产党成立五十四周年而作。

楚天空阔，麓山青，千里湘江如碧。橘子洲头，堪指点、百侣携游旧地。击楫中流，悲歌慷慨，水击三千里。长城何在？风雨中原谁济？　　天长地久无穷，浪淘不尽，千古英雄迹。想见当年，谈笑间、整顿乾坤胸臆。令我男儿，神思飞越，怎不投身起！关河万里，一片丹心长系。

一九七五年七月

满江红·悼念

天地同悲，怎禁我、巨星陨灭。深深悼，人间奇迹，千秋功业。九土黄流天柱稳，百年征战心如铁。看东方，红日照长空，新中国。　　天下事，犹未结；长征步，不可歇。一往无前，代代胆肝烈。革命雄文昭宇宙，千难万险朝前越。待他年，遗愿化宏图，凯歌彻。

一九七六年九月

粉碎"四人帮"

八亿神州念导师，岂容枭怪舞丹墀。
阴谋篡党夺权日，正是群奸授首时。

一九七六年十月

小梅花

阴谋手，雌黄口，性如豺虎声如狗。巧乔妆，说玄黄，祸国殃民日日逞凶狂。夺权篡党心何急，暗箭明枪紧相逼。小爬虫，梦飞龙，"江上奇峰"长欲露峥嵘。　　脸皮厚，名声臭，招摇过市不知丑。恶已盈，罪不轻，历史判决依样最无情。女皇旧梦随流水，剩有腮边鳄鱼泪。魔爪张，太平常，须信人间常是有风霜。

【注】
《小梅花》又名《梅花引》，词牌名。

一九七六年十二月

钓鱼台 (杂剧)

（旦、上、云）：

汉有吕太后，唐有武则天。以古来例今，我也要掌权。

我，沪上演员出身，惯会逢场作戏，早年闯荡江湖，混迹革命。前几年，与林彪互相吹捧，互相利用，得以爵禄高登，官运亨通。今日治丧期间，举国悲痛，我暗中窥伺，乃千载机缘，正可略施手段，遂我平生大愿。这钓鱼台，极为幽静，四处无人，正好我等密谋策划。

（唱）［双调新水令］

伤心万户泪涟涟，正是千载美机缘。心藏三尺剑，嘴上话儿甜。志遂青云，好歹在今天。

（向内喊介）：

你三人都与我过来。

（净、上、云）：

神州万里好江山，总是无缘掌上看。鹅毛扇上千条计，叫它地覆与天翻。

我，人称狗头军师，发迹于上海滩上，曾经隐伏在王明麾下，围剿鲁迅，替蒋记朝廷立下汗马功劳。后来眼见大厦将倾，便乔装打扮，钻入革命营垒，舞文弄墨，鼓舌摇唇，居然也成就了今天的地位。目前总揽国家大权，正是时机，恰有那个老婆子，朝思暮想，欲做女皇，咱们同声相应，同气相求，合伙买卖，还得费点心机。她那厢唤我，想是为着这桩大事，我且前去看看。

（唱）［驻马听］

不怕心奸，大奸才能弄大权。多谋多诈，夺权篡党不为难。元勋老将靠边站，领导干部全投监。看我举狼烟，美滋滋遂了多年愿。

（末、上、云）：

上海滩上几十年，不做工来不种田。惯耍一枝秃头笔，赚来地位赚来钱。

在下，世居上海，虽然初通文墨，却无操守，人称文痞。本一漂流子弟，今日有此显赫身价，全靠老婆子一手提携。受人重恩，只好卖命。事成之日，我也可以官上加官，禄上加禄，与她与我，两全其美，何乐而不为也。她那厢叫唤，想是为着此事，且前去走走。

（唱）〔乔牌儿〕：

别看我，发落露光颠，文才恰少年。是黑可以说成白，是方可以说成圆。

（末、云）：

婆子叫唤，咱俩赶紧去吧。

（净、云）：

走吧。

（净、末见旦介、云）：

叫俺们来此幽静之所，又密谋何事？

（旦、云）：

还有一个，哪儿去了？

（末、云）：

他胸无点墨，腹缺奇谋，昏聩无能，着他前去打听消息去也。

（旦、云）：

也罢，打听消息要紧。

（唱）［沉醉东风］：

几十年，女皇梦里缠，却原来，老天真有眼。（向净）你，满腹经纶谋略远。（向末）你，一枝玉管赛神仙。旗子要好看，舆论要喧喧。

（净、唱）《清江引》：

"临终嘱咐"好圈圈，名目我来编。指挥儿若定，马首儿是瞻。尚有谁人敢着鞭。

（旦、云）：

此计大妙。

（唱）［雁儿落］：

早有篡党志，藏着虎狼奸。一朝谋得逞，万里起烽烟！

（丑、上、云）：

大事不好了！

（旦、唱）《搅筝琶》：

小王郎为啥疯癫，平白里如此闹喧喧。只为你平步青天爬得快，从未曾见过刀枪战。

（丑、云）：

政治局已经作出决定。你们听：

（开收音机介）：

"中共中央关于华国锋同志任中共中央主席、中共中央军委主席的决定！"

（旦、净、末、丑、云）：

哎呀，一切都完了。

（收音机响介）：

"打倒王洪文！打倒张春桥！打倒江青！打倒姚文元！"

（旦、唱）《煞尾》：

声声怒吼到身边，只吓得我浑身颤。一桩一件血泪仇，一点一滴今生怨。寻思罪恶多端，难逃法网，束手就歼。休，休，好梦化为烟。只落得你我"四人帮"，三魂渺渺上西天。

一九七六年十二月

八声甘州

忽沉沉黑气压长天，沧海涌横流。看风狂雨暴，日星隐曜，白浪如丘。险矣樯倾楫折，俯仰任沉浮。十里长鲸在，啮齿咻咻。　　蓦地乾坤陡转，又云消雾散，雨歇风收。有光芒红日，高照碧空头。渡恒河，云帆直挂，从今后，不作杞人忧。君遥看，云天浩渺，浪逐飞舟！

一九七七年元旦

偶　题 （二首其二）

卧病新洲，读《红楼梦·五美吟》，据旧作《题画〈西施〉》、《题画〈司马相如与卓文君〉》，续此二绝。

绿 珠

艳女名姝满后庭，赵王犹自猎声容。

可知权贵薰天焰，无奈高楼自坠人。

【注】

《晋书·石崇传》："及贾谧诛，崇以党与免官。时赵王伦专权，崇甥欧阳建与伦有隙。崇有妓曰绿珠，美而艳，善吹笛。孙秀使人求之。""崇勃然曰：'绿珠吾所爱，不可得也。'""秀怒，乃劝伦诛崇建。崇建亦潜知其计，乃与黄门郎潘岳阴劝淮南王允齐王冏以图伦秀。秀觉之，遂矫诏收崇及潘岳欧阳建等。""崇谓绿珠曰：'我今为尔得罪。'绿珠泣曰：'当效死于官前。'因自投楼下而死。"

一九七七年三月

鹧鸪天·卧病新洲，阴雨连绵，情怀萧索

萧索情怀似乱云，近来最怕是黄昏。空阶滴尽轻寒雨，剩却窗前半夜风。　人不见，信难通，琴棋书画未相亲。拟将一枕伤春意，付与今宵病梦中。

一九七七年五月

题画赠李安云

淡绿深红妩媚妆，东风骀荡费思量。

怜他蜂阵殷勤意，输与人间酿蜜忙。

一九七七年九月

周　年

今夕今年月又圆，浩茫心事碧霄间。

正愁云雾遮心眼，却喜红旗映满天。

塞北江南歌不绝，春花秋叶色常妍。

广寒仙子无穷兴，桂酒霓裳舞席前。

【注】

一九七六年九月九日为农历八月十五。

一九七七年九月月圆之夕

浏览志余

一九七八年十月，余考入中国社会科学院研究生院，从吴世昌先生、乔象锺先生攻唐宋诗词。一九八一年三月至五月，余与学友陶文鹏、刘扬忠、陈圣生一行四人，由北京出发，经冀、豫、陕（陈因病离队）、川（陶、刘入黔探家）、鄂、湘、赣、浙、沪、苏、皖、鲁、津十三省、市，实地考察，撰写研究生毕业论文，因之得以畅游山川名胜，偶有所感，辄以记之。其中冀、鄂、湘、赣、皖、鲁、津只是路过，未作游览。

车过马嵬

锦袜留香别有情，伤心一曲《雨霖铃》。
天下兴亡皆系汝，铁笔何人问史臣！

【注】

西京收复之后，明皇密令改葬杨妃，虽肌肤消释，而香囊锦袜犹存。又，贵妃既死，明皇至斜谷口，霖雨涉旬，于栈道雨中闻铃声，心念贵妃，因采其声为雨霖铃曲以寄恨。事见《杨太真外传》。

一九八一年四月三日

岳王庙感赋

京洛多狐兔，南朝说太平。

志士图存急，君臣歌舞深。

"还我河山"志，翻作岭头魂。

不忍看残破，时闻亡国音。

可怜生共死，忠愤气填膺。

一九八一年五月八日

望江南·元头渚观太湖（二首）

其　一

太湖好，春水远连天。竞渡千帆云外去，蓬莱三岛碧波间。相与共流连。

其　二

太湖好，江山一揽收。薄霭似烟浮水上，青螺如髻出潮头。何日得重游？

一九八一年五月十四日

寄内 (其三其四)

其　三

窗外寒蛩窗内灯，轻寒漠漠伴愁生。

婵娟本是多情女，却照帘栊梦不成。

其　四

晓开鸾镜理乌云，一寸横波入鬓青。

自顾自怜还自恨，令人深忆画眉人。

一九八一年十月

西行吟草

一九八二年八月至九月，中央宣传部、文化部、团中央、总工会组成联合调查组，检查全国群众文化工作，为中央起草有关文件作准备。余与文化部群文司副司长梁泽楚一行四人，历经甘肃、四川、湖北、湖南四省。

过嘉峪关

穷荒大漠筑长城，唱断阳关惜别情。
今日驱车更西去，山川万里有亲朋。

一九八二年九月三日

车向阿克塞

秦时烽燧汉时关，莽莽黄沙直接天。
何当一扫昆仑雪，化作千村万户烟！

【注】
沙漠中有汉代古长城，乃草杆与泥土混筑，因缺雨而至今完好。

一九八二年九月五日

游重庆南泉观仙女洞有感

为访人民憩乐园，寻芳特地到南泉。

花溪河畔名花发，引得神仙出洞天。

【注】

重庆南泉即南温泉，南临花溪河，旁有仙女洞，洞宇庄严，彩塑如生，有郭沫若等诸多名人题刻。

一九八二年九月十九日

陕中纪游

一九八三年三月，中共中央书记处派出赴陕整党试点小组，进行整党试点工作，余参与焉，在西安、汉中、南郑、兴平等地试点调查，至六月结束。

灞　桥

随赴陕诸君访临潼华清池，过灞桥。

祖席离歌出帝城，灞桥风物最关情。

婀娜二月青青柳，半挽征车半赠人。

一九八三年三月六日

谒黄帝陵

千里驱车谒帝陵，桥山一望气何雄。

经天日月临高庙，动地云涛变古今。

当日干戈开混沌，至今华胄想霓旌。

东瀛宝岛归回日，横挽黄河奠圣明。

【注】

黄帝陵遍植松柏，云涛飞卷。

一九八三年五月二十九日

延　安

紫气氤氲满古城，延安风物自精神。

凤凰故宅存风范，塔岭遗踪砺后人。

事业艰难宜放眼，黄河九曲永朝东。

十年浩劫思真谛，胜境清凉眷恋深。

【注】

延安凤凰山下，有中共中央领导人毛泽东同志等人的故居。清凉山在延安。

一九八三年五月二十九日

人月圆·时余在西安

　　惊回一枕潇湘梦，寂寞绕阶行。眼底芳姿，
心中密事，无限情深。　　玉人应是，翠眉深锁，
顾影沉吟。搴帘窥户，银河垂地，皓月当空。

【注】

　　一九八六年十月二十九日寄友人李之宁信中说："大概诗者，
情也。爱诗的人，也是深于情者。有时也写点闺阁闲情，似乎也
另有一种韵味。一九八三年六月，在西安填过一首《人月圆》，
词曰：'惊回一枕潇湘梦'云云。"

一九八三年六月

参观刘公岛甲午海战遗址

　　据介绍，当时我国海军力量在世界占第四位。甲午一战，却
全军覆没。爱国官兵多葬身鱼腹，尤有自沉于水或服毒而亡者，
令人鼻酸欲哭。

　　海上当年列阵云，碧波深处认丹心。
　　寻思近百年间事，忍见遗踪泪纵横。

一九八六年五月十一日

游鄂州西山

中国作家协会十三省区分会武汉片会诸君游黄冈赤壁、鄂州西山。西山诗社诸同志设宴欢迎，即兴口占一绝留别。

才歌《赤壁赋》，又诵《西山诗》。
前贤共后俊，相与动才思。

一九九〇年九月八日

登黄鹤楼（二首）

九月九日，中国作家协会十三省区分会武汉片会诸君游黄鹤楼，即兴赋此。

其　一

白云黄鹤三千里，红雨青山十二年。
我欲凭楼说形胜，诗心早入洞庭天。

其　二

叆叆巫山云，化作长江水。
形胜出龟蛇，都会名三楚。
骚客苦含情，吟笺动江渚。
黄鹤去已杳，鹦鹉长在兹。
学舌非文事，词章贵所思。

一九九〇年九月十日

悼丁玲（四首）

全国第五次丁玲学术讨论会期间，佳木斯市普阳农场丁玲陈列室揭幕志感。

其 一

负笈求真事远游，人间风雨几多愁。
谁怜白下凄惶意①，信口雌黄说未休。

其 二

初试文章惊海内，匆匆又作陇头行②。
戎装红袖均相称，真个湖湘女杰人。

其 三

青春白发总堪怜，冤屈文坛数十年。
为雨为云多毁誉，只因"左"右不逢源。

其 四

狱囚流徙两伤情③，岂是人间太苦辛。

笔底纯贞君看取，《魍魉》《风雪》写分明。

【注】

① "白下"句，指一九三三年五月丁玲被捕囚禁南京事。

② "陇头行"，指丁玲一九三六年九月离开上海奔赴延安。
毛泽东《临江仙·赠丁玲》有"阵图开向陇山东"句。

③ "狱囚"，指南京被囚;"流徙"，指北大荒劳改。《魍魉》《风
雪》指丁玲回忆录《魍魉世界》《风雪人间》，前者写南京被捕，
后者写北大荒生活。一为魔窟，一为人间，作者用意分明。

一九九一年七月

江神子·宿台怀显通寺

游五台，宿台怀显通寺，与秉杰夜谈，次晨醒后枕上吟就。

梦回枕上辨林禽，送清音，两三声。钟磬悠扬，
细听是风鸣。毕竟佛门清净地，庭院静，况春深。

人生百岁总匆匆，灭与生，一回轮。无奈忧思，
故故又重萌。检点平生经历事，终不是，悟禅人。

【注】

吴秉杰，上海人，一九四七年生，北京大学研究生毕业，获
文学硕士，现为中国作家协会创作研究部理论批评处处长，副研
究员。

一九九四年五月二十五日

泰山曲阜纪游

车过静海（三首）

其　一

征鼓铙歌出帝京，兵锋直逼北京城。

江南王气沉埋久，十万天兵竟作虫。

其　二

北伐西征孰重轻？偏师借重李林军。

争锋天下诚非易，帷幄何人是卧龙。

其　三

天国雄图化作尘，后人读史恨何深。

当时扫穴犁庭计，胜却金陵起内讧。

【注】

咸丰三年二月（公元一八五三年三月），太平天国定都南京。同年四月（公元一八五三年五月），天王派林凤祥、李开芳率师北伐，派赖汉英、石凤魁率师西征。林凤祥、李开芳率师从扬州出发，穿越安徽、河南，渡河入山西，八月下旬进入直隶省，九月进至静海，为胜保、僧格林沁所阻，相持苦斗，林凤祥于咸丰五年正月（公元一八五五年三月）在东光县东连镇战败，服毒不死，被俘，二十七日（三月十五日）在北京西市凌迟处死；李开芳亦于同年四月（公元一八五五年五月）诈降不成，槛送北京，于二十七日（六月十一日）在北京就义。

一九九五年五月十一日

泰山五大夫松

封禅勒铭盖世功，皇舆却遇劈头风。

祖龙漫道夸雄俊，天意从来不属秦。

【注】

相传秦始皇封禅泰山，上天以疾风暴雨阻之于五松之下，始皇封五松为大夫。

一九九五年五月十三日

呼伦湖

大野云垂碧毯长，呼伦湖水映天光。

疑为银汉相逢后，遗落天孙佩一方。

一九九八年七月二十八日

呼和诺尔民俗旅游度假村晨起

天末晨风夹草香，露珠轻浣小衣裳。
十年闹市尘居久，难得清新满肺肠。

一九九八年七月二十八日

题铁人王进喜同志纪念馆

"贫油"帽子重千斤，唤起群英爱国心。
泰岱鸿毛论千古，令人深忆铁人魂。

一九九八年八月三日

题张之先先生荷花摄影展

谙尽荷花别样情，张君摄影有风神。
羡他清绝横塘水，长照亭亭玉立身。

一九九八年十月三日

争 权

争权争势又争名，扰攘红尘用破心。
羡煞孤山林处士，梅妻鹤子自安宁。

二〇〇〇年九月四日

参观井冈山

江山已是舜尧天，荆棘铜驼几变迁。
不诵乌衣王谢句，井冈烽火话当年。

二〇〇二年十月二十二日

湖南纪行

二〇〇五年五月二十日离京赴湖南南岳、怀化、新晃。

题芙蓉楼

名句名楼久动心，今来洪市①觅诗魂。
楚山沅水应无恙，百树芙蓉共一樽。

【注】
① 洪市，洪洞市，古黔城，王昌龄送辛渐之芙蓉楼所在地。

二〇〇五年五月二十三日

题董秉第《七彩的诗》集后

金针刺绣刃摹天，谁解雕龙锻炼艰。

唯有高才董夫子，诗心石艺斗婵娟。

贺第三届北京西山诗歌节

天下兴衰系北辰，西山千古发歌吟。

丹枫黄菊浑无恙，总是新人送旧人。

二〇〇七年九月九日

湖北松滋市诗歌吟诵、京剧晚会即席口占

诗骚千古立双峰，楚调从来别有情。

诗思如天清似水，春兰秋菊一时荣。

二〇〇八年六月二十三日

题《松滋诗词》

荆楚大地，华夏名区。诗骚并峙，楚调清殊。
《松滋诗词》，再探骊珠。

二〇〇八年七月十日

题《临洮诗词》创刊三周年

玉关明月谁为主？不老春风暗换人。
陇上花开只三载，吟旗西北又居尊。

二〇〇九年七月十六日

席上赠"红河印象"宋丽华女士

哈尼姑娘绕席排，情歌声袅绮筵开。
阿迷情谊天然好，都自春风面上来！

二〇〇九年七月十六日

访日杂题

乘　机

"柯尼奇瓦"①一声莺，日本空姐翩然而降临。微笑点头又问好，令人如坐春风中。腰如风摆柳，裙裾若霓云。雪肤花貌有颜色，柳眉星眼百媚生。秀发飘飘如仙子，围脖领巾动轻风。谁道东京无好女，巫山神女好风情。请看今日毛延寿，谣诼居然胜丹青②！

【注】
① 日语：你好。
② 或谓东京无美女。

广　告

入住大阪府泉大津市太阳路宾馆见广告。

向美奈子有风神，星眸一转动人心。
雪肤花貌好颜色，令我如对神仙人。
标价九千三百四十五（日元），
可以温存一百二十分（钟）。
可怜全球大富国，如此贱卖小美人！
不明白、不理解、也伤神！

二〇一〇年五月二十日

附　录：

关于外篇旧体诗词的用韵

《潇湘云水楼诗词集·外篇》编次之后，有一个问题觉得应该向读者交待一下，这就是本集外篇诗词的用韵问题。

今人写作旧体诗词，如何用韵，是有争议的。我的基本倾向是坚持今韵，押韵从宽。

没有万世不变之法。时代在发展，声韵也有变化。在未有韵书之前，诗歌创作无一不是采用当时的口语声韵。韵书编成之后，随着语音的变化，韵书也在不断变化，这种变化的趋势就是韵部归类由繁到简。我国现存最古老的韵书是《广韵》，成书于公元一〇〇八年，分二百零六韵。到了公元一二五二年，南宋平水人刘渊编《壬子新刊礼部韵略》，分一百零七韵，比他稍前，金人王文郁编《平水新刊韵略》，分一百零六韵，这就是后世所称的平水韵。公元一三二四年，元代周德清编《中原音韵》，分十九个韵部，直至近代民间形成的"十三辙"。韵部归类这种由繁到简的趋势，使得押韵越来越宽，它反映了语音变化的实际，抱着泥守旧韵的心态去排斥、贬低它是没有道理的。

依我之见，今人写作旧体诗词，依照《诗韵新编》（上海古籍出版社出版，1978年7月新1版）押韵就行了。它分十八个韵部，比"十三辙"多了五个韵部。如果"押韵从宽"，经过通押，可减掉五个韵部，跟"十三辙"相差不大。而且保留了"入声字"，可以满足写作传统诗词者的要求。但论起通押，《诗韵新编》还可将"十五痕"（"真文"）和"十七庚"（"庚青"）

算进去。本集外篇诗词用韵就是将"痕"和"庚"通押。这样做是有充分理由的:

一、它符合当代语音实际。在现代汉语中, en(un, ün)、in;eng、ing 这两组韵母非常相近,很难分清的,因为主要元音相同、相近,韵尾也非常相近。有人在论及《江南新韵》时指出:"它把侵、庚、青、蒸与真、文、元合并……是符合当代读音实际的。"①主张'痕(真)'和'庚'通押,甚至合并的人不在少数。

二、在创作实践中,自古至今,早已通押了。毛泽东《临江仙·赠丁玲》"风、新、人、兵、东、军"通押;《西江月·井冈山》"闻、重、动、城、隆、遁"通押。鲁迅《赠日本歌人》"行、神"通押;《报载患脑炎戏作》"心、冰"通押。郁达夫《卖花声·送外东行》"明、沉、情、惊、停、音"通押。也许有人会说,今人不太讲究韵律,以上所举,不足为据。那么我们就看看古人。杜甫《遣兴》五首之一"松、寻、林"通押;之四"根、风、丛、空、东、中"通押;《寄刘峡州伯华使君四十韵》"蒸、陵、矜"通押;白居易《蜀路石妇》"铭、贞"通押;《残春曲》"声、情、吟"通押。秦观《南乡子》"真、唇、邻、身、辛、颦、情、人"通押;《玉烛新》"运、韵、问、俊、静、领、整、影、鼎、并"通押。

三、《诗韵集成》《诗韵合璧》《诗韵》等不少韵书已注明可以通用。平水韵一百零六韵各韵独用,一直沿用到清初《佩文诗韵》。这种状况早已引起一些有识之士的不满。吴乔《围炉诗话》云:"诗本乐歌,定当有韵,犹今之曲韵,庚青真文等合用,初无碍歌喉。诗已不歌,而韵部反狭,奉平水韵为圣经、国律。而置情性之道如弁髦,事之顾奴失主,莫甚如此!"所以,后来编成的《诗韵集成》《诗韵合璧》《诗韵》就有不少韵部注明可以通用,如真通庚、青、蒸、侵、转文、元。

因此,无论从语音的实际情况,还是从韵书的演变发展看,《诗韵新编》中"十五痕"("真文")和"十七庚"("庚青")是完全可以通押的。

其实,这个问题,前人早于纷繁复杂的辩驳论争中,已经梳理清楚了。试举两例:

一、《词范·正韵辨证》**(著者徐柚子,华东师范大学出版社一九九三年四月出版)**云:"《词林正韵》一书问世后,词家奉为典常,信而不疑,其实亦有不足之处。……谢章铤云:以宋词考之,宝士(戈)之说,亦不尽然。寒山一部,覃咸一部,刘改之《唐多令》则湾、帆、滩、闲、衫、寒、安、南同押,是寒、山可合覃、咸矣。然辛、刘固浙派之所鄙夷者,吾请征之周草窗,先与盐不同部也,而《鹧鸪天》合之;庚、青与侵不同部也,而《恋绣衾》合之;庚、青与真、文不同部也,而《梅花引》《声声慢》《浣溪沙》合之;《江城子》且并合于蒸与侵矣。至'莺'在庚韵,而……草窗《眼儿媚》《浣溪沙》则押入真、文、侵矣。……按:戈氏《七家词选》评史达祖《双双燕》云:美则美矣,而其韵庚、青杂入真、文,究为玉瑕珠颣。此又庚、青与真、文通用宋词之又一例,戈氏殆失之矣。"

张德瀛云:"戈氏……唯以第六部之真、谆等韵,第十一部之庚、耕等韵,第十三部之侵韵判而为三,与宋人意旨,多不相合。其辨《学宋斋词韵》谓所学皆宋人误处,而力诋其真、谆、臻、文、欣、魂、痕、庚、耕、清、青、蒸、登、侵十四部同用之非。今考宋词用韵，如柳耆卿《少年游》以频、缨、真、云、人通叶；周美成《柳梢青》以人、盈、春、心、云、存通叶；李秋崖《高阳台》以尘、云、昏、凝、沈、琼、深、痕、情、阴通叶；洪叔玛《浪淘沙》以冥、晴、春、人、斟、情、鸣、清通叶；周公瑾《国香慢》以根、婷、春、凝、簪、兄、云、清通叶；奚秋崖《芳草》以熏、醒、云、昏、凝、心、林、听、人通叶；张叔夏《庆春宫》以晴、人、锡、迎、筝、裙、云、情、冷通叶；毛泽民《于飞乐》三阕：一以林、阴、深、心、尊、清、春、人通叶；一以云、惊、瓶、心、亭、声、清、膺通叶；一以轻、云、匀、神、颦、魂、人、情通叶。略举数家，可得梗概。"

二、《随园诗话》卷十二云："偶见坊间俗韵，有以'真元'通'庚青'者，意颇非之。及读三百篇，爽然若失。'山榛'、'湿苓'、'十一真'通'九青'。'有鸟高飞，亦傅于天。彼人之心，于何其臻。曷予靖之，居以凶矜'。是'一先'、'十一真'、'十蒸'俱通也。《楚辞》：'肇锡余以佳名'，'字余曰灵均'。'八庚'通'十一真'也。其他《九歌》、《九辨》，俱'九青'通'文元'。"

连大诗家袁枚在"十五痕"（"真文"）和"十七庚"（"庚青"）通韵问题上也由"意颇非之"而到"爽然若失"，我们就不必再争了。至少应允许存在，不必反对，或讥为不谐音韵。

【注】

刘友竹：《诗韵改革必须以平水韵为基础》，见《中华诗词》一九九五年第一期。

（原载《文艺报》一九九七年五月二日第二版）

陈忠实书

文华兄：

您好！

所寄两部专著收到，谢谢。打开书包，我先翻看了诗词集，书装潢挺雅，先读了您的陕北、汉中、关中以及我家乡灞桥的柳树即兴所赋之诗词，真是精美。我也喜欢古诗词，只是古典文学功底浅薄，偶有感触而试笔，常常很不自信，内怯平仄之谬，您的大作正可作为范本，再次谢谢。祝夏安并愉快。

忠　实

一九九七年七月二十日

陈忠实：当代著名作家，代表作《白鹿原》获第四届茅盾文学奖。

刘征书札

文华同志：

手教及大著拜领。诗当仔细研读，以获教益。已读君关于押韵的主张，我表赞同。但此问题于诗词界有争论，保平水韵，学院中多有之。好在我行我素，他人其于我何？奉上拙著《画虎居诗词》一册，求教。另函寄上两册，另一册烦君代交张锲同志。作协其他诸公，也要奉赠，唯以邮递繁杂俟之异日。每逢诗友倍觉亲，盼多多联系。俟秋高气爽，作协之喜诗词之士若能一聚，将何如之。即候

　　吟安。

刘征草

一九九七年八月十日

王庆璠书

文华兄：

　　您好！

　　近来忙些什么，是否又有新作出来？至少古诗词是写了不少吧？我倒只是虚度岁月，一事无成。年前写的一篇东西，最近才勉强结束，其中有诗词几首，我将它们择出，请您给我把把关。词是我第一次填，不当处在所难免，您多指教，从严推敲推敲，拜托了。

　　余不赘。代问嫂夫人与孩子们好！

　　诗词随信附上。

　　即颂

　　夏安

庆　璠

一九九八年六月十八日

附：

贺新郎

　　洒泪匆匆别。望南天，风云万里，眼中明灭。一鹤九霄鸣声咽，又引相思激烈。梦断更添新梦热：宝殿歌台金玉碧，更晨钟暮鼓皋陶月。渡影者，绕松鹊。　　扶桑红日依稀觉。怅高楼，新颜旧貌，北胡南越。古往今来成历史，加减乘除难说。何必尽钻穷解结？缭乱此心浑不解，恨江河东去无西辙！长夜笛，月圆缺。

　　　穷途洙泗运难开，君主岂因地异哉？
　　　水湿车书应有意，荒墩留迹尽人哀！

　　　报越败齐周鲁摧，桑皋城外筑盟台。
　　　未干歃血赐臣死，有恨君王伏剑来。
　　　炉内香烟生雾树，御前铁戟化尘埃。
　　　斜阳狐兔水空碧，千古谁浇浊酒杯？

沁园春

一别乡关，似水流年，已近残生。叹青丝化白，玉颜
着皱，才思枯竭，椽笔凋零。且喜云山，从容过后，雨断
风消万里青。如今事，只乡思一片，魂梦牵萦。　　吴头
楚尾之间，尽半壁人文景物盈。有大湖浩淼，乾坤浮浪；
山川巍峨，红绿澄明；七月荷花，三秋桂子，莼菜银鱼醉
亦馨。会心处，在夏商秦汉，随侍恭迎。

王庆璠：1946 年生，安徽巢湖人。中国社会科学院文学研究所 78
届美学专业研究生，作者同班同学，中国文联理论研究室研究员，著有
《美学思辨》《艺术哲学思辨》《现代主义诸流派分析与批评》《一得
斋漫笔》《红楼续梦》及历史小说《大宋遗事》《汉武王朝》等。

刘长年书

雍文华先生台鉴：

前段时间忙于项目开题，直到本月 4 日才拜读大作，甚感抱歉！先生之诗词壮阔雄浑，清新如画，读后使人耳目一新，非我辈之所能及也！然先生希望"唱和"，不敢拂意，只好勉强为之。诚请点拨。谢谢！

顺祝

春安！

刘长年

2006 年 3 月 8 日

附：

沁园春·敬和雍文华先生

遥望长城，第一雄关，山海独楼。视连天渤海，茫茫无际，舟来舰往，何等风流！海起朝阳，云行暮雨，常引全球来此游。中华好，看琼楼玉宇，碧岛方舟。 悠悠往事回眸，又想起当年无数愁。昔秦皇入海，臣民遭难，唐中安史，千里荒畴。宋末危机，清遭外侮，国破家亡谁自由？观今日，有高人掌舵，何费筹谋。

丙戌年二月初四

临江仙·敬和雍文华先生

　　欲识中华诗学会，驱车寻访三天。白楼顶上九重烟。作家常聚首，这里百花妍。　　远近都来谈令慢，多方求教词仙。清音佳句入书笺。华章惊杜李，当可见文园。

丙戌年二月初五

七　律

敬和雍文华先生

　　兄诗读罢过戌时，荡气回肠启弟思。
　　悲壮翩同千载敬，愚忠康氏计常迟。
　　只因光绪无权矣，才被项城巧用之。
　　自古河山多染血，史中书尽断肠词！

丙戌年二月初六

八声甘州·敬和雍文华先生

看沈园残旧又更新，陆唐可神安？读钗头凤句，催人泪下，魂断稽山。遥想放翁着甲，威武过秦川。豪气冲霄汉，跃马寒烟。　　久望王师北定，却功成渺渺，耗尽庚年。叹人生苦短，朝服换青衫。念佳人，身心俱碎，怎晓他，才气尚超然。虽如此，伤情忧国，难过双关。

请教两点：1.114 字之《沁园春》好像有两体，差别在于下阕第一句第二字叶否，叶者下阕第七句第一字可平可仄，否则用仄，对否？2. 我看到 97 字之《八声甘州》似有 3 体，其下阕之 3 个豆句（三字句）分别为仄（平）（平）仄（仄）平，平平仄和仄平平，仄平平平平仄等两类：是否还有另一体？

丙戌年二月初六

刘征书札

文华诗兄：

读大作，眼睛一亮，文笔老到清逸，有些佳句，极有诗味。讲台湾历史，如史家笔墨，以韵文写之，想见功力。睡美人诗，了无半点俗气，格调很高。你必定已写很多，还可多写多发表。我敢说：论功力与气格，不在当代诸公之下。实事求是，绝非客套。必欲求疵，则赠台友之长诗，从整体而言，勿须评述台史，此大家所知也。过去诵君诗甚少，今当刮目。

我现住昌平北京太阳城，楼窗晴暖，甚适。正在整理诗稿。顺候笔健

二〇〇六年十一月七日

吴广书

吾师雍老夫子钧鉴：

遵嘱作一画二书，现呈上，请审示之。桃花源一诗乃夜色中所为，墨色显淡，裱后尚可；延安万花山一诗，乃昨夜酒后所为，墨色较浓，方笔为之，稍显书卷之气也。

然斗方小画，数稿不得，遂成此幅，太拙了，可能久为(未)作画，心中已毫无画意。人物显得十分呆滞，尤背上衣纹欠妥，可谨慎示人。看来要久久酝酿，为您画一幅像样的东西才行。

祝：身政两安，人文俱健！

湘阴 吴广顿首

二〇〇七年三月十五日

吴广书

吾师雍老夫子钧鉴：

今年适逢香港回归十周年、建军八十周年，本单位一连队被中央军委授予荣誉称号，忙得连睡觉时间都没有，画越往后走越没有时间画，故在今周日连夜为之，同题画了三幅，均不是顺手之作，选来两幅稍好一点的应付了事。条幅是第三张，故略显神采，但构图一般。稍方形者为第二张，构图虽很饱满，但布景有些俗气，因而均没有赶上古稀之贺也，乞酌选之，不必同情照顾了。

欢迎您来深，一则雍海在鹏，二则专请您来军营作客。工作中偶与清泉短讯传诗一乐。匆此，余删。

祝：文政两安，代问师母好！

学生　吴广顿首

二〇〇七年四月九日

我看到中华诗词上的序文了，十分感动。小广又及。

征书札

文华同志：

　　草稿寄上，不妥之处，请提出，即行删改更好。删定后，打印寄我两份。我很欣赏你的作品，今后盼多写些，才华无迟暮也。

　　天大热，寄上，免你跑一趟。祝

笔健

刘　征

二〇〇八年七月八日

庚峰：读《潇湘云水楼诗词》奉雍文华先生

　　潇湘云水韵悠扬，俊逸清新播远香。

　　拔却樊篱真肝胆，更输浩气越三唐。

　　庚峰：湘粤赣游击支队战士、广州花都区卫生局长、诗词学会会长。

二〇〇九年

时新：平实之中见真情

——雍文华《潇湘云水楼诗词集》读后

雍文华同志的诗词集《潇湘云水楼诗词集》收到后，因家事繁忙，未来得及用心细读，等到稍有时间时，即捧来欣赏。诵读之余，感受到一种平静中的享受。在他的诗词中，没有时下的那种浮躁和急功近利的显露，而是有着一种平实中的真情。

诗词创作的繁荣，是件好事。但是，在这种繁荣的景象中，时时见到了由于商业大潮促起的人们心态的浮躁和功利的追求。或者以诗为敲开名利之门的敲门砖，或者以诗为谋取金钱的谋利筏；或自我标榜，或互相吹捧；全然失去了诗词的本来面目。即使有些能够淡漠于名利，想写诗者，常常因知识准备的不足，也只能写一些顺口溜、快板书之类的东西，而不能真正进入诗词的殿堂。

当然，也不可将诗词推举得那样的崇高，以为诗是什么王冠上的明珠，诗人是不食人间烟火的神灵。其实诗词就是人们真实情感的记录和抒写。雍文华诗词正是具有那种平实而真诚的诗风，让读者能在平实中，渐消名利之心。

首先，他是一个平常的人，有着一颗平常的心。1978年考入中国社会科学院研究生院之后，游历十三省市，有《游览志余》，见白居易墓："珠玑万斛长遗世，何必青松绕墓门"；过骊山："长恨人心多昧误，兴亡声里话风流"；登莫愁湖胜棋楼："我自苍茫思往古，平湖水阔夕阳流"；饯行儿子："尘事浮沉成底事，襟怀萧索是儒生"，他总是以一颗平常之心，思古论今，不急，不躁；自思，自许，企翼着一种极平常的生活境界，这是十分难得的。
"上苑天香举世夸，灵根原本在天涯。时人不识真情性，
误作人间富贵花"，这首咏牡丹诗可以说是他那颗平常心
的写照。

其次，他是一个真诚的人，有着一颗真诚的心。于亲友：
"秋鸿去去心还在，湘水悠悠意未休"，"晓钟惊断思亲梦，
犹记哀哀伴短堤"，"且把华笺依枕畔，一行化作两行看"，
"一声归雁长天晚，细读江南问讯书"；于国事："民情国
势寻思遍，千古兴亡感慨多"，"何当一扫昆仑雪，化作千
村万户烟"；于心灵："我不为文空吊问，唯将字字照灵台"
（《读雷锋日记》），"我有乌山月一轮，容光心迹两清新"（《读
龚自珍〈寒月吟〉怅然赋此》）。真诚，是当下里人们最为渴
求和企盼的。当一切都被商品经济的那只无形的手所左右
时，不以利益价值为取向的人生态度，显得那样的纯洁与宝
贵，也是他这本诗词集中的精神之所在。

他说："此来不入秦人洞，只作凡人不作仙"（《游桃花
源》），"检点平生经历事，终不是，悟禅人"（《江神子·宿
台怀显通寺》）。守此而行，无愧一生！

二〇〇九年十二月二十六日

时新，山西清徐县人，1946 年生。1969 年毕业于中共山西
省委党校政治系。曾任中共太原市委党校教育长、山西省社科联
秘书长等职。享受国务院特殊津贴。现任山西诗词学会会长，有《柳
溪集》行世。

月白书

雍先生好！

　　您的诗集已收到，其格律严谨，文辞典丽，词意悠远，甚是耐读。您的诗词，不但题材广泛，而且不拘泥于个人情感，用语新颖现代，咏史、描景、感物、寄人，都别有风味，堪称精品。

　　第一次读您的佳作，是时新老师手机传来的《咏珍珠梅》。诗风淡雅，清新秀丽。为这诗，特意查了"珍珠梅"图片。观其花甚小，花蕾如珠，颜色洁白，晶莹可爱。此花不艳，异常清绝。能爱此花者，必为淡泊之士。不禁试和一首，也是斗胆了，若有不妥，还请先生见谅！

　　月白自小甚喜古诗，因大学专业理工，所以所学不深，只在闲暇之时吟咏上一段，以释雅兴。中国的古典文学博大精深，只惜十六年的教育，却不曾涉猎。那么优美的诗词古籍，不能被今人所学，是怎样的遗憾啊！还记得自己第一次读到《诗经》时的惊讶，那样辗转回环，缠绵悱恻的诗句，谁不动心呢！亦觉学校教育束缚了人性，掩藏了人的真实情感。

　　于诗词来说，雍先生是专业的，亦是行家。这让月白甚是敬佩。月白学词时间短，还望先生多多斧正。

　　先写到这里，家有小女，刚满周岁，凡事甚杂。待有时间，再写信与先生，可好？
遥祝安康！

月　白
二〇一〇年一月三日

　　月白，本名甄德如，著名女诗人，1979 年生，黑龙江人，理工科学士。喜爱诗词，词为专长，尤工小令。词风温婉，有《月白吟稿》行世。

吴海发书

雍文华先生：

　　山中相识，甚为欣慰。今寄上合影一帧，供以存念。您写诗，我多为研读旧体诗作。新诗基本不读，但是厦门《致橡树》作者舒婷的诗我还是见了就读的。新诗人最后几乎都要回归旧体诗的常青树下吟哦，几乎成了规律。艾青算是例外。新诗人回归，您说原因何在？您能说说其隐衷吗？我研究这个问题。您的高见或可引录在我著作中，作为一家。收照片后，请寄我一册旧体集好吗？

　　您"客里京华"已经几年了？有何感言？

　　余言后叙。即请

撰安！

吴海发拜上

二〇一〇年十月十日

　　又，见过新中国成立前诗社名录一类的书吗？我在找。

【注】

吴海发，无锡江南大学教授。

吴海发书

雍文华先生大鉴：

收到大札及大著《潇湘云水楼诗词集》已经多天，不论诗词，还是论文，我都读了，得益匪浅。

您是吴世昌先生的学生，羡慕之至。吴先生从英伦归来，我就写信给他，没有一味地祝贺。他是热爱祖国、热爱古典文学的优秀知识分子。他敢于直言、敢于针砭时弊。我在七十年代拜见他于东罗圈胡同，谈了一个下午的话，坐在红皮沙发上听他论道。临别赠我港版《罗音室诗词存稿》，给我不少的信。他病中到郑州治病也不忘给我赐函。我一直以他为师辈，他从不以我为浅薄。我在《二十世纪中国诗词史稿》为他立一专节论述。我没有辜负他的期望，犹似感恩。我的文天祥《指南录》校注本原稿中留着他不少签条，提了宝贵意见。出版时，他已谢世，不胜怅惘。

大著《潇湘云水楼诗词集》有不少好诗。您很注重诗词艺术内涵，重视技巧、修辞，深得世昌大师真传。

我在拙著诗词史稿提出两个重要的理念：

（一）、不经磨难，难有好诗。

（二）、诗应该是时代琴弦，苍生心声，言近旨远。不知雍先生同意否，愿彼此讨论一番，给我一信，好吗？

关于第一条，从古而今，屈原、李白、杜甫、陆游、黄仲则、龚自珍等，几乎都在为我作证。郭沫若为"文化大革命"唱了十年的赞歌，一年一首词，无不歌德派。我在诗词史中作了批评。但是当他遭到冲击、威胁时，他却写了这样一首词：

水调歌头

《欧阳海之歌》书名为余所书，海字结构本一笔写就。有人穿凿分析，以为寓有"反毛泽东"四字，真是异想天开。

海字生纠葛，穿凿费深心。爰有初中年少，道我为佥壬，诬我前曾叛党，更复流氓成性，罪恶十分深。领导关心甚，大隐入园林。 初五日，零时顷，饬令严。限时交待，如敢违抗罪更添。堪笑白云苍狗，闹市之中出虎，朱色看成蓝。革命热情也，我亦受之甘。

园林，指新干六校，中央高层住地、会议地。入园林者，以避祸也。我不知道新干六校在何处，君知否？

如果郭沫若不受惊吓，他也不会写这首略寓愤情的诗。尽管此词依然跳不出个人遭际。如果他无此遭际，这样的词作会写吗？他在文革初，高唱烧自己的书，以投机洗刷，逃遁了之。逃得了吗？他付出了两个儿子的鲜活的生命，让自己过关。他会无所作为吗？他的《李白与杜甫》，是借李白之酒杯，浇胸中之垒块。我写有五千余字的长文，为此说事。一般而言，不经磨难，难有好诗。您同意吗？请拨冗写给我信，算作讨论，好吗？

关于第二条，我是针对诗人的题材，过于狭窄，注意了个人或小家的琐屑、感情，诗有局限性。我也针对某些诗人过于玩弄技巧，玩弄词语的倒装（所谓为了调适平仄）伤了诗的近情、近理、近苍生，上算吗？言近旨远，能做到很不容易，您以为如何？

我很想聆听谠论，以作私下的争鸣。

今年我出版一书，在中国社会科学出版社出的。很快被相熟不相熟的朋友要走了，无书赠令兄，歉甚。附近一事，题《〈南京民谣〉非鲁迅所作考》，现很想听到不同的声音，请不吝批评，至感。

我也算中国作家协会会员，作协无相识的朋友，除了仁兄。以后愿多雅教。余言后叙。

即颂

吟安！

吴海发

二〇一〇年十一月二十六日

又，新中国成立前的诗社，我在诗词史稿中仅列二十家左右，远远不止此数。今又找得几家，还是不全。您复信说未见此类书，可能无人做过。这倒也是一个很好的研究选题。惜我已无能力做了。

胡嘉祥书

雍老师，您好！

我是温州诗词学会胡嘉祥。这次能在温州、雁荡和你们相聚，真是十分荣幸。

蒙先生赠《潇湘云水楼诗词集》大作，使我深受教益。如吉狄马加先生所讲的，读先生的诗词，有种"编年史"的感觉。因为先生的诗记录了人生历程，直抒胸臆，或对物抒怀，或人生感受，或亲友交往，鲜明地体现了先生的人生观，凝聚了先生的忧患意识和社会责任感。我写诗，亦同先生一样，必须有感而发，诗言志，发而为诗。一些空泛不实或无病呻吟的作品，使人感到厌倦。读到先生《清明前夕，梦谒双亲，醒后哭吐此诗》，使我深有同感。"晓钟惊断思亲梦，犹记哀哀伴短堤。数页纸钱心作烬，一番拜扫泪沾泥。……"等等诗句，也触动了我的思亲哀情。我曾写过思念外婆的一首绝句，现在还经常想起外婆的关怀之思而潸然泪下。去年我母亲受伤去世，我也曾写过几首《泣怀慈母》《夜归思母》《兰花开时怀先母》等诗，事事真实。读先生的诗，总感到每首都有出处，使人获得"秋鸿去去心还在，湘水悠悠意未休"之缠绵情义的感受。先生博学多才，诗句清新，词藻高雅就更不用说了。这次温州庚寅诗集，我选编先生五首，以后将继续选用。

雍先生，这次温州相聚，虽初次见面，深感厚爱，赠我诗集，也深为感激。近温州"墨池大楼"大装修，又忙于编《温州诗词》集，编《中国对联集成·温州卷》及温州宣传部、各部门的诗词奖赛等活动，至今才整理照片，给您去信，请

您原谅。我水平低，恳请先生多多来信指导，并欢迎能再次
莅温指导。最后，祝您健康长寿，阖家平安幸福。

　　　　　　　　　　　温州后学胡嘉祥叩上
　　　　　　　　　　　二〇一〇年十二月十日

胡嘉祥，浙江温州诗词学会副会长兼《温州诗词》主编。

蔡长松书

文华先生：

问大姐好！昨从陕返琼，在《中华诗词》今年七期上拜读大作，受益良多。您在诗词领域建树甚丰，承蒙赐教，深表感谢。欢迎今冬来海岛避寒。

夏安！

蔡长松

辛卯仲夏 二〇一一年

蔡长松，海南诗词学会名誉会长、中共海南省委副书记，诗人、散文家，有《湖海诗词集》等行世。

时新书

文华词长：

您好！北戴河返并后，即写字一条，不知是否合适，今寄上，如不合适，可重新写。

下半年学会事多，诗词写作一直很少，如有新写的，即寄上请教！

即颂

吟安！

时 新

二〇一二年八月二日

恭王府雅集：相邀海棠花开时

雍文华先生：

春和景明，海棠花开，文化部恭王府管理中心邀您来府赏花、吟诗、作画、抚琴、听曲，共襄海棠雅集。

文化部恭王府管理中心

地址：北京市西城区前海西街 17 号

时间：二〇一四年四月十八日晚七时

恭王府海棠雅集

恭王府始建于清乾隆四十五年（1780 年），是目前国内唯一保存完整并且对社会全面开放的清代王府。

恭王府的诗词文化由来已久，从有史可考的第一代府主和珅到恭亲王，再到恭亲王后人载滢、溥儒等，留下了《嘉乐堂诗集》《萃锦吟》《云林书屋诗集》等大量诗篇。又据周汝昌等学者考证，《红楼梦》中的大观园应是恭王府的前身，如所考属实，正如诗人叶嘉莹所讲：红楼竟亲历，百感益无端。大概也正因为此，到了辅仁大学时期，陈垣校长就以梦中人物探春所起的《海棠诗社》为题，每到司铎书院（今恭王府）海棠花开之时，遍邀京城学人来府雅集，写诗品茗，畅谈古今，留下了多部《海棠诗集》，来与者包括陈寅恪、王国维、鲁迅、沈尹默、顾随等耳熟能详的大学者。周汝昌先生致信恭王府，提议在恭王府重起《海棠诗社》。一个修缮完好的府第，只是一个物质空间，要兴盛起来，必须还要赋予它内在精神活动和内在生命，文化部恭王府管理中心举办一系列文化活动和学术研究旨在于此。今年春日早临，恭王府海棠花即将盛开，现遍邀国内外学者、文人、艺术家来府一聚，赏花、吟诗、作画、品茗、听曲，共襄《海棠雅集》。

五律·致雅集诗友

马　凯

王府悬明月，海棠催赋生。
引吭听润雨，落笔遣东风。
得句随情溢，和诗逐兴升。
清醇人自醉，天籁共心声。

满庭芳·甲午海棠雅集

李文朝

花应天时，春随人意，府深庭满芬芳。海
棠初绽，娇美著新妆。墨客骚人又聚，仙音起，
韵绕雕梁。恭王苑，琼楼玉树，倒影入清塘。

绵长，思绪里，丹墙绿瓦，见证沧桑。有
遗梦红楼，异彩奇光。岁次重逢甲午，非昔比，
狮醒东方。凭栏望，花团锦簇，正道莫彷徨。

2014年4月恭王府海棠雅集绝句四首

葉嘉莹

一

春风又到海棠时，西府名花别样姿。
记得东坡诗句好，朱唇翠袖总相思。

二

青衿往事忆从前，黉舍曾夸府邸连。
当日花开战尘满，今来真喜太平年。

三

花前小立意如何，回首春风感慨多。
师友已伤零落尽，我来今亦鬓全皤。

四

一世飘零感不禁，重来花底自沉吟。
纵教精力逐年减，未减归来老骥心。

二〇一四年三月二十二日

下编 理论卷

内　篇：

李　白·道教思想·盛唐气象

诗人李白是我国古代诗坛上的高峰，世界文学的巨匠。他的辉煌不朽的诗篇，是我国文学宝库中的巨大瑰宝，至今仍放射出灿烂的光辉，成为我们民族的骄傲。

我国研究家们对这位伟大诗人所进行的研究，在50年代无疑取得了巨大的成就。但同时在许多重大问题上却仍然存在着分歧，甚至混乱。有的研究家判定李白相信人可以长生不老，返老还童，相信服了仙丹，可以羽翼高飞[①]，因而说他志尚道术，谓神仙可致，是唐代儒、佛、道三教道教在文学上的代表，是反映道教思想的杰出作家[②]；有的研究家则认为李白的主要代表作是歌颂李唐王朝盛世的篇章，因而是一个具有全面的代表性的、表现出最典型的"盛唐气象"的诗人[③]。这就说明，李白的诗的价值究竟在什么地方，李白在我国文学史上的地位究竟建立在什么基础上这个问题，有必要进行深入的探讨，以求得正确的解决。

道教的主旨在于清静无为，消极厌世，安于现状，无有是非。我们考察李白生平事迹和他的诗篇，实在难以得出他是反映道教思想的杰出作家的结论。

李白"少有逸才，志气豪迈"，"通诗书，观百家"，加上处于开元极盛时期，早就怀着"申管晏之谈，谋帝王之术，奋其智能，愿为辅弼，使寰区大定，海县清一"的政治理想。在这种政治理想的驱使下，26岁，他便"仗剑去国，辞亲远游"，去开拓自己的政治生涯。他浪游吴楚一带，曾上书韩荆州说："白，本陇西布衣，流落楚汉。十五好剑术，遍干诸侯；三十成文章，历抵卿相。虽身长不满七尺，而心雄万夫。"陈说自己的抱负与才能，希望得到引进。虽然没有成功，但他在此后漫游生涯中，并未熄灭从政的热情。天宝元年（公元 742 年），李白因吴筠与贺知章的推荐，被玄宗召往长安。这时，诗人感到施展抱负的时机来了，写出了"仰天大笑出门去，我辈岂是蓬蒿人"、"归时倘佩黄金印，莫见苏秦不下机"的自负而得意的诗句。由于唐玄宗已经丧失了开元时期励精图治的精神，逐渐变成一个骄奢淫逸的昏君，政治黑暗，朝政混乱，而李白又风骨凛然，不事权贵，终被谗毁，"赐金放还"。但是，李白虽时时抒发怀才不遇、报国无门的牢骚和怨恨，却并未一蹶不振，他的积极用世的进取精神依然是很强烈的。这在他的诗歌里得到了反复的表述：

我欲攀龙见明主，……（《梁甫吟》）
天生我材必有用，……（《将进酒》）
才力犹可倚，不惭世上雄。（《东武吟》）
萧曹曾作沛中吏，攀龙附凤当有时。（《猛虎行》）
东山高卧时起来，欲济苍生未应晚。（《梁园吟》）

诗人的政治热情一直没有衰歇。特别是安史之乱以后，诗人那种"安社稷"、"济苍生"、澄清中原、解民倒悬的火样般的感情，一直在烧灼他的灵魂。因此，当永王璘带甲东下时，诗人怀着满腔的热情和理想参加进去，期望最终施展抱负，"为君谈笑净胡沙"。可是，黑暗的现实无情地粉碎了诗人的理想，统治者内部的争权夺利，玷污了诗人的爱国至诚。永王兵败，诗人被逮，长流夜郎。尽管诗人遭到这样沉重可怕的打击，但依然雄心不减，唱出了"君登凤池去，勿弃贾生才。……中夜四五叹，常为大国忧"这样忧思深广、热情期待的歌声。上元二年（公元 761 年）诗人已经 61 岁，当他听到李光弼率领部队到临淮去追击史朝义，他毅然前往参加，直至因病折回，第二年客死当涂。人们可以清楚地看到：诗人自生至死，有着高尚的政治理想，有着从政的雄心壮志和积极进取的精神。这与道教鼓吹的清静无为，消极遁世有什么共同之处呢？诗人有着至死不渝的爱国至诚和对人民的深切同情，有着分明的是非和热烈的爱憎。这与道教宣扬的"物无非彼，物无非是"的虚无主义有什么共同之处呢？然而有的研究家却硬要说诗人是道教在文学上的代表，是反映道教思想的杰出作家，这真叫人难于理解。

或许，有人会质问我：你不知道李白"五岳寻仙不辞远，一生好入名山游"的行为吗？你没有看见他大量寻仙访道、放浪山水的诗篇吗？诚然，谁也不能否认李白一生寻仙访道、放浪山水的事实，谁也不能否认他写下的大量求仙采药的诗篇。但是，我们能不能据此而断定李白就是一个相信可以长生不老、返老还童，相信服了仙丹便可以羽翼高飞的道教方士呢？我看是不能这样下断语的。要举出和这些研究家们作为论据的相反的材料，在李白的诗中似乎比比皆是：

尚采不死药，茫然使心哀，……徐市载秦女，楼船几时回？但见三泉下，金棺葬寒灰。（《秦王扫六合》）

吴宫花草埋幽径，晋代衣冠成古丘。（《登金陵凤凰台》）

生者为过客，死者为归人。天地一逆旅，同悲万古尘。（《拟古诗》）

求仙服药，以图长生，秦始皇、汉武帝何尝成功？就是道教的大教主李耳，晋魏闻名的方士的下场，李白何尝又不清楚？"老子入夷狄为浮屠"的传闻，李白自然知道是东汉以后道教徒撒下的弥天大谎；《庄子》里面所载"秦佚三号"的故事比老子"出函谷关，不知所终"要真实得多，李白恐怕也是知道的。东晋葛洪可说是采药炼丹的专家，可他最后不得不说，"有积金盈柜，聚钱如山者，复不知有此不死之法；就令闻之亦万无一信。"④这对博览群书的李白也是不可能不知道的。所以，李白对于求仙访道、采药炼丹何曾认真过：

仙人殊恍惚，未若醉中真。（《拟古》第三首）
贤圣既已饮，何必求神仙！（《月下独酌》第二首）

他对服药可以成仙是怀疑的：

安得生羽毛，千春卧蓬瀛？（《天台晓望》）
安得不死药，高飞向蓬瀛？（《游泰山》第四首）

他知道这是无法实现的，"安得"二字已把他热切向往而又自知不能的心理和盘托出。恰恰相反，对于人生有限，生死有常，他却是确信无疑的。所以，他时常发出"人生如梦"的哀感，这是无须举例说明的。

那么，有人会问我：那你如何解释李白那些求仙采药、放浪山水的行为和诗篇呢？

我觉得，一个诗人的行为和诗篇中所呈现的矛盾现象、复杂情况，也就是诗人思想上的矛盾性、复杂性，不应当在诗人的思想本身去寻求解释，而应当到当时社会生活中寻求形成这些矛盾现象、复杂情况的原因。所以，马克思主义文艺理论指示我们："经济制度对艺术发展、对艺术的影响虽然是曲折的，但它具有物质的即经济的制约性则是无疑的。政治、艺术、哲学的观点以及整个社会上层建筑发生变化、变革的根本原因，不应当到这些观点的本身中去探求，而应当到社会经济基础的变化中去探求⑤"。"一定的文化（当作观念形态的文化）是一定社会的政治和经济的反映，又给予伟大的影响和作用于一定社会的政治和经济；而经济是基础，政治则是经济的集中表现。"⑥因此，我们要解释李白思想上（体现在行为和诗篇中）的矛盾，必须分析他所处时代的社会经济政治的情形。

从唐朝立国到开元年间（公元618-742年），经历了近130年的发展，经济繁荣，国力强大，促使知识分子普遍产生建立功业的宏大抱负。但与此同时，在思想政治领域里有个突出的现象，就是开元年间，道教盛极一时。那原因是，自从唐高祖同李耳（老子）攀上家门之后，道教便成了唐代统治阶级思想斗争和政治斗争的重要武器⑦。当时，求仙学道，风靡朝野。王公大臣，高官显宦，无不竞相以学道为荣。文人学士更是寄迹道门，聊充隐士，借此造就声誉，为浮游宦海准备航梯。"终南捷径"的故事，绝好地说明了这一时代的风气。李白抱负极大，才情极高，处此社会风气之中，以求仙访道、浪迹山林，作为开展政治活动的手段，就很自然了。李白一方面利用自己的文名，耸动人主；一方面广交道友，树立声名，终于因道士吴筠、贺知章，玉真公主推荐而被唐玄宗召至长安。他的成功，当然不是偶然现象。这一事实有力地证明了李白求仙学道的真实意图。了解这一点，确实是了解李白生平和他的诗篇的一个关键。天宝三年（公元744年），李白被放逐出朝以后，几乎浪游了大半个中国的山水，写下了大量求仙访道的诗篇，统统不过是他在政治上碰壁、极度失意的情况下，借以抒发愤懑而已。当然应该严肃指出：这种愤懑绝不是诗人个人的私愤，而是诗人对统治者荒淫无耻、对统治者发动战争给人民带来的苦难、对奸佞当道、贤路闭塞的昏暗朝政的揭露和控诉。李白自己在《暮春江夏送张祖监丞之东都序》中已讲得非常清楚："仆书室坐愁，亦已久矣。每思欲遐登蓬莱，极目四海，手弄白日，顶摩青穹，挥斥幽愤，不可得也。"征诸其诗，更是了然。他在放浪山水、饮酒求仙之时，何尝忘记世事、飘然远引？就在他"素手把芙蓉，虚步蹑太清，霓裳曳广带，飘拂升天行"的时候，他看到了国家的残破、人民的苦难，对反动统治者表示了无比的憎恨："俯视洛阳川，茫茫走胡兵。流血涂野草，豺狼尽冠缨。"就在他梦游天姥，流连那"洞天石扉、訇然中开，青冥浩荡不见底，日月照耀金银台。霓为衣兮风为马，云之君兮纷纷而来下"的神仙境界的时候，却又"忽魂悸以魄动，恍惊起而长嗟"，感到现实的黑暗和压力，喊出了震撼人心的"安能摧眉折腰事权贵，使我不得开心颜"的悲壮而高傲的呼声。就在他面对"金樽美酒"、"玉盘珍馐"狂饮烂醉的时候，他却忽然"停杯投箸不能食，拔剑四顾心茫然"，哀叹"行路难"，同时又表现出"长风破浪会有时，直挂云帆济沧海"的高度乐观和自信。可以看出，诗人无论是求仙访道、放浪山水或者高歌狂饮的时候，都丝毫没有忘怀祖国，忘怀人民，忘怀自己的政治理想。关于这一点，范传正是了解得很清楚的。他在《唐左拾遗翰林学士李白新墓碑》中作了令人信服的说明："公以为千钧之弩，一发不中，则当摧幢折牙，而永息机用，安能效碌碌者苏而复上哉？脱屣轩冕，释羁鞿琐，因肆情性，大放宇宙间。饮酒，非嗜其酣乐，取其以自富。作诗，非事于文律，取其吟以自适。好神仙，非慕其轻举，将有不可求之事求之，欲耗壮心，遣余年也。"

综上所述，我们可以得出这样的结论：李白很早就怀抱着"济苍生，安社稷"的政治理想。在坎坷困难的人生道路中，他一直怀着强烈的进取精神、分明的是非和强烈的爱憎。他热爱祖国，同情人民，对统治者的骄奢淫逸、对不合理的社会制度进行了揭露和抗争，喊出了人民的某些心声。他的放浪山水，求仙访道，在入长安之前乃是开拓自己政治生涯的手段；在离长安之后则在于借以排遣幽愤，寄托自己渴望自由和个性解放的理想。他是一个代表着人民情绪的诗人，他绝不是某些研究家所说的道教徒。

正如某些研究家找不到诗人的主要的本质的东西一样，有些研究家也看不到诗人诗篇中那些真正具有价值的东西。他们把诗人说成是李唐王朝盛世的歌手，是表现出最典型的"盛唐气象"的诗人。他们说诗人反映了开元天宝盛世的太平歌舞之欢，衣冠文物之盛⑧。我们不禁要问，这是指的长安大道上的七香车吗？⑨这是指的京城权贵的连云甲宅吗？这是指的"冠盖何辉赫"的斗鸡游宴盛况吗？这是指的沈香亭畔风流富丽的牡丹花吗？⑩这是指的"宫中行乐词"和"清平调"吗？油壁香车、连云甲宅、斗鸡游宴，都是统治阶级的骄奢淫逸、寻欢作乐。"彤庭所分帛，本自寒女出。鞭挞其夫家，聚敛贡城阙。"统治者把自己的享受建立在劳动人民的痛苦之上。这只是统治阶级的"盛世"，却不是劳动人民的"盛世"。填写宫词，歌颂宫廷生活，这是歌颂谁家的"升平"？这难道就是所谓人民力量高涨造就的"盛唐气象"吗？⑪ 他们说，诗人歌颂了"厩马散连山，军容威绝域"的边功。是的，《塞下曲》一组诗里充满着诗人"愿将腰下剑，直为斩楼兰"、"横行负勇气，一战静妖氛'一类的立功异域的豪情。但是，我们查一查历史，开元天宝年间所进行的战争，都是唐玄宗统治集团好大喜功而发动的开边拓土的侵略战争，它给人民带来了很大的灾难。这难道也是人民力量高涨所造就的"盛唐气象"吗？关于这一点，严正的历史学家早已给我们指出来了⑫。他们还说，诗人豪气迸发是"盛唐那个上升发展的现实的反映"，甚至扩而充之，说"这反映在人民的思想意识上，一般说来，都会感到生活是有意义的，对事业有信心，对事物有热情"，⑬总之一句话，那是一个诗人、人民、统治阶级都充满着希望的时代。我们且不说，李白至死都是豪气迸发的，这种论断不大符合事实，更重要的是这种论断已经偏离了马克思主义的阶级分析了。由此看来，诗人李白虽然曾经歌颂过李唐王朝的"歌舞升平"，但那不是主要的，在全部诗作中只占极少的分量。他的诗所大量反映的也不是所谓人民力量造就的"盛唐气象"，说他是表现出最典型的"盛唐气象"的诗人也是不符合李白现存诗歌的事实的。不独浪漫主义流派的李白是这样，现实主义流派的杜甫也是这样。他的诗表现了安史之乱以后整个忧伤混乱的时代，从中很难看到所谓"盛唐气象"，还有田园山水诗派的王维、孟浩然的诗歌，把李唐王朝统治下的广大农村写得那么平静、和谐，安详、闲适，我们也不能说他们反映了由人民力量高涨所造就的"盛唐气象"。边塞诗派的高适、岑参虽然歌唱了"安边定远"的理想，抒发了慷慨从戎的精神，严格地说来，也无非是在客观上迎合了唐玄宗好大喜功、开边拓土的侵略心理，算不上歌颂了蓬勃向上的时代精神。因此，在所谓"盛唐气象"问题上，我们可以这样做个结论：说历史上曾经出现过"盛唐"时期，那是无可怀疑的；说中国古典诗歌在开元天宝年间出现过一个"名家辈出"，"诗体大备"、万紫千红、百花齐放的极盛时期，那也是无可怀疑的；唯有说"盛唐"诗歌反映了所谓"盛唐气象"，并推李白作为代表的说法，值得研究。那么，或许有人要问我：你既然承认有"盛唐"，又有"盛唐"诗歌，难道一个时代的诗歌；可以不反映一个时代的社会生活吗？"盛唐"诗歌不会表现出"盛唐气象"吗？我们说，当然一个时代的诗歌要表现出一个时代的生活。我们考察"盛唐"诗歌与盛唐社会之间的关系，就可以发现：从武德元年到开元天宝年间近130年的经济发展，是"盛唐"诗歌产生的物质基础，而开元天宝年间被表面繁华掩盖下的尖锐的阶级矛盾和阶级斗争，特别是安史之乱所激化的各种社会矛盾，提供了"盛唐"诗歌以丰富而深刻的生活内容，从而出现了中国古典诗歌史的黄金时代。因此，离开了对开元天宝年间社会生活全面而深刻的考察，只在所谓"盛唐气象"上打圈圈，是无法正确认识我国"盛唐"诗歌的价值与地位的，也是无法认识李白诗篇的价值和他在我国文学史上的地位的。历史事实证明：开元天宝年间既是社会物质基础比较发展的时代，又是阶级矛盾十分尖锐、两大对立阶级间生死斗争一触即发的时代。土地高度集中，均田制名存实亡，农民大多失去了土地。统治阶级横征暴敛，大肆挥霍劳动人民的财富。据史书记载：贵宠们给玄宗进食，一次多至数千盘，一盘价值十个中等人家的财产。统治者穷兵黩武，不断发动开边拓土的侵略战争，给人民带来了无穷的兵祸。重用奸佞，信任宦官，阻塞贤路，政治昏暗[⑭]。诗人李白和他的不朽的诗篇，就是产生在这样一个人民对统治阶级斗争高涨的时代，他不是产生于歌舞升平、表面繁华的所谓"盛唐"，他的主要的优秀的诗篇也不是那个所谓"盛唐"的颂歌。人民所喜爱的是诗人指斥权贵的诗篇：

> 大车扬飞尘，亭午暗阡陌。
> 中贵多黄金，连云开甲宅。
> 路逢斗鸡者，冠盖何辉赫！
> 鼻息干虹蜺，行人皆怵惕。
> 世无洗耳翁，谁知尧与跖？
>
> （古风：《大车扬飞尘》）

> ……鸡鸣海色动，谒帝罗公侯。
> ……衣冠照云日，朝下散皇州。
> 鞍马如飞龙，黄金络马头。
> 行人皆避易，志气横嵩丘。
> 入门上高堂，列鼎错珍馐。
> 香风引赵舞，清管随齐讴。
> 七十紫鸳鸯，双双戏庭幽。
> 行乐争昼夜，自言度千秋。
>
> （古风：《天津三月时》）

人民所喜爱的是诗人反对统治阶级穷兵黩武，给人民带来无穷兵祸的诗篇：

> 白骨横千霜，嵯峨蔽榛莽。
> 三十六万人，哀哀泪如雨。
>
> 且悲就行役，安得营农圃？
> 不见征戍儿，岂知关山苦！

（古风：《胡关饶风沙》）

人民所喜爱的是那些充满着诗人忧国忧民感情的诗篇：

> 俯视洛阳川，茫茫走胡兵。
> 流血涂野草，豺狼尽冠缨。

（古风：《西上莲花山》）

是那些控诉统治阶级对人民残酷压迫的诗篇：

> 云阳上征去，两岸饶商贾。
> 吴牛喘月时，拖船一何苦！
> 水浊不可饮，壶浆半成土。
> 一唱都护歌，心摧泪如雨。
> 万人凿盘石，无由达江浒。
> 君看石芒砀，掩泪悲千古！

（《丁都护歌》）

是那些歌颂建立在人生贵相知、何用金与钱的道义基础上的纯贞友谊的诗篇：

> 杨花落尽子规啼，闻道龙标过五溪。
> 我寄愁心与明月，随风直到夜郎西。

（《闻王昌龄左迁龙标遥有此寄》）

> 李白乘舟将欲行，忽闻岸上踏歌声。
> 桃花潭水深千尺，不及汪伦送我情。

（《赠汪伦》）

是那些歌颂劳动人民纯贞爱情的诗篇：

> 耶溪采莲女，见客棹歌回。
> 笑入荷花去，佯羞不出来。

（《越女词》其三）

> 巴水鱼如箭，巴船去若飞，
> 十月三千里，郎行几岁归？

（《巴妇词》）

人们所喜爱的还有那些放浪山水，寄情酗饮，宣泄诗人怀才不遇、报国无门的巨大幽愤的诗篇。

李白对那些阻隔他的政途，肆意进谗的贵宠表示出深沉的幽愤：

> 世人不识东方朔，大隐金门是谪仙。
> 君王虽爱蛾眉好，无奈宫中妒杀人。

> （《玉壶吟》）

> 大道如青天，我独不得出，……淮阴市井笑韩信，汉朝公卿忌贾生。

> （《行路难》其二）

他对自己上进无门，不得一展抱负感到无比悲愤：

> 长啸《梁甫吟》，何时见阳春？……阊阖九门不可通，以额扣关阍者怒。白日不照吾精诚，杞国无事忧天倾。……智者可卷愚者豪，世人见我轻鸿毛。

> （《梁甫吟》）

> 金樽美酒斗十千，玉盘珍馐值万钱。停杯投箸不能食，拔剑四顾心茫然。……闲来垂钓碧溪上，忽复乘舟梦日边。行路难！行路难！多歧路，今安在？

> （《行路难》）

君不见黄河之水天上来，奔流到海不复回！……钟鼓馔玉不足贵，但愿长醉不用醒。古来圣贤皆寂寞，惟有饮者留其名。……五花马，千金裘，呼儿将出换美酒，与尔同销万古愁。

（《将进酒》）

弃我去者，昨日之日不可留；乱我心者，今日之日多烦忧。……抽刀断水水更流，举杯消愁愁更愁。人生在世不称意，明朝散发弄扁舟。

（《宣州谢朓楼饯别校书叔云》

揽涕黄金台，呼天哭昭王。
无人贵骏骨，騄耳空腾骧。
乐毅傥再生，于今亦奔亡。

（《经乱离后天恩流放夜郎忆旧游书怀赠江夏韦大守良宰》）

他对那正斜不分、贤愚不辨的丑恶社会发出了激烈的抗争：

蝘蜓嘲龙，鱼目混珍。
嫫母衣锦，西施负薪。

（《鸣皋歌送岑征君》）

世道日交丧，浇风散淳源。
不采芳桂枝，反栖恶木根。

（古风：《世道日交丧》）

诗人感到怀才不遇，是他无法实现自己"济苍生"，"安社稷"的政治理想；诗人感到愤愤不平，是他不忍目睹"白骨成丘山，苍生竟何罪"的人民的痛苦，不忍目睹"流血涂野草，豺狼尽冠缨"的破碎山河，不忍目睹"珠玉买歌笑，糟糠养贤材"的丑恶现实。诗人写的是社会的重大主题，抒发的是人民内心的情感。他揭露了现实，批判了现实，"灌输了对于现存秩序永恒性的怀疑"（**恩格斯语**）。过去有些研究家正是因为不能透过诗人放浪山水、寄情酣饮的"荒诞"行为，透过"怀才不遇"的忧思和哀感，而看到诗人的痛苦与悲愤深深地伸进了人民之中，所以就得出了这些直接或通过抒情方式评论社会生活、充分反映人民情绪和要求的作品"还没有达到足以成为他的主要代表作的水准"的奇怪结论，硬把那些歌颂升平、矜伐边功的少量的、至少是很少有进步性的东西，当作诗人主要的最具价值的东西。[15]他们完全离开了马克思主义文艺理论的又一基本原理：评价艺术作品的进步性，重要的不在于它的题材，它的直接描写对象是不是人民本身，而在于作者是否渗透着人民的思想感情来描写和评价社会生活，反映人民的情绪。

综上所述，我可以得出如下结论：李白诗的主要部分，最有思想价值的部分是他天宝元年入长安之后，反映社会重大问题、表现人民对统治阶级斗争高涨、表达了人民斗争情绪的诗篇。他不是所谓"盛唐气象"的歌手，他是表现了人民情绪的一代诗人。不承认这一点，就只能抹杀李白诗篇的价值，降低李白在我国古典诗歌史上的地位。

一九七八年五月

【注】

① 郭沫若：《李白与杜甫》第 89 页。

② 范文澜：《中国通史简编》第三编第 670 页。

③ 舒芜：《李白诗选·前言》。

④ 郭沫若：《李白与杜甫》第 90 页。

⑤ 《苏联文学艺术论文集·论艺术在社会生活中的地位和作用》。

⑥ 毛泽东：《论新民主主义》。

⑦ 参看范文澜：《中国通史简编》第三编第 650-658 页.

⑧ 时萌:《谈研究李白的几个问题》,见《文学遗产》选集二辑。

⑨ 时萌在《谈研究李白的几个问题》中引初唐诗人卢照邻的《长安古意》说明唐诗中反映过盛唐面貌。

⑩ 舒芜：《李白诗选·前言》。

⑪ 转引自时萌的《谈研究李白的几个问题》。

⑫ 范文澜：《中国通史简编》第三编第 682 页。

⑬ 张志岳：《诗词分析》第 139 页。时萌《谈研究李白的几个问题》。

⑭ 参看范文澜：《中国通史简编》第三编第 117-120 页。

⑮ 舒芜：《李白诗选·前言》。

附记：1976 年国家决定于 1977 年恢复招考研究生，年龄限 35 岁以下。因考生不足，质量不够理想，招考研究生工作未能如期举行，决定将年龄放宽到 40 岁以下。1978 年 3 月 23 日始见诸《湖南日报》。此文乃报考中国社会科学院文学研究所唐宋诗词专业研究生所交论文，约草成于 5 月间，时间仓促，资料极少，很难全面深刻展开论证。

论罗隐

　　内容简介：本文对唐末诗人罗隐所处的时代及其生平与思想，对他的《甲乙集》和《谗书》以及他在文学史上的地位与影响，作了较为全面、具体的介绍、分析和评价，指出了古今学者对罗隐介绍中的一些错误，对以往文学史研究者对罗隐诗文创作的现实主义性质之估计不足提出了批评。作者认为，罗隐的诗文为人才的进退用舍而抗争，为民生疾苦而呼喊，对黑暗社会，特别是对封建最高统治者进行揭露、嘲讽和批判，表示愤激和抗争，具有很高的思想性和艺术性，罗隐应属于唐末现实主义流派的重要作家。作者进而对如何理解封建社会诗人怀才不遇之作的社会意义，如何理解抒情诗中的社会现实题材，如何评价古代作家作品，避免发生背离马克思主义的阶级分析或违反历史唯物主义的错误，提出了自己的看法。全文四万字。

　　导师吴世昌（文学研究所研究员）乔象钟（文学研究所副研究员）

　　论文答辩委员会主任委员廖仲安（北京师范学院中文系主任，教授）

委员吴世昌　乔象钟

——《中国社会科学院研究生院1981届研究生毕业论文简介》
中国社会科学出版社，一九八二年五月第1版

　　罗隐，唐末诗人。《旧五代史·罗隐本传》称他"诗名于天下"。《五代史补》记载邺王罗绍威对其幕僚说："罗隐名振天下"。《唐诗纪事》卷六十九《罗隐》条载："江南李氏，尝遣使聘越，越人问见罗给事否？使人曰：不识，

亦不闻名。越人云：四海闻有罗江东，何拙之甚？"据此可知，罗隐在唐末是很有诗名的。罗隐的著作也颇丰富，现存诗歌四百九十首，文章一百二十篇，其中，讽刺小品文集《谗书》六十篇，尤见精彩。但是，时至今日，对于罗隐的研究，却没有深入展开。就我所见，国内国外，尚无专文全面论及罗隐[①]。各种文学史、诗选，对于罗隐生平事迹的介绍，大抵语焉不详，颇多遗漏；而关于他的著作，几乎全不免有不暇细考，因循相误之处。文学史家、选家往往将《罗昭谏集》作为罗隐著作的总集介绍于读者，其实是错误的。《吴越备史·罗隐本传》只说"所著《江东甲乙集》《淮海寓言》及《谗书》《后集》，并行于世"，没有总集。《崇文总目》载《罗隐集》二十卷、《江东后集》十卷、《甲乙集》十卷、《罗隐赋》一卷、《罗隐启事》一卷、《谗书》五卷。至郑樵《通志·艺文略》载《罗隐集》二十卷、《后集》三卷，又《吴越掌记集》三卷。《郡斋读书志》载"罗隐《甲乙集》十卷、《谗书》五卷、后志载《吴越掌记集》一卷。《直斋书录解题》载《罗江东甲乙集》十卷、《后集》五卷、《湘南集》三卷……隐又有《淮海寓言》《谗书》等，求之未获。"随斋批注云："《谗书》刊於新城县。"尤袤《遂初堂书目》亦载有《罗隐集》《罗昭谏集》，然均早已亡佚。明姚叔祥所校屠中孚所刻《罗昭谏江东集》五卷虽存，但并非全璧。万曼《唐集叙录·罗昭谏集》："另诗集又载《罗江东集》十卷，此外各录子部仍有《两同书》一种。据此，则罗隐著述颇为夥颐，但传于今者不过《甲乙集》《谗书》《两同书》以及后人汇编之《罗昭谏集》，其余诸集，或散佚或全亡。"现存较完整的《罗昭谏集》乃清新城（《四库全书提要》误作彭城）

令张瓒康熙九年（公元1670年）据《江东集》抄本（即明姚叔祥所校、屠中孚所刻《罗昭谏江东集》五卷）和《甲乙集》刻本合刻，已非旧帙，遗漏颇多。其中，诗漏收38首，文漏收65篇，其中46篇是《谗书》中的作品。《四库全书·罗昭谏集》即采用张本，无一字增减。直到嘉庆十二年（公元1807年），才由海宁吴骞将《谗书》刻入其《愚谷丛书》。另有三篇《代武肃王钱镠谢赐铁卷表》《吴公约神道碑》《钱氏大宗谱列传》，收在《全唐文》中。又，《四库全书提要》引张瓒《罗昭谏集·跋》云："《文苑英华》有隐《秋云似罗赋》一篇，盖即《后集》之律赋，此本失载，则所采尚（有）遗漏矣。"这也是错误的。失载不止一篇，已详上文。《文苑英华》有隐《鞠歌行》一篇，未曾收入，但《秋云似罗赋》却是侯喜的作品。胡玉缙《四库全书总目提要补正》、余嘉锡《四库全书辨证》，均未予以订正，致使汪德振因循相误，录入《罗隐年谱》中。由此看来，开展对罗隐的研究，实属必要。本文拟就罗隐的生平、思想及其诗文创作，进行一些初步的探讨。

一、罗隐所处的时代及其生平与思想

（一）影响罗隐的思想及其诗文创作的三要素

1. 黑暗、动乱的政治形势

罗隐生于唐文宗大和七年（**公元833年**），死于梁太祖开平三年（**公元909年**），历文、武、宣、懿、僖、昭、哀七朝，主要活动于宣、懿、僖、昭四朝。

李唐王朝经过安史之乱，元气大伤，逐渐崩溃，到唐穆宗（**公元821年即位**）开始进入末期。自此以后，政治大坏。罗隐在论到当时的形势时说："天下自懿考僖皇之后，纲领不振，即以庞勋抵触于前，王仙芝践踏于后，寻乃黄巢大掠于京城。所以齐寇攘臂一噪，四海瓦解，②虽然观点上不免表现出对农民起义的某种敌视，但所谓朝纲不振，农民纷纷起义，却道出了历史的真实。

朝纲不振，首先表现在宦官专权。唐代自德宗以后，宦官掌握禁军，操纵朝政，大臣的进退用舍，皇帝的废立生杀，都由宦官把持。所以《新唐书》卷207《宦者上》说："威柄下迁，政在宦人，举手伸缩，便有轻重。至慭士奇材，则养以为子；巨镇强藩，则争出我门。"《旧唐书》卷184《宦官传序》也说："自贞元之后，威权日炽，兰锜将臣，率皆子畜；藩方戎帅，必以贿成；万机之与夺任情，九重之废立由己"。考唐代历史，朝廷大臣的进退用舍，自安史之乱后，概由宦官决定。例如，元载做宰相是靠了宦官李辅国的推举；李庸、皇甫博做宰相也是靠了勾结宦官吐突承璀；诗人元稹，后来位至宰相，也是走的宦官崔潭峻、魏弘简的门路。宦官对于自己不满意的朝廷大臣，则尽力打击、排斥，甚至制于死命。如文宗时的宰相李石，几乎被宦官仇士良所遣刺客杀死，只好被迫下台。这种对朝廷大臣"与夺任情"的情况到罗隐所处时代，就更为严重了。《新唐书》卷208说："（田）令孜知帝（僖宗）不足惮，则贩鬻官爵，除拜不待旨，假赐绯紫不以闻。百度崩弛，内外垢玩。既所在盗起，上下相掩匿，帝不及知。是时贤人无在者，惟佞鄙沓贪相与备员，偷安噤默而已。"宦官的专权还突出地表现在连皇帝的废立生杀，也由他们操纵把持。唐朝的皇帝，从肃宗起，除哀帝为朱全忠所立以及敬宗史无明文记载之外，其余代、德、顺、宪、穆、文、武、宣，懿、僖，昭，都是由宦官拥立的。宦官对自己不满意的皇帝，就干脆杀掉，另立一个傀儡。宪宗、敬宗为宦官所杀，史有明文记载。顺宗、文宗也有认为是死于宦官之手的③，昭宗也曾一度被宦官刘季述所废。

朝纲不振，其次表现在藩镇割据。唐代自安史之乱以后，藩镇割据称兵，不受朝命。至懿、僖、昭、哀四朝，更是兵连祸结，互相攻伐，加重了人民的痛苦，加速了李唐王朝的分裂与崩溃。《唐语林》卷8说："自朱氏之倡乱中原也，则自国门之外，皆方镇矣。盖其先也，欲以方镇御四夷，而其后也，则以方镇御方镇。"这些方镇，或父子相传，或拥兵自立，完全不听朝廷的命令。或合纵连横，互相兼并。或联合起兵，反抗朝廷。魏博、镇冀（即成德）、卢龙、淄青、宣武、横海、彰义、泽潞等镇，割据称兵，自安史之乱后起，直至唐朝灭亡。其中，有德宗朝的山南东道梁崇义、淄青李纳、魏博田悦，成德李惟岳四镇联合起兵反抗朝廷的所谓"四凶之乱"；有卢龙朱滔称冀王、成德王武俊称赵王、魏博田悦称魏王、淄青李纳称齐王，以及淮西李希烈自称楚帝，前卢龙节度使朱泚因泾原兵变、攻入长安为帝的所谓"二帝四王"。到宪宗时，虽然先后打平了剑南刘辟、江东李锜、淮西吴元济、淄青李师道的反抗，河北的魏博、成德、卢龙三镇也暂时归顺，但是，藩镇拥兵割据的基本形势，并没有改变，到穆、敬两朝，河北三镇叛乱再起，各地骄兵逐帅之事，层出不穷。所以，杜牧在《罪言》中论到当时藩镇肆虐时说："国家自天宝盗起，河北百余城不得尺寸，人望之若回鹘、吐蕃，无敢窥者。齐、梁，蔡被其风流，因亦为寇。未尝五年间不战，焦焦然七十余年矣。"黄巢起义之后，在镇压农民起义的过程中，藩镇乘机扩充势力。他们自收租税，互相混战。《旧唐书》卷 19 载僖宗光启元年（公元 885 年）："时李昌符据风翔，王重荣据蒲、陕，诸葛爽据河阳、洛阳，孟方立据邢、洺，李克用据太原、上党，朱全忠据汴、滑，秦宗权据许、蔡，时溥据徐、泗，朱瑄据郓、齐、曹、濮，王敬武据淄青，高骈据淮南八州，秦彦据宣、歙，刘汉宏据浙东，皆自擅兵赋，迭相吞噬，朝廷不能制。"他们不仅瓜分朝廷，而且还勾结南北二司，制造矛盾，利用矛盾，借以控制朝廷。宣武镇朱全忠、河南镇李克用这两个当时最大的割据者就是这样。他们甚至以武力要挟朝廷，夺取地盘和官位。仅李茂贞一人，自昭宗景福元年（公元 892 年）起，至昭宗乾宁三年（公元 896 年），就三次攻进长安，最后使唐昭宗痛哭流涕，逃到华州，为韩建所拘禁④。总之，纷纷攘攘，一塌糊涂，使李唐王朝进一步由割据走向分裂，最后只剩下一座京城，而且连这座京城也还是在宦官和藩镇控制之下。

朝纲不振，再次表现在南衙（朝官）北司（宦官）之争愈演愈烈。早在肃宗、代宗时，就有宰相裴冕、萧华和宦官李辅国、程元振之争。德宗时有宫市之争。徐泗节度使张建封、京兆尹吴凑请罢宫市，为宦官所阻。文宗大和初，用宋申锡为相，谋除宦官，为宦官所觉，先发制人，把宋贬死。接着是有名的"甘露之变"。文宗用李训、郑注，再谋打击宦官势力。李、郑等诡称金吾卫衙中石榴树上降有甘露，请皇帝去看，企图以此诱杀宦官，为宦官所觉，抢走皇帝，大杀朝官"六七百人"⑤。武宗时用李德裕为相，南北司之争有所缓和，但到宣宗与宰相令狐绹密谋尽杀宦官时，双方的争斗又再度紧张起来。黄巢起义军攻入长安，僖宗在宦官田令孜的带领下，仓皇逃入四川，诸王后妃不及陪从，朝廷大臣亦毫不知晓。左拾遗孟昭图犯颜直谏，指斥僖宗过于信任宦官，疏远朝臣，被田令孜沉溺于蟇颐津。最后，到昭宗时，宰相崔胤谋去宦官韩全海、张彦弘，便勾结宣武节度使朱全忠，以为外援。宦官也勾结凤翔节度使李茂贞，以相对抗，双方在关中大战，结果李茂贞为朱全忠所败，宦官 700 余人均被杀死，派至诸道的监军使，亦命所在处斩，昭宗完全落入朱全忠的掌握之中。

朝纲不振，还表现在朋党之争日趋激烈。早在玄宗时，就有"近代新门"的张说和"荒徼微贱"的张九龄联合在一起与代北贵姓宇文融和清河大族崔隐甫的斗争。代宗、德宗时，爆发了元载、常衮、杨炎为一派和李揆、崔祐甫、刘宴、卢杞为另一派的斗争。元载被刘宴处死，杨炎为相时，又处死刘宴，为元载报仇。以后卢杞做了宰相，又为刘宴报仇，杀死杨炎。史称这两派之争，"兵连祸结，天下不平⑥。其后是顺宗朝有名的"永贞革新"，结果是二王被杀，八司马同时被贬，改革被士族和割据势力残酷镇压下去了。嗣后，就是延续 30 多年的牛李党争。李德裕尝对文宗说："方今朝士三分之一为朋党。"⑦可见规模之大。牛李党争是最后的搏斗，斗争情况特别激烈，因此曾使文宗慨叹："去河北贼（方镇）非难，去此朋党实难。"⑧到唐昭宗时，朝官之间的斗争仍然十分激烈。例如，乾宁元年（公元 894 年），昭宗准备任李谿为相，另一宰相崔昭纬怕李分权，指使党徒出面阻止。乾宁二年（公元 895 年）昭宗任命李谿为相，崔昭纬便说动强藩巨镇王行瑜、李茂贞逼使昭宗免去李谿的相位。总之，这种斗争使政局进一步混乱，对士子的前途也影响极大。

由于朝政混乱，所以国防空虚，致使外族，特别是南诏不断入侵，加重了人民的痛苦，促使了唐末农民大起义的爆发。大和三年（公元 829 年），剑南西川节度使杜元颖治理不当，边防空虚，南诏统治者乘机进袭，攻人成都，大掠玉帛工巧而去。大中末年，唐朝边将贪残，刻剥少数民族，引起南诏和唐朝的战争。以后，南诏袭扰西川等地，战事大起。咸通元年（公元 860 年），唐地方官吏李户，杀"蛮酋"杜守澄，于是附近少数民族联合南诏，出兵三万，攻占邕州（今广西南宁）等地，战事不绝。由于频年征战，人民在财政、兵役上不堪重负，终于爆发了庞勋领导的桂林戍卒起义，成为黄巢农民大起义的先声。《新唐书》卷 222 中《南蛮传》在论到这一系列战争对李唐王朝的影响时说："咸通以来，'蛮'始叛命，……天下骚动，十有五年。赋输不纳京师者过半，中藏空虚。士死瘴疠，燎骨传灰，人不念家，亡命为'盗'，可为痛心。"所以，史书上说："唐亡于黄巢，而祸基于桂林"⑨。

由于朝政混乱，所以国内战祸频仍，灾害四起。罗隐在

《杭州罗城记》一文中说："自大寇犯阙，天下兵革，而江左尤所繁并。"那时江淮吴越一带，藩镇之间的割据兼并之战，连年不断。僖宗中和二年（公元882年），浙东观察使（驻越州）刘汉宏出兵二万，谋夺浙西，与钱镠大战，为镠击败。僖宗光启三年（公元887年）至昭宗大顺二年（公元891年）这四、五年间，杨行密、秦彦和孙儒在扬州混战，围城内外，均杀人以充军粮，扬州居民几乎被食一空，使长江以北，淮河以南，东西千里，变成一片空白地。在李唐王朝的心脏地区——关中，也是战火烧天。《新唐书》卷208载："〔唐昭宗天复元年（公元901年）11月〕，（李）茂贞以帝（昭宗）居螯屋。（朱）全忠取华州……茂贞闻全忠至，以帝入凤翔……是时，全忠合四镇兵十余万，营垒相属，昼夜攻。"这就是有名的唐昭宗天复元年、二年之间，朱全忠、李茂贞两个强藩巨镇为争夺皇帝而展开的关中大战。与此同时，灾害四起，饥荒到处发生。唐僖宗中和二年（公元882年），黄巢起义军与李唐王朝军队大战关中，"农事俱废，长安城中斗米直三十缗"，以致弄得鬻民（缯）充粮，"以肥瘦论价"⑩。

　　朝政混乱，战祸频仍，灾害四起的必然结果就是农村凋敝，民不聊生。《通鉴·唐纪六十八》乾符元年（公元874年）载："自懿宗以来，奢侈日甚，用兵不息，赋敛愈急，关东连年水旱，州县不以实闻，上下相蒙，百姓流殍。"当时劳苦百姓辗转挣扎在死亡线上的惨状，以翰林学士卢携说得至为详尽、沉痛。《通鉴·唐纪六十八》乾符元年载他的上言说："臣窃见关东去年旱灾，自虢至海，麦绝半收，秋稼无几，冬菜至少。贫者磨蓬实为面，蓄槐叶为齑；或更衰羸，亦难收拾。常年不稔，则散之邻境；今所在皆饥，无所依投，坐守乡闾，待尽沟壑。其蠲免余税，实无可征；而州县以有上供及三司钱，督趣甚急，动加捶挞，虽撤屋伐木，雇妻鬻子，止可供所由酒食之费，未得至于府库也。或租税之外，更有他徭，朝廷倘不抚存，百姓实无生计。"这真是一幅血淋淋的图画！"村落日中眠虎豹，田园雨后长蓬蒿。"⑪就是那时农村农民逃亡、田园荒芜的真实写照。在这种情况下，李唐王朝已是危机四伏、风雨飘摇。僖宗朝的翰林学士刘允章曾深刻地指出了这种危机。他在《直谏书》⑫中指出当时"国有九破"，民有"八病"之后说："天下百姓，哀号于道路，逃窜于山泽，夫妻不相活，父子不相救。百姓有冤，诉于州县，州县不理；诉于宰相，宰相不理；诉于陛下，陛下不理；何以归哉！"

这一切矛盾激化的总结果，就是唐末农民大起义的爆发。不堪压迫的农民，纷纷逃亡，聚啸山林，以武装的反抗来求生存。《通鉴·唐纪六十六》咸通元年（公元860年）所载右拾遗、内供奉薛调的上言，就是指的这种情况。他说："兵兴以来，赋敛无度，所以群盗，半是逃户。"唐懿宗咸通元年，浙东掀起了裘甫领导的农民起义。咸通九年（公元868年），庞勋领导的桂林戍卒举行兵变，由桂州北向，杀回徐泗，攻克徐州。唐僖宗乾符元年（公元874年），王仙芝、黄巢领导的农民大起义终于爆发，攻入长安，把僖宗赶到四川，从根本上摧毁了李唐王朝的统治。

综上所述，我们可以看到，罗隐所处的唐末是一个战乱频仍、民不聊生、社会腐败、政治一塌糊涂的时代。这种乱世，首先影响到罗隐的仕进前途、一生遭际。他在《东安镇新筑罗城记》一文中说："隐亦尝以先师之道，干名贡府，进取未半，九鼎羹沸。文既不用，武非所习，今则老矣！"很显然，是"九鼎羹沸"，兵革滔天，使他"进取未半"，终身蹉跎的。"只言圣代谋身易，争奈贫儒得道难。"⑬残酷的现实终于击碎了他的幻想，使他看清了自己的前途，认识了社会的黑暗和丑恶。这对他的思想形成、诗文创作，不能不发生巨大的影响。

2. 腐败的科举制度

唐代沿用隋朝旧制，以科举取士。科举成了广大中、小地主阶级知识分子参加政权的唯一阶梯。因此它对人才的进退用舍、国家的政治生活都发生直接的、巨大的影响。但是，自中唐以后，科举流弊日甚，取士益滥，权豪子弟，占住要津，亲朋戚友，竞相援引，以致一般士子投效无门，仕路断绝，对朝廷心存怨恨，因而对李唐王朝采取某种否定和批判的立场，甚至转而依附藩镇，打击中央政权，进一步加速了李唐王朝的瓦解与崩溃。

当时的科举制度，已经腐败到了极点。士子及第，或靠门第高贵。例如《唐语林》卷3就记载了这类材料："崔瑶知贡举，以贵要自恃，不畏外议。牓出，率皆权豪子弟。"

或以朋党相干。《唐语林》卷3《方正》说："初，进士有十号之号(即咸通十哲)，皆通连中宫，郭熏、罗虬皆其徒也。每岁有司无不为其干挠，根蒂牢固，坚不可破。"

或因亲朋援引。罗隐本人就遇有因裙带关系而登第，并作诗予以讽刺的事。《唐摭言》卷9云："裴筠婚萧楚公女，言定未几，便擢进士。罗隐以一绝刺之，略曰：'细看月轮还有意，信知青桂近嫦娥。'"

或赖显宦提携。《玉泉子》记牛庶锡(《唐摭言》作牛锡庶)状头及第，就是靠着主司的提携："牛庶锡性静退寡合，累举不第。贞元元年，因问日者，'君明年状头及第。'庶锡但望偶中一第，殊不信也。时已八月，未命主司。偶经少保萧昕宅前，值昕策杖独游南园。庶锡遇之，遽投刺并赍所业。昕独，且方思宾客。甚喜，延之语。及省文卷，再三称赏。因曰：'外议以何人当知举？'庶锡对曰：'尚书至公为心，必更屈领一岁。'昕曰：'必不见命。若尔，君即状头也。'庶锡起拜谢。坐末安，忽闻驰马传呼曰，尚书知举。'昕遽起，庶锡复再拜曰：'尚书适已赐许，皇天后土，实闻斯言。'昕曰：'前言已定矣。'明年，果状头及第。"像这种通过显宦提携，事先内定的情况，在当时是相当普遍的。例如《唐诗纪事》记邵安石及第事说："邵安石，连州人。高湘侍郎南迁归阙，途次连江。安石以所业投献，遂挈至辇下。湘主文，安石擢第。（章）碣赋《东都望幸》刺之曰：'懒修珠翠上高台，眉月连娟恨不开。纵使东巡也无益，君王自领美人来！'"

还有因达官显宦一句话，便青云直上的。《唐语林》卷3《赏誉》篇说："光德刘相宗望举进士，朔望谒郑太师从谠。阍者呈刺，裴侍郎瓒后至先入，从容乃召刘秀才。刘相告以主司在前，不敢升坐，隔拜于副堦上，郑公降而揖焉。郑公伫立，目送之，久方回，乃谓瓒曰：'大好及第举人。'瓒唯唯，明年为门生。"特别有趣的是令狐绹多荐宗族，致令奔走之徒，连姓也改了，以冀攀龙附凤，博取一第，事见《唐语林》卷7："令狐绹以姓氏少，宗族有归投者，多慰荐之。繇是远近趋走，至有胡氏添令者。进士温庭筠戏为词曰，'自从元老登庸后，天下诸胡悉带令。'"

在这种种情况之下，为要插足名场，只得趋谒权门，贿赂请托。例如《唐音癸签》卷26记载韦执谊受贿为人求科第的事说："唐实录载韦执谊从兄夏卿为吏部侍郎，执谊为翰林学士，受财为人求科第。夏卿不应，乃探出怀中金以纳夏卿袖。夏卿摆袖，引身而去。"这笔交易虽未做成，但也可以使我们看到当时社会风气之一斑。《唐语林》卷6《补遗》也记载了崔昭行贿的事："裴佶常话：少时，姑父为朝官，有清望。佶至其居，会退朝，浩叹曰：'崔昭何人，众口称美，此必行货赂者也。如此安得不乱！'言未讫，门者报曰：'寿州崔使君候。'姑父怒，呵门者，将鞭之。良久，束带强出。须臾，命茶甚急，又命馔，又令秣马饭仆。佶曰：'前何倨，后何恭？'及入门，有喜色，揖佶而曰：'憩外舍'。未下阶，出怀中一纸，乃赠官绢千匹。"可见其时贿赂之风，使一些清廉之士，也抵挡不住，不免龌龊起来。还有的士子，干脆卖身投靠。例如邓敞考虑到自己出身寒贱，不能飞黄腾达，便答应牛蔚兄弟（牛僧孺之子）的要求，娶其女弟，以便求得科第。登第之后，就婚牛氏，被原配李氏大哭大闹了一场，事见《玉泉子》。再一种进入仕途的办法，就是公开卖官鬻爵。《玉泉子》说："淮南节度使王播以钱十万贯遗恩倖求盐铁使……后之有迁，其途实繁，自宰相、翰林学士、三司使皆有定价，因此致位者不少。近又县令、录事参军亦列肆鬻之，至有白身便为宰相者。"《通鉴·唐纪五十九》文宗大和元年（公元827年）也记载说："盐铁使王播自淮南入朝，力图大用，所献银器以千计，绫绢以十万计。六月，癸巳，以播为左仆射、同平章事。"冰冻三尺，非一日之寒。所有这种种情况，其实早在开元时代就已产生。《旧唐书·王丘传》说："考功举人，请托大行，取士颇滥。"同书《薛登传》在描绘当时参加科举考试的人，奔走权门，写送"行卷"的情形说：

"驰驱府寺之门,出入王公之第,上启陈诗,唯希咳唾之泽,摩顶至足,冀荷提携之恩。故俗号举人,皆称觅举。觅为自求之称,未是人知之辞。"

由于或"胁于权势,或挠于亲故,或累于子弟"⑭。以致弄到"每岁策名,无不先定⑮。这样一来,一般士子,仕途断绝,对朝廷心存怨恨,甚至转而投靠藩镇。著名诗人李益,屈居县尉,不得升迁,后来北游河朔,被幽州刘济辟为从事,便直率地说:"感恩知有地,不上望京楼。"⑯唐末的陈陶,看到天下大坏,因心存怨恨,乃袖手旁观。他在《闲居杂兴五首(其二)》诗中说:"中原莫道无麟凤,自是皇家结网疏。"而章碣对朝廷的怨恨之情,更是溢于言表。他说:"尘土十年归举子,乾坤大半属偷儿。"⑰到后来,他们对于李唐王朝小朝廷,大有避之唯恐不及之势。《庸音癸签》卷26《谈丛二》记载了当时举子宁为乞丐,无为宰相的极端例子:"记僖、昭时有白衫举子乞而歌于市云:'执板高歌乞个钱,尘中流浪且随缘。直饶到老长如此,犹胜危时弄化权。'嗟呼,使下第举子宁为乞丐,无为宰相,天下安得不亡。"

这些士子由于仕途断绝,境遇坎坷,因此一方面深怨朝廷,另一方面也加深了对社会黑暗的认识。于是他们之中,有的纷纷投靠藩镇,谋求出路。《唐音癸签》卷27《谈丛三》说:"唐词人自禁林外,节度幕府为盛。如高适之依哥舒翰,岑参之依高仙芝,杜甫之依严武,比比而是,中叶后尤多。盖唐制,新及第人,例就辟外幕。而布衣流落才士,更多因缘幕府,躐级进身。"开始是"因缘幕府,躐级进身",到后来藩镇由对中央割据,进而与中央分裂时,便成了终身投靠,并为其所用。其中甚至有借助藩镇的力量，对朝廷实行报复，以发泄心头怨恨的。朱全忠的重要谋士、不第举子李振借助朱全忠，把朝官30余人全部投诸黄河⑱，就是极典型的例子。有的则投身农民革命，直接参与推翻李唐王朝统治的斗争。皮日休是个代表。还有更多的则是由心存怨恨进而发展到对社会现实进行揭露和批判。罗隐是属于这最后一类的。他虽然没有参加农民起义，也没有借助钱镠的力量对李唐王朝实行报复，与之彻底决裂，但他对李唐王朝是十分怨恨的。这种怨恨，很大一部分就是来自他"十举不第"，在仕进前途上，遭遇坎坷。《唐才子传》说他"恃才傲物，自以为大用，一第落落，传食诸侯，因人成事，深怨唐室"，是正确地指出了这一点的。也正因为他仕途坎坷，所以对现实社会的腐败和黑暗，有着深切的体验和清醒的认识。这些是他诗文创作取得突出成就的重要原因。

3. 现实主义的文学传统

在研究罗隐所处的时代时，还必须考察唐末的文学传统和诗坛状况。唐末形式主义、唯美主义的颓靡诗风，一度弥漫诗坛。骈文也对中唐的古文运动来了个反扑，日益猖獗起来。这种文学潮流形成的原因，大致有三：一是，诗到唐末，"雄伟奇倔"的韩孟诗派，日益偏重形式。韩孟诗派的偏重形式，以致由它的后继者铺张扬厉，终致走到形式主义、唯美主义的极端，乃是这一诗派先天不足所造成的。诗到盛唐，体格大备，出现了李白、杜甫两大高峰。一个豪放飘逸，才气纵横；一个沉郁顿挫，包罗万象。韩愈想要开宗立派，与李杜鼎足而三，不从文学与社会生活的关系这一根本问题上着眼，而单纯从形式上别出心裁，树起"宏伟奇倔"的旗帜，这就不能不使这一诗派具有形式主义、唯美主义的胚胎。关于这一点，前人的论述为我们提供了论据。赵翼在《瓯北诗话》卷3中说："韩昌黎生平所心摹力追者，惟李、杜二公。顾李、杜之前，未有李、杜，故二公才气横恣，各开生面，遂独有千古。至昌黎时，李杜已在前，纵极力变化，终不能再辟一径。惟少陵奇险处尚可推扩，故一眼觑定，欲从此辟山开道，自成一家，此昌黎注意所在也。"

因此，这一诗派的继起者，李贺以诡谲见长，李商隐以绮丽取胜，贾浪仙以冷僻而自成一家，一直发展到庄南杰、李沇全学李贺；韩偓、吴融，脂粉香奁，以及李洞、卢延让师承贾岛，事之如神。二是元白的新乐府运动最终失败，使部分诗人（**包括元、白在内**），不再把文学当作改良社会的武器，而看作是"娱宾遣兴"的工具。三是由于唐末政治局势急剧变化，各种社会矛盾尖锐复杂，使一部分诗人不敢面对现实，因此只好以文学"自娱娱人"。司空图论诗，主张"韵外之致，味外之旨"、"象外之象，景外之景"、"不着一字，尽得风流"，较之白居易的"裨补时政"，"泄导人性"，"唯歌生民病，但得天子知"的论诗主旨，已经相去很远。而韩偓、吴融则沉湎艳情，"香奁脂粉"，以歌诗自娱；方干，姚合则流连风景。即使是现实主义流派的诗人皮日休、陆龟蒙亦有"息于道"、"息于文"[19]的以文学自娱的严重倾向，创作了《松陵酬唱集》（**《全唐诗》编皮日休诗为9卷，其中第2至第9卷均为《松陵酬唱集》中的作品**）。但是，我国现实主义的文学传统，毕竟根深蒂固、影响深远．由于社会的黑暗和急剧变化，不能不使部分诗人继承李白、杜甫、白居易新乐府的现实主义诗歌传统，由沉默（以诗文自娱娱人也是变相的沉默）而愤怒，而抗争，面对社会现实，反映民生疾苦，批判社会黑暗，形成了以皮日休、罗隐、杜荀鹤、聂夷中等为首的唐末现实主义诗歌主流派，产生了鲁迅所说的"愤怒文学"。而这种文学一经出现，就预示社会大变革的到来。罗隐的诗文创作，是适应了这种文学潮流的。

（二）罗隐的生平与思想

像大多数受儒学影响的知识分子一样，罗隐也是有他的政治理想的。《谗书·序》中说："而今而后，有诮予以谇自矜者，则对曰：'不能学扬子云之寂寞以诳人'"。考《汉书·扬雄传》说："哀帝时，丁、傅、董贤用事，诸附离之者，或起家至二千石。时雄方草《太玄》，有以自守，泊如也。"这里，作者表明：处在王朝末季，奸邪用事，政治混乱的时代，他不能仅仅满足于像扬雄那样，闭门著书，洁身自守。他的理想是什么呢？他在《谗书·重序》中说得十分清楚："盖君子有其位则执大柄以定是非，无其位则著私书而疏善恶，斯所以警当世而诫将来也。"

"执大柄以定是非"，这就是罗隐的政治抱负。因此，他希望为王朝出力，为圣主分忧。"兴将刀笔润王猷，东去先分圣主忧。"（《送郑州严员外》）虽为送人之作，亦是自况之辞。他向往建立功业，羡慕前代有志之士，能匡时济世，一展宏谋："往岁先皇驭九州，侍臣才业最风流。文穷典诰虽余力，俗致雍熙尽密谋。兰省换班青作绶，柏台前引绛为辖。都缘未负江山兴，开济生灵校一秋。"（《上鄂州韦尚书》）。他缅怀李唐王朝政治较为清明的过去："武宗皇帝御宇时，四海怡然知所自。扫除桀黠似提帚，制压权豪若穿鼻。九鼎调和各有门，谢安空俭真儿戏。"（《薛阳陶觱篥歌》）也为"自从黄寇扰中土，人心波荡犹未回。赵殷合眼拜九列，张濬掉舌升三台。……祸生有基妖有渐，翠华西幸蒙尘埃。三川梗塞两河关，大明宫殿生蒿莱。"（《酬丘光庭》）的王朝末季的处境而悲伤。直至唐哀帝天祐四年（公元907年），朱温篡唐，罗隐还"说吴王钱镠讨梁曰：'纵无成功，犹可退保杭越，自为东帝，奈何交臂事贼，为终古之羞乎！'"⑳罗隐此议，是否明智，可当别论。但由此也可以看出，他的确是想大有作为的。所以前人说他是一个想要"佐国是而惠残黎"㉑，"固有心于天下之大者也"㉒的人物，不是没有根据的。

但是，生逢唐末的罗隐，这种"执大柄以定是非"的匡时济世的政治抱负是无法实现的。他从唐宣宗大中六年（公元852年），刚满20岁时起，就参加进士考试。自20岁到55岁，连考了10次，均为"有司用公道落去"㉓。其中，自唐宣宗大中十三年（公元859年）至唐懿宗咸通十一年（公元870年）整整12年，一度困居长安应试，寒饿相接，唯看人变化而已。因此，有的书㉔说他"十年不第"，是错误的。与此同时，他行卷投书，浪迹天下，足迹所至，遍及陕西、四川、山西、河北、河南、湖北、湖南、江西、安徽、江苏和浙江，并曾一度留居安徽池州，想弄个一官半职，但都失败了。所以，论到罗隐的行踪，《吴越备史》本传、《全唐诗》小传都只说"从事湖南、历淮润"㉕是很不够的。罗隐直到唐僖宗光启三年（公元887年），55岁垂暮之时，才决意东归，投靠吴越钱镠。其时，钱镠为杭州刺史、杭越管内都指挥使、上武卫大将军。授镇海军节度使，乃是唐昭宗景福二年（公元893年）

9月的事㉖。所以，有的书介绍罗隐时说他55岁投奔镇海军节度使钱镠㉗，严格地说来，也是不准确的。罗隐经历了"十举不第"，"传食诸侯，因人成事"（《唐才子传》）的坎坷遭遇。

罗隐仕途失意，使他无法实现其"执大柄以定是非"的政治抱负，而在急剧的社会动乱中，逐步认识到了当时社会的黑暗和政治的混乱，了解到了人民所遭受的痛苦，并产生了一定程度的同情。因此，他就转而明确宣告他的文章"不用举场也明矣"㉘，也就是说，绝不是谋求科举及第的敲门砖，而是改良社会人生的武器，为自己定下了"著私书而疏善恶，以惩当世而诫将来"㉙的创作原则。他在《甲乙集》，特别是《谗书》中是忠实地贯彻了这一原则的。由于他揭露现实，抨击黑暗，使得他"腾口取憎于人"㉚，一生失意。但他并没有软弱退缩，反而抱定"有可谗者则谗之"㉛的坚定态度。这种斗争精神，在有唐一代诗人中，特别是在唐末那个苟且偷安的时代，是十分难能可贵的！

【注】

① 研究罗隐的专文，新中国成立以来，只有郭君曼的《罗隐的讽刺诗》一篇，约千余字；刘逸生的《唐诗小札》及各种唐诗选本文学史有关罗隐章节对其几首代表诗作的分析。检阅台湾"国立中央图书馆"1970年编辑的《中国近二十年文史哲论文分类索引》，也没有一篇论及罗隐的文章。就笔者所知，国外也没有对罗隐进行专门研究。

② 《东安镇新筑罗城记》。

③ 见韩国磐《隋唐五代史纲》第352页。

④ 范文澜《中国通史简编》第三编第192-195页.

⑤ 《旧唐书》卷169《李训传》。

⑥ 《旧唐书》卷159《韦处厚传》。

⑦ 《通鉴·唐纪六十》文宗大和七年。

⑧ 《旧唐书》卷 176《李宗闵传》。

⑨ 《新唐书》卷 222 中《南蛮传》。

⑩ 《通鉴·唐纪七十》僖宗中和二年。

⑪ 聂夷中《闻人说海北事有感》。

⑫ 《全唐文》卷 804。

⑬ 罗隐《江边有寄》。

⑭ 《容斋四笔》卷 5《韩文公荐士》。

⑮ 《旧唐书·穆宗纪》长庆元年夏 4 月。

⑯ 《献刘济》。

⑰ 《癸卯岁毗陵登高会中贻同志》。

⑱ 范文澜《中国通史简编》第三编第 198-199 页。

⑲ 皮日休《鹿门隐书·序》。

⑳ 汪德振《罗隐年谱·弁言》。

㉑ 袁英《重刻罗昭谏集跋言》，见《罗昭谏集》。

㉒ 吴颖《重刻罗江东集叙》，见《罗昭谏集》。

㉓ 罗隐《谗书·重序》。

㉔ 程千帆：《唐代进士行卷与文学》第 36 页。

㉕ 《吴越备史》罗隐本传《全唐诗》罗隐小传。

㉖ 《吴越备史》《二十五史补编》（六）《吴越将相州镇年表》。

㉗ 见中国社会科学院文学所编《唐诗选》。

㉘ ㉙ 罗隐《谗书·重序》。

㉚ 袁英《重刻罗昭谏集跋言》，见《罗昭谏集》。

㉛ 罗隐《谗书·序》

二、罗隐的《甲乙集》和《谗书》

（一）为人才的进退用舍而抗争

我们打开《甲乙集》，很快就会发觉，罗隐诗歌中有大量自伤怀抱、感叹不遇之作。他在《长安秋夜》中写道："远闻天子似羲皇，偶舍渔乡入帝乡。五等列侯无故旧，一枝仙桂有风霜。灯欹短焰烧离鬓，漏转寒更滴旅肠。归计未知身已老，九衢双阙夜苍苍。"

这是他"看人变化，困居长安，寒饿相接"①时的作品。诗中叙述他是怎样把希望寄托在皇帝身上，因而背井离乡，到长安应试，谋求出路。可是，像他这样一个朝中没有亲贵的人，只落得"一枝仙桂有风霜"——年复一年，总是不第。孤灯残漏，别恨离情，不能自已。而日月相催，阴阳为寇，瞻念前途，真是一片黑暗。

在《登高咏菊尽》中他写道："篱畔霜前偶得存，苦教迟晚避兰荪。能销造化几多力，不受阳和一点恩。生处岂容依玉砌，要时还许上金樽，陶公没后无知己，露滴幽丛见泪痕。"

显然，这既是吟咏凋零殆尽的秋菊，也是感叹经过人生搏斗而失败的自身。他把权豪子弟比作兰荪，饱受春风催放，春雨滋润；而把自己比作秋菊，几经严霜摧折，偶得幸存下来。他是忍着痛苦，有意迟生，而不敢与兰荪争春的。《诗薮》说："罗（隐）亦多怨刺，当路子弟忌之。"罗隐在《湘南应用集叙》中说得更加明白。他针对别人认为以他之才，不应该只当个小小的衡阳县主簿时，深深感叹道："于戏！隐自卜也审，江表一白丁耳，安有空将卷轴，与公相子弟争名？！"正是这种深深的隐痛，逼出"能销造化几多力，不受阳和一点恩"两句来，真可谓凄苦幽怨愤懑至极了。

罗隐的这种感情相当强烈，几乎到了一触即发的地步。"但是粃糠微细物，筹闲抬举到青云。"（《春风》）他对别人倚势腾达，投以轻蔑。"龙媒落地天池远，何事牵牛在碧霄（《病骢马》）。他对自己沉诸下位而愤愤不平。他经过王昌龄被贬谪的地方，便发出了"漫把文章矜后代，可知荣贵是他人"（《过废江宁县》）的叹息；他想到燕昭王筑黄金台，招揽人才，便喊出了"浮世近来轻骏骨，高台何处有黄金"（《燕昭王墓》）的愤激之声。他既对自己"尘埃巩洛虚光景，诗酒江湖漫姓名"（《途中寄怀》）的遭遇，深怀悲感；也为他人，同时也为自己，"太平匡济术，流落在人间"（《题玄同先生草堂　其一》）的命运而深感不平。罗隐十举不第，萍飘浪迹，跑遍大半个中国，依然毫无所获。他对仕进前途，终于失望。既很悲伤，也很愤懑，只得决意东归吴越。他在《东归》中写道："仙桂高高似有神，貂裘敝尽取无因。难将白发期公道，不觉丹枝属别人。双阙往来惭请谒，五湖归后耻交亲。盈盈紫蟹千厄酒，添得临岐泪满巾。"

罗隐这些自伤怀抱、感叹不遇的诗，或直抒胸臆，或借物咏志，写个人哀感，音韵悠扬，回肠荡气，真切动人。

我们如果打开《谗书》，迎面扑来的就是一股作者勃然怒发的、十分强烈的愤懑不平之气。他在《谗书.序》中写道："谗书者何？江东罗生所著之书也。生少时自道有言语，及来京师七年，寒饿相接，殆不似寻常人。丁亥年春正月，取其所为之书诋之曰：他人用是以为荣，而予用是以为辱；他人用是以富贵，而予用是以困穷。苟如是，予之书自谗耳，且曰谗书。"

罗隐的《谗书》虽然颇负盛名，流传后世，可是却断送了他一生的前程。罗衮曾以诗寄他说："平昔时风好涕流，《谗书》虽胜一名休。"这是千真万确的。这当然使罗隐感到异常愤懑。他在《答贺兰友书》中写道："仆少而羁窭，自出山二十年，所向摧沮，未尝有一得幸于人。故同进者忌仆之名，同志者忌仆之道。"

又在《投知书》中说："……而千百年后，风移敝敛，居位者以先后礼绝，竞进者以毁誉相高。故吐一气，出一词，必与人为行止，……何昔人心与今人不相符也如是！若某者，正在此机窖中，不惟性灵不通转，抑亦进退间多不合时态，故开卷则悒悒自负，出门则不知所之，斯亦天地间不可人也。"

从诗人的这些表白中，我们可以看出诗人仕途的坎坷，他的性格与社会环境格格不入。天高地厚，而他竟然无处可以容身！

怎样来看待诗人这些自伤怀抱之作和愤懑不平之言呢？

正因为罗隐诗中多自伤怀抱、感叹不遇之作，所以宋朝人就有"许浑千首湿，罗隐一生身"[②]的讥评，谓许浑诗多用水字，而罗隐诗"篇篇皆有喜怒哀乐、心志去就之语，而卒不离乎一身"[③]。也正因为罗隐的《谗书》中多愤懑不平之言，所以，方回在《罗昭谏〈谗书〉跋》中说："《谗书》乃愤闷不平之言，不遇于当世而无所泄其怒之所作。"这些评论，前者并没有悟出其中的道理，后者也说得并不准确。

罗隐经历了 35 年的科举生涯，十举不第，浪游了大半个中国，依然一无所获。这是偶然的吗？现实教育了他，他的坎坷遭遇并不说明自己无能，个人的进退用舍、成败荣辱，有着深刻的社会政治原因。他之不遇，是因为他出身寒贱，一个"江左孤根"④，"族惟卑贱"⑤的士子，要在唐末的官场中争一席位，当然是要碰得头破血流的。他之不遇，是因为他没有亲朋援引，他深刻地感到"五等列侯无故旧"是"一枝仙桂有风霜"的重要原因。他之不遇，是因为科举制度已经腐败至极，所以诗人愤怒地写道："难将白发期公道，不觉丹枝属别人。"他之不遇，是因为李唐王朝统治者最后自身难保，根本顾不得选拔人才，所以他大梦初醒似地说："天子未能崇典诰，诸生徒欲恋旌旗。"⑥总之，他之不遇，是他所处时代造成的。关于这一点，他在《叙二狂生》一文中表现得十分明显："祢正平、阮嗣宗生于汉、晋间，其为当时礼法家恼者多矣！然二子岂天使之然哉？夫汉之衰也，君若客旅，臣若豹虎；晋之弊也，风流蕴藉，雍容间暇。苟二子气下于物，则谓之非才；气高于人，则谓之凌我，是人难事也。张口掉舌，则谓之讪谤；俯首避事，则谓之诡随，是时难事也……故泣军门者，谓遑遑而无主；叹广武者，思沛上之英雄。"在罗隐看来，祢、阮二人的遭遇，完全是社会造成的。祢、阮二人为什么会"生不逢时"、"英雄无主"呢？罗隐回答说："人难事也"，"时难事也"，总之，是当时汉衰、晋弊的时势使然。罗隐常以祢、阮自况⑦，他们之间有着类似的遭遇。所以这里十分明显地流露出他"生不逢时"的身世之感和"英雄无主"的不平之鸣，可以说，完全是在借他人之酒杯，浇自己之块垒。

　　事实上，罗隐的坎坷遭遇，在当时的知识分子中，有着极大的普遍性。他在《投知书》一文中指责当时"执大柄者"不能为国家罗致人才时说："而执事者提健笔为国家朱绿，朝夕论思外，得相如者几人？得王褒者几人？得之而用之者又几？夫昔之招贤养士，不惟吊穷悴而伤冻馁，亦将询稼穑而问安危。"他认为唐代的科举制度虽然也选拔了一些贤能之士，但同时却遗落、埋没了不少人才。他曾以他的朋友陈希孺的遭遇，作为例子来说明这一点。他在《陈先生集后序》中写道："呜呼！大唐设进士科三百年矣，得之者或非常之人，失之者或非常之人，若陈希孺之才美，则非常之人失者矣！"

贤者沉诸下僚，愚者窃居高位，这种用人混乱、贤愚颠倒的不合理现象，在唐末是相当突出的。罗隐在《吊崔县令》一文中，曾满怀悲愤地斥问道："量天地之广大兮，吾不得而知。鸡则走，而鸢则飞；鸣蝉瘦，而蟪蛄肥。何浊也则是，清也则非？茫昧既不可问兮，盘礴不可得而推。况吾怀以四顾兮，孰知天地之云为？"这是咸通八年（公元 867 年），他听说前晋阳崔县令饿死于通政里而写的吊词。他认为此人官不甚卑，而竟饿死，是知必不为贪吏，而为贪吏则绝不会这样。贪官饱中私囊，骄奢淫逸，而清官则食不果腹，竟成饿殍，两相对比，真使他悲愤莫名！

由于唐末各种矛盾激化，各派政治集团斗争相当尖锐，因此，在用人方面，只能是"任人唯亲"，而不可能选贤用能。宪宗元和初年皇甫湜在谈到当时人才的进退用舍时说："举于礼部，则曰幽昧者凡陋而不可采；选于吏部，则曰声名虚浮而不可用；工文者，则惧华而不实；敦质者，则惧朴而寡能；冠盖之族，则以为因依；微贱之人，则以为幽险。"⑧简直是普天之下，没有什么人可用了！这种情形，到唐末当然是更加严重。我们于那时的竞争和科举取士，便看得十分明白。这种人才进退用舍的不合理，与当时社会政治的腐败紧紧联系在一起的，这正如罗隐在《梅先生碑》一文中所说的："是知天下有道，则正人在上；天下无道，则正人在下。"因此，罗隐的坎坷遭遇，反映了当时绝大多数知识分子的共同命运。他的那些自伤怀抱、感叹不遇的诗篇，所抒发的就不仅仅是"卒不离乎一身"的个人情绪；他在《谗书》中所吐露的那些"愤闷不平之言"，也绝不仅仅是他"不遇于当世"的"泄怒"之作，而是通过他自身遭遇的吐诉，表达了当时大多数有抱负、有理想的知识分子的心声，倾吐了他们的痛苦和不幸，并通过那些牢落感慨的"愤闷不平之言"，对当时社会上人才进退用舍的不合理现象，以及造成这种不合理现象的社会现实，进行了揭发、批判和抗争。

人才的进退用舍是封建社会一个具有深刻社会意义的主题。这是因为历来家国兴亡，政治理乱，关乎吏治的好坏；而吏治的好坏，则关乎人才的进退用舍。封建社会的雄才大略有作有为之主，总是十分重视人才的。汉高祖在总结楚汉相争，他之所以能够战胜项羽而取得天下的历史经验时曾说："夫运筹策帷帐之中，决胜于千里之外，吾不如子房。镇国家、抚百姓，给馈饷、不绝粮道，吾不如萧何。连百万之军，战必胜，攻必取，吾不如韩信。此三人者，皆人杰也，吾能用之，此吾所以取天下也。"⑨李唐王朝的创业之主李世民更是封建帝王中罗致人才，选贤用能的突出代表。他在创业之中，延揽了大批文武人才，予以重任，统一了天下；嗣后，又信任贤臣，从谏如流，做到"以人为镜"，"以明得失"，成就了历史上有名的"贞观之治"，为李唐王朝三百年的统治，奠定了基础。至于明代的开国之君朱元璋，更是把人才视为"国宝"，招揽了许多文臣武将，终于削平群雄，统一天下。而每到王朝末季，总是人才进退用舍混乱，贤愚颠倒，导致吏治腐败，政治大坏，随后灭亡。汉代是如此，明代是如此，唐代更是如此。《旧唐书·黄巢传》说："僖宗以幼主临朝，号令出于臣下，南衙北司，迭相矛盾，以致九流浊乱，时多朋党，小人才胜，君子道消，贤豪忌愤，退之草泽，既一朝有变，天下离心。巢之起也，人士从而附之。或巢驰檄四方，章奏论列，皆指目朝政之弊，盖士不逞者之辞也。"这说明李唐王朝的灭亡，与其时人才的进退用舍的混乱和颠倒，有着密切的直接的关系。

尽管封建社会的创业守成之主，大都十分注重人才，但是，从本质上讲，封建社会却不可能解决人才合理使用的问题，这是因为地主阶级为了维护自己的阶级统治，对于代表农民以及一切被压迫被剥削的劳苦百姓的贤能之士，总是要排斥，打击的；即使在地主阶级内部，开明远识之士，往往和掌权的统治者也要发生俨如仇敌的对立[⑩]。这种分化，在历史上真是屡见不鲜。这两派的斗争，达到尖锐激烈的时候，往往将开明远识之士，置之死地；当然排斥、压抑、弃之不用，那就是家常便饭了。甚至，仅仅为了保持自己的统治权力，封建统治者便不惜贬斥、杀害有用之才。所以，封建社会中，在雄才大略的创业之主统治时期，也经常发生"狡兔死，良狗烹；高鸟尽，良弓藏；敌国破，谋臣亡"[⑪]的悲剧。因此，我们说，从本质上讲，封建社会是不能解决人才的合理使用的。而这个问题长期的、尖锐的存在，往往成为历代进步作家、诗人向黑暗社会抗争，要求改良社会的一贯主题。因为这种抗争从本质上讲，虽属地主阶级内部的派系之争，但它同时却有革新与保守之分,顺应历史潮流和人民愿望与否之分。所以,这种抗争是有意义的,是应该予以适当的肯定的。因此,千百年来,我国人民对于既见放逐、遂赋《离骚》的屈原,对于隐忍苟活、发愤著书的司马迁极端崇敬,对于曹植的《美女篇》、左思的《咏史》,对于陈子昂、李白、李贺等等众多诗人的"怀才不遇"之作,十分喜爱,就因为他们在这个重大问题上对黑暗社会作了抗争。因此,对于罗隐这些为人才进退用舍而抗争的诗作及杂文,只有从这样广阔的社会背景、历史传统中去理解,才能正确估计它们的价值和意义。何况,即便是到了今天,这个问题仍然具有十分重大的现实意义,本来,社会主义制度的建立为人才的合理使用开辟了人类历史上前所未有的广阔途径。但是,现实生活中,任人唯亲的现象依然严重存在;官僚主义每天都在惊人地大量地浪费和埋没人才;社会上崇尚权力、轻视人才的畸形的价值观念,还普遍存在;长期的极左路线,扼杀和坑害了不少有用之才。这一切都说明,在社会主义制度下,人才的进退用舍问题,并没有完全、彻底解决,也不可能完全、彻底解决。因为人才的合理使用,是与社会经济的高度发展,社会制度的高度完善以及和传统观念的彻底决裂,总之,一句话,是和人的完全、彻底的解放联系在一起的。因此。整个社会主义历史阶段,我们面临着人才合理使用方面的长期而艰巨的斗争。在这个斗争中,我们可以从历史上人才的进退用舍方面,吸取经验和教训,作为借鉴。所以,从这个意义上讲,罗隐为人才进退用舍而抗争的诗文,今天仍然具有某种现实意义,这是应该予以应有的估量的。

（二）对黑暗社会的揭露和批判

罗隐的《甲乙集》和《谗书》还对当时的社会现实作了广泛而深刻的揭露和批判。

宦官专权和藩镇割据是当时朝廷的两大祸害，也是社会上对人民危害最深最大的两股黑暗势力。罗隐的批判矛头，首先指向了他们。

他在《伊尹有言》中说："伊尹放太甲，立太甲，则臣下有权，始于是矣，而曰耻君之不及尧舜。……伊尹不耻其身之不及和、仲、稷、契，而耻君之不及尧舜，在致君诚则极矣，而励己之事何如耳？惜哉！"

我们再看他的《三叔碑》："当周公摄政时，三叔流谤，故辟之、囚之、黜之，然后以相孺子。洎召公不悦，则引商之卿佐以告之。彼三叔者，固不知公之志矣；而召公岂亦不知乎？苟不知，则三叔可杀，而召公不可杀乎？是周公之心可疑矣！向非三叔，则成王不得为天子，周公不得为圣人。愚美夫三叔之机在前也。"

伊尹、周公自古以来被尊为圣人，但罗隐却见前人所未见，发前人所未发。他认为伊尹立太甲、放太甲，"臣下有权"，是不合法的。他怀疑周公有谋篡野心，只是由于三叔"流谤"，迫于舆论，才转而辅佐成王成了"圣人"的。这里，罗隐否定了伊尹擅权"立"、"放"太甲，怀疑周公有谋篡野心，实质上也就是对宦官专权废立生杀皇帝，藩镇反抗中央，妄图"取而代之"的阴谋的揭露和批判。可以看出，罗隐《谗书》中的这些议论，并非无的放矢，显然是针对唐末"君若客旅，臣若豹虎"[12]的社会现实而发的。

　　罗隐的这类"史论",思想犀利。作者通过对历史现象的深刻观察和分析,敏锐地抓住事物的本质,所以能够超越前人,有所创见。文章中心突出,文字简约,笔锋凌厉,具有投枪、匕首的战斗作用。同时,作者能够根据现实斗争的需要,采掘史料,以史论政,使他的"史论"带有明显的"政论"性质。

　　唐末吏治大坏,其中一个主要原因就是官僚士大夫骄奢淫逸、贪婪成性。《唐音癸签》卷 27 记当时官僚士大夫的游谦之风说:"唐时风气豪奢,……遇逢诸节,尤以晦日,上巳、重阳为重。……凡此三节,百官游谦。……选妓携觞,幄幕云合,绮罗杂沓,车马骈阗,飘香堕翠,盈满道路。"《唐语林》卷 6 记段文昌年轻时非常贫困,显达以后,恣意奢侈,用金莲花盆洗脚,办公室铺上地垫,而且全是锦绣。有人规劝他,他回答说:我并非不知道,但常恨少时穷得太厉害,现在这样做,不过是聊以自慰罢了。这很能代表当时一部分久困名场,后来得以显达,便拼命享乐的官僚士大夫的心理。

　　针对这种情况,罗隐在他的《甲乙集》和《谗书》中进行了有力的揭露和批判。他在《钱》中写道:"志士不敢道,贮之成祸胎。小人无事艺,假尔作梯媒。解释愁肠结,能分睡眼开。朱门狼虎性,一半逐君回。"又在《金钱花》中写道:"占得佳名绕树芳,依依相伴向秋光。若教此物堪收贮,应被豪门尽劚将。"

　　罗隐对豪门富户贪婪成性的讽刺是十分辛辣的。"高高起华堂,区区引流水。粪土金玉珍,犹嫌未奢侈。陋巷满蓬蒿,谁知有颜子。""馆陶园外雨初晴,绣毂香车入凤城。八尺家僮三尺箠,何知高祖要苍生!"这是对挥霍浪费、游侠无度的官僚贵族的深刻揭露和无情批判。第一首《秦中富人》

虽然还只是用豪门富户的穷奢极欲，与陋巷蓬蒿的"颜子"对比，着眼点还是在为无缘仕进的读书人鸣不平；第二首《贵游》则把眼光转向了劳苦百姓，喊出了"何知高祖要苍生"的愤激之声。

对贪图享受，不顾国计民生的官僚士大夫进行无情揭露和鞭挞，写得酣畅淋漓的，还应该推《谗书》中的《越妇言》："买臣之贵也，不忍其去妻，筑室以居之，分衣食以活之，亦仁者之心也。一旦去妻言于买臣之近侍曰：'吾秉箕帚于翁子左右者有年矣。每念饥寒勤苦时节，见翁子之志，何尝不言通达后，以匡国致君为己任，以安民济物为心期。而吾不幸离翁子左右者亦有年矣。翁子果通达矣。天子疏爵以命之，衣锦以昼之，斯亦极矣！而向之所言者，蔑然无闻。岂四方无事使之然耶？岂急于富贵未假度者耶？以吾观之，矜于一妇人则可矣，其他未之见也，又安可食其食'，乃闭气而死。"这里，作者借古讽今，对那些未通达之前，将"匡国致君"、"安民济物"叫得震天价响，而在通达之后，由于"急于富贵"，便把国计民生忘得一干二净的官僚士大夫进行无情的鞭挞。

唐末的官僚士大夫，享乐是当行里手，而办事则昏聩无能。罗隐在《甲乙集》和《谗书》中，对他们的私心自用，无所作为，也进行了大胆的揭露和辛辣的讽刺。他在《塞外》一诗中写道："可使御戎无上策，只应忧国是虚声。汉王第宅秦田土，今日将军已自荣。"诗人毫不留情地揭露了那些虚声忧国，无策御戎，只知道造房子、买田地，营私自肥的将军们。在《说天鸡》一文中，罗隐把当时的官僚士大夫比作"毛羽彩错，咮距铦利"，却既不能司晨，又不能对敌，只会"峨冠高步，饮啄而已"的"鸡"，勾勒出他们行尸走肉，徒有其表的丑恶形象。

当时，官僚士大夫中，有的虽然并不十分作恶，但大抵是一些一事当前，只顾身家性命之徒。所以罗隐在《梅先生碑》一文中，赞扬了梅先生的敢于直谏之后，就尖锐批评那些身居大位而不能为国家设一言、建一事的人："彼公卿大臣有生杀苦乐之任，有朋党蕃衍之大，出一言，作一事，必与妻子谋，苟不便其家，虽妾人婢子亦撄挽相制，而况亲戚乎？况骨肉乎？故虽有忧社稷之心，亦嚜而不吐也。"应该说，《谗书》中这类文章是写得相当好的：尖锐、泼辣、言简意赅，具有强烈的现实性，它的确使人感到当时官僚士大夫的庸俗自私和无所作为。这些篇章，即使今天读起来，也不是毫无意义的。因为封建官僚士大夫的贪图享乐、庸俗自私和无所作为的残余思想还在腐蚀着我们的干部队伍，甚至侵蚀着我们党的肌体。读罗隐的这些篇章，可以引起我们思想上的警戒。

用"寓言"刻画形象，说明道理，是罗隐讽刺杂文常用的手法之一。《说天鸡》以狙氏父子择鸡畜养之道不同，也许是讽刺唐代进退人才，徒然以貌取人，不无作者"十举不第"的牢落感慨吧！作者寥寥数笔，勾勒出了"天鸡"行尸走肉，徒有其表的丑恶形象，借以讽刺那些徒然以貌骄人，其实百无一能的官僚士大夫，的确收到了形象生动、言简意赅的艺术效果。《越妇言》》将一个嫌贫爱富的历史故事，信手拈来，稍加捏合，然后借题发挥，即便构成了一篇嘲讽官僚士大夫的绝妙文章。这些都说明罗隐是一名善于采用寓言故事，表达主题的高手。

罗隐在《甲乙集》和《谗书》中，对唐末腐败的社会风气，也进行了有力的揭露和批判。唐末趋谒权门，钻营拍马之风颇盛。罗隐是十分痛恨钻营拍马的宵小之徒的。一方面，他在谋求仕进方面，虽然也给名公贵卿投书干谒，却仍然保持了一定的骨气。"虎帐高谈无客继，马卿官傲少人同"（《金陵寄窦尚书》），"傲睨公卿二十年，东来西去只悠然"（《送宣武徐巡官》），就是他这种保持身份的形象写照。他因穷困不堪，不得不到魏博节度使、邺王罗绍威那儿去攀家门，而仍然投书称邺王为侄的趣事⑬更能说明罗隐的这一性格。另一方而，对于钻营干谒之徒，则投以辛辣的讽刺。他在《堠子》一诗里写道："终日路岐旁，前程亦可量。未能惭面黑，只是恨头方。"这是借自嘲而抒愤懑：自己被抛弃在路旁了，前途是可怜的。这倒不是因为面目可憎，而是因为头方而不尖，不会钻营的缘故。要是脑袋儿尖，即使面目再丑，也就能飞黄腾达了。

唐末的"禄位相尚"的风气也十分厉害，甚至达到只认金钱权势，认骨肉亲情的地步。例如《玉泉子》记载说：赵惊的岳丈是钟陵大将。赵惊久举不中第，愈见其穷困，因此，他丈人一家更加看不起他，连岳丈岳母也是这样。有一天，军队中大会宾客，他岳丈家的亲戚都相继前往。赵惊的妻子虽然贫穷，还是不能不去。由于衣衫褴褛，亲戚们便用幕布将其隔开。恰在这时，牓文到来，赵惊及第了。亲戚们便立刻撤掉帷幕，和他的妻子坐在一块。不仅如此，女眷们还送她头簪、衣服，向她表示祝贺。这是岳丈不认女婿。还有妻子不认丈夫的。《玉泉子》还记载了这样一件事：杜羔累举不中第，只好回家。快到家门口时，接到妻子写给他的一首诗："良人的的有奇才，何事年年被放回？如今妾已羞君面，君到来时近夜来。"以致杜羔自觉无脸进门，不得不及时离去。这也可见当时社会风气之一斑。至于师生、朋友、邻里、同僚之间，这种以"禄位相尚"的风气，就更不必说了。罗隐对于这种腐败的社会风气是极端痛恨的。所以，他在《刻严陵钓台》一文中，借汉光武做了皇帝之后，仍然不忘故旧，赞扬了"富贵不易节而穷达无所欺"的不以富贵穷达论交情的精神，并以此针砭当时的世道人心说："今之世风俗偷薄，禄位相尚，朝为一旅人，暮为九品官，而骨肉亲戚已有等差矣。况故人乎？"

尽管当时政治十分黑暗，社会风气极端败坏，但却很少有人出来批判、抗争、矫正时弊。所以，罗隐作《题神羊图》表达这方面的愤激和感慨："尧之庭有神羊，以触不正者。后人图形象，必使头角怪异，以表神圣物。噫！尧之羊，亦由今之羊也，但以上世淳朴未去，故人与兽皆得相指令。及淳朴消坏，则羊有贪狠性，人有刲割心。有贪狠性，则崇轩大厦，不能驻其足矣；有刲割心，则虽邪与佞，不敢举其角矣。是以尧之羊，亦由今之羊也。贪狠摇其至性，刀几制其初心，故不能触阿谀矣。"这里作者以羊喻人，指出由于自己有"贪狠性"，那么要"触阿谀"而不愿；又由于邪与佞有"刲割心"，刀柄在手，那么要"举其角"而不敢，因此只得一任邪佞横行，一任社会腐败下去。于此，我们也就可以看到罗隐敢于揭露、敢于批判、敢于抗争、敢于矫正时弊的战斗精神之难能可贵了。

（三）为民生疾苦而呼喊

罗隐虽然处境坎坷，但他并没有沉溺在自伤怀抱、感叹不遇的悲哀中，他把眼光投向了饱经战乱、备受压迫和剥削，挣扎在水深火热之中的劳苦百姓身上，为民生疾苦而不断呼喊。

　　唐朝末年，战祸频仍。面对"兵革滔天"的现实，诗人写道："乾坤垫裂三分在，井邑摧残一半空。"（《江亭别裴饶》）经过战乱的浩劫，人民被屠杀了，幸存者却还要忍受藩镇武夫的残酷剥削，而这些祸国殃民的家伙却一个个在人民的尸骨上建立起自己的新宝座。因此诗人愤怒地写道："生灵寇盗尽，方镇改更贫。梦里旧行处，眼前新贵人！"（《乱后逢友人》）而《即事中元甲子》写战祸之惨，尤为真切："三秦流血已成川，塞上黄云战马闲。只有羸兵填渭水，终无奇事出商山。田园已没红尘内，弟侄相逢白刃间。惆怅翠华犹未返，泪痕空滴剑文斑。"

　　前文已经说明，这个时期，在罗隐家乡，江浙一带，更是兵连祸结，老百姓受尽了屠戮和折磨："兵戈村落破，饥俭虎狼骄。吾土兼连此，离魂望里消。""两地干戈连越绝，数年麋鹿卧姑苏。疲甿赋重全家尽，旧族兵侵太半无。"《秋江》和《送王使君赴苏台》这两首诗说明战乱给人民带来的灾难和痛苦，在诗人的笔下表现得十分深刻和沉重。

　　频繁的战乱加重了统治阶级对劳苦百姓的压迫和剥削，造成了贫富日益悬殊，阶级严重对立。罗隐对于这种贫富悬殊的社会状况，早在他困居长安时就进行了抗争："尽道丰年雪，丰年事若何？长安有贫者，为瑞不宜多！"（《雪》）对于社会上劳者饥不得食，寒不得衣，而不劳者却可以肆无忌惮地鲸吞别人的劳动成果的不合理现象，进行了讥讽，为被剥削者作不平之鸣："不论平地与山尖，无数风光尽被占。采得百花成蜜后，为谁辛苦为谁甜？"罗隐这首题为《蜂》的咏物诗，后两句虽以议论出之，但正抓住了蜂的特点，使采花酿蜜的蜜蜂和辛勤工作的劳动者联系起来，从整体上达到形似和神似的统一，而且十分精炼、含蓄地写出了封建社会劳者无获的重大主题，思想丰富，颇含哲理，堪称"咏物诗"中的上乘之作。罗隐对于统治阶级的横征暴敛，也敢于进行正面的指责。鉴于钱镠强使西湖渔人每天缴纳鲜鱼数斤，名曰"使宅鱼"，苛酷盘剥劳苦百姓，他便写了一首很有名的讽刺诗《题磻溪垂钓图》："吕望当年展庙谟，直钩钓国更谁如？若教生在西湖上，也是须供使宅鱼！"致使钱镠不得不停止征收这种渔税。我们知道，罗隐一生失意，直到55岁，时近暮年，方遇钱镠，先后拜官钱塘令、秘书著作郎、镇海军节度掌书记、司勋郎中、节度判官，最后表授吴越给事中、盐铁发运副使。因此，对钱镠一直深怀感激之情，这于《钱尚父生日》、《暇日投钱尚父》，《春日投钱塘元帅尚父二首》等诗中，看得十分清楚。但当钱镠弄得"赋税苛繁，小至鸡、鱼、鸡卵、鸡雏也要纳税，贫民欠税被捉到官府，笞数多至百余，民尤不胜其苦"[14]时，诗人却敢于为民请命，进行讽刺，这是很不容易做到的。

在人民饱经战乱、处于饥寒交迫的情况下，罗隐希望官吏能够爱惜老百姓，关心老百姓的疾苦。朋友走马上任，他就说"兵寇伤残国力衰，就中南土藉良医。凤衔泥诏辞丹阙，雕倚霜风上画旗。官职不须轻远地，生灵只是计临时。灞桥酒酿黔巫月，从此江山两所思。"（《送溪州使君》）经过战争的破坏，国家残破了，非常需要清明正直的官吏来治理。他劝告朋友，不要考虑到边远地方任职条件太差，而首先应该考虑老百姓眼前的生计问题。他把爱惜老百姓视为评判官吏好坏的一个标准。在《送前南昌崔令替任映摄新城县》中说："五年苛政甚虫螟，深喜夫君已戴星。大族不唯专礼乐，上才终是惜生灵。"他曾深深感叹"宰邑惭良术，为文愧壮图"（《秋晚》），为自己治理不善而深感惭愧。处在那个政治黑暗，吏治腐败的时代，他经常发出"惟恐乱来良吏少"（《定远楼》）那样充满深切忧虑的呼声。罗隐为钱镠改谢表一事，更典型地说明了他对民生疾苦的关切，也是他这类诗文最好的注脚。据《吴越备史》罗隐本传说："王（钱镠）初授镇海节度时，命沈崧草谢表，盛言浙西繁富，成以示隐。隐曰：'今浙西兵火之余，日不暇给，朝廷执政，方切于贿赂，此表入奏，执政岂无意于要求耶？'乃请更之，其略曰：'天寒而麋鹿常游，日暮而牛羊不下。'朝廷见之曰：'此罗隐辞也。'"朝廷执政，一眼之下，就断定是罗隐之辞，这正是罗隐关心民生疾苦的一个有力佐证。

（四）对封建最高统治者的嘲讽和批判

罗隐诗文中最引人注目的，是他对封建最高统治者进行嘲讽和批判的篇章。

罗隐写了很多咏史诗和史论，揭露封建最高统治者的荒淫误国。他善于借助历史题材，讽刺现实。他的咏史诗几乎全是出色的讽刺诗："水国春常在，台城夜未寒。丽华承宠渥，江令捧杯盘。宴罢明堂烂，诗成宝炬残。兵来吾有计，金井玉钩栏。""入郭登舟出郭船，红楼日日柳年年。君王忍把平陈业，只博雷塘数亩田。"显然，在《台城》和《炀帝陵》这两首诗里，罗隐把讽刺的矛头指向前代荒淫误国之君。但是，联系统治阶级荒淫误国的现实，我们可以清楚地看到这些咏史诗并不是诗人的无病呻吟。当我们读到诗人咏杨妃的几首诗时，更能感觉到这些咏史诗的现实批判性，因为诗人的批判矛头已经直接指向唐代最高统治者。

　　安史之乱是李唐王朝由鼎盛走向衰落的转折点。自此之后，李唐王朝一蹶不振，直至灭亡。后世的诗人、论客，特别是安史之乱以后的唐代诗人和论客，在回顾这段历史时，大多把一腔怨恨发泄在杨妃身上，而有意或无意地为最高统治者开脱罪责："华清恩幸古无伦，犹恐蛾眉不胜人。未免被他褒女笑，只教天子暂蒙尘。""朝元阁迥羽衣新，首按昭阳第一人。当日不来高处舞，可能天下有胡尘？"即使是李商隐对于唐玄宗不顾新台之讥、取杨氏入宫、进而沉湎女色、导致安史之乱，深致不满，曾写下了"平明每幸长生殿，不从金舆惟寿王（《骊山有感》）。"夜半宴归宫漏永，薛王沈醉寿王醒"（《龙池》）以及"君王若道能倾国，玉辇何由过马嵬"、"如何四纪为天子，不及卢家有莫愁"（《马嵬二首》）等嘲讽诗句，但在这两首《华清宫》诗里，仍然把安史之乱的责任全推到杨妃身上，不能完全跳出女色亡国的窠臼。"锦江晴碧剑峰奇，合有千年降圣时。天意从来知幸蜀，不关胎祸自蛾眉。"黄滔的这首《马嵬》诗似乎在为杨妃开脱，实际上是在为明皇唱赞歌。而郑畋的"玄宗回马杨妃死，云雨虽亡日月新。终是圣明天子事，景阳宫井又何人"（《马嵬坡》），被人誉为不失宰相风度之作，则纯然是对唐代最高统治者的曲意阿谀了。但是，罗隐咏杨妃的诗，其针对性却大不相同。其《华清池》："楼殿层层佳气多，开元时节好笙歌。也知道德胜尧舜，争奈杨妃解笑何！"其《马嵬坡》："佛屋前头野草春，贵妃轻骨此为尘。从来绝色知难得，不破中原未是人！"

　　罗隐的矛头却直指最高统治者——唐明皇，他的结论是：罪责应该由明皇来负。罗隐的这种见识，在当时应该说是高人一筹的，而敢于进行讽刺，也是需要勇气的。罗隐终于为此付出了代价。据《唐诗纪事》卷69云："昭宗欲以甲科处之，有大臣奏曰：'隐虽有才，然多轻易，明皇圣德，犹横遭讥谤；将相臣僚，岂能免乎凌轹。'帝问讥谤之词，对曰：'隐有《华清》诗云：……其事遂寝。'"由此可见，罗隐的这些诗是刺痛了统治阶级的。

罗隐还写了不少史论，从历史事件中，总结出许多兴亡治乱的经验来。在《汉武山呼》一文中，作者指出由于汉武帝听信前后左右的阿谀奉承，穷极游观，恣意享乐，结果弄得"劳师弊俗"、"百姓困穷"。在《迷楼赋》中，他指出隋炀帝"大权旁落，细人用事"，"不迷于楼而迷于人"，因而导致隋朝灭亡。《吴宫遗事》写吴王夫差不听忠谏，喜纳阿谀，重用奸邪，不顾百姓，终于国破身亡。这些都说明罗隐对于兴亡治乱，是颇有见识的。那么，是什么原因使得他去探求历代兴亡的奥妙呢？罗隐是在"发思古之幽情"吗？不是。现实迫使他去思索，去探讨，因为当时的统治者也正在走着同样的道路，以致政治十分黑暗，人民痛苦不堪，天下岌岌可危。翻开史书，就有很多这方面的记载。《通鉴·唐记六十六》懿宗咸通七年（公元866年）记载懿宗好游宴时说："上（懿宗）好音乐宴游，殿前供奉乐工常近五百人，每月宴设不减十余，水陆皆备，听乐观优，不知厌倦，赐与动及千缗。曲江、昆明、灞浐、南宫、北苑、昭应、咸阳，所欲游幸即行，不待供置，有司常具音乐、饮食、幄帟，诸王立马以备陪从。每行幸，内外诸司扈从者十余万人，所费不可胜纪。"《新唐书》卷208记僖宗的荒淫，亦确可与懿宗媲美："帝（僖宗）冲骏，喜斗鹅走马，数幸六王宅、兴庆池与诸王斗鹅，一鹅至五十万钱……而荒酣无检，发左藏、齐天诸库金币，赐伎子歌儿者日巨万，国用耗尽。(曰)令孜语内园小儿尹希复、王士成等，劝帝籍京师两市蕃旅、华商宝货举送内库，使者监阅柜坊茶阁，有来诉者皆杖死京兆府。"还有同昌公主的婚嫁死葬，更可以看出统治者的穷奢极欲达到了何等惊人的程度。《通鉴纪六十七》咸通十年（公元 869 年）记载同昌公主出嫁的情况说："同昌公主适右拾遗韦保衡，以保衡为起居郎、驸马都尉。公主，郭淑妃之女，上特爱之，倾宫中珍玩以为资送，赐第于广化里，窗户皆饰以杂宝，井栏、药臼、槽匮亦以金银为之，编金缕以为箕筥，赐钱五百万缗，他物称是。"咸通十二年（公元 871 年）记载同昌公主安葬时说："春正月，辛酉，葬文懿公主（按十一年秋八月，同昌公主薨，谥文懿）。韦氏之人争取庭祭之灰，汰其金银。凡服玩，每物皆百二十舆，以锦绣、珠玉为仪卫、明器，辉焕三十余里，……上与郭淑妃思公主不已，乐工李可及作《百年叹曲》，其声凄婉，舞者数百人，发内库杂宝为其首饰，以綀八百匹为地衣，舞罢，珠玑覆地。"

我们虽不能说罗隐的这些批判讽刺前代荒淫误国之君的咏史诗、史论是为这些具体事件而发，但它们针对当时的现实却是无可怀疑的，因为这些材料为我们提供了唐末最高封建统治者荒淫腐朽的历史证据。《通鉴·唐纪六十八》僖宗乾符元年（公元874）概括当时的情况时就说："自懿宗以来，奢侈日甚。"韦庄在李唐王朝灭亡之后，痛定思痛，追忆当时的情况时也说："咸通时代物情奢，欢杀金张许史家。"（《咸通》）可见当时的统治阶级从上到下，荒淫奢侈，醉死梦生，却是信而不虚的。因此，我们说罗隐的这些咏史诗、史论的现实针对性是非常之强的。

罗隐的咏史诗，亦有自己的特色。一是"别行一路"，见出新意。前人论咏史诗说："咏古诗未经阐发者，宜援据本传，见微显阐幽之意。若前人久经论定，不须人云亦云，……以避雷同剿说，此别行一路法也。"⑮花样翻新，作翻案文字，这本是诗人们咏史时常用的手法，问题在于这个"案"翻得有没有理，这个"新"有没有高人一筹的见识。唐明皇、杨贵妃的故事，诗人吟咏之作太多，但像罗隐这样反对女色亡国论，批判矛头直指唐代最高统治者，这个"案"就翻得有理，这个"新"就有高人一筹的见识。这就使得罗隐的咏史诗有丰富的思想，也有较强的批判现实的战斗性。罗隐咏史诗的第二个特点，就是诗的主题经常以议论出之，诸如"也知道德胜尧舜，争奈杨妃解笑何"、"从来绝色知难得，不破中原未是人"等等。前人在论咏史诗时说："咏史不以议论为工"，⑯ "咏史诗今人皆议论，前人多有案无断之作，其讽刺劝意在言外，读者自得之耳。"⑰这些论调都是主张咏史诗不要发议论。但前人也有与之截然相反的意见。《岘佣说诗》说："义山七绝以议论驱驾书卷，而神韵不乏，卓然有以自立，此体于咏史最宜。"⑱其实，咏史切忌粘着，主要是借史实抒发自己的情怀，道出自己的见解。我们可以信手拈出很多这样的咏史名作。杜甫的《咏怀古迹》之二："摇落深知宋玉悲，风流儒雅亦吾师。怅望千秋一洒泪，萧条异代不同时。"前四句，劈空而来，就是议论。千秋异代，遭遇实同，知己之感，寂寞之情，都深沉有力地从字里行间流溢出来。全诗的精神便在此四句，谁说这不是咏史怀古诗中的上乘之作呢？杜牧的《赤壁》，最后两句"东风不与周郎便，铜雀春深锁二乔"，也是议论。全诗主旨，也在此二句，又有谁能说《赤壁》不是杜牧咏史诗的代表之作呢？李商隐的《马嵬》诗也是以"如何四纪为天子，不及卢家有莫愁"的议论结尾的，这正是对明皇讥讽、嘲弄、批判之处。《马嵬》依然是他咏史诗中的好作品。罗隐的咏史诗，主旨经常以议论出之，是继承了这些前辈诗人咏史诗的优良传统的，只是议论更直接、更尖锐，这是和他咏史诗的思想、立意紧紧相关的。

对于现实生活中发生的事件，罗隐也敢于表明自己的态度，对最高统治者投以辛辣的嘲讽。唐僖宗广明元年（公元880年），黄巢起义军攻入长安，僖宗在宦官田令孜的保护下，仓皇出逃，沿着玄宗走过的老路，再次逃到四川成都。在这样一个巨大的事变中，罗隐给予唐代最高统治者的，仍然是异常尖锐的嘲讽："马嵬山色翠依依，又见銮舆幸蜀归。泉下阿蛮应有语，这回休得怨杨妃！"（《帝幸蜀》）在国家残破，民不聊生，甚至"乘舆播迁，流离道路"的时候，唐僖宗还因喜爱一只驯善的、能跟朝臣们一起上朝的猴子，而赐给玩猴伎人一件五品绯袍。统治者也实在昏聩得可以！这对十举不中第、跑遍大半个中国，在李唐王朝中弄不到一官半职的罗隐来说，刺激实在是太大太深了，所以，无怪他要发出"十二三年就试期，五湖烟月奈相违。何如买取胡孙弄，一笑君王便著绯！"（《感弄猴人赐朱绂》）这样强烈的讽刺和愤懑了。

罗隐对封建最高统治者的讽刺和批判，并没有停留在对他们奢侈浪费、荒淫误国上，而是触及到了（当然是不自觉的）他们的阶级本质。自古以来，封建帝王都打着"安天下"，"救黎庶"的旗号，来取得自己的统治。罗隐在《英雄之言》

一文中，就剥去了他们的伪装，使之露出本来的面目："物之所以有韬晦者，防乎盗也。故人亦然。夫盗亦人也，冠屦焉，衣服焉。其所以异者，退逊之心，正廉之节，不常其性耳。视玉帛而取之者，则曰牵于寒饿；视家国而取者，则曰救彼涂炭。牵于寒饿者，无得而言矣，救彼涂炭者，则宜以百姓心为心。而西刘则曰'居宜如是'，楚籍则曰'可取而代'。意彼未必无退逊之心，正廉之节，盖以视其靡曼骄崇，然后生其谋耳。"⑲刘邦、项羽这类"英雄"，由于"退逊之心，正廉之节，不常其性"，因而看到秦皇宫殿"靡曼骄崇"，秦始皇"峻宇逸游"，便产生了"居宜如是"、"可取而代"的思想，却又要打着"救彼涂炭"的堂皇旗号。而"退逊之心，正廉之节，不常其性"，正是盗异于常人之处。那么，作者说，西刘、楚籍非英雄也，盗而已矣！这就把矫言饰性的封建最高统治者打着拯救民众的旗号，实际上则干着营私自肥勾当的卑劣心理和强盗本质，无情地揭露出来。在封建社会，在皇权高于一切的时代，这个结论是最大胆不过的了；提出这一点，也需要极大的勇气。孟轲虽有"闻诛一夫纣也，未闻弑君也"⑳的名言谠论，但那是对违反天命的坏君主的指斥，并没有半点亵渎圣主明君的意思。皮日休在《原谤》中说过："后之主天下，有不为尧、舜之行者，则民扼其吭，捽其首，辱而逐之，折而族之，不为甚矣。"对残暴的统治者表示了极度的愤恨。在《读司马法》中，揭露了汉魏以后，封建最高统治者"驱赤子于利刃之下，争寸土于百战之内"，从而由士为诸侯，由诸侯为天子"的"杀人愈多"、"害物益甚"的罪行。陆龟蒙在《野庙碑》中也借野庙中"无名之土木"，讽刺了"缨弁言语之士"——封建统治者。但是，《原谤》

依然是对坏君主的痛恨，并不反对尧舜之君；《读司马法》也只斥责了封建最高统治者的"不仁"，并且还说什么"民之于君由子也"；《野庙碑》则对封建统治者的凶恶横暴鞭挞有余，而没有触及其反动本质。这些和罗隐的《英雄之言》将他们斥之为"盗"相比较，是颇可见出高下的。八百年以后，明清之际的黄宗羲把君王看作是天下人民的大害。他在《原君》一文中说："然则为天下之大害者，君而已矣"，对君主专制进行了深刻的批判。这种初步的、反对封建专制主义的民主思想，追根溯源，可以说，在唐末罗隐的《英雄之言》中就已经有了萌芽。恩格斯对专横跋扈的封建君主恨之入骨，曾痛斥他们是"戴着王冠的强盗"。㉑我们虽不能将罗隐和恩格斯对封建君主的指斥相提并论，但由此也可以看到罗隐批判封建最高统治者的讽刺杂文所达到的思想高度。

　　还应该特别指出的是，罗隐在揭露封建最高统治者荒淫误国的罪行及其强盗本质的同时，开始探索时局的解决办法，甚至提出了变革现实社会的途径。我们试看他的《辨害》一文："虎豹之为害也，则焚山不顾野人之菽粟；蛟蜃之为害也，则绝流不顾渔人之钓网。其所全者大，而所去者小也。顺大道而行者救天下者也，尽规矩而进者全礼义者也。权济天下而君臣立，上下正，然后礼义在焉。力不能济于用，而君臣上下之不正，虽抱空器，奚所设施？是以佐盟津之师，焚山绝流者也；扣马而谏，计菽粟而顾钓网者也。於戏！"在罗隐看来，李唐王朝腐败到这种程度，已是无可挽救了。"顺大道而行"，就不能"尽规矩而进"；"救天下"就不能"全礼义"。对于当时时局的解决办法，变革社会现实，已经不是"叩马而谏"，而是非"佐盟津之师"不可了，也就是说需要吊民伐罪，来一次大的变革。罗隐的这一思想，结合随后爆发的黄巢大起义来看，是很值得我们注意的。

罗隐的《甲乙集》和《谗书》对当时的社会现实进行了揭露和鞭挞，对封建最高统治者进行了嘲讽和批判，为民生疾苦而呼喊，为人才的进退用舍而抗争，有着深刻的思想内容和较强的战斗力，其中，尤以《谗书》为甚。所以，鲁迅先生说："罗隐的《谗书》几乎全部是抗争和愤激之谈"，并且誉为"一塌糊涂的泥塘里的光彩和锋芒"㉒。他正是从《谗书》对唐末社会现实采取批判和抗争的态度上，看到了它光彩卓具、不同凡响的价值。而《谗书》中的这种"抗争和愤激之谈"，也体现在《甲乙集》许多优秀的诗篇中。

（五）思想和艺术上的糟粕

罗隐的诗文创作在思想上和艺术上不可避免地存在着糟粕，这是应该予以剔除的。《谗书》中，有一些就不是愤激和抗争的文字。有的于揭露、批判之中，含有对统治阶级的"讽劝"。即使是《英雄之言》，开篇便说："物之所以有韬晦者，防乎盗也"。提出以韬晦防盗贼的主张。文章最后又说："为英雄者犹若是，况常人乎？是以峻宇逸游，不为人所窥，鲜也。"显然是在提醒李唐王朝最高统治者应该吸取历史教训，不要重蹈前人的覆辙。有个别篇章，甚至没有丝毫的揭露和批判，纯粹是对统治者的"谀词"，如《书马嵬驿》一文中说什么"夫水旱兵革之数也，必出圣人之代，以其上渎社稷，下困黎民，非圣人不足以当其数，故尧之水，汤之旱，而玄宗也革焉"，完全是为唐玄宗开脱罪责，与其诗《帝幸蜀》的辛辣讽刺比起来，真是大相径庭，判若两人。

　　罗隐作为一个封建地主阶级知识分子，由于长期失意，对李唐王朝是颇存怨恨之心的。因此，对唐末社会现实和最高统治者进行了揭露和批判，这种揭露和批判，有时还达到了非常深刻和尖锐的程度。但是，当强大的农民起义要推翻李唐王朝时，他却又流露出对它的留恋和行将灭亡的悲哀，从而在诗文中表现了对农民起义的某种敌视态度。这种思想情绪集中地表现在《中元甲子以辛丑驾幸蜀四首》和《与招讨宋将军书》里："爪牙柱石两俱销，一点渝尘九土摇，敢恨甲兵为弃物，所嗟流品误清朝。几时睿算歼张角，何处愚人戴隗嚣。跪望嶙山重启告，可能余烈不胜妖。（其二）""白丁攘臂犯长安，翠辇仓黄路屈盘，丹凤有情尘外远，玉龙无迹渡头寒。静怜贵族谋身易，危惜文皇创业难。不将不侯何计是，钓鱼船上泪阑干。（其四）"

　　诗中虽然有对营私误国的"流品""贵族"的指责，但主要是对"天子蒙尘"、王朝覆灭的哀伤。同时也流露出对农民起义的某种敌视。他的《与招讨宋将军书》，虽然有对武臣拥兵自重的指斥，对其时"江南水、钟陵火、缘淮饥、汴滑以东蝝"，农民灾难深重的揭发，但其主旨仍然是责备宋招讨镇压农民起义不力。这与他批判黑暗社会现实，批判封建最高统治者，积极主张改革社会现实，不相矛盾吗？是相矛盾的。但却并不奇怪，这正是时代和阶级的局限在他身上打下的深深烙印。罗隐毕竟是地主统治阶级的内部成员，特别是从整个意识形态上来讲是这样。他世界观中的进步因素，并没有改变他的整个的地主阶级的阶级意识和阶级立场。他作为一个为本阶级制造幻想的诗人，有时会与他这个阶级的实际当权者发生对立，甚至互相仇视。但正如马克思主义的经典作家告诉于我们的，一旦到实际的冲突，当危险威胁到这个阶级本身的时候，这种对立、这种敌视就消失了㉓。而真正从统治阶级内部分离出来，归附于革命阶级，那是发生在阶级斗争接近决战的时期，即"统治阶级内部的、整个旧社会内部的瓦解过程""达到非常强烈、非常尖锐的程度"㉔的时期。这种接近决战的阶级斗争，不是同一社会形态内的改朝换代，而是新的社会形态战胜旧的社会形态，代表生产力发展方向的阶级战胜代表旧的生产关系的阶级之间的斗争。例如资本主义社会战胜封建社会，社会主义战胜资本主义。只有在这个时刻，才真正有从统治阶级内部分离出来归附于革命阶级，"即掌握着未来的阶级"㉕的人产生，如严复、孙中山之成为资产阶级的思想家、政治家，马克思，恩格斯之成为无产阶级的革命导师。这种分裂和敌视，是对立阶级之间的分裂和敌视，它与统治阶级内部成员之间的分裂和敌视有着本质的不同。在我国明、清两代资本主义生产关系萌芽之前的、漫长的封建社会，几乎所有世界观具有进步因素的政治家、思想家和诗人，他们与封建地主阶级的分裂和敌视，都属于地主统治阶级内部成员之间的分裂和敌视。就文学史上著名的作家而言，屈原是这样，司马迁是这样，李白、杜甫、白居易、陆游、辛弃疾、曹雪芹都是这样。罗隐当然也是这样。因此，在评论中国古代文学史上的诗人、作家，捧出"人民诗人"这顶桂冠的时候，必须小心谨慎，三思而行。否则，就会背离马克思主义的阶级分析，发生右的错误。这种情况，在我们古典文学的研究工作中是有所反映的。但是，这两种性质截然不同的分裂和敌视之间，又存在着必然的紧密的联系，即后者由前者发展而来，对立阶级之间的分裂和敌视由统治阶级内部成员之间的分裂和敌视发展而来，严复、孙中山不经由封建地主阶级内部的分裂和敌视，便不会成为资产阶级的思想家和政治家；马克思、恩格斯不经由资产阶级内部的分裂和敌视，便不会成为无产阶级的革命导师。因此，在考察历史发展上两个先后衔接的社会形态的思想意识时，必须看到它们之间的这种必然的紧密的联系。例如，近代中国资产阶级反对封建君主专制的民主思想，在封建社会就有了萌芽。这正如恩格斯所说的："每一个时代的哲学作为分工的一个特定的领域，都具有由它的先驱者传给它而它便由以出发的特定的思想资料作为前提。"㉖只有这样，我们才能正确认识封建社会许多政治家、思想家、诗人的进步思想，即那些符合人民愿望、适应历史潮流的思想，并予以充分的肯定。否则，就会违反历史主义，发生左的错误，以为他们既是地主统治阶级内部的成员整个意识形态属于地主阶级，便没有什么先进思想可言，从而采取民族虚无主义的态度。这种情形，在我们古典文学的研究工作中，也有所反映，他们把诸如苏轼、甚至杜甫这样的人，说得一无是处。因此，我们在评价古典作家时，既要坚持马克思主义的阶级分析，又不能违反历史主义。据此，我们对于罗隐诗文中表现出来的世界观上的矛盾，是完全可以作出科学的说明的。

由于道路坎坷，仕途失意，罗隐有时也流露出消极出世的思想。"汉武巡游虚扎扎，秦皇吞并漫驱驱。如何只见丁家鹤，依旧辽东叹绿芜。"（《自贻》）"穷似丘轲休叹息，达如周召亦尘埃。"（《水边偶题》）他把秦皇汉武的事业功名，个人的穷达荣辱视为过眼烟云，表现出心灰意冷、厌弃人间的思想情绪。

罗隐的诗歌在艺术上，也有粗疏浮泛之处。有不少篇章，矢口而出，格调不高，缺乏意境创造。例如《漫天岭》："西去休言蜀道难，此中危峻已多端。到头未会苍苍色，争得经他两度漫。"（原注：岭有大漫天、小漫天，故云。）又如《白角篦》："白似琼瑶滑似苔，随梳伴镜拂尘埃。莫言此篦尖头物，几度撩人恶发来。"有不少诗句，过于俚俗，缺少必要的锤炼。例如《七夕》："时人不用穿针待，没得心情送巧来。"《雪》："寒窗呵笔寻诗句，一片飞来纸上销。"以及《自遣》："得即高歌失即休，多愁多恨亦悠悠。今朝有酒今朝醉，明日愁来明日愁。"便都是属于这一类型。

尽管罗隐诗文在思想上、艺术上都有些缺陷，但绝不能以偏概全，将他一笔抹杀，如《石洲诗话》说他"极负诗名，而一望荒芜，实无足采"，显然是不公平的。前人对罗隐评价比较公允的，应数明人胡震亨。他在《唐音癸签》卷8中说："罗昭谏酣情饱墨出之，几不可了，未少佳篇，奈为浮渲所掩。然论笔材，自在伪国诸吟流上"。我们今天来看罗隐的诗文，应该说，它是比较广泛地反映了他那个时代的社会生活的。罗隐对统治阶级进行揭露、批判和嘲讽，对黑暗的社会现实表示激愤和抗争，使他的诗文，特别是讽刺诗和讽刺杂文，具有很高的思想性和艺术性，在我国文学史上呈现出独特的风貌。

【注】
① 汪德振《罗隐年谱》第 14 页。
② ③ 《桐江诗话》，见《罗江东外纪》。
④ 罗隐《投郑尚书启》。
⑤ 罗隐《投湖南王大夫启》。
⑥ 罗隐《寄三衢孙员外》。
⑦ 罗隐《西京道中》："半夜秋声触断蓬，百年身事算成空．狦生词赋抛江夏，汉祖精神忆沛中。……"《途中寄怀》："……

尘埃巩洛虚光景，诗酒江湖漫姓名。试哭军门看谁问，旧来还似称先生。"

⑧ 《皇甫持正文集》卷3。

⑨ 《史记·高祖本纪》。

⑩ 马克思说：由于精神劳动和物质劳动的分工，在统治阶级内部，一部分人就充作这个阶级的思想家，制造本阶级的幻想，而另一部分实际的当权者，则对这些想法采取较为消极的态度。这两部分人之间的分裂，常常会达到某种对立和敌视——见《德意志意识形态》，《马克思恩格斯全集》，俄文版第45-48页。

⑪ 《史记·淮阴侯列传》。

⑫ 罗隐《叙二狂生》。

⑬ 《罗隐年谱·佚事》引《五代史补》。考罗绍威于光化元年（公元898年）11月为魏博节度使，其时罗隐已依钱镠，并拜为镇海军节度掌书记。然说明罗隐"恃才傲物"，不喜拍马逢迎，仍有参考价值。

⑭ 范义澜《中国通史简编》第三编第411页。

⑮ 《说诗晬语》，见《清诗话》第550页。

⑯ 《一瓢诗话》。见《清诗话》第704页。

⑰ 《山静居诗话》，见《清诗话》第961页。

⑱ 《岘佣说诗》，见《清诗话》第998页。

⑲ 罗隐《英雄之言》。

⑳ 《孟子·梁惠王章句下》。

㉑ 《报刊和德国暴君》，见《马克思恩格斯全集》第42卷。

㉒ 《小品文的危机》，见《鲁迅全集》第4卷。

㉓ 《德意志意识形态》，《马克思恩格斯全集》俄文版第二版第45-48页。

㉔ 《共产党宣言》，见《马克思恩格斯选集》第1卷第261页。

㉕ 《共产党宣言》，见《马克思恩格斯选集》第1卷第261页。

㉖ 《致康·施米特》（1890年10月27日），《马克思恩格斯选集》第4卷第485页。

三、罗隐在文学史上的地位及影响

（一）唐末现实主义流派的重要作家

我们可以肯定罗隐是唐末现实主义流派的重要作家。但是，以往研究文学史的学者，对罗隐诗文创作的现实主义性质却估计不足。游国恩主编的《中国文学史》，只提到皮日休、杜荀鹤、陆龟蒙继承了白居易新乐府的现实主义传统。许文雨在《晚唐诗的主流》①一文中，说到继续发扬杜甫、白居易的现实主义优良传统的诗人时，也没有提到罗隐。文学研究所编写的《中国文学史》也说他"很少接触到社会现实的题材"。为了正确认识罗隐诗文创作的现实主义性质，我们首先可以将罗隐的诗文创作，放在唐末整个文坛上来进行考察，可以与当时各种文学流派进行比较。诗到晚唐，流派众多，风格各异，流风所及，一直延及唐末。造成这种情况的原因，除了对文章（包括诗赋）有不同的运用（**有的将它作为改造社会人生的武器，有的则只当作谋取科第仕进的敲门砖**），以及继承不同流派的风格，从不同的角度谋求艺术创新之外，主要原因是诗人们在政治局势纷乱，阶级斗争激烈的唐末社会现实面前，态度很不一致，因而表现出来的创作倾向，也就各不相同。有的粉饰太平，求仙学道，歌吟虚幻，自我陶醉，曹唐就是典型的例子。他身处唐末乱世②，却居然写出了《升平词》5首和《小游仙诗》98首。他在《升平词》（**其四**）中写道："日日听歌谣，区中尽祝尧。虫蝗初不害，夷狄近全销。史笔唯书瑞，天台绝见妖。因令匹夫志，转欲事清朝。"据最后两句看来，这是他脱离空门（**曹唐初为道士**），决意赴举时写的。他在《升平词》（**其五**）中又写道："五帝三皇主，萧曹魏邴臣。文章唯返朴，戈甲尽生尘，谏纸应无用，朝纲自有伦。升平不可记，所见是闲人。"我们拿他诗中所写与唐末咸通前后的现实一对照，何止相差十万八千里！他的《小游仙诗》，我们只要看一看题目就清楚了，全是些《汉武帝将侯西王母下降》《刘晨阮肇游天台》《织女怀牵牛》《萧史携弄玉上升》等等。这是粉饰现实，歌吟虚幻的一派。有的师承贾岛，躲到社会的一角，冷僻空寂，寻幽访隐，而对于社会动乱，则不置一词。李洞就是这样。有的流连风景，悠游岁月，全不把国计民生放在心上，如方干。有的虽然也偶尔感念时事，心存天下，但终于栖隐林泉，全身乱世，日与名僧、高士游咏③，如司空图。有的虽然也有伤时忧国之心，起救苍生之意，而终于沉湎于绮罗香泽之中，写尽闺阁艳情，妇人体态，如韩偓。有的则承长吉余绪，搜奇猎异，惨淡经营，极力创造幽奇诡秘的意境，如庄南杰和李沇。庄南杰《全唐诗》载诗九首。李嘉言先生给补上15首④，总共24首，全是长吉诗风。李沇《全唐诗》载诗6首，无论取材、立意、体裁、词藻，几乎可与长吉歌诗乱真。此外，还有的诗人专力创作咏史诗。汪遵写了61首，孙元晏写了75首，胡曾写了150首，周昙写了195首。咏史诗在唐末诗中占有相当比重。其中，有些给人们以搜索枯肠、空发议论的感觉⑤，胡曾的咏史诗就是这样。但也不能一律都看成是生活空虚的无病呻吟。汪遵的咏史诗就多指斥君王荒淫误国，悲叹才人志士，无人重视、壮志难酬，其思想情绪，显然不是与社会现实无关。周昙咏史诗写得最多。他在卷首开宗明义说："历代兴亡亿万心，圣人观古贵知今。"（《吟叙》）"考摭研媸用破心，剪裁千古献当今。闲吟不是闲吟事，事有闲吟闲要吟。"（《闲吟》）可知他是有所为而发，意在以历代兴亡，来抒发对当时现实的感慨。因此，应该把咏史诗看作是唐末诗歌的别一流派，是唐末诗人反映社会现实的另一种方式，虽然隔着一层，不那么直接。但是，上述种种流派，都不能，即使能，也不够大胆地直面人生，看取现实，写出民生疾苦，为改革现实社会而抗争、呼喊。能够这样做的是皮日休、罗隐、杜荀鹤、聂夷中、曹邺、陆龟蒙、于濆、司马扎、刘驾、邵谒等现实主义流派诗人。《一瓢诗话》在论到罗隐时说："罗昭谏为三罗之杰，调高韵响，绝非晚唐琐屑，当与韦端已同日而语。"他是多少看出了罗隐诗歌不同于一般唐末诗人作品这一特点的。从我们前面的介绍看来，罗隐的诗所反映的社会生活面还是比较广泛的。这一点，前人也有值得我们注意的论述。《唐五代诗话》说："隐有《江东集》10卷，其诗自光启以前，广明以后，海内乱离，乘舆播迁，艰难险阻之事，多见之赋咏。"

当然，罗隐的确没有像皮日休、杜荀鹤那样把劳动人民的生活作为直接的、具体的描写对象，写出像《正乐府》和《山中寡妇》一类的作品来。但是，我们却不能因之不给他以唐末现实主义诗歌流派重要作家的地位，甚至也不能就说他"很少接触到社会现实的题材"。对于诗，所谓"社会现实的题材"，主要是那个时代的矛盾冲突，思想情绪，而不是具体的，直接的社会生活事件。鲁迅所说的《谗书》中的"愤激和抗争之谈"，也表现在罗隐的诗里。它是那个时代情绪的反映，它本质地反映了那个时代的社会现实。评价抒情诗，这一点是不能忽视的。至于他的讽刺杂文，虽然出之以寓言，或借助于史实，但针对社会现实，却是十分强烈而明显的。

（二）杰出的讽刺艺术

罗隐诗文的讽刺艺术是相当杰出的，在我国文学史中，应该给予与之相应的位置。《旧五代史·罗隐本传》说他的诗"多所讥讽"。《唐才子传》说他"诗文几以讥刺为主，虽荒祠木偶，莫能免者。"《全唐诗》小传也说："其诗以讽刺为主。"由此可知，罗隐的诗文多所讥讽，前人的评价是一致的。以诗歌来讽刺时政，这是我国的诗歌从三百篇以来的传统。白居易在先驱者陈子昂、李白、杜甫、元结等人的要求诗歌寄兴讽谕的论诗理论和创作实践的基础上，进一步发展了"美刺兴比"的论诗理论，把诗的"六义"看成是"讽谕"的同义词，要求诗歌反映民瘼，讽谕时政，并且身体力行，创作了《秦中吟》《新乐府》等优秀的讽谕诗。但是，我们却不能不面对这样一个事实。即白居易的这种讽谕，目的还是在于"泄导人情"、"补察时政"，虽然客观上起了减轻统治阶级对人民残酷剥削的作用，但主观上仍然是对统治阶级的一种开导和讽谕。这是一种"热讽"。皮日休作《正乐府十篇》，仍然是根据这一原则，即所谓"诗之美也，闻之足以观乎功；诗之刺也，闻之足以戒乎政，"⑥然而，我们读罗隐的讽刺诗，如《马嵬坡》《华清池》《帝幸蜀》等篇，就看不到对统治者的开导和讽谏，有的只是赤裸裸的嘲讽。这是道道地地的讽刺，也即是一种"冷嘲"。两相比较，是有立场、态度和感情上的差别的。当然，白居易也好，罗隐也好，都是封建地主阶级的知识分子，但由于白居易"擢在翰林，身是言官，"⑦所以，其讽谕诗的目的就只能是"篇篇无空文，句句必尽规"，是"惟歌生民病，愿得天子知"（《寄唐生》）。有的论著⑧把白居易的这个口号解释为诗歌的创作目的是为了人民。这是违反历史主义，拔高古人的。白居易在《新乐府序》中明确地说明他的创作目的是"为君为臣为民为物为事而作"。很显然，并不仅仅"为民"。事实上，"为民"，也就是"为君"。因为封建社会的任何进步诗人，都不可能从阶级本质上认清他们社会"君"与"民"的对立的阶级关系。他们"为民"的目的，还是"为君"。这是符合这些诗人的阶级属性的。而罗隐则是被李唐王朝所遗弃的人物，因此，他写起诗来，既讽刺贪官，也讽刺皇帝。较之白居易的讽谕诗，这是一种进步，一种突破。当然，罗隐讽刺诗的成就，从整体上来说，是不能与白居易讽谕诗相比拟的，它不像白居易的讽谕诗那样具体、广泛地揭露了社会现实，他也没有像白居易那样执着地为民生疾苦而大声呼喊。但是，指出并肯定罗隐讽刺诗的这种进步、这种突破，却是完全应该的。这是罗隐讽刺诗的独特之处。罗隐的讽刺杂文，由于当时政治的极端黑暗，各种社会矛盾激化，思想内容上较之韩愈、柳宗元的讽刺杂文，也有所前进，有所突破。韩愈的《毛颖传》、柳宗元的《蝜蝂传》《三戒》都还只是运用寓言，讽刺当时的官僚社会，而罗隐的批判矛头却直指封建最高统治者，讽刺他们的荒淫误国，揭露他们打着"救彼涂炭"的堂皇旗号、夺取统治地位的伪善面目，提出变革现实社会的途径。这种思想上的突破，是罗隐讽刺杂文的杰出之处。

　　罗隐的讽刺诗文之所以写得深刻动人，富有思想性，富有强大的讽刺艺术力量，是与诗人对社会现实生活的深刻认识分不开的。罗隐能够于个人成败、家国兴亡之中，看出一定的社会政治原因，他把它称之为"时"。这当然不是唯心主义的"命运"，而是指的一种社会发展的客观形势。虽然他不可能像我们今天这样清楚地认识社会发展的规律，但这种客观形势不以人的愿望为转移，他是隐隐约约感觉到了的。在《叙二狂生》中，他认为祢正平、阮嗣宗的遭遇，是当时汉衰晋弊的时势使然。在《西施》中，他说："家国兴亡自有时，吴人何苦怨西施？西施若解倾吴国，越国亡来又是谁？"他看出家国兴亡的原因，不在"女娲"，而是有其不可更移的客观形势。在《筹笔驿》一诗中，他由诸葛亮大功不成，更是得出"时来天地皆同力，运去英雄不自由"的眼光卓具的结论来。正是这种深刻认识，使得罗隐这些围绕家国兴亡、个人成败而写的讽刺诗文，具有高度的思想性和犀利、辛辣、击中要害的艺术力量！

罗隐对社会生活的深刻认识，当然取决于他的进步思想。这种进步思想的形成，首先是社会环境造成的。其次，我们也可以从他前辈思想家身上，找到它的渊源，那就是罗隐的思想显然受到刘知几"以人事为主"的进步历史观和柳宗元"生人之意"学说的影响。刘知几治史，强调"通识"，要求"博采"史料，择善而从，要求兼取各家之长，不要拘泥于一家之见，要求实事求是，反对"掩恶""虚美"，反对臆说，这样就使得他的历史观具有唯物主义的倾向，因而对历史发展能获得比较全面的、正确的认识。例如，他在自身经历和"博采"史料的基础上，认识到统治阶级内部的残酷斗争，乃是一条历史性的法则。因此，他在《史通·疑古》篇中，对一系列历史事实，提出了怀疑，做出了前人未曾做出的解释。他认为尧舜禅让是不可能的，是史家对舜放尧、禹废舜丑恶史实的美化。他对周公，诛放管、蔡亦在《疑古》

篇中提出了自己独特的看法："《尚书·金滕篇》云：'管蔡流言，公将不利于孺子。'《左传》云：'周公杀管叔而放蔡叔，夫岂不爱，王室故也。'案《尚书·君奭篇序》云：'召公为保，周公为师，相成王为左右，召公不说。'斯则旦行不臣之礼，挟震主之威，迹质疑似，坐招讪谤。虽奭以亚圣之德，负明允之才，目睹其事，犹怀愤懑。况彼二叔者，才处中人，地居下国，侧闻异议，能不怀猜？原其推戈反噬，事由误讹，而周公自以不诚，遽加显戮。与夫汉代之赦淮南，明帝宽阜陵，一何远哉？斯则周公于友于（兄弟）之义薄矣。"这是说，周公诛放管蔡是由于揽权招疑，而又不能自责，反而把兄弟们杀了，指斥周公寡恩薄义。罗隐的《三叔碑》则更进一步怀疑周公有谋篡野心。于此，我们可以看到他们之间思想上的渊源关系。刘知几具有唯物主义倾向的历史观，还表现在反对命定，而主张以人事为主。他在《史通·杂说上篇》说："魏世家：'太史公曰：说者皆曰：魏以不用信陵君，故国削弱至于亡。余以为不然。天方令秦平海内，其业未成，魏虽得阿衡之徒曷益乎？'夫论成败者，固当以人事为主。必惟命而定，则其理悖矣。"以人事为主的历史观，当然重视历史人物的作用，重视人事与客观形势的关系，主张以对历史人物的重视去代替历史的命定论，主张史家要"通识"古今历史的变异，做到知人论世。我们读罗隐有关家国兴亡、政治理乱的诗文，也是强调人事，强调客观形势的作用的。

　　罗隐的思想还受到柳宗元"生人之意"学说的影响。柳宗元将无神论的唯物主义哲学思想贯彻到社会历史领域，创立了以"生人之意"为历史前进动力的新学说，他认为历史的发展过程是一条以对自然斗争为红线的"生人之意"的原则，决定一切，毫无"赏功罚祸"的天意存乎其间。他在《封建论》中，就以"势"来说明"封建"的必然性，从而正确说明了神和圣人不能兴废任何一种制度，而完全决定于"生人之意"。这些光辉的唯物主义思想，对于罗隐从"时"的角度来观察家国兴亡，政治理乱，以及个人成败，是有着明显而直接的影响的。他的《谗书》也是继承了柳宗元那些对封建社会黑暗现象和不合理制度进行无情的揭露和讽刺的杂文的优良传统的。

（三）浅显自然的诗风

罗隐还有一个引人注目之处，就是他的浅显自然的诗风。诗到中晚唐，纯艺术之风颇为盛行，出现了许多"苦吟诗人"，或争一字一句之奇，或斗一意一境之妙。前者如贾岛的"二句三年得，一吟双泪流"（《题诗后》）、李频的"只将五字句，用破一生心"（《北梦琐言》引）、卢延让的"吟安一个字，拈断数茎须"（《苦吟》）这类诗人，往往不乏佳句，却少完篇。司空图《与李生论诗书》就说："贾浪仙诚有警句，视其全篇意思殊馁，大抵附于蹇涩，方可致才，亦为体之不备也。"这正是对这派诗人的中肯批评。后者如李贺的驴背寻诗，遇有好句，即投入锦囊，晚上回家再将其铺缀成篇，因此诗中幽奇神秘的意境，往往只是片断，并不完整。然而，我们读罗隐的诗，则恰恰相反，语言浅显，意境完整。罗隐诗的语言不事雕琢，有些竟至完全是口语，却大多形象生动，饱含情思，并不流于贫乏和油滑。这一点，前人已有所发觉。宋范正敏在《遯斋闲览》中说："唐人诗中用俗语者，惟杜荀鹤、罗隐为多。"罗隐诗的造意设境并不雕琢涂饰、惨淡经营，所以诗的意境总是完整而自然的，当然，如上文已经指出，罗隐有些作品显得粗疏浮泛。《贞一斋诗说》论到罗隐时说，"罗江东笔甚爽杰，功稍粗疏。"所谓"笔甚爽杰"，似乎可以理解为敢于指斥时政，且能一语破的。所谓"功稍粗疏"，似乎可以理解为有些篇章，从意境到语言，都显得有些浮泛。这是符合罗隐诗歌实际的批评。然而，就总体看来，罗隐的诗，语言浅显通俗，意境完整自然，体现了唐末现实主义诗歌主流派的艺术本色。

（四）现实主义诗歌传统对后世的影响

罗隐其人及其诗文创作，对当时和后世颇具影响。后世封建文人津津乐道的是罗隐的劝钱镠讨梁和三征不起的所谓"千古大义"，从我们今天的观点看来是不值得深论的。在江浙一带的民间，却存在着罗隐的流风和传说。他们说他"探隐命物，往往奇中"，几至达到"出语成谶"的地步[⑨]。他的轻巧、简便、省朴的"罗隐帽"，也为人仿学[⑩]。他的诗，极为同代人邺王罗绍威所倾慕，学其格调，竟至名自己的诗集为《偷江东集》[⑪]。"而自唐末，竟有无奈男子，以劄刺相高，砌白乐天、罗隐二人诗至百首。"[⑫]还有将他的诗句采入散套中的[⑬]。但是，真正说明罗隐对我国后世文学产生直接或间接影响的，还是他的现实主义诗歌传统，他的浅显自然的诗风，尤其是他那独特的讽刺艺术。

西昆派以杨亿编《西昆酬唱集》一书而得名，它是以杨亿为首的十七个御用文人典型的点缀升平的诗歌总集。这些作品词藻华丽、声律和谐、对仗工稳，然而内容空虚，感情虚假，最先起来反对宋初诗文的浮华作风的是柳开和王禹偁。柳开着重于文，王禹偁着重于诗。王禹偁提倡继承杜甫、白居易现实主义诗歌传统，自称"本与乐天为后进，敢期子美是前身"⑭，极力反对浮薄的西昆体，他是从中唐白居易的新乐府运动以及唐末现实主义诗歌流派——其中包括罗隐在内——的传统中吸取了战斗力量的。

北宋后期，以黄庭坚为代表的江西诗派为了摆脱西昆派的形式主义，却走上了新的形式主义道路。他们主张"脱胎换骨"、"点铁成金"，实际上就是剿袭前人诗意，略加变化，企图花样翻新。这样的作品，内容上只不过是搜猎奇书，穿穴异闻；形式上只不过是搬弄冷僻典故，险韵硬语而已。到南宋中叶，永嘉四灵虽然和江西诗派一样，脱离社会生活，却高揭反对江西诗派"资书以为诗"⑮、专事穿凿的旗帜，主张以白描的手法刻画寻常景物，而不显斧凿之痕。江湖诗派中一类生活面较广、关心政治的诗人进而反对江西诗派流连光景或以文章为戏谑的作风。主张反映现实，反映民生疾苦，这两派诗人都在较大程度上纠正了江西诗派空虚卑靡、生硬拗捩的诗风。这里同样可以看出包括罗隐在内的唐末现实主义浅显诗派的影响。

明万历时期，有反对复古派主张"文必秦汉，诗必盛唐"的公安派出现。他们反对复古派的脱离社会现实、束缚诗人思想的模拟剿窃之风，主张"独抒性灵，不拘格套"，并提倡可怨可伤、可哭可骂，一反"温柔敦厚"的诗教传统，提倡不用典故，大量采用俗语的平易近人的文学语言。在这方面，他们自认是接受了元稹、白居易的传统。由此，我们可以看出公安诗派与白居易以后现实主义浅显诗派的某种渊源关系。

清代雍正、乾隆时期以袁枚为首的"性灵派"反对盲目拟古，反对"填书塞典"，以学问为诗；反对"温柔敦厚"的诗教，提倡写个人的"性情遭际"，个人的灵感，提倡明白通畅。这些都与公安派的主张一脉相承。考察我国唐以后的文学，特别诗歌的发展，我们可以看出，继承了中唐白居易优良诗歌传统的唐末现实主义浅显诗派，有着明显的、巨大的影响。

（五）讽刺小品文集《谗书》对后世的影响

罗隐对后世的影响，主要还在于他的讽刺杂文《谗书》。每当王朝末季，社会黑暗、政治腐败的时候，很多关心民生疾苦、锐意改革的作家就会起来揭露黑暗、批判现实，写出像《谗书》这样思想犀利，批判有力的杂文来。

元朝末年，社会黑暗、政治腐败，阶级矛盾激化，农民大起义即将爆发。宋濂、刘基写了许多揭露社会黑暗，批判社会现实的杂文。

宋濂有两部寓言体散文集：《燕书》和《龙门子凝道记》，用寓言故事，说明道理，其中多有揭露统治阶级对人民残酷剥削的篇章，如《观渔微》等。

刘基的《郁离子》是一部以寓言故事和郁离子的议论组成的杂文集，共18章，195篇。《郁离子》中有很多作品是对元末政治腐败、群小当道、人才进退用舍混乱、贤愚颠倒的黑暗现象的揭露。《千里马》章的《郁离子谓执政曰》就指斥了当时取士"不公天下之贤，而悉取诸世胄昵近"的不合理现象。《千里马》章的《工之侨》曰："工之侨得良桐焉，斫而为琴，弦而鼓之，金声而玉应，自以为天下之美也，献之太常，使国工视之曰：'弗古。'还之。工之侨以归，谋诸漆工，作断纹焉，又谋诸篆工，作古窾焉；匣而理（埋）诸土，朞年出之，抱以适市。贵人过而见之，易之以百金，献诸朝。乐官传视，皆曰稀世之珍也。工之侨闻之叹曰：'悲哉，世也！岂独一琴哉！莫不然矣！而不图之，其与亡矣！'遂去，入于宕冥之山，不知其所终。"这篇文章，用寓言故事，说明元朝末年，政治大坏，统治者美丑不分，贤愚莫辨，天下将亡，有识之士，希图及早脱身。刘基后来见天下大事极坏，终于辞官不作，归隐青田山中⑯，发愤著《郁离子》。

《郁离子》中还有很多作品是对当时尖锐的阶级矛盾和统治阶级残酷压迫、剥削人民的揭露与抨击。《周厉王》指斥国王渎货无厌，听信谗言。《瞽聩》章的《养狙（猴）者》和《灵丘丈人》章的《养蜂者》，揭露了统治阶级剥削、欺骗人民的罪恶行为，抨击了统治阶级的腐朽和贪婪，在一定程度上表示了对人民的同情。《养狙者》曰："楚有养狙以为生者，楚人谓之狙公。旦日必部分群狙于庭，使老狙率以之山中求草木之实，赋什一以自奉。或不给，则加鞭箠焉。群狙皆畏之，弗敢违也。一日有小狙谓众狙曰：'山之果，公所树与？'曰'否也，天生也。'曰：'非公不得而取与？'曰：'否也，皆得而取也。'曰：'然则吾何假于彼而为之役乎？'言未既，众狙皆寤。其夕相与伺狙公之寝，破栅毁柙，取其积相携而入于林中，不复归。狙公卒馁而死。"这是被剥削者对剥削者的反抗。处在元末农民起义伟大风暴席卷大江南北的前夕，刘基对社会现实的观察不能不说是很有眼光的。

刘基的门生徐一夔在《郁离子·序》中对《郁离子》的思想内容，艺术特点以及创作动机均有所说明：本乎仁义道德之懿，明乎吉凶祸福之几，审乎古今成败得失之迹，大概矫元室之弊，有激而言也。牢笼万汇，洞释群疑，辩博奇诡，巧于比喻，而不失乎正。"刘基看到了"元室之弊"，作了一些揭露和抨击，但出发点是在于"矫元室之弊"，企图以"吉凶祸福之几，古今成败得失之迹"，来作为元朝统治者的借鉴。这正说明了它的思想价值，也道出了它的思想缺陷，即作者的态度不是站在农民革命一边摧毁元朝政权，而是希望通过自己的忠告，改善统治机制。在艺术上，"巧于比喻"，深刻而抽象的道理，通过寓言故事，形象生动地表现出来。篇幅短小精悍，形式活泼自由。《郁离子》以外，刘基还写过一些浅近的寓言杂文。《卖柑者言》就是其中突出的一篇，它揭露讽刺了元代官僚士大夫"金玉其外，败絮其中"的腐朽本质。这一切，与罗隐的《谗书》都是十分相接近的。

明末清初黄宗羲著《原君》，大胆抨击封建君主制度，向封建最高统治者皇帝、向封建社会的政治制度、道德伦理观念进行挑战，指斥封建专制君主是"天下之大害。"批判之尖锐，抗议之强烈，是前所未有的。这种反封建专制的初步的民主思想，与罗隐《谗书》中《英雄之言》将封建帝王斥之为"盗"，是一脉相承的。明、清两代有许多杂文，诸如宗臣的《报刘一丈书》，郑日奎的《与邓卫玉书》、戴名世的《醉乡记》以及崔述的《冉氏烹狗记》，对于黑暗社会的揭露、批判和讽刺，都使我们看到《谗书》影响的存在。

明朝末年，由于政治黑暗、吏治败坏、世风堕落，讽刺艺术运用更加广泛，进入小说领域，产生了讽刺小说。董说的《西游补》就以浪漫主义的手法，讽刺和批判了当时的统治者及堕落的世风。清代艾衲居士的《豆棚闲话》，写古人古事，多为翻案之言，处处以冷嘲热讽出之，可以看出作者对现实的极端不满。特别是吴敬梓的《儒林外史》，将我国的讽刺艺术发展到了高峰。鲁迅在《中国小说史略》中说："迨吴敬梓《儒林外史》出，乃秉持公心，指摘时弊，机锋所向，尤在士林，其文又戚而能谐，婉而多讽，于是说部中乃始有足称讽刺之书。"我们回顾中国讽刺文学的发展过程，不能不说罗隐的《谗书》起了积极的影响。

最后，应该着重指出，鲁迅的政论杂文——"战斗的'阜利通'（feuilleton）"更是我国讽刺杂文的最高成就。它的面向社会，取材人生的清醒的现实主义态度，它的揭露黑暗、攻击弊端的英勇不屈的战斗精神，它的对于人民的深切的同情，以及对于压迫者、剥削者的神圣的憎恨，这一切，既是革命新时代的产物，也是我国源远流长的讽刺杂文，特别是唐末讽刺杂文的优良传统的继承和发扬。鲁迅曾说："其实'杂文'也不是现在的新货色，是'古已有之'的"[⑰]。他十分推崇唐末皮日休、罗隐、陆龟蒙的讽刺杂文，并誉之为唐末"一塌糊涂的泥塘里的光彩和锋芒"。从这里，我们可以窥测到《谗书》对鲁迅杂文的传统影响。

一九八一年七月

【注】

① 《文史哲》1954 年第 9 期。

② 《全唐诗》小传说他"咸通中，累为使府从事"。

③ 《全唐诗》小传。

④ 李嘉言《改编〈全唐诗〉刍议》，见《古诗初探》一书。

　　⑤　韩国磐先生在《隋唐五代史论集》中《略谈有关唐诗的几个问题》说，"咏史诗的成卷出现，大概是搜索肚肠，写成行卷，投送名人，为考中进士作准备。"

　　⑥　皮日休《正乐府十篇序》。

　　⑦　白居易《与元九书》。

　　⑧　《文艺论丛》第 6 期陈丹晨《白居易诗论的人民性》。

　　⑨　《罗隐年谱·神话故事之由来》。

　　⑩　闵元衢《罗江东外纪》引《清异录》。

　　⑪　《罗隐年谱·诗话》。

　　⑫　闵元衢《罗江东外纪》引《清异录》。

　　⑬　《罗江东外纪》引《尧山堂》。

　　⑭　《前赋村居杂兴诗二首……聊以自贺》。

　　⑮　刘克庄《后村大全集》卷 96《韩隐君诗序》。

　　⑯　徐一夔《郁离子·序》《诚意伯文集》。

　　⑰　《且介亭杂文·序言》。

　　（《论罗隐》曾以下列 3 篇发表：《<谗书>》——一部抗争和愤激之作》，《文学遗产》增刊十四辑，中华书局 1982 年 2 月第 1 版；《罗隐诗歌的现实主义》，《唐代文学论丛》总第五辑，陕西人民出版社 1984 年 4 月第 1 版；《罗隐诗文的讽刺艺术》，《古典文学知识》总第 19 期，1988 年 7 月出版）

人性原色的析光

—— 关于《白涡》美学意向的思考

　　《白涡》写一个知识分子因经不起别人的引诱，或者更确切地说，经不起自己生命潜能的冲击而逸出人生常轨，随后又在理性的自我观照之下复归到人生常态中来的一段经历。故事也许并不新奇，但它却将人的生命潜能、人的生存本相、人的本体世界深刻而真实地揭示于读者之前，使我们的文学显示出一种令人值得思考的新的审美意向。

　　我们读《白涡》，第一个强烈感受到的是它所展现的人的情性的巨大驱力。周兆路 44 岁，结婚已近 20 年，很爱自己的妻子，并且有了两个令他"骄傲和愉快"的孩子；同时，他事业有成，已经是研究员了，就是这样一个"好丈夫""好爸爸"，这样一个"稳重了半生的正人君子"，却经受不住生命潜能的冲击，在扫除层层心理障碍、冲破道德的樊篱和理性的约束之后，终于满足了他压抑已久的强烈愿望——获得男女关系上的新奇体验。当他读到华乃倩约会的纸条时，尽管"手指在哆嗦"，有一种"五雷轰顶"、"昏天黑地"、"不知所措"的感觉，但他还是抵制不住这种"金光灿烂"的诱惑而前去约会；当他们在公园的长椅上互相抚摸、亲吻时，他原以为自己会没法应付，会发心脏病，但结果却是十分平静而自然，以至于他们都迂回做去，慢慢品尝，像读一本厚厚的书而不想翻得太快；当他们在北戴河终于走到了他们两人热切企望的那一步时，他感到的只是自己"凶狠"的"发泄"，"像野兽一样"，尔后还不时追念那"狂放的夜晚"；当他从公园约会回到家中时，尽管他徘徊街头，"回味那些细节，比当时还要激动"，但他毕竟有一种颇为深切的负疚和自谴之情，感到无颜面对妻子，以至于当妻子抚摸他的身体时，他感到心碎，沉浸在对自身罪过的体味之中；当华乃倩利用午睡吻他时，他又感到淫荡给人以快乐，美妙诱人的躯壳才是实在的，并想摆脱道德上的重压，为自己寻找逃路：感到"好像一切都是预谋好了的，他们只不过是彩排中的两个角色，导演是命运"，甚至觉得人在自身的罪恶中是无辜的，"短时间的道德紊乱也许没什么了不起的"，因而，"丑恶的感觉已经荡然无存"，并进而怀着藐视的心情想到"堕落"这个曾经令他恐惧的字眼。从周兆路身上，我们可以看到人的生命潜能有着何等巨大的力量，它几乎摧毁了人的一切意志和理性，使人无法主宰自己，甚至暴露出一种深藏于人性之中的"恶"与"丑"来。这是一种蕴藏在生存和生命最深处的欲望，一种来自生存和生命之源的巨大力量。它彻底袒露了人类生存境况、生存本相的真实，一种使人灼痛、使人甚至不敢正视的真实。正因为如此，周兆路身上所显示出的这种人的生命潜能，与那种人的动物性的生理要求，那种动物本能的冲动，就有着不容忽视的区别。我们看到"这种生命潜能"在释放过程中充满了灵与肉、本能与道德、情感与理智的冲突。它虽然是一种像火一样能焚毁一切、水一样能淹没一切的生命本能，但同时又显示出一定的理性和目的，显示出对对象的选择，显示出道德的约束，显示出一种审美需求，显示出一种人类自审式的思考，显示出社会和精神因素的制约、调节和修正，从而使人类的性爱活动在生理、心里和社会层次上统一起来。关于这一点，我们只要将《白涡》同《大漠与孤烟》这类作品作一比较，就十分清楚了。

《大漠与孤烟》中出现的唯一女性，是女性"类"的代表，而劳改释放犯们的性饥渴、性冲动，则完全是一种动物本能，因而演出了一幕争抢撕裂女人红衬衫的兽性发作的丑剧。这中间，我们丝毫看不到人性的因素。

正当我们强烈感到，甚至惊异于《白涡》将人的生命潜能深刻而真实地展现在我们眼前的时候，也许，更令我们强烈感到惊异的是，这种冲破人类的道德堤防，挫败人类的意志，淹没人类的理性，恣肆狂放，似乎为所欲为的人的生命潜能的泛滥和冲击，又恰恰是在人自身的理性观照之下进行的。这是一个更加令人惶骇而又实实在在的人的生存的真实。周兆路在某一意义上说，是一个颇具眼光和理性的人。一开始，他就意识到华乃倩"也许竟是一个陷阱"，而"关键只在一点，他肯不肯跳下去"。他在权衡了利弊之后，便有了自己的整个打算："如果她是一眼陷阱，也没有什么大不了的。他即使一头栽下去，仍旧可以从容地爬上来，不留任何痕迹。"他去公园约会，去北戴河休假，是十分清醒地去跳陷阱，去冒险的。当他到华乃倩家里，了解到她的苦闷和自暴自弃之后，尽管他感到"他将身不由己地接受她充满信心的支配"，无力阻碍即将发生的事情，心里只充满着"阴暗、狂放、猥亵的渴望"，但理智却清醒地告诉他："他把自己放到了十分危险的位置上。"北戴河回来之后，他不止一次地问自己：这是人的行为吗？他有一种自我毁灭的感觉。我们看到，周兆路任凭生命潜能恣肆狂放同时，却不断地在审视自己。正是由于这种对自己的行为不断地作理性的自我观照，周兆路才得以有两个重大的发现：一是他觉得他爱自己超过爱任何人，家庭、事业、荣誉、地位是他作为一个人的存在的基础，是必须保持的。如果危及这个基础，那么他对与华乃倩的关系则应该重新考虑。另一个发现是，他爱华乃倩，实际上是在爱那具肉体，那具女性之躯，他的婚外恋只是性欲的要求，他并不爱她。由于他感到华乃倩把他拖进了危险的境地，让他用荣誉、地位去做无谓的冒险，他于是恨她。所以，当他要提升为研究院副院长时，他觉得地位毕竟是个很实在的东西，他不能为了一个女人而毁了自己的前程，于是决心结束他与华乃倩的暧昧关系，把她像破鞋一样地甩掉，并从心里唾弃了这个女人。我们看到：人毕竟高于动物，它是社会的产物，具有在劳动和社会关系中发展起来的社会意识，能够根据一定的意志和原则来调整、规范自己的行为（**尽管这种意志和原则并不一样**）。人的社会性是人性的本质内容，它对人的本能进行不可抗拒的修正，它始终能把理性的光束投进幽暗的生命深谷。这从另一面揭示出人的生存本相、人的本体世界的真实。它同样真实到有时把人性中的某些"恶"和"丑"从社会道德层面上毫不留情地揭露出来。

新时期以来，我们见过大量的从社会的、政治的、伦理道德层面上写人的作品，所谓"伤痕文学"、"反思文学"以及"改革文学"都是这样。后来，我们又见过力求探索得更远，从历史的、文化的层次去开掘，将民族文化的传统渗入进去，使之具有历史的纵深感和民族的独特性的作品，出现了所谓"寻根文学"。与此同时，一部分作家则把笔触探寻到人的潜意识、非理性，探寻到人的生命的本能，出现了一批近似西方现代派的"新潮"作品。无疑，这三类写人的作品，都从很重要的方面写出了人的本质方面，但它们却又各有自己的缺陷。从社会的、政治的、伦理道德层面写人的，缺乏深邃的历史感，缺乏深沉的民族文化意识，缺乏对个体心境的深入；从历史的、文化的层次写人的，则又往往过于远古、荒蛮，缺少现代社会的、政治的生活内容；探究人的潜意识、非理性及生命本能的作品，则往往丢掉了人的本质的核心部分，即人的政治的、社会的内涵、人的道德伦理和理性。《白涡》则属于另一类。这类作品沉入生存和生命的最深处，几乎是全方位地展开，无畏地探求人的生存境况、生存本相、人的本体世界，正视人性的"恶"与"丑"，借以显示出生存的真实。它既有社会的、政治的、伦理道德的内涵，也有历史的、文化的因素，还有人的潜意识、非理性和个体的生命本能。这类作品就好似将人放在光谱仪上，使人性的原色一一分析出来。毫无疑问，这里所显示的审美意向，将扩大文学表现人的视界，为文学更深刻地描写人、剖析人获得更为宽广的领域。

　　但是，我们也看到，这种注重对人的本体世界展开全方位的无畏探求，对生命隐秘层次进行淋漓尽致的真实发掘，使我们面临着一个如何从更高层次进行理性把握的课题。我们一方面看到周兆路身上爆发出的人的生命潜能，看到周兆路对自己生命潜能进行的理性制约和社会修正，体现出作者从一种新的审美视角来观照人类自身——尽管在《白涡》中，周兆路的这种自我观照，是从自私的立场，而不是从人的理想、良知、道德、责任感等等方面来约束自己的情感、思想和行动，显示出平庸卑琐的人格，从而完成对周兆路的人格批判；另一方面也看到，周兆路那些对自己的行为进行的自审式的思考，对自己的灵魂进行的仔细剖视所体现出的作者

对所谓蕴藏在人性深处的"恶"与"丑"的真实揭露，又极
有可能模糊人对自身的认识。如果真是这样，那么《白涡》
的美学批判任务，严格地说来，就没有完成。要完成这种美
学批判，则似乎应该把握住下列三个方面：（一）对人的生
命潜能恣肆狂放的描写，必须把握好审美的心理距离，要防
止审美心理距离过近，以免使人失去静观的审美态度，而落
入世俗的感官的玩赏；（二）对人行为过程中所进行的自审
式的思考，必须有高层次的理性把握，小心陷入为罪恶作辩
护的渊薮，以免造成纵多收少、讽一劝十的后果；（三）对
所谓人性中的"恶"与"丑"，要提到辩证唯物主义和历史
唯物主义理论高度进行分析批判，使人了解到它们只是具体
的人（如周兆路）在一定的社会历史条件下产生的思想和行为，
以免将其误认为是一种与人类俱生的"原恶"。这就需要对
人物的"丑""恶"言行，进行严肃的社会评判，当然，这
种评判应该是从情节、场面中自然流露出来的。

本文原载《作品与争鸣》一九八八年第 9 期

文艺创作心理学

一、文艺创作心理学的研究内容和概况

文艺创作心理学是研究文学艺术创作中的心理活动的科学。文艺创作的心理过程，主要是表象运动、抽象思维、情感活动三者的交织和融合。因此，它应研究文学创作中客观与主观的关系，研究文学创作中感性心理活动和理性心理活动，研究感觉、知觉、表象的形成与活动以及抽象思维对表象运动的指导、制约、调节与配合，研究情感在文艺创作中的作用与表现，研究文艺创作者的艺术通感和文艺创作中的灵感活动，等等。

文艺创作心理学，在国外已发展成一个热闹的家族，但在我国却显得十分年轻。虽然，我国自《礼记·乐记》起，中经《史记·太史公自序》《毛诗序》《文心雕龙》，直至宋以后各种诗话、词话，对文艺创作的心理活动作过许多探索和研究，取得了很大的成绩，但作为一门科学，直到本世纪三十年代，才有朱光潜先生的《文艺心理学》出现。此后五十年，我国文艺创作心理学的研究，基本中断，研究专著的出版，几乎是一片空白。打破这一领域的沉寂的，是北京大学教授金开诚先生。他于1982年出版了《文艺心理学论稿》。此后，陆一凡先生的《文艺心理学》、鲁枢元教授的《创作心理研究》、郭振华先生的《文艺心理学探讨》、金开诚先生的《文艺心理学概论》以及高楠的《艺术心理学》等等专著相继问世，终于使得这门被冷落了几十年的学科热闹了起来。

我国年轻的文艺创作心理学，在它的发展中显示出了两个明显的特点：一是力求以唯物主义反映论作理论指导，二是广泛吸收国外文艺创作心理学，特别是众多派别的心理学，诸如格式塔心理学、认知心理学、精神分析学、马斯洛人本主义心理学、巴甫洛夫学说、乌兹纳捷的定势理论的研究成果，去解释、探索、揭示文艺创作的心理规律。他们正在构筑自己的理论框架，推出自己学科的体系。

二、是"二环论"好？还是"三环论"好？

—— 谈文艺创作中的主客观统一

所谓"二环论"，是指文艺创作反映客观现实这个命题在表述上只揭示了两个环节："客观现实——→文艺创作中的艺术形象。"在这个公式中，创作者的心理活动及其巨大的创造作用均已不知去向。准确而精密的说法应该是"三环论"，即包含"客观现实——→主观反映和加工——→文艺创作中的艺术形象"三个环节，它的正确的表述应该是：文艺创作既反映客观世界，也表现作者的主观世界，是在反映客观世界的基础上实现了主客观的辩证统一。人类对客观世界的反映受到人类"肉体状况和精神状况"的限制，而各人的"肉体状况和精神状况"又千差万别，所以，人在实践、认识的过程中所得到的客观世界的"思想映象"都是既有客观内容、又有主观特点的。所以，艺术作品所直接表现的只能是作者主观世界的活动成果，也就是作者对客观世界的艺术化了的认识，正如黑格尔所说："在艺术里，感性的东西是经过心灵化了，而心灵的东西也借感性化而显现出来了。"

下面我们对文艺创作过程中的心理活动作一些具体分析，以说明它如何在反映客观世界的基础上实现了主客观的统一。

（一）反映的形成。人的中枢神经系统能够获得关于刺激物的正确的信息，但个体神经系统的生理机能特点和他在各种情景中的特定心理状态却会对刺激的接受、信息的传送以及反映的形成产生一定的影响，使客观"物质性的东西"得到程度不同、状况各异的"改造"，而变成主观上的"近似"的反映。这就是个体的主观因素在反映中的最初介入。这种介入对文艺创作来说尤其值得注意，因为在文艺创作的富于感性的形象反映中，个体的神经生理特性和特定心理状态能起到更为显著的作用。

（二）反映的选择。宋代许顗在《彦周诗话》中评论道："杜牧之作《赤壁》诗云：'折戟沉沙铁未销，自将磨洗认前朝。东风不与周郎便，铜雀春深锁二乔。'意谓赤壁不能纵火，为曹公夺二乔置之铜雀台上也。孙氏霸业系此一战，社稷存亡，生灵涂炭都不问，只恐捉了二乔，可见措大不识好恶。"这条评论历来被人讥笑，因为它显示出这位老先生不太懂诗。但就他们主观认识而言，他的确觉得在"霸业"、"社稷"、"生灵"和"二乔"之间有个选择问题，并且他的选择与杜牧不同（许氏自己这样认为），这是由不同的主观因素所决定的。人从客观世界获得无数的信息，形成无数的反映。在这个过程中，选择已时时在起作用，这种作用是通过"注意"来实现的。人的心理活动常常指向和集中于对他最有意义的事物。这样，"注意"就受到人的个性特征的制约。不同的人可能有不同的兴趣、信念、世界观等，因而他们的心理活动会有不同的方向和不同的内容，所注意的事物也就会有所不同。这就是反映过程中的选择。而在这种选择中，人的主观因素也就会突出地表现出来。当然，这种选择也会贯穿于文艺创作的各个阶段和各个方面，因而作者的主观因素也就会深刻地表现在这种有选择的反映之中。

（三）反映的加工。文艺创作中对客观事物的反映都要经过特殊的心理活动进行特殊的加工。例如，戏曲和歌剧中，说话要变成乐歌来唱；各种舞蹈中，动作要变成各式各样的舞蹈语汇来表现。尤其是音乐创作，竟要把人们本应由各个感觉器官来感知的事物，统一纳入听觉的形象来表现。这种转化就是对反映的加工。而"表象转化"就是对反映进行加工的形式之一。"表象转化"为什么能对反映进行加工？其根本途径就在于个体对感性心理内容的具象概括。这种具象概括在文艺创作中的表现非常复杂，作用极为广泛。这表现为形象特征的概括、美感的概括及思绪和情感的概括等。事物的形象特征各不相同，但通过分析、比较和综合却可以加以概括。例如大山与大海的形象固然极不相同，但却都有"大"的特征。这个特征除了可以概括为"大"这个概念之外，也可以在意识中保留一种具有概括性的大的空间感，后者就属于具象的概括。正因为有这种概括，所以才有"苍山如海"的构思（当然不止空间感上的相似）。同样，"残阳如血"一句是因为有了概括的颜色感才构思出来的。不同的事物形象给人以不同的美感，但美感的经验也是可以概括的。诸如雄伟、秀丽、匀称、和谐、崇高、新奇、质朴、优雅等等，都可以在不同的审美经验中被概括出来。不同的事物形象引起不同的思绪和情感活动，但思绪和情感的经验也是可以概括的。

视觉对象所引起的喜悦与哀愁、畅想与幽思，也可以由听觉对象引发出来。以上三种具象概括，作为"表象转化"的根本途径，也就是对反映进行加工的一种形式。在这种加工中，作者就要发挥巨大的主观能动作用，表现深刻的主观因素。

（四）反映的情意化。文艺创作对客观世界的反映，是经过作者"情意化"了的，也就是说作者通过选择、加工等手段，把自己的主观意愿和情感熔铸在客观的反映对象之中，这特别清楚地显示了文艺创作既反映客观，又表现主观的性质。"二环论"对此不予注意，只有"三环论"才为文艺创作提出了如何实现反映的"情意化"这个重大的课题。

（五）反映的个性化。在人的一切实践、认识活动中，个性都要积极活动并发挥作用。真正的文艺创作必然在其独特的风格中表现作者的个性。这种个性心理特征必然贯穿于反映的形成、选择和加工，并通过最终完成的艺术形象而表现为独特的艺术个性。我们从文艺创作中感受到千姿百态的艺术个性的存在，显示了文艺创作对客观世界的反映必然经过作者个性的折射。

（六）反映的外化。所谓"外化"就是把头脑里形成的艺术构思成果，通过特定的工艺手段表现为作品中的艺术形象。这里存在一个"心手相应"与准确"外化"的问题。艺术家不仅要准确地掌握专业工艺技能，而且在应用专业技能进行艺术创造时往往需要由"自觉的"阶段发展到"自动化的"阶段。例如草书的创作固然也要"意在笔先"，但一经落笔便不暇多想，使具体的运笔落墨与不断变化的书法环境相适应，达到笔法、墨法、结构、布局的高度统一。又如在音乐表演中，演奏家不能每奏一个音符或旋律，都要想想这个音符或旋律如何奏出；歌唱家也不能必须事先想想这个音如何发，然后才将这个音唱出来。这就需要"心手相应"，需要准确"外化"。为了做到准确"外化"，古往今来的艺术家所发挥的主观能动性作用可谓大矣！他们的理想、信念、性格、意志、兴趣、能力、情感以及个人生理特点等等主观因素无不充分表现出来。

通过对文艺创作过程中心理活动的具体分析，不难看出文艺创作中，人在反映客观世界中所发挥的主观能动作用是何等鲜明和突出。由此看来，"二环论"显得何等粗略。而"三环论"才是反映论在文艺创作问题上的精密表现。

三、从"张素败壁"的故事看文艺创作中的表象运动

宋代沈括在《梦溪笔谈》中说：度支员外郎宋迪工画，尤善为平远山水。……往岁小窑村陈用之善画，迪见其画山水，谓用之曰："汝画信工，但少天趣。"用之深伏其言，曰："常患其不及古人者，正在于此。"迪曰："此不难耳，汝当先求一败墙，张绢素讫，倚之败墙之上，朝夕观之，观之既久，隔素见败墙之上，高卑曲折，皆成山水之象。心存目想，高者为山，下者为水，坎者为谷，缺者为涧，显者为近，晦者为远，神领意造，恍然见其有人禽草木飞动往来之象，了然在目，则随意命笔，默以神会，自然境皆天就，不类人为，是谓活笔。"用之自此画格日进。

这里所体现出的绘画创作中的心理活动，就是自发的表象运动转化为自觉的表象运动，无意想象转化为有意想象。表象，就是在记忆中所保持的客观事物的形象，也就是个体曾经感知过而现在不在感知范围中的事物的形象反映。表象

具有形象性、概括性、可塑性、间接获取性和记忆的个体差异性等特性。表象的形象性，使它不同于概念而成为艺术创造的直接材料。表象的概括性，使创作者能根据表象来认知事物，又因这种概括是具象的，所以使创作者在创作中必然致力于再现事物的特征。表象的可塑性，使创作者可以运用类似于"移花接木"、"改头换面"、"涂脂抹粉"等手段，自觉地对表象进行加工改造，使头脑中形成新的"想象表象"，从而使表象成为构想艺术形象的最理想而适当的材料。表象的间接获取性，为文艺创作提供丰富的间接表象，亦即间接的生活经验。表象的记忆的个体差异性，使文艺创作者具有和寻常人不同的表象记忆力；也因不同个体有不同类型的表象的记忆，而使文艺创作者有不同专业的选择，如视觉艺术的表演家，听觉艺术的音乐家等。表象作为心理活动形态的上述特性，使得它在文艺创作的感性心理活动中发挥最为重要的作用。

　　表象在人的记忆中总是运动变化的。有的是消极的变化，这就是表象的淡漠和遗忘。有的是积极的变化，这就是自发的表象运动和自觉的表象运动。"张素败壁"故事中创作者隔着素绢，看到败墙之上的"高卑曲折"，而出现"皆成山水之象"的无意想象，这就是自发的表象运动。自发的表象运动可以转化为自觉的表象运动，二者之间没有不可逾越的界限。"张素败壁"故事中，由于创作者"朝夕观之"，"心存目想"，有了明确的创作目的，又作了巨大主观努力，变成一种自觉的有目的的心理活动，这就使得开始的不自觉的没有目的的表象运动变成自觉的表象运动了，从而进入创作构思阶段。这类情况，在文艺创作中是很普遍的。如杜甫诗"天上浮云如白衣，斯须变幻为苍狗"，诗人观看浮云，出现了白衣、苍狗的无意想象（**自发表象运动**），接着就按白衣、苍狗的规格把它们越想越像，终于写入诗中，这就转化为自觉的、有意的想象（**自觉的表象运动**）了。

自觉的、有意的表象运动和变化，有下列几种形式：

（一）自觉的表象深化。宋代罗大经在《鹤林玉露》中讲李公麟画马：

> **李伯时工画马。曹辅为太仆卿，太仆廨舍，御马皆在焉。伯时每过之，必终日纵观，致不暇与客语。大概画马者必先有全马在胸中，若能积精储神，赏其神骏，久久则胸中有全马矣。信意落笔，自然超妙，所谓用意不分乃凝于神者也。**

画马要做到"全马在胸"，而且"自然超妙"，光靠自发的表象活动是不能胜任的，所以就非要"终日纵观"、"积精储神，赏其神骏"，高度自觉地使表象深化不可。

（二）自觉的表象分化。所谓表象分化，是指通过自觉的表象运动，在保持表象的基本形态和主要特征的同时，构想种种类似的新表象。自觉的表象分化，使文艺创作者能借此反映客观事物的千姿百态。例如，画家画树木和石头，通过表象的分化，才能画出千姿百态的树木和石头的形象。

（三）自觉的表象变异。所谓"自觉的表象变异"，是指某个表象因受到其他心理因素的影响，有意识地、自觉地使之发生变异。例如，画家游访名山大川，作画时，在追求美的创造这种心理制约下，一定会通过自觉的表象变异，使名山大川的表象变得更美，然后外化为画中的形象。刘禹锡的《陋室铭》，把陋室写成大雅之堂，撇除有关陋室的种种陋劣之处，专取其美好的记忆表象，构成陋室的总体表象，自然也是经过了自觉的变异的。

（四）自觉的表象联想。自觉的表象联想就是根据创作目的，由一个表象联想到另一个或更多的表象，使它们彼此联系起来，在思想、艺术的表现上起到积极的作用。我们试看高明的《琵琶记》中描述赵五娘"吃糠"的两支名曲：

【孝顺歌】呕得我肝肠痛，珠泪垂，喉咙尚兀自牢嘎住。糠啊，你遭砻被舂杵，筛你簸扬你，吃尽控持，好似奴家身狼狈，千辛万苦皆经历。苦人吃着苦味，两苦相逢，可知道欲吞不去。

【前腔】糠和米本是相依倚，被簸扬作两处飞。一贱与一贵，好似奴家与夫婿，终无见期。丈夫，你便是米呵，米在他方没处寻；奴家恰便似糠呵，怎的把糠来救得人饥馁；好似儿夫出去，怎的教奴供膳得公婆甘旨。

这里对糠的描述精确细致地比喻了赵五娘生活极端贫苦，夫妻分离和因不能供养公婆而悲痛的遭遇和心情。文艺创作中常见的表现方法，除比喻之外，还有象征、衬托、对照、比兴等，其背后的心理活动，就是各式各样的表象联想。

以上任何一种自觉表象运动的形式，在文艺创作中都要发挥重要的作用。

四、从达·芬奇的名画《最后的晚餐》看文艺创作中的想象

想象在心理学上的意义是：通过自觉的表象运动，借助原有的表象和经验以创造新形象的心理过程。它是作者对头脑中原有的记忆表象进行加工改造的结果。所谓加工改造，主要的心理活动内容就是对原有的表象进行分解和综合，借以创造新形象。试以达·芬奇的名画《最后的晚餐》为例：在耶稣背后的窗口，绘上了美丽的黄昏景色，这是画中一个起重要衬托和点题作用的组成部分。但这是根据他对家乡米兰的黄昏景色的表象画出来的，而在画中却成了耶路撒冷所发生的事情的背景。这样的分解与综合从浑然一体的画中是难以分辨出来的。另外，《最后的晚餐》画了耶稣和他的十二个门徒，创作时其他的人都基本上画成了，单单没画叛徒犹大的头像。因为达·芬奇不愿采用简单的表象综合，以免头像公式化、脸谱化；为此他在米兰各处观察人物，经过长久的努力，终于找到恰当的原型并经过必要的综合，才形成了一个最能显现奸诈卑劣这些特性的脸部表象，而外化为画中的遗臭万年的犹大像。这种情况，在中外艺术史上是不胜枚举的。例如，《西游记》中孙悟空这一艺术形象，显然是人与猴的表象分解与综合。《十五贯》中娄阿鼠的形象，显然曾对老鼠的形象和动作进行过分解，经过特殊的提炼而融入娄阿鼠的艺术形象之中。

关于表象的分解与综合，许多著名的作家和理论家都曾结合实际的艺术经验作过生动的描述：

雪莱说：

诗是一种模仿性的艺术。它创造，但是它在组合和再现中来创造。

高尔基说：

假如一个作家能从二十个到五十个，以至从几百个小店铺老板、官吏、工人中每个人的身上，把他们最有代表性的阶级特点、习惯、嗜好、姿势、信仰和谈吐等等抽取出来，再把它们综合在一个小老板、官吏、工人的身上，那么这个作家就能用这种手法创造出"典型"来——而这才是艺术。

鲁迅说：

人物的模特儿也一样，没有专用一个人，往往嘴在浙江，脸在北京，衣服在山西，是一个拼凑起来的角色。

通过这些描述，我们可以充分看到，想象在文艺创作中有着何等巨大的作用，正如黑格尔所说："最杰出的艺术本领就是想象。"

五、情人眼里为什么出西施

—— 谈情感在文艺创作中的作用

"情人眼里出西施"，恐怕是很多人都有的切身体验。哪一个热恋中的人不觉得自己的恋人超乎常人的可爱呢？而事实上，冷静地看去，说不定大部分都很平常。为什么会出现这种情况呢？这西施之美是闭着眼睛瞎想出来的吗？不，它是眼睁睁地"看"出来的。用心理学的术语说，这是地地道道的知觉。知觉何以能从那并非西施的脸上造出个西施来呢？关键就在于"情人"，实际上是情造西施，是主体的知觉被爱情辉映着。文艺创作中也总是伴随着一定的情感活动。所谓"愤怒出诗人"，最鲜明不过地表现了情感与创作的关系。这种关系已成为古今中外的普遍认识，并且得到无数创作的深刻证明。《礼记·乐记》中说到"凡音之起，由人心生也。人心之动，物使之然也。感于物而动，故形于声"，表明了鲜明的反映论观点；又说"情动于中，故形于声。声成文，谓之音"，充分估计到感情对音乐创作的作用。《史记·太史公自序》中说："昔西伯拘羑里，演《周易》；孔子厄陈蔡，作《春秋》；屈原放逐，著《离骚》；左丘失明，厥有《国语》；孙子膑脚，而论兵法；不韦迁蜀，世传《吕览》；韩非囚秦，《说难》、《孤愤》；《诗三百篇》，大抵贤圣发愤之所为作也。"说明各种著作都有情感的推动。别林斯基说："感情是诗情天性的最主要动力之一；没有感情，就没有诗人，也没有诗歌。"可见情感在文艺创作中所起的作用非常巨大。这种作用贯串于文艺创作整个心理活动——感觉、知觉、表象和思维之中。具体说来，其作用是：

（一）情感对于文艺创作的动力性。情感对于创作者的作用主要是"促动"，所谓"情动于中"，才会有真正的艺术创作。这就是说，情感是文艺创作的动力（**情感体现出需要与动机的动力作用**）。例如，是什么促使鲁迅先生创作《阿Q正传》？读他的《俄文译本〈阿Q正传〉序及著者自叙传略》、《阿Q正传的成因》，就会感到，正是出于对国民劣根性的沉痛，出于"哀其不幸，怒其不争"的强烈感情。

（二）情感为想象定向。艺术想象的展开总是朝向预定的目的，而一定的情感表现在抒情类艺术作品中就构成着想象的目的。对于以一定的情感抒发为目的，去展开艺术想象与创作，中外许多论家多有阐述。如《毛诗序》提出"诗者，志之所之也。在心为志，发而为诗。情动于中而形于言，言之不足故嗟叹之，嗟叹之不足故咏歌之，咏歌之不足，故不知手之舞之，足之蹈之也。情发乎声，声成文谓之音"，突出说明了情感在诗歌、音乐、舞蹈创作中的目的性和统帅性。我国古代诗歌所以能取得那样辉煌的成果，与我国古代诗人、诗论家们对于情感在艺术想象中重要性的深"悟"和精辟的揭示是分不开的。

（三）情感为想象组织材料。这是情感为想象定向的具体化。情感成了以情感表现为目的的艺术想象的选材和组合材料的依据。这种选择和组合主要表现在对表象材料的相应情感属性的发现。所谓情感属性，是指对象（表现材料）唤起和满足感情的特性。例如，一首乐曲，它所以用这些音符和旋律而不用那些音符和旋律，被这样组织而不进行其他样的组织，就在于它联系着或唤起着艺术家所需要的某种情感，这种选择和组织稍作变化，便意味着这种情感的破坏或丧失。再如一幅画，在画面安排上所以此疏彼密，在色彩运用上所以此浓彼淡，也就在于这样的选择和组织可以引起某种情感的波动，达到一定的表情目的。

（四）情感对于表象的变形。表象具有可塑性。表象在艺术想象中的变形是由情感规定的。例如李白《秋浦歌》之十五：

　　　　白发三千丈，缘愁似个长。
　　　　不知明镜里，何处得秋霜。

白发之长，超出常识而达三千丈；白发变形为秋霜而错乱到物类不分，其原因就是为了充分体现他的苦闷之情。

六、"红杏枝头春意闹"为什么成为千古名句？

—— 谈文艺创作中的艺术通感

宋宋祁有词《玉楼春》道：

> 东城渐觉风光好，縠皱波纹迎客棹。
> 绿杨烟外晓寒轻，红杏枝头春意闹。
> 浮生长恨欢娱少，肯爱千金轻一笑？
> 为君持酒劝斜阳，且向花间留晚照。

这首词下阕虽然情趣不高，但上阕写春天绚丽的景色却有独到之处。特别是"红杏枝头春意闹"一句，全句用一个"闹"字把春意盎然的景象点染得极为生动，成为千古名句而流传人口。这个"闹"字的妙处，就妙在将人的视觉转移到听觉，借听觉强化视觉。这种现象就叫通感。晋代陆机写"佳人抚琴瑟"而说"哀响馥若兰"，是说琴声似兰香，借嗅觉强化听觉。唐代白居易写乐伎弹琵琶而说"大珠小珠落玉盘"，是说琵琶声令人想见落入盘子的珠子，借视觉强化听觉。这都是通感的表现。所谓"通感"，给人的直接感受似是"感觉转移"，但实际的心理内容却主要是表象联想（以至于想象）。

艺术通感在创作中有着积极的作用。

第一，创作素材的发现与冶炼。艺术通感是文艺创作者职业敏感的深刻表现，它在创作素材的发现与提炼上发挥巨大作用。这种作用特别是在需要进行表象转化的艺术创作中表现尤为明显。例如，"二泉映月"就把主要靠视觉感知的美景转化为诉之听觉的音乐形象。这样的创作素材，如果不是借助准确敏锐的艺术通感来加以感受和想象，那是根本无法予以发现和冶炼的。

第二，对艺术感性的充分表现。文艺创作要富有感性，要突出再现作者对事物形象的生动感受，同时使读者产生鲜明的形象感，就往往要借助于通感的运用。如王维写溪水而说"色静深松里"，刘长卿写磬声而说"寒磬满空林"，李贺写浮云而说"银浦流云学水声"，都因通感的准确运用而有效地加深了诗的感性表现。

第三，对艺术奥秘的感悟与融会。文艺创作者在创作实践中发挥艺术通感的作用，往往有感于物，有悟于心，对各种艺术触类旁通，甚至融会贯通。所以，唐代书法家张旭观公孙大娘舞剑器而"笔势益俊"，怀素听嘉陵江水声而有悟于草书，这都是有感于物，有悟于心的著名事例。在我国文艺史上，将诗、书、画三者沟通，集于一身者代不乏人，如唐代的王维，宋代的苏轼，元代的赵孟頫，清代的郑板桥。

七、从《少年维特之烦恼》
的产生看文艺创作中的灵感活动

《少年维特之烦恼》是歌德于1774年创作的一部书信体小说。少年维特热爱自然，热爱农民，反对封建习俗，憎恨官僚贵族，与社会现实格格不入，在这样的处境中又遇到不幸的爱情，最后自杀。这部小说出版之后，不仅风行一时，而且被译成欧洲许多国家的文字，使歌德享有崇高的国际声誉。《少年维特之烦恼》是有歌德自己的生活积累的。1772

年 5 月至 9 月，歌德在韦茨拉尔帝国高等法院实习，在一次舞会上与友人克斯特纳的未婚妻夏洛蒂·布甫相遇，并对她产生了无望的爱情。但小说的产生，却是有一天歌德听到一位少年失恋自杀的消息，突然间仿佛见到一道光在眼前闪过，立刻就想出了一本书的框架，并把它一口气写成。这种瞬间的顿悟，就是我们常说的灵感。文艺创作中的这种灵感现象历来受到人们的承认和重视。在西方，古希腊时代已经有一种流行看法："没有一种心灵的火焰，没有一种疯狂式的灵感，就不能成为大诗人。"在我国，艺术家梦中得句、梦中作曲的事例实在不少。陆游所说"文章本天成，妙手偶得之"，说的也就是创作中的灵感现象。灵感具有突发性和暂时性。从心理活动的过程看，灵感，无非就是表象潜意识活动的某种结果于一定条件下在意识中的实现。潜意识其实也是一种意识，不过是没有显现的一种特殊意识。现代心理学实验表明，脑中的潜意识活动是客观存在的。人们可以在潜意识水平上处理所见到的形象并理解之。它能阻滞来自客观的大多数刺激，而让少数几种有选择的刺激信息通向显意识。潜意识表象活动有三种情形：（一）表象的改变。艺术主体感知客观对象，形成表象记忆。这种表象几乎随时都在改变。（二）表象的局部突出。极为生动的个别视觉表象和听觉表象，也有概括表象，本来都有着时空连贯性的内容，为什么却变成一个个镜头似的单一表象、表象中的单一部分呢？这就是表象的局部突出。没有这些表象的局部突出，就不可能有创作中想象的综合。（三）表象的组合。记忆表象被潜意识地改变，潜意识的局部突出，这还只是潜意识对于表象记忆的一般影响。而潜意识的神奇功用则在于它对新的表象的组合。表象在潜意识中组合之后，在意识的水平上爆出的灵感之光，这就是灵感的降临。要使潜意识中的灵感内容在显意识中实现，需要两个主要的条件：一是宁静的心理状态。这主要是指紧张构思的放松和排除其他心理活动的干扰，使紧张构思中兴奋中心周围受到抑制的神经区域恢复兴奋，保证有更多相应记忆表象在潜意识中活动，为灵感提供原料。二是捕捉灵感的敏锐。这主要是指时刻注意接收来自潜意识中的信息，只要有了信息，就立即接受，要深深懂得"机不可失，时不再来"的道理。

八、从孟浩然的《春晓》看抽象思维在文艺创作中的作用

　　文艺创作中的典型形象必须是感性心理活动（**主要是自觉的表象运动**）的直接成果。但任何以感性心理活动为主的心理过程中都必然渗透着表现为抽象思维的理性心理活动。因此，文艺创作中的自觉表象运动中，就必然存在着抽象思维的指导、制约、调节与配合。试以孟浩然《春晓》为例：

　　　　春眠不觉晓，处处闻啼鸟。
　　　　夜来风雨声，花落知多少。

　　第一句"春眠不觉晓"，就至少要在三种抽象概括的认识成果的配合下才能写出来：（一）对黑夜和白天的联系和交替的概括认识。紧接着黑夜的是天晓，白天黑夜的联系是有规律的，并早有对这一规律的概括认识，所以有天亮之时竟然"不觉"，表现出一种特殊的生活现象和精神状态，才值得一写。（二）对睡眠与觉醒的关系的概括认识。睡眠与觉醒是有规律的，醒到一定的时候要睡，睡到一定的时候要

醒，所以该醒而没醒时，才成为一个问题而值得思索。（三）对睡眠与黑夜的关系、觉醒与天亮的关系有概括认识。"日出而作，日没而息"的生活经验，早已概括出夜里是睡觉的时候，天亮是醒的时候。因此，"春眠不觉晓"才有违这一般规律而值得探究。所以，光是"春眠不觉晓"一句，就至少有三种完全理性化的概括认识为其思想背景，没有这种背景就写不出这句诗来。

第二句"处处闻啼鸟"，也是得到理性思维成果的制约与配合的。诗人一觉醒来听到户外有鸟鸣之声，这是凭听觉可以感知。但此刻他并未巡视全国，为什么讲"处处闻啼鸟"呢？原来，在诗人和读者的意识深处都隐藏着一种概括的认识，即在春天早晨许多鸟儿会叫得很欢，因而才能冲破时空的局限，对"处处"的鸟鸣作出带有间接性的反映。

第三、四句"夜来风雨声，花落知多少"就包含了对风雨与落花之间的因果关系的概括认识。作者虽未见到花落，而只是根据对事物因果关系的概括认识，作出了"花落知多少"这一带有预见性的反映。

纵观《春晓》全诗，从创作心理的角度分析，它所表现的富有诗意的新形象乃是自觉表象运动的直接成果，全然不是由概念所"派生"；但理性心理活动及其有关成果却在意识深层起了不露痕迹而又极其有效的支持与配合作用。

以上讲的，还是一般认识的抽象思维成果在文艺创作中的作用。关于艺术法则的认识，更要对文艺创作起作用。文艺创作总是要受到各种创作理论和技法理论的指导。例如，西方音乐家要学对位法，画家要学透视法。中国山水画的技法有什么"远山无皴""远水无痕""远林无叶""远树无枝""远人无目"等等，这些都是从大量绘画经验中概括出来的正确概念和判断。对文艺创作起更大作用的还有作者的世界观。世界观乃是从大量知识经验中概括出来的抽象思维成果，它作为作者心理背景中的最重要组成，对实际的创作过程起到深刻的指导作用。总之，心理背景中的理性心理活动和抽象思维成果在创作中所起的作用可能相当显著，也可能极为隐蔽，这是无可置疑的事实。当然，理性心理活动并不等同理性认识，后者是个哲学概念，有特定含义，即必须是能够完整反映事物的内在本质、内在联系、内在规律的认识。理性认识在人的意识固然表现为理性的心理形态，但却不是一切理性心理活动都可以达到理性认识的高度。理性认识乃是理性心理活动中的最高层次。

文艺创作，从心理活动的角度看，它是客观世界经过创作者主观世界加工和改造的主客观辩证统一的过程。它既有感性心理活动，这主要是指自觉的表象运动，当然包括想象，也有理性心理活动。同时，它又是一种情感活动，严格说来，这也属感性心理活动的范畴，当然也包括艺术通感、艺术灵感在内。感性心理活动、理性心理活动和情感活动，三者结合，构成了文艺创作中的特殊思维方式，这就是形象思维。从创作过程看，艺术构思是创作的重要阶段，但要创造出真正的艺术作品，还得经过艺术外化阶段，才能最终完成创作。

九、解开形象思维之谜

文艺创作中存不存在形象思维？形象思维的确切含义是什么？看法上并不是没有分歧的。有的同志承认文艺创作中存在形象思维。但却认为这是因为存在着某种特殊的心理元素，它是既有形象性可感性，又能穿透事物的外在表现而直达其内在本质，而形象思维就是这种特殊的心理元素在那里运动、变化、联系与组合。然而这种特殊心理元素事实上是不存在的，因此他们所谓的"形象思维"也就成为一种说不出确切心理内容的东西。有的同志则提出另外的说法。他们认为表象只能反映事物的外在表现，而文艺创作是要反映事物的本质的，因此觉得表象的活动承担不了这个任务。于是提出有些概念是有形象的，这样既能反映事物的本质，又满足了文艺创作要有形象性的要求。这样一来，"形象思维"实际上变成了有形象性的概念的活动。然而，这在心理学上却是更加没有根据。事实上，文艺创作中的所谓"形象思维"就是以想象为核心的自觉表象运动。既然并不存在一种特殊的心理元素，那他们所说的"形象"，实际上就是表象；他们所说的"形象的思考"，无非就是联系着抽象思维和情感活动来进行自觉的表象运动。所谓有些概念有形象性，实质只不过是因为他们在想到这些概念时，脑子里同时浮现与之相联系的表象而已，是由概念引起了对有关表象的联想，并非概念本身有什么形象性。

　　文艺创作中形象思维，其完整定义应表述为：以创造特定艺术形象为目的的、由抽象思维指导和配合的、渗透着情感活动的自觉表象运动过程。这说明，自觉表象运动乃是形象思维中最突出而主要的心理内容。为什么自觉表象运动构成形象思维的主要心理内容呢？这是因为：

　　第一，自觉表象运动既能动地反映客观世界，又能动地反作用于客观世界。这是它作为一种思维（形象思维）的根本之点。文艺创作者对客观事物的认识总是包含着对客观事物的形象的反映，也就是富于感性的表象；当认识向着事物的本质深入时，表象的特征就愈加鲜明而突出，具象的概括就愈加深广而准确。文艺创作者进行艺术构思时，由于艺术法则所规定的形象化的要求，那已经形成的深刻而生动的表象就更加成了直接的思维材料，并且在自觉表象运动中经历去粗取精、去伪存真、由此及彼、由表及里的深刻变化，从而能更加深入地反映事物的本质。自觉表象运动的一切成果不但充分表现在艺术创作的最终成果之中，而且，严格说来，真正的艺术形象还必须主要是自觉表象运动的直接成果，它在人类社会生活中起着独特的认识作用、教育作用和审美作用。

第二，自觉表象运动能够生动具体地再现事物的发展和事物之间的联系 。这是它作为一种思维的又一重要特点。文艺创作并不是静止孤立塑造某个形象，而是从事物的发展与联系上来反映现实生活的。

第三，自觉表象运动有具象概括的作用。这也是它作为思维的一个重要特点。文艺创作是通过具象概括来反映客观事物的本质的，它所创造的艺术形象，一方面是具体生动、个性鲜明的形象，另一方面又有着高度的概括性，使人通过个别认识一般，通过事物外在特征的生动具体、富于感性的表象认识事物的内在本质、内部规律。当然，这种具象概括，只能将事物的本质表现到"呼之欲出"、"心照不宣"的境界，而毕竟不能给它以直接的、完整的揭示。这个任务，艺术家们将它留给艺术欣赏去做。

十、从郑板桥画竹谈文艺创作中的艺术外化

艺术构思，以及把构思的成果外化为艺术形象，这是艺术创造中的两个重要环节。艺术构思在艺术创作中起了非常巨大的作用，但作为人类创造之一的艺术创造，还必须将这种构思外化为他人可以直接感知的创造成果。从心理活动与客观世界的关系上看，这是一个"外→内→外"的过程。"外→内"，是指客观事物反映于人的主观世界，进行创造性的构思；"内→外"，是指把创造性的构思付之于创造的实践，变成人们可以直接感之的艺术形象。当然，构思也可以反过来加深对客观事物的认识（外←内）；创造实践也很可能在外化过程中对原有的构思有所补充和修正，使之最终完成（内←外）。郑板桥画竹的创作活动，就很清楚地说明了这个艺术外化的过程。他在《题画》中说：

> 江馆清秋，晨起看竹，烟光、日影、露气，皆浮动于疏枝密叶之间。胸中勃勃，遂有画意。其实胸中之竹，并不是眼中之竹也。因而磨墨展纸，落笔倏作变相，手中之竹又不是胸中之竹也。总之，意在笔先者，定则也；趣在法外者，化机也。独画云乎哉！

为什么"胸中之竹不是眼中之竹"？因为"眼中之竹"乃是客观事物的直观反映；而"胸中之竹"则是"依照美的规律来造形"，它在作者"胸中"经过了艺术的选择、提炼和加工。这既体现了艺术反映中的主客观统一，也因为得到抽象思维的制约与配合，情感活动的渗透与催化，从而实现

了形象、理性与情感的统一。这样，"胸中之竹"才成为具有美学意义的艺术表象。至于"手中之竹又不是胸中之竹"，则是因为创作的原则虽是心指挥手，但艺术创作中的外化效应毕竟还要受到多种客观因素的影响，所以出之于手的效果不可能绝对符合预先的设想。同时，预先的设想不论多么成熟，毕竟只是存留在心中的"意象"，总不能像落实到纸上那样鲜明、稳定和具体。所以在创作实践中，随时根据外化效应的结果对原来的构想作出修改、补充、发挥，乃是完全正常的事情。

艺术外化的关键问题是"心手相应"。从心理学上说，就是大脑准确指挥效应器官而达到"自动化"的问题。文艺创作中的任何工艺操作或表演首先都属于"随意运动"，即受个体意识调节的运动，个体能够根据一定的目的和要求，有意识地控制这种运动而达到预期的运动效果。艺术外化这种"随意运动"的最重要的特征就是通过艰苦的训练，使"随意"的动作逐步减消以内部语言为载体的意识的参与而实现"自动化"，即所谓"技到无心始见奇"。当然，就整个艺术外化过程来说，它仍是一个自觉的、有意识的运动过程。

（本篇主要依据金开诚《文艺心理学概论》人民文学出版社1987年版编写载《实用心理学全书》，中国建设出版社，
1988年版）

1988 年文学创作中三个值得注意的问题

由于社会经济的、政治的、思想的、心理的影响，也由于文学创作自身各式各样的艺术创新和审美突破，1988 年文学创作中也出现了一些值得引起注意的问题。这些问题能否获得正确的解决，将在极大程度上影响我们文学创作的发展与方向。

一、原始主义倾向问题

随着 84 年通俗文学兴起、85 年所谓"小说革命"开展以来出现在我国文学创作中的原始主义倾向，在 1988 年的文学创作中愈益显出它有增无减的势头。这种原始主义的倾向，首先明显地表现在语言情调的粗鄙化。国外有人研究我国当代文学，电脑显示出现频率最多的字是"爱""死""星""夜""远"，这说明我们的文学创作在语言运用方面曾一度出现过求雅的风尚。但这是 83 年以前的情况。现在的情况是对雅的咏叹早已为对粗鄙的崇拜所取代。似乎谁要不在描写中，让作品中的人物放几个响屁，沾点儿腥味，就不足以显示出自己创作的"生活化"，不足以显示出自己文学观念的适应新潮。其结果是将艺术的美从语言载体方面抹杀尽净。

其次是场面描写的残忍化。不少武侠小说、通俗小说、侦破小说、战争小说，甚至一般社会小说都热衷于写残忍。有的是为了以铁血、恐怖、死亡来耸动读者，因此淋漓尽致，大试身手；有的虽是为思想的载体，却失之提炼，以"生活原色"径直摄入作品之中。自从《红高粱》推出动人心魄的剥人皮以来，继起效尤者确不在少数。有一篇报告文学写志愿军在朝鲜美军战俘营所受的虐待，细致入微，令人发指，施之者人性全无，受之者，人的尊严亦难说能保持多少。《血色黄昏》中暴力描写达到极致，不少论者却把其中暴力场面看作是作品表现阳刚气度而加以肯定和赞赏，这可能与作者想通过活生生再现那个疯狂年代向人们控诉生灵涂炭的悲剧的原意相悖。尤其是《现实一种》（**余华，《北京文学》第 1 期**）写一个亲兄弟互相残杀的耸人听闻的故事，淋漓尽致地描写了小市民日常生活中突然爆发的丧心病狂的暴力行为，而作者又故意写得那么冷静，那么不动声色，使人通过精神接受，引起肉体的强烈刺激，从而把理智和文明失控后人性的恶毫不讳饰地揭露出来。这种场面情景的残忍化描写，不管作者的动机如何，都难以忽视它毒害人的心灵，吞没人类文明的恶劣影响。

第三，也是最重要的，就是艺术形象的丑陋化。自从《爸爸爸》亮出它挂鼻涕、翻白眼，只会说"爸、爸、爸"的主人公丙崽之后，在我们诸多作品中亮相的就多是一些各色包装的流氓、痞子、泼皮和无赖。如今的文坛上，乔厂长、李青天似乎早已功成名就、打道回府了；刘思佳、高加林之流也似乎被挤在一旁，岌岌乎可危；占住中心位置的已是那些自己不识自己是企业家还是资本家的暴发户，是那些日挥千金、夜抱美女、行贿走私、倒买倒卖、无所不用其极的个体商，是那些大开杀戒、玩戒，满身匪气、野气、俗气、痞气、草气的"新进"的"玩世不恭"的哥儿姐儿们。显然，"英雄"在逃遁，这是当代中国文学，自然也是 88 年中国文学的一个触目的现象。当然，有人说，文学中"英雄"的陨落，是"英雄们"以往形象的咎由自取，非英雄化倾向正是非人化倾向的有力反拨，昔日以超常姿态君临于人间的规范化英雄的消亡，大大地激扬和丰富了当代文学的人性内容，暗示着权威崇拜的解体，个性意志的恢复及民主意识的觉醒和张扬，并不是坏事。这当然自有道理。但是，今天人们要求于当代中国文学的英雄，并不是古代神话艺术中的超人，也不是文艺复兴时期作品中的巨人，也不是新时期以前文学中那种"高大全"的完人，当然更不是西方现代文学中的畸人。他们要求的是现实社会中不平凡的凡人，那些变革中的仁人志士。因为支撑着现代中国的是他们，而不是那些巧取豪夺的暴发户，那些在阴暗中钻营的个体商，那些"玩世不恭"的哥儿姐儿们。如果我们一味强调对以往文学中"超人英雄"的反叛，高唱标示着民族新文化精神的人格理想尚在孕育之中，而无视那些脚踏实地、在推动当前中国的改革开放、建设四化大业的人们——他们早已构成我们时代精神的人格象征，那我们的文学将失去灵魂，只剩下空洞的躯壳。因此，现在有必要大声疾呼：我们的文学应该加倍地祭奠、憧憬和奉献出我们时代的英雄。

二、关于文学的涉性问题

在评论界呼吁文学缺少热点的同时，以性爱为题材的涉性文学的相对集中，在某种程度上来说，已经成了88年度一种突出的文学现象。

从1986年张贤亮发表《男人的一半是女人》以后，文学中的涉性现象慢慢多了起来，但像1988年文学中那么集中的描写性的情况并不多见。文学进入88年以来，性似乎成了各类文学选题的热点，通俗文学、外国翻译小说和严肃文学都有触及，以至于从小说发展到报告文学、纪实文学和诗歌竞相效法，作家、刊物、出版社从没有像今天这样在选题上如此惊人的一致。

虽然在文学如何写性的问题上学术界还存在着较大的分歧，而且个别作品引起广泛争议，各执一端的情况时有发生。但是，在我国，通过文学作品在观念上打破性的神秘、突破禁区，张扬人的生命意识，开拓文学疆域的工作还是有积极意义的。这里最关键的问题不是文学能否表现性，而是在于如何去表现性才能更适应于中国的国情和人民的审美习惯。

就 1988 年涉性文学的具体情况分析，我们认为，有这样三个问题值得注意：

第一，性爱的自然属性与社会属性

应该承认，人作为一种社会动物，他有属于动物的自然属性的一面，肉体的情欲往往是人类性爱的前提。但是，随着人类的进化和社会的进步，人之所以为人，人欲区别于兽欲的关键在于人类的社会属性。性爱只有在男女双方情感与精神的倾慕中结合才能升华为高尚的爱情。性爱作为人类社会生活的一个特殊部分，人在性爱的发生过程中往往最容易袒露自己的灵魂和情操，因此，文学从性爱这样一个独特的视角来观照人生、人性和社会具有其客观的必然性。

李劼《是你们的故事还给你》（《上海文学》第 3 期）通过一对夫妇离异的过程，写出了人类除家庭生活而外还应有更高的精神追求；《写给男人看的故事》（徐海斌，《人民文学》第 4 期）写出人们需要真正的爱情；王安忆《逐鹿中街》（《收获》

第 3 期）揭示了男女需要互相的体谅和理解；谌容《懒得离婚》（《解放军文艺》第 6 期）批判了传统观念对于貌合神离的家庭的容忍和迁就，提醒人们正视那些表面和睦而感情龃龉的家庭的潜在的危机。《当代情深》（陆幸生，《百花洲》第 2 期）通过对几对征婚失败者的记述，揭示了现代大龄青年的情爱心态，等等。这些都是把婚姻的自然状态与社会属性结合得较好的作品。但也有另外一些作品过多地注重人的生理本能，过分地渲染性意识，对性爱活动、性过程、性变态等具体细节都作了具体逼真的描述，人类的理性活动内容和约束力反而成了多余的羁绊了。象《性开放女子》（戴晴、洛恪，《收获》第 2 期）对于刘美萱强烈性欲的渲染，象《天荒》（麦天枢，《文汇月刊》第 11 期）对于性变态行为的展示，象《母系氏族》（李双焰，《西藏文学》第 3 期）对于性过程的纤细描写等等都有割裂人的感情与理性关系的迹象，而且作者在揭示这些现象的时候又缺少必要的理性分析和批判，甚至有时把人的生理需求作为人的性格形成、发展的动因来描述，这都是与人类文明的性行为相背离的。

第二，性观念与性道德

具体的个别的性关系千差万别，自由度较高，但在总体上，却要受到社会环境、民族习俗和道德观念的多方面制约，无原则地摆脱这些社会制约因素，性描写就可能走向歧途。

中国经过漫长的封建社会，"存天理，灭人欲"的禁欲主义影响是根深蒂固的，与传统陋习相关联的旧观念，与经济落后相关联的性愚昧等等都有着深厚的社会土壤。在性问题上，文明与野蛮的斗争任务依然十分艰巨。《鸳鸯大逃亡》（毕四海，《青年文学》第 5 期）、《南北奇婚录》（田昌安，《山西文学》

第 5 期）等对于父母包办、买卖婚姻等方面的揭露与批判给人以深刻的警醒；《探索男性世界的秘密》（《百花》第 5 期）、《白夜——性采访手记》（麦天枢，《报告文学》第 2 期）对人们在性爱问题上的封建、愚昧、无知等方面的描写也都深刻地揭示了性禁锢与传统的封建道德观念对人们残害的严重程度。这些作品都延续了新时期文学的反封建的主题，其创作实绩也是比较突出的。

但是，1988 年性爱文学也存在着另外一类问题，那就是文学在倡导性观念随时代发展而嬗变的同时，忽视性爱描写的道德规范的倾向也明显地存在。《白涡》（刘恒，《中国作家》第 1 期）把一对男女的婚外性行为写成一个"令人玩味"的男欢女爱的故事；《人工大流产》（瘦马，《青年文学》第 3 期）把各式性行为造成的人工流产者混在一起，作品在阐述不鼓励无端怀孕而做人流的同时，提倡为一切进行性行为的男女提供避孕的方便，甚至把"婚前性行为已不再是丑闻，性行为对婚姻的牵制，以及婚姻对性行为的制约都显得无力"和"婚姻构不成对第三者的威胁"等都作为新的观念而赞赏。还有像《女人十谈》（《天津文学》第 5 期）、《性开放女子》等对于性行为的随意性都缺少必要的道德批判，这都与社会上一些人追求所谓的性解放观念有一定联系。这些现象表明，建立社会主义的新型的性爱道德规范尚有许多工作要做。

第三，感官刺激与审美愉悦

性爱作为一种社会现象进入文学，具体作品中如何表现当以文学作品的实际需要来决定，衡量一部作品性描写的成败得失虽然不应该以性描写的多寡而定，但是，旁逸于文学形象与主题以外的为写性而写性或者是单纯地追求新奇和感官的快感的描写都是文学的大忌。《二龙戏珠》（李锐，《十月》第3期）、《青石涧》（李锐，《中国作家》第3期）、《伏羲伏羲》（刘恒，《北京文学》第3期）等作品虽然主旨在揭示中国农村传统的性爱观念和生存状态，而且还对传宗接代伦理纲常所造成的生理障碍和心理障碍都有着深刻的刻画，作品有一定的力度，但是其中对性器官与性行为的具体逼真的描写，对乱伦现象的宿命性展示均不无猎奇之虞。还有像《永不回归的姑母》（王祥夫，《山西文学》第2期）中的切割性器官的描写，《把你的男人借给我》（冯洁，《西湖》第159期）中的性冲动描写都存在着一些追求外在的感官刺激的倾向。

文学中性爱描写不同于生理学的实验报告，纤毫不漏地展示性行为只能降低文学的品格，而决不会使文学有丝毫生色。文学作品体现着作家的审美情趣，性的心理与观念、性的感官与理性、性的差异与吸引、性的心理与行为等等一经进入文学都应该是审美的，感官的刺激决不能等同于审美的愉悦。就这个意义上说来，1988年涉性文学还没有能够更多地灌输给人们以足够的审美意蕴。

三、商品观念对文学的渗透问题

近年来，随着改革的不断发展，商品经济对文学的渗透也日渐突出。进入88年以来，文学所体现出来的商品意象更加明显。

首先，商品经济的发展为文学创作开辟了崭新的天地。八十年代初期文学写大刀阔斧的改革以及改革中的观念、方案之争的情况逐渐减少，88年描写现代改革生活的文学作品（主要指小说），更多的则是侧重商品经济发展进程中的矛盾与纠葛，如长篇小说《商界》（钱石昌、顾伟雄，《当代》第3期）对改革大潮中商品经济最发达地区的广东三家不同性质的公司的兴衰，展示了商品经济冲击下现代人不同的社会心态；《大上海沉没》（俞天白，《当代》第5期）对于经济发展中患了"衰弱巨人"综合症的大上海在思考、奋进、图兴的过程中色彩斑斓的社会生活的描绘；《一九八七年，中国第五号新闻人物》（李宏林，《当代》第3期）对于我国第一个商业租赁集团改革进程的勾画；还有像《恼人的物价怪圈》（邓加荣，《当代》第4期）对社会热点物价问题的关注等等，都在一定程度上，为人们提供了鲜活的经济发展信息。

其次，随着多种经济所有制形式的固定和发展，个体户在取得了经济和政治地位的同时也开始走进文学，并成了文学作品的主要角色，《钱，疯狂的困兽》（谢德辉，《芙蓉》第2期）、《前门外的新大亨》（罗来勇，《当代》第4期）、《四条汉子》（六恒，《青年文学》第4期）、《风流祭》（吕幼安，《青年文学》第5期）等都是以个体户为主角，刻画了形形色色个体户浮沉兴衰以及他们的精神状态和生活观念的变化；还有像《家族》（周大新，《河北文学》第2期）、《轰然倒塌的手脚架》（《萌芽》第1期）对于农民个体户以及小农经济土壤中培养出来的农民企业家们在商品经济的大潮中自我掣肘与艰难挣脱的描写，既显示了他们与城市个体户的明显差异，又表现了经商农民特有的生活形状与精神境界。

再者，商品经济对于文学自身的冲击和渗透也明显地表现在1988年的文学之中：

第一，文学刊物和出版单位面临着经济压力格外突出，刊物为了从经济困境中解脱出来，于是就出现了诸如"广告文学""赞助文学"等形式。所谓"广告文学"大多是企业花钱找作者或出版单位撰写报告文学作品，达到自我宣传的目的。1988年除了《当代企业家》这样一份专门依存企业生存的刊物外象浙江的《含笑花》、广州的《广东企业家列传》等都是新兴的广告文学。所谓"赞助文学"大都是文学出版单位找企业家赞助或者"联谊"而出版的文学作品。各省纷纷成立的"文学家与企业家联合会"，以及出版单位的"董事会"均属其列。文学与企业的这种联谊，一方面，通过文学的形式扩大了企业单位的影响，同时企业的资助也给了文学以经济上的实惠；另一方面，文学对企业的联谊和众多形式的赞助项目一样，给企业造成了较大的额外经济负担，而且文学由于得到了企业的实惠有时不得不为企业说好话，这样也就自然在不同程度上有意无意地牺牲了文学的真实性。

第二，出版社出卖刊号的情况日益严重，质量不高的书籍得以大量印行。学术性较强的图书由于经济方面的牵制还不得不推迟出版，有时甚至不能出版。

第三，实利文学发展势头日盛。所谓实利文学可以解释为专门为盈利而写作和出版的文学作品。1988年，除了大量的通俗文学刊物依旧兴盛外，迎合社会上各种低级情趣的"玩文学"和"痞子文学"在一部分读者中倍受青睐。有些国家或省级出版单位也不甘落后，一批翻译的淫秽图书大量印行就是其中一例。

应该承认，文学在流通过程中有它作为商品属性的一面，但是，文学并不能等同于商品，文学作为一种精神产品受实利而牵制的商品化倾向值得全社会引起重视。

《紫雾》：社会政治主题，或者说，民族历史主题

有人认为：《紫雾》表现的是命运的主题，这当然不失为一种思考的角度。但认真探究起来，这种看法是值得商榷的。古往今来、表现命运主题的作品，诸如《俄狄浦斯王》《雷雨》等，其"命运"的含义究竟是什么呢？按索福克勒斯的解释，"命运"是一种神秘的、邪恶的力量。这实质上反映了古代希腊人对非人力所能抗拒的自然灾害、社会灾害的认识。曹禺则把支配周、鲁两家及其成员之间的悲剧力量解释为"自然的法则"，认为"宇宙正像一口残酷的井，落在里面，怎样呼号也难以逃脱这黑暗的坑"，这当然是一种模糊认识。其实，《雷雨》悲剧的产生有其深刻的社会历史根源，它是中国半封建半殖民地社会必然长出的毒瘤。那么，《紫雾》所展示的龚、周两家三代、四代人之间的纠葛及其命运的支配力量又是什么呢？作者既没有为我们提供像《俄狄浦斯王》中那种为人类所无法抗拒的，神秘而邪恶的力量，也没有把它归之于像《雷雨》作者所说的"人类无法逃脱"的"自然法则"，尽管他利用紫雾、白鼠等等制造了一些独特的意象和怪异的氛围。因此，说《紫雾》表现的是命运的主题，由于在这紧要之处获不到答案，而使我们不得不有所怀疑。

如果一定要探寻一下《紫雾》的主题，我们倒倾向于认为，它所表现的是社会政治的主题，或者说是民族历史的主题。作品在表现龚老海、周龙坤两家三代、四代人之间的矛盾纠葛时，是在中国现代革命历史进程的大背景下展开的，

也可以说，作品是在中国现代革命历史进程的大框架中来表现龚、周两家的矛盾纠葛及其盛衰浮沉的。应当说，当初由于周龙坤与絮儿的相恋而引发的龚老海与周龙坤之间的矛盾，带有阶级矛盾和阶级斗争的性质。之后，随着中国革命的胜利，周龙坤成了柳镇集政治、经济大权于一身的统治者，他便开始了对龚老海的残忍的报复，先是定龚老海为资本家，接着又恶毒地恣肆侮辱龚老海的人格，最后做成圈套，在素素的身上寻突破口，对龚家施行重重的一击。然而，随着历史的进程，柳镇人的民主意识逐渐觉醒，周龙坤的统治便在这日益高涨的民主浪潮中轰然坍塌，变成了一个无权无势也无钱的平民。而龚老海则趁着经济体制改革的潮头，一跃而起，承包了东方红鞭炮烟花厂，成了柳镇的强人，然后精心设计、精心实施他对周家的疯狂报复，发泄他久积于胸的屈辱与仇恨。事态的发展完全演变成个人、家族之间的相互报复。我们看到，作品所展现的是：龚、周两家矛盾纠葛的发展变化和中国现代革命进程紧紧地黏合在一起。那么，现在需要研究的是：作者为什么要这样构建作品的艺术框架？我们觉得，作者将周龙坤以被压迫、被剥削阶级的面目冲上柳镇的政治舞台，巧妙地借助革命的力量实施个人的、家族的报复，而使龚老海乘着经济改革的时代风潮，以"承包"的形式得以卷土重来，更深地卷进家族的纠葛争斗、盛衰浮沉之中，是否表现了对我们革命历程、民族历史的某种审视和思考呢？因为，周、龚两家的争斗盛衰，已经超出了柳镇的范围，而和中国现代革命进程紧紧地关联在一起，和中国现代社会中政治与经济的变迁紧紧地关联在一起。如果，像我们推测的那样，作者在自己的主题构想中，确有用周、龚两家的矛盾纠葛、兴衰替代来观照，甚至体现我们民族的某种社会历史，从而展开对我们民族历史的过去、现在、未来的剖析和思考的意图，那么，需要具体、深入探求的是，作者对我们的民族历史作了怎样的某种剖析与思考呢？我们觉得，如果作者要表现的是《紫雾》中无论是以往的政治斗争，还是今天的经济改革，都夹杂着小生产者的意识和行为，从而造成了中国革命目的和动机的错综复杂，历史进程中的曲折艰难，那是可以理解的、也是精粹的、耐人思索的。例如，目前实行的承包制，也许有人怀着利己的目的和动机：盈了归自己，亏了推给国家。又如，目前正在逐步推开的股份制，也许有人趁机将全民的财产巧妙地攫为己有。如此等等。这种以小生产意识、利己意图为动因的行为，借着革命和改革得以实现，在以同历史的发展和社会的进步表面相一致的掩盖之下，偷偷地改换改革、甚至历史发展的方向，这就值得我们大加警惕和深刻思索。如果，作者是要借助《紫雾》的艺术构思，更深层地对我们的社会政治、民族历史进行某种哲学的观照和理解，企图将周、龚两家的矛盾纠葛、兴衰替代看作是一种中国现代革命复杂而曲折的进程的抽象图式，那就需要认真地思索和斟酌了。作者似乎想告诉我们：起初龚老海与周龙坤的矛盾虽然带有阶段矛盾、阶级斗争的性质，但龚老海不是资本家，只是小业主，从本质上讲，他们之间的矛盾争斗，并不带有你死我活的性质，然而后来的事态发展却是一场因循不已的生死决斗。这是革命进程中固有的题中之义呢，还是一场历史的误会，一场耗尽民族精血的"窝里斗"呢？革命曾经将周龙坤推上政治舞台，又将他推了下去；曾经没收了龚老海的私有财产，使之公有化，而今却又将全民所有制的工厂（东方红鞭炮烟花厂）转瞬之间变成了他的私人作坊（东方红厂变成了龚家大院）。这是革命进程中必有的艰难曲折呢？还是历史老人无情地对我们民族开了一次不大不小的玩笑呢？作者利用紫雾、白鼠、老五奶奶的怪诞行为所制造、渲染的奇怪的意象和氛围，令人迷离恍惚，构成一种神秘的艺术层面，是否表现了对人生、革命、现实、历史的某种疑惑不解呢？但愿这纯粹是我们的胡思乱想，作者根本就无此用意，只是因为我们将文学形象的典型性估计过高，将文学反映一定的社会生活本质的信条抱得太紧的缘故。然而，文学既有典型性、象征性，又使我们不得不作如上的联想与思考。

诚然，人是丰富的、复杂的，文学可以从社会的、政治的角度去认识人，表现人；也可以从哲学的、经济的、文化的、人类本体的视角去透视人、描写人，但是，社会的、政治的内容是人的主要特质，它几乎是人的其他一切社会关系的集中体现，文学从中去认识人、表现人，应该说是可以反映出人生社会的复杂，丰富和深刻的。所以，在文学创作中着意淡化、疏离政治，并不是可取的。我们正是在这个意义上推崇《紫雾》，并从社会政治方面去思索、理解它的主题。

本文原载《作品与争鸣》一九八九年第 6 期

民国诗词纪事之一：谁与斯人慷慨同

　　湖南长沙岳麓山，自爱晚亭循山径逶迤而上数百步，路南有刘道一墓。同山上的黄兴、蔡锷、蒋翊武等辛亥革命巨子的陵墓相比，刘道一墓规模很小，若非详于史实或有心访胜者，一般不易注目。

　　刘道一，字炳生，湖南湘潭人，1884年生。由于受孙中山所领导的革命潮流及其兄刘揆一的影响，思想激进。尝读《汉书·朱虚侯传》，中有"非其种者，锄而去之"的句子，遂自号"锄非"，以推翻清朝，恢复中华而自励。

　　1904年2月，黄兴、刘揆一等组织的华兴会在长沙成立，道一参加。3月，东渡日本留学，结识秋瑾等革命志士，组织反清秘密团体"十人会"。1905年8月，同盟会在东京成立，道一入盟，被推任书记、干事等职。1906年秋，道一和蔡绍南等被派回湖南，在湘赣边境联络会党，运动军队，准备武装起义。12月4日，萍（乡）、醴（陵）、浏（阳）起义爆发。会党、防营兵士及矿工三万余人，揭竿而起，声势浩大，屡败清军。清政府急调湘、鄂、赣、苏等省驻军四、五万会剿，相持月余，起义失败。起义发动时，刘道一正在长沙作起事的最后部署，以便义军攻取长沙时，能使新军及防营开城响应。不幸他的活动为清政府侦知而遭逮捕，12月31日，在长沙浏阳门外就义，年仅22岁。刘道一是留日学生中因反清革命被杀害的第一人，也是同盟会会员中为革命流血牺牲的第一人。刘道一牺牲后，其亲友遭株连者甚众。老父被捕，瘐死狱中；新妇亦遭缧绁之苦，殉情而死。

　　萍、浏、醴起义失败和刘道一牺牲的噩耗传到日本，留日同盟会员痛心疾首，纷纷请缨归国杀敌。黄兴拍案痛哭，悲愤不已，并写下了《吊刘道一烈士》诗：

> 英雄无命哭刘郎，惨淡中原侠骨香。
>
> 我未吞胡兴汉业，君先悬首看吴荒。
>
> 啾啾赤子天何意，猎猎黄旗日有光。
>
> 眼底人才思国士，万方多难立苍茫。

孙中山对刘道一的牺牲，也深为悲痛。他一生作诗不多，而《挽刘道一》一首，沉雄悲壮，令人瞩目：

> 半壁东南三楚雄，刘郎死去霸图空。
>
> 尚余遗业艰难甚，谁与斯人慷慨同。
>
> 塞上秋风悲战马，神州落日泣哀鸿。
>
> 几时痛饮黄龙酒，横揽江流一奠公。

南社诗人柳亚子闻萍、浏、醴起义失败，曾于1907年作《闻萍醴义师失败有作》诗。第二年又以《吊刘烈士炳生，即次其兄林生哭弟诗原韵》为题，一口气写了八首，回环往复，一往情深，充满着沉痛和惋惜以及继续奋斗的决心。兹录其七，以见一斑：

> 热血淋浪涕泪滋，如君才不愧须眉。
>
> 几人侠骨埋黄土？终古英灵怨素纬。
>
> 新鬼不须愁故鬼，汉儿岂竟让胡儿。
>
> 头颅千里原无负，后死荒江更可悲。

刘道一就义后，遗体运回湘潭。1912年3月，南京临时革命政府追认他为烈士，迁葬于长沙岳麓山。

（原载《光明日报》一九九〇年二月十三日《东风》副刊）

民国诗词纪事之二：只愁博浪椎难铸

蝶恋花·赠李沛基

画舸天风吹客去，一段清愁，不诵新词句。
闻道高楼人独住，感怀定有登临赋！　　昨夜晚
凉添几许！梦枕惊回，独自思君语：莫道珠江行
役苦，只愁博浪椎难铸！

这首词是 1911 年秋，黄花岗起义失败后，黄兴在香港写给即将离港赴穗去暗杀清廷驻粤将军凤山的革命党人李沛基的。

1911 年农历 3 月初 9 日，南洋志士温生才在广州城东门外谘议局门前刺杀了清廷广州将军孚琦。6 月 19 日，水师提督李准在广州双门底遭到革命党人林冠慈、陈敬岳刺杀，伤足，断胸肋两根，侥幸不死。特别是 3 月 29 日黄花岗之役，使革命党人声势大振。在这种情况下，两广总督张鸣岐坐卧不安，彷徨无措，乃奏请清廷续派将军来广东坐镇，企图以武力威吓革命党人和镇压日益高涨的革命运动。不久，清廷选派军事上号称足智多谋的旗人凤山为驻粤将军。但发表多时，凤山慑于革命声势，迟迟不敢南下，说这无异于让他去送死。经张鸣岐力促，不得已由北京起程，途经上海坐船到香港，转赴广州上任。

同盟会香港组织早就决定除掉凤山，于是暗中进行布置。盖自黄花岗之役失败后，党人愤激难耐，暗杀之议，由是日倡。黄兴倡言"此时党人惟有行个人暗杀之事，否则无

以对诸烈士"。于是遂有诸暗杀行动的谋划。当时，驻粤将军衙门位于惠爱中路，历来清廷将军到任，都是从长堤登岸，然后乘轿取道归德门转惠爱路入将军署，因此在归德门街李仁轩医馆设伏，由李熙斌、陈其尤及周惠普女士负责。另一路线则由长堤登岸，取道仓前街转惠爱路。此处亦重点设伏，由李沛基、梁倚神负责。

李沛基，年约十七八岁，是黄兴的夫人徐宗汉的侄子。他接受任务后，即在仓前街租了一间小铺子，并将一颗7磅重的炸弹运到临街的楼上，专候凤山到来。弹中配置了毒药，见血即凝血致死。9月初1日，梁倚神得上海友人电告说：阿鸡（广东土语称凤为鸡）已乘轮往港。同日，刘思复亦得郑彼岸从北京来电："货由某轮来。"并探得该轮初3日抵港，即晚直开广州，初4晨准时到达。初4清晨，梁倚神即往仓前街告知李沛基。他们即于楼上临街之窗口，放上斜板，斜板上放置炸弹，弹旁护以木板，使炸弹不能自由滑下，护板之一端系以长绳，余人尽皆离去，仅留李沛基一人专司其事。上午8时，凤山登陆乘轿进城，从接官亭转入仓前街，行至楼下，沛基看得分明，即拉绳撒板，7磅重弹滚落街前，一声巨响，大地震动，倒塌房屋7间，沛基之店亦倒，凤山与其从者十余人立时血肉横飞。凤山半身已烬，唯一足飞数十丈外，尚可辨识。沛基仆于后街，急起行，拂拭灰尘，从容逃走。

此役成功，人心大振。胡汉民在自传中曾说："论革命党行暗杀之成绩，无有过于此举者：受党令而行一也；歼贼而我无所伤二也；敌胆寒至不敢穷究其事三也。克强（黄兴）实主其谋，并得省中同志为助，而沛基是时年方十六七，临事镇定，从容如此，亦难能矣。"此后，清廷大员无不胆寒，人人自危，与革命为敌最凶狠的水师提督李准，亦稍有收敛，并转而与革命党人谋求妥协，这与 9 月 19 日广东独立，也关系甚大。

黄兴曾说："丈夫不为情死，不为病死，当为国杀贼而死！"其时党人赍此志者，夥矣。

（原载《诗刊》1996 年 10 期）

民国诗词纪事之三：大地河山待鼓铸

筹边我亦起高楼，极目星关次第收。

万里请缨歌出塞，十年磨剑笑封侯。

鸿沟浪静金瓯固，雁碛风高铁骑愁。

西望白山云气渺，图们江水自悠悠。

这是吴禄贞于 1907 年 10 月奉命到延吉帮办边务、建成成边楼时写下的一首诗。吴禄贞，字绶卿，湖北云梦县人，1880 年 3 月 6 日生，早年赴日留学，加入兴中会、同盟会；1900 年参加唐才常领导的自立军反清起义；1904 年在北京练兵处任职；同年去西北考察，为陕甘总督允升逮捕，押解回京；1907 年 7 月随东三省总督徐世昌到奉天担任军事参议；八月前往吉林调查"间岛问题"。所谓"间岛问题"是 1905 年日本帝国主义侵占朝鲜后，即将侵略魔爪伸入我国延边地区，一手策划起来的。"间岛"原是吉林省光霁峪前图们江中泥沙淤积成的小沙洲，1712 年（**康熙五十一年**）中、韩两国划定以图们江为国界，小沙洲属中国领土。后因韩国大批饥民纷纷渡江越垦谋生，清政府只得准许韩民租种，而日本帝国主义却宣称间岛领属未定，后来竟将我国吉林省延边一带的延吉、汪清、和龙、珲春四县统统囊括进去，妄图建立一个"东方瑞士国"。1907 年 8 月，以斋藤为首的一伙日本武装，侵入我国延吉县龙井村，擅自设立日本朝鲜统监府派出所，准备凭借武力实现他们的侵略阴谋。吴禄贞一面前往延边实地勘测，历时四个月，编辑成《调查延吉边务报告书》，用大量的古今中外的资料，证明该地区自古以来就是中国领土；一面与侵略者开展激烈的斗争。当与斋藤第一次交涉时，吴禄贞排出数千健儿（**均吴入山抚辑的绿林好汉——清政府所欲剿灭的所谓"金贼"**），持枪荷弹，震慑了侵略者，使斋藤的骄态不得不为之稍敛。有趣的是，历史常富于戏剧性。吴禄贞在日本士官学校读书时，斋藤任教官，两人有师生情谊。昔日师生，今成敌手。吴禄贞干练有识，由是被任命为陆军正参领帮办吉林边务。

吴禄贞到任所之后，组织边务督办公署，勘测边界，详绘图说，设立派办所，建造戍边楼，分兵防守，加强边疆建设。每遇斋藤挑衅，即以翔实的材料、确凿的证据予以批驳，弄得斋藤无言以对。然而，吴禄贞的这些行动，却遭到了吉林边务督办的妒嫉和排斥，1908 年吴被召回北京。但接替之人慵懦无能，在对日本交涉中屡遭失败，清政府不得不再度起用吴禄贞。鉴于受制于人的教训，吴坚决要求自任督办，清政府只得勉强同意。吴于 1909 年 5 月，重新回到任所。

日本帝国主义挑起的所谓"间岛问题"，经过两年多的反复交涉，最后日本政府不得不承认延边地方是中国的领土，于 1909 年 9 月 4 日两国在北京签订《图们江中韩界务条款》。但腐败的清政府不可能在外交上取得完全胜利，仍然被日本帝国主义攫得开四处为商埠、设置领事馆的权力，还取得了领事裁判权和铁路修筑权。吴禄贞得知"条款"内容，万分愤慨。最使他大受刺激的是，1909 年 11 月，日本'间岛总领事馆'在龙井村开馆，吴受清政府指令出席参加，真使他只有壮怀激烈、仰天长啸而已。悲愤之余，他挥毫写了《放歌步谢大虎文原韵》，长歌当哭，以诗寄慨：

尺地寸土肯让人，匣底龙泉光欲吐。

安得一战定三韩，貔貅百万争先赴。

自古和戎非良策，一误不可况再误！

边尘未扫征人恨，大地河山待鼓铸！

这首诗壮怀激烈，忧思深广。

吴禄贞不仅是个驰骋疆场的军人（镇统），也是个折冲樽俎的外交能手，还是一位雄直悍快，悲歌慷慨的诗人（著有《吴绶卿先生遗诗》二卷）。督办吉林边务是他英雄业绩的重要篇章，但他一生中最光辉的事业是他在辛亥革命中组织燕晋联军，联合第二十镇、第二混成协图谋三路大军合击北京，南阻袁世凯归路，北捣清政府老巢，几乎使中国近代史呈现出另一种完全不同的面貌。可惜事机不密，于1911年11月7日凌晨，为袁世凯杀害，"身首异处，死事至惨"，年仅32岁。1912年南京临时政府成立，孙中山下令以大将军例赐恤：追悼会上，亲撰祭文，中有"荆山楚水，磅礴精英，代有伟人，振我汉声"之句。1913月11月7日，建"故燕晋联军大将军绶卿吴公之墓"于石家庄。

（原载《光明日报》一九九〇年十二月九日《东风》副刊）

民国诗词纪事之四：大风歌罢不如归

卅九年知四十非，大风歌罢不如归。
惊人事业随流水，爱我园林想落晖。
入夜鱼龙都寂寂，故山猿鹤正依依。
苍茫独立无端感，时有清风振我衣。

这首诗是黄兴于 1912 年 10 月 25 日三十九岁初度，乘楚同号兵舰由沪返湘时写的。

1911 年 12 月 20 日，苏、浙、沪联军攻克南京，各省在沪代表议决临时政府设在南京。29 日，各省代表在南京选举孙中山为中华民国临时大总统。1912 年 1 月 1 日，孙中山在南京宣誓就职。3 日组织临时政府，黄兴出任陆军总长兼参谋总长。当时，袁世凯为了夺取政权，对清政府和革命党人左右开弓：一方面借革命党人的势力逼清朝皇帝退位，一方面挟北洋集团武力向革命党人讨价还价，逼革命党人交出政权。于是，他对革命党人施展阴险狡诈的反革命两手：一方面在战场上发动猛攻，以武力相威胁；另一方面又虚伪地表示愿意和革命党人谈判议和。孙中山虽然不赞成和袁世凯妥协议和，但也想利用袁世凯逼清帝退位，以达到建立民国的目标，所以，早在 1911 年 11 月中旬，他还在伦敦时，就曾电告袁世凯，如能倒戈为汉灭清，就推举袁为总统。直到孙中山被举为临时大总统时，还根据各省代表会议的决定，致电袁世凯，表示对于总统职务只是"暂时承乏"，对袁"虚位以待"。黄兴也极力主张与袁世凯妥协，通过和谈来结束战争。妥协，事实上在南京临时政府方面已成了一个潮流。当时，中华民国虽然成立，但各独立省份的军政大权都落入军阀、官僚、政客和立宪党人的手中，各怀异端，自行其是。孙中山虽然做了大总统，却没有多少实力，军队力量十分薄弱，财政极端困难，政令不出南京。黄兴曾写信给胡汉民和汪精卫说，如经费无着，和议不成，"自度不能下动员令，惟有切腹以谢天下"。在这种情况之下，南北开始和谈，按照双方协议，2月12日清帝宣告退位。14日孙中山向临时参议院提出辞职，15日临时参议院选举袁世凯为第2任临时大总统。3月10日袁世凯宣誓就职。4月1日孙中山正式办了移交，离开南京，南京政府北迁，南京设留守府，以黄兴为留守，办理政府机关的结束事宜和接受管理驻宁的军队。南京部队有十余万人，年饷毫无着落，士兵只能吃稀饭，因而时有兵变、抢劫事件发生。袁世凯一面扣发军饷，一面命令裁遣军队。黄实在无法维持，乃于1912年6月14日撤销留守府，退居上海。袁世凯对于孙、黄，仍极尽拉拢之能事。这年秋天，邀请孙中山、黄兴入京会谈。又于9月7日授黄兴为陆军上将（同时受此衔的还有黎元洪、段祺瑞）。9月11日，在先已至京的中山先生的极力敦劝下，黄兴入京。袁世凯表面上殷勤接待，礼遇甚优，并请孙中山和黄兴提出组阁人选，而暗中不仅派心腹侦察他们的行动，还收集孙、黄的"阴私"，编成许多小册子分发各军，诬蔑黄兴"与孀妇姘居"，孙中山"在海外到处骗钱"等等，以破坏孙、黄的声誉。黄兴驻京不到一月，旋即返沪。1912年10月10日，袁世凯又授黄兴勋一位，并派专使到上海同孚路黄兴寓所，送上陆军上将特任状，授勋令和勋章，另外还有几件礼物和两匹英国种枣骝玉点马。黄兴对家人说："这是袁世凯的笼络手段，可是我不会上当的。"并将特任状、授勋令、勋章以及所有礼物退将回去，只留下两匹马。人问何以留下马匹，黄兴答曰："因为将来还要我打仗的。"

南京留守府撤销、黄兴解职以后，湖南各界函电纷驰，吁请黄兴回湖南出任都督。黄兴不愿代谭延闿而取之，但乡情难却，乃决定于 10 月还湘省亲。这首三十九岁初度感怀诗，既有故乡田园的深切依恋，更多的却是革命失败的落寞迷茫，以及大业未成的苦闷情怀，感情是十分复杂而深邃的。

民国诗词纪事之五：汪精卫狱中吞吃情书

金缕曲

　　别后平安否？便相逢凄凉万事，不堪回首。
国破家亡无穷恨，禁得此生消受。又添了离愁万
斗。眼底心头如昨日，诉心期夜夜常携手。一腔血，
为君剖。　　　泪痕料渍云笺透。倚寒衾循环细读，
残灯如豆。留此残生成底事，空令故人偊偬。愧
戴却头颅如旧。跋涉关河知不易，愿孤魂缭护车
前后。肠已断，歌难又。

　　这首词是汪精卫于 1910 年冬在北京监狱中写给恋人陈
璧君的。

　　对汪精卫等人的被捕，孙中山等革命党人至为惋惜。孙
中山在给同志的信中就说："吾党失一文武全才能员，殊深
痛惜也。"并立即组织营救活动。

　　陈璧君和喻培伦、黎仲实到日本后，听到汪精卫被捕入
狱，就像疯了一样，痛哭流涕，再三要求吴玉章设法营救。
吴玉章经朝鲜潜入北京，住在他姐夫家中。他通过曾醒的弟
弟打听消息，联络同志，经过一个多月的努力，也没有想出
好的营救办法，被其姐夫骗上火车，去了上海。陈璧君自己
则回到南洋，与胡汉民、赵声一道筹措营救经费。陈母卫月
朗罄其私蓄相助，别的华侨亦多有馈赠。陈于是携款到香港，
在九龙城外，设一秘密营救机关，筹划营救行动。由于经费
不足，陈璧君提出下赌场一搏，或许能赢得巨金。但他们将

百余金输光，狼狈懊恼之极。陈又请黎仲实去日本找吴玉章。黎提出要吴把买军火的回扣给他。吴为革命买军火，从未拿过回扣，这次破例给黎 3000 元。陈璧君心急如焚，坐立不安，提出要亲自去北京营救，胡汉民认为太危险，因陈本身就是本案的通缉犯，于是托人去北京探明汪精卫囚禁之所，建立了联系，但也没有营救的办法。

1910 年冬，陈璧君冒着生命危险，与黎仲实去北京营救汪精卫。临行时，胡汉民为其送行，并诵叶清臣《贺圣朝》词云："不知来岁牡丹时，再相逢何处？"众人相对泣下，大有"风萧萧兮易水寒，壮士一去兮不返回"的悲壮。陈到北京后，托狱卒带给汪精卫十多枚鸡蛋，内藏有书信一封。汪见信，悲喜交集，既感到组织和同志的温暖，更感到陈璧君对自己的似海深情。于是咬破手指，写"信到平安"四字血书一道，又改填了上述《金缕曲》词一首回复陈璧君。对于陈的来书，存之不能，弃之可惜，最后竟嚼而吞食之。汪精卫与陈璧君铁窗情深，吞吃情书一事，一时在革命党人中传为佳话。

所谓改填云云，乃是指仓促之间，仿照顾贞观的名作《金缕曲》填就此词。顾贞观，字梁汾，江苏无锡人，与吴江吴兆骞，字汉槎，交谊笃厚。汉槎因顺治十四年（1657）科场案发谪戍宁古塔，贞观求援于纳兰性德（**太傅明珠之子**），并作《金缕曲》二阕以寄兆骞，性德见之泣下，曰："河梁生别之诗，山阳死友之传，得此而三。此事三千六百日中，弟当以身任之，不俟兄再嘱也。"乃恳求其父明珠，兆骞得以生还。

汪精卫后来回忆此事时说："余居北京狱中，严冬风雪，夜未成寐，忽狱卒推余，示以片纸，褶皱不辨行墨，就灯审视，赫然冰如手书也。狱卒附耳告余，此纸乃传递辗转而来，促作报章。余欲作书，惧漏泄，仓猝未知所可。忽忆平日喜诵顾梁汾寄吴寄子词，为冰如所习闻，欲书以付之，然马泊乌头句，易为人所觖，且非吾意所欲出，乃匆匆涂改，以成此词。以冰如书中有忍死须臾云云，虑其留京贾祸，故词中峻促其离去。冰如手书，留之不可，弃之不忍，乃咽而下之。冰如出京后，以此词示同志，遂渐有传写者，在未知始末者见之，必以余抄袭顾词矣。此词无可存之理，所以存之者，亦当日咽书之微意云尔。"①

汪精卫此词充满了对陈璧君的思念之情，融铸着家国兴亡之感，较之顾词，忧思深广，形似而神不似，仍不失为一篇佳构。

【注】

① 见王光远、姜中秋：《陈璧君与汪精卫》。

民国诗词纪事之六：哀时庾信岂忘年

无题（四首）

一

洞房红烛礼张仙，碧玉风情胜小怜。
惜别文通犹有恨，哀时庾信岂忘年。
催妆何必题中馈，编集还应列外编。
一自苏卿羁海上，鸾胶原易续心弦。

二

玉镜台边笑老奴，何年归去长西湖。
都因世乱飘鸾凤，岂为行迟呢鹧鸪。
故国三千何满子，瓜期二八聘罗敷。
从今好敚风云笔，试写滕王蛱蝶图。

三

赘秦原不为身谋，揽辔犹思定十洲。
谁信风流张敞笔，曾鸣悲愤谢翱楼。
弯弓有待南山虎，拔剑宁惭带上钩。
何日西施随范蠡，五湖烟水洗恩仇。

四

老去看花意尚勤，巴东景物似湖濆。

酒从雨月庄中贳，香爱观音殿里薰。

水调歌头初按拍，摩诃池上却逢君。

年年记取清秋节，双桨临风接紫云。

这是郁达夫的四首七律，写于 1943 年 9 月在苏门答腊与华侨姑娘何丽友成婚之日。最早披露于 1947 年 8 月版《文潮月刊》三卷四期了娜（张紫薇）的文章《郁达夫流亡外记》。文中说："当结婚那天早晨一早就来找我，相见之下，不说别的，就在袋子里拿出一张纸来，说：'我夜晚弄了很久，拿来给你看。'原来是四首律诗，写得非常恭楷（整），一笔不苟。在他这四首诗里，可以看得出包在保护色里的他的本来面目来。"

1938 年 12 月 28 日，郁达夫因国破家亡，愤然远走南洋，由福州、杭州，经香港到达新加坡，主编《星洲日报》文艺副刊《晨辰》。1941 年 12 月 8 日，太平洋战争爆发，新加坡文化界同仁在胡愈之的领导下，成立了星洲华侨文化界战时工作团，郁任团长，胡任副团长，积极开展抗日救国、保卫星（新加坡）马（马来西亚）的活动。

1942 年 1 月 30 日，日军攻占马来西亚；31 日英军从柔佛新山撤退到柔佛海峡南岸的新加坡岛，日军随即围困了新加坡。星洲华侨文化界战时工作团在英国政府和重庆政府驻星人员匆忙撤退而双双弃置不顾的严重情况下，乃于 2 月 4 日从围城新加坡撤出。郁达夫途经荷属苏门答腊的保东、彭鹤岭、苏西（苏门答腊西部巴东一带），最后在巴雅公务住了下来。这时，郁达夫改名赵廉，并被日本苏岛军政监所所在地武吉丁宜宪兵部硬拉去当了翻译。郁达夫迫于形势，不好公开反抗，但申明自己是商人，不收受日军分文，并且一直寻找脱身的机会，同时充分利用职权，为华侨和印尼民众排忧解难，做了许多好事。为了把逃到巴雅公务的工作团人员隐蔽下来，郁达夫以老板的身份出面申请了一个酒厂执照，办起了赵豫记酒厂，后来又办了一个肥皂厂，并利用日本人无餍的贪求，为当地一些侨商创造了能做赚钱生意（如贩运土产）的方便条件。

1943 年春，郁达夫借口有肺病辞去宪兵部翻译职务，回到巴雅公务的朋友当中。每天除同一些侨商打牌，应酬一些串门的来客之外，主要就是看书。为了消除日本人的怀疑，加之生活也需要人照顾，乃于 1943 年 9 月 15 日，经友人介绍，和一个年轻的华侨姑娘何丽友结婚。这四首七律就写于结婚的这天晚上。

1943 年下半年，武吉丁宜的日本宪兵部里，新来了个翻译洪根培，是个受过特殊训练的汉奸。他看上了一个侨商的女儿，请郁达夫说合，被郁拒绝，便于 1944 年 2 月初向宪兵部告发了郁达夫。待到 1945 年 8 月 15 日日本投降后，日本宪兵部鉴于郁达夫是他们罪行的目击者，为了防止他日后写文章揭发日本宪兵在印尼的罪行，终于采取杀人灭口的卑鄙行径，于 8 月 29 日傍晚，将其诱骗绑架。直到一年之后，工作团才从棉兰的联军总部获悉，郁达夫确已于 1945 年 9 月 17 日为日本宪兵所杀害。

仍然需要提倡革命现实主义

革命现实主义既是一种创作方法，又是一种文学思潮。在当前的小说创作中，仍然需要提倡革命现实主义。这是因为：一方面，革命现实主义在处理文学与生活、文学与群众、文学与政治、文学与时代之间的关系等一系列重大创作原则问题上有着辩证唯物主义和历史唯物主义的坚实的理论基础，有着明显的独具的优势；另一方而，近几年来出现的所谓"新写实主义"小说及其理论概括，使得人们越来越关注小说创作的未来。

所谓"新写实主义"小说是一个十分庞杂的群体，它们之间的差别很大。一些理论家、评论家对其所作的理论概括也各有不同。但是，这些作品、作家之间一般说来确也显示出一些共同性的倾向。

"新写实主义"不承认生活本质属性，要求作家消解对生活的理念构想，放弃对主题的追求，不再热衷于去挖掘什么人生哲理、历史意识，再也不去告诉人们什么观念性的主题，而以纯粹客观的态度对生活原始发生状态进行完满的还原，原原本本复制生活的原生形态。这是部分理论家、评论家对"新写实主义"特征的比较一致的概括。至少对相当一部分"新写实主义"小说来说，这种概括并不是没有根据的。这里有许多问题需要进行探讨。

一、生活究竟存不存在本质属性？文学要不要反映社会生活的本质与规律？"新写实主义"否认生活存有本质，甚至认为无本质便是生活的属性。这种论断实在使人感到茫然，因为在现代社会里事物存在的现象与本质两个方面已经成为人们的共识，但既然作为一个理论问题提出来，那就不能不予以讨论。列宁在《哲学笔记》中论述马克思主义能动的反映论时，认为认识过程有两个飞跃，即从生动的直观到抽象的思维，从抽象的思维到实践。生动的直观所反映的就是事物的表面现象，而抽象的思维所反映的则是事物的本质与规律。毛泽东同志在《实践论》中也说，人们开始只看到各个事物的现象方面，后来经过多次反复，才抓着事物的本质。列宁和毛泽东同志都将事物分成现象和本质两大部分是再清楚不过的了。谁也不能否认，文学现象是社会生活的一种。当我们的理论家、评论家对所谓的"新写实主义"这种文学现象进行理论概括时，难道不正是在从大量的所谓"新写实主义"小说作品中寻找它们之间那些共同的、普遍的、本质的、规律性的东西吗？

我们所说的社会生活的本质，就是社会现实关系的各种联系及其矛盾运动的普遍规律。这是一种客观存在，其作用是在社会生活的发展运动中一定要显示出来的。文学创作作为人类认识、掌握、改造世界的一种方式，它在表现社会的现实生活时，必定要通过由感性到理性的正确认识途径，把握事物的全体的、本质的、内部联系的东西，反映出决定社会生活进程的本质与规律，从而指导人们改造客观世界的实践斗争。

过去，在文学反映社会生活的本质与规律这个问题上，曾经犯过形而上学的错误。这些错误主要是：（一）、从观念出发图解生活。不是从大量的客观存在的生活现象中集中概括出它们之间一些一般的共同性的、普遍性的东西，通过具体的、典型化的形象描述去反映社会生活的某些本质方面，而是将纷纭复杂、丰富多彩的社会生活纳入自己的哲学框架，按照政治学、社会学的概念定义去图解所谓的"社会本质"，使文学变成某种精神、理念的传声筒。（二）、将所谓"反映生活的本质"片面理解成反映生活的主要矛盾及矛盾的主要方面，使"本质"简单化，导致只能写社会生活的光明，不能写社会生活的黑暗，导致一个时代一个典型、一个阶级一个典型。这些教训值得很好地吸取。但绝不能因此就否认生活存在本质属性，否认文学要反映社会生活的本质与规律。否则，文学就无法使人们认识、掌握社会人生，也无法指导人们改造社会生活，从而从根本上取消文学。

二、作家能否消解对生活的理念构想，放弃对主题的追求？马克思说过，人是按照美的规律来建造的。文学创作作为人类认识、掌握、改造世界的一种方式，一种自觉的活动，就不可能不对现实社会有所认识、评价，对未来社会有所追求和构想。文学既反映社会客观现实，又表现作家的主观意念，它是社会现实世界和作家心理世界的统一。因此，实质上，作家是不可能消解对生活的理念构想，放弃对主题的追求的。当我们面对众多人们称之为"新写实主义"的作家作品时，不是有不少论者说池莉的《烦恼人生》、《不谈爱情》传达了一种要冷峻审视现实人生烦恼的意识；刘恒的《狗日的粮食》、《伏羲伏羲》表现了这位新写实作家对人的基本存在状态与需求的思考；李锐的《厚土》说明了李锐对刻骨铭心的生命体验的追求。我们能说这些不是作家的主题追求和对生活的理念构想吗？文学创作的实践告诉我们：不存在作家有没有对主题的追求、对生活的理念构想问题，只存在是什么样的作家对主题的追求、对生活的理念构想的问题。

有的作家喜爱描绘时代风云、人民群众的伟大事业和崇高理想；有的作家则喜欢描绘所谓"生存的尴尬"和"人生的窘困"；有的作家目光投向沸腾的社会生活现实，关切人民命运，忧天下之所忧，乐天下之所乐；有的作家则"向内转"，沉溺于自身的心灵世界，念念不忘自我，咀嚼一己的悲欢。

应当承认，"新写实主义"注重生活现象，着意描写平凡的事件，刻画普通的人物，有助于拓宽文学表现社会生活的范围，反映出社会生活的丰富性与复杂性，有其可取之处，对革命现实主义所侧重表现的主题、题材而言，是一种有益的补充。但是，由于它摄取生活时往往撇开社会生活中的重大矛盾冲突与斗争，竭力回避社会政治生活内容，因而使得文学离开我们时代社会生活的主体，难以真实而深刻地反映我们时代的风貌，也模糊了社会主义文学的倾向性。

革命现实主义文学从来就有自己强烈的倾向性。当无产阶级一登上历史舞台，恩格斯就提出工人阶级的革命斗争应当在现实主义领域内占有自己的地位，要求文艺歌颂叱咤风云的无产阶级，动摇资产阶级世界的乐观主义。列宁要求文艺要表现工人阶级对自己事业的坚强信心，提出文艺为千千万万劳动人民服务。毛泽东同志则要求文艺成为整个革命机器的一个组成部分，服从党在一定革命时期（**当然，这里的"一定革命时期"是从历史阶段的含义上讲的**）所规定的革命任务。新时期发轫之初，邓小平同志也明确提出文艺要描写社会主义新人，要塑造四个现代化建设的创业者，要充分表现我们人民的优秀品质，赞美人民在革命和建设中，在同各种敌人和各种困难的斗争中所取得的伟大胜利。文学的倾向性是一种客观存在，要想摆脱它是绝对不可能的。有的人宣称自己不屑于表现自我感情世界以外的丰功伟绩，甚至说他不告诉读者什么，他只为自己写着玩。这实际上也是作者的一种主题追求，一种对生活的认识和评价，也即是一种对生活的理念构成。如果说，无产阶级刚走上历史舞台，恩格斯就要求文学表现无产阶级，那么在进行规模巨大、意义深远的四个现代化建设的今天，无产阶级、人民大众难道不应该在文学领域里占有主要的地位吗？他们的斗争和功绩难道不值得我们的文学家去描写讴歌吗？最近，江泽民同志在同文艺界知名人士座谈时，还殷切希望文艺工作者讴歌党的光辉历程和人民的丰功伟绩。古往今来的伟大的文艺作品总是真实、全面、具体描写了人民群众的生活和斗争，描写了他们的创造历史的活动，反映了他们的情感、愿望和理想。我们的文学要真实而深刻地反映我们时代的精神和风貌，就离不开他们、离不开他们的生活和斗争。这一点，值得我们，尤其是"新写实主义"的作家们深长思之。

三、真实反映生活的最好方法是典型化，还是还原化？

许多论者认为，"还原"是"新写实主义"最本质的特征。它注重描写生活的原生形态，保留生活的原质原色和作者非理性的生动感觉，对生活原始发生状态进行完满的还原，决不按照某种理念去搞什么提纯和美化。"新写实主义"作家之所以这样钟情于"还原"是因为他们认为只有这种"还原"才能反映现实的复杂性与不确定性。他们认为现实存在并不那么明晰了然，而是十分复杂；人的心理世界，也并非只有一个知性逻辑层面，而是这个层面之下还存在着非逻辑潜意识的汪洋大海。因此，他们的"还原"，首先就是要表现知性范围之外的模糊与不确定现象，表现人的潜意识、非理性。

我们承认，人的潜意识在审美活动中占有一定的位置，起一定的作用，而非理性也是一种客观存在，对人的行为要产生一定的影响。这些都值得认真研究。但"新写实主义"将它们的作用夸大了，以至将主体、将本能、潜意识置于同客体、同理性相对立的地步，这就走入了歧途。因为人具有理性，人的一切意识、行为均要受到理性的制约与修正，即使弗洛伊德本人，在他"三部人格结构"的理论中，也承认"本我"即人的潜意识、本能、非理性要受到"自我"和"超我"，即理性和道德的控制与指导。其次，与此相联系的就是"内向化"。所谓"内向化"就是将对人的关注由外部的生存环境及其影响下形成的性格转入人的内心世界。本来，将人物放到一定的社会历史环境和具体复杂的社会关系中，写出人物的内心世界，以折射现实世界种种，这是现实主义，尤其是革命现实主义的题中应有之义。而"新写实主义"的"内向化"则往往将人物从具体的社会历史环境中剥离出来，转向所谓纯粹的主体，即不是转向主体的认知和理性，而是转向非理性，转向本能、潜意识，大量表现所谓的"生存苦闷"和"人生困境"，甚至展览人的所谓兽性，挖掘所谓人性中的"恶"与"丑"，把文学对人的描写完全禁锢在所谓人的"内宇宙"，这就无法揭示出人的深邃的社会历史内涵，实际上也就抽掉了人的社会本质，使文学变成笼罩在人生图景上的一团混乱的烟云。第三，对"典型化"的轻视与否定。"典型化"要求突出事物的特征，表现人们知性范围之内的事物的鲜明性与确定性。因此，在人物塑造和环境描写上，都是在取舍中进行概括，即取其最鲜明最本质的特征，而舍弃那些不合适表现某一特征或确定内容的东西，以便将那些不鲜明、不确定的存在通过知性筛选，遗落掉。而"新写实主义"则要求表现人们知性范围之外的模糊与不确定现象，而不仅仅是知性逻辑层面的确定世界，以图多方位地反映社会现实。因此，对性格的塑造往往不追求个性突出，而注重感性的丰富；对环境的描写，不追求时代特征，而以细节逼真、还原生活为指归。这是两种表现生活的很不相同的方法，其得失的确值得研究。列宁在论到现象与本质的关系时，一方面，他说"现象是本质的表现"，"现象比规律丰富"。这就说明，现象表现一定的本质，而它的丰富内容又不是本质所能包容的。所以，文学作品描写诸多的社会生活现象，竭力逼近生活，正视生活的原有形态，有助于表现社会生活的丰富与复杂，同时也有助于多方位反映出社会生活的本质与规律。从这一点讲，"新写实主义"不仅仅注重能够体现本质的许多生活原色，注重对人自身的观照，注重对人的内心情绪和心里的挖掘，甚至也注重描写生活中非本质的一面，这对从既定概念出发筛选生活、剪裁生活的极左文艺思潮是一种有力的反叛，有其可取之处。但是，另一方面，列宁又说："规律是现象中巩固的（保存着的）东西"、"现象中同一的东西"，这就说明，并不是所有的生活现象就是生活的本质，并不是简单地罗列铺陈多种生活现象就能反映出社会生活的本质。文学要真实地反映社会生活，反映它的真实内涵，反映它的本质方面，就必须要通过典型化的手段，将那些充分体现一般的个别现象加以集中概括，从各个现象的复杂联系之中突出隐藏在这些现象之间的一般的、普遍的、规律性的东西。否则，文学就无法反映社会生活的客观真实，也无法使人们认识社会生活的本质，文学的目的性和使命感也就随之取消了。因此，"新写实主义"绝不能原原本本复制生活，它在注重"还原"时，需要十分警惕对于"典型化"的轻视与否定。事实上，不典型，就难以深刻。

"新写实主义"不从概念出发，敢于看取生活，注重生活原色，从丰富的生活现象中反映生活的某些本质方面（**不管是自觉的还是不自觉的**），从而拓宽了文学表现社会生活的范围，是具有某些矫正和开拓之功的。但是，它在描写社会生活的主体内容、塑造真实而深刻的艺术典型形象以及在反映时代精神方面都存在明显的、甚至是重大的缺陷。因此，它可以作为革命现实主义的某种补充，在我国社会主义百花园中有一定的存在价值，但是应该予以科学的、适当的评价，也不宜于大力提倡。当前需要大力提倡的不是"新写实主义"，而是革命现实主义。

本文原载《文艺报》一九九一年五月十一日第 2 版。

反映变革者的精神风范

改革开放已经成为当今社会生话的主潮。文学反映社会生活，首先就该逼近这个主潮。在这一方面，有同志说，小说已在做出新的努力，颇有收复"失地"的企图。若果真如此，则文学甚幸。不过就目前而言，报告文学独标高格、独领风骚，大致是没有异议的。

文学是心灵的历史。后代子孙要了解自己民族20世纪八九十年代艰难起飞、建设四化的历史时，可以在文学，特别是报告文学中看到自己祖先的愿望、要求，看到他们的艰难痛苦、他们的奉献牺牲、他们的坚韧不拔；看到他们那种生于斯、死于斯的矢志不移的执着和永不停息的追求。你看，沂蒙山人，他们经历了多少历史风雨的侵凌剥蚀，不论是战争的破坏，还是贫穷的欺压，都无法摧垮他们，他们像大山一样挺立坚硬。"路漫漫其修远兮，吾将上下而求索。"一种九死不悔的精神，使他们撑起改革开放的大旗，把自己的理想，精神、气质刻在齐鲁大地上！这是一种独立不移、大气凛然的民族精神！你看，郑瑞英领导的洪山乡，短短十来年迈出三大步：兴办乡镇企业，引进外资技术、发展高科技，使一个贫困的乡村，达到幼有所托、少有所学、壮有所业、老有所养、步入社会主义的伊甸园。这无论如何不是一件小事。中国农民几千年的愿望，经过多少贫穷屈辱，经过多少失败抗争，克服了多少艰难险阻，付出了多少痛苦牺牲，终于换来了今天。这很不容易，在中国的历史上应该大书特书。这是一个民族千百年来梦想的实现。掂量掂量，思考思考，任何人都不能小视它在中华民族历史上的分量。你看，那些战斗在"死亡之海"——塔克拉玛干沙漠之中的人们,他们为了寻找祖国21世纪的能源,为了实现我们民族的伟大梦想,牺牲了爱情,牺牲了健康,牺牲了青春,甚至牺牲了生命。这种伟大的奉献精神,这种至深至厚的大爱,难道不是我们民族最宝贵的精神财富么?它将永远点燃我们民族后代子孙的心灵之火!你看,刘日这样的共产党员,既有传统的革命精神,又富有现代意识,在改革开放大业中始终同人民群众同呼吸共命运,不正是我们事业的栋梁和精神支柱么?所有这一切都在报告文学《沂蒙九章》《走向天堂》《塔克拉玛干:生命的辉煌》《无极之路》等作品中得到了生动、丰富而又深刻的表现和反映。人民是文学的母亲。我们的文学应该为他们立传。社会主义四化建设事业是我国人民为之追求奋斗不息的理想,我们的文学应该为它画出绚丽的历史长卷。

反映改革开放的报告文学所塑造的改革者的形象,他们的理想、精神、气质、风范,他们的无私奉献精神,他们坚韧不拔的斗争意志和崇高的思想境界,对改革开放中的人们都是极大的教育和鼓舞,他们的英雄事迹,他们所提出的问题,他们成功的经验和失败的教训,对改革事业都将是有益的启迪、借鉴和推动。特别是在促进人们观念的变化上将产生很大的作用。第一,改革开放必须敢闯,必须解放思想。试想,在纪律森严的军队系统内,办起"惠侨楼",将海外侨胞、外国人引进来治病,谈何容易。还有海南第一任省委书记许士杰出租洋浦土地,这是要冒被指责为出卖国家主权、重建租界的罪名的风险的。所有这些,没有思想上的解放,没有敢闯的精神是绝对不能想象的。第二,改革开放要有实干精神，空谈误国，实干兴邦。地质石油工人征服"死亡之海"，沂蒙山人使多灾多难的沂蒙山区经济起飞，无极县面貌的改变，洪山乡农民率先走进伊甸园，无一不是一步一个脚印，实干苦干干出来的。第三，改革开放需要继续发扬传统革命精神。要有现代意识，也要有革命传统。沂蒙山人是革命战争的血和火浸泡和锻造出来的。在改革开放中，革命传统是他们强大的精神力量的源泉。要不然，人们很难理解他们"梁生宝买稻种"式的跑批文、跑设备，很难理解九间棚人那种艰苦创业、愚公移山的精神，很难理解靠着铝合金胸腰卡支撑身体、而与乡亲一道治山治土的村支部书记杨振刚，很难理解将全部资产无偿奉献出的"百万富翁"王廷江。可以说，没有愚公移山的精神，没有奉献精神，没有牺牲精神，改革开放的大业就很难成功。所有这些思想原则都将引起人们观念上的变化。而这种群众性的广泛的观念变化，无疑将大大推动改革的深入和开放的扩大。

本文原载《人民日报》一九九二年四月十六日第 5 版

"新历史小说"的历史观念

自从 1986 年莫言的《红高粱》问世之后，历史小说的创作出现了一条新路子，呈现出一种新的面目。它们极力摆脱传统的历史观念，对历史教科书投以种种疑惑的目光，因而也就完全改变了传统的历史小说的创作观念和创作方法。这类作品，就其表层特征而言，所写内容主要是为传统的历史小说创作所忽略、所遗漏、所回避的现代历史生活；就其深层特征而言，主要是在探求历史进程和人物命运中摈弃某些传统的历史观念，重新思索历史。这类作品拥有一个庞大的家族，就其体现的某些历史观念而言，我们可以举出莫言的《红高粱》①、叶兆言的《追月楼》②、池莉的《预谋杀人》③、周梅森的《国殇》④、简嘉的《碎牙齿》⑤、张廷竹的《走向天国》⑥、李晓的《相会在 K 市》⑦、尤凤伟的《诺言》⑧等来进行一些粗略的考察。

"新历史小说"的概念是陈思和先生在《略谈"新历史小说"》一文中提出来的⑨。陈先生对当代新历史小说作了如下的界定："当代新历史小说的概念，大致是包括了民国时期的非党史题材。"我以为，陈先生的界定是可以进一步商榷的。因为，一、陈先生的"新历史小说"的概念是对党史题材的历史小说而言，也即是非党史题材的历史小说。但是，一方面，党史题材的历史小说，并不能完全涵盖传统的历史小说，我们可以举出姚雪垠的《李自成》、任光椿的《戊戌喋血记》等一大批传统的历史小说；另一方而，少量写党史题材的历史小说，在创作观念和创作方法上与传统的历史小说相去甚远，我们可以将其大致划入"新历史小说"的范围。二、陈先生的"新历史小说"的概念又是相对于新写实题材的现实时空而言，即它是'将时空推移到历史领域'。一般说来，这当然是不错的。但作为对"新历史小说"的界定仍略嫌笼统和宽泛。对于"历史小说"的传统理解，或者说，对传统的历史小说的理解，最简单的说法就是"历史"＋"小说"，而"历史"的内涵就是真实的历史事件和历史人物，以及它们所反映的历史真实。而"新历史小说"绝大多数主要表现的不是历史事件和历史人物，只是历史时空的生活，只是现代人的一种历史体验和人生况味。当然，像黎汝清的《皖南事变》《湘江之战》《碧血黄沙》也有某些历史观念的变异，但就其主导思想和创作方法看，应该说仍属于传统的历史小说，和我们所谓的"新历史小说"是不一样的。因此，我们主张界定"新历史小说"的主要标准是否可以归纳为如下三条：（一）传统的历史小说创作所忽视、遗漏、回避的现代历史生活；（二）不同于传统的历史小说的创作观念和创作方法；（三）主要不在于表现历史事件和历史人物，而在于传达作者对历史的体验、思索和认识。

如何界定"新历史小说"，是一个需要继续探讨的课题。但本文的主旨只在就我们心目中的"新历史小说"所反映出的历史观念问题提出一些粗浅的看法。

一

按照传统的历史小说的创作观念和创作模式，写我国现代农民武装斗争，往往是描写广大农民如何接受中国共产党的领导，在无产阶级先进思想的教育下，由自在走向自为，成为中国革命的主力军。他们的代表人物具有鲜明的阶级意识，大无畏的革命精神和追求无产阶级领导的自觉。但是，作为"新历史小说"的典型之作《红高粱》⑩却迥然不同。以余占鳌为司令的这支农民武装，没有经过无产阶级革命思想的洗礼，没有无产阶级政党在组织上的领导、似乎也没有整体的明确的革命目标，他们缺乏严密的组织，也缺乏一致的思想．但是，他们具有强烈的民族意识和乡土之情；他们敢作敢为，富于冒险，在外敌侵凌的特定历史条件下，这一切就凝集、生成、升华为英勇无畏的抗暴精神和威武不屈的民族尊严。因此，《红高粱》所刻画的严酷民族战争中的农民形象、依然蕴含着一定的我们民族的精神风骨、人格特征。

按照传统的历史小说的创作观念和创作模式，作品的主人公一般是阶级的或民族的英雄，作品的基调一般是歌颂他们的英雄主义和牺牲精神。但是，"新历史小说"却不尽如此。叶兆言的《追月楼》⑪全力描写的却是一个前清的翰林丁老先生。他有大片田产、地产，过着封建地主的生活；他反对过白话文，痛骂过新文学运动；他69岁还纳小妾，他讲究尊卑有序，认为主子善、奴才欺，对奴才不要太好说话了。但是在日寇攻占南京，国家处于外敌侵凌之际，他却表现出了应有的民族气节。他抱定决心，城破之日，就是他殉义之时；日寇进城之后，他不愿躲租界、做难民，从此蛰居"追月楼"上；他痛感明亡之恨已在眼前，心仪顾炎武，把卧室易名为"不死不活庵"，仿《日知录》写《不死不活庵日记》；直到临终立下遗嘱，生不愿与暴日共戴天，死亦不乐意与倭寇照面，就葬在"追月楼"下。可以看出，《追月楼》所肯定、所褒扬的是一种民族大气，一种民族精神，一种民族的人格力量和人格美。

与《追月楼》相比，池莉的《预谋杀人》⑫的主人公王腊狗本是另一类型的人物。王腊狗是地主丁宗望家两代的佃户。他对丁宗望的仇恨，与其说是出于阶级仇恨，倒不如说是出于嫉妒。他恨自己娶了麻脸婆娘，而丁宗望娶了漂亮的妻子；他恨自己背井离乡、出生入死，而丁家添丁加口，牛肥马壮。为了杀死丁宗望，他甚至不惜向日寇告密，出卖新四军通讯员，堕落成为汉奸。而地主丁宗望却比较仁慈，且有民族大义，在日寇的刀锯进他肉里时坚持一声不吭，掩护通讯员，并最后把新四军首长的信送到，完成通讯员未竟之业。

显然，在《红高粱》《追月楼》《预谋杀人》等作品中，一种新的历史观念凸现了出来；那就是从阶级的立足点扩大到民族的、甚至全人类的立足点，表现人，表现人的活动和人物命运，有的作品还着意表现人的解放。我认为，"新历史小说"这样一种观念上的转变，反映了客观存在的人们观察历史的多种视角，有助于填补传统的历史小说反映历史真实时所留下的某些空白。历史是丰富多彩的，其发展也是曲折多变的，它在各种力量的作用下，会呈现出千姿百态；人性是丰富复杂的，绝不会千人一面，万人一色。"新历史小说"对人、对历史的表现也是文学触摸历史真实、反映人的本质、历史的本质的一种途径。铁道游击队这种农民武装是一种客观存在，余占鳌率领的农民武装也是一种客观存在；杨子荣、江姐这类无产阶级的英雄人物是一种客观存在，丁老先生这类人物也是一种客观存在；朱老忠与冯老兰的关系是一种客观存在、王腊狗与丁宗望的关系也是一种客观存在。应该肯定后者也是一种历史真实。余占鳌、戴凤莲等的抗日毕竟是全民抗日这一特定历史时期生活的一部分；丁老先生所显示的民族气节、精神风骨毕竟是中华民族的人格美在特定历史条件下的曝光；王腊狗骨子里不过是一个破落户的飘零子弟，是没有真正的革命意识的，而丁宗望的作为则是抗日战争时期民族矛盾的特殊产物。因此，不能说"新历史小说"对于历史生活的这种反映全部违背了历史真实，歪曲了历史的本质。当然，如果以此对那些以鲜明的阶级意识把握历史生活的潮流，描绘宏伟的历史生活画面、展示历史发展趋向的"历史小说"予以怀疑、予以否定，以为那是图解历史教科书，是攀附某种正统的历史观念，甚至认为是"政治意识"的人为渗透，否认其历史真实性，那就失之偏颇、失之错误了。

二

周梅森的《国殇》[13]写的是抗日战争时期国民党新22军内部投降与反投降，卖国与爱国的民族大义之争和上层军官争夺领导权的血腥内讧交织在一起的斗争。故事的复杂性似乎使我们很难将二者分辨清楚。但是，有一点似乎很明确，那就是这个故事承载着作者对历史的思索。国民党新22军残部，在陵城被日本侵略军铁壁合围，军长杨梦征在绝望之中为了使父老乡亲免遭敌人屠戮，也为了保存一点新22军的种子，签署投降命令之后开枪自杀了。312师师长白云森觉得自己被军长杨梦征、副军长毕元奇出卖了，他不能成为丑恶的汉奸而永远被国人诅咒，因此他要发动一场"流血反正"。但他必须隐瞒事情的真相，利用杨梦征的威望以号令全军。他觉得这有点阴谋的味道，但他认定这阴谋是正义的，觉得有时正义的事业也得凭借阴谋的手段来完成。因此他在全军旅团长会议上枪毙毕元奇，宣布毕谋害军长，伪造命令，图谋附逆，罪不容赦！但是，白云森不愿一辈子生活在杨梦征的阴影之下，因此，他要尽快披露事情的真情，打破杨梦征的神话，树立自己的权威，解除杨梦征的侄子、311师副师长杨皖育这潜在的威胁。当杨皖育问他当初为什么要讲假话时，他说那是突围的需要、是政治的需要。白云森在全军营以上军官会议上宣布了杨梦征通敌叛国的证据，并申言他不能看到一个背叛国家、背叛民族的罪人被打扮成英雄而受人敬仰，他不能欺骗历史，欺骗后人。这时杨皖育愤愤地想："历史是什么东西！历史不他妈的就是阴谋和暴力的私生子么？"后来，白云森被杨梦征的手枪营营长周浩击毙，临死之前对周浩说："周浩，你……你错了！我……我白云森内心无……无愧！历史……历史将证明！"周浩恶毒地咒骂："去你妈的历史吧！历史是婊子！"白云森之死，使事态的发展又有了戏剧性的转折，杨皖育被推上了全军的领导位置，他撕碎了杨梦征的投降命令，对军官们说："谁也没有看到军长下过这个命令（他是看过的），我想军长不会下这种命令，白师长猜错了！"为了取得312师军官们的支特，他不得不亲手毙了周浩——这个维护他叔叔杨梦征一生英名的周浩，这个消灭了他的对手，把整个新22军放在他手中，对他有大恩大德、令他永世难忘的周浩。当新22军的幸存者们隆重地埋葬了他们的长宫——杨梦征和白云森的时候，也埋葬了一段他们并不知晓的历史。杨皖育站在坟前、想道：历史真是个说不清的东西，历史的进程是在黑暗的密室中被大人物所决定的、芸芸众生们无法改变它，他们只担当实践它、推动它，或埋葬它的责任，过去是这样，现在是这样，未来也许还是这样。故事的结尾是杨皖育命令电台台长向重庆和长官部发报：在陵城血战中，中将军长杨梦征、少将副军长毕元奇、312 师少将师长白云森，壮烈殉国。于是，绝望自杀的、叛国被杀的，内讧而死的，甚至连替罪而亡的，统统都是为国捐躯，统统都成为"国殇"。面对这样的文本，我们似乎在字里行间看到这样的句子，历史是什么呢？历史不过是权力的奴仆而已。我们虽然不能将作品人物的思想看作作者的思想，但周梅森这整个故事所包含的内涵，似乎在告诉人们："历史"已被人们弄得面目全非，谎言成了真实。这样的情况，我们在张廷竹的《走向天国》⑭和简嘉的《碎牙齿》⑮中也能看到。《走向天国》写张拯民在国共合作抗日时投奔延安，参加革命，为了政治的需要，或者说，为了确证意识形态的正确性的需要，总是隐瞒自己的"革命历史"的真相，以至使得作品中的"我"不得不感到："我知道历史不是童话却往往比童话更加雄奇诡丽荒谬辛辣"。《碎牙齿》写的红四方面军迄今罕为人知的内部大残杀的历史，从中可以看到许许多多无辜革命群众以及出生入死、屡建奇功的红军将领的悲惨遭遇。红四方面军 33 军 297 团政委刘思福、独立营营长任缓卿、政治处宣传队的王新敏互相残杀，同归于尽，最后同为革命烈士。周梅森虚构的故事在这里获得了印证。无怪乎作品中的"我"开篇就提出："什么是历史：历史是什么？——历史就是一个羞答答的娘儿们，……你想撕开她的衣服，不容易，……猛一下挑开她的外衣，……其实只是挑开了第一层，还有第二层、第三层……谁知有多少层！……她的躯体是美的还是丑的，皮肤是光洁的还是癞疤疤的，无人知道。"

这一切使我们不能不承认："新历史小说"的的确确在"历史是什么"的问题上向读者推出了一个大大的问号。诚然，阴谋和暴力(**不含正义的强暴力量**)对历史会产生一定的影响，但这只是局部的、一时的，从整体来看，从长远来看，历史的发展当然不可能归结为阴谋和暴力(**不是革命暴力意义上的暴力**)。马克思说，历史不过是追求着自己目的的人的活动而已。但人的活动不是随心所欲的，要受到社会物质资料的生产方式和交换方式的制约。因之，一切重大历史事件的终极原因和伟大动力只能是社会的经济发展、生产方式和交换方式，而不是什么阴谋和暴力。当然，人们由于狭隘的自身利益的需要常常掩盖历史真相，因之历史记载上往往夹杂着谎言。但是，记载的历史并不完全等于存在的历史，我们不能将历史的客观真实同人对历史的记叙混为一谈，承认这一点，那么，"新历史小说"着意剥落堆积于历史之上的尘埃，揭示历史的真相，自是题中之义；甚至，即使着意表现历史的微妙、复杂，以致常常使人对历史的认识模糊、难解、甚或误入歧途，也未尝不有助于人们对历史的思索，对历史的复杂性、丰富性、多变性的认识。当然，如果再往前推，以为历史真相常常被人掩盖，便对历史的客观真实性产生怀疑，甚至认为不可知，那就是一种理性上的迷失了。

三

"新历史小说"一反传统的历史小说表现历史的必然性，从历史发展的基本矛盾运动之中揭示出历史本质的创作观念和创作方法，转而较多地关注和表现历史的偶然性、历史的不确定性。《国殇》中的白云森师长经过惊心动魄的斗争，公布了军长杨梦征"通敌投降"的罪行，大权独揽，开始实现他梦寐以求的目标。然而，一个小小的插曲——会议中途外出小解，被杨军长手枪营营长周浩击毙，从而改变了自己的命运，改变了杨军长的命运，使杨盖棺论定为抗日英雄，也改变了新 22 军的命运，使之由白家重新回到杨家。这样的结局谁也没有料到，连处于斗争漩涡中的杨皖育也没有料到，谁会想到他有意支开到外执行任务的周浩会中途溜回山神庙，突然演出这悲喜的一幕呢？谁会想到没有死在陵城防御战中的白云森会因为一泡尿而了却悲壮的一生呢？这一切都显得有些荒唐，时乎？命乎？谁能说得清楚呢？李晓《相会在 K 市》⑯的主人公刘东，一个颇具诗才，投身于敌后抗日武装的青年大学生，由于误认为是上海敌特派来的奸细而被革命队伍"处决"。刘东惨死在革命同志的刀下，没有历史的必然性，纯粹是出于被误会的偶然原因。如果小丽的父亲不是因为房东的误会而偶然被捕，那么就没有刘东的悲剧发生。历史的偶然因素不经意地参与到历史事件中来，却能产生谁也无法预测的严重后果，甚至彻底改变一个人的命运。

一个问题很鲜明地提了出来：历史是确定的么？历定的发展究竟是必然的，还是偶然的？应该承认，历史的偶然性是历史生活中大量存在的现象。历史正是由于诸多偶然事件的参与而经常发生奇特的变化，使之呈现出某种不确定性。马克思主义重视历史的偶然性，因为它是一种客观的历史存在。恩格斯说："在历史的发展中，偶然性起着自己的作用"⑰。马克思也说："如果'偶然性'不起任何作用的话，那么世界历史就会带有非常神秘的性质。"⑱但另一方面、历史的偶然性又是历史必然性的反映。在上述的引文中，恩格斯接着说："而它（偶然性）在辩证的思维中，就像在胚胎的发育中一样包括在必然性中。"试想，如果不是抗日战争时期特定的复杂而尖锐的敌我斗争形式，如果不是一支保持高度警惕的人民抗日武装力量，那么刘东也许不会惨死在自己同志的刀下。如果不是杨梦征在新22军的巨人影响，不是周浩对杨梦征矢志不移的忠心以及对白云森处理杨梦征尸体的强烈不满，那么会议中的小小插曲也许就不会发生。正是因为有了上述特定的条件，才使得这种历史的偶然中反映出历史的必然来。因此，"新历史小说"较多地关注历史的偶然性、有利于拓宽文学对丰富复杂的历史生活的反映，对历史真实的触摸，它对传统的历史小说往往只注重表现历史的必然性、忽视历史的偶然性、把诸多丰富多彩的历史生活现象排斥于文学大门之外、是一种有益的调整和补救。当然，如果"新历史小说"作家在肯定历史偶然性的同时、将它与历史必然性对立起来，否认历史的必然性，着意表现一切事物都是偶然的，偶然性支配、主宰一切，根本没有历史的必然性和规律性可言，历史毫无确定性、甚至不可知、那就值得好好地研究了。

四

我们读《红高粱》，发现丑恶、残暴和血污大摇大摆地进入了庄严的文学殿堂。任何人读到那细致、逼真、毫无掩饰地描绘活剥人皮的血淋淋的文字，灵魂都要发生从未有过的颤慄。我们读《诺言》[19]再一次看到地主还乡团对革命农民的疯狂屠杀，他们将革命农民，无论男女老少，一律倒埋在河滩地上，让足儿直插天空，像一片勃然生长的春笋。更为重要的是作者为我们撩开了被传统的历史观念的帷幕所掩盖的历史的另一种场景：某些农民翻身后的狂热，非常低级的实利主义思想和长期压迫结束后的心理变态，他们强奸地主的女儿，私吞地主的财产，嫉妒地主有漂亮的老婆而要割掉地主的生殖器。民兵队长李宽恩、贫协主席申富贵和妇女队长王留花，使我们看到了在以往历史小说的农民形象身上所没有见到过而令人恶心的"恶"和"残忍"。与"残忍"相联系的就是不讲信誉。《诺言》中，残酷的阶级搏斗使得易远方无法信守自己对李朵许下的诺言。《碎牙齿》中，国民党师长岳维俊被俘后，原答应以20万套军服、银元、药品若干换其一命，而军服、银元等交出之后，最终还是被砍下了脑袋。另一个国民党师长、江西剿共前线总指挥张辉瓒被俘之后向同学毛泽东连连拱手，叫润芝先生留条生路，润芝先生呵呵笑答：不杀，不杀。结果，在东固一次斗争大会上被一赤卫队员挥刀斩首。对此、作者感慨道："战争是政治的继续。而政治，历来不受信誉的束缚。"

这一切使得我们没有理由怀疑、作者意在写出历史的残酷性。应该承认，历史，特别是阶级社会以来的历史，充满着血腥的斗争。残酷也是一种历史真实，并对历史进程和人物命运产生一定的影响。"新历史小说"写出历史残酷性的一面，至少可以在客观上告诉人们，在人类的历史进程中，特别是在你死我活的激烈的阶级斗争中，温情主义、人道主义，乃至道德的褒贬都将是苍白无力的。但是，如果漫无节制地去写历史的残酷性，去表现历史的"恶"，在"恶是历史发展的杠杆和动力"的教条的误导之下，铺排扬厉起人性的丑恶来，就会扭曲人性，扭曲历史。我们的"新历史小说"

的作家在描写"恶"时，必须有对历史真实分寸上的比较准确的把握。

五

历史观念属于历史哲学的范畴。历史哲学自然是一门博大深邃的学科。"新历史小说"所表现出的上述历史观念，都是历史科学的重大理论问题，即人的解放、历史的发展及"恶"在历史发展中的作用。对于这些问题人们已经进行了相当持久、相当热烈、相当深刻的探讨，不论正统的马克思主义者也好，还是西方马克思主义者也好，新马克思主义者也好，历史唯物主义重构派也好，或一般的西方学者也好，都参与了进来，写出了许许多多的著作。迄今为止，这种研究还在深入进行。这种研究可以破除对唯物史观的各种附加成分和教条主义的解释，可以找出唯物史观理论的新生长点，使之能够自我超越、自我完善、自我更新，可以发现其中许多未被深入研究的理论命题和理论领域，作为发展唯物史观的理论基石和研究唯物史观的新天地。但与此同时，这种研究又难免会对唯物史观的理论原则造成误解、歧见，甚至歪曲，从而产生理论上的混乱。例如，历史唯物主义重构派认为，历史唯物主义虽然仍然是有价值的，仍然能够为社会科学和政治实践提供重要的指导作用，但它的主要原则模糊、含混，甚至自相矛盾，因而需要进行全面修改。英乔治·莱尔因在《重构历史物主义》一书中，提出他所认为的唯物史观的四个方面的缺陷、即（1）关于辩证法思想，既把辩证法看成是解释世界的普遍适用的原则，又把辩证法看成不是物质世界独立的纯粹的客观运动，而只是与人类实践紧密相连的具体的历史阶段的过程；（2）关于对意识的分析，既把意识看成是对物质现实的消极反映，又把意识看成是能够通过在主观上预见人类实践的结果来建构物质现实的要素；（3）关于社会变革的机制，既强调生产力是社会变革的主要动力，又强调生产关系导致社会变革的产生，最终实现自我更新；（4）关于历史观念，既把历史的发展看成是一个自然的客观的过程，又把历史的发展看成是人的实践创造。因而提出在认真领会马克思主义唯物史观的原义和全面吸收现代文明精华的基础上，运用系统论的新思维方式、以实践的观点为主线、以人的学说为中心来重新解释和建构历史唯物主义。从中我们可以看到阐释与误解并存，真理与谬误糅杂的复杂情况，而且误解和谬误占着主要的成分。这种情形自然也同样表现在对"新历史小说"所反映出的人的解放、历史的发展等问题的看法上。例如，关于人的解放，卢卡契认为，历史发展的进步主要表现为意识的进步，因而把人的解放归结为获得完整的阶级意识；马尔库塞认为，人的全面解放是马克思、弗洛伊德所共同关心的基本问题，马克思像弗洛伊德一样把"人的本能的解放"视为整个世界获得解放的起点、因而把弗洛伊德的爱欲本质说同马克思的人类解放说结合起来，提出爱欲解放说；伊波利特则发挥朗兹胡特和迈耶尔的观点，认为全部马克思主义的基本观念就是"异化"概念，因而人的解放就是人在历史进程中反对以任何形式出现的人的本质的任何异化的斗争。又例如，关于历史的发展，许多人反对马克思主义的"决定论"，主张"因素论"或"非决定论。"伯恩斯坦认为，马克思和恩格斯据以建立社会主义学说的理论基础是他们的历史观，而他们的历史观的核心是只强调历史的必然性，把历史的一切过程、因素归结为机械的物质运动的必然性，而把人仅仅看成是历史力量的活的代理人，被动的执行者；卢卡契认为，庸俗马克思主义者抛弃了马克思主义哲学中的人即主体因素，把马克思的社会理论曲解为脱离主体而运动的社会规律的学说，历史进程的概念被曲解为机械的单一决定论结论，即自然科学意义上的科学规律或必然规律的模式；美国历史学家阿伦·尼文斯认为，把历史事件视为必然结果的历史理论是对复杂历史的逻辑简化和洗涤，因而都低估了运气或意外在历史中所占的重要地位，而事实上，不测的疾病、气候的改变、一封文件的丧失、一个男人或女人突然间所产生的一个狂念——这些都曾经改变过历史的面貌。倒是拉布里奥拉比较深刻地论述了马克思主义的历史决定论，反对宿命论、社会达尔文主义和因素论等错误思想。他认为，在马克思主义的历史决定论领域内，因果之间的联系并不是直接呈露的，行为动机的原因深藏于构成行为动机的基础的物质条件之中；马克思主义的历史决定论，并不是要把历史发展的整个复杂的进程归结为经济范畴，而只是要用构成历史事实的基础的经济结构最终来解释每一个历史事实；马克思主义的历史决定论，从经济结构到各种具体的历史过程，需要社会意识作中介。这就是说，马克思主义的历史决定论充分承认直接或间接的因果联系，承认经济现象和社会其他现象的复杂的统一，承认社会意识的能动作用。（以上内容请参看陈先达等著《被肢解的马克思》）。

　　我们之所以不惜篇幅、扼要地介绍一下关于历史哲学领域内重大理论问题这种意见纷纭的情况，用意就在于希望我们的"新历史小说"的作者在思考历史哲学问题的时候能够注意到这些情况。它对我们思索、体验、认识历史，无疑会有所启迪和帮助，对提高"新历史小说"的思想艺术品位，无疑会产生良好的影响和促进作用。

六

最后，对"新历史小说"似乎应该做一点整体的估价。要略看来，"新历史小说"所反映出的上述历史观念，使得它具有三个比较明显的特征：一是对传统的反叛；二是追求严酷的历史真实；三是属意于表现历史生活的原色。从这三个特点看米，它大体属于"新写实"的一个分支．当然，由于"新历史小说"拥有一个庞大的群体，作家作品层次繁富；由于"新历史小说"的科学界说需待进一步明确，由于"新写实"其传承和变异的情况十分复杂，所以这种估价可能很不准确，因此只说是"大体"，而留有很大的商榷的余地。

【注】
① 《人民义学》1986 年第 3 期。
② 《钟山》1988 年第 5 期。
③ 《中国作家》1992 年第 2 期。
④ 《花城》1988 年第 2 期。
⑤ 《中国作家》1988 年第 5 期。
⑥ 《中国作家》1988 年第 3 期。
⑦ 《小说》I991 年第 5 期。
⑧ 《花城》1988 年第 2 期。
⑨ 《文汇报》1992 年 9 月 2 日。
⑩ 《人民文学》1986 年 3 期。
⑪ 《钟山》1988 年 5 期。
⑫ 《中国作家》1992 年 2 期。
⑬ 《花城》1988 年 2 期。

⑭ 《中国作家》1988 年 3 期。

⑮ 《中国作家》1988 年 5 期。

⑯ 《小说家》1991 年 5 期。

⑰ 《马克思恩格斯选集》第 3 卷第 545 页。

⑱ 同上书第 4 卷第 393 页。

⑲ 尤凤伟，《花城》1988 年 2 期。

本文原载 1993 年 2 月 20 日《文艺报》第 3 版，因篇幅限制所删节部分，依原稿补上。

〖中华诗词存稿·名家专辑〗

中华诗词学会 编

潇湘云水楼集

（下　册）

雍文华 著

中国书籍出版社
China Book Press

图书在版编目（CIP）数据

潇湘云水楼集·下册 / 雍文华著 . —— 北京 : 中国
书籍出版社 , 2020.6

（中华诗词存稿）

ISBN 978-7-5068-7864-7

Ⅰ . ①潇… Ⅱ . ①雍… Ⅲ . ①长篇历史小说—中国—
当代 Ⅳ . ① I217.2

中国版本图书馆 CIP 数据核字 (2020) 第 090826 号

潇湘云水楼集·下册

雍文华　著

责任编辑	李国永	
责任印制	孙马飞　马　芝	
封面设计	采薇阁	
出版发行	中国书籍出版社	
地　　址	北京市丰台区三路居路 97 号（邮编：100073）	
电　　话	（010）52257143（总编室）（010）52257140（发行部）	
电子邮箱	eo@chinabp.com.cn	
经　　销	全国新华书店	
印　　刷	北京虎彩文化传播有限公司	
开　　本	710 毫米 × 1000 毫米 1/16	
字　　数	309 千字	
印　　张	29	
版　　次	2020 年 6 月第 1 版　2020 年 6 月第 1 次印刷	
书　　号	ISBN 978-7-5068-7864-7	
定　　价	598.00 元（全 2 册）	

目　录

附　录：

毛泽东圈划批注罗隐诗及其他

张贻玖在所著《毛泽东和诗》一书中介绍，毛泽东故居藏有《罗昭谏集》和《甲乙集》，毛泽东对其中很多诗都划着浓圈密点，粗略统计，有91首。

罗隐是唐末文学家，其著作已大量散佚，但迄今尚存文120篇，诗490首，数量依然可观（参见拙著《罗隐集》，中华书局出版）。罗隐原本是很有诗名的，《旧五代史·罗隐本传》称他"诗名于天下"。《五代史补》记载邺王罗绍威对其幕僚说："罗隐名振天下"。但随着时间的推移，罗隐的声名似乎在逐渐下降。所以见到毛泽东圈划批注罗隐诗竟达91首之多，真有些出乎我的意料。

张贻玖介绍说："毛泽东圈划得比较多的是罗隐的咏史诗"，并列举了《筹笔驿》《王濬墓》《西施》《焚书坑》《秦帝》《董仲舒》六首。《筹笔驿》云："抛掷南阳为主忧，北征东讨尽良筹。时来天地皆同力，运去英雄不自由。千里山河轻孺子，两朝冠剑恨谯周。惟余岩下多情水，犹解年年傍驿流。"筹笔驿在四川境内，诸葛亮出师曾驻军筹策于此。这首诗是感叹诸葛亮尽忠谋国，而最终无力回天，身死国灭的。在罗隐看来，蜀国山河失守、社稷沦亡是因为出了昏暗无能的后主刘禅以及在国家存亡的关键时刻竭力劝告刘禅降魏的庸臣谯周，但归根结底，诸葛亮无力回天的根本原因在于"时来天地皆同力，运去英雄不自由"。罗隐在探讨家国兴亡治乱时是喜欢谈"时运"的。《王濬墓》云："男儿未必尽英雄，但到时来即命通。使若吴都犹王气，将军何处立殊功。"《西施》云："家国兴亡自有时，吴人何苦怨西施。西施若解倾吴国，越国亡来又是谁？"这些诗中所表现出的忧患意识和怀才不遇，可能都是打动毛泽东的因素；但更为重要的也许是这些咏史诗所体现出的历史眼光，也就是史识。罗隐能够于个人成败、家国兴亡之中，看出一定的社会政治原因，他称之为"时"，为"命"，指的是一种社会发展的客观形势。

据张贻玖介绍，毛泽东圈划得较多的另一类诗是罗隐的怀才不遇之作，如《嘲钟陵妓云英》《偶兴》《东归别常修》《自遣》等。《嘲钟陵妓云英》云："钟陵一别十余春，重见云英掌上身，我未成名君未嫁，可能俱是不如人。"张贻玖说："毛泽东对《罗昭谏集》中的这首诗的最后两句，字字都划了密圈。在《甲乙集》的这首诗中，除圈点外，还批注：'十上不中第'。"前面说过，罗隐是很有诗才的。《吴越备史》载："一日，隐寝疾，王〔吴越国王钱镠〕亲临抚问，因题其壁云：'黄河信有澄清日，后代应难继此才。'隐起而续末句云：'门外旌旗屯虎豹，壁间章句动风雷。'隐由是以红纱罩覆其上，其后果无文嗣。"吴越王钱镠对罗隐诗才的推崇是很高的，但他却一生坎坷，"十举不第"，"传食诸侯，因人成事"〔《唐才子传》〕。罗隐像大多数受儒教影响的知识分子一样是有自己的政治抱负的。他声称："而今而后，有诮予以谫自矜者，则对曰：不能学扬子云之寂寞以诳人。"〔《谗书·序》〕自己不能仅仅像扬雄那样闭门著书，洁身自守。他的抱负是"执大柄以定是非"〔《谗书·重序》〕。可是，生逢唐末，这种匡时济世的抱负是无法实现的。他从唐宣宗大中六年〔公元852年〕刚满20岁起就参加进士考试，连考十次，均名落孙山。他只得行卷投书，浪迹天下，直到唐僖宗光启三年〔公元887

年），55 岁垂暮之时，才决意东归，投靠吴越钱镠。这种人生遭际都体现在他的许多自伤怀抱的诗中。《偶兴》云："逐队随行二十春，曲江池畔避车尘。如今赢得将衰老，闲看人间得意人。"据张贻玖介绍，毛泽东对这首诗最后一句加了密圈。唐代，曲江池畔是宴请新第进士之处，别人春风得意，而他只好躲在一旁。这类凄苦、怨恨、愤激的自伤怀抱之词，在罗隐诗中几乎比比皆是。《长安秋夜》云："远闻天子似羲皇，偶舍渔乡入帝乡。五等列侯无故旧，一枝仙桂有风霜。"朝中没有亲贵，要想折桂登科是不可能的。《登高咏菊尽》云："篱畔霜前偶得存，苦教迟晚避兰荪。能消造化几多力，不受阳和一点恩。"把自己比作凋零殆尽的秋菊，不敢与兰荪争春，却仍然受不到一点阳和的恩惠。《东归》云："仙桂高高似有神，貂裘敝尽取无因。难将白发期公道，不觉丹枝属别人。"生于黑暗腐败的王朝末造，想要讨个公道，是绝对不可能的。最使我感到意外的是毛泽东对罗隐饱含消极出世思想的《自遣》诗，居然也一路密圈到底。诗云："得即高歌失即休，多愁多恨一悠悠。今朝有酒今朝醉，明日愁来明日愁。"大概是毛泽东透过罗隐这些消极颓废的表面词句，看到了诗人对黑暗社会的愤激与抗争，看到了一个焦灼不安的灵魂。

另，《通鉴纪事本末》第 220 卷还记载了一件事：罗隐作钱镠幕僚时，还提醒钱镠防止了一场叛乱。毛泽东对罗隐的话，逐字加了旁圈，批注："昭谏亦有军谋。"这也许就是毛泽东欣赏、同情他的另一个原因。

以毛泽东这样一代伟人，浸淫于中国古籍，熟谙于中国历史，知人论事，广博精深，可谓是阅人阅事多矣，何以对罗隐这样一个声名不显的诗人、一个历史地位并不崇隆的知识分子以这样深切地眷顾呢？我想，也许这就是人才的进退用舍以及与此相关的国家兴盛衰败这样一个千古不变而又常议常新的主题，引起了毛泽东的关注与思索吧。

唐代沿用隋制，以科举取士。自中唐以后，科举流弊日甚，取士益滥，权豪子弟，占住要津，亲戚朋友，竞相援引，致使一般士子，投效无门，仕路断绝，对朝廷心存怨恨，采取某种否定和批判的态度，甚至转而依附藩镇，打击中央政权，加快了李唐王朝的瓦解与崩溃。

先说科举的腐败。一是依恃门第高贵。《唐语林》卷三云：崔瑶知贡举，以贵要自恃，不畏外议。榜出，率皆权豪子弟。二是党朋相干。《唐语林》卷三《方正》云：进士有十号之号（即咸通十哲），皆通连中宫，郭缋、罗虬皆其徒也。每岁有司无不为其干扰，根蒂牢固，坚不可破。三是亲朋援引。《唐摭言》卷九云：裴筠婚萧楚公女，言定未几，便擢进士。罗隐以一绝刺之，略曰："细看月轮还有意，信知青桂近嫦娥。"四是显宦提携。《玉泉子》记牛庶锡状头及第云：牛庶锡性静退寡合，累举不第。贞元元年，因问日者："君明年状头及第"。庶锡但望偶中一第，殊不信也。时已八月，未命主司。偶经少保萧昕宅前，值昕策杖独游南园。庶锡遇之，投刺并赞所业。昕独，且方思宾客。甚喜，延之语。及省文卷，再三称赏。因曰："外议以何人当知举？"庶锡对曰："尚书至公为心，必更屈领一岁。"昕曰："必不见命。若尔，君即状头也。"庶锡起拜谢。坐未安，忽闻驰马传呼曰："尚书知举。"昕遽起，庶锡复再拜曰："尚书适已赐许，皇天后土，实闻斯言。"昕曰："前言已定矣。"明年，果状头及第。

　　这种依靠显宦提携，事先内定的情况，在当时相当普遍。例如《唐诗纪事》记邵安石及第事说："邵安石，连州人。高湘侍郎南迁归阙，途次连江。安石以所业投献，遂挈至辇下。湘主文，安石擢第。（章）碣赋《东都望幸》刺之曰：'懒修珠翠上高台，眉月连娟恨不开。纵使东巡也无益，君王自领美人来！'"

　　还有因达官显宦一句话，便青云直上的。《唐语林》卷三《赏誉》篇说："光德刘相宗望举进士，朔望谒郑太师从谠。阍者呈刺，裴侍郎瓒后先入，从容乃召刘秀才。刘相告以主司在前，不敢升坐，隔拜于副阶上，郑公降而揖焉。郑公伫立，目送之，久方回，乃谓瓒曰：'大好及第举人。'瓒唯唯，明年为门生。"特别有趣的例子莫过于令狐绹因多荐宗族，致令奔走之徒，连姓也改了，以冀攀龙附凤，博取一第，事见《唐语林》卷七：

　　令狐以姓氏少，宗族有归投者，多慰存之。繇是远近趋走，至有胡氏添令者。进士温庭筠戏为词曰：

　　"自从元老登庸后，天下诸胡悉带令。"

　　这样一来，一般士子，为要插足名场，只得趋谒权门，贿赂请托，甚至卖身投靠。例如《唐音癸签》卷二十六记载韦执谊受贿为人求科第的事说："唐实录载韦执谊从兄夏卿为吏部侍郎，执谊为翰林学士，受财为人求科第。夏卿不应，乃探出怀中金以纳夏卿袖。夏卿摆袖，引身而去。"这笔交易虽未做成，但也可以使我们看到当时社会风气之一斑。《唐语林》卷六《补遗》也记载了崔昭行贿的事："裴佶常话：少时，姑父为朝官，有清望。佶至其居，会退朝，浩叹曰：

'崔昭何人，众口称美，比必行货赂者也。如此安得不乱！'言未讫，门者报曰：'寿州崔使君候。'姑父怒，呵门者，将鞭之。良久，束带强出。须臾，命茶甚急，又命馔，又令秣马饭仆。佶曰：'前何倨，后何恭？'及入门，有喜色，揖佶而曰：'憩外舍。'未下阶，出怀中一纸，乃赠官絁千匹。"可见其时贿赂之风，使一些清廉之士，也抵挡不住，不免龌龊起来。卖身投靠的例子，可以举出邓敞。邓敞考虑自己出身寒贱，不能飞黄腾达，便答应牛蔚兄弟（牛僧儒之子）的要求，娶其女弟。登第之后，就婚牛氏，被原配李氏大哭大闹了一场，事见《玉泉子》。再一种进入仕途的办法，就是依靠公开的卖官鬻爵。《玉泉子》说："淮南节度使王播以钱十万贯遗恩倖求盐铁使……"《通鉴唐纪五十九》文宗大和元年也记载说："盐铁使王播自淮南入朝，力图大用，所献银器以千计，绫绢以十万计。六月，癸已，以播为左仆射、同平章事。"冰冻三尺，非一日之寒。所有这种种情况，其实早在开元时代就已产生。《旧唐书·王丘传》说："考功举人，请托大行，取士颇滥。"同书《薛登传》在描绘当时参加科举考试的人，奔走权门，写送"行卷"的情形说："驰驱府寺之门，出入王公之第，上启陈诗，唯希咳唾之泽，摩顶至足，冀荷提携之恩。故俗号举人，皆称觅举。觅为自求之称，未是人知之辞。"

这样一来，仕路断绝的士子，有的对朝廷就心存怨恨，如章碣说："尘土十年归举子，乾坤大半属偷儿。"（《癸卯岁毗陵登高会中贻同志》）。有的对朝廷采取袖手旁观、不合作态度。如陈陶说："中原莫道无麟凤，自是皇家结网疏。"（《闲居杂兴五首（其二）》）。有的转而投靠藩镇，开始是"因缘幕府，蹑级进身。"《唐音癸签》卷二十七《丛谈三》云：

> 唐词人自禁林外，节度幕府为盛。如高适之依哥舒翰，岑参之依高仙芝，杜甫之依严武，比比是也。中叶后尤多。
>
> 盖唐制，新及第人，例就辟外幕。而布衣流落才士，更多因缘幕府，蹑级进身。

先是"例就辟外幕"，而后就是"因缘幕府，蹑级进身"，而后就是对朝廷绝望，而把希望寄托在藩镇身上。著名诗人李益，屈居县尉，不得升迁，后来北游河朔，被幽州刘济辟为从事，便献诗刘济说："感恩知有地，不上望京楼。"（《献刘济》）这虽是李益早年不得大用的牢骚语（益后来官至礼部尚书），但很能反映当时仕路断绝的士子对朝廷绝望而把希望寄托在藩镇身上的心情。随着藩镇割据加剧，那些投靠藩镇的失意士子便成了对抗朝廷的力量。朱全忠的重要谋士、不第举子李振，借助朱全忠的力量，一次就把朝官30余人全部投进黄河，且不无讥讽和愤忿地说："此辈清流，可投浊流"，就是典型的例子。（范文澜《中国通史简编》第三编第198-199页）有的则投身农民革命，直接参与推翻李唐王朝统治的斗争。皮日休是个代表。还有更多的则是由心存怨恨进而发展到对社会现实进行揭露和批制。罗隐是属于这最后一类的。他虽然没有参加农民起义，也没有借助钱镠的力量对李唐王朝实行报复，与之彻底决裂，但他对李唐王朝是十分怨恨的。这种怨恨，很大一部分就是来自他的"十举不第"，在仕进前途上，遭遇坎坷。《唐才子传》说他"恃才傲物，自以为大用，一第落落，传食诸侯，因人成事，深怨唐室"，是正确地指出了这一点的。

罗隐和罗隐辈的遭遇以及唐末政权的土崩瓦解，似乎再次告诉我们：历来的家国兴亡、政治理乱，关乎吏治的好坏，而吏治的好坏，则关乎人才的进退用舍。所以，知识分子的状况如何，对知识分子采取何种政策，历来与国家的兴衰安危关系极大。

（原载《文艺报》一九九四年四月二日第 8 版，因篇幅所限
删节部分依原稿补上）

关于当前的文学

这里的"文学"，主要是指虚构意义上的文学，即主要是指小说、诗歌和散文，纪实文学、报告文学基本上不在论述之列。

这里的"当前"，大致是指九十年代。

这个题目是想从整体上谈谈当前的文学态势。

一、种种评说

进入九十年代，我国当代文学现象极其繁富，可以说是百态纷呈，因此，人们的评价亦多歧异。这种评价的焦点集中在文学的艺术价值、艺术精神、艺术理想上。概括起来，大致是三种。

第一种，持论较严，基本上持否定的态度。如张德祥在《人文精神与当代文学》（《小说评论》1995 年第 5 期）中说：九十年代以来，文学在精神上确实陷入了某种困境，文学从整体上表现出了一种精神萎缩，表现出了一种有气无力，无精打采，似乎只剩下了迎合与媚俗的能力，而没有表现出多少对现实的理性批判之激情。黄国柱在《理想境界与现实可能》（《小说评论》1995 年第 6 期）中说：令人遗憾的是，我们的当代文学面对如此生动、丰富、奇异的现实世界总体上非常冷漠、麻木和苍白。缺乏的是那种对生活、对理想的执着与热情。这种情况下，文学创作的"滑坡""疲软""不景气""受冷遇"应该说是一种很自然的结果。张志忠在《当代文学的理想》（《小说评论》1995 年第 5 期）中说：九十年代的文学，先后出现了散文随笔热和长篇小说热，把曾经一度冷落的文坛装点得热热闹闹，轰轰烈烈。但是，在这空前丰富的作品面前，我们却不能不感到一种内在的贫乏。李西建在《中国文学需要什么——关于世纪之交重建文学精神的思考》（《小说评论》1995 年第 6 期）中说：八十年代末以来，当代中国的文化进步和文学发展，就总体状态而言，实则呈现出希望与缺失同在，热闹与冷寂并存，上升与沉沦共有这样一种扑朔迷离的活跃景象。这种特殊文化背景的存在，必然影响和制约文学的发展，使其在客观走向上表现出重通俗和流行，轻严肃与高雅，重媚俗和刺激效应，轻大众审美素质的提高；重感性的泻泄和表现，轻理性的思索和感召等特征，严肃艺术和纯文学几乎无一例外地陷入了生存危机。与此形成鲜明对照的是，人体摄影、武侠传奇、言情小说、地摊文学、人物隐私、揭密写实以及黄色加暴力等，俨然构成我国当今文艺领域的主体形态和奇观。这一类评价主要是说 90 年代的文学缺乏一种艺术价值、艺术精神、艺术理想。

第二种，立论比较持中，既有否定，也有肯定。如黄献国在《关于小说困惑》（《小说评论》1995 年第 6 期）中说：本世纪末，中国政治经济文化发生的深刻变革，为文学开辟着一个崭新的时代。而这一切变革最本质最核心最生动最深刻的动因是人，是人的观念、心灵、价值、自我发现与肯定的人文革命。新时期以来，"伤痕文学""反思文学""寻根文学"以及"新写实"，无不接近或试图闪烁这一理性的光芒。但是，真正应该属于这个时代的大作品并未出现。肤浅、浮躁的文学比比皆是，各种名目的文学评奖、大奖赛，把文学引向庸俗的功利，却无助于真正的文学繁荣；商潮泛起，又使得书店凋闭，书架上也只剩下哥哥妹妹和刀光剑影。白烨在《文学的分化与调整》（《小说评论》1995年第1期）中说：确实，现在的文坛是少见的缭乱，也是出奇地矛盾，比如，长篇小说多了，可读的少了；写散文的多了，有味道的少了；小报多了，上档次的少了；电视剧多了，能看下去的少了。真是繁中有杂，荣中有虚，很难经得起一番认真的考察。不必讳言，变动不居的文学现实总有令人不能满意的诸多地方，但有的人以今不如昔的怀旧情绪看取现状也是显而易见。文学自八十年代末以来，对于社会的影响力日益减弱，前时期由那些大大小小的"轰动"构成的繁盛局面已不复再现。历史地来看，文学由喧闹的社会性活动回归相对沉稳的自身建设，恰是由非常态走向常态，这是文学在其发展中不断剔除种种非文学性因素的必然结果。

第三，持论较宽，基本上持肯定态度。如肖云儒在中国小说学会第二届年会上发言（《小说评论》95年第6期）说：要看文学界的人文态度，不能光从作家的随笔、一般言谈看，而重要的要从作家的创作看。从创作看，"伤痕文学"就是从政治层面对人性的发现和拨乱反正；"寻根文学"就是以新的观点回视历史、土地，写人性的异化，充满了"人文精神"的省视；"文化热"是从内容到形式对人的畸变的思考与追寻；"新写实"、"新历史"着重于人从群体关怀到个人关怀，潜在人称由"我们"到"我"，由写社会关系历史中的人变成写偶然的人构成的社会和历史。当前中国小说不管掺杂着多少失落，但总的看是无愧于社会运作、历史进步的，在表现时代精神，影响人的心灵方面具有不可替代的作用。新时期以来的小说创作从内容到形式总的方面都在探求着如何更好地表现时代精神。没有八五新潮就没有此后的这热、那热、这新、那新，正是"先锋派"打破原来宁静封闭的传统艺术思维长河，导致此后现实主义文学的高层次回归。林希在同一会上说：现在中国小说进入最辉煌的历史时期，但中国的国际地位和形象，影响了中国小说走向世界。站在世界和人类角度反复思考，有一天中国强了、富了，世界回头看中国，就会发现这一段有最伟大的小说家。

评论是各式各样的，要对这些 评价作出判断，需要先看文学事实。

二、百态纷呈的文学现象

九十年代文学赓续着八五新潮之后的纷繁状态，当然也有新变。举其大端，约有：

（一）通俗文学大规模发展。在言情、乡土、侦破、武侠小说的固有阵营之中，以名人轶事、生活热点、人物隐私、社会黑幕、裨史杂闻为题材的文学作品大量出现，充斥于文坛，形成了一股声势浩大的通俗文学潮流。这类通俗文学作品成了面向广大读者并适应他们的消遣性需求的主要读物。当然，通俗文学的大规模发展推动了文学的大众化，不是完全没有积极意义的。但是，应该看到，绝大多数的通俗文学作品对读者提供的主要是感性欲求的满足，这就必然会带来社会审美行为的畸形发展，导致文学的认识价值和审美价值的下降，使审美崇尚越来越趋于浅薄化、卑微化。

（二）商业文学和亚商业文学的出现。当前的文学创作不能不受市场经济的制约与影响。随着市场经济的发展，文学市场的形成，商业文学和亚商业文学也随之出现。商业文学主要是指行业文学、企业文学、广告文学、有偿报告文学等。这类文学主要是为行业、企业树形象、造影响、创牌子，宣传它们的明星企业、企业明星以及名牌产品。这类商业文学虽然切合了社会改革的进程，直接服务于社会经济的发展，但毕竟带有过于浓厚的实用主义功利性，对文学的审美意蕴有时要带来深深的伤害。亚商业文学主要是指迎合市场需要的文学。一些作家受利益的驱使，迎合读者低层次的需求，粗制滥造一些庸俗的作品。还有一些先前的先锋派作家，放弃前卫姿态，不得不向冷酷无情的文学市场妥协，试图在"填平鸿沟"和"越过边界"的同时，寻找高雅文学和通俗文学的契合点。走得远的作者，其写作越来越趋于实利，越来越具有拜金主义倾向。

（三）性文学几成泛滥之势，令人瞩目。或则出于对读者低级趣味的迎合，金钱的追求；或则出于对以往文学禁锢甚严的反拨而失之矫枉过正；或者作者所张扬的生命意识与人类的文化理想和道德精神不相符合。九十年代文学的性化问题确实到了相当严重的程度，引起了不少批评家的批评和人民群众的不满。钱中文在《文学艺术价值、精神的重建——新理性精神》（《文学评论》1995 年第 5 期）中指出：八十年代中后期开始，中国文坛上不少作家表现了对人的自然本能的崇拜与激赏。在这方面，一些原本是写作严肃的作家竟也未能免俗。穿插于小说中的大量性事描写，一时使京城纸贵，显示了严肃文艺中的颓唐一面。张志忠在《当代的文学理想》中指出：在诸多的长篇小说中，许多自以为是著名作家的精心之作，也都把第一页写得浓盐赤酱，似乎不如此不足以招徕读者，他们自己都不再相信精神的力量，不再相信思想和情感，转而求助于赤裸的肉体，迷乱的欲望。黄力之在《关于世纪末中国审美文化的理论思考》（《文艺研究》95 年第 1 期）中说：性文化的泛滥已成为近年的文化奇观。尽管国家从来也没有公开为性文化发放通行证，而且不时有所禁止，但十几年来的总趋势却是愈禁愈烈。问题的严重性在于，不仅在市民文化圈中到处充斥着标有"性"字样的东西，就是文人文化也对此作出了积极的反应。贾平凹的《废都》恰如其分地成了文人文化色情化的标志。同属"陕军东征"的《白鹿原》，也不免在女主人公的文化抗争中，尽情地以肉体为武器，在极富挑逗性的场面中完成一出悲剧。

（四）闲适文学悄然兴起。一段时间以来，周作人、林语堂等二三十年代作家的闲适作品大量印行，充斥于书店和书摊。闲适作品的写作在文学圈里颇受青睐，其作家也受到格外的尊重，这自然折射出今日文坛的部分风貌。张志忠在《当代文学的理想》中论及这种情况时说：我们似乎都进入了一个"过日子"的时代，过一种凡俗而平庸的，世俗化了的生活。柴米油盐、酒色财气，成为文学和作家所津津乐道的话题。享受生活的悠闲，玩味日常的雅趣，刻画杯水的波澜，感叹无病的呻吟，成了文学的时尚。文人的自恋和自赏，自叹和自弃，于今为盛。林语堂被作为最懂得生活情趣者而大受青睐，被视作闲情小品的宗师……汪曾祺被视为中国的士大夫的最后传人，不是抗言放谈天下事的志士诤臣，而是优雅地把玩生活的明清名士，尽管他自己并不愿意被看作闲适文人，时代的风气却给他定了位。

（五）先锋派小说家继续向历史领域撤退。从八十年代后期开始，延续到九十年代的先锋派小说家继续向历史领域撤退，纷纷在历史领域内大显身手。像苏童的《园艺》、叶兆言的《战火浮生》、刘恒的《冬之门》、北村的《施洗的河》、李锐的《旧址》、格非的《雨季的感觉》、吕新的《抚摸》等等，均是历史的再叙述。对这种现象如何解释？有人认为，这是作家回避对现实本相的表达，或者说，先锋派小说家把历史当成了无法表达现实时的代用品。我们不否认这种看法，也许确实是某些先锋派小说家一时无法对现实作出真实的判断，无法看清现实的本相而另辟的创作天地。但更重要的，还是观念问题。从历史观念上看，我们既要看到他们对历史的绝对存在、历史的确定性、必然性，甚至可知性提出种种质疑，反讽性地改写历史，消解历史，颠覆历史的一面，又要看到他们对历史进行多方面的发掘，对传统的历史小说所忽略、所遗漏、所回避的现代历史生活加以描绘，确实也是文学触摸历史真实，反映人的本质、历史的本质的一种途径，开出了新局面，做出了好文章。

（六）"新写实小说"向现实主义回归。有一些理论批评家认为，"新写实小说"已经终结，其理由是：（1）"新写实小说"掀起的喧哗与骚动已经沉寂；（2）"新写实小说"的鼓吹者沉默了；（3）被划入"新写实小说"行列的作家们悄悄地"转型"了。的确，"新写实小说"的声势已不如以往，作为一个文学运动可以说已经终结，但作为一个文学流派却并未完全消失。当然，"新写实小说"的变化也是非常明显的，诸如：中止判断，悬搁起理性的先入之见，反对主观意识的渗透和张扬，主张零度情感的介入，回避崇高，崇尚琐碎，再现生活的原生质态等创作追求，在"新写实小说"中有明显减弱的趋势。池莉的《烦恼人生》被誉为"新写实小说"的代表之作，比较全面地体现了"新写实小说"的创作追求，但在她九十年代创作的《太阳出世》、《冷也好热也好活着就好》、《白云苍狗谣》等作品中，生活已不是那么无望，且显示出越来越多的亮色，以至越来越光明，昭示人们正视自己生存困境的同时，去创造一种更好一些的生活。即如《预谋杀人》，从题材、主旨上看，也开始突破"新写实小说"的琐屑与平庸。刘震云的《故乡天下黄花》、《官人》等作品，在理念的预设和情感的介入方面，明显地在向传统的现实主义回归。刘恒的作品，不仅观念性、批判反思意向强烈，而且从《冬之门》看，题材、主旨均增加了传统的现实主义的力量。九十年代的"新写实小说"，至少可以说，绝大部分，在展示人生的困窘的同时，重新重视起文学为人生的传统。关于"新写实小说"的归宿，理论上有两种看法，一是认为会回归到传统的现实主义，一是认为会走向后现代主义。我们认为，由于中国主流意识的影响，权威话语的引导，特别是中国社会主义生活本质的规定，使得"新写实小说"只能更多地回归到现实主义，而不会更多地走向后现代主义。

(七)1994年"新"字号诸家小说的兴起。1994年的文坛，突然旗幡林立，新体验小说、新状态文学、新市民小说、新都市文学、新闻小说等等，纷纷登台亮相。"新"字号诸家小说的出现，是我国文学在反思新时期文学历史、寻找自我在社会转型期的位置、试图有所突破而作出的努力，它明确无误地证明，我国文学仍在奋力前行。关于这一点，张韧在《突围与误区——1994年"新"字诸家小说述评》（《小说评论》1995年第2期）一文中作了精辟的说明。他说："新"字号诸家小说尽管文学主张各有不同，价值取向迥异，但它们也有同一追求，都在鼎力地突围。这种闯出包围圈的努力，主要表现于力求提升各自的文化与文学的品位，恢复那曾经疏离的文学与社会生活紧密联系的纽带。其明显的旨归是，真诚的人生态度，重在参与，强化文学关注生活热点和百姓的生存状态，在"新"字变异中寻找文学与刊物的新的生存方式，因而涌现了《预约死亡》《天使悲歌》《家道》《清清的河水蓝蓝的天》《牙买加灯火》《半日追踪》《呆坐街头》《在小酒馆里》等一批颇有分量的新作。张韧这番话无疑是深中肯綮之谈。但，1994 年"新"字诸家小说也要正视自己几乎是与生俱来的弱点，这主要表现在两个方面：一是它强调亲历性、纪实性的"反虚构"的创作取向，会造成消解艺术想象力、消解对生活进行总体把握的严重弊端；二是它强调感知、体验，极易走向零散化、无深度，以致难以从哲学的高度审视生活。

（八）历史小说异军突起。新时期以来，许多作品均产生过"轰动效应"，吸引了文坛的注意，但历史小说在广大读者中一直产生着持续的热烈的反响，脍炙人口的作品不在少数。进入九十年代，文学天空中历史小说这颗星星更是透过各种文学爆炸的烟云显示出璀璨的光芒，大批优秀之作涌现出来，如《曾国藩》《雍正皇帝》《汴京风骚》《林则徐》《白门柳》《孔子》《孙武》《戊戌喋血记》（**修改本**）等。九十年代历史小说的基本面貌是：（1）继续突破以往的写作禁区，其所表现的历史生活内容，具有极大的丰富性、丰厚性，以往人们鲜见的历史场景纷纷色彩斑斓地再现出来，多向度的审美取向已成为历史小说创作的自觉追求；（2）对历史事件的描绘和对历史人物的塑造采取宏观文化和历史哲学的视角，既写出历史的崇高、壮烈，也写出历史的冷峻、沉重和苍凉，既写出人的抗争、创造的理想和力量，人性、人情的美好，也写出历史的沧桑坎坷和悲剧意识；（3）以当代意识观照历史，达到历史事件、历史人物、历史生活的重新认识和重新阐释，表达当代人因历史而引发的现实的感触、渴望、企求和行动：（4）历史小说的愉悦性和多样化受到重视，较好地满足了广大读者普遍的和多层次的审美需求，使历史小说以其雅俗共赏的审美特色，在走向民间、走向群众方面居于各类文学样式的首位；（5）强调历史叙述的理性精神，以马克思主义辩证唯物史观，对历史事件、历史人物作出正确的分析和判断。这里既有对真理的探索，站在今天的高度，重新认识历史，阐释历史，也有对谬误的匡正，如对反激进主义思潮的批判等。

九十年代历史小说异军突起，主要是在社会主义现代化建设中，人们渴望重铸民族精神，再创民族的辉煌，而对历史进行审视，进行反思。

（九）贴近生活反映时代，仍是文学创作的主流。陈辽先生在《93年中短篇小说的格局与走向》（《小说评论》1994年第2期）一文中对1993年主要文学刊物刊登的作品作过如下的统计：反映市场经济及其带来的冲击的占了中短篇小说数量的十分之一；写十几年来改革、开放现实生活的约占十分之二；写"文革"和"文革"以前的当代社会生活的约占十分之二；写新中国成立之前的历史生活的约占十分之四；写其他题材（如域外生活、留学生生活、移民生活、儿童生活等等），约占十分之一。如以创作方法区分，属于现实主义的小说约为五分之四，以现代派、浪漫主义、神秘主义等其他创作方法写的小说约占五分之一。这个统计，大致是符合当前文学创作实际的。从中可以看出，贴近生活、反映时代的创作仍然居于主流地位。其表现为：（1）"新写实"派对"新写实"文学进行矫正，使"新写实小说"向现实主义回归，如上所述；（2）本色写实派一开始就注意克服"新写实"贴近凡俗琐屑生活的特点，而灌注一些大气，一些比较厚重的社会生活内容，写出改革在普通老百姓的生活和心理中引发的细微而深刻的变化以及他们在新旧矛盾冲突中的奋力前行，既有改革的生活内容，又明显保留着"新写实"关注普通老百姓的特点。这一派主要以毕淑敏、刘醒龙等为代表；（3）现实主义派坚持直面社会人生的传统。这一派在创作方法上虽带有新时期创新变化的一些特点，但总的倾向还是传统的现实主义。它们首先关注的是社会主义市场经济中的社会生活，反映社会主义市场经济条件下人们心灵世界的新变，人们生活方式和活动目的的改变，既看到市场经济的正面效应，也看到市场经济的负面影响，而总的倾向则是形象的表明：向市场经济转轨是历史的进步，是不可逆转的历史潮流。人们在发展市场经济的同时，绝对不能忽视精神文明的建设。要调控市场、规范市场，体现社会主义市场经济的本质。其次，沉入改革生活的底层，面对变革的社会提出种种需要解决的社会问题，诸如当前社会困惑的病根何在及其疗救的方法，改革中人的价值逆转现象的产生及其排除，现代观念意识的武装和传统文化精神的失落等等。

三、文学的真切走向

处于社会转型期的文学，处于人们的理想信念、价值观念、道德规范、心理状态、生活方式以及审美情趣发生深刻的大幅度变化的文学，它所呈现的态势的确是十分复杂、十分矛盾、甚至是十分混乱的。前述三种评价，各有自己的依据，谁都难以轻易否定，这说明，它们至少分别从某一方面道出了当前文学的真实状况。如果将这些某一方面的分析综合起来，就其中几个主要问题，进行探讨，达成共识，则当前文学的基本面貌、真切走向就会鲜明地呈现出来。这几个主要问题是：

（一）市场经济对当前文学发展的影响。由于文学的传统十分悠长，以致我们自有生之日起，就生活在文学的传统之中，对之比较熟悉，而市场经济在中国则是刚刚出现的事物，大家并不了解，也不熟悉，因此，文学一旦卷入巨大的市场经济的漩涡之中，骤然发生显著而深刻的变化，我们就有震惊、迷惑、茫然无措之感。所以，对于市场经济给予文学的消极影响也就比较关注。诸如，市场经济造成的讲究金钱、讲究实利的商业文学、亚商业文学的出现；市场经济使文学进入消费社会而造成的大批讲究感官刺激、世俗享受、削平思想深度、消解人类精神和社会理想的西方意义上的"大众文学"（我们一般谓之通俗文学）；市场经济使文学走向社会生活的边缘，作家变成社会的边缘人，于现实社会无足轻重，等等。这种看法的一个总的意向是市场经济只能使文学衰落。其实，这种观点是值得深入研究的。且不说商业文学、亚商业文学的出现有其合理的原因，有其适应当前商业社会的一面，且不说中国意义上的通俗文学自有它与人民大众深刻的联系，在中国文学传统中有其独特的价值，就如"文学边缘化"、"作家成为社会边缘人"的观点，也是含混的、似是而非的。作家在社会物质生活方面，可以边缘化，成为社会生活的边缘人，但在人类精神领域，优秀的作家总是因其关注着人类社会中最突出最重大最中心的问题，而始终居于人类社会精神生活的中心地位。中外文学史毫无疑义地证实了这一点。司马迁在《报任少卿书》中说："盖文王拘而演周易；仲尼厄而作春秋；屈原放逐，乃赋离骚；左丘失明，厥有国语；孙子膑脚，兵法修列；不韦迁蜀，世传吕览；韩非囚秦，说难孤愤；诗三百篇，大底圣贤发愤之所为作也。"这些困厄刑余之人，已被挤到了社会的边缘、底层，但他们的所思、所作、所说也处在当时社会精神生活的边缘吗？西方资本主义从自由竞争发展到垄断时期的 19 世纪和 20 世纪上半期，经济迅速发展，社会物化倾向十分严重，人的心灵遭到极大扭曲，人文精神也经历了深刻的危机，但文艺却进行了顽强的抵抗，走向了繁荣，出现了声势浩大的浪漫主义、波澜壮阔的现实主义和繁富多姿的现代主义三大文艺思潮，产生了许许多多世界级的文学大师和传世不朽的经典之作。资本主义市场经济并没有扼杀文艺，何况我们实行的是社会主义市场经济，有马克思主义意识形态的理论主导，有全民所有制的经济基础，市场经济带给文艺的消极影响完全是可以控制的，可以逐步减弱的。社会主义市场经济条件下的文学发展，从宏观看，从长远看，前景是光明的。

（二）当前文学的精神理想问题。文学意义、价值的失落，文学的精神之骨软化疏松，作家逃避现实、放弃责任，对整个民族、整个人类提出的问题漠不关心。这种批评之声，在当前的确不绝于耳，以至有人严词质问：诗人你为什么不愤怒？有人深深感叹当前的作家过于聪明。我们不能掩蔽文学理想、文学精神、文学价值的失落，部分作家逃避现实、放弃责任、精神颓败的严重现实，但我们必须于驳杂的文学现象之中作出细致精心的发掘和梳理，防止以偏概全，防止分析问题的简单化。如前所述，无论是先锋小说家向历史领域撤退，还是"新写实小说"向现实主义回归，还是1994年"新"字号诸家小说的兴起，还是历史小说重新认识历史、阐释历史以及传统的现实主义坚持支撑着文学的大厦，都难以说明当前文学就真的失落了理想、精神和价值，作家就真的逃避了现实，放弃了责任。而且，在今天，对于理想的看法，也不宜拘于传统的观点。长期以来，由于"假大空"对我国文学毁灭性打击，因而，无论作家还是读者对高谈理想都有一种近乎本能的嫌厌，所以，作家即使在描写英雄人物、表达理想精神时，也保持一种含蓄而有分寸的笔调，绝不过分张扬。当然，说到底，这不是一个笔调问题，一个写作技巧问题，而是关系到对英雄人物、理想精神的理解。在经历了多年的"精神万能"的摧折之后，人们的理想已趋向现实化，多样化。所谓现实化，，就是讲就世俗性、功利性，人们把理想更多地寄予在当前轰轰烈烈进行的社会主义现代化建设之中，理想主义和现实主义几乎融为一体。若以传统的观点来看，就往往看不到其中的理想主义的存在，而把它片面地看成是物欲熏心，看成是理想的失落。所谓多样化，就是人们不仅关注政治的社会的理想，关注群体，而且更多地关注人生理想，关注个体的存在与未来。我们在评价的时候，就不宜把对个体的关怀与对群体的关怀对立起来，把人生理想和政治的社会的理想对立起来。当然，我们期望作家能够把握这样一个美学的制高点：个体和群体的统一，人生理想和政治的社会的理想的统一。

（三）当前文学的主流问题。为人生的现实主义文学仍然是我国当前文学的主流。新时期文学发轫之初至八十年代中期，"伤痕文学""反思文学""改革文学""寻根文学"联袂走上文坛，除"寻根文学"略有歧见之外，说这一时期，为人生的现实主义文学是我国新时期文学的主流，恐怕是没有异议的。85 新潮之后，"先锋小说""新写实小说""新历史小说"等纷纷出现，人们认为文学已经失去了主流。其实这是一种错觉。由于人们近乎好奇、喜新、求变的本能，使得这些新出现的文学现象、文学潮流备受注意。又由于评论家总是要发现新的文学现象，总结新的文学经验，所以对这些新出现的文学现象文学潮流的研究和探讨，自然显得热烈，有时甚至达到近乎火爆的程度。作家影响读者，影响评论家，反过来，评论家和读者又影响作家，一时报刊、出版社、新闻媒介充满着对这些作家作品的报道和评价，形成各种各样的文学热。其实，大部分作家并没有去赶潮流，充满现实主义文学精神的作品大量存在，只是相比之下，新闻媒介关注、评介较少而已。前引陈辽先生关于 93 年中短篇小说的统计，就说明了这个问题。长篇中贴近生活、反映时代的优秀之作，仍然不少，如《苍天在上》《世纪贵族》《骚动之秋》《商界》《天网》《醉太平》《威风凛凛》《他乡明月》《蓝眼睛、黑眼睛》等等。

这样看来，当前的文学，一方面文学理想、文学精神、文化价值严重失落，被市场经济带来的物欲、实利主义侵蚀得十分厉害，商业化的倾向日益严重，审美品位普遍降低，文学观念上倾心人们的原始本能，背离人类精神道德理想，同时逃避现实，退到历史的烟云之中，寻找书写的自由。面对如此种种，呼吁重建文学理想，呼吁作家显示人格、显示风骨，呼吁文学贴近生活、反映时代，弘扬时代主旋律，是完全正确的，可以理解的。另一方面，我国当前的文学尽管存在上述种种不足，但为人生的现实主义文学精神并没有消失，绝大部分作家总是在寻找自己贴近生活、反映时代、表现时代精神的最佳视角和突破口，不断创新，不断求变，不断推动文学向前发展，"新历史小说"对历史的"新解"也罢，"新写实小说"向现实主义回归也罢，1994 年"新"字号诸家小说的创新求变也罢，历史小说的历史精神与当代意识的融合与接轨也罢，以及大量作家仍然坚持文学为人生的传统，总是企盼为这个伟大的时代留下"史诗"般的真实纪录，均可以明显地感受到这一点。而且，从中国作家协会召开的全国创作会议上制定的创作规划看，仅长篇小说就有千部之多。对此，谁又能怀疑，一个跨世纪的社会主义文学的繁荣期不会到来呢！社会主义现代化的宏伟大业蓬勃发展，社会现实生活日新月异丰富繁盛地展开，民族理想不断升华，民族精神不断昂扬，我国社会主义文学就会具有不断前进的动力和光辉灿烂的未来。

一九九六年一月

（原载《理论与创作》1996 年第 4 期，《新华文摘》1996年第 11 期全文转载）

关于人文精神的研究

　　"人文精神"成为文化界热门话题是从王晓明等人在《上海文学》1993年第6期上的对话《旷野上的废墟》发端的。"人文精神"的提出，实际上是在80年代后期，所谓"五四运动"是"启蒙与救亡的双重变奏"，中国近70年来的历史是"救亡压倒启蒙"，新时期重新开始启蒙，中国历史经过70年又回到了"五四运动"的起点，等等（见**胡明**《"**五四**"**文化精神的迷失与复归**》，《**文艺争鸣**》**1989年4月**），就是呼唤"人文精神"的重建。那个时候，相当一部分人谈"人文精神"，实际上举的是西方资产阶级"人文主义"的旗帜，其批判的矛头是指向马克思主义思想体系和社会主义的政治制度的。也正因为如此，他们之中有些人在八九年政治风波中变成"动乱精英"也就毫不奇怪了。

　　毕竟从文艺复兴时期资产阶级张扬"人文主义"的旗帜已经过去几百年了，企图用资产阶级的"人文主义"来建设当代中国的人文精神，自然是时过境迁、绝不可能了。那么，今天我们所需要的"人文精神"究竟是什么，就成了一个人文科学研究的突出课题。朱立元在《试论当代"人文精神"之内涵——关于"人文精神"讨论之我见》一文（见《**学习与探索**》【**哈尔滨**】**1996年第2期**）中对"人文精神"的内涵进行了新的阐释。他首先指出欧洲文艺复兴时期的"人文主义"的内涵和今天中国所要提倡的"人文精神"的内涵的巨大区别。这种区别最根本、最集中地体现在人文精神所对抗、反对的对象上。人文主义，作为一种社会思潮，在文艺复兴时期主要是对抗宗教神学、神权主义；作为一种以人为本、高扬人的价值、地位的观念和精神，它又可以同一切贬低、压抑人的思想、理论相对抗，如物质主义、拜金主义、权力主义、科技主义、商业主义等。因此，他觉得要搞清当代中国"人文精神"的具体内涵，必须从人文精神与商业主义（**不仅物质生产领域，而且精神文化生产领域，乃至每个人的精神生活，都必须无条件服从商业化原则，都必须接受"利润第一"目标的驱使**）、物质主义（**以当下物质生活的满足和享受为人生第一目标的伦理价值观念**）、科技主义（**把科技的重要性强调到高于一切的地步，而相对却贬抑人文学术与人文知识分子的作用**）的对抗中去把握其真义，把握其与西方人文主义的区别：第一，人文精神不像人文主义那样矛头指向中世纪神学，而是指向现实社会中的商业主义、物质主义与科技主义的；第二，它在肯定人的价值、赞扬真正的人性和人的理想方面，不像西方人文主义针对封建神学的禁欲主义倾向，强调恢复人的自然本性和世俗化享受，而侧重于强调人的理想的、理性的、精神的生活要义；第三，它不像西方人文主义并不同科学主义相对立，主要是张扬人性、人的价值，而与片面的科技主义相对立，与单纯的自然科学精神相对垒，强调人文学科、人文学术领域的精神文化活动在市场经济条件下不可缺少的重要作用。当今中国人文精神的内涵大致可以概括为：第一，一般地说，它是对人性、人的价值全面关怀的思想观念；第二，具体地说，它是对人性的全面关怀，对人的价值，尤其是精神文化价值格外重视，不仅给予现实关怀，而且予以终极关怀的观念；第三，它也强调人文学科、人文学术领域的精神文化活动在市场经济条件下不可缺少的重要作用。

朱立元对当今中国"人文精神"内涵的概括，揭示了它与西方传统的人文主义的区别，前进了一大步，但其科学性仍然是有限的。

许明在《人文理性的展望》（《文学评论》1996 年第 1 期）和《新理性建设任重道远》（《文学评论》1996 年第 5 期）等文章中，对当代中国"人文精神"内涵的探索，则显示出令人瞩目的突破性意义。

许明首先提出：建设人文精神的基础是什么？他说，作为一种文化立场的理论表述，他选择了"新理性"作为它的理论表述。"新理性"或"新理性精神"，钱中文在 1995 年即提出过（参见钱文《文学艺术价值、精神的重建——新理性精神》，《文学评论》1995 年第 5 期），但"新理性"或"新理性精神"的科学内涵，则正是学者们探索中的问题。许明将当今中国人文精神建设的基础选定在"新理性"，但他随即申明，他的"新理性"是一种开放的马克思主义立场的别称。他说，"新理性"作为一种文化立场的确立有两个前提，第一，它是针对非理性而言的；第二，它是针对旧理性而言的。西方从十七、十八世纪开始的启蒙运动所形成的科学理论，到二十世纪，尤其是两次世界大战以后，受到了怀疑和批判。一种批判潮流，针对科学理性以及由此形成的世界观（历史观），站在极端的立场予以否认，这就是以叔本华、尼采为代表的直觉主义、生命主义、种族主义（导致法西斯主义）以及文化上的现代主义的非理性主义运动。中国八十年代文化运动中的非理性主义思潮表现为崇尚生命本能，极端地推崇深层无意识、潜意识，否定"规律""本质""认识""必然"等等哲学命题。另一种批判潮流，即是以狄尔泰、伽达默尔以及西方马克思主义思想家卢卡奇、哈贝马斯等人综合科学主义与人文主义的"文化理性主义"。八十年代，中国的思想者用"感性主义""新感性"同科学理性（包括马克思主义的科学精神）对抗，而不是将科学主义与人文主义、实用理性与人文理性结合起来。因此，新理性建设的展开，应该考虑下列思想资源：第一，认真汲取二十世纪初以来的文化理性批判的历史性成果，审视十九世纪以来的本质主义，不要走到反本质主义；评述认识论偏误时，不要走到反认识论；提升人的主体性时，不要否定人的客体性；承认个人价值时，不要否定集体主义，等等。第二，继承八十年代以来的以"人的解放"为主题的人文意识，重新估计新的历史条件下的人的问题，人的存在、主体性的科学阐释，集体主义、德性关怀与市场经济引发的合理的个人主义，如何有机地结合起来，等等。第三，认真对待文化传统资源，不能认为中国文化中传统的德性关怀会导致道德理想主义并与市场化为标志的现代性进程相冲突。

那么，新理性如何在这个资源的基础上建立呢？

许明指出，人文精神——新理性建设，目前面临着两种发展的可能：第一，从西方、东方传统说起，从逻辑上建立起一个框架，如人格独立，人的终极关怀，道德理想，反对物欲主义，等等，这是已经在做的；第二，不回避现实社会存在即中国的社会主义问题，在这个大背景下谈论人文精神和理性重建。

当代西方哲学与人文思想的建设与晚期资本主义社会存在状况是密切相关的。正是由于资本主义的经济——社会状况发生了晚近的变化，才有西方思想家们提出的"现代""后现代""合法性危机""当代认同"等问题。建设中国当代的人文精神——新理性，现实的历史进程是无法避开的。这个现实的历史进程就是社会主义，而且是今日中国的社会主义。我们所说的社会主义现实有二层意思，一是指目前中国的社会现状的总和，泛指一个社会主义国家的社会现状；二是指社会主义性质的经济、文化策略和它的现实影响。从前一个层面讲，当前中国的现实文化是一个多元的文化，是各种思潮竞争、对话、比较、互渗、批评的文化现实，这不是我们要讨论的问题。我们要讨论的是第二个问题，作为当前中国占主流地位的主流文化思想的建设的可能。

思考社会主义问题，不得不研究资本主义赖以发展的思想基础，启蒙时代以来的自由主义原则，它以"自由""平等""博爱""人权"等口号笼括了它的以私有财产制为基础的一整套社会理念，并指导和制约着这个社会制度的发展。自由主义发展到今天，即高度发达的西方资本主义社会，拥有了高水准的生活程度，发达的生产力，而同时，社会主义在实践上却遭到了严重的挫折，人们心中不得不涌起疑问：难道自由主义真的是永恒的？社会主义真的是本世纪的最后神话？

八十年代的中国思想界，自由主义卷土重来，这是由社会主义命运的特殊际遇决定的，说到底，文化建设上在八十年代反复出现的西方中心主义，民族虚无主义，非理性主义等等倾向，这根本是由于正面文化建设理论的贫乏所造成的危机。面对当代中国自由主义复活这一事实，有能力批判它，取代它的，既不可能是历史上曾经出现过的文化激进主义（尽管文化激进主义有它的合理性，但仍以"文革"作为一个令人难堪的休止符），也不可能是传统定义上的保守主义。保守主义没有现代资源可供综合。而自由主义是与资本主义私有制这个特定的历史时期相联系的观念体系，而且主要是自由竞争的工业资本主义阶段的思想体系。因此，尽管自由主义在八十年代的中国有过辉煌和长驱直入式的胜利，但仍然是短暂的。从根本上看，它的一整套容易纳入西化体系的观念（姑且承认它在二十世纪八十年代的中国多少有些变异），与当代中国的发展的现实有很大的反差。今日西方极端的自由主义思想家要求的是世界市场和后殖民时代的政治——经济——文化霸权的输出，这就必然遭到怀抱民族主义情绪，抵御西方中心论的霸权意欲的中国知识分子（包括第三世界知识分子）的抵制。而社会主义尽管遭到重大挫折，但它怀抱的为绝大多数人谋利，为社会公正和健康发展提供机制的理念，是不会过时的。当我们告别了"以阶级斗争为纲"的社会主义之后，开始选择"有中国特色的社会主义"，即以市场经济为标志的社会主义时，就有必要考虑在这个基础上的文化重建。一方面，过去很长时间与市场经济匹配的所有精神道德范畴都被认为是资产阶级意识形态，而今天，在被我们熟知的社会主义框架内，将适度引进产生于自由资本主义时代的观念体系，并构成一个新的社会主义文化观；另一方面，无法脱离社会主义这一土壤，它并不是有人所说的乌托邦，而是实实在在的推动中国迈向现代历史的运动，因此，当代中国人文精神的建设应当涵盖当代社会主义信仰系统的确立。

总括许明关于当代中国人文精神——新理性建设的观点，他认为，它必须含有四个基本要素：传统因素、现代化要求、市场机制和社会主义。由于中国的社会主义不仅是政治概念，而且也是实际存在的生活方式和意识形态结构，我们在展开当代中国人文精神——新理性建设时，回避当下中国——只讲现代化、市场，而不讲今日中国的社会主义，那只不过是一厢情愿的偏见和自娱式的理论活动。而前瞻性地讨论马克思主义与社会主义，在当代中国拥有很大的空间。

　　许明的文章，向中国知识分子提出了一个十分尖锐、不可回避的问题，即在自由主义和社会主义之间进行抉择。许明明确提出当代中国人文精神的建设应当涵盖当代社会主义信仰体系的确立，使历时几年的人文精神讨论，在核心内容方面正向中央关于社会主义精神文明建设的决议精神靠拢，这无疑是一大进步，一大收获。

一九九六年十一月三十日

各种各样的文化保守主义

文化保守主义又叫新保守主义，是九十年代中国出现的一种人文思潮。有论者认为，八十年代，中国人文思潮主要是现代文化背景的启蒙主义与新传统文化（**即根源于传统社会主义土壤的文化形态**）背景的保守思潮的对立，而成为主潮的启蒙主义带有文化激进主义的色彩。进入九十年代，中国的人文思潮为之一变。由于政治激进变革的受挫以及市场经济的兴起，文化激进主义失势，文化保守主义崛起。文化保守主义是对文化激进主义的反弹。这位论者解释，之所以叫新保守主义，是为了区别于八十年代的保守思潮，它不再反对改革开放，而是企图在市场经济条件下重建传统文化，抵御西方文化的挑战[①]。虽然所谓保守思潮、政治激进变革的内涵有待进一步辨析，但关于中国人文思潮的嬗变，大抵道出了客观事实。

文化保守主义有多种派别，各有其主张和表现。

派别之一是新儒学，即国学复兴派。1992 年 6 月，在四川德阳召开的"儒学及其现代意义"国际学术研讨会上，有学者申明自己服膺现代新儒学。《原道》辑刊第 1 辑《李泽厚问答》中，李泽厚表示愿意被称为"新儒家"。首都某大学有人著文称："中国大陆新儒家的出现为势所必然……没有大陆学人的传承和创新，没有在海外新儒家的薪火延续的基础上开出大陆新儒家，第三期儒学发展只能是半途失落的归鸟之梦。"呼吁"推进中国大陆新儒家崛起。"[②]看来确有人举起了"复兴儒学"和"大陆新儒家"的旗帜。新儒学坚持儒家学说的基本价值取向，又力图加以发展，使之适用现代社会，把"返本开新，守常应变"视为自己的精神方向和文化纲领。他们把儒家思想的基本观点视为人类生活的基本原理，是永恒真理，要坚守，不能变，这就是"返本""守常"。但儒学要适应社会的发展，必须发掘其民主的基因，发展民主政治；必须转出"知识之学"，发展科学技术，这就是"应变""开新"。他们坚信中国传统文化可以经过自身调整实现现代化，并成为现代中国人的信仰和价值体系。

派别之二是八十年代文化激进主义阵营中分离出来的文化保守主义者。这一派以李泽厚、刘再复、王元化为代表。他们原本是八十年代新启蒙运动的主要代表，后来改换了立场。他们都对自辛亥革命以来的革命和彻底反传统思潮进行了批判。王元化主要从学理层面通过反思批判激进主义，批判进化论影响下形成的新与旧的价值观念③。而李泽厚、刘再复的批判一直发展到否定一切革命。李泽厚在《关于文化现状、道德重建的对话》（上）（《东方》1994年第5期）中说："我的看法是，谭嗣同是近代激进主义的开头。""我认为，辛亥革命是搞糟了，是激进主义思潮的结果。清朝的确是已经腐朽的王朝，但是这个形式存在仍有很大意义，宁可慢慢来，通过当时立宪派主张的改良来逼着它迈上现代化和'救亡'的道路，而一下子痛快地把它搞掉，反而糟了，必然军阀混战。所以，自辛亥革命以后，就是不断革命：'二次革命''护国护法''大革命'，最后就是49年的革命，并且此后毛泽东还要不断革命。直到现在，'革命'还是一个好名词、褒词，而'改良'则成为一个贬词，现在应该把这个观念明确地倒过来：'革命'在中国并不一定是好事情。"刘再复在他与李泽厚合著的《告别革命》一书中，完全赞成上述观点。

在这种思潮的影响之下，有的人在中国近代史研究领域做翻案文章，褒扬曾国藩、洋务派，甚至袁世凯，而贬低洪秀全、改良派和孙中山。有的人否定"五四"新文化运动，认为20世纪中国文化运动一直是激进主义占绝对统治地位。有的人指责"五四"运动的激进反传统"使文化的民族虚无主义之风，在中国差不多刮了七、八十年"，造成文化传统的断裂，于是，"五四"以后盛行的"西方中心论"：建国以前是"欧美中心论"，建国以后是："苏俄中心论"。这里的"苏俄中心论"实际上指的是马克思主义。因此也就有人主张，马克思主义是外来的，不能生根，要用传统文化来包含、融化之。更有一种观点认为，儒学是国学，马克思主义是党学，国学高于党学④。

派别之三是传统文化派。这一派认同传统文化的精神立场和价值取向，担心现代化会破坏东方的固有文明，使人们失去信仰。有人认定张承志、张炜、贾平凹是这一派的代表，并批评他们"无法摆脱小农意识对都市的仇恨"，"把'土地精神'当作时代精神来膜拜"，是"信仰失落"，是"现代性立场消失"⑤。

派别之四是由反传统的西化立场转向民族文化本位的青年学者。他们受到美国哥伦比亚大学教授、美籍巴勒斯坦人赛伊德的"后殖民主义"理论的影响，认为发展中国家现代化过程中引入西方文化，会导致民族文化的衰落，而建立起西方文化的霸权主义，这是新的、非军事侵略的文化殖民主义，即所谓后殖民主义。他们主张坚持民族文化的主体地位，以抵制西方文化霸权。

派别之五是现代性批判论者。他们认为，中国现代化是

"他者化"（西化）过程，而在中国，"现代性作为一种现实过程，已趋于完结"，因而批判现代性，主张超越现代而走向后现代，提出以"中华性""东方主义"来代替"现代性"。这是民族文化本位主义和后现代主义的结合。

派别之六是民间文化、俗文化认同派。这一派自我放弃精英地位和责任，放弃对终极价值、目标信仰的追求，关心当下的感受和享受，看重大众文化消解政治文化与正统意识形态的功能，主张知识分子文化和大众文化"握手言和"⑥。

文化保守主义主张中国的改革和现代化应当循序渐进，而不应当采取激进变革的方式，矫正、弥补了文化激进主义的某些偏颇和缺陷。但是，它排斥现代文明，把目光投向传统文化，抬出儒学，部分人甚至企图以儒学"取代马列主义"，而"成为当今中国大陆代表中华民族精神和民族生命的正统思想"⑦，却是一种误导。虽然弘扬传统文化不能与复兴儒学简单等同，虽然儒学有"民为邦本"，承认人的尊严与价值、重义轻利、热爱祖国、崇尚气节，以及实践理性、人文主义思维等积极内容，有利于社会主义精神文明建设，对现代化的实现有所裨益，但它关于纲常名教、尊卑等级观念，关于宗法关系、小农意识，关于惰性的历史复旧观念、安贫乐道思想、直观思维，却又与社会主义现代化存在难以化解的矛盾。对于儒学，我们还是只能放在民族文化批判继承的大框架下进行研究，确定其地位。时至今日，在中国企图以儒学来取代马克思主义，那是十分可笑的，也是行不通的。

文化保守主义是以批判文化激进主义作为自己的旗帜的。他们不加分析，把辛亥革命以来的一切革命和政治运动都加以否定，完全是一种唯心的历史观在作怪。众所周知，

在近代中国，先进的中国人也曾试图走改良的道路，因此才
有戊戌变法发生，才有孙中山向李鸿章的上书，才有君主立
宪活剧的上演。但维新变法被镇压，孙中山的变法自强的条
陈不被理睬，君主立宪先是被清政府一拖再拖，后是袁世凯
的称帝。立宪派首脑人物杨度自认失败，历史证明改良道路
走不通，才有辛亥革命的产生。五四运动激进反传统，引进
西方现代文化，特别是无产阶级的世界观和方法论——马克
思主义与中国革命实际结合，产生了毛泽东思想和邓小平建
设有中国特色社会主义理论，才将中国引向民族独立、国家
富强。说马克思主义的传人扼杀了中国的民族精神和民族生
命，这是有悖于学理、不尊重客观历史的。

必须着重指出，文化保守主义同社会政治保守主义是有
区别的。它可以和各种倾向相结合。不同的论者把李泽厚、
刘再复、王元化、张承志、张炜、贾平凹等，都置于文化保
守主义之范畴，就可见事情是何等复杂。因此，我们去研究
论析时，对于他们之间的区别，要深入探求，慎审结论。

文化保守主义不是现今中国的特产，它既受中国近现代
文化保守主义思潮的影响，又受到当今海外新儒学和西方自
由主义思想家们的推动。中国近现代思想史上的文化保守主
义思潮有本世纪初以康有为为代表的"孔教派"，以章太炎、
刘师培为代表的"国粹派"，二十年代以梅光迪、吴宓为代
表的"学衡派"，以杜亚泉、章士钊等人为代表的"东方文
化派"，三十年代以陶希圣等十教授为代表的"中国本位文
化派"等；而主德派则是产生于二十年代初、已有三代传人
的现代新儒学家学派，其主要代表有梁漱溟、熊十力、冯友
兰、唐君毅、牟宗三、杜维明等人。当今海外新儒学代表人物、
美国普林斯顿大学教授余英时于 1988 年 9 月在香港中文大

学作了一次题为《中国近代思想史中的激进与保守》的讲演，认为一部中国近代思想史就是一个思想不断激进化的过程，"基本上中国近百年来是以'变'：变革、变动、革命作为基本价值的，过分微弱的保守力量几乎没有起到制衡作用，中国为此付出了极大的代价"。这篇演说在海内外均造成很大影响，以后谴责激进主义、呼唤保守主义逐渐形成一股潮流。而以托克维尔、伯林、阿龙、海耶克等为代表的西方保守自由主义，将法国大革命、马克思主义的理论和本世纪的社会主义实践作为直接的反思对象，自然会对我国当今文化保守主义思潮产生影响。

（原载《文艺报》1997 年 4 月 1 日第 2 版）

【注】

① 参见《新保守主义和新理性主义》，《海南师院学报》1996 年第 2 期。

② 参见《要注意研究九十年代出现的文化保守主义思潮》，《高教理论战线》1996 年第 2 期）。

③ 参见《关于近年的反思问答》，《文艺理论研究》1995 年第 1 期。

④ 参见《当前理论研究中值得注意的几种倾向》，《当代中国史研究》1996 年 2 月 16 日。

⑤ 参见《如何看待文学创作中文化守成思潮的滋生》，《文艺报》1996 年 2 月 16 日。

⑥ 参见《90 年代文化论争的回顾与反思》，《学术月刊》1996 年第 4 期。

⑦ 参见《怎样评价五四时期的新文化运动》，《文艺理论与批评》1996 年第 1 期。

历史文学：历史性、文学性、当代性

【内容提要】历史文学作为一个特殊的艺术形态已有近千年的历史，建构历史文学形态理论，是文艺理论工作者面临的一个重要课题。历史文学是通过描绘历史人物和历史事件再现一定历史时期的生活真实和发展趋势，使人们认识历史并因之获得某种启悟，其描绘对象构成它的主要内容和基础，不能采取主观随意的态度；历史文学家的艺术创造是形象的固有逻辑和作家合目的的理性意识相统一的过程，理性意识愈深广，形象逻辑愈遵循辩证法的普遍规律而展开，其所创造的艺术形象就愈有可能对生活进行集中、概括地反映，强调历史性，并不排斥历史文学的文学性，也不会妨碍历史文学家艺术创造性的发挥；由于"当代性"与社会现实生活、与人民群众创造历史的活动，以及与文学的现实主义精神的深刻联系而成为我们美学中的一个重要原则。历史性、文学性、当代性是历史文学的三大要素，三者之间存在着深刻的、哲学上的内在联系。

关键词：历史文学　历史性　文学性　当代性

作者简介：雍文华，1938 年生，中国作家协会创作研究部副主任、研究员。

新时期以来，历史文学在当代文学总体的发展中占据了令人瞩目的地位，产生过很多脍炙人口的作品，在广大读者中产生着持续和热烈的反响，《李自成》《少年天子》《金瓯缺》荣获"茅盾文学奖"，显示了八十年代历史文学的繁荣和达到的水准。进入九十年代，历史文学更显出璀璨的光芒，大批优秀之作涌现出来，形成异军突起的态势，《曾国藩》《雍正皇帝》《汴京风骚》《林则徐》《白门柳·秋露危城》《孔子》《孙武》《戊戌喋血记》（修订本）等等，受到读者的喜爱和文学界的好评。历史文学的写作禁区继续被突破，其所表现的历史生活内容，具有极大的丰富性、丰厚性，以往人们鲜见的历史生活场景色彩斑斓地再现，多向度的审美取向已经成为历史文学的自觉追求；对历史事件的描绘和对历史人物的塑造愈来愈采取宏观文化和历史哲学的视角，既写出历史的崇高、壮烈，也写出历史的冷峻、沉重与苍凉；以当代意识观照历史，对历史事件、历史人物、历史生活进行重新认识、阐释和评价，试图以此来表达当代人因历史而引发的现实感慨、渴望、企求和行动。一方面，历史文学家在创作过程中进行了很多新的极有价值的艺术探索；另一方面，也把历史文学创作实践中提出的理论问题十分鲜明地凸现出来：如何运用马克思主义的辩证唯物史观认识、判断、评价历史，以指导历史文学的创作？如何把握史实的可靠性与文学的虚构性的关系，从而达到历史真实与艺术真实的统一？如何处理好历史与现实的关系，使历史精神与当代意识有机地结合起来？如何在历史文学创作的选择向度上，不仅要表现"融汇当代人复杂情感的千古人生、丰富多彩的文化底蕴和难以尽述的历史风流"①，而且充满着对历史的哲学观照和人类精神境界的追求？这些都是历史文学创作现状给我们提出的理论课题。

如果我们作一下历史的追问，那么，历史文学中所包含的种种理论课题，则更显示出它的独特分量。可以说，历史与文学一开始就结下了不解之缘。在西方，《荷马史诗》就是一部通过神话和史诗这种艺术形式表现出来的古希腊"英雄时代"的历史。在中国，《史记》被人们既看成是一部伟大的历史著作，又看成是一部杰出的传记文学作品（《表》、《书》及部分《本纪》、《世家》除外）。我国最早的历史文学就是从传记文学开始产生的。即使从严格的意义上来说，我国历史文学从宋代的话本"讲史"（如《新编五代史平话》等）就已经产生，迄今已有近千年的历史。在西方，即使从莎士比亚算起，（他的《约翰王》《亨利四世》《亨利五世》《亨利六世》《查理四世》《查理三世》《亨利八世》等，几乎就是一部英国宫廷政治史），也已经历了五六百年。所以，历史文学，无论在我国，还是在世界上，它作为一个特殊的艺术形态已有近千年的历史，产生了许多世界级的历史文学家和历史文学作品。但对它的理论研究则相对滞后，以致早在一百多年前，面对司各特历史小说的辉煌成就，巴尔扎克就不无遗憾地惋惜司各特"没有想象出一套理论"。②今天有学者提出建构历史文学形态理论的学术课题，③我们认为，这的确是一个值得文艺理论工作者花心血去构筑的一座科学艺术的殿堂。本文拟就历史文学的历史性、文学性、当代性谈谈自己的看法。

一、历史性

历史文学是借具体、特定的历史人物、历史事件来显示人类的历史创造活动及其思想的形式，并表达作者对历史人物、事件的认知、阐释和价值评判。它必须反映历史生活的真实，具有历史性，这是没有分歧的。但什么是历史生活的真实，历史性的科学内涵是什么，这就涉及到对历史的理解。

这个问题对历史文学的定性，关系极大。

可以说，有多少个历史学派，就有多少种对历史的解释。

西方史学之父、古希腊历史学家希罗多德认为：历史是人类的功业，写历史"是为了保存人类的功业，使之不致由于年深日久而被人遗忘，为了使希腊人和异邦人的那些值得赞叹的丰功伟绩不致失去它们的光彩，特别是为了把他们发生纷争的原因记载下来。"④

西方近代史学之父、德国实证主义历史学家兰克反对传统史学中传奇因素，强调搜集和考订史料，如实记述，"不折不扣地描绘出这些事件是怎样发生的"，完全真实地再现历史。⑤

罗马历史学家塔西佗认为，撰述历史的首要任务就是："保存人们所建立的功业，并且使邪恶的言行对后世的责难有所畏惧。"⑥又说："历史之最高的职能就在赏善罚恶。"⑦

历史学家普鲁塔克说："我的方法是……通过研究历史和通过写作而获得对历史的熟悉，使自己的记忆习惯于接受和记住最好和最高尚的人物的典型。这样我能够在幸福平和的心境中把思绪转向这些崇高典范作为补救，使自己从所有的卑鄙无耻或罪恶的影响中解脱出来，并避开可能会不可避免要陷入的坏伙伴的约束。"⑧

我国汉代的历史学家司马迁说他写《史记》的目的是要"究天人之际，通古今之变，成一家之言"，即研究自然和社会的关系，以及历史的演变和发展，而他研究历史的方法是"原始察终，见盛观衰"，注意历史事实的因果关系。

宋代司马光的《资治通鉴》乃以提供政治、道德的教训为目的，历史是道德与伦理政治相辅相依，从而伴之以兴亡治乱的记录和经验教训的总结。

意大利历史学家维科认为，历史的过程是人类由以建立起语言、习俗、法律、政府等等体系的一个过程；也就是说，历史是人类社会和他们的制度的发生和发展的历史。历史决不重演它自身，而是用一种有别于已成为过去事情的形式而出现于每个新阶段，呈螺旋运动。历史学家能够在自己的头脑里重新构造出人们在过去所借之以创造这些事物的那个过程。历史学家必须神游于古代的精神世界，重现古人的精神，但不应该把今人的思想认识强加于古人。[9]

德国哲学家尼采认为：历史是现在与过去的一种对话。在这里，重建过去并不是目的本身，相反，在这种对话中，现在采取并保持主动，它受到现实利益的推动，具有一个现实利益的目的。[10]

新康德主义历史学家马克斯·韦伯认为，历史只是研究过去的同我们有利害关系的东西，每一个历史学家都按照自己的价值取舍去选择他所感兴趣的问题来加以回答，去建构事实，选定概念，把历史事件安排在配景之内，从而使科学的实际从属于价值体系的实际。[11]

法国当代历史批判哲学学派的倡导人雷蒙·阿隆认为，历史是由活着的人和为了活着的人重建的死者的生活，它是由能够思考的、痛苦的、有活动能力的人发现了探索过去的现实利益而产生出来的。[12]

德国哲学家黑格尔把历史提到哲学的高度，称为历史哲学，认为除了人类生活的历史而外，就不存在什么历史；一切历史都是思想的历史，历史学家的任务，不是要知道人们都做了些什么而是要了解他们都想了些什么；历史发展的动力乃是理性；一切历史都展现为理性的自我发展，历史的过程在根本上就是一个逻辑过程。历史中所出现的那些发展从来都不是偶然的，而是必然的。⑬

意大利哲学家、历史学家克罗齐认为，历史就是表现在个别历史现象中的精神的自我发展，"精神就是历史的创造者，同时精神也是以前一切历史的结果"，精神即历史。同时又认为，历史的"活的现实"是不受任何规律束缚的，历史必须满足"一种现在的兴趣"，历史学家在使死亡的历史复活的同时，也就使过去的历史变成了现在："一切真历史都是当代史"。⑭

英国历史学家科林武德认为："一切科学都基于事实。自然科学是基于由观察与体验所肯定的自然事实；心灵科学**（笔者按：指历史科学）** 则是基于由反思所肯定的心灵事实。""对科学来说，自然永远仅仅是现象"，"但历史事件却并非仅仅是现象，仅仅是观察的对象，而是要求史学必须看透并且辨析出其中的思想来"。自然现象仅仅是现象，它的背后没有思想，历史现象则不仅仅是现象，它的背后还有思想。史学是过去思想的重演，史学的目的就是把过去的思想组织为一套发展体系。唯有历史事件背后的思想，才是史学的生命与灵魂。"史学的确切对象乃是思想"。史学家所研究的过去并非是死掉的过去，而是在某种意义上目前依然活着的过去。一切过去的历史都必须联系到当前才能加以理解。⑮

上述这些对于历史的不同看法，归纳起来，大致可以分为三类：

（一）历史就是过去发生的事情，希罗多德、兰克就属于这一类。黑格尔将这称为"原始的历史"。按照黑格尔的观点，"原始的历史"具有以下特点：第一，历史家们的叙述大部分是他们亲眼所见的行动、事变和情况，而且他们跟这些行动、事变和情况的精神，有着休戚与共的关系；第二，历史家们简单地把他们周围的种种演变，移到精神观念的领域里，使外在的现象演变成内在的观念；第三，历史资料是一种组合的元素，历史家的著作只是史料的汇集和编纂；第四，史学家的精神和他们记叙的那些行动、事变和情况的精神是一致的。他们所描绘的只是短促的时期、人物和事变的个别形态，单独的、无反省的各种特点，作者生活在他的题材的精神中间，不能超出这种精神，也无反省的必要。"原始的历史"，又被称为客观的历史。

（二）历史是道德与伦理政治相辅相依、从而伴之以兴亡治乱的记录和经验教训的总结。历史所研究的不是对象自身中灵魂，而是当代人的实际利益。塔西佗、普鲁塔克、司马迁、司马光、维科、尼采、马克斯·韦伯、雷蒙·阿隆属于这一类。黑格尔将这称为"反省的历史"。按照黑格尔的观点，"反省的历史"的根本特点是：第一，这种历史的范围是不限于它所叙述的那个时期，相反，它的精神是超越现时代的。历史学家用他自己的精神来从事史料的整理工作，他必须真正地放弃对于事实的个别描写，用抽象的观念来缩短他的记叙，删除多数事变和行为，由"思想"来概括一切，用自己的精神来对以往的历史记叙进行批判；第二，它们使"过去"的叙述富有"现在"的生气，它们属于现在，其中特别注重道德反省——历史学家常常要给人以道德的教训，借以灌输善良的品质，提高人类的心灵，这就要求对于历史有彻底的、广泛的眼光和对于观念有深刻的意识；第三，历史学家必须有锐利的眼光，能从史料的字里行间寻出一些记载里没有的东西，对各种历史记叙的真实性、可靠性进行检查，并予以批判；第四，有些历史是一种局部的东西，但它的观点却是普遍的。而一种历史进展到以普遍的观点为观点时，它就构成一个民族之历史中各种事变和行动的内部指导的灵魂，而"精神"则是世界历史各大事变的推动者。具有上述四个特点的历史，又分别叫普遍的历史、实验的历史、批评的历史和生活与思想各专门部分的历史。它们都属于"反省的历史"。"反省的历史"又被称为主观的历史。

（三）历史是人类生活的发展过程，它存在规律，存在思想，存在理性，精神是历史的创造者，理性是历史发展的动力。黑格尔、克罗齐、科林武德属于这一类。黑格尔将这称为"哲学的历史"。"哲学的历史"是黑格尔提出的，其特点是企图通过哲学的引导来揭示历史进程的某种规律，展现历史发展的动因，探索历史本身的哲学意义，从而解释现实并预测未来。"哲学的历史"，又被称为"主客观统一之历史"。

我们认为，以上三大类关于历史的定义，都从各自方面接近对历史的科学阐释，它们构成了马克思主义唯物史观科学内涵的重要组成部分。这些对历史的不同理解，无疑对后世，特别是对当前历史文学创作中所具备的历史性，产生了很大的影响。在各种各样的看法中，我们能清楚地找到它的思想源头。这些看法有：

1. 在处理历史文学中历史与文学的关系上偏重于文学。《林则徐》作者穆陶认为，历史小说首先是小说，而不是历史，历史需要历史的真实，而小说需要文学的真实……小说中的历史人物经过虚构，可以表现作者自己的意图。[16]张志忠认为，历史事实及其价值评判，既为作家从事历史小说创作提供了极其便利的材料和前提，却也无形地造成一种屏障，阻止了作家向艺术深处开掘。文学和史学在面对同一历史对象时的取舍和偏重，是文学和史学目的的分野。史学家关心的是历史的因果关系和时事变迁，文学家所要展示的，是特定环境下的人，是人的命运和情感，是直接创造一个可以让读者介入、参与、体验的心灵世界。以鲁迅的《故事新编》为例，"只取一点因由，随意点染，铺成一篇"，更显出对人心和人生的关切。[17]

2. 在处理历史文学中历史与文学的关系上偏重于历史。朱寨认为，应该注重对历史和文学持双重尊重的态度。虽然在基本的史实和反映历史题材的小说之间是有区别的，但就历史小说创作而言，应更强调历史的真实。[18]《曾国藩》作者唐浩明认为，历史小说写的是历史人物的故事，其中的主要人物大多在历史上有一定的地位与影响。历史小说在大的方面不能违背历史的真实，即书中的主要人物的经历、重大事件的梗概应该与历史相吻合。[19]《白门柳》作者刘斯奋认为，历史小说就是尽可能忠实地去再现历史，始终遵循严格的考证，大至主要的历史事件，小至人物的性格言行，都力求书必有据。就连一些具体情节，也是在确实于史无稽，而艺术上又十分需要的情况下，才凭借虚构的手段。[20]吴秀明要求，历史小说对基本事实和基本史实的描写应具有一定的规范。[21]

3. 怀疑文字记载的历史的可靠性，因而要求历史文学家去想象、去推测、去认识、去判断历史，以期尽量接近历史真实。《括苍山恩仇记》作者吴越认为，历史有两种，一种是客观构筑的历史，一种是文字记载的历史。但文字记载的并不是可靠的历史，历史小说家要恢复历史的真实不仅要以信史为根据，也要通过常识作判断。[22]《汴京风骚》作者颜廷瑞认为，历史虽然经过多年沉淀，为我们留下大量的史料，但是必须看到那是经过历代文人根据当时政治和时代的需要，带着当时人的观点和见解写就的，因此我们今天的首要任务是对这些史料进行重新认识。[23]评论家陈晓明认为，说到底，一切历史都是当代的历史，历史小说不仅与历史接轨，而且与当代文化同构。[24]评论家张颐武认为，历史小说的繁荣与人们尝试重写历史，重新创造中国的本质有关，强调重述历史不能采取简单化的方式，而应该重视交织杂糅的当下状态，不应仅仅关注"大历史"，而且也要注意边缘的、普通人的"小历史"，从而让现实生活中的每个人都能与历史沟通，寻求创造新的生命共同体。[25]

我们认为，所有这些对于历史、对于历史文学中历史与文学的关系的理解，均有各自的道理。问题在于：第一，不能各自强调一面：或者只强调叙述历史事实，而于事实背后隐藏的思想，人们对于历史事实的认知和评判则不屑一顾；或者不顾历史事实，只凭自己的功利目的、价值取向描绘甚至重构历史。第二，有些观点需要予以论辩澄清：例如，因为文字记载的历史渗透了记叙者的主观因素和价值取向就一笔抹杀其历史真实性。我们承认，历史记叙者不可能丝毫不影响历史的真实性，但因古今中外，对历史的记叙大都以秉笔直书、不虚美、不隐恶、不为尊者讳为原则，因而它基本上是接近历史真实的。至少，它比抛开文字记叙而由创作者去主观想象、推测要接近历史真实。又如，尊重史实，并不排斥、妨碍历史文学的艺术创造，不应将二者对立起来。这样，我们可以说，历史文学是通过描绘历史人物和历史事件再现一定历史时期的生活真实和发展趋势，使人们认识历史并因之获得某种启悟。它的描绘对象——历史人物和历史事件，构成它的主要内容和基础。这些历史人物和历史事件有其特定的属性，历史文学必须严格遵守基本历史事实，不能不顾及原型对象的属性，而对其采取"取其一端，生发开去"的主观随意态度。这既不排斥历史文学的想象、虚构等艺术创造，也不妨碍对历史事实深藏的思想进行发掘和给予认知、阐释和价值评判。

坚持历史文学的历史性，大致可以归纳为下列几个方面：1. 历史精神、时代精神。历史是人类生活发展的过程。一定的历史时期为一定的生产方式、分配和交换方式所决定，形成独特的政治思想文化观念，产生独特的历史精神、时代精神，这是不能也不会混淆的。例如，春秋战国时代的忠君观念与南宋理学盛行之后就大不相同，因而历史文学在塑造诸如苏秦、张仪、范雎、伍子胥这类人物的形象时就与文天祥、洪承畴、曾国藩等大不一样。2. 时代环境、历史氛围。特定的时代，特定的社会生活形成特定社会物质形态、社会风俗、特定的心理习惯、精神气质和语言风格。历史文学家对此不能随意移易和敷衍。3. 事件的组织和空间结构。历史上一定时空发生的事件是不能随意更改的，它的"真实性"具有极大权威，因此历史文学家在虚构情节时，要万分小心，稍有不慎，则"真实"全无，彻底失去读者。4. 人物的精神气质、内心世界。人物的气质、心理均是时代的产物，是在特定的社会状态下形成的。把握人物形象的历史内涵乃是历史文学历史性的最重要的标志。穿着古人的衣服，戴着古人的帽子，却说着现代人的话，表述着现代人的观念，是历史文学的大忌。5. 语言。语言也是社会的产物，它既有超时空稳态结构的一面，也有受社会制约的一面。它叙述描绘历史，具有一种历史形态，蕴含着历史的真实，不能太现代化；同时，当代历史文学是写给当代人看的，太历史化的语言，又会造成接受的困难。但对于当代历史文学家来说，把握语言的历史感、历史韵味尤为重要。

二、文学性

对于"历史文学"，最传统的理解就是"历史"+"文学"。姚雪垠说："历史小说是历史科学与小说艺术的有机结合，作家所努力追求的不是历史著作，而是艺术成果，即历史小说。"[26]历史文学所要求的历史内容，实际上，既是"人的历史"，也是"历史的人"。历史文学家的艺术创造，是形象的固有逻辑和作家合目的的理性意识相统一的过程。这种理性意识愈深广，形象逻辑愈遵循辩证法的普遍规律而展开，其所创造的艺术形象就愈有可能对生活进行集中、概括的反映。所以，我们强调历史文学的历史性，绝不排斥历史文学的文学性，也绝不会妨碍历史文学家艺术创造性的发挥。历史文学如果只有历史性，没有或缺少文学性，那它就不是历史文学或者不是优秀的历史文学。前引张志忠的话，说得十分精当。他说：史学家关心的是历史的因果关系和时事变迁，文学家所要展示的，是特定环境下的人，是人的命运和情感，是直接创造一个可以让读者介入、参与、体验的心灵世界。我们持异议之处只在于，历史文学家不应也不必牺牲历史性来满足文学性，应该将两者辩证地统一起来。

　　历史文学强调历史性，仍然给历史文学家的艺术创造留下了广阔的空间：（一）被史学家记载的历史，往往非常简约，只是梗概，留下大片空白，需要历史文学家充分运用想象，悬想历史内容予以补充。我国历史著作《春秋》，对史实的记载就十分简约，如"郑伯克段于鄢"，如同今日报纸的标题。而另一历史著作《左传》，就展开描写，创造了一篇脍炙人口的历史散文。再以三国时期赤壁之战为例。《三国志·魏书·武帝纪第一》记载十分简单："公至赤壁，与备战，不利。于是大疫，吏士多死者，乃引军还。备遂有荆州江南诸郡。"检阅《三国志·吴书·吴主传第二》，从刘表死至曹公败退，只147字。《三国志·蜀书·诸葛亮传第五》，记载最为详尽，从刘表卒，曹公南征，徐庶归魏，诸葛亮游说孙权，至曹公赤壁败北，统共也只561字。而《三国演义》从刘表死到曹操败退华容道，写了十一回，计五万多字（**徐庶归魏、刘备据有江南诸郡除外**），把赤壁大战具体形象地再现于读者之前。（二）历史记载中某些模糊、不确定的内容，一些真假难辨的传说，给历史文学家的艺术创造提供了极好的机会。一些优秀的历史文学家往往于此做出最漂亮的文章。姚雪垠将李自成到谷城会见张献忠的传说采入《李自成》第一卷，就是一个成功的范例。据姚雪垠介绍，这件事，吴伟业是作为一个未必可信的传说，用双行小字夹注在《绥寇纪略》的正文里边，从来不为史学家所重视。但姚雪垠通过精心营造，写出了表现明末农民战争波澜壮阔、错综复杂，极富传奇色彩，极富艺术魅力的"双雄会"，作者的艺术想象获得了广泛驰骋的天地。（三）历史记载中免不了混有芜杂、错误甚至荒谬的东西，需要历史文学家以科学的历史观念和艺术的审美理想去予以取舍和裁剪。记得有一次笔者和雪垠老讨论《李自成》时问他有两个材料为什么不用。一个是有书上说，李自成被围于鱼腹大山，穷蹙冻饿，十分困难，久而久之，军心动摇，无计可施。这时李自成就把一切付诸上苍，同他的将士们到一座野庙中求签问卦，约定，吉，则破釜沉舟再干；不吉，则请将士们割下他的头颅去投降官军，从此解甲归农。连求三签，签签大吉。于是将士们决心重整旗鼓，冲出鱼腹大山，进军河南。为了解除后顾之忧，将士们纷纷将自己的妻子儿女杀了，情形十分悲壮。应该说是上好的小说材料。姚老说，这是一个伪造的、恶毒歪曲和诬蔑李自成及其将领的故事，非抛弃不可。还有一个是有书上说，石砫宣抚使女将秦良玉所率白杆兵，全国闻名。为了围剿农民军，朝廷极力拉拢这些土司军事力量。崇祯皇帝平台召见，并赐给她四首褒美的御制诗。其中一首说："蜀锦征袍手制成，桃花马上请长缨。世间多少奇男子，谁肯沙场万里行？"为了阻遏张献忠西出夔州，四川巡抚邵春捷派一文官去联络秦良玉。此人见秦良玉年轻貌美、文武全才，又独居守寡，便动了贪香窃玉之情，酒席之上，眉目传情，秦良玉碍于情面，隐忍未发。待宴后送客，这人佯作不经意，牵住秦良玉的袖子。秦良玉勃然大怒，拔出配刀，剁将下去，把袖子斩断，吓得这个文官目瞪口呆。这也是上好的小说材料。姚老说，崇祯的诗写得很艳丽，给人造成了误会。张献忠入蜀，秦良玉已是将近七十的老妪，何由有酒席上的活剧。姚老忠于史实的态度由此可见一斑。当然从文学的角度看，也未使不可以改造使用。（四）由记叙历史人物的事功深入到建构心灵世界。史册记载历史人物的事功，往往有声有色，但对历史人物建立事功过程中的苦乐忧思，对人生的体味，对历史的感悟，却常常赋予阙如，这就需要历史文学家去精心建构一个幽深隐秘的感情王国。只有写出了特定历史时期的人，才能最充分地表现出特定历史时期的真实。我们从唐浩明的笔下，不仅看到曾国藩这个清代中兴名臣的形象，同时更看到一个理学名臣的悲剧心灵。他服膺儒学，忠公体国，却处处感到挤压，在异族皇帝和王公大臣的虎视眈眈之下，总是如临深渊，如履薄冰，战战兢兢。草拟奏折，一词一句，都要费尽思谋，如以"屡败屡战"置换"屡战屡败"；驰书报捷，总要把对自己的赞誉之词删去，唯恐功高震主。然而，他的忠诚，最终打不破最高统治者对他的提防与猜忌；他所效死扶持的王朝大厦，最终免不了倾危倒塌。这是时代赋予他的深刻的悲剧。又如二月河笔下的雍正，经过长期谋划，骨肉相残，夺得皇位；又相继处死权臣隆科多和悍将年羹尧，巩固了皇权，获得了至高无上的地位，然而他却深深依恋于一个弱女子乔引娣的情怀而不能自拔。历史再次告诉人们：地位最高权势最大的人，往往也就是人世间最孤独的人，最缺乏感情慰藉的人。读者参与、体验这样的心灵世界，会大大加深对历史人生的认知和感悟。（五）营造历史氛围，建构典型环境。要把历史人物活动的场景，历史事件发生的氛围，具体、生动、形象地再现出来，是最见历史文学家的艺术功力的。不仅要有广博的知识，举凡政治、经济、军旅、天文、地理、民情风俗、医药卜卦、猜枚博戏、棋琴书画、诗词歌赋，无一不通，无一不晓，而且对于世道人心的体验，更要比常人深切。这是还骨架以血肉。骨架是历史，血肉是文学。凡优秀的历史文学无一不是一幅鲜明、生动、形象的当时社会生活的图画。

（六）具体的描绘，将僵硬的历史记叙化成可视的图画。如"春去冬来"，十分干瘪，换成"昔我往矣，杨柳依依；今我来时，雨雪霏霏"，不独形象宛然在目，有如图画，而且情思韵味无穷。又如，"舞到月落，歌到人困"，此种记述，情趣索然，若换成"舞低杨柳楼心月，歌尽桃花扇底风"，韵味就大不相同。这就是文学的魅力，文学家的艺术创造。

三、当代性

历史文学不仅存在历史与文学的对立统一关系，也存在历史与当代的对立统一关系。当代人创作、阅读、研究历史文学，总要从历史中陈述、抒发、吸取一些什么：或者出于了解、认识历史，或者对历史进行反思，或者将现实的渴望和感慨投射于历史之中。

"当代性"这一概念最初是由别林斯基在《论巴拉廷斯基的诗》一文中提出来的。他说："在构成真正诗人的许多必要条件中，当代性应居其一。"事实上，由于"当代性"与社会现实生活、与人民群众创造历史的活动，以及与文学的现实主义精神的深刻联系，它已成为我们考察作家、衡量作品的一杆标尺，成为我们美学的一个重要原则。

当代性的内涵，无疑首先是指它的现实感和时代感。其次则是与时代和人民相适应的审美理想、审美心理的艺术创造，作品饱含着鲜明的时代精神，渗透了当代审美意识和艺术观念。

历史文学的当代性，首先表现于站在今天时代的高度重新认识、阐释、评判历史。历史的记叙是前人所为，必然会受到当时政治与时代的制约、功利目的和价值取向的渗透，以及个人是非好恶的影响，因之有必要重新加以认识、阐释和评判。例如，提起王安石变法，对于王安石、司马光、苏轼等过去往往以政治倾向为标准，把他们分别判为改革家和保守派，人物显得单面化，阉割了人物的丰富性。颜廷瑞在《汴京风骚》中对此进行了重新认识和评价。他不独写他们的政见，写他们之间复杂尖锐的斗争，写他们个人的悲剧命运，而且写他们的人品、学识和道德文章，写他们之间的友谊。这就写出了具体、真实的历史人物，也使人看到历史的法则，感到历史的沉重与苍凉。又如，穆陶写《林则徐》，对鸦片战争，明显地持有与麦天枢、王光明的长篇历史报告文学《昨天——中英鸦片战争纪实》不同的认识和评价。

历史文学的当代性，其次表现于"以史为鉴"上。黑格尔曾对"以史为鉴"的"反省的历史"作过深刻的批评。他说："人们惯以历史上的经验教训，特别介绍给各君主、各政治家、各民族国家。但经验和历史所昭示我们的，却是各民族和各政府没有从历史方面学到什么，也没有依据历史上演绎出来的法则行事。每个时代都有它的特殊的环境，都具有一种个别的情况，使它的举动行事，不得不全由自己来考虑，自己来决定。当重大事变纷纭交迫的时候，一般的笼统的法则，毫无裨益。回忆过去的同样情形，也是徒劳无功。一个灰色的回忆不能抗衡'现在'的生动的自由。"[27]从宏观上看，一个时代有一个时代的问题，不可能从历史上找到现成的解决办法，黑格尔无疑是对的。但这并不等于说，历史毫无借鉴作用。前引塔希佗、普鲁塔克、司马迁、司马光的话，都肯定了历史的借鉴作用。整个"反省的历史"学派都注重从历史中找到道德和政治的经验教训。中华民族是一个特别重视自己历史传统的民族，从三皇五帝到秦汉唐宋元明清，到当代均有完备的史册；除正史之外，还有地方志、家谱，乃至个人的行状、墓志铭等等，它的浩繁、严密、系统是世界上无与伦比的。这一切的目的，就是为了"以史为鉴，可以知兴替"，为后世提供道德和政治的经验教训。众多描写二次世界大战历史的文学作品难道不给世界各国人民提供经验教训吗？众多描写日本侵华历史的文学作品难道不给中日两国人民提供经验教训吗？众多描写五四时期向西方开放的历史的文学作品难道不为今天的改革开放提供经验教训吗？历史文学在描绘这类历史题材时，它所蕴含的当代性，谁又能够置疑呢？

历史文学的当代性，再次表现于借历史表达对现实的渴望、诉求和感慨。前引马克斯·韦伯"历史只是研究过去的同我们有利害关系的东西"及克罗齐"历史必须满足一种现在的兴趣"的论断，都包含了极其可贵的合理因素，它们揭示了历史与现实的联系：人们在现实中渴望、诉求和感慨往往借助于历史表现出来。徐兴业于1938年抗日战争期间酝酿《金瓯缺》，写北宋末年到南宋偏安江左二十多年的历史，塑造了马扩这位英勇抗金以图救亡的英雄人物，难道不是一种现实的渴求和感慨吗？凌力的《少年天子》、《暮鼓晨钟》写清朝上层的除旧布新，难道与当前的改革开放没有精神上的联系马？颜廷瑞的《汴京风骚》写"熙宁变法"和改革派与保守派的尖锐复杂的斗争，写改革自身的艰难，它的积极作用和负面影响，难道不是现实生活引发的思考与诉求吗？

当然，我们讲求历史文学的当代性，前提是保持历史的真实性。真实是文学的生命，历史真实是历史文学的生命，不要企图脱离历史的真实，奢谈历史文学的当代性。讲求历史文学的当代性，还要避免陷入实用主义的误区或以"六经注我"的方式，用历史去衍绎浅近、功利的当代观念。更不要将克罗齐"一切真历史都是当代史"推到极处，将其变成认识、研究历史的最高标尺，而忽视历史的客观存在，凭当代的价值取向去重构历史。

　　大致可以论定，历史性、文学性、当代性是历史文学的三大要素。它们构成历史与文学、历史与现实两组对立统一的矛盾。按照马克思主义的观点：历史不过是追求着自己目的的人的活动而已，人是历史创造的主体，而文学是人学，以人为自己的表现对象。正如恩格斯所说："在社会历史领域内进行活动的，全是具有意识的，经过思虑或凭激情行动的，追求某种目的的人，任何事情的发生都不是没有自觉的意图，没有预期的目的。"[28]这种自觉的意图，这种预期的目的，就贯穿在人类的历史和当代的创造之中。所以，历史文学的历史性、文学性、当代性之间，有着深刻的哲学上的内在联系。

（1997 年 4 月 6 日）

【注】

①　⑯　⑱　㉑　㉒　㉓　㉔　㉕　董之琳：《叩问历史，面向未来——当代历史小说创作研讨会述要》，《文学评论》，1995 年第 5 期。

②　巴尔扎克：《人间喜剧·前言》。

③　吴秀明：《历史文学审美属性与独特形态理论的建构》，《文艺研究》1996 年第 4 期）。

④　⑤　⑦　⑩　⑪　⑫　⑭　许苏民：《历史的悲剧意识·导言》，

上海人民出版社，1992 年版。

⑥ ⑧ 《西方思想宝库·历史》。中国广播电视出版社，1991 年版。

⑨ ⑬ ⑮ 柯林武德：《历史的观念》第 74—77、131—133、9—18 页。

⑰ 张志忠：《当代性、文学观、人物图——当代历史小说三图》，《文艺研究》，1996 年第 4 期。

⑲ 唐浩明：《历史人物的文学形象塑造》，《文学评论》，1995 年第 6 期。

⑳ 刘斯奋：《一孔之见》，同上。

㉖姚雪垠：《从历史研究到历史小说创作》，《文学评论》，1992 年第 4 期。

㉗黑格尔：《历史哲学》，第 44 页。

㉘《马克思恩格斯选集》，第 4 卷第 243 页，1974 年版。

（原载《文艺研究》1997 年第 6 期）

芳菲自古长相续——试论《罗音室诗词存稿》

　　《罗音室诗词存稿》是先师吴世昌子臧先生诗词作品集。先师论诗词创作力主一个"真"字。他在《我的学词经历》一文中说："对于填词此道，我一向主张真言语真性情。"又在《我的词学观》一文中说："填词之道，不必千言万语，只两句足以尽之。曰说真话；说得明白自然，切实诚恳。前者指内容本质，后者指表达艺术"。《罗音室诗词存稿》中的全部作品完全体现了这一主张。

　　所谓"真"，首先是语言的明白晓畅、天真自然。因之，先师反对晦涩难明、故作艰深。他说：晦涩难明，故作艰深，实则文词浅陋。即使才名籍甚，号称大家的彊村，集中亦有"江山太无才思"、"登楼谁分信美"、"思悲今已翁"、"渐数尽番风、强扶倭堕"等句子，不成文理，遑伦优劣；即使是苏轼的《水龙吟》(似花还似非花)以及白石的所谓名篇《暗香》、《疏影》都是矫揉做作、在字面上装腔作势、故弄玄虚、了无新意、深意的作品。而先师的诗词创作则均为晓畅自然的本色语言。他写自己的青春抑郁："歌管今宵第几回？春城颜色满楼台。灯前舞影他年梦，酒后情怀昨夜灰。客里浮生长转侧，吟边偶驻亦低徊。人间尽道欢场乐，我到欢场祇更悲。"（《欢场》）他写自己的牢落情怀："早识此身非我有，敢将肝胆照生平。诸公尽被聪明误，吾辈岂求当世名！未学神仙先学佛，不关风月总关情。文章余业真何用，掷与江潮万古鸣。"（《与敬之夜谈赋此》）他写相思："迢递斜晖照凤台，当春无绪倦衔杯。待留泪眼看花尽，难买香车载梦回。落蕊缤纷谁拾得，相思狼籍已成灰。何堪检点芳时恨，满目愁云压鬓来。"（《凤台》）他写伤春意绪、爱恋情怀："三月露桃便欲残，高楼帘幕惜轻寒。楼下落红无著处，绕栏杆。陌上寻常飘柳絮，人间咫尺隔蓬山。梦里不知春水皱，也相关。"（《山花子》）他描摹年轻恋人风景线："拈花笑问家何许？他年伴汝江南去。软语学吴侬，娇羞双靥红。　'江南花发早，颜色如君好。'不忍说'无家'，回头捡落花。"（《菩萨蛮》）他写宇宙无穷，人生有限，而又能以旷达视之："历历清欢能几度？酒罢歌残，一律无寻处。有限韶光花底驻，无情逝水天涯去。　哀乐新来君莫诉。已到人间，怨得人间苦？冬夜严霜秋早露，悄然且就人间住。"（《蝶恋花》）这些诗词，用语明白如话，却又情思深远，没有任何的浮词假话。先师最主白描，最主自然无雕饰。他引《渚山堂词话》云：昔人谓：凡诗言富贵者，不必规规然语夫金玉锦绮。惟言气象而富贵自见，乃为真知富贵者。他认为鲁迅所称道的"笙歌归院落，灯火下楼台"是也。言情言别，亦不必用情爱愁恨折柳离怀字样，而只需说别情气象即可。他旧有《临江仙》云："卷絮轻风漫漫，漂花流水迟迟。每从零落见春姿：去年人别后，今日独来时。"庶几近之。这样"意流韵外"的艺术美感，很是得力于天然无雕饰的语言。

　　所谓"真"，其次是情感的切实诚恳、真情真性。因之，先师反对穿凿附会、竞尚比兴寄托之说。他说：寄托之说兴，则深涩之论作，言情者曲讳其情，感事者故掩其事，巧为缘饰，不欲以真情相见。甚至认为，是一些高官显宦深恋裙裾之乐，而藏情于晦涩之词，故作高深或忧时之状，以掩其冶游挟妓之丑行，而让人穿凿附会，并美其名曰比兴寄托。先师有论诗绝句一首云："因病成妍贵率真，乱头粗服见丰神。东施未必无颜色，祇为效颦笑煞人。"罗音室诗词从不虚词巧饰，而是真情真性，以真面目示人。他写暗恋自己的心上人，语挚情真，直抒胸臆："望里朱楼记未真，那凭幽梦证前因？如何河岳英灵气，钟于寻常陌路人？　天外须弥路几千？须弥山外忆天仙。如何三十三天外，尚有四禅十二天？　沉醉东风又一春，百年草草付流尘。如何珠箔飘灯后，望断红楼隔雨人？　断雁叫残凉夜月，嫦娥空忆少年姿。如何碧海青天夜，不念相逢一昔迟？　月堕银河桂影稀，灵风无力缀空枝。如何地老天荒后，重觅月圆花好时？"（《如何五首》）他写与所恋夜宴离别的怅惘心情："酒压清歌咽不回，芳园别夜记传杯。风惊绣幕悬残月，人去寒灯落旧灰。点点流萤迷柳径，沉沉花雾葬楼台。罗巾挽断浑无计，愧杀当年作赋才。"（《奉和宥师原韵兼示进之素云》）象《临江仙》（欢意总随逝水）、《浣溪纱·仿花间体》等，写对恋人的思念和对恋爱欢愉生活的回忆，均是情思绵远，刻画生动、脍炙人口的，如"缥缈难寻旧梦，翩翩每忆长裙"，"曾傍香肩量翠袖，伴将纤指认箜篌"等等。写得最为旷达大胆，传达出心中情愫的要算《风韵好》一词："谁似伊人风韵好？能酒能诗，能蹙还能笑。可惜人生常草草，无奈流年，如水迢迢，暗里朱颜随分老。　记着他时将我恼：我比他痴，他比吾年少。最是那回忘不了：窄窄弓腰，已上高楼，还把柔眸楼下扫。"先师认为，谈情说爱、伤春悲秋、恨离怨别、相思闺怨、悼亡感旧是词的当行本色。在这里，掩饰是没有必要的，假道学更其要不得。他在一首《读白雨斋词话偶题》诗中说："道貌儒冠放郑声，奈他越放越多情。关雎也动好逑兴，未必王风尽正经。"诗缘情，写男女之情是无伤大雅的。那么写自己的现实遭遇呢？先师也是将自己的人生感慨向读者和盘托出："新词写罢，百感沉沉下。短烛频摇油自泻，冷月劲风今夜。　　少年谙尽风尘，消磨黄卷青春。不见班超投笔，拜伦悔作诗人？"（《清平乐》）先师自 1947 年得英国牛津大学电聘赴英讲学，任该校高级讲师兼导师，被举为该校东方学部委员，并任牛津、剑桥两大学博士学位考试委员。1962 年他谢绝了澳大利亚、加拿大等国大学的聘任回国，任中国社会科学院文学研究所研究员，所学术委员，兼任研究生院教授。文革中，他下过干校，种过蔬菜。当有人问起他侨居英国旧况时，他赋《鹧鸪天》一首答之曰："飘泊中年迹已陈。天涯海角若为春？灯前闲煞雕龙笔（**笔者按：在英用打字机**），'梦'里空留寄象身（**笔者按：在英用英文写成《红楼梦探源》五卷**）。　　今老矣，复何云。臣之壮也不如人。平生未作干时计，后世谁知定我文。"晶莹肝胆，人天可鉴！

所谓"真"，再次就是服膺真理、追求真理，事关国家民族命运，必能卓尔不群，肩担道义，发出声音，显示人格。先师在论到自己的诗词创作时说："值国势之危殆，宜有恻恻之音。"早在抗日初期，先师为燕京大学学生抗日会至长城前线各口劳军，归途填了一阕《减字木兰花》曰：

　　"文章误我，赤手书生无一可。我负文章，只向高城赋国殇。　　江山如画，到处雄关堪驻马。水膑山残，任是英雄泪不干。"

"文章误我""我负文章"，这真是国难当头，青衿学子的千古伤心之语。在强敌入侵、内政腐败、人民在死亡线上挣扎、国家危如累卵的情势之下，先师只能忠愤填膺、长歌当哭："开卷长吟，掩卷浩歌，甚计避愁？奈前贤著作，多谈名利；骚人讴咏，也羡封侯！天下兴亡，匹夫有责，几辈英豪抱此忧？千秋下，叹元龙独卧，百尺高楼。 平生湖海淹留，听一片哀嗷动九州。况孤云缥缈，烽烟塞外；疏星明灭，刁斗城头。滚滚黄河，滔滔白浪，可有狂夫挽倒流？关情处：正燕巢危幕，鼎沸神州。"（《沁园春》）抗日战争时期，国民党顽固派不断制造内战。当淳化事变发生，先师忍不住挥笔声讨。1945 年 7 月 15 日，蒋介石命令在河南前线的胡宗南部队和西安驻军，向中国共产党领导的陕甘宁边区边境淳化、耀县、栒邑（今旬邑）等地集结，企图夺取关中分区，进而发动全面内战。7 月 21 日胡宗南所属暂编第五十九师和骑兵第二师突然向淳化县的爷台山发起攻击，23 日又以预备第三师参加进攻。八路军于 7 月 27 日主动撤出爷台山及其以西 41 个村庄。8 月 8 日，八路军对进犯的国民党军队发起反击，10 日收复了爷台山地区。这就是淳化事变。先师写了《咏史》四首，刊于同年 10 月 10 日重庆新华日报副刊。"昨夜边城奏凯歌，将军神武试横磨。十年养士知堪用，跃马先操同室戈。"（其一）"汉家艳说霍嫖姚，一驻轮台意便骄。解道国仇犹可缓，从来私恨最难消。"（其二）此四首咏史诗，当时引起了蒋介石政权特务首领戴笠的痛恨，拟加以"查办"。这是沈醉所著《我所知道的戴笠》一文透露出来的。1945 年 7 月，宋子文飞苏联，议订中苏条约，被迫接受允许外蒙独立、强占旅大两港及中长铁路之雅尔达密约。虽举国悲痛，而噤若寒蝉。先师曰："国人方以对倭胜利之虚骄，掩其丧权辱国之奇耻。"于是书感五十韵，为四万万同胞吞声一哭。直到 1982 年，37 年过去，先师乃见故清华大学教授陈寅恪之《寒柳堂集诗存》有题与其作不谋而同的五律一首，使之感慨万端："余乍见而触目惊心，读竟则悲不自胜。呜呼！茫茫禹甸，蔼蔼神州，望边州而饮恨，揽舆图而殷忧者，岂独仆与陈公二人而已哉！"物换星移，乾坤陡转，人民革命的胜利，使得流寓海外的先师，欣喜之极。中国文化代表团访英，谢冰心先生见告北京人民英雄纪念碑建成，先师感慨不已，援笔赋诗，中有"当年共誓英雄志，举世今知禹甸尊。海外孤臣遥稽首，凭君携泪奠忠魂"等礼赞革命的句子。后来先师毅然归国。但"文革"中，先师也难逃劫难。自 1969 年至 1971 年被发往息县干校种菜，与饲养员何其芳同住一泥屋，对于高压政治下知识分子神形所受的创伤，有过杰出的描写："君留东岳牧群猪，我去菜园学种蔬。未醉宜防钟会问，**晋书：钟会数以时事问阮籍，欲因其可否而之罪，皆以酣醉获免。**不眠还读兽医书。**东汉名流黄叔度为牛医儿，则其素所读父书乃兽医书也。**田头岁月宁无感？井底鼃蛙各有图。却喜老夫低血压，不愁多病故人疏。"（《息县干校示同室何其芳君》）其时各种怪诞的"革命口号"如"读书无用论"、"知识越多越反动"、"外行领导内行"等等大肆流行，先师作《放歌二十三韵》，一一予以批判。这在当时是要相当的勇气的。

先师自谓"少加孤露，幼而失学"，是经过苦读而成才的；先师漂流海外，抱至诚归国，又遭"文革"之祸，亦可谓多所磨折。然而先师的爱国热忱未有一日稍减，对于人生，从未失去信念。《题平湖秋月摄影》二首中之二，所谓"一别西湖十七年，当时月色尚嫣然。夷光历尽无名劫，依旧清风满画船"可以证之。此一开阔之胸襟，美好之信念，在《鹧鹧天》一词中尤其表现得酣畅淋漓："远道绵绵不可思，天涯芳草欲何之？江南水软山温地，又到花香鸟语时。　桃李谢，杜鹃痴。今年月闰牡丹迟。芳菲自古长相续，不为春归泪满枝。"吟诵这样的诗句，谁不会对美好人生抱一种温馨向往之情？我们将带着这样的信念去迎接生活，去拥抱人生，也愿先师听着我们的吟诵而含笑于九泉之下。

（原载《中华诗词》1998 年第 5 期）

应该坚持马克思主义意识形态的主导地位

在思想领域中应该坚持马克思主义意识形态的主导地位。关于意识形态问题，我国学术界还研究得相当不够。因此，相当多的人，特别是文艺界的人，对意识形态问题没有一个正确的认识。我们看到一些学者非常热情、也非常严肃地讨论所谓"庙堂意识"、"广场意识"、"民间意识"，讨论所谓"官方文化"、"精英文化"、"大众文化"，讨论所谓"官方立场"、"知识分子立场"、"民间立场"等等。还有些人要求淡化意识形态，疏离、消解主流意识形态。例如，有的人提倡意识形态多元化说："我不认为中国目前需要一个共同的东西，来统一人们的思想。现代和后现代的特征之一是多元化，中国迫切需要多元化。你愿意信佛教、信基督，信马列都可以。不需要一个统一的意识形态来管理。"①有人提倡表现自我，认为表现自我是不"追求一元化的政治"，而是追求一种"非政治的政治向往"②。有人提倡唯美主义，把审美归结为文学的唯一本职与功能，鼓吹"为艺术而艺术"，鼓吹"文学归位"，认为"文学就是文学"，应"疏离政治"，"远离政治"，"脱离政治"③。有人提倡反理性主义，对尼采、柏格森的生命哲学、克罗齐的直觉主义、佛洛伊德的"潜意识"说，不作科学的研究，常常只强调直觉、非理性、潜意识乃至性本能在文学创作中的作用，其结果是消除了创作中的理性作用，并与社会意识形态绝缘④。有的对存在主义哲学的荒诞体验认同，表示肯定和支持，说荒诞小说的文化意义，"主要还是对现有政治文化环境的一种冲击"，"一方面是帮助中国'新时期文学'解脱政治宣传功能的束缚，帮助文学向政治'申请自主权'，争取文学的独立性；二是帮助中国青年宣泄他们的精神文化的危机感"⑤。有人在论到大众文化的作用时说："我坚持认为，当前以消遣娱乐为本位的大众文化在客观上具有消解政治文化与正统意识形态的功能"，它"使得政治文化的'市场'与'地盘'大大缩小，影响力大大降低。这难道不是一件值得肯定的事么"⑥有人在论到中国知识分子的社会地位、社会角色、社会作用时说："解放后三十年中国的文化资本与文化权力、命名权力，实际上是官方垄断的"，"知识分子只有依附在官方的体制与意识形态之下，甘当官方的喉舌，才能化身为官方与人民的'代言者'，由官方赐予一部分权力"。"80年代的知识分子试图打破文化权力从属于政治权力的格局，强调知识分子的独立性，要把文化的资本和文化的权力从官方的垄断中解脱出来，转移到精英知识分子的手中。这种努力部分地实现了，但在80年代末又受到严重的挫伤。精英知识分子与官方文化重新陷入紧张关系，原先获得的那一部分文化资本和文化权力又几乎完全丧失"。"而90年代文化资本的重新分配，是从经济基础的变革开始"，"它不像80年代的文化权力之争那样的激烈悲壮，针锋相对；但却是从底部釜底抽薪般地抽空了官方文化与精英文化的资本与权力基础，文化经济人、小报记者、书商、专栏作家、各种电视剧的制作中心及制作人员、影视歌舞各种明星等等，分享了一大批的文化资本与文化权力"，他们"摇身一变而成了文化'霸主'、文化市场的'弄潮儿'"。因此，"应当看到，在市场经济打破了政治绝对中心，文化随之边缘化的过程中恰恰包含着知识分子形成当代文化相对独立地位的积极可能性"。"在这里,一部分知识分子由体制内到体制外是达成文化相对独立的重要一步"。这里"有代言人与立言人的区别,有随从与思想者的不同,有圣诗歌者与社会良心守护人的差异"。"知识分子则需要完成从仆从到思想者的转变,自觉肩负'人类良知守护人'的职责"⑦。有人在论到意义形态和意识形态时说:"意识形态如果不妨视为'体制文化'的话,那么意义形态显然就是一种'知识分子文化'了"。"如果说意义形态所体现的是一种'话语权力'的话,那么意识形态所体现的则是典型的'权力话语'。""意义形态的话语主要是依据知识本身的'内在理路'而生成。相反,意识形态往往是根据'外在需要'构成自己的理论体系。""诚如葛兰西在分析资本主义文化统治时所指出的那样:意识形态实际上就是建立一种文化霸权,因为霸权是一种必不可少的统治形式。"对于意识形态,意义形态"在迎合和拒绝之外,它为自己选择的第三种姿态:批判。这是一种意识形态的批判,它既批判作为一种文化霸权的意识形态本身,也批判已经成为意识形态的一切知识话语,当然包括曾经作为意义形态的知识话语",并认为"对国家意识形态的批判,仿佛像一条红线,从近代的马克思到现代的法兰克福又经过后现代的法国,一直贯穿到今天,它始终是西方社会中批判知识分子的一项重要作业。只要意识形态还存在,这份作业就会继续做下去"⑧。有人则无需作理论的阐述,直接宣称:"我们已经落后于人几十年了。到了我们彻底抛弃这些过于热衷意识形态和乌托邦的激情的时候了。我们也不需要任何新的意识形态和乌托邦,只需要一步一步走向我们的目标,争取人民的幸福生活。"⑨上述这些都说明我国学术界、文艺界有必要加强对意识形态问题的科学研究。

意识形态是什么呢？俞吾金在《意识形态论》一书中说："根据我们的看法，马克思的意识形态概念可以定义为：在阶级社会中，适合一定的经济基础以及竖立在这一基础之上的法律的和政治的上层建筑而形成起来的、代表统治阶级根本利益的情感、表象和观念（**同书另一处也写作情感、幻想、思想方式和人生观**）的总和，其根本的特征是自觉地或不自觉地用幻想的联系来取代并掩蔽现实的联系。"马克思意识形态概念的主要特征可以概括如下：

一、实践性。意识形态并不是纯粹空洞的东西，它总是指向现实的。人们在社会生活中形成的意识形态观念，是他们的现实活动和现实关系的有意识的表现，不管这种表现是真实的还是虚幻的，这些观念总是指向现实的，总是有自己特定的社会内容的。另一方面，人们接受意识形态的教化，努力与意识形态认同，乃是出于实践的目的。因为意识形态是人们进入社会、维持自己生存和各种实践活动的实用证书。

二、总体性。意识形态是由各种具体的意识形式——政治思想、法律思想、经济思想、社会思想、教育、伦理、艺术、宗教、哲学等构成的有机的思想体系。

三、阶级性。统治阶级的思想在每一时代都是占统治地位的思想，支配着物质生产资料的阶级，同时也支配着精神生产的资料。随着精神劳动和物质劳动的分工形式出现在统治阶级内部，统治阶级中有一部分人是作为资产阶级的思想家而出现的，他们把编造统治阶级关于自身的幻想当作谋生的主要泉源。讨论意识形态的阶级性时，必须注意如下五点：

第一，意识形态所维护的是统治阶级的根本利益，而不是每一个细小的、具体的利益；第二，当社会是由几个阶级联合进行统治时，意识形态将契合联合统治的根本利益；第三，意识形态只能用来指称阶级社会中的意识的总体，不应当超出阶级社会的范围来使用这一概念。第四，在阶级社会里，不存在超越某一或某些阶级的根本利益的意识形态；第五，一般说来，被统治阶级不可能有自己的完整的意识形态，它们总是被同化在统治阶级的意识形态中。这一方面是由于被统治阶级不占有物质生产资料和精神生产资料，因此，在一般情况下，他们不可能参与各种意识形态的创造；另一方面，被统治阶级的成员从出生时起，就处在统治阶级的意识形态的教化下，很难从这种意识形态的影响下摆脱出来。只有统治阶级本身的统治已处在危机之中，从统治阶级中分化出来的某些知识分子才可能为被统治阶级创造出比较完整的意识形态，并用这种意识形态去取代统治阶级的意识形态。这就是说，只有在不同社会形态的更替时期，希望夺取政权的被统治阶级才有可能拥有相对完整的意识形态。

四、掩蔽性。马克思通过对种种传统的意识形态的分析，认为它们的一个根本特征是用神秘的、扭曲的方式去反映现实世界。也就是说，意识形态与现实的关系不是一种真实的、相契合的关系，而是一种不真实的、掩蔽的关系。一言以蔽之，意识形态作为一种完整的理论形式，其目的不是揭示现实生活的真相，而是竭力把这种真相掩蔽起来，以维护它所支持的统治阶级的统治。

五、相对独立性。意识形态产生于经济基础，但又给予经济基础以巨大的反作用，具有相对的独立性。这表现于意识形态的滞后性、与经济基础发展的不平衡性、继承性、各种意识形式之间的相关性和它的先导性。[⑩]

　　意识形态特征中最重要的是它的阶级性和掩蔽性。这就是说，统治阶级的理论家总是把本阶级的利益说成是全社会的普遍利益，从而掩蔽或扭曲现实关系，为本阶级统治制造幻想。所以，意识形态其实是"虚假的意识"，具有虚假性。而在马克思的著作中，"意识形态"概念恰恰是在虚假性或否定性的意义上使用的。埃利希·哈恩在其《马克思主义和意识形态》一文中，对马克思的意识形态概念的含义作了如下的说明："意识形态这一概念或术语很可能在双重含义上被运用。一方面，它被马克思和恩格斯具体地理解为虚假的意识的标志；另一方面，在马克思主义和其他一些人的文献中，它主要是作为一个阶级的社会意识的总体概念而出现的。"[⑪]p.c 罗兹在《意识形态概念和马克思的理论》一书中认为："马克思已往把意识形态理解为'虚假的意识'，也理解为'形而上学'和'宗教'的整个'上层建筑'。"[⑫]征诸马克思、恩格斯的著作，上述看法是可信的。在《德意志意识形态·序言》中，马克思说："人们迄今总是为自己造出关于自己本身、关于自己是何物或应当成为何物的种种虚假观念。他们按照自己关于神、关于模范人等等观念来建立自己的关系。他们头脑的产物就是统治他们，他们这些创造者就屈从于自己的创造物。"[⑬]在同一书中又说："我们仅仅知道一门唯一的科学，即历史科学。历史可以从两方面来考察，可以把它划分为自然史和人类史。但这两方面是密切相连的；只要有人存在，自然史和人类史就彼此相互制约。自然史，即所谓自然科学，我们在这里不谈；我们所需要研究的是人类史，因为几乎整个意识形态不是把人类史归结为一种歪曲的理解，就是归结为一种完全的抽象。"⑭恩格斯也说："意识形态是由所谓的思想家有意识地、但是以虚假的意识完成的过程。推动他的真正动力始终是他所不知道，否则这就不是意识形态的过程了。"⑮这样一来，就使得一些人产生了下列两方面的误解：一方面，既然意识形态是"虚假的意识"，那它就是统治阶级故意用来欺骗人民的谎言。我们虽然不能完全否认这种可能性，如某些宣传，但作为社会意识的整体概念、长期支配人们的思想的精神力量的意识形态，是不可能全部都用谎言组成的。马克思恩格斯认为意识形态的"虚假性"，主要源于对思维独立性的崇拜，从纯粹思维材料出发想象出来的创造意识形态的动力只能是虚假的，表面的动力，没有反映现实的真实。基于这样的动力创造出来的意识形态，从总体上看，必然是虚假的意识。另一方面，是将意识形态的"虚假性"无限推广，以为一切意识形态，包括无产阶级意识形态也是虚假的。殊不知这是对马克思主义意识形态概念史发展的不了解。事实上，马克思将自己所创造的历史唯物主义、政治经济学、科学社会主义和共产主义，我们今天称之为马克思主义意识形态的东西，他称之为"科学"，而与"意识形态"相对立。到列宁、毛泽东就不再谈论意识形态的虚假性，而是直接地强调意识形态的阶级性和意识形态领域中的阶级对抗和斗争，强调马克思主义意识形态的阶级性与科学性的统一。例如，列宁就认为，以马克思主义的唯物史观和剩余价值理论为基础的社会主义和共产主义意识形态，就不是虚假的意识形态，而是正确揭示资本主义社会的运动规律，适应社会发展潮流的科学的意识形态。在马克思那里，意识形态是一个否定性的概念，列宁把它变成了一个描述性的概念，这是对马克思意识形态学说的重大发展。所以，阿尔都塞在论到意识形态的普遍性时，认为意识形态不会消失，任何社会形式都不能没有它，"历史唯物主义不能设想共产主义社会可以没有意识形态"⑯。

在意识形态的创始人——托拉西（**1754—1836，法国哲学家、政治家和意识形态学说的奠基人**）那里，意识形态是一个肯定性的概念，是"观念的科学"的代名词（**目的是把它与经院哲学、神学和宗教的种种谬误见解对立起来**）。在黑格尔、费尔巴哈和马克思那里，意识形态成了一个否定性的概念。列宁则把意识形态变成了一个描述性的概念。列宁的意识形态概念不仅为斯大林、毛泽东、邓小平所继承，也为现、当代的不少西方学者所继承。所以，当代学者莱蒙德·格斯区分了三种不同的意识形态概念：一是"描述意义上的意识形态"，即在分析某一社会总体结构时，只限于指出意识形态是这一总体结构的一部分，不引入某种价值观来批评或赞扬这种意识形态，即只作客观描述，不作带有主观意向的评论；二是"贬义的意识形态"，也可称之为"否定性的意识形态"，即承认意识形态的存在，但对它的内容和价值取否定的态度，认定它不可能正确地反映社会存在，而只能歪曲社会存在，掩蔽社会存在的本质。凡是从这一角度去理解意识形态的人，必然对意识形态取批判的态度；三是"肯定意义的意识形态"，即不仅承认意识形态的存在，而且对它的内容和价值取肯定的态度，认定它能客观地反映社会存在的本质⑰。这里需要说明的是，列宁的意识形态概念，既否定，又肯定，即否定资产阶级的意识形态，而肯定无产阶级的意识形态，即马克思主义的意识形态。

除了"虚假的意识"所引起的误解之外，还有一个问题也引起了误解，那就是认为既然意识形态本质上代表了统治阶级的思想，它对个体的人来说就是外加的、强加的东西，因此要求淡化它、消解它、摆脱它。其实，阶级社会中，意识形态渗透到社会生活的各个角落，每个人都生活在意识形态之中。人接受教化的过程也就是接受意识形态的过程，并在这一过程中形成一定的世界观。同时，人又在已获得的世界观的支配下行动。所以葛兰西（1891—1937，意大利人）认为，"正是意识形态创造了主体并使他们行动。"我们可以把人理解为意识形态的存在物，如阿尔都塞（1918—1990，法国人，结构主义马克思主义哲学流派的主要代表人物）认为的，"人本质上是一个意识形态动物"。所以人要摆脱意识形态是不可能的。真正居于主体位置的不是个人，而是意识形态。一些学者们所津津乐道的人的主体性，其实质就是意识形态主体性。

一些学者，在当代中国条件下，谈论所谓"官方意识""民间意识"，谈论所谓"官方立场""民间立场"，可能全是好意，是把自己看成是社会的"良知"，人民群众的"代言人"。但是，如果只看到所谓"官方"与"民间"之间暂时的、局部的、次要方面的不一致，而看不到它们之间长远的、全局的、主要方面的一致性，就会有损于我国人民与党和政府之间的关系，不利于社会主义现代化建设事业的发展，最终从根本上损害人民群众的利益。如果我们不走出"虚假的意识"，把无产阶级的意识形态混同于以往剥削阶级的意识形态，而要求淡化、疏离、消解甚至完全抛弃，那就会消解甚至取消马克思主义，这将导致极为严重的后果，前车之鉴就是苏东剧变。大家知道，斯大林逝世后，马克思主义意识形态，当然也有斯大林附加的一些非马克思主义的东西，在苏联受到了广泛的批评，一种试图完全与阶级属性分离的新的意识形态逐渐形成。谢列克托尔呼吁发展一种"真正人道主义的、深刻博爱的意识形态"[18]。1987年戈尔巴乔夫出版《改革与新思维》，对内提倡公开性，对外倡导"必须使政治立场摆脱意识形态上的偏执"的新的政治思维[19]，与谢列克托尔一脉相承。可以看出，马克思主义意识形态失去领导权，失去主导地位，是造成苏东剧变的重要原因。在思想领域中，坚持马克思主义意识形态的主导地位，在我国学术界，尤其是文艺界是一项现实而迫切的任务。

意识形态问题，庞大而复杂，我也是刚刚接触，只能谈点初浅的想法，希望大家来共同研究它，特别希望大家通过研究，掌握好马克思主义意识形态理论，用以指导我们的思想和工作。

【注】

① 《文论报》（1985-6-15）。

② 孙绍振：《崛起的诗群——评我国诗歌的现代倾向》，《当代文艺思潮》1983年第1期。

③ ④ 引自陆水《当前理论研究中值得注意的几种倾向》，《当代中国史研究》1996年第3期。

⑤ 《新时期文艺新潮评析》第188页。

⑥ 陶东风《90年代文化论争的回顾与反思》，《学术月刊》1996年第4期。

⑦ 金沅浦陶东风《关于90年代中国知识分子的问题》，《文艺理论研究》1996年第3期。

⑧　邵建《意义形态与意识形态》,《艺术广角》1998 年第 5 期）。

⑨　李银河《必要的冷淡》，《读书》1993 年第 9 期）。

⑩　关于马克思意识形态概念的主要特征，请参看俞吾全《意识形态论》，上海人民出版社 1993 年 4 月第一版。

⑪　k. 兰克编《意识形态》，1984 年德文版，第 126 页，转引自俞吾金《意识形态论》，128 页。

⑫　p. c 罗兹《意识形态概念和马克思的理论》，1977 年德文版，第 20 页，转引自俞吾金《意识形态论》第 128 页。

⑬　马克思恩格斯全集》第 3 卷第 15 页。

⑭　《马克思恩格斯全集》第 4 卷第 489 页。

⑮　《马克思恩格斯选集》第四卷第 501 页。

⑯　《保卫马克思》第 232 页。

⑰　莱蒙德·格斯《批判理论的观点》，1981 年英文版，第 4 页以下，转引自俞吾金《意识形态论》第 127 页。

⑱　苏联《哲学问题》，1955 年第 6 期，转引自俞吾金《意识形态论》第 7 页。

⑲　戈尔巴乔夫《改革与新思维》，世界知识出版社 1988 年版，第 65123 页。

1999 年 3 月 12 日

中华诗词与艺术哲学

　　都说中国人信奉中庸之道，对此，我总抱有怀疑。我以为中国人倒是最爱走极端。比如说，谁都承认，中国是个诗歌大国，其成就之高、影响之大，世界鲜有能与之匹配者，至少亦可扬眉吐气立于世界民族诗歌之林。然而，"五四"新文化运动一起，却将其视为粪土。谁要实事求是地作点肯定，就是"骸骨的迷恋"，就是"封建遗老"，应该扫出国门，"投畀豺虎"。影响所及，至今一些高唱"全球化"、"现代化"的先生女士们仍然抱持此类观点。更有甚者，自己对民族诗歌毫无修养，也在对之频施白眼，以示自己高明。

　　其实，中国古典诗词倒真还有些"含金量"，只是我们自己妄自菲薄，看不见它。有的还要靠洋人来发现它，升华它，发扬它。明显的例，就是十九世纪末叶在法国兴起的、作为西方现代派文艺思潮中出现最早的一个文学流派象征主义文学，就从中国古典诗歌吸取了合理的内核。英美意象派诗人以中国古典诗歌为楷模，苦心追求诗歌的精炼含蓄，努力加强诗歌意象的强度、凝聚力和含蓄性。须知，象征主义文学是西方现代派文学中一个持续时间最长、影响最大的文学流派。

　　用现代文艺理论去观照中国古典诗词，能否发现一些合理的内核、理论的命题呢？我想，应该是有的。例如，西方文论中"反映"与"表现"，也是两大理论命题。这一涉及文学本质的争论，一直延续至今。"诗言志"、"诗缘情"这一论诗主旨，表明中国古典诗词是站在"表现"派这一边的。还有"心理距离说"，为英国爱德华·布洛所创，是近代西方美学上一个重要学说。它要求我们分清艺术意境和实用世界的巨大差别。诗人要能欣赏事物的真正价值，要能摆脱实用的束缚而去观照事物本身。中国古典诗词在处理主客体关系时，总是保持一种心理的、审美的距离。清代袁枚说："斜阳芳草寻常物，解用都为绝妙词。"说的就是这一艺术原理。

　　中国诗歌的理论批评，也是源远流长。其中诗话、词话就作者如云，卷帙浩繁。发展至清代，已由评点式、顿悟式转向体系型、理论型。但用现代文艺理论观之，还是远远不够。今天所需要的是用现代文艺理论，从艺术哲学的高度对中华诗词予以整理、研究，以期建立现代中华诗学，更好地指导我们当代诗词的创作。

　　　　　　　（原载《中华诗词》2000年第1期）

加强意识形态问题研究

说文学界有人自 80 年代以来对"主流意识形态"采取淡化、疏离、消解的立场，恐怕不是凭空虚构。如果承认这一点，文学界就需要加强对"意识形态"问题的研究。

法国哲学家托拉西第一个把"意识形态"概念引入西方哲学史。在他那里，"意识形态"是个肯定性的概念，是"观念的科学"的代名词。黑格尔阐明了现实世界的异化，揭露了"教化"的虚假性，从而把"意识形态"概念转折成一个否定的概念。马克思的意识形态概念也是一个否定性的概念。俞吾金在其《意识形态论》一书中说："根据我们的看法，马克思的意识形态概念可以定义为：在阶级社会中，适合一定的经济基础以及竖立在这一基础之上的法律的和政治的上层建筑而形成起来的、代表统治阶级根本利益的情感、表象和观念的总和，其根本的特征是自觉地或不自觉地用幻想的联系来取代并掩蔽现实的关系。"并将马克思的意识形态概念的主要特征概括为：实践性、总体性、阶级性、掩蔽性、相对独立性。我们认为，最重要的特征是它的阶级性和掩蔽性。这就是说，统治阶级的理论家总是把本阶级的利益说成是全社会的普遍利益，从而掩蔽或扭曲现实关系，为本阶级统治制造幻想。所以，在马克思、恩格斯看来，"意识形态"是"虚假的意识"，具有虚假性。

这样一来，也许就使得一些人产生下列两方面的误解：一方面，既然意识形态是"虚假意识"，那它就是统治阶级故意用来欺骗人民的谎言。我们当然不能完全否认这种可能性，但作为社会意识的整体概念，是不能全部都用谎言组成的。马克思、恩格斯认为意识形态的"虚假性"，主要源于对思维独立性的崇拜，从纯粹思维材料出发想象出来的创造意识形态的动力只能是虚假的、表面的动力，没有反映现实的真实。另一方面，是将意识形态的"虚假性"无限推广，以为一切意识形态包括无产阶级的意识形态也是虚假的。殊不知，马克思将自己所创造的历史唯物主义、政治经济学、科学社会主义和共产主义，我们今天称之为马克思主义意识形态的东西，称之为"科学"，而与"意识形态"概念相对立。

此外，还有一种误解。那就是认为，既然意识形态本质上代表了统治阶级的思想，它对个体的人来说就是"外加的""强加的"东西，因而要求淡化它、疏离它、消解它、摆脱它。其实，阶级社会中，意识形态渗透到社会生活的各个角落，每个人都生活在意识形态之中。所以，意大利西方马克思主义者葛兰西认为，"正是意识形态创造了主体并使他们行动"。法国结构主义马克思主义哲学家阿尔都塞甚至认为，"人本质上是一个意识形态动物。"

如果我们不走出"虚假的意识"，不坚持马克思主义意识形态的主导地位，而把它混同于以往剥削阶级的意识形态、淡化、疏离、消解甚至完全抛弃它，那将导致极为严重的后果。

（原载《人民日报》2000 年 2 月 22 日第 3 版）

《名家咏澧》序

　　自来山川灵秀之气，必钟于达士贤人，或道德，或事功，或文章，即使不显于当时，亦必将传之后世；而达士贤人之嘉言懿行、清词彩笔，其流风余韵，或启沃人心，或广为传播，使山川为之增色。此即天人合一、人杰地灵之谓也。

　　澧州，南通川原错汇之黔滇，北连烟波浩渺之郢鄂，东控沃野千里之江汉，西接云气混茫之夔巫。钥锁荆襄，驿驰中国。山川灵秀之气钟于人物，车胤、李群玉、范文正公，于是出焉；而屈原、宋玉、王粲、沈约、江淹、谢朓、卢照邻、张说、张九龄、孟浩然、王维、李白、杜甫、岑参、刘长卿、韦应物、韩愈、刘禹锡、白居易、柳宗元、贾岛、李德裕、杜牧、李商隐、李群玉、司空图、寇准、范仲淹、苏轼、黄庭坚、晁补之、李纲、范成大、何景明、杨慎、袁宗道、袁宏道、袁中道、谭元春、查慎行、陶澍、林则徐、何绍基等藻绘歌吟，使澧浦芳兰、仙眠水竹、车胤萤囊、范公墨沼，乃至涔水斜阳、洞庭远涨、潇湘夜雨、云梦朝霞，得以蜚声天下，流誉千秋。

　　是则奇伟绝特之山川，明达蕴藉之人物，共生共荣，相依相倚。故一方要政，首莫过于施行教化，养育人才。物有尽时，精神永在；人为灵长，贵莫于思。是以武陵桃源因陶令而生，黄州赤壁以坡公而显；王谢祓禊，兰亭方享清誉；欧公醉卧，琅玡始有令名。

　　时有治乱，物有废兴。今当国运昌隆，人民安逸，弦歌宴乐之会，舟车游旅之行，日见其兴盛矣。苟于其时，略用余资，重修文物，使三闾大夫庙、马伏波祠、清化驿双松馆、仙眠洲水竹居、范文正公读书台、车武子囊萤处，甚至姜女庙、遇仙楼、兰江书院重具规模，再焕异彩，于接续文物、称盛明时、教化后代，功莫大焉。

诸公握览高君守泉编纂之《名家咏澧》，读余小序，必有所感焉。

雍文华于北京潇湘云水楼

二〇〇三年十二月四日

无须怀疑当代中华诗词能够反映
现代生活和现代意识

今日中国诗坛的诗歌大体分为两大板块：一曰自由体诗歌，一曰格律体诗歌。前者即人们俗称的"五四"新文化运动产生的新诗，后者即人们俗称的传统诗词，亦即当代中华诗词。

谈到中国当代诗歌的民族性与当代性，似乎已经达成如下的共识：当代中华诗词的民族性不成问题，新诗的当代性也不成问题，成问题的是新诗的民族性如何？传统诗词的当代性如何？亦即当代中华诗词能否反映现代生活和现代意识？

关于新诗的民族性问题，我不想论证，因为新诗的研究者已经作过探索。但作为一个传统诗词写作者，对这个问题谈点认识、表个态度，还是需要的。

在中国诗歌界，一直有人认为"五四"新文化运动所产生的新诗，是"外国诗横的移置"，是"舶来品"，与民族传统毫不沾边。应该说，这只是表象之词。不错，新诗的确借助了与中国传统诗词相去甚远的西方"自由诗"形式，但究其实质而言，新诗仍是中国社会变革的产物。十九世纪末二十世纪初，亦即清末民初世纪之交，正是中国发生空前巨大而深刻变化的时代。这是中国一个政治文化大转型的特殊历史时期。正是由于西方资本主义的入侵，古老的中国陷入被列强任意宰割的半封建半殖民地的深渊，外祸日亟，国困民穷，面临经济、政治、思想、文化等全方位的深重危机，亡国灭种之祸迫在眉睫，救亡图存，已成为当时中国压倒一切的主题。中国革命的伟大先行者孙中山先生就说过："方今列强环列，虎视鹰瞵，……蚕食鲸吞，已效尤于接踵，瓜分豆剖，实堪虑于目前。有心人不禁大声疾呼，亟拯斯民于水火，切扶大厦之将倾。"经济上，从"师夷之长技"到"洋务运动"到"实业救国"，发展民族资本主义；政治上，从"维新变法"到"立宪运动"到"共和革命"，建立资产阶级民主共和国；思想文化上，更是从"师夷之长技"与"用夏变夷"之争，到"中体西用"与"大兴西学"之争，到科举与学校之争，到新学与旧学之争，到"打倒孔家店"与保存"国粹"、"国故"之争，到本位文化与全盘西化之争，最终走向新民主主义文化。而作为新文化先锋的诗歌，亦随之经历了龚自珍、魏源、张际亮、林则徐力主的诗歌革新，到姚燮、鲁一同、朱琦、贝青乔关心国家民族危亡、抗击外来侵略的现实主义诗歌，到黄遵宪、丘逢甲、康有为、梁启超、夏曾佑、蒋智由、谭嗣同、金天羽倡导的"诗界革命"，到秋瑾、章炳麟、以及以柳亚子、陈去病为代表的"南社"诗人的资产阶级民主革命派诗歌，力图反对复古，革新诗界。但"诗界革命"，按梁启超的说法，是"革其精神，非革其形式"，"要能以旧风格含新意境"（《饮冰室诗话》）。又说，今日作诗"不可不备三长：第一要新意境，第二要新语句，而又须以古人之风格入之，然后成其为诗"（《夏威夷游记》）。因之使得"诗界革命"从总体上来说，未能摆脱旧体诗的束缚，只在旧体诗的规格内翻新。资产阶级民主革命派的诗歌，虽然在内容方面注入了革命的理想和精神，但在形式和风格上，仍只是在旧的传统中力图突破传统的写法而已。再加上当时诗坛影响甚巨的"同光体派"、宋诗派、湖湘派、唐宋兼采派、晚唐诗派等等，虽然均想打破旧体诗的束缚，开拓诗歌表现的新领域，但总体看来，都没能脱出旧体诗的框架，没有突出反映社会现实生活的思想内容，离急剧变化的时代相去甚远。兼之，当时整体社会环境已经形成：西方资产阶级"民主"、"自由"、"科学"思想的涌入；大批留学生走出国门；平民教育的出现；白话运动的兴起；特别是科举制度的废除，猎取功名富贵的诗歌写作变成抒发自由意志的自觉创造；……这种种一切，就催生出突变的、狂飙式的新诗运动。所以，"五四"新诗的出现，是应运而生，是近代中国社会经济、政治、思想、文化变革的结果。胡适说："新文学运动，是历史的，自然进化的，不是三五人在七八年内，所能忽而创造出来的，也不是留学生从外国搬来的。"（《**胡适演讲录**》）这话还是中肯的。

当然，所谓"成也萧何，败也萧何"。由于文化激进主义思潮的影响，"五四"新诗在借鉴西方自由体诗歌的时候确实忽视了对民族诗歌优秀传统的继承和创新。刘勰说："然诗有恒裁，思无定位，随性适分，鲜能圆通。"这就是说，诗有一定的体裁，诗人的"思接千载"、"视通万里"需要一定的约束，太自由、太散漫、太无序是不行的。无可讳言，新诗没能吸取传统诗词的形式美，特别是没能很好地继承传统诗词的音乐美。在我国古代，诗是要唱的，词更是称为倚声之学，"不但它的句度长短，韵位疏密，必须与所用曲调（**一般叫作词牌**）的节拍恰相适应，就是歌词所要表达的喜、怒、哀、乐，起伏变化的不同情感，也得与每一曲调的声情恰相谐会，这样才能取得音乐与语言、内容与形式的紧密结合，使听者受其感染，获致'能移我情'的效果。"（龙榆生：《**词学十讲**》）如《六州歌头》，苍凉激越；《满庭芳》，婉转缠绵。

可见声韵对表达思想感情的重要。当然，不仅是形式，也有民族审美特性的遗弃。语言、以语言为符号的意象，由意象组成意境、境界，深含民族的审美理想和审美情趣。如果弃置不用，自然会损伤新诗的民族特性，妨碍新诗诗体建设，妨碍新诗的健康发展。胡适可谓新诗运动的旗手，在提倡"诗体解放"时，坚称"极不赞成诗的规则"，后来却把早年诗作《胡适之体》看成只是自己尝试了二十年的一点点小玩意儿，并在自己作诗的戒约中取消了"有组织，有格式"这一条款。被闻一多称为真正新诗人的郭沫若，早年注重思想、立意上的创新，强调对格律诗词及所有的诗艺规则的破坏。但待到《瓶》，加上《献诗》问世，就相对定型，具有节的匀称和一定的韵律，一改初期激情散漫的诗风。甚至自己承认，中年以后，当诗潮涌来时苦于找不到合适的形式表现意境，只好被迫选择传统格律诗体。的确，不仅很多著名新诗人"勒马回缰写旧诗"，而且，相当多的现代人抒发情感、酬酢赠答、书画撰题、金石镌刻，还是喜欢用合辙押韵的旧体诗词。这是为什么？有人说，和充分成熟与定型的传统诗词相比，新诗至今仍然是一个'尚未定型'、尚在室验中的文体。有人认为，新诗告别了自己的语言传统，陷入困境，提出要找回我们的汉语和汉语诗歌自身的性格。这些现象和意见，值得我们深长思之。

十九世纪末二十世纪初产生的新文化，是以爱国救亡、革新革命、进步开放为特征的文化，它的革命批判精神应该得到高度肯定和永远珍视。作为"五四"新文化运动先锋的新诗，当然也应作如是观。

　　至于当代中华诗词的当代性，亦即当代中华诗词能否反映现代生活和现代意识，是一个颇有争议的问题。有诗评家说：优秀的中国古典诗词"就像薰风细雨一般，浸润着世世代代中国人的心田，同时以润物无声的方式塑造了世代相因的中国人的哲学观念、审美心理乃至文化性格"，甚至"思维方式和心理结构"，中国人"喜爱、阅读和吟诵古典诗词，已成为一种自觉的心理需求和文化需求"。这样的分析应该说是深刻而精警的。又说："正是这种深厚的文化积淀和久长的时间冶炼，铸成了古典诗词稳定的艺术法则、美学范式和表现程式。它的成熟、稳定和完整，既是艺术的奉献，又是艺术的局限。"这一辩证的分析也是精深的、到位的。还说："其本质局限并不在于格律的束缚，而在于意象符号和语言结构，都同二十世纪的生活和语境相去甚远。夕阳残照、孤帆远影、寒江独钓、古刹钟声、春晖芳草、萧瑟秋风、清明细雨、向晚蝉鸣、窗前明月、寒夜青灯、落英缤纷、高天飞鸿，都那么和谐地渲染了古声古韵，出神入化地表现了一种特定的文化心境，寄托着我们的先人或出世或入世的哲学思想，却很难表现当代的生活情境。面对当代的物质文明、面对工业革命和立体战争，面对高速度和快节奏，面对东西方文化大碰撞大交汇背景下的文化观念的流变，人们的心理结构、感觉方式、审美情趣都发生了急剧的递嬗，倘若再袭用传统的意象序列，必然有隔世的陈旧和虚假的悲哀，……所以说，以古典诗词为艺术形式、美学范式和表现程式的旧体诗词，很难描绘当代中国风起云涌的历史画卷，很难细微地描绘当代人的心灵世界和情感形态。"（张同吾：《放牧灵魂》）从这一段的结语看，我以为可以理解为：作者认为旧体诗词是不能反映、或者说不能很好地很充分地反映现代生活和现代意识的。"很难"一词只能理解为是一种"委婉"和"善意"。而且，结语中的"旧体诗词"只能理解为当代人写作的旧体诗词，亦即"当代中华诗词"，因为，如果说指的是原汁原味的唐诗宋词，甚至上溯为汉魏六朝诗歌、诗经和楚辞，要求它们"描绘当代中国风起云涌的历史画卷"、"描绘当代人的心灵世界和感情形态"，显然不能构成一个讨论的话题。如果这种理解没有错，我们认为，面对这样一个涉及"当代中华诗词"在当代文学格局中如何定位的问题，就需要作一些更深入、更细微的辨析和探讨了。

文学是心史，中国古典诗词是中华民族的心灵史的重要组成部分。无疑，它的题材和精神内蕴是广泛的、博大的，也是深邃的。中华民族精神文化的精华，诸如整体的、辩证的世界观和宇宙观；以人为本，强调个人独立人格和修养的人生观和道德观；提倡个人向群体负责的义务感及"天下兴亡，匹夫有责"的爱国主义；先忧后乐、舍己为人的牺牲精神；勤劳勇敢、自强不息的奋斗精神；和而不同、珍视人际关系和谐融洽的处世态度以及开放包容意识，等等，在古典诗词中都有充分的反映。既然当代的中国人能接受这些观念，自然也就接受了反映这些观念的"意象符号"和"语言结构"。的确，古典诗词中的部分意象，随着时代的变化，已经失去了生命，如我们坐着汽船，不能说是"扁舟"；乘着远洋巨轮，不能说是乘着"浮槎"；驾着汽车，不能说是"香车宝马"；照明的是电灯，不能使用"烛泪"；计时用的是钟表，不能说是"刻漏"；等等。但是，还有很多的意象流传至今，具有很强的生命力。诸如梅、菊、桃、荷、雁、凤、鹤、燕、春风、秋水、红雨、明月等等。其中许多意象都是多义的，

如"春风"："春风知别苦，不遣柳条青。"（**李白：《劳劳亭》**）
表离别的；"芭蕉不展丁香结，同向春风各自愁。"（**李商隐：
《代赠》**）表爱情的；"画图省识春风面，环佩空归月下魂。"（**杜
甫：《咏怀古迹五首》之三**）比喻貌美的；还有把春风比着剪刀的，
那就是贺知章《咏柳》的名句："二月春风似剪刀"。如果
我们认真整理、挖掘，一定有很多的意象、语言可用的。即
如上文诗评家认为应被淘汰的意象，其实也不尽然。如"夕
阳残照"，甄秀英写出"夕阳一点如红豆，已把相思写满天"。
叶剑英写出"老夫喜作黄昏颂，满眼青山夕照明"。毛泽东
写出"苍山如海，残阳如血"。李白的"西风残照，汉家陵阙"
（**《忆秦娥》**），被王国维誉为"寥寥八字，遂关千古登临之口"。
相比起来，毛泽东的"苍山如海，残阳如血"，其雄浑、沉
郁、凝重，确实有过之而无不及。又如"萧瑟秋风"、"高
天飞鸿"，毛泽东的"萧瑟秋风今又是"以及"天高云淡，
望断南飞雁"，都是宏大、优美的意象和境界。可以说，中
国古典诗词蕴含的哲学观念、审美理想、文化性格及人格精
神，已经深深融入中华民族的血液和骨髓，这就是中国古典
诗词现代转化的强大基因和胚胎。一切民族与国家的现代化
都是以传统为前提的，一切现代化都不过是某种文化传统在
现今条件下的存在，是创新和发展了的传统。

"文变染乎世情，兴废系乎时序。"（**刘勰：《文心雕龙·时
序第四十五》**）一个时代有一个时代的文学，一个时代也就有
一个时代的诗歌。它的创新和发展，既是诗人的自觉，也是
诗歌自身生命运动的结果。我们完全不必担心地球不会转
动，明天太阳不会升起来一样，担心诗歌不会产生新变，只
要诗人不脱离生活而且观察、体验、思索变化着的生活即可。

鲁迅的《自题小像》，不是把屈原的诗思与丘比特的爱神之箭结合得很好么？从林和靖的"疏影横斜"到陆游的"驿外断桥边"，到高启的"雪满山中"，再到毛泽东的"俏也不争春"，梅花的人格精神，也不是一直在向前演进么？当代诗词写手，有没有这种创新能力呢？对此，有些人很悲观。我们虽然不敢企望格律诗坛上，明天就出它个"李杜苏辛"，但进展总是有的。古代没有飞机，更没有太空飞船，离开地球，升上太空，回望人类的家园——地球，古人没有这种体验，也没有这方面的诗歌。李白有《梦游天姥吟留别》，李贺有《梦天》，苏轼有《中秋词》，那都是想象。辛弃疾的《木兰花慢·中秋饮酒将旦，客谓前人诗词有赋待月无送月者，因用"天问"体赋》，约略猜到了月亮围绕地球转动的奥妙，但对太空的景象，还是懵然无知的。今人魏新河是个飞行员，试看他对太空飞行的描绘：

> 白云高处生涯，人间万象一低首。翻身北去，日轮居左，月轮居右。一线横陈，对开天地，双襟无钮。便消磨万古，今朝任我，乱星里，悠然走。　放眼世间无物，小尘寰、地衣微皱。就中唯见，百川如网，乱山如豆。千古难移，一青未了，入吾双袖。正人间万丈，苍茫落照，下昭陵后。

——《水龙吟·黄昏飞越十八陵》

境界之开阔，气象之雄浑，胸襟之博大，至少无愧于古人。于此可见，当代中华诗词也有可以一读的作品。

当代中华诗词反映社会生活的面是非常广泛的，题材是多种多样的。它高度关心和积极反映社会主义新时代，大力歌颂社会主义现代化建设和改革开放所取得的伟大成就，关心和反映人民群众的疾苦，抒发高尚的心志和情感，表达深刻的人生体悟，绝少有不健康的政治意识、颓废没落意识、色情意识混迹其间。二〇〇四年中华诗词学会举办了纪念邓小平诞生 100 周年诗词大赛，其获奖作品也是可以一读的。如徐续的长篇歌行《中华魂》。开始是总的评价："至刚至大中华魂，巍巍勋业谁与伦。岷峨插天有奇气，立身辅国真凤麟。沧海横流事征战，盱衡六合扫如电。拨乱从容致治平，百年遗泽于今见。"接着写小平同志的戎马生涯，写山西抗日："一朝奇变起卢沟，入晋旌麾御寇仇。千里蜿蜒崇岳峻，山区壁垒似金瓯。晋冀豫边秋瑟瑟，太行太岳鹰飞疾。百团大战杀声高，积骸腐草纷如虱。"写挺进中原，渡江作战："将军谈笑取中原，南渡黄河越天堑。黄河浩荡起寒澜，铁骑萧萧大别山。山川莽荡凭东向，金粉秦淮指顾间。兵车淮海如云合，天地低昂鬼神泣。王冠宝石倏烟消，雷霆裂决双堆集。固若金汤不可知，桓桓二野渡江时，收京虎旅知谁是，本是中原百胜师。"接着写实行改革开放："毕竟蓝苹一梦空，平生三黜真馀事。香江往史付寒烟，鸦片西来五百年。一国典章行两制，紫荆开处是尧天。"最后结尾："伟绩丰功壮蜀川，阐扬规律史无前。手编文选书三卷，赢得炎黄万古传。"读起来大气磅礴，神魂飞扬，抑扬顿挫，荡气回肠。香港回归，《回归颂》诗词大赛获奖作品中，也有可圈可点之作。随举一例：

漫说英伦日不西，城头终降百年旗。

前仇到此应全了，积弱何时可尽医？

两制风开红紫蕊，一言冰释弟兄疑。

台澎放眼情无限，共插茱萸信有期！

——熊东遨：《喜香港回归，有感于统一大业，因赋》

抗击非典，刘征老填了一首《金缕曲·赞白衣战士》：

> 娇小当花季。恰盈盈，年华似锦，柔肠似水。呵护尚依阿母爱，几许眉梢稚气。切莫认蔷薇无力。救死当头无反顾，似冲风海燕凌霄起。战疫疬，生死以。　　死神直面才纳米。继殷勤日夜，精心护理。忆似药箱肩上挎，出没硝烟战垒。喜一脉火薪传递。欲问民魂何处在？看峥嵘小草擎天地。道珍重，挥老泪。

中国诗歌的传统是美刺并行。当代中华诗词中也有刺恶的好诗。试举一例：

> 忝列干支第一家，藏身未敢自矜夸。
>
> 安居陋穴能知乐，饱食残羹不竞奢。
>
> 岂屑逢迎学鹰犬，那堪贿赂近猫蛇。
>
> 过街惊美人间贼，竟有朱衣紫绶遮。

谁听硕鼠不平鸣？窃齿深宵恨有声。

小嚼残羹即严打，豪吞盛宴却横行。

未随猫犬邀怜宠，竟共蚊蝇惹骂名。

安得精通贪吏术，又多油水又冠缨！

—— 杨逸明：《老鼠咏叹调》

还有讽刺打假的，节选王洗尘《＜商调＞醋葫芦过金菊香》：

笑着脸看打假，弯着腰迎检查，自知合格心犹怕，开罚单三万两毛都是他。小心点别忙中出差，吊着胆听弦外藏啥。文明匾亮厅堂挂，先进旗新政府发，致富名高领导夸。暗中闲话，这都是成叠钞买下。

在当代中华诗词中有当代社会生活百态，如：

摩托晓驾去如烟，百里省城一日还。

两眼笑容藏不住，合同又签百万元。

—— 赵京战：《农村竹枝词》

小女辍学卖豆芽，打工老父走天涯。日背砖块汗如雨，夜宿工棚霜似花。　停饮酒，不喝茶。分分积攒寄娇娃。偶闲也作登楼望，万户千灯不是家。

—— 《鹧鸪天　·　打工老者》

涉流扶过小溪东，遍地山花映面红。

拜拜一声人去后，凝眸犹自送顽童。

——《山村女教师》

上述例子，很难说当代中华诗词所表现的生活不是现代生活，所表现的观念不是现代观念。《沈园杯》中国爱情诗词大赛获奖作品所表现出的爱情观，更能说明这一点。

邑中黄姓女，名鹃，幼随兄读，慧而能诗。年十九与夫别，饱经风霜。四十年后，其夫忽自台湾归，悯鹃封发未嫁，欲定居家乡，与之偕老。女泣劝曰："昔陆务观与唐琬分离，罪在吃人礼教你我长期不得相聚，其咎为谁？君在台既已成家，我岂忍因一己之私，让世间又多一伤心人耶？……"夫感其言，遂相抱痛哭而别。余为其基督精神震撼，乃纪其事，以彰其德。不知台海当政者闻之，亦恻然有同感乎？是为序。

柳色年年绿涨深，东君一去邈难寻。

红颜早付潺潺雨，白首犹存耿耿心。

老去镜圆今夕梦，归来人剩旧时音。

行舟欲系千斤石，又怕寒生隔岸衾。

中华诗词拥有肥沃的土壤，所以当代中华诗词的作者成长起来也就特别迅速。程羽黑，还只十五岁，初三学生，他在《中华诗词》杂志上发表的作品，也颇能吸住人的眼球：

此心恨与落花同，踪迹无常散晓风。

漫草何曾凄璞石，苦吟恰似挽长弓。

三魂荡荡悠悠外，万事冥冥漠漠中。

已负步兵长啸意，囊中书剑为谁雄？

——《七月八日补萨斯期间脱课，

课间作随意篇三首之一》

入而为主出为奴，城廓人民俱已殊。

若许招魂还旧国，陈公衰泪更何如？

——《读寅恪先生"衰泪已为家国尽"有句》

现在当代中华诗词发展得非常迅速，写作者号称百万，除中华诗词学会外，各省、市、区都有诗词学 (协) 会，地区和县也有，甚至连乡和村也有诗社。据不完全统计，诗词刊物达六百余种。中华诗词学会所办《中华诗词》杂志已发行两万五千多份。这是人民群众精神文化上的需要，心理上的诉求，这也就是当代中华诗词具有当代性的强有力的证明。

当然，当代中华诗词的发展，要十分正视传统文化的负面影响，那种"泥古"、"复古" (作为"革新"旗号的"复古"，不在此列。) 之风，断不可涨。

当代社会是多元的社会，文化是多元的文化，那么诗歌也应是多元的诗歌。诗体的多元化是中华诗词优良传统。自由体诗歌和格律体诗歌不必在形式上强行靠拢，双方都注重民族性和当代性的统一，各自发扬自己的优长，克服自己的不足，二者作为"并蒂花"、"比翼鸟"，在中华民族文化的伟大复兴中，定能找回昔日的辉煌，开拓美好的未来。

（2005 年 10 月 26 日在第一届中国诗歌节"诗歌论坛"上的

发言，2005 年 10 月 26 日）

祝贺澧浦诗社成立二十周年

澧浦诗社

孟凡英第一社长、杜修岳社长及全体诗友:

值此澧浦诗社成立二十周年之际,谨致以热烈的祝贺及诚挚的问候。

在文化专制主义的镣铐刚被打碎,你们就成立诗社,开始推进中华诗词的复兴和发展工作,其眼光和魄力都是很了不起的。

毋庸讳言,由于种种的历史原因,中华诗词这一中华民族文化的瑰宝,曾蒙尘受垢,被冷落、被歧视、被压制而处于奄奄待毙的绝境。然而,中华诗词所蕴含的哲学观念、审美理想、文化性格及人格精神已经深深融入中华民族的血液和骨髓,它和国家共兴衰,和民族共存亡。它是中华民族前进的火光和号角,它是中华民族精神王国中一棵卓然特立的常青之树。

在今天全球经济一体化背景下,文化霸权主义是政治霸权主义的孪生兄弟。它企图对世界人民的文化生活进行系统的渗透和控制,重塑其价值观、行为方式、社会制度,使之符合他们的利益和目的。然而,高扬民族主体精神的民族文化却不可能乖乖地纳入他们一体化的轨道,而成为抵挡文化霸权主义的坚固堡垒。中华诗词就是中华民族抵挡当前伴随着全球经济一体化而来的文化霸权主义的坚固堡垒。同志们!朋友们!在这一激烈的搏杀中,你们是奋勇前行的斗士,是民族精神、民族独立的捍卫者!

人类走过了五千多年文明的坎坷道路。这五千多年充满了创造和繁荣,也充满了争斗和厮杀。在激烈的血与火的争斗中,世界上古老的民族中,只有中华民族、中华文化不仅没有消亡,而且顽强地延续至今,没有间断。这说明中华民族文化自有其精深、博大、睿智之处,而且充满着强大的生命力。美国物理学家 f. 卡普拉在其《物理学之道》中断言:西方的思维,西方物理学的发展,必定要走到东方哲学道路上去。法国启蒙思想家伏尔泰认为孔子提出的"己所不欲,勿施于人"的思想是超过基徒教义的最为纯粹的道德。被誉为"日本企业之父"、"日本现代文明创始人"的涩泽荣一,去世后日本为其立的铜像是一手拿着算盘,一手拿着《论语》,纪念他成功地统一了"义"和"利"的伟大功绩。一九八八年一月,诺贝尔奖获得者在巴黎集会,瑞典诺贝尔物理奖获得者汉内斯·阿尔夫指出:人类要生存下去,就必须回到 2500 年前去吸取孔子智慧。

对于中华民族文化,西方知识精英如此评价,我们岂能妄自菲薄!近百年来的民族虚无主义应该让它走到尽头!

我们今天从事中华诗词的传承和发展,关系着中华民族文化的复兴,关系着中华民族的复兴。这既是我们的明智选择,也是我们应该肩负的伟大的历史使命。

祝澧浦诗社越办越好,祝大家在传承、发展中华诗词文化、创建诗词之乡的工作中取得新的胜利!

中华诗词学会副会长　雍文华

2006 年 4 月 20 日于北京

《现代梅兰竹菊诗词选》序

　　天啸寒风，地凝冰雪。千林变色，万物改观。于其时，唯梅落落高标，铮铮孤绝：绮萼含青，琼英绽玉；冰肌蕴秀，素魄凝贞。或疏影横斜，临流寄慨；或暗香浮动，对月销魂；或伫立无言，含情不吐；或临风兴叹，思绪绵绵。韵胜格高，群花仰止；坚贞清丽，百代流芳。遂使骚客吟多，才人起思，方之山中高士，林下美人……

　　二月莺声才断，三春烟景正明。恰有幽兰，销声坦途，倚身荒僻；杂乎众草，秀出群芳。曼睇成波，黛眉如扫。罗衣轻举，长袖交风。色茂青翠，芳逾麝馨。焉能随俗俯仰，与时卷舒。顺时不竞，秉性自持。叶幽人之雅趣，明君子之风神。宛如屈子，行吟泽畔；恰似所南，故国情深……

　　世有何物，守之有常，养之有素，诱之不迁，胁之不惧，斯唯竹也。材美质坚，姿性倜傥，寄生榛莽，不扶自直；冰摧雪压，待以虚心。向日森森，当风袅袅；高标绝俗，历劫不凋。逾寒暑而愈茂，秉四时而一心。神如秋水，气若浮云。有如翠幕佳人，幽怀自赏；夷荒使节，耿耿丹诚……

　　旷野苍茫，景气肃清；秋风萧瑟，万籁俱鸣。叶纷纷而木落，雁杳杳而遗声。有菊于时，特立坚贞。阴成绿叶，萼吐清芬。丽质幽姿，情态殊绝：仰者如对月沉吟，俯者如深宵思永，背者如长亭送别，迎者如执手相逢。感纫佩之莫属，心忐忑而徘徊。意态超凡，丰姿婉曼：或怡然而吐妙，或峭然而露奇，或寂然而疏淡，或灿然而纷披。萧淡韵远，清苦思哀，抱香枝头，馨透九垓。节晚愈茂，岁寒愈佳，孤心谁识？劲节谁夸？岂幽独空谷，形孤影单，自有陶潜东篱醉酒，黄巢带甲长安……

是故君子观物，对寒梅，慕其贞丽；对幽兰，怜其清芬；对秋菊，嘉其晚节；对修篁，悟其虚心……

陈君维东、邵君玉铮，均已年逾七旬，深谙"体物寓志"诗教之旨，呕心沥血编纂《中华梅兰竹菊诗词选》，交由学苑出版社出版发行，畅销海内外，极获好评。陈君维东兹又孜孜然主编《现代梅兰竹菊诗词选》，寒暑晨昏，笔耕不辍。斟字酌句，觅珠玑于诗海，聚事征材，发史实于文渊。历时三载，编竣是书，使之成为完璧。读者一册在手，如对高人，睿思兴起，感悟人生。余辈仅能于把玩诵读之时，对陈君维东三致意焉。

二〇〇七年元月六日于北京潇湘云水楼

《军旅行吟》序

　　我与吴广君相识是在 1995 年。其时他在解放军艺术学院专攻美术，即将毕业，正谋划在北京开个个人画展。他出示部分诗作，我当即认定，这个小青年很有一些诗人的潜质，发展下去，前途可观。现在读到他的《军旅行吟》，证实了我当初的预测。

　　诗非小道。有些人以为写几首缠绵悱恻的情诗，或镂刻几篇岚光烟景的田园山水，便成了诗人。虽然它们亦是诗人不可或缺的资质，但作为一个真正意义上的诗人，却是远远不够的。诗道广博而深邃。它应有"天地之心"（《文心雕龙·原道》）、"浩然之气"（苏辙《上枢密韩太尉书》），能"苞括宇宙，总览人物"（《西京杂记》卷二），甚至直至《毛诗序》所说："诗者，志之所之也，在心为志，发言为诗。……故正得失，动天地，感鬼神，莫近于诗。先王以是经夫妇，成孝敬，厚人伦，美教化，移风俗。"总之，诗人心中必须装着整个宇宙人生。吴广君身在军营，军务冗杂，但他却能"思接千载"、"视通万里"，吐属殊具丈夫之气。

　　他抒写一个军人的心志："男儿何不带吴钩，被甲操戈五度秋。一枕诗书皆橘颂，半斋图画尽风流。伤时每读离骚句，嫉世休歌鹏鸟传。濯我当须沧浪水，与君同作信天游。"（《夜读＜离骚＞有感》）他写自己奋然前行："八骏纷争奋铁蹄，孰先孰后自高低。沧桑历尽成神勇，更上青云百丈梯。"（《题自作＜新八骏全图＞》）他写自己如何面对人生："潜修苦琢韵中求，无限江山眼底收。自信平生三百载，沧桑往事任横流。"（《花都行》四首之二）还有"不效闲蝉人后噪，非成大雅愧登堂"（《砚边遣兴》二首之二）、"十年难得精神气，妄自人前大丈夫"（《题同道画稿》四首之四）等等，均为大气之作。

我们常见一些人写诗，寻章摘句，硬凑死拼，跛踬拘挛，捉襟见肘，弄得语言枯槁，诗思阻滞，浑不知才情为何物。真正意义上的诗人必定是格局高开，神游八极，人间万象，竞遣毫端。读吴广君诗，颇有此感。

他写大桥竣工，而已往的扁舟渡口消失，既有对新生的礼赞，又有对已往的眷恋："渡头草色青青，依依杨柳离情。此后谁怀旧事，潇湘云水难凭。"（《清平乐·车过湘江》）他写自己金戈铁马，远戍他乡，而神思独运，以半声鸟语入诗，韵味全出："平生难改是湘音，铁马金戈岭上云。三拜惠州人不识，半声啼鸟算乡亲。"（《诗奉香港驻军刘镇武司令员》三首之一）他常将诗人的生命意识、人生感悟转注于风月花鸟之上，写得那么灵动深婉："本是神州一紫云，英皇久殖不怀春。东风独解离愁绪，七月回归始吐芬。"（《紫荆花赞》四首之一）"紫霞一树对春堂，爬过栏栅忽上墙。许是空怀孤独苦，纤枝又叩小芸窗。"（《题紫藤》）

一般酬酢之作，易为廉价赞颂酸腐之词，而他却能忽而用语平常，俚俗谐趣，忽而天风海雨，想落云外，笔意纵横伸缩自如，略无窒碍："总有烟云绕桌台，先生可是老书呆。茶多水少寻常酌，舌苦喉干妙品来。意达苍穹勤抖擞，神游绝顶忽徘徊。才思一泻三千丈，如此风流我咋裁。"（《致朱向前先生诗三首》之一）

大凡真正的诗人，往往是"无意不可入，无事不可言"，凌云健笔，捭阖纵横，具有极大的襟怀和魄力。吴广君庶几有此潜能。

"诗言志"（《尚书·尧典》）、"诗缘情"（陆机《文赋》），志情相通，实则一也。《左传》昭公二十五年："是故审则宜类，以制六志。"杜预注："为礼以制好恶喜怒哀乐六志，使不过节。"孔颖达疏："此六志，《礼记》谓之六情。在己为情，情动为志，情志一也。"是故，诗最需要的就是真情。以此方之吴广君，颇能相合。

　　三月柳桃皆有讯，夏去秋来归雁认。披霜戴雪历风云，爱到恨时何足论！　也曾无寐倚天问，苦短人生终一瞬。只身孤旅奈如何，为父为夫担大任！

（《玉楼春·寄内》）

写两地劳燕分飞，伤而不怨。

　　一曲难成纸一堆，去年秋色复轮回。问君南下几时归。昨夜梦中情切切，花前月下影相偎。红窗绿纸共瓶梅。

（《浣溪沙·秋思》）

忆及所思，深婉有致。

　　秋波漫语神犹在，人面桃花始觉新。一树寒梅存尺素，半枝清竹抵千金。夜阑冷落无人问，月白凄凉剩我吟。最怕都门风带雪，潸然泪雨满衣襟。

（《子夜遣怀》二首之一）

造语清新，笔意老到，情真意挚，沉郁凄清。

还有"几许幽情成别梦，无多春水染戎衫"（《致友人》）、"长留俊美春风面，聊解伊人秋水思"（《题友人小照》之二）、"情如月，待还缺，意彷徨。昨夜一帘幽梦、落潇湘"（《秋夜月·客居深州》）、"自惭非是蓬莱客，枉解瑶池一袭春"（《致友人》二首之一），均是风华有致，可圈可点。

真情来自对现实有深知，对人生有洞悉，对历史有灼见，对宇宙有参悟，以及对自己及他人有至深至大的关爱。真情来自与人生社会相拼搏、相激荡、相交融、相契合而获得的精神富有。吴广君有过追求，也有过挫折，因之也就有过一时生存境遇的困顿和精神的失落，这就使他更能深刻地体验人生，更能深刻地认知生命的意义，从而更加真实地面对自己，面对他人，面对宇宙人生。

吴广君不仅工诗词，且兼擅绘画、书法、篆刻，这在当代艺林中弥足珍视。"惟楚有材"，吾予吴广君有厚望焉。然诗艺之精，需穷毕生之力。集中于诗之体格声调、兴象风神，尚多有值得穷尽推敲之处。当代著名诗人周笃文先生有云："诗贵天然意贵新，情真律稳语通神。个中三昧能参透，便是风骚国里人。"此可作为诗词创作之圭臬。吾与吴广君其共勉之。

（原载《中华诗词》2007 年第 3 期）

《吟苑英华》序

面对中华诗词的苏复、兴起和蓬勃发展，有些人说，读了唐诗宋词，读了李白、杜甫、苏东坡、辛弃疾，就不想读别的诗词了。这真大有"曾经沧海难为水，除却巫山不是云"之慨。其意十分清楚，那就是：有了李、杜、苏、辛，你们还写什么诗词，别瞎折腾了。

厚古薄今，推崇古人已经取得的成就，怀疑今人、后人的创造能力，其实自古有之，甚至成为我国一部分文人的通病，很难说是一种新的观点、新的理论。如谓不然，检视一下中国文学发展的历史也就明白了：第一位是鼎鼎大名的韩愈。他在《答李翊书》中就宣称"非三代两汉之书不敢观"。第二位是宋《沧浪诗话》的作者严羽。他说："学诗者以识为主，入门须正，立意须高，以汉魏盛唐为师，不作开元、天宝以下人物，若自退屈，即有下劣诗魔入其肺腑之间。"第三位是不甚为人所知、而实际很有影响的元人欧阳玄。他在《梅南诗序》中说："《离骚》不及三百篇，汉魏六朝不及《离骚》，唐人不及汉魏六朝，宋人不及唐人，皆此之以，而习诗者不察也"。第四位是明前七子首领李梦阳。《明史·文苑传》说他"倡言文必秦汉，诗必盛唐，非是者弗道"。第五位是明后七子首领李攀龙。《明史·李攀龙传》说他"谓文自西京（指西汉），诗自天宝而下，俱无足观"。这种文学退化论，历来就遭到有识者的反对。晋代葛洪鉴于自先秦至两汉的崇古倾向，特撰《钧世》（《抱朴子》外篇）以辩驳之。今择译其大意为：《尚书》乃政治文书，不如近代一些公文清富赡丽；《毛诗》有文采，但也赶不上《上林》《羽猎》《两京》

《三都》等赋作。那些守株待兔的人们，只相信古人的作品，不相信近人和今人的作品，他们把古人的作品看得很神圣，把今人的作品看得很浅陋，这种倾向已是由来已久。……现代或近代的诗和古代的诗，都含蕴着一定的思想内容，但差别很大。同是描写宫室，奚斯所写的《鲁颂閟宫》能赶得上后汉人王延寿所写的《鲁灵光殿赋》吗？同是表现游猎，《诗经》中的《叔于田》《卢令》能赶得上司马相如的《上林赋》吗？同是歌颂祭礼，《诗经》中的《云汉》《清庙》能赶得上郭璞的《南郊赋》的华艳吗？同是赞美战争，《诗经》中的《出车》《六月》能赶得上陈琳的《武军赋》的壮伟吗？近代夏侯湛、潘岳都作过"补亡"诗，也就是补写《诗经》已失传的《白华》《南陔》《华黍》等六首诗，都以为其质量之高，不是《诗经》所可比拟的。这是因为古代的一切都比较朴素，现在则要求注意形式的美，随着时代的推移，发生这样的变化，也是很自然的。至于丝织品的美观和结实，不能说它赶不上原始的襄衣，辎重车的漂亮和坚固，不能说它赶不上原始的椎车。……用车和船代替步行，用文字记事改变结绳记事的办法，等等等等，后来居上者，举不胜举。既然人们都能知道这些东西今胜于昔，为什么偏偏只有文章总是今不如昔呢？葛洪的上述论辩并非尽善尽美，但其显现的初步的进化论的文艺观则是十分可贵的。盛唐、中唐之际的独孤及承认文艺的发展进化，是进化论者。他在《唐故左补阙安定皇甫公集序》中认为，五言诗的发展从国风到汉魏，依然还是"质有余而文不足"，如果和当时的盛唐相比，便有"朱弦疏越，大羹遗味之叹"。一直到沈、宋完成了律诗，才达到了"缘情绮靡"的要求。这样的诗歌虽然距离雅音已越来越远，而其艺术美则超过了以往，这是诗文发展的必然，"亦犹路輶出于土鼓，篆籀生于鸟迹也"。清代《原诗》的作者叶燮批评严羽说："夫羽言学诗须识是矣，既有识，则当以汉、魏、六朝、全唐及宋之诗，悉陈於前，彼必自能知所决择，知所依归，所谓信手拈来，无不是道。若云汉、魏、盛唐，则五尺童子三家村塾师之学诗者，亦熟於听闻得於授受久矣。此如康庄之路，众所群趋，即瞽者亦能相随而行，何待有识而方知乎？吾以为若无识，则一一步趋汉、魏、盛唐，而无处不是诗魔；苟有识，即不步趋汉、魏、盛唐，而诗魔悉是智慧，仍不害於汉、魏、盛唐也。羽之言，何其谬戾而意且矛盾也。"当前后七子雄踞文坛，"文必秦汉，诗必盛唐"的复古思潮风靡天下时，唐宋派应运而生。唐顺之，王慎中反对前七子。唐顺之编了一套六十四卷本的《文编》，把唐宋的文章编了进去，并在自序中把前七子批了一通。归有光、茅坤反对后七子。茅坤专门编了一套多达一百六十四卷本的《唐宋八大家文钞》，专收唐宋两代的文章，其目的是"病今世之为文，伪且剿也，特标八大家之文以楷模之"。对前后七子批判更力的要数"公安派"，袁宏道在《叙小修诗》一文中说："秦汉而学六经，岂复有秦汉之文？盛唐而学汉魏，岂复有盛唐之诗？唯夫代有升降，而法不相沿，各极其变，各穷其趣，所以可贵，原不可以优劣论也。"他在许多文章里反复阐述这一观点，发出"古何必高？今何必卑？"的呼声。他在《与江进之》的信里说："古不可优，后不可劣；若使今日执笔，机轴尤为不同。何也？人物事态，有时而更，乡音方言，有时而易，事今日之事，则亦今日之文而已矣。"叶燮在《原诗·内篇上》针对李梦阳"不读唐以后书"、李攀龙"唐无古诗"等复古倒退论说："诗始于三百篇，而规模体具於汉。自是而魏，而六朝、三唐历宋、元、明以至昭代，上下三千余年间，诗之质文、体裁、格律、声调、辞句，递嬗升降不同，而要之诗有源必有流，有本必达末；又有因流而溯源，循末以返本，其学无穷，其理日出。乃知诗之为道，未有一日不相续相禅而或息者也。但就一时而论，有盛必有衰；综千古而论，则盛而必至於衰，又必自衰而复盛，非在前者之必居盛，后者之必居衰也。……盖自天地以来，古今世运气数，递变迁以相禅。古云：'天道十年一变。'此理也，亦势也，无事无物不然，宁独诗之一道胶固而不变乎？……大凡物之踵事增华，以渐而进，以至於极。故人之智慧心思，在古人始用之，又渐出之，而未穷未尽者，得后人精求之而益用之出之。乾坤一日不息，则人之智慧心思，必无尽与穷之日。惟叛道，戾於经，乖於事理，则为反古之愚贱耳。苟於此数者无尤焉，此如治器然，切磋琢磨，屡治而益精，不可谓后此者不有加乎其前也。"

对于文学每况愈下的厚古薄今思想的批评，前人已经说得很清楚了，我们不想再置一词。但问题是，那些推崇古人已经取得的成就，怀疑今人、后人的创造能力的人，自己却还是要写诗作文、著书立说。而实践又恰恰证明，他们取得了不同于古人的成绩。对于韩愈，苏轼的赞语是"文起八代之衰，道济天下之溺"，何其了得，一直被后世学者仰之如泰山北斗。即使成绩并不突出的明前后七子，文学史也得列出专节专章。看来文既未终于秦汉，诗亦未终于盛唐，非三代两汉之书，还是有可观的。

每当有人抬出李、杜、苏、辛叫当代诗词写手应自愧汗颜、就此住手时，我就想，为什么他们对当代小说写手、新诗写手就那么高看呢？写小说者，除了极个别人自信太高，倡言"一不小心便写出了一部《红楼梦》"之外，难道都认为自己的小说一定会超过《红楼梦》吗？要不然还写干嘛？写新诗者，难道都相信自己会超过《女神》吗？要不然还写新诗干嘛，正如当代诗词写手明知难以超过李、杜、苏、辛，还写干嘛？！如果说，"文变染乎世情，兴废系乎时序"（《文心雕龙·时序》），一个时代有一个时代的文学，一个时代有一个时代的小说、新诗，尽管难以超越前人亦有存在的价值，那么，难道就不可以说，一个时代有一个时代的传统诗词，尽管难以超越前人，亦有存在的价值吗？

我们讨论、研究问题不能离开事实。当前的事实是：当代中华诗词适逢改革开放的历史机遇，在中华民族伟大复兴的历史进程中蓬勃兴起，迅速发展：一是组织健全，除中华诗词学会外，各省、市、区都有诗词学（协）会，地区和县也有，甚至连乡和村也有诗社；二是诗词写作队伍庞大，号称百万之众；三是诗词书刊大量印行。据不完全统计，刊物达 600 余种。中华诗词学会所办《中华诗词》杂志，已发行两万五千多份。诗词书籍大量出版。诗词作品数量可观，质量也在逐步提高。如果不是人民群精神文化上的需要，心理上的诉求，当代中华诗词能有如此蓬勃发展的态势吗？

诗歌的创新和发展，既是诗人的自觉，也是诗歌自身生命运动的结果。正如我们完全不必担心地球不会转动，明天的太阳不会升起来一样，也完全不必担心诗歌不会产生新变。传统诗词亦会延续和变化发展，可以反映现代生活和现代意识。这已成为越来越多的诗人、诗歌理论批评家的共识。

　　《吟苑英华》的编纂，是出于以下考虑：一是检阅当代诗词创作的实绩，二是促进广大会员学习、借鉴，提高诗词创作质量，促进诗词创作的发展；三是汇集当代诗词创作，为编纂当代诗词史、文学史留存史料。《吟苑英华》收入中华诗词学会会员近万首优秀之作，其中作者，有的是国家领导人，有的是各界著名学者，更多的是我国诗词界的耆宿名流及驰骋当前诗坛的领军人物。

　　对于当代中华诗词的发展前景，对于当代中华诗词写手的创新能力，我们不会像上述朋友那么悲观。我们坚信，在社会主义现代化建设和改革开放的伟大进程中，在中华民族的伟大复兴中，当代中华诗词写手会有既不同于古人，又不同于来者的对于时代、对于社会、对于人生的摄取、认知和体悟，写出具有时代特质的诗歌来。这就是我们编纂《吟苑英华》的动因。

（原载《中华诗词》2008 年第 6 期，编者改文题为《质文代变，诗艺趋新》）

《诗词发微》序

　　郅敬伟先生大著《诗词发微》出版，嘱我为序。一看"发微"二字，顿生好奇之心，盖与一般诗词别集之名称颇为不同也。读作者《后记》云："书名所用'微'字，与精深玄奥之解丝毫无涉，仅取细微之义。如果必要通释，或可认为前者是梦想，后者是现实。仅此而已。"这一则显出作者的谦逊，二则于谦逊之中还是透露出作者的追求。

　　通读《诗词发微》，深觉该书未负作者期盼，确可称为"阐精发微"、"精深细邃"之作，弥足珍贵。

　　一是诗词格律数字标注法（**郅氏标注法**）。词是按照乐谱填作的，所以词创作谓之填词或倚声。但宋代南渡以后，词人能按谱填词的就不多了[①]，加上乐谱逐渐流失，所以嗣后词人作词，大都只能以前人的作品为范例，依其字句声韵填写。这样就把词诗律化了，只能从字句声韵方面建立自己的一套格律。这类词谱始于明周瑛编的《词学筌蹄》，用圆圈表示平声，以方框表示仄声。此后，张綖的《诗余图谱》，用黑白圈标注平仄。清初有赖以邠作《填词图谱》，图仿《诗余图谱》，谱依《啸馀谱》，标注方法赓续之。万树《词律》用文字标注。康熙时王奕清等合编《钦定词谱》四十卷（即**《康熙词谱》**），仿《诗余图谱》，同样以黑白圈标注平仄。直至今天诗词格律有了各种各样的标注法。但以往的诗词格律标注法，或书写不便，或绘制麻烦，或凌乱而缺乏美感，尤其是粗略而不完整。而郅氏标注法，不独书写方便，形式美观，尤其可贵之处在于完整而精细。它于律、绝的格律，特别是词的格律，举凡词调的词牌、用韵、单双调、句数、字数，词调中的领字、对仗、迭韵、转宫迭韵，甚至仄声中的去声用法，均能一一标注分明，形成一套崭新的、完整的、系统的、科学的诗词格律标注法。这完全是原创，令人不敢小看。当然尚须完善。在词的分阕方面，除了单双阕、四迭之外，尚有三迭。在词的用韵方面，有的词调平仄韵不拘，可押平声韵，亦可押仄声韵，如《满江红》《回波乐》《秋风清》《如梦令》《浣溪沙》等；有的词调同部平仄韵通叶，如《双调望梅花》《金环子》《水仙子》《沉醉东风》等；有的词调平仄韵错叶，如《荷叶杯》、《定西番》、《酒泉子》等。这些均需有明确的标注。但可以肯定，郅氏标注法经过补充完善，完全有望超过前人之作。

二是诗海钩沉、探骊得珠的鉴赏。集中《鉴赏》十三篇梳理、分析、阐发、总结了诗词创作"云龙行藏"、"落英回舞"、"尺水兴波"、"钱塘回潮"等十三种技法。作者体验深邃独特、分析深刻精微、概括准确科学。这是对我国诗学理论现代性阐释、转化和重构的有益尝试。作者的这种研究，这种学术价值取向，在我国诗学体系的建构中，其意义绝不可低估。我国诗学资源十分丰富，诗歌作品浩如烟海，诗学理论历代传承。从狭义的诗学理论说，自梁锺嵘的《诗品》、唐司空图的《二十四诗品》及其后的各种诗话词话著作，可谓汗牛充栋。其中有极独特的、精粹的、充分体现中华民族审美特性的理论、理论命题、理论基石和理论生长点，但大体均是感性的、直观的、印象式的、体验式的点评，缺乏完整系统的理论提炼、理论概括和理论升华。正如有的学者所指出的："现代中国学术的深刻矛盾，存在于第一流的丰厚而独特的资源和尚未形成第一流的具有世界影响的现代学理体系之间……"（杨义：《感悟通论》，《新国学》2005年第2期）中国诗学体系的建构正处于这样一种深刻的矛盾之中。虽然前贤如王国维、宗白华等为中国诗学现代性的阐释、转化与重构作过开拓性的工作，但离建构完整系统的、第一流的、具有世界影响的诗学理论体系，尚有很大的距离。正是在这一点上，我们看重《诗词发微》作者所作的努力。

　　三是悟性的灵动的诗词创作。这是《诗词发微》一书最具艺术价值的部分。翻开集子一读过后，便立刻想起作者集中《诗》部的序诗："一声流啭莺啼序，满眼春风二月花"。的确，呈现在我们面前的是风神各具、多彩多姿的诗作。有的清丽，有的高华，有的蕴藉，有的缠绵，有的沉郁，有的深婉，有的机巧，有的空灵，有的富于神韵，有的富于哲理，令人目不暇接、心无旁骛，齿颊留香，神思高远，佳篇丽句，随处可圈可点。

　　　　谁到人生三亚地，真能一效鹿回头。

　　　　　　　　　　　　　　——《海南感兴·鹿回头》

　　　　未料临泉贪不得，白云犹鉴一身廉。

　　　　　　　　　　　　　　——《花果山杂咏·临泉》

　　　　白杨如箭上云天，翠柳垂丝下陌阡。
　　　　地不图杨回首报，天何怨柳用情专。

　　　　　　　　　　　　　　——《春　日》

莫道同胞同境况，岁寒枝上两参商。

红颜拼却严冬尽，方见青芽竟短长。

——《咏梅其四》

人间上界不同时，一树寒梅试早迟。

未教群芳长梦觉，先将琼朵下天枝。

——《咏梅其五》

这些诗都写得风姿绰约、神采飞扬，是顿然而生的感物会心之作。其核心便是灵感。

灵感是一种瞬间豁然开朗的顿悟式的创造思维，具有电光石火般的突发性，稍纵即逝，可谓"做诗火速逃亡逋，清景一失后难摹。"（苏轼）只有具有深厚艺术修养、高度艺术敏感力的人才能在瞬间获得它，把握它。

涵养心田三万亩，倾情只种一株兰。

——《洛阳四家印象》

富珍亲历千般苦，自主人生万事成。

——《席间听韩公世锋先生忆旧》

不望书成求纸贵，偏因器重待衡量。

——《贺梁文铎先生＜凤凰迎风＞付梓》

毕竟圣才非骏马，不堪三顾信难求。

——《千金市骨》

但愿方家珍慧眼，不逢骐骥不回头。

——《伯乐一顾》

耳目清平乐，身心蜀道难。
愁浓三盏醉，梦浅五更寒。

——《感　怀》

这些诗思的生成、思想火花的爆发，俱赖于诗人的直观体验——直觉对客观事物的接受而产生生动、独特的意象，俱赖于诗人审美经验的积累，俱赖于诗人个体的特殊感受。所谓"观古今胜语，多非补假，皆由直寻"（《诗品序》）是也。

欲卜龙孙何限量，且听拔节到三更。

——《月夜惊笋》

嚼尽槽头月，嘶惊枝上春。奋蹄一路丈晨昏，又梦化龙身。　　逸影风千里，兰筋傲十分。何须慧眼识超群，骐骥自精神。

——《巫山一段云·马赋》

扑面南风，随车甘雨，惠吾花县宜阳。几度春秋，一篇大气文章。还青洛浦回鸥鹭，市井喧，丰穗摇黄。俊游乡，人面长春，胜迹重光。　　行经又至心仪地，憩清歌院落，盛荫甘棠。问政听忧，几多民意牵肠。江山不识从前旧，更殷殷、召伯思量。为谁忙？心底无私，度外无双。

——《随吉炳伟书记过甘棠》

这些诗词作品，词采华茂，感慨良多，骨气奇高，自致远大，卓然有清拔之气。作者注重把握事物的内核，或写物会意，或缘事抒情，人与物会，物与人通，达到人与物、主体与客体内在精神的契合和心灵的沟通，表达对生活的认知和生命的体验。

郅敬伟先生的诗作，注重直观体验，注重个体特殊感受，注重整体把握，追求物我合一，静观默想，自由无羁，澄明清彻，飘逸灵动。而这些都是我国感悟诗学的精义之所在。

前人对诗词创作，主张作者才、情、学、识、气、力兼备。我以为郅敬伟先生庶几近之。祈望先生用自己的创作和理论研究为中国现代感悟诗学的建构贡献才智。

【注】

① 依郑文焯、龙榆生、夏承焘说。见龙沐勋辑《大鹤山人论词遗札》，《词话丛编》本，中华书局1986年版，第4343页；龙榆生《近三百年名家词选》，上海古籍出版社1979年版，第225页；夏承焘、吴熊和《读词常识》，中华书局1981年版，第21页。

2008年1月20日 于北京潇湘云水楼

解读聂绀弩诗

　　我在中国作家协会工作时，书记处某书记常对我说：作家就是人精。随着自己渐渐变成老人，不免常常去想孔夫子"五十而知天命，六十而耳顺，七十而从心所欲不逾矩"这句话的深刻涵义。一个作家、诗人，而又活得年龄很大，经历了漫长而且坎坷的人生，那么对他的思想、他的心灵世界的复杂性，就应该有充分的估计。我对聂绀弩先生及其诗作就抱如此想法。

　　胡乔木在《散宜生诗》序中说："用诗记录了他本人以及与他相关的一些同志二十多年来真实的历史，这段历史是痛苦的，……"以政治家的正直与诗人的忠诚，承认聂绀弩所写的是真实而痛苦的历史。又说："作者……却从来未表现颓唐悲观，对生活始终保有乐趣甚至诙谐，对革命前途始终抱有信心。"我想这里的解读，多少已经浸染着意识形态战线领导者的责任和导向。

　　不止胡乔木，还有施蛰存。他在《管城三寸尚能雄》中说："聂绀弩旧体诗的更大的特点是它的谐趣，一种诙谐的趣味。……《北方草》第一首《搓草绳》诗句云：'一双两好缠绵久，万转千回缱绻多。'《挑水》的'一担乾坤肩上下，双悬日月臂东西。'《脱坯》诗的'看我一匡天下土，与君九合塞边泥。'《拾穗》诗云：'一丘田有几遗穗，五合米需千折腰。'……等，都是极饶谐趣的诗篇，使人读了禁不住一笑，佩服其设想之妙。"

　　在我看来，这是把沉重化为轻松。

不止胡乔木、施蛰存，还有子冈。他在《绀弩及其旧体诗》中说："一是人生眼光旷达。……如《推磨》则'把坏心思磨粉碎，到新天地作环游'；《挑水》则'一担乾坤肩上下，双悬日月臂东西'；《清厕》则'高低深浅两双手，香臭稠稀一把瓢'；《拾穗》则'鞠躬金殿三呼起，仰首名山百拜朝'，《穿球鞋》则'老头能有年轻脚，天下当无不种田'，……这些佳句，冷眼里含热情，朴素中蕴工巧，是自尊对屈辱的战胜，是信念对暂时现象的覆盖。我这样说，自有另一番道理——这些诗产生于五十年代末期，其时作者和一大批文化界的'右派'，正在寒冷的北大荒接受劳动改造——能在'日出而作、日入而息'的沉重劳动中，发现生活中的美好内蕴并把它上升为诗，这需要怎样的毅力和信念啊！"

我们能于这辛酸屈辱的劳动改造中发现作者对"生活中的美好内蕴"的赞颂吗？

还有罗孚。他说："搓草绳，粗活也，却被绀弩既写得细腻、情深——'缠绵''缱绻'，又写得气壮——'缚苍龙'、'绾红日'，怎能不令人叫绝？"他说："'以此微红献国家'，于浅伤处见深情，老头子有儿女态，此亦辛词中之'妩媚'乎？"他说："'白雪阳春'对'苍蝇盛夏'，妙！将此等事写成澄清天下，大任曹刘，红旗上游，亦见巧思。"

当然也有另外的解读。高旅在《序》中说："其过程极其自然。正如鲁迅所云，受伤后躲入森林，舐净血，养好伤，重出战斗之气概同。绀弩非'浪漫谛克的革命家'，于挽荃麟、雪峰诗中，皆有'狂热浩歌中中寒'等句，用鲁迅《野草》语。"

舒芜在《记聂绀弩谈诗遗札》中说："向来说'诗穷而后工'，说'欢愉之言难工，穷苦之辞易好'，其实古来写穷苦的诗，并没有多少好的。……而聂绀弩在北大荒监牢里的那些诗，才是写穷苦的绝唱，写出了那样人所不堪的环境中一个不失人的尊严的人。"程千帆在《滑稽亦自伟》中说："他的诗初读只使人感到滑稽，再读才使人感到辛酸，三读则使人感到振奋。这是一位驾着生命之舟同死亡和冤屈在大风大浪中搏斗了几十年的八十老人的心灵记录。他的创作态度是真诚的，严肃的，而决非开玩笑即以文为戏的。'欲织繁花为锦绣，已伤冻雨过清明。'他虽然是在说肖红，实际上也是说自己。他又说：'老欲题诗天下遍，微嫌得句解人稀。'……前几年我曾以诗相赠，……'绀弩霜下杰，几为刀下鬼。头皮或断送，作诗终不悔。艰心出涩语，滑稽亦自伟。因忆倪文贞，翁殆继其轨。'"

林书在《说"绀弩体"》中说："它（《削土豆伤手》）不像《推磨》那么正面描写劳动，揭示可笑，但也像推磨撇开伤痛，从自谦、自责处落笔，以反衬'忠而被谤'的可悲。《搓草绳》：'冷水浸盆捣杵歌，掌心膝上正翻搓。一双两好缠绵久，万转千回缱绻多。'确实令人拍案叫绝。而'红日西矬'，'草苗相混'，'泥里机车'，'任重途修坡又陡，鹧鸪偏向井边啼'，'高材见汝胆齐落，矮树逢人肩互摩'……这些形象从各个角度合成一幅动荡不安、是非混淆、黑白颠倒、天怨人怒的画面，体现出历史巨大曲折的特点，浓缩成一个巨大的问号。"

以上解读，与我的看法庶几近之，算是透过皮毛、深入到了腠理，不似有的批评家、注释家动不动就望文生义地铺排扬厉一番。

　　解读作品，重要的原则是要以事实为根据，将作者的经历、行状、思想、作品放在特定的历史背景和时代思潮中加以实事求是地考察。

　　聂绀弩的经历颇为复杂。他高小辍学，少年从军，毕业于黄埔军校二期，与林彪同期，参加了第一次东征。他加入过国民党，也加入过共产党。后入莫斯科中山大学，与蒋经国同学。他与国民党的谷正刚、张道藩之流有过往来，尤与特务头子康泽结下不解之缘。"九·一八"事变后，他组织'文艺青年反日会'，发表抗日宣言，被迫弃职。后流亡日本，经胡风介绍加入'左联'，旋被日本当局逮捕，驱逐出境。回国后，参加'上海反帝大同盟'，结识鲁迅、茅盾、巴金、萧红、丁玲等进步作家。他当过国民党的"中央通讯社"的副社长，也主编过汪伪政权《中华日报》副刊，与汪精卫有那么一点关系。新中国成立前，任香港《文汇报》总主笔。后应邀参加第一次文代会和开国大典，任中南军政委员会文教委员、后任人民文学出版社副总编辑兼古典部主任。虽然他是老共产党员，为革命也做过许多工作。但他这种处于国、共、伪复杂冲突中的经历，在随后接踵而至、纷至沓来的激烈、残酷的社会以至于党内的斗争中，其悲剧命运将被历史铸成，这已是毫无疑义的。

　　对于聂绀弩，周恩来说他是"大自由主义者"。夏衍称之为"狂狷之士"。冯雪峰说他"桀骜不驯"。聂绀弩自认是民主个人主义。在给舒芜的信中对自己的桀骜之气，亦直言不讳："桀骜之气，亦所本有，并想以力推动之，使更桀骜，……"他是有些落拓不羁、玩世不恭、甚至目无官长，我行我素的。第一次文代会，首长接见，他却高卧在床，三番五次叫他，就是"不管那一套"。这样的心性，能融入一个要求思想行动高度统一、接人待物上下阶级分明的社会吗？

新中国成立，随即开始的肃反运动中，聂绀弩被隔离审查，定为有严重政治历史问题。反右中被划为右派，开除党籍，加判无期徒刑，遣送北大荒劳改。又说他帮助妻子周颖起草"反党宣言"，这也是送他劳改的另一大原因。但事后查证，这完全属于子虚乌有之事。文化部只好令其退休，而他却认为：既已当上右派，不去北大荒，岂不徒有虚名！这是一种自杀式的反抗！灵魂深处的抗争，已至极致。在沉重的、屈辱的劳动改造中，又被诬为"纵火犯"，被判刑一年，关进监狱。经妻子周颖上下奔走，终得以刑满释放，于一九六二年初回到北京。他自以为"此后定难窗再铁"，殊不知文革一起，他又以"现行反革命"罪被捕入狱，第二次被判处无期徒刑，其时他已六十四岁了。这对他的精神是一次彻底的摧毁，据说他情绪激动，万念俱灰，十多天的眼睛都是红红的，所谓"是泪是花还是血，频揩老眼不分明"。一九七六年的出狱，亦非常离奇，不是平反，也不是减刑，而是在特赦国民党战犯时，经人救援，混充一名战犯，予以宽大释放。

聂绀弩屡次蒙冤受害，历尽狱囚流徙之灾，这于他对社会人生的认识不能不产生深刻的影响。

他在给舒芜的信中说："我觉兄有大悲，以致我把庆诗写成吊诗以及以前题天问楼等均此意。盖兄应有极大成就，偶因一挫而毁，真我辈之不幸也。"悲人亦自悲也。在另一封致舒芜的信中说："我看过忘记了名字的人写的文章说舒芜这犹大以出卖耶稣为进身之阶。我非常愤恨。为什么舒芜是犹大，为什么是胡风的门徒呢？这比喻是不对的。一个三十来岁的青年，面前摆着一架天平，一边是中共和毛公，一边是胡风，会看出谁轻谁重？……至于后果，胡风上了十字架，……然而人们恨犹大，不恨送人上十字架的总督之类，真是怪事。我以为犹大故事是某种人捏造的，使人转移目标，恨犹大而轻恕某种人。"人们恨犹大而不恨总督，这就是聂绀弩的认识。再一封给舒芜的信中说："在北京碰见你时，曾对你说，某种人把人不当人看。当时你不理解，现在该饱有经验了。把人当人看，是民主思想，现在还普遍地做不到。'文革'中，落后群众的这一特点可说发挥和被利用到极点了。"

一九七七年元旦，聂绀弩致信给舒芜："杂感实有之，不但今日有，即十年前也有，所以我认我所经历为罪有应得，平反为非分。"这明显是愤懑之词。

聂绀弩在《自序》中说："半个多世纪以来，目睹前辈和友辈，英才硕学，呕尽心肝。志士仁人，成仁取义。英雄豪杰，转战沙场。高明之家，人鬼均嫉。往往或二十几岁便死，如柔石、白莽。或三十来岁便死，如萧红、东平。命稍长者亦不过四五十岁，如瞿秋白、鲁迅……有时悲从中来，不知何故，所谓'泪倩封神三眼流'（拙句）者，人或以为滑稽，自视则十分严肃。且谓庄子的极端自私的个人主义思想亦未尝全无所见，然真人类及历史之大悲也！"

我以为，聂绀弩诗，必须也只能从"人类和历史之大悲"处解读。虽然聂绀弩也说过"作《荒草》时，觉事景俱新，且微现劳动者身，少为新鲜"的话，诗中亦有所表现，但不是表现的主体，绝大多数是借以言事。他的诗有更高的立足点，有更高的思想层面。

《放牛》："马上戎衣天下士，牛旁稿荐牧夫家……苏武牧羊牛我牧，共怜芳草各天涯。"写身世之悲凉。曾为共和国之建立，转战沙场、呕尽心肝——所谓'当了几十年党员'——本可以天下为己任，好好干一番，却被贬成一牧牛儿，即使以苏武作比，人家是为国家折冲樽俎，而自己已是报国无门。

《清厕同枚子》："君自舀来仆自挑，燕昭台畔雨潇潇。高低深浅两双手，香臭稠稀一把瓢。白雪阳春同掩鼻，苍蝇盛夏共弯腰。澄清天下吾曹事，污秽成坑便肯饶？"为什么想到燕昭王黄金台？燕昭王筑黄金台是为了招揽天下贤才。唐代罗隐有句云："浮世近来轻骏骨，高台何处有黄金。"聂诗当然比罗诗更深入。现在不但是轻骏骨，不养育人才，而是用苦役式的劳动来折磨、侮辱知识分子，高、低、香、臭，阳春白雪、苍蝇蛆虫，均已混成一团。在这种严酷的现实面前，我不相信诗人还会唱起"天将降大任于人"、"澄清天下"之类的高调，稍有头脑的人都知道，知识分子在那样的社会环境下，这无异如痴人说梦。其他的解读，只是表象。

《推磨》："百事输人我老牛，惟馀转磨稍风流。春雷隐隐全中国，玉雪纷纷一小楼。把坏心思磨粉碎，到新天地作环游。连朝齐步三千里，不在雷池更外头。""老牛"而"稍风流"，且于"推磨"中见出，这是含泪的幽默和自嘲。作者真承认自己有"坏心思"、有罪吗？这种无穷无尽的所谓思想改造、重新做人，只是叫知识分子战战兢兢、如履薄冰，不敢越雷池一步。

《挑水》："这头高便那头低，片木能平桶面漪。一担乾坤肩上下，双悬日月臂东西。汲前古镜人留影，行后征鸿爪印泥。任重途修坡又陡，鹧鸪偏向井边啼。"对于这种改造知识分子的平凡琐屑的"挑水"劳动，却大而无当地扯上"乾坤"、"日月"这样庄严、伟大、雄浑、壮阔的字词和意象，只能为历史留下滑稽可悲的形象，故最终发出"行不得也哥哥"的浩叹。这只能看作是自嘲和嘲人，而不能仅以"谐趣"和"发现生活的美好内蕴"视之。

《锄草》："何处有苗无有草，每回锄草总伤苗。培苗常恨草相混，锄草又怜苗太娇。未见新苗高一尺，来锄杂草已三遭。停锄不觉手挥汗，物理难通心自焦。"对于这首诗，我同意徐城北先生的解读："如果从'锄草'联想到前些年所搞的一系列扩大化的政治运动，其弦外之音就颇使人惊心动魄了。"这种培苗未尺、锄草三遭，不断锄草，不断伤苗的政治运动，使作者感到"物理难通"的"心焦"。这是悲人，亦是悲己。

《削土豆种伤手》："欲把相思栽北国，难凭赤手建中华。狂言在口终羞说：以此微红献国家。"北大荒真值得永远相思吗？说它是一段难忘的伤心的记忆，似乎更为准确。自己报国无门，仅能以数点指血以表对国家的忠诚。然而，几点指血能与"建中华"相比吗？"以此微红献国家"便成了自嘲和讥讽了。

读聂绀弩的诗，很多都是字面上的意思与诗的实质内容完全两样。这种言在此而意在彼，语言和思想完全两样，便是反讽。这是聂绀弩诗最显著的特点，也是解读聂诗的关键。

为了加深对聂诗这一特点的认识，我们对"反讽"略作申述。

"反讽"（irony）本是西方文论最古老的概念，由于它的表现形式各不相同，且概念又在不断地发展、膨胀，也就成了最叫人头痛的文论概念，论者称其有臭名昭著的难以捉摸的性质。但我们于西方文论中细心抉择，还是能对它有所了解的。

"反讽"一词来自希腊文 eironia，原为希腊戏剧中一种角色典型，即佯作无知者，在自以为高明的对手面前说傻话，但最后这些傻话证明是真理，从而使"高明"的对手大出洋相。反讽的基本性质是对假相与真实之间的矛盾以及对这矛盾无所知：反讽者是装作无知，而口是心非，说的是假相，意思暗指真相。瑞恰慈提出诗必须经得起"反讽式观照"，也就是说，"通常互相干扰、冲突、排斥、互相抵消的方面，在诗人手中结合成一个稳定的平衡状态。"新批评反讽理论的主要阐述者布鲁克斯认为"反讽"是一种狡黠的语言技巧，即似非而是。它违反常识，把不协调的、矛盾的东西紧合在一起。诗人必须考虑的不仅是经验的复杂性，而且还有语言之难制性，它必须永远依靠言外之意和旁敲侧击。丹麦哲学家凯尔克加德在《反讽概念》一文中说："在更高的意义上，反讽不是指向这个或那个具体的存在，而是指向某个时间或情状下的整个现实……它不是这个或那个现象，而是经验的整体。"

反讽的最基本形态即所言非所指。其他亚形态为克制陈述、夸大陈述与夸张、正话反说等，这些特点在聂诗中大量存在。

聂绀弩并不赞成写旧体诗，他曾对舒芜说："旧诗真做不得，一做，什么倒霉的感情都来了。" 而且说："七十年代末我们劫后重逢，谈到这个问题时，我发现他立场坚定如故。"但为甚麽又偏偏选择了这种体裁呢？他在《聂绀弩诗全篇·自序》中说："以为旧诗适合于表达某种情感，二十余年来，我恰有此种情感，故发而为诗；诗有时自己形成，不用我做。"

聂绀弩从一九五七年起，"二十余年来"的"此种情感"是甚么样的情感呢？舒芜直称为"倒霉的感情"。我们认为这些情感包括忧伤、忠愤、辛酸、屈辱、幽默、诙谐、自嘲、反讽、忧生念乱、俯仰身世、报国无门等等等等。在那个政治高压的时代，这些情感都是不允许表达和存在的。何况他当时是奉命作诗，搞的是奉命文学或遵命文学。所以只能借助旧体诗比兴、用典以及多重意象等艺术手段，进行含蓄、曲折、深婉的表达。而"反讽"的运用，更给他提供了一个既恍惚迷离、深藏不露又任意驰骋的艺术天地。我们这样说，可以证之于聂绀弩自己的心声："我实感作诗就是犯案，注诗就是破案或揭发什么的。"又说："老欲题诗天下遍，微嫌得句解人稀。"

聂绀弩诗成就很高。胡乔木在《散宜生诗·序》中说："它的特点也是过去、现在、将来的诗史上独一无二的。"并获得施蛰存、程千帆、启功、虞愚等诸位著名学者、诗人的激赏。现在，阅读、欣赏、研究聂绀弩诗的人越来越多，可以说，在近当代中华诗词史上已经占住了光辉的一页。聂绀弩诗真实、具体、形象地记录了一个特定的时代，淋漓尽致地展现了一个特定时代中国知识分子忧伤、屈辱而又抗争的心灵世界。

对聂绀弩诗各式各样的解读还将持续下去。我觉得，当代学者对聂诗中所体现的普世情怀和文化价值应该有更多的关注。自由、民主、平等、博爱、人权、社会公正等并不是资产阶级的专利，它也蕴含在中国特色社会主义之中，蕴含在马克思主义之中。如果我们能从这样的思想高度和历史的视角去研究聂绀弩诗，我想一定有所助益。

二〇〇八年十月十四日
原载《心潮诗词评论》二〇一四年创刊号

《玄石山诗话》序

焦奇凤先生在其父炳南先生逝世周年之际，将其遗著《玄石山诗话》整理编辑出版，邀余为序。奇凤先生以这样的方式纪念、告慰父亲，父子情深，首先令我内心感动。现在有许多青年并不重视父辈先人的著述，他们似乎并不想从父辈先人的著述中去寻求去缅怀去体味去效法其生平行事、其心路历程、其思想理念、其人格精神。他们不知道，漠视这些乃是对父辈先人最大最深的伤害。

前人有云：英雄豪杰之士多出于山林草莽之间。诗坛亦复如是乎？这是我读《玄石山诗话》的最先想法。

炳南先生只是一位乡村学者、诗人，未入仕途，终其一生退居于湖南华容墨山之下。但他在退隐坎坷之中读书、研究、创作，组织墨山诗社，坚守中华民族的精神家园，承担一份人文知识分子的社会责任，以致在重病住院期间还在坚持《玄石山诗话》的写作，直至去世。其道德文章，享誉乡里，享誉诗坛，成为我国优秀的民间诗人，为我们留下了《杖乡吟》《玄石山诗文集》《玄石山诗话》等著述，这不能不令我们这些久入"仕途"，或谓"体制内"的人文知识分子心怀敬意。

诗话著作，人们并不陌生。自欧阳修《六一诗话》之后，作者代有其人，著作繁富。它辨得失，析源流，备古今，纪盛德，录异事，正讹误，感今追昔，发潜阐幽，或述前人、楷模古贤，或抽心绪、发表己见，考艺论文，振扬风雅，这些都需要学问、情才、史识、境界、审美理想和艺术鉴赏力，是十分不易的。《玄石山诗话》遵循这些传统，均有上佳的表述，如析源流，苏轼"千里共婵娟"乃用前人成句；求考证，孟浩然有无子嗣问题；辨得失，唐李白与宋郭功甫《凤凰台》诗、邓实与杜少陵、李奕枢与贾阆仙之比较评析。一位村居学者能做出如此成绩，不能不令人折服。

《玄石山诗话》使我注目之处在于：

（一）民间意识。"世之为诗话者，一、二才人，侈声气之广，往往摭拾公卿贵游之名以为重。"（吴骞《拜经楼诗话·序》）而炳南先生是一位底层的诗人、学者，他是目光向下，聆听底层的声音，他的诗话敞开通向底层的大门，为我们展现许多民间文化、民间诗人的艺术才能和精神风貌。这是在别的诗话著作中不容易看到的。

> 新中国成立前，吾乡才士文炳元先生应邀为墨山铺老街副食品店老板邓春生作春联。联曰："春来销雪早，生意动花根。"（注："雪早"、"花根"为吾乡过年围炉烤火、品茶待客之食品。）

> 新中国成立前，吾邑清末秀才李挥琴先生于县城住宅后辟一园，园中建亭，……名"花月亭"。李先生嵌其亭名，题一联曰："花下读书红点句，月中饮酒白浮杯。"

乡村文士的艺术水准不可小视。

> 汉族风俗闺女出阁，男家抬花轿迎娶，……按吾乡民俗，娶亲日由男家书上联，贴于左轿门，下联由女家对妥书就，贴于右轿门，即所谓"轿

对子"也！据传 1915 年，……吾乡垸区有何某嫁女，男家为岳阳潘姓，旺族也！花轿临门，半副轿联使何府族人大为傻眼。其联云："远嫁潘门，有水、有田、有米；"此联……将潘字拆为"水、田、米"，既炫耀潘家之富有，亦显示出丰厚之文化底蕴，俗称拆字对也，可谓匠心独运，妙不可言。新娘父母见何家无人能对，无奈悬重金征对下联。时有南县逃水荒陈某，已故老秀才子也！……适过此，问其由，手热技痒，求纸笔，为其续写下联曰："高攀何府，添人、添口、添丁。"

此可看出轿文化之一斑。

我们还可以看到底层的动人的人性书写。

作者告诉我们，广西地处边陲，古为荒蛮之地，但自改革开放以来，经济文化蓬勃发展，各地诗社也应运而生，诗风甚盛。有邕宁县之南晓乡才女陈婵娟、杜杏花者，姿质两佳，尤富诗才，然时过摽梅，未期月老，乃欲以诗词征选天下如意郎君。陈婵娟有《寄诸吟友》三首，今录其一，诗云；

> 弱女寒门自姓陈，深闺寂寞暗伤春。
>
> 遍求天下知音少，薄命红颜空效颦。

一时全国青年文士，争以诗鸣。

海康罗奇贵诗云："未能两姓结朱陈，月老无情误了春。恨压胸中眉不展，沉思无计可舒颦。"

江西井冈山黄谷生诗云："风流旖旎一篇中，多少灵犀锦字通。雅韵吟成才吐凤，华章写出句雕龙。宁教《漱玉词》

争艳，岂让《花间集》独工。读罢情怀何所似，百花香里坐春风。"

这次情场角逐，有成功者，亦有失败者。成功者独占凤俦，自矜艳福，令人可羡可贺。倒是那些失败者却也不乏怜香惜玉而风骨自存者。阳江关卓秀可算一个代表。其诗云："和罢霓裳付梓成，婵娟越觉姓名馨。助伊愧未当将伯，顾我穷愁甚步兵。誉满鸡林争定购，奖颁麟阁竟称荣。好书自惜贫难得，辜负花香与月明。"

底层意识不仅是正面书写底层的历史，而且还有对底层的人道关怀和表达他们的心理诉求。

（二）布衣意识。布衣传统上是指在野的有政治抱负的知识分子，如唐王昌龄所说"置于青山，俯饮白水，饱于道义"者也（《上李侍郎书》）。今人论布衣，特别强调其与"在朝派"即当权统治者的对立意识。据我看，这种论调有些偏颇。不错，诸葛亮在《出师表》中首标"臣本布衣，躬耕于南阳"，凸显自己不拥有官宦血缘和高贵门第的身世资源，但接着就是"先帝不以臣卑鄙，猥自枉屈，三顾臣于草庐之中，咨臣以当世之事，由是感激，遂许先帝以驱驰。"还是心存天下社稷，要干一番事业的。李白在上韩荆州书中一开头也说："白，本陇西布衣，流落楚汉。"社会地位也是低下的。但接着就是"十五好剑术，偏干诸侯；三十成文章，历抵卿相，虽身不满七尺，而心雄万夫"，强调自身的才能与道义。事实上，向韩荆州上书，本身就是希望引进，看不出与统治集团对立的内在因子。由此看来，布衣、布衣意识，其精神内涵，主要是虽处底层，但有才能，有道义，有知识分子的个体自尊和使命感，即所谓"位卑未敢忘忧国"。

炳南先生淡泊名利，不事干求，安贫乐道，以耕读自娱，甘老林泉。其《六十感吟》诗云：

风雨人生路，回眸系远思。
壮年羁左祸，垂老遇明时。
妻劝重阳酒，儿抄劫后诗。
村居无限乐，赏菊坐东篱。

先生之友彭水洪步韵其《六十感吟》也说他"守土亦心甘，东篱独傲寒"。

但是个体的尊严与使命感却是炳南先生生命的内核。其咏白果树诗云：

甘老林泉树，雄胸何壮哉。
竟遭风雨妒，辜负栋梁材。
入世全高洁，离尘免大灾。
抚君长太息，千载有余哀。

为千古不遇而遭劫的才人一恸！

一九八九年岳阳楼重修竣工后，在岳阳市委宣传部的倡导下，洞庭诗社向全国征集岳阳楼诗联。炳南先生在诗话中披沙简金，标举称颂之作，大都是关心民生、关心国家民族兴亡的篇章：

江湖廊庙同忧乐，日月乾坤任啸歌。（林从龙）

心存一记关天下，便入人寰最上层。（李曙初）

渔子歌吹新水岸，范公忧乐旧心头。（李汝伦）

情绕青山难刬却，心随湖水未平流。（吴淮生）

（三）当代意识。"当代性"这一概念最初是由别林斯基在《论巴拉廷斯基的诗》一文中提出来的。他说："在构成真正诗人的许多必要条件中，当代性应居其一。"当代性的内涵，首先是指它的现实性和时代感，其次就是与时代和人民相适应的审美理想、艺术创造（或艺术鉴赏）。由于"当代性"与社会现实生活、与人民群众创造历史的活动以及与文学的现实主义精神的深刻联系，它无疑已经成为我们考察作家、诗人及其作品的一杆标尺。炳南先生因其民间意识、布衣意识，其关注时代风云、天下大势以及现实社会中广大底层群众的生活、思想、感情、愿望和利益，便是题中之义了。试看三中全会后的农村新貌：

小楼朱户绿窗纱，墙外垂杨墙内花。
堂燕归来三绕屋，几疑不是旧时家。

（孙樵：《农村竹枝词》）

承包垅亩已经年，汗水浇灌责任田。
池里鱼虾堪下酒，园中柑柚可摇钱。
兴来静对荧屏坐，意尽闲从绣枕眠。
罗帐漫掀妻细语，小儿嬉闹脚朝天。

（廖贻谋：《农家》）

家乡十载未曾见。今日归还，顿觉风光变。
矮屋茅檐都已变。高楼处处崭新院。　　欲寻旧
日穷同伴。叩得门开，叫我难分辨。领带西装微
胖面。当年可是耕田汉。

（石瑛：《蝶恋花·回乡偶书》）

炳南先生满怀激情评点了《天安门诗抄》，对那些卓然
可观，即使今天诵读起来，尚可振聋发聩，令人热血沸腾的
诗歌进行了衷心的礼赞，对"四人帮"的倒行逆施进行了深
刻的批判。《玄石山诗话》是深深扎根于现实社会生活之中，
深深扎根于广大人民群众的心灵之中的。

诗话著作，评价作家作品，备列古今。当代性要求站在
今天时代的高度重新认识、阐释、评判历史人物和事件。关
于这一点，《玄石山诗话》中亦有出色的表现。

《玄石山诗话》卷八引清代舒位的《咏曹操》、明末王
士桢的《咏孙权》和当代诗人刘润世的《咏刘备》，认为三
诗皆怀古之作，不失公正客观，然后指出："千百年来皆尊
刘备为正统，而贬低孙曹之辈。现在再评什么正统，显然是
毫无意义。魏、蜀、吴实际上，不过是乱世军阀割据而已。"
这些新的史识，这些现代意识在评论关于秦始皇、关于西楚
霸王的诗歌方面，均有所表现。

关于诗话之作，不外两种类型：一种本于锺嵘的《诗品》，
偏于理论批评；一种本于欧阳修的《六一诗话》，偏于纪事。
其总的发展趋势是逐渐偏重理论，如宋严羽的《沧浪诗话》、
明胡应麟的《诗数》、清叶燮的《原诗》，直至王国维的《人
间词话》。过去，我深感中国传统诗学理论资源十分丰富，

其中含有极为独特的中华民族审美特性的理论精粹，但大体都是感性的、直观体验式的点评，缺乏完整系统的提炼、概括和升华，希望诗话之作朝着建构完整系统的中华诗学理论方向发展。但是，现在我想，建构完整系统的中华诗学理论，无疑是我们诗学建设的首要任务，但不必排斥由《六一诗话》开其源的这类诗话著作。王国维的《人间词话》固然好，而袁枚的《随园诗话》亦不错。这类诗话著作能为我们保留许多具体的鲜活的诗词史料，使我们看到诗词的原生态，从而触摸到文学史的真实。正是在这个意义上，我们看重炳南先生的《玄石山诗话》。

二〇〇九年元月十二日

略说"中有本主"

诗虽然来源于生活，但其成败高下取决于创作主体。

《淮南子·氾论训》云："韩娥、秦青、薛谈之讴，侯同、曼声之歌，愤于志，积于内，盈而发音，则莫不比于律吕，而和于人心。何则？中有本主，以定清浊，不受于外，而自为仪表也。""中有本主"，强调的即是艺术创作中的主体。

刘勰在《文心雕龙》中提出"神思"以及"学业"、"天资"、"禀性"等诸多问题，直至叶燮《原诗》中提出"大凡人无才则心思不出，无胆则笔墨畏缩，无识则不能取舍，无力则不能自成一家"，"诗之基，其人之胸襟是也"，都是强调审美创作活动中主体的重要。

由于工作关系，最近在通读严迪昌编著的《近代词钞》及叶恭绰编纂的《全清词钞》，感到相当大的一部分作品靡靡而无力度，反映出创作主体气格孱弱、风骨不振。而读岳宣义的《八千里路云和月》则使我精神为之一振。岳宣义将军有扎实的生活根底，有丰富的人生阅历，有强烈的民族自豪感和爱国情怀，有对人民的挚爱、对党的忠诚，对国家民族前途命运的高度关注和使命感，也有对我们事业发展前途的坚定信心。这一切就形成了他鲜明生动的个人禀赋：忠诚、大气、乐观、开朗、急国家之所急，忧人民之所忧，通体透明而无渣滓。这些均在《春节》《党旗》《唱三中全会公报》《出师》《那端》等诗作中看得十分清楚。这些诗词意深境阔、格高调响，可称生活的真实反映和心灵的充分显现。这种高昂、明快、乐观乃是诗人主体意识的强烈外化。强大的主体意识使作者拥有一种居高临下、纵横捭阖、运客观物象于肱股之间的大气、豪气、甚至霸气。这种大气、豪气，甚至霸气充溢于题材的选择、意境的建构，甚至词语的熔铸之中，这在《出师》《那端》《国庆三十二周年》《秋日晨登北京西山红山口》中均有上佳的体现。岳将军的高昂、明快、乐观是过去许多诗人所缺乏的；岳将军的大气、豪气，甚至霸气是当今许多诗人，特别是学院派诗人所缺少的。这从根本上为当代诗词创作留下了可供研究的空间。

当然，岳宣义将军并非只有大气、豪气，甚至霸气的一面，他也有婉约清丽的一面。《又过安阳桥》《从杭州到淳安》等堪为绮丽含蓄、情致绵远的代表。这使我想起了岳将军的先祖岳武穆。其《满江红·写怀》是豪放派的代表作，而其《小重山》却又那样的婉约多情，堪称婉约派中的上品。我深信，岳将军深得岳武穆之基因遗传。

刘勰说："然诗有恒裁，思无定位，随性适分，鲜能圆通。"（《文心雕龙·明诗第六》）这就是说，诗有一定的体裁，诗人的诗思需要一定的约束。所以，诗词的艺术原则、声韵格律是必须讲求的。就艺术原则而言，如"意"与"象"的熔铸，"意象"、"意境"的构成是一定要坚守的。如果咏物，则第一层次"象"是一个完整的客观物象系统，第二层次又是一个完整的心灵世界。陆游的《卜算子·咏梅》即是如此，表面写梅花，内里写陆游自己。以此要求，《元旦》庶几近之：以美人比共和国，客观物象与主观心灵完整溶合在一起。如果情景相融，则情从景出，《江津》庶几近之。而《秋日晨再登北京西山红山口》上下两阕缺乏内在联系，景不含情，情亦不从景出，构不成一个完整的意境。就连《出师》这样优秀之作，最后一句"红梅分外香"，其物象也是临时拉入的，作为完整的意境建构来说，仍是难以掩饰的小小疵瑕。

就声韵格律而言，（一）不能出韵，更不能失韵。《观电影［五朵金花］》"漾鼻西来风"，"风"字失韵；《唱三中全会公报》"金戈铁马入梦曲"，"曲"字失韵；《又过安阳桥》"落红几点"，"点"字失韵。（二）五七言律，首句不入韵则应由仄声字收尾。（三）、词的句式亦有定式，如《秋日晨登北京西山红山口》中"望长城万里那边"、"看西山红日新颜"中的"望"和"看"，均将词谱句式二二一二或二二二一改为一二二二，就很不和谐上口。且词谱中句首用单字，一般为领字，是辖制几句的。（四）字有定声，句中每个字的平仄，大体是要遵守的，不然就不合谱、不合律，有碍歌唱与律韵的和谐。当然，过于繁琐的声律也是可以考虑简化的。如《水调歌头》，在如今的创作实践和理论中均将其归入平韵格。但在《中华词律》（**谢映先著、湖南大学出版社出版**）将其归入平仄韵错叶格，即不但押平韵，还要押仄韵，仄韵之押还有一、二、三次之转换，而且上下两阕三仄韵还有一、二、三与三、二、一之回环相扣。现在看来，实在过于繁琐了。在笔者看来，三仄韵改成三个仄声字就可以了。由此想到，按前人作品（**因曲谱已失传**）搜罗总结出来的词律，每有句数、句式、字数、用韵、平仄稍稍不同者便列为一体，以至一调达到数十体之多，如《木兰花慢》二十一体，《水龙吟》二十九体，《洞仙歌》三十七体，《河传》三十八体，实在过细过繁琐。我怀疑这实际上或是当时一个曲调所允许的变化，或是前人有意破格而形成的[①]。因此，对于前人的作品以及据此而整理编纂出来的词律，一一视为金科玉律而不敢越雷池一步，是否必要？在这一意义上，

《八千里路云和月》中某些不合律处，也许恰巧给我们提供了思索的余地。

刘勰云："辞之待骨，如体之树骸"（《**文心雕龙·凤骨第二十八**》）。岳宣义将军诗词之骨已树，也就是我们称之为的"中有本主"，其辞采声韵乃属技巧之列，多加揣摩，潜心实践，其诗词将"吐纳珠玉之声"、"卷舒风云之色"（《**文心雕龙·神思第二十六**》），融为一体，必将再现于我们的眼前。

2009 年 2 月 22 日

（原载《中华诗词》2009 年第七期）

【注】

①　此文写成刊发许久以后，某日翻阅旧报纸，在《文汇报》2008 年 5 月 8 日第 11 版见载有刘凌《施蛰存论作词和词律》云："施蛰存认为……不过词在宋人，格律还不严格，《词律》所斤斤较量的'又一体'，其实是多一衬字或减少一个衬字，宋人并不以为是两个体式。有些词中的'衍文'，可能恰是衬字。"与吾观点颇为契合，心窃喜之。

《雍书生诗词选》序

最近，在西安举行的第二届中国诗歌节《诗歌论坛》上，中国社会科学院学部委员、文学研究所所长、《文学评论》主编杨义先生在其题为《中国人的精神谱系与新旧体诗》的发言中，论到一九四五年毛泽东出席重庆谈判，发表《沁园春·雪》，一时轰动整个山城，许多民主人士和知识分子为毛泽东词的魄力和气象所折服说："因此对于一个政治人物，诗词修养已成一张文化名片，一种身份和才能的象征。"

这话十分精当。诗词作为文化名片，当然不仅仅对政治人物而言。我们的先人对诗词就特别钟爱和崇拜。

《避暑录话》："欧阳文忠公在扬州，作平山堂，壮丽为淮南第一。"《尧山堂外纪》卷四十八载："刘原夫出守扬州，（欧阳）公作朝中措饯之云：'平山栏槛倚晴空，山色有无中。手种堂前杨柳，别来几度春风。……'"张邦基《墨庄漫录》载：扬州大明寺平山堂前有一棵欧阳修手植的柳树，人称欧公柳。后来薛嗣昌知扬州，慕欧公文名，亦在欧公柳对面种了一棵，自称薛公柳，而人莫嗤之。嗣昌既去，为人伐之。薛嗣昌欲窃取文名，却闹出了一桩千古笑话。

《艺苑雌黄》："柳三变喜作小词，薄於操行，当时有荐其才者，上曰：'得非填词柳三变乎？'曰：'然。'上曰：'且去填词。'由是不得志，日与儇子纵游倡馆酒楼间，无复检率。自称云：'奉圣旨填词柳三变。'"柳永在《鹤冲天》中说："才子词人，自是白衣卿相。"自负之态，可以想见。

更有甚者，《全唐诗话》卷之一载："帝（宣宗）好进士及第，每对朝臣问及第，苟有科名对者，必大喜，便问所试诗赋题目并主司姓名。或佳人物偶不中第，必叹息移时。尝于内自题乡贡进士李道龙。"唐宣宗贵为天子还不满足，一定要挤进诗赋进士里面来。

诗词为什么具有如此大的魅力？这是因为，诗词是一个人整体生命的外化，它包含一个人的理想、志向、情才、学识、风神、魄力和审美情趣等等，是人类追求自身价值、发现自我、表现自我的极富特点的表现方式。大到"经国之大业，不朽之盛事"，小到感物图貌，吟咏性情，它给人类的心灵表现提供了广阔无垠的空间。

正因为如此，人们对诗词情有独钟。自"五四"新文化运动以来，经历了近百年的批判、歧视、甚至打压之后，随着改革开放，随着国力增强，随着民族自信心的提高，诗词这同中华民族与生俱来的精神血脉也就逐渐恢复、充盈，以致强劲奔流起来。这是一股时代的文化潮流。

雍书生先生也是被裹进，或者说，自觉投身这一文化潮流的一员。他不是科班出身，也未从事文化艺术工作，对于诗词艺术的体格声调、兴象风神也未必有系统深入的理解和精淳自如的把握。但严羽早就说过："夫诗有别材，非关书也；诗有别趣，非关理也。"关键在于对生活的观察、对社会的认知和对人生的体悟。读雍书生先生诗词深觉于此有可道者：

（一）对生活中新的事物感觉敏锐、体悟深新并满怀热情予以歌唱，有别于一般学院派诗人。例如对百年一遇的奥运、对神六神七飞天、对海峡两岸两党会晤均有良好的表现：

《奖牌》："精英来奥运,美玉喜迎宾。闪闪腾空影,圆圆壮志魂。明星摘万个,皓月揽千轮。盛会朝阳灿,中华百彩新。"

《海峡两岸经典论坛》："血流一脉根基厚,热烈论坛硕果收。涌入甘泉满宝岛,织成锦绣遍神州。离民背意千山阻,认祖归宗万水流。更喜胡连肝胆会,要叫日月补金瓯。"

《新农村五首(一)》:"强农光照霞千丈,富民雨喷锦万道。千年粮税一风吹,九亿农民梦中笑。"

(二)颇谙诗词为情之载体,凡所吟咏往往不忘一个"情"字。我国诗论,先提出"诗言志",后提出"诗缘情"。本来"志"即是"情","情"即是"志","情""志"一也。只是由于儒家"诗教"的强势推行,"志"逐渐向政治伦理方向转化,而"情"的空间越来越小,所以才有"诗缘情"的提出。

《2005年台商春节包机有感》:

对飞跨越五十六,包机满载团圆心。

冲破海峡千重雾,血流万代难忘根。

《植树》:"从小育苗精心栽,经受风雨望成才。森林长出参天树,惊雷考验栋梁来。"

《小重山·千岛湖》:"烂漫天真千女岛,花衣披上俏,蕊香飘。鸟鸣鱼跃闹春潮。惹人醉,景色格外娇。　灵动弄风骚,轻舟抛碧浪,万里涛。海螺吹响韵声高。远方客,赏月度良宵。"

（三）吟咏性情，重图形写貌、直抒胸臆，不事夸饰，不表学问，有别于科班出身的诗人。雍书生先生多用古体，想来或可扬长避短，或可少受限制。盖古体广施教化，意尚真切，讳忌新锐而敦崇古朴。

《张家界（二）》："白雾流动雨初晴，掩面披纱似美人。隐了又现现了隐，明了又暗暗了明。"

《西湖（二）》："曲院风荷连天碧，双峰插云雾气腾。月来平湖醉秋色，夕照雷峰听钟声。"

《登庐山（二）》："条条玉龙满山飞，滚滚云海铺天来。茂林修竹生雅趣，参天大树怀奇才。"

《茶》："玉壶龙水斟，杯中绿千春。冲浪层层起，气烟袅袅升。味出芳飞溢，花开蕊浮沉。闻来甫得醉，饮后久舒心。"

前人有云："至乎吟咏情性，亦何贵於用事。'思君如流水'，既是即目；'高台多悲风'，亦唯所见；'清晨登陇首'，羌无故实；'明月照积雪'，讵出经史？古今胜语，多非补假，皆由直寻。"

然而，严羽又说："然非多读书，多穷理，则不能极其至，所谓不涉理路不落言筌者上也。"余与雍书生先生其共勉之欤？

二〇〇九年七月二十七日

论绝句之法——致郐敬伟

郐敬伟先生：

五月来函所询，谨复如下：

我很同意你关于绝句章法或句法特征"起承转合"的看法。杨载在《诗家法数》中关于绝句章法或句法特征的论述，我也是赞同的。它是诸多有关绝句论述中亦可说是深中肯綮的。

至于杨慎的说法，我亦是不敢苟同。他在《升菴诗话》卷十一中说："绝句四句皆对，杜工部'两个黄鹂'一首是也。然不相连属，即是律中四句也。"看来他也受了"所谓绝句，即截取律诗之半而成者"论调之影响。杨慎是大学问家、大诗家，他的说法，我们自然不可轻忽，要严格辨析。《全唐诗补编》有畅诸的一首五律《登鹳雀楼》："城楼多峻极，列酌恣登攀。迥林飞鸟上，高榭代人间。天势围平野，河流入断山。今年菊花事，併是送君还。"而《全唐诗》（p3285）有畅当的一首五言律绝《登鹳雀楼》："迥临飞鸟上，高出世尘间。天势围平野，河流入断山。"作者有三字不同，但其五绝由五律截得，似有可能。还有刘长卿的五绝《听琴》："泠泠七丝上，静听松风寒。古调虽自爱，今人多不弹。"（《全唐诗》P1481）亦似乎是由其五律《幽琴》（P1521）"月色满轩白，琴声宜夜阑。颼颼青丝上，静听松风寒。古调虽自爱，今人多不弹。向君投此曲，所贵知音难。"截得而成。大概有如此现象，便有绝句（律绝）由律诗截取之说产生。对此，范承瑾在《诗律》（中华诗词学会图书编著中心主编、中国文史出版社出版）中作了详细论述：以某种律诗形式（一般认为是标准形式）为基础，分别截取前四句、后四句或中间四句、首尾四句（**首＋尾或尾＋首**），只能得到仄起仄落、平起仄落之五绝形式，而仄起平落、平起平落两种五绝形式则无法截得。虽然，他又说，如果把四种截法迭加起来就可以得到全部五绝形式。但我对截取之说仍存怀疑态度。因之对杨慎所说，亦持怀疑态度。杨载《诗法家数》云："绝句之法，要婉曲回环，删芜就简，句绝而意不绝。"而谢榛在《四溟诗话》中引左舜齐论曰："'一句一意，意绝而气贯'，此绝句之法。"一个主张"句绝而意不绝"，一个主张"意绝而气贯"，如果不是因语境之不同，两个"意"字非同一意思，则我同意杨载的看法，也就是同意你的看法："是在某一主旨统领下的且有内在联系的一句一意，或以'起承转合'为特征的一句一意。"亦即句有句意，篇有篇意，句意是为篇意服务的。

　　至于谢榛紧接说的"一句一意，不工亦下也"，似乎与他肯定左舜齐的话相矛盾，如果不是有讹错，我亦无法理解，只能交白卷了。

　　"起承转合"四层结构法，无论对绝句还是律诗都还是站得住的。"起"，无论是事或景，看似直陈，但骨子里还是缘事而发或触景而生的兴起。"承"，承上启下，过渡展开。承上，它要从兴中取舍、提炼主题，找准后两句与起句发生意义上的内在联系。"转"，即转入，即藉兴引伸阐发，进入'言志'、'抒情'阶段，这也是触景而生情、缘事而抒怀（**或言志**）的必然途径，对于以上所起之兴与以下所言之志、所抒之情之间能否形成完整的意境、境界是十分重要的，亦即你所说的"绝句的全部魅力都藏在转句之中"。转句本身即是全篇之中大的跳动，大的转折。所以，我以为你所理解的"跳跃性"也是正确的。不过这"跳跃性"的途径，尚可仔细研究。最重要的似乎不外乎时间的延伸和空间的拓展，如杜牧"南朝四百八十寺"之类。"合"，自然是汇合作结、归纳概括主题，集中所有层次的内容，提炼升华形成全诗的主题思想，一般要求语言精警，意味深长。

然而，凡事都是辩证的。李东阳《麓堂诗话》云："律诗起承转合，不为无法，但不可泥，泥于法而为之，则撑住对待、四方八角，无圆活生动之意。然必待法度既定，从容闲习之余，或溢而为波，或变而为奇，乃有自然之妙，是不可强致也。"这也是我们谈"起承转合"时应该注意的。

所谓关于绝句的作法，还是从诗的本质上考虑为好。如《艺概·诗概》云："绝句於六义多取风、兴，故视他体尤以委曲、含蓄、自然为尚。""绝句取径贵深曲，盖意不可尽，以不尽尽之。""绝句意法，无论先宽后紧，先紧后宽，总须首尾相衔，开阖尽变。至其妙用，惟在借端託寓而已。"《唐音癸签》卷三云："五言绝以调古为上乘，以情真为得体。""七言绝语半于近体，同其句格宛顺；节促于歌行，倍夫意味长永。""七绝盛唐诸公用韵最严，无旁出者。命意得句，以韵发端，突然而起，意到辞工，不暇雕饰，通首自混成无迹。宋人专重转合，刻意精鍊，或难于起句，借用旁韵，牵强成章。此所以不同也。""五言绝尚真切，质多胜文。七言绝尚高华，文多胜质……至意当含蓄，语务春容，则二者一律也。"以及上引杨载和李东阳的说法，均是绝句作法之精义所在。

二〇〇九年九月二日

南社成立 100 周年纪念大会论文

纪念南社 100 周年

　　1909 年 11 月 13 日南社成立至今天——2009 年 11 月 13 日，整整 100 周年了。这 100 年来，南社这个中国近现代文学史上最大的、当时被视为"中国文学界之中心"①的革命文学团体，经历了"登高一呼，众山响应"②，影响全国乃至世界，被柳亚子戏称为"请看今日之域中，竟是南社之天下"③的兴隆鼎盛，到文献资料逐渐消失，除少数以外，作家名声几将湮没无闻，到研究工作不被重视的历史路线图。这是很不正常的。今天，我们隆重纪念南社，就是要尽快抢救、收集、整理南社的资料，深入研究南社留下的宝贵的遗产，继承南社的革命传统，推动社会主义先进文化的建设。

　　南社给我们的第一个启示是：文学任何时候都要把国家的兴亡、民族的命运、人民的福祉作为自己安身立命的支柱。

　　20 世纪初期，中华大地风云激荡，孙中山领导的推翻满清帝制、建立共和的民主革命的潮流势不可挡，一个中国历史上三百年、并由此上溯五千年的伟大变革即将来临。南社便是在这一时代潮流中产生的。以陈去病、高　旭、柳亚子为首的江、浙知识分子群便在中国文学界首先举起了坚持民族主义、反对大清专制的革命大旗。江苏、浙江、上海是一方对大清怀着深仇大恨、要求驱除鞑虏、恢复中华的热土。这里曾发生过"扬州十日""嘉定三屠"，也产生过"几社""复社"，推翻大清、倡言民族革命，已经成了这一带知识分子的生命基因。

陈去病，原名庆林，尝读《汉书》霍去病有"匈奴未灭，何以家为"句，乃更名"去病"。其宏愿为："有策马中原，上嵩高，登泰岱，观日出入，浮于黄河，探源积石之志。或更逾塞出卢龙，度大漠，寻匈奴龙庭，蹑屩狼居胥山，骧首以问北溟而后快。"④ 1903 年 6 月 25 日署名季子发表《革命其可免乎》一文：

> 有伪氏怃然慨息，悄然累欷，以敬谂于我同胞四万万黄帝之胤。呼吁，革命其可免乎？……我黄胤不忍神州之沦陷，深惧大陆之划割，奋然思起而争之。……夫天皇圣明，臣罪当诛，此自古守臣节者所艳称，以为至不可悖。顾吾君而犹是一家圣明之君欤，则即为之屈死而亦无不可；吾罪而犹是确乎当诛之罪，则即投畀豺虎而更何退辞。至若君非固有之君，臣无可摘之罪，投袂兴起，大义宣昭，此固环球各邦所当闻而起敬，而吾皇祖在天之灵，以迨成汤、周武、汉高、明太诸仁圣先帝，鉴是苦衷，尤将阴降高原，畀之玺剑，指挥神兵，助扑此獠，无可疑耳，而何尚迟回哉！鉴夷狄之有君，羞哉诸夏；眷波兰之无国，痛矣为奴。周文公曰：戎狄是膺，荆舒是惩。念之哉，革命其可免乎！⑤

高旭，1903 年 8 月 23 日在《民国日报》发表长诗《海上大风潮起放歌》，歌颂因"《苏报》案"被捕的章太炎和邹容，号召人民推翻"异族"统治，被视为高旭公开反清的名文。同年 11 月 7 日，他在家乡创办的《〈觉民〉发刊词》

上说："况乎欲扫数千年之蛮风，不可不觉民；欲刺激国民之神经，使知合群爱国之理，不可不觉民，……山非不可移，独患无愚公之志；海非不可填，独患无精卫之诚。精神一到，何事不成？嗟嗟！五胡乱华，泣铜驼于荆棘；六朝淫靡，慨祖国之沧桑。苟有热血人，安忍坐视祖国之沦亡，而不为援手，使重见天日也？"⑥

柳亚子，原名慰安，字安如，因信仰天赋人权学说，以亚洲卢梭自命，改名人权，字亚卢。又因崇拜南宋词人辛弃疾，改名弃疾。1903 年 6 月 25 日在《江苏》第四期发表《郑成功传·叙论》，反清态度明显："耗矣哀哉，中国人之无民族精神也。吾尝读尽二千余年之相斫书，繙遍二十四姓之家谱，所谓大政治家、大战争家者，车载斗量焉。夷考其行，非尽忠竭力於一人一姓之朝，置民族全体于不顾，而诩诩然自以为功，即欺人孤寡，夷人宗祀，以暴易暴，窃天下于囊橐而以应天顺民自命者也。……虽然，以吾黄帝子孙四千年神明之胄、冠带之族，诗书礼乐之所熏陶，山川文物之所钟应，而谓坐受异族之蹂躏、乡愿之诬蔑，竟无一人焉足以尸英雄之徽号，而一雪此耻者，岂公理所当然哉！"作者时年16 岁。同年下半年，作《中国灭亡小史》，其《绪论》云：

> 辱莫辱于奴隶，哀莫哀于亡国。亡国者，不祥之名也，可痛之事也。异种横来，神州沦陷，铜驼荆棘，鬼哭磷飞。若是者，谓之亡国社会之惨状。我爱我祖国，我乌忍以不祥之名、可痛之事为我祖国之徽号？举世熙熙，如登春台，而我独如冰雪之置我肠，刀刃之加我颈。我其病狂哉！

我其梦呓哉！虽然，唯我爱祖国，我乃不敢以亡国二字为祖国讳。唯举世不知祖国之已亡，我乃愈不得不大声疾呼，以惊醒同胞之沉醉也。……天命方新，人心未死，宁敢谓悲歌咤叱之民族，卒藏其自由独立之铁卷于奴海千寻之下也！吾念及此，吾誓以亡国之观念，救我祖国。

　　……文字收功，愿风潮之大起；江湖满地，问恢复以何年。我义侠之同胞，有读此而兴起其独立革命之事业者乎？捣骨为尘，我目瞑矣。

　　1909 年 11 月 13 日，南社在苏州虎丘张国维（东阳）祠成立。张国维是明末抗清英雄。虎丘，曾是"复社"召集大会之处。"癸酉春，溥（张溥）约社长，为虎邱大会。先期传单四出，至日山左、山右、晋、楚、闽、浙以舟车至者数千人，大雄宝殿不能容，生公台、千人石，鳞次布席皆满，往来丝织，游人聚观，无不诧叹，以为三百年来，从未一有此也"。⑦先期，11 月 6 日，《民吁日报》刊登《南社雅集启》："孟冬十月，朔日丁丑，天气肃清，春意微动。詹尹来告曰：重阴下坠，一阳不斩。芙蓉弄妍，岭梅吐蕊。微乎，微乎，彼南枝乎，殆生机其来复乎？爰集鸥侣，殇於虎邱。踵东坡之逸韵，载展重阳，萃南国之名流，来寻胜会。登高能赋，文采彬焉，兹乐无穷，神仙几矣。凡我俦侣，幸毋忽诸，敬洁清樽，恭迎芳躅。"南社诸人，仰慕先贤，群情激动。柳亚子记其自阊门乘船至虎丘诗云："画船箫鼓山塘路，容与中流放棹来。衣带临风池水皱，长眉如画远山开。青琴白石新游侣，越角吴根旧霸才。携得名流同一舸，低徊无语且衔杯。"⑧

诗社何以名为"南社"？陈去病称自己十分喜欢"胡马依北风，越鸟巢南枝"诗句，十分喜欢与北胡——满清相对立的"南"字。他说："南者对北而言，寓不向满清之意。"高旭在《南社启》中说："然而社以南名，何也？《乐》：'操南音不忘其旧'，其然，岂其然乎！南之云者，以此社提倡于东南之谓。……鄙人窃尝考诸明季，复社颇极一时之盛。其后，国社既屋矣，而东南之义旗大举，事虽不成未始非提倡复社诸公之功也。因此知保国之念，郁结于中，人心所同。"⑨柳亚子在《新南社成立布告》中宣称："它的名字叫南社，就是反对北庭的标志了。"郑逸梅在《南社丛谈——历史与人物·前言》中说："当时柳亚子、陈巢南、高天梅等同盟会员，……成立了中国近代第一个民族革命旗帜下的文学社团——南社。他们仰慕明代末年的几社、复社提倡的气节，以文会友，声应气求，……大家步着后尘，作出新的贡献。'操南音不忘本'，也就是南社的'南'字取义所在了。"

南社的宗旨何在？高旭在为柳亚子《无尽庵遗集》所作序中提出了"倡设南社"缘由："当胡虏猖獗时，不佞与友人柳亚卢、陈去病于同盟会后，更倡设南社，固以文字革命为职志，而意实不在文字间也。"

陈去病在《南社诗文词选叙》中说："要诸因缘，都成感慨；偶逢好事，遂尔风流。南社之作，得无类欤？然而语长心重，本非无疾以吟呻；兴往情来，毕竟伤时而涕泣。寥寥车辙，不同几、复当年；落落襟怀，差比河汾诸老。辨足音于空谷，一二跫然；追逃社于前盟，数人而已。"⑩

还在1902年，柳亚子就在《步暮述怀》中写道："思想界中初革命，欲凭文字播风潮。"

南社成立之虎丘雅集，社友十七人，其中十四人是同盟会员。1916 年 11 月重订《南社姓氏录》出版，社友已达 825 人，最后，1940 年，柳亚子所编、开华书店刊印的《南社社友姓氏录》，已达 1100 多人。地域涉及江苏、浙江、上海、湖南、安徽、广东、福建、山东、四川、湖北、北京、辽宁等省，并有相应的分社，如淮南社、越社、辽社、广南社、南社粤支部、南社北京事务所、长沙南社分社、南社湘集等。

南社，几乎囊括了当时中国的文化精英，如黄兴、汪兆铭（前期）、宋教仁、陈其美、张继、居正、于右任、李根源、李书城、田桐、冯自由、柏文蔚、刘成禺、方声涛、程家柽、宁调元、唐群英、姚雨平、陈训恩（布雷）、戴传贤、邵飘萍、黄郛、邹鲁、沈钧儒、邵力子、杨铨、马叙伦、马君武、鲁迅、范爱侬、沈雁冰、欧阳予倩、曹聚仁、谢无量、吴梅、汪东、柳亚子、陈去病、高旭、高燮、苏曼殊、李叔同、胡先骕、梅光迪、吴虞、黄侃、黄节、吕碧城、郁华、沈尹默、周瘦鹃等。此外，列籍曼昭《南社诗话》中的还有：朱执信、沈荩、林时塽、章太炎、邹容、陈天华、杨笃生、廖仲恺、赵伯先、吴绥卿、刘师培等。这些人虽不见诸社友名录，但曼昭在《南社诗话·原版自序》中说："南社为革命结社之一，创于清末，以迄于今，已有三十年之历史。其所揭橥，为文章气节。其所谓文章，革命党人之文章；所谓气节，革命党人之气节。……故革命党人之好文学者，无不列籍其中。其所为文辞，先后见于《南社丛刊（刻）》，搜罗美备，人无间言。"

所以，无论从南社的名称、宗旨、参加人数，还是社友的地域分布、政治身份看，南社的确是中国近现代一个以"驱除鞑虏，恢复中华"为宗旨的最具规模和影响的的革命文学团体。正如曹聚仁说："十九世纪，可以说是一个革命的时代。……南社首先揭出革命文学的旗帜，和同盟会的革命相呼应。我们可以说：南社的诗文，活泼淋漓，有少壮朝气，在暗示中华民族的更生。那时，年轻人爱读南社诗文，就因为她是前进的、革命的、富有民族意识的。"[11] 柳亚子在论到南社的高昂的民族革命精神时说："中华民国纪元前三年，余与陈巢南诸子始创南社，迄今十五载矣。高岸为谷，深谷为陵，一时国运之变迁，人才之代谢，均有不胜今昔之感者。……自己酉至辛亥，……时则胡焰方张，士气弥奋。西台恸哭，人讴皋羽之歌；智井沉书，家抱所南之史。一时泽畔行吟，山陬仗剑，不少慷慨义侠之士。"[12]南社社友胡朴安在其所编《南社丛选·自序》中也说："南社之文章，一时代影响之反感者也。夫文章之道，和平难工，激昂易妙。……若夫激昂之文章，慷慨之夫，刚强之士，出于胸中，流于腕底，固可以使顽廉懦立，泣鬼神而感风雨，……南社影响时代之反感，其发为文章也，固宜出于激昂之一途。惟其出于激昂也，掊击清廷，排斥帝制，大声以呼，振启聋聩，垂涕而道，晓喻颛蒙，气类所通，薄海斯应。故慷慨之夫、刚强之士归之，意气用事之徒亦归之，不得志于满清、无由奋迹于利禄之途者亦归之。流品虽杂，目标则一，略其心迹，论其文章，固一时代影响之反感而不可以忽者也．．"

据说今天已经进入娱乐时代，文学的神圣和尊严，被日益亵渎；她的理想和使命感日益消失；对历史的记忆和对现实的关心，逐渐丧失；厌恶"宏大话语"，钟情琐细，迷恋"小我"及其内心。这是我们在纪念南社时应该予以深刻反思的。当然，伟大的时代，人民的愿望与要求，始终是推动文学发展的动力。我们看到，纪念中华人民共和国成立六十周年之际，《建国大业》、《开国大典》、《解放》等抒写"大历史"的文艺作品再度横空出世。

南社给我们的第二个启示是：文学如果要坚守自己记录历史、表现时代的职责，那她就应该与时俱进。

对于南社，1929年5月22日，鲁迅在燕京大学国文学会作题为《现今的新文学的概观》的演讲时有过批评：

> 希望革命的文人，革命一到，反而沉默下去的例子，在中国便曾有过。即如清末的南社，便是鼓吹革命的文学团体，他们叹汉族的被压制，愤满人的凶横，渴望着"光复旧物"。但民国成立以后，倒寂然无声了。我想，这是因为他们的理想，是在革命以后，"重见汉官威仪"，峨冠博带。而事实并不这样，所以反而索然无味，不想执笔了。

鲁迅的上述批评并不符合历史事实。诚然，辛亥革命之初，部分南社社员的确产生了南社目的已达的想法。如1911年12月19日南社创社元老陈去病在《大汉报》发表启事："自光复以来，本社之目的已达。"同日，上海《天铎报》发表的《南社旅沪同人公启》中也说："自光复以来，本社之夙愿粗遂。"确有功成名就之感。但《启事》《公启》中接着又说："惟建国伊始，一切事宜正资讨论"、"惟民国初建，一切事宜正资讨论。"柳亚子后来在《南社纪略》中说："南社在反清成功以后，还有反袁的一幕，并不如鲁迅所讲的，'索然无味，不想执笔'……"

事实正如柳亚子所说。辛亥革命以后，发起淮南社的南社社友周实回到江苏淮安，与同是淮安社发起人、南社社友阮式一起，组织学生活动，被清廷山阳县令姚荣泽于11月17日加以残酷杀害。柳亚子于12月5、6日在《天铎报》和《大汉报》上发表《山阳笛》，大声疾呼为周、阮二烈士报仇昭雪："尤可异者，两烈士忌辰在九月末，斯时清江已反正，江北都督蒋雁行亦已正位矣。以姚逆骈杀正人，万死不足蔽辜，独不闻蒋都督有奉辞伐罪之举，岂军务倥偬，未暇及此耶？抑刑赏不明，贤奸莫辨，倡独立者不妨诛，助虏廷者不足罪耶？斯亦溺职之尤者矣，书生无状，恨不能叩戟门而已问之。"但是，姚贼携巨款逃到南通，得到南通总商会会长、光复军总司令张詧的疪护，而张詧的哥哥则是张謇，时任南京临时政府实业总长，主张罚金抚恤遗族，使姚荣泽逍遥法外。

共和初建，正义遭到如此践踏，激起了南社同人的极大愤慨。柳亚子、陈英士、宁调元、高天梅、胡朴安等，或赴南京总统府请愿，或在上海举行二烈士的追悼会，或联名致电孙中山，要求将姚绳之以国法。有的社友表示，不雪此恨，宁愿蹈海而死。

南社社友、沪军都督陈其美于1912年2月4日致电临时政府大总统、各部部长，态度激烈：

　　山阳志士周实、阮式二君皆系南社社员、同盟会友，奔走于革命事业者多年。此次武昌建义，南朔响应，独金陵负隅，……嗣值苏、常、扬、镇相继反正，周、阮二君遂于九月二十四日以淮城宣布光复，……独伪清山阳令姚荣泽匿不到会。……姚衔恨刺骨，……突于九月二十七日……将周志士七枪毙命，阮志士刳腹剖心，……姚贼于一日而杀两志士，复欲以只手掩尽天下人，使志士埋冤，纪纲堕地。虽满清旧例，本不赞助民军；而民国方兴，岂容悬此冤狱？！……其美如诬姚贼，愿甘伏法。惟至今通分府并未解申，未知何故。大总统及法部保护人道，尊重人权，当知吾辈之所以革命者，无非平其不平。今民国方新，岂容此民贼汉奸戴反正之假面具，以报其私仇，杀我同志？其美不能不为人昭雪，虽粉身碎骨有所不辞！⑬

　　在南社社友的积极斗争下，姚案于1912年3月得以审理，判处姚贼死刑，然此时南北和议成功，袁世凯上台，下令特赦，减等治罪，旋即获释。这使得南社社友愤怒伤心不已，认识到革命尚未成功。

　　反对南北议和，反对袁世凯上台是南社继续战斗的光辉一幕。

高旭发表《擒贼先擒王》[14]：

> "二百六十年以前亡我中国者，非满虏，乃汉贼也。若无吴三桂、洪承畴等败类，满虏虽凶恶，亦断难得志於神州，而兽蹄鸟迹，洪水横流之巨祸，亦可以不作矣！
>
> 若今则张勋、冯国璋、张鸣岐、杨度等之为汉奸，为患犹小，而最足为共和新中国之梗者，实袁世凯也。
>
> 我大汉不怕死之健儿乎，纷纷组织决死队，既有此热心热力，何不先请袁世凯吃黑将军乎？
> 杜工部有诗曰："射人先射马，擒贼先擒王。"
> 大好男儿，盍三复斯言。

另一南社社友张昭汉在《大汉报》社论中说："民军起义，所揭橥之宗旨首在建立民国，而种族之观念次之。……而吾人十数年之经营奔走，与夫今日诸健儿之断脰流血，牺牲身命财产以易得之者，仅使满清去帝即王，以行其朝三暮四之术，而袁世凯之莽、操政策，且得留为他日之图，是与满清和，无异为袁氏谋也。"其论可谓一针见血。

社友雷铁厓于1911年11月6日在槟榔屿《光华日报》发表《咄咄袁奴何由总统资格》：

> 某某报谣传共和军将举袁世凯为第一总统，

是真齐东野人之语，不值人之一噱。

夫袁世凯果何人格？一满清之顺奴走狗耳。挥之则去，招之则来，既不识时知机，又复媚异戕同。汉家蟊贼，袁今居首，正名定罪，不当在房酋之下。新中华共和国何等光荣，而岂有举此蠢奴为总统之理乎？

吾为袁计，非仓皇随房酋出奔，即踽踽向共和军乞罪，舍此二途，更有何路？寄语造谣者，须审察事理，毋徒淆乱观听也。

柳亚子、叶楚伧、傅尃、江亢虎、雷昭性等众多南社社友纷纷发表文章，反对南北和议，反对优待清室，主张北伐。

更值得一书的是南社三僧之一的挂名僧苏曼殊也发表《释曼殊谨代十方法侣宣言》，声讨袁氏：

呜呼！衲等临瞻故国，可胜怆恻！自民国创造，独夫袁氏，作孽作恶。迄今一年，擅屠操刀，杀人如草，幽蓟冤鬼，无帝可诉。诸生平等，杀人者抵，人讨未伸，天殛不遄。况辱国失地，蒙边夷亡，四维不张，奸回充斥。上穷碧落，下极黄泉，新造共和，固不知今真安在也？独夫祸心愈固，天道愈晦。雷霆之威，震震斯发。普国以内，同起伐罪之师。衲等虽托身世外，然宗国兴亡，岂无责耶？今直告尔：甘为元凶，不恤兵连祸亟，涂炭生灵，即衲等虽以言善习静为怀，亦将起而襫尔之魄尔谛听之！⑮

反袁失败，南社社友无不痛心、愤懑。雷铁厓（昭性）发表《追悼革命诸先烈哀诗》："乱世是非无定论，十年犹自辨莸薰。高牙大纛将军幕，荒草斜阳烈士坟。死后人将烹狗例，功成谁博烂羊勋？他时莫作伤心史，恐付秦皇一炬焚。"⑯高旭在1913年《元旦》诗中也抒发了自己的苦闷与愤懑："新朝甲子旧神州，老子心期算略酬。摇笔动关天下计，倾樽长抱古人忧。剧怜肝胆存屠狗，失笑衣冠尽沐猴。满地江湖容放浪，明朝持钓弄扁舟。"⑰

1916年6月6日，袁世凯在举国声讨中一命呜呼，南社社友是再高兴不过的了。柳亚子说："云南起义的第一炮，到底响起来了。以后是黔桂从风，粤川响应，到了1916年（民国五年）六月六日，居然把袁皇帝硬生生气死。共和回复，文教再兴，对于南社，当然是很痛快的。在这一年中间，社集总共出版了五册：……关于雅集，一共举行了四次：……足以表示兴会的飙举了。"⑱

据统计，自辛亥革命爆发到袁世凯去世，南社社友增加了近六百人。所谓"寂然无声"、所谓"索然无味，不想执笔了"的说法，是不符合历史事实的。

当然，由于革命历程的复杂、曲折和伴随着血腥，南社社友也有落伍者、脱逃者、叛变者。二次革命失败后，陈去病、高旭、柳亚子等均有过迷茫和颓唐。嗣后，洪宪附逆者有之；受曹锟贿赂者有之。诚如柳亚子所说："从丁巳（1917）

至癸亥（1923）为第三期。洪宪附逆，泾渭始淆。元凶天戮，小丑繁孽。安福、政学，靡不有吾社之败类，甚至贿选狱成，名列丹书者，赫然一十九辈。而其余反颜事贼，奔走伪庭者，犹不与焉。彼其之子，岂不口仁义而笔孔、孟，然廉耻道丧，抑又何说？此则吾社之大辱矣。倾西江之水不足以洗之，纵蔡幼襄流血于夔巫，易梅僧横尸于楚市，一薰而百莸，宁堪相抵哉？是曰堕落期。盖哀莫大于心死矣。[19]

然而，时代在飞速前进，尤其是"五四"新文化运动的兴起和发展，这使得本具革命精神之南社诸人，经过短暂的迷茫和颓唐之后，不能不有所振作。1923 年 4 月 1 日，柳亚子在《新黎里》报的"发刊词"中夫子自道云："从前种种，譬如昨日死。以后种种，譬如今日生。此曰新又新之说也。潮流澎湃，一日千里吞养吐炭，舍故取新，苟非力自振拔，猛勇精进，欲不为时代之落伍者，乌可得哉！"

南社中坚叶楚伧 1919 年 6 月 16 日在《民国日报》创办《觉悟》副刊，批判封建文化，宣传科学民主思潮，并使之成为"五四"新文化思想的重要阵地。

其时，南社中坚邵力子、胡朴安等均作如是想，于是有"新南社"之成立。

1923 年 10 月 14 日，新南社在上海福州路小花园成立。到会者有柳亚子、叶楚伧、胡朴安、陈布雷、邵力子、陈望道、汪精卫、张继、于右任等三十九人。叶楚伧发表的《新南社发起宣言》，就新南社的宗旨，特别是新南社与南社的区别作了说明："南社的发起在民族气节提倡的时代，新南社的孵化在世界潮流引纳的时代。南社里的一部分人，断不愿时代落伍者"；"南社是应和同盟会而起的文学研究机关，同盟会经几度改革后，已有民众化的倾向，新南社当然要沿袭原来的使命，追随着时代与民众相见"；"南社在民元以前，惟一使命，是提倡民族气节。因为要提倡民族气节，不知不觉形成了中国文学交换机关，新南社是蜕化文字交换，而祈求进步到国学整理和思想介绍的"；"新南社对世界思潮，从此以后，愿诚实而充分的向国内输送"。[20]

众所周知，"五四"新文化运动是以打倒旧文学，特别是古体诗词为突破口的，这对于南社这样的文学团体，就更为不易。南社中坚分子，不仅与"五四"新文化运动取同一步调，柳亚子甚至在《成立布告》中提出："新南社的精神，是鼓吹三民主义，提倡民众文学，而归结到社会主义的实行。"[21]

据郑逸梅：《南社丛谈——历史与人物》所附《新南社社员录》记载，新南社社员为二百一十七人，其中有陈望道、曹聚仁等著名的新文化运动人物。

嗣后，1935年12月29日，南社纪念会在上海成立。《南社纪念会宣言》中说："我们现在发起这南社纪念会，一方面是追慕过去的光荣，一方面还希望未来的努力。"[22]"江山已落侏儒手，坛坫还寻旧日盟。"柳亚子的诗句，使我们感到南社社友在抗日战争即将全面爆发的前夕，缅怀过去，奋然前行的意态还是很明显的。南社纪念会有当然会员182人，志愿会员215人，共计397人。

1949年4月16日，全国即将解放，中华人民共和国即将成立之际，许多南社、新南社的社友汇集北京，在中山公园来今雨轩雅集，有柳亚子、沈雁冰、欧阳予倩、邵力子、胡先骕等十六位社友，周恩来、叶剑英、李立三、叶圣陶、俞平伯等来宾，共八十余人，欢聚一堂。柳亚子当场赋诗云：
"革命翻身撼地天，中山堂畔启华筵。欣看北社张新帜，要
为工农快擘笺。"柳亚子想组织"北社"了！相对南方国民
党政权，北方已是即将成立的新中国了！

　　南社给我们的第三个启示是：文学的建设发展必须坚守
民族传统文化的命脉。

　　"五四"新文化运动的领军人物胡适对南社进行了全
面、彻底的否定。他在《寄陈独秀》中说："尝谓今日文学
已腐败极矣。其下焉者能压韵而已矣。稍进，如南社诸人，
夸而无实，滥而不精，浮夸淫琐，几无足称者（**南社中间亦有佳
作，此所讥评，就其大概言之耳**）。更进，如樊樊山、陈伯严、郑
苏戡之流，视南社为高矣，然其诗皆规摹古人，以能神似某
人某人为至高目的，极其所至，亦不过为文学界添几件赝鼎
耳！"㉓

　　柳亚子对此当然不能接受，他在《与杨杏佛论文学书》
中反驳说："胡适自命新人，其谓南社不及郑（**孝胥**）、陈（**三立**），
则犹是资格论文之积习。南社虽程度不齐，岂竟无一人能摩
陈、郑之垒而夺其鳌弧者耶？又彼倡文学革命，文学革命非
不可倡，而彼之所言殊不了了，所作白话诗，真是笑话！"㉔
他在给曹聚仁的信中也说："对于南社，我觉得二十年来的
评坛上，很少有持平之论。捧南社的讲它是如何有功于革命，
我自己也有些赧颜。我以为南社文学，在反清反袁上是不无
微劳的。不过它不能领导文学界前进的潮流，致为五四以后
的新青年所唾弃，这也是事实。然而像胡适之博士论南社，
以'淫滥'两字一笔抹杀，反而推崇（**郑**）海藏之流，我自
然也不大心服。我以为讲三十年来的文学史，南社是应该有

它的地位的。"㉓

陈独秀、胡适倡导文学革命，是要以白话镕铸西方的科学精神和民主思想，首先扫荡的就是旧体诗词。1917 年 1 月胡适在《新青年》发表《文学改良刍议》，提出："一曰，言之有物。二曰，不摹仿古人。三曰，须讲求文法。四曰，不作无病之呻吟。五曰，务去烂调套语。六曰，不用典。七曰，不讲对仗。八曰，不避俗字俗语。"断言"白话文学之为中国文学之正宗，又为将来文学必用之利器"。同年 2 月，《新青年》发表陈独秀的《文学革命论》："余甘冒全国学究之敌，高张'文学革命军'大旗，以为吾友之声援。旗上大书特书吾革命军三大主义：曰推倒雕琢的阿谀的贵族文学，建设平易的抒情的国民文学；曰推倒陈腐的铺张的古典文学，建设新鲜的立诚的写实文学；曰推倒迂晦的艰涩的山林文学，建设明了的通俗的社会文学。"作为清末民初两大诗派之一的南社（**另一派是同光体派**），首当其冲，就是情理中的事。柳亚子的反驳是轻浅而不甚有力的。

说起"文学革命"或"革命文学"，纵观史实，原有所自。汪精卫 1923 年为胡朴安所编《南社丛选》的序言中说：

　　中国之革命文学，自庚子以后始日以著。其影响所及，当日之人心为之转移，而中华民国于以形成。此治中国文学史者，所必不容忽也。

　　近世各国之革命，必有革命文学为之前驱；其革命文学之彩色，必烂然有异于其时代之前后。中国之革命文学亦然。核其内容与其形式，固不与庚子以前之时务论相类，亦与民国以后之政论绝非同物。盖其内容，则民族、民权、民生之主义也。其形式之范成，则涵有二事：其一，根柢于国学，以经义、史事、诸子、文辞之菁华为其枝干；其一，根柢于西学，以法律、政治、经济之义蕴为其条理。二者相倚而亦相扶。无前者，则国亡之痛，种沦之戚，习焉已忘，无由动其光复神州之念。无后者，则承学之士犹以为君臣之义无所逃于天地之间，无由得闻主权在民之理。且无前者，则大义虽著，而感情不笃，无以责其犯难而逃死。无后者，则含孕虽富，而论理未精，无以辨析疑义，力行不惑。故革命文学必兼斯二者，乃能蔚然有所树立。其致力于前者，则有《国粹学报》、《南社集》等；其不懈前者，而尤能致力于后者，则有《民报》等。㉖

再往前推，则是黄遵宪、梁启超的"诗界革命"。

黄遵宪最先提出文言合一的问题。他于 1887 年夏《日本国志》卷 33《学术志》中要求创造一种"明白晓畅，务期达意"，"适用于今，通行于俗"，使"天下之农工商贾，妇女幼稚皆能文字之用"的新文体。㉗ 钱玄同在《寄陈独秀》中称梁启超是"创造新文学之第一人"。㉘ 梁启超提出"革其精神，非革其形式"，"要能以旧风格含新意境"。㉙ 又说：今日作诗"不可不备三长：第一要新意境，第二要新语句，而又须以古人之风格入辞，然后成其为诗"。㉚ 这里的"精神""新意境"，应该理解为新事物、新思想、新学说，亦即"根底于西学；这里的"形式""旧风格"，应该理解为旧体诗的"体格""声韵""风致""韵味"等，亦即"根底于国学"。对于梁氏这一诗学理论，鉴于过去研判的粗疏与浅陋，有必要深入研究。盖任何事物的发展，均是新旧交替，继往开来。文学也是一样。柳亚子亦持相同看法："余谓文学革命，所革当在理想，不在形式。形式宜旧，理想宜新两言尽之矣。"[31]他说："反对封建礼教，提倡男女平等，以至打倒孔家老店，在我都是很早的主张。欢迎德先生（民治）和赛姑娘（科学）来主持中国，我当然也举双手赞成……"[32]至于用白话文创作，那也不成问题。因为他创办的《复报》，其发刊词和许多文章都是用白话写的。

有学者认为："梁启超未竟的'革命'由胡适提倡的新文学运动而承传下来，只是变革的方向从新理想、新意境而转变为以白话为主流的语言和问题变革。"[33]今天，我们如果铲除近、现代文学的人为界限，还文学发展一以贯之的本来面目[34]，可否大胆提出这样一个命题：中国十九世纪末二十世纪初（清末民初）的"文学革命"源于黄遵宪、梁启超发起的"诗界革命"，而胡适的新诗运动和南社则是它的两大传承，只是为适应时代，前者具狂飙突进、除旧布新的革命形态；后者则具新旧交替、继往开来的革新形态。前者，对民族文化传统采取割断、打倒的态度，而后者则采取传承、吸收的态度。正是这一态度，对"五四"新诗和传统诗词的发展产生了决定性的影响。传统诗词在经历了长期的打压、歧视、冷落之后，仍然生生不息，如地火之运行，以致发展到今天，蓬蓬勃勃，堪与新诗至少平分天下。而新诗经历百年的坎坷，走到今天，始终无法填平它与中华民族在审美理想、审美心理和审美情趣之间的鸿沟。关于这个问题，伴随新诗的发展，不断有人反思、探索。唐弢在《中国现代文学史》中说："当时的倡导者们对于自己民族的古典文学大多采取轻视甚至一概否定的态度，而把人们的视线完全引向西方。"梁实秋在《五四与文艺》中说："我以为新诗如有出路，应该是于模拟外国诗之外，还要向旧诗学习，至少应该学习那'审音协律，敷辞捡藻'的功夫。……我们不能不承认，文学的传统无法抛弃。'文学革命'云云，我们如今应该有较冷静的估价了。"当然，这期间，最为典型的是闻一多，大家都很熟知。他在《律诗的研究》中感慨道："如今做新诗的莫不痛诋旧诗之缚束，而其指斥律诗，则尤体无完肤。唉，桀犬吠尧一唱百和，是岂得为知言哉？"他对于新诗的赶时髦，十分不屑；对于新诗的前途，十分忧虑。赋诗云："艺国前途正杳茫，新陈代谢费扶将。城中戴髻高三尺，殿上垂裳有二王。求福岂堪争弃马，补牢端可救亡羊。神州不乏他山石，李杜光芒万丈长。"㉟以致最后在给梁实秋的信中宣称："六载观摩傍九夷，吟成鴂后总猜疑。唐贤读破三千纸，勒马回缰作旧诗。"㊱

还需要一提的是胡适。唐德刚先生是胡适晚年最亲近的朋友，他有关胡适的回忆、传录最受当代学人的推崇。他在《胡适杂忆》中说："胡适对旧诗的看法，在我的体验中，他晚年和少年时期的分别是很大的。"事实上，胡适一直没有摆脱传统诗词对他的纠缠。1917 年 11 月，他在给钱玄同的信中说："吾于去年（**五年**）夏秋初作白话诗之时，实力摒陈言，不杂一字。……后忽变易宗旨，以为文言中有许多字尽可输入白话诗中。故今年所作诗词，往往不避文言。"他由提倡"诗体解放"，坚称"极不赞成诗的规则"，到后来把早年诗作"胡适之体"，看成只是自己尝试了二十年的一点点小玩意儿。他在《尝试集·自序》中坦白地承认："无论怎样大胆，终不能跳出旧诗的范围"，"实在不过是一些刷洗过的旧诗"。他说："我自己的新诗，词调很多，这是不用讳饰的。"㊲证之其《鸽子》一诗，此言不虚：

> 云淡天高，好一片晚秋天气。有一群鸽子，
> 在空中游戏。看他们三三两两，回环来往，夷犹
> 如意。忽地里，翻身映日，白羽衬青天，鲜明无比。

由此看来，把旧体诗词的语言视为其绝症，必在扫荡之列，也是很值得研究的。

由于上述种种，胡适后来在自己作诗的戒约中取消了"有组织，有格式"这一条款。

"20世纪中国文学"的概念已逐步为学界接受，今天已到了整合新、旧体诗的时候了，深入研究南社，就是摆在我们面前的一个重要的课题。

雍文华

2009年10月17日写，2010年7月31日修订。

原载《纪念南社成立一百周年论文集》、中国美术出版社

2011年9月出版）

【注】

①　宋教仁、景耀月、田桐、陈蜕庵、杨杏佛、仇亮：《告在京南社诸社友》，1912年8月13日《民主报》，引自栾梅键：《民间的文人雅集·南社研究》。

②　③　郑逸梅：《南社丛谈——历史与人物·前言》。

④　郑逸梅：《南社丛谈·历史与人物》第205—206页。

⑤ 《江苏》第四期，1903 年。

⑥ 《觉民》，第一至第五期合订本。

⑦ 吴伟业：《复社纪略》卷下。

⑧ 《十月朔日，泛舟山塘纪事》，《磨剑室诗词集》，上，114 页。

⑨ 1909 年 10 月 17 日《民吁日报》。

⑩ 1909 年 10 月 28 日《民吁日报》。

⑪ 曹聚仁：《南社新南社》，见《南社纪略》，第 248 页，上海人民出版社，1983 年 4 月第 1 版。

⑫ ⑲ 《南社丛选·柳序》。《南社丛选》，解放军文艺出版社 2007 年 7 月第 1 版。

⑬ 《致孙中山伍廷芳吕天民电 [代]》，《柳亚子选集》（上），第 110—111 页，人民出版社，1989 年 1 月第 1 版。

⑭ 载《天铎报》，1911 年 12 月 2 日。

⑮ 《民立报》，1913 年 7 月 21 日，引自栾梅健：《民间的文人雅集——南社研究》第 107 页。

⑯ 汤文权编《雷铁崖集》第 470 页，华中师范大学出版社。

⑰ 《天梅遗集》，卷七。

⑱ 《南社纪略》，第 75 页，上海人民出版社，1983 年 4 月第 1 版。

⑳ 载《广州民国日报》，1923 年 9 月 10 日，引自栾梅健：《民间的文人雅集——南社研究》第 203—204 页；郑逸梅《南社丛谈——历史与人物》第 64—65 页。

㉑ 《南社纪略》第 103—104 页，上海人民出版社，1983 年 4 月第 1 版；郑逸梅：《南社丛谈——历史与人物》第 69 页。

㉒ 郑逸梅：《南社丛谈—历史与人物》第 76 页。

㉓ 《胡氏文存》卷一。

㉔ 民国日报》1917 年 4 月 27 日。

㉕ 《南社纪略》，上海人民出版社，1983 年 4 月第 1 版。

㉖ 栾梅健：《民间的文人雅集——南社研究》第9—10页。

㉗ 杨义：《中国现代史》第51页。

㉘ 《中国近代文学大系·文学理论集》[1]。

㉙ 《饮冰室诗话》，上海书店1990年版，第325页。

㉚ 《夏威夷游记》。

㉛ 《与杨杏佛论文学书》，《民国日报》1917年4月27日。

㉜ 《南社纪略》第90页，上海人民出版社，1983年4月第1版。

㉝ 彭玉平：《民国时期的词体观念》，《文学遗产》，2007年第5期。

㉞ 参见钱理群《现代文学的观念与叙述》，《文学评论》1999年第1期；刘勇、姬学友：《20世纪中国文学整体观的实践难题》，《文学评论》2007年第3期；马大勇：《"二十世纪诗词史"之构想》，《文学评论》2007年第5期。

㉟ 《释疑》。

㊱ 《废旧诗六年矣，复理铅椠纪以绝句》。

㊲ 《谈新诗》。

武夷山陆游国际学术研讨会论文

陆游诗中的悲剧意识

陆游并不愿做诗人，或者说并不愿意只做诗人，但终究成了诗人；陆游最大的愿望是收复中原，统一祖国，而此愿望在他生前和死后均没有实现；陆游坚持自己的人格操守、实现自己的人生价值，却付出了沉重的代价和牺牲。陆游的一生，是诗人的一生、志士的一生，是坚守人格操守、实现生命价值的一生，也是悲剧的一生。悲剧意识深刻而充分地体现在他的诗作之中。

一、社会角色的选择和历史的形成

衣上征尘杂酒痕，远游无处不销魂。

此身合是诗人未？细雨骑驴入剑门。

——《剑门道中遇微雨》

每读此诗均感到无限的伤感。这是诗人对自己社会角色的质疑。

陆游其人，王士禛赞为"以名节自持，凛凛然有国士之风"。（《带经堂诗话》）梁启超称他为"亘古男儿"。（《读陆放翁集》）一般将他定为爱国诗人。

诗人？国士？亘古男儿？陆游社会角色的主观选择是什么？历史的诸多客观条件又将他铸成了什么？个体的主观选择与历史的客观规定又造成了怎样的心灵世界？

乾道五年（1169）十二月，朝廷诏命陆游通判夔州，万里入川。乾道八年（1172）春，四川宣抚使王炎招请陆游参加宣抚司干办公事兼检法官，由夔州北上南郑。由后方调到前线使陆游极为兴奋。他表示"某敢不急装待命，碎首为期，运笔飒飒而草军书，才虽尽矣，持被刺刺而语婢子，心亦鄙之。尚力著于微劳，庶少伸于壮志"。（《谢王宣抚启》）对此次南郑之行，寄望殊高："古来贤达士，初亦愿躬耕。意气或感激，邂逅成功名。"（《蟠龙瀑布》）抵南郑后，即为王炎"陈进取之策，以为经略中原必自长安始，取长安必自陇右始"。（《宋史·陆游传》）南郑辽阔的幅员和前线的军事形势使他坚定了恢复中原、统一祖国的信心，也看到了胜利的前景："我行山南已三日，如绳大陆东西出。平川沃野望不尽，麦垅青青桑郁郁。地近函秦气俗豪，秋千蹴踘分朋曹。苜蓿连云马蹄健，杨柳夹道车声高。古来历历兴亡处，举目山川尚如故。将军坛上冷云低，丞相祠前春日暮。国家四纪失中原，师出江淮未易吞。会看金鼓从天下，却用关中作本根。"（《山南行》）他热烈期待旗开得胜，进驻长安："秋到边城角声哀，烽火照高台。悲歌击筑，凭高酹酒，此兴悠哉。　　多情谁似南山月，特地暮云开。灞桥烟柳，曲江池馆，应待人来。"（《秋波媚》）他不断往返南郑与前线之间，参与渭河强渡和大散关战斗。正当陆游自誓"平生铁石心，忘家思报国"（《太息》），自许"切勿轻书生，上马能击贼"（《同上》），意气风发，斗志昂扬，预感胜利在望之际，形势却急转直下：九月九日，王炎调回临安枢密院，幕府星散，陆游调为成都府路安抚司参议官。临阵换将，陆游意识到对于挥师北伐、恢复中原，朝廷又动摇了。所谓飞得越高，跌得越惨，陆游极度失望：

"云栈屏山阅月游，马蹄初喜踏梁州。地连秦雍川原壮，水下荆扬日夜流。遗虏屠屠宁远略，孤臣耿耿独私忧。良时恐作他年恨，大散关头又一秋。"（《**归次汉中境上**》）《剑门道中遇微雨》就是陆游从汉中赴成都路经剑门而作。

　　陆游早年攻读经书和兵书，人生取向还是儒家的"齐家治国平天下"。"吾幼从父师，所患经不明，何尝效侯喜，欲取能诗声？亦岂刘随州，五字吟长城？"（《**读苏叔党汝州北山杂诗次其韵**》）并没有想做个诗人。他的志趣和抱负是："士生学六经，是为圣人徒。处当师颜、原，出当致唐、虞。斯文阵堂堂，临敌独援桴。异端满天下，一扫可使无。"（《**斋中杂诗十首**》）他将自己视为国士："雨霁花无几，愁多酒不支。凄凉数声笛，零乱一枰棋。蹈海言犹在，移山志未衰。何人知壮士，击筑有余悲！"（《**杂感**》）他向往诸葛亮出师北伐："位卑未敢忘忧国，事定犹须待阖棺。天地神灵扶庙社，京华父老望和銮。出师一表通今古，夜半挑灯更细看。"（《**病起书怀**》）现在，陆游已深深感到，对于年近半百的他，恢复中原的事业将成泡影，建功立业的历史机遇已经一去不返。他转问自己："此身合是诗人未？"我是一个诗人么？我难道注定只能做一个诗人吗？我恐怕终身只能做一个诗人了！一切匡时济世、图像凌烟的事业与功勋，恐怕永远与自己无缘了。陆游的处境是艰难的，内心是悲苦的。陆游对自己社会角色的主观选择与客观历史的形成之间是如此的差异悬殊。

二、理想与现实映象的心灵冲突

陆游一出生便被抛入时代的苦难之中。北宋灭亡，南宋偏安江左。积极抗战、恢复中原与妥协丘壑、苟且偷安的反复冲突与搏杀便成了时代的主题、历史的潮流，谁也无法置身事外。陆游终其一生卷入了这一时代的冲突与搏杀，理想与现实的矛盾形成了他心灵沉重而激烈的悲剧性冲突。

> 早岁哪知世事艰？中原北望气如山。
> 楼船夜雪瓜州渡，铁马秋风大散关。
> 塞上长城空自许，镜中衰鬓已先斑。
> 出师一表真名世，千载谁堪伯仲间。

——《书愤》

这首诗写于淳熙十三年 (1186) 春。其时陆游从四川嘉州任上被言官弹劾，指其"燕饮颓放"而罢官，辗转闽赣之后退居山阴，已经 62 岁了。这是他晚年回头检视自己一生遭际的无穷感喟，是对自己一生求索奋斗而失败的凭吊。一句"早岁哪知世事艰"，蕴藏多少人世的艰辛和痛苦。

绍兴三十年 (1160)，陆游被任命为敕令所删令官，有机会到中央任职。三十二年 (1162) 六月，高宗传位于太子赵昚，是为孝宗。陆游被任命为枢密院编修官。枢密院是中央军事领导机构，与北伐中原、恢复失地、完成国家统一大有关系。陆游觉得机会来临，可以一展平生抱负。他写了《代乞分兵取山东札子》《拟上殿札子》《上殿札子》，规划军事，请求振肃朝纲，并积极参与隆兴战事；向枢密使、都督江淮东西路张浚提出恢复中原的要求，代中央起草《与夏国主书》和《蜡弹省札》，为即将举行的北伐争取邻国和北方沦陷区人民的支持。正在这个时候，一件毫不经意的小事把陆游拖进了一桩大的政治纷争，稀里糊涂地被罢了官。他把右丞相史浩告诉他孝宗宴请曾觌的事，作为谈资，告知参知政事张焘。其时孝宗欲把从前的门客龙大渊、曾觌提拔起来，遭到朝臣的反对。孝宗下诏痛斥。恰好张焘晋见，孝宗希望得到张焘的支持。张焘说："陛下初即大位，不宜和臣下燕狎，一至如此。"孝宗问张焘从哪里听来的消息。张焘说是陆游告诉他的，陆游是从史浩那里听到的。孝宗说："陆游是个反复小人，早就应该离开临安。"于是将陆游贬出临安，任为镇江府通判，这就是陆游莫名其妙的遭遇。陆游离开临安，内心充满愤懑："重入修门甫岁余，又携琴剑返江湖。乾坤浩浩何由极，犬马区区正自愚。缘熟且为莲社客，伴来喜对草堂图。西厢屋了吾真足，高枕看云一事无。"（《出都》）隆兴元年（1163）五月，符离之战失败，孝宗降张浚为江淮东西路宣抚使，召复汤思退为右丞相。十一月，朝命汤思退为左丞相，张浚为右丞相。汤思退主和，张浚主战。隆兴二年（1164），张浚以右丞相督视江淮兵马，驻节镇江。陆游以通家子往谒，力说张浚用兵。可是，四月张浚奉诏还朝，接着都督府撤销，张浚罢免。十二月，宋金和议成立。张浚罢斥，幕府星散，有的被劾罢，有的被谪迁，陆游极感苦闷。八月，张被罢斥归家途中死去，主战阵营失去了一位中坚，国家前途失去了一位依仗。陆游的悲愤心情是可想而知的："张公遂如此，海内共悲辛。逆虏犹遗种，皇天夺老臣。"（《送王景文》）乾道元年（1165）七月，陆游改任隆兴府（今江西南昌）通判，调离前线，未及一年，被言官"交结台谏，鼓唱是非，力说张浚用兵"弹劾罢职，退居山阴。罪在出师北伐，恢复中原，夫复何言！

乾道五年（1169），四川宣抚使王炎招请陆游入幕，陆游达到抗击金人、恢复中原的前线南郑，使他再次看到了希望。然而不到一年，王炎调回临安，陆游亦改任成都、摄知嘉州事，旋即被言官指其燕饮颓放而遭罢免。这是淳熙三年（1176）的事。这期间社会现实的种种打击，使陆游的理想无法实现，他内心充满巨大的痛苦："前年脍鲸东海上，白浪如山寄豪壮。去年射虎南山秋，夜归急雪满貂裘。今年摧颓最堪笑，华发苍颜羞自照。谁知得酒尚能狂，脱帽向人时大叫。逆胡未灭心未平，孤剑床头铿有声。"（《三月十七日夜醉中作》）往昔理想高扬，壮志满怀，而今孤灯风雨，华发苍颜，内心的痛苦，涌动喷发，使人几近于狂。思念的是当年南郑前线慷慨昂扬、神思飞越的从戎生活，不堪的是眼前僻处后方，"冷官无一事"的空虚生涯，痛苦在内心不断滋长，想用酣歌与沉醉压将下去也是徒然："羽箭雕弓，忆呼鹰古垒，截虎平川。吹笳暮归野帐，雪压青毡。淋漓醉墨，看龙蛇飞落蛮笺。人误许，诗情将略，一时才气超然。

何事又作南来？看重阳药肆，元夕灯山。花时万人乐处，敧帽垂鞭。闻歌感旧，尚时时流涕尊前。君记取，封侯事在，功名不信由天。"（《汉宫秋》）他常常在梦中回到南郑前线，场面宏大，心境雄浑，而一觉醒来，面对现实中的自身，内心却有无可诉说的悲苦："雪晓清笳乱起，梦游处，不知何地。铁骑无声望似水。想关河，雁门西，青海际。　　睡觉寒灯里，漏声断，月斜窗纸。自许封侯在万里，有谁知，鬓虽残，心未死。"（《夜游宫·记梦，寄师伯浑》）

淳熙五年（1178）至庆元五年（1199），陆游奉命东归，辗转闽赣之间，七十五岁致仕，其间淳熙七年（1180）、八年（1181）、十六年（1189）三度被弹劾罢免。从陆游一生遭际看，"早岁那知世事艰"一句，确实凝聚了他对社会人生的刻骨伤痛。

这种理想与现实之间的冲突，会使人对人生产生无穷的悲感。有的会极端地厌弃人生，摆脱求生的意志；有的会行乐纵欲，以醇酒妇人来享乐人生；有的会旷达怡情，寄情山水和艺术；有的会问道求禅，消极避世。事实上，陆游也曾纵情享乐，把时光消磨在酒肆和歌院之中，醇酒妇人，借以获得精神上的解脱："倚锦瑟，击玉壶，吴中狂士游成都。成都海棠十万株，繁华盛丽天下无。青丝金络白雪驹，日斜驰遣迎名姝。燕脂褪尽见玉肤，绿鬟半脱娇不梳……月浸罗袜清夜徂，满身花影醉索扶。东来此欢堕空虚，坐悲新霜点鬓须。易求合浦千斛珠，难觅锦江双鲤鱼。"（《成都行》）"看花南陌复东阡，晓露初开日正妍。走马碧鸡坊里去，市人唤作海棠颠。"（《花时遍游诸家园》）"夜暖酒波摇烛焰，舞回妆粉铄花光。"（芳华楼夜饮》）"难觅长绳縻日住，且凭羯鼓唤花开。"（《月上》）他也曾寄情山水，也曾求禅问道，也曾消极避世："做官蓄妻孥，陷阱安所避？刀锯与鼎镬，孰非君自致。欲寻人迹不到处，忘形麋鹿与俱逝。杳杳白云青嶂间，千岁巢居常避世。"（《避世行》）当然，面对宇宙人生悲剧性矛盾冲突，更多的人会表现出对人生的执着，格外看重个体生命存在的意义与价值，因而产生强烈的建功立业的用世思想，尽管可能要承受巨大的精神痛苦，陆游就属于这一类。每当他痛苦消极萌生出世思想时，他就要警醒自己不要忘了国家，忘了人民，忘了自己的人生使命：恢复中原，统一祖国。他将自己的生命熔铸在这一时代的伟大斗争中，那些醇酒妇人、那些寄情山水、那些求禅问道统统不过是耗壮心、遣余年而已。这种警醒，这种矫正，这种内心的搏杀，反映在他的许许多多的诗作中。甚至他作《避世行》，愤激地要逃避现实，但他马上又否定自己逃避现实是不行的，由是复作《稽山农》，并特地标明："予作避世行以为不可常也，复作此篇。"正因为这样，我们才能读到"僵卧孤村不自哀，尚思为国戍轮台。夜阑卧听风吹雨，铁马冰河入梦来"。（《十一月四日风雨大作》）"白发萧萧卧泽中，只凭天地鉴孤忠。厄穷苏武餐毡久，忧愤张巡嚼齿空。细雨春芜上林苑，颓垣花月洛阳宫。壮心未与年俱老，死去犹能作鬼雄。"（《书愤》）这样高昂激越，即使痛苦也充满建功立业、用世之心的杰出篇章。

三、人格的坚守和人生价值的实现

人格的坚守是人生价值实现的基石。陆游在其复杂激烈的现实斗争中，坚持了自己的人格理想，实现了自己的人生价值，尽管这要遭受很多痛苦，付出巨大牺牲。

> 驿外断桥边，寂寞开无主。已是黄昏独自愁，更著风和雨。　　无意苦争春，一任群芳妒。零落成泥碾作尘，只有香如故。
>
> ——《卜算子·咏梅》

这首词是陆游人格的自我写照。

早在绍兴二十三年（1153），陆游应锁厅试，省试主试官陈之茂将之擢置第一。时丞相秦桧孙敷文阁待制秦埙亦来应试，直欲首选。秦桧大怒，至罪主司。第二年试礼部，因论恢复语触秦桧，即遭显黜。这是陆游平生第一遭遇，不能不影响其人格形成。"言语日益工，风节顾弗竞。杞柳为杯棬，此岂真物性。病夫背俗驰，梁甫时一咏。奈何七尺躯，贵贱视赵孟！"（《和陈鲁山十诗以孟夏草木长绕屋树木扶疏为韵》）俨然和秦桧主和派对立了。淳熙三年（1176）九月，陆游知嘉州的新命已经发表，但却遭到言官的弹劾，指其摄嘉州时"燕饮颓放"，即被罢免。陆游在四川酣歌沉醉，混迹酒肆歌院，乃是他壮志未酬、内心苦闷、用以耗壮心、遣余年的举动。谁能了解他呢？所以，对于这种打击，他挺身承受。不但承受，他还要反击："少年曾缀紫宸班，晚落危途九折艰。罪大初闻收郡印，恩宽俄许领家山。羁鸿但自思烟渚，病骥宁容著帝闲。回首舻棱渺何处，从今常寄梦魂间。"（《蒙恩奉祠桐柏》）从此以后，陆游就自号"放翁"。

淳熙十五年（1188），陆游严州任满，冬，调任军器少监。淳熙十六年（1189）正月，除礼部郎中。其间，周必大荐举学士院，中书舍人尤袤荐以自代，均为孝宗不许。十一月，为谏议大夫何澹所劾，谓其"前后屡遭白简，所至有污秽之迹"，并攻其嘲咏风月，罢官返山阴。"扁舟又向镜中行，小草清诗取次成。放逐尚非余子比，清风明月入台评。""绿蔬丹果荐瓢尊，身寄城南禹会村。连坐频年到风月，固应无客到吾门。"（《予十年间两坐斥罪，虽擢发莫数而诗为首，谓之嘲咏风月，即还山，遂以风月名小轩，且作绝句》）诗人索性把自己的书房命名为"风月轩"，这自然是一种不屈的表现。对于这种不断横来的排斥、打击、摧折，陆游是愤愤不平的。他在《谢周枢使启》中说："……伏念某箪瓢穷巷，土木残骸，早已孤危，马一鸣而辄斥，晚尤颠沛，龟六铸而不成。羽翮摧伤，风波震荡。薄禄作无穷之崇，虚名结不解之仇。郦生自谓非狂，甚矣见知之寡；韩愈何敢恃傲，若为取怒之深。""青山是处可埋骨，白发向人羞折腰。末路自悲终老蜀，少年常愿从征辽。"（《醉中出西门偶书》）"白发千茎绿鬓稀，卧看鹓鹭刺天飞。平生窃郦贡公喜，故里但思陶令归。清坐了无书可读，残年惟有佛堪依。君看世事皆虚幻，屏酒长斋岂必非。"（《白发》）"寒食清明数日中，西园春事又匆匆。梅花自避新桃李，不为高楼一笛风。"（《饮张功父园戏题扇上》）"诸公日饫万钱厨，人乳蒸豚玉食无。谁信秋风洛城里，有人归棹为莼鲈。"（《读晋书》）这些诗句均反映出他备受打击而宁折不弯的态度，他是在痛苦中坚守人格自尊。

其实对陆游人格坚守与人生价值实现的最大考验乃是他与韩侂胄的关系的处理。绍熙五年（1194）七月，知枢密院事兼参知政事赵汝愚、工部尚书赵彦逾、知阁门事韩侂胄发动政变，废了光宗，立光宗长子赵扩为帝，是为宁宗。赵汝愚为右丞相，荐朱熹为焕章阁待制兼侍讲，韩侂胄拥立有功，侄女立为皇后，形成赵汝愚、朱熹与韩侂胄、赵彦逾的对立。庆元元年（1195）二月，赵汝愚罢相，韩侂胄当政。庆元二年（1196）韩侂胄禁道学，称之伪学。庆元三年（1197）十二月，正式宣布伪学之籍，计59人，陆游好友赵汝愚、朱熹、周必大均在籍中，是所谓"庆元党禁"。韩侂胄本皇亲国戚，官属近幸，为士人所轻，现又制造党祸，由是深受士人憎恶。陆游侥幸逃过了党禁一关，但他并不软弱，仍坚持与朱熹密切往来，并赠送纸被。庆元六年（1200）三月，朱熹死时，他还跋涉千里，前往福建致祭，并写了一篇祭文：

"某有捐百身起九原之心，有倾长河注东海之泪，路修齿耄，神往形留，公殁不亡，尚其来飨。"（《祭朱元晦侍讲文》）寥寥 35 字，已经写出了对朱熹的认识和自己的立场。可是就在这个时候，即庆元五年（1199）——庆元六年（1120）六月，韩侂胄作书，请陆游为作《南园记》，嘉泰三年（1203）作《阅古泉记》。此事被看作陆游依附权贵、晚节不终，《宋史》载入陆游本传："晚年再出，为韩侂胄撰《南园记》、《阅古泉记》，见讥清议。"这两篇文字成为陆游负谤之作。历代很多学者对这种不公之论进行批判，为陆游辩诬，如：明代的张元忭，清代的袁枚、赵翼、娄谦，近人林纾等。这里的关键是陆游的政治立场和政治风度。近人柳亚子论此事颇为中肯："放翁爱国岂寻常？一记南园目论狂。倘使平原能灭虏，禅文九锡亦何妨。""庆元党禁诚私意，恢复中原义至公。却笑当年许平仲，高谈学理昧华戎。"（《王述庵论诗绝句诋諆放翁感而赋此》）这一是说只要韩侂胄能出来领导抗金，收复失地，就应该支持他。一是说庆元党禁与恢复中原相比较，恢复中原至公至重，而庆元党禁毕竟只是部分朝臣之间的分歧和斗争，与国家大局不能相比。这正好是陆游的认识和立场。一方面，陆游对于党争有自己的看法。他在嘉泰三年（1203）写的《跋蔡忠怀送将归赋》中说："熙宁、元佑所任大臣，盖有孟、韩之学，稷、契之忠，而朋党反因之而起，至不可复解，一家之祸福曲直，不足言也。"又在作于嘉泰二年（1202）的《跋东坡谏疏草》中说："东坡自黄州归，见荆公于半山，剧谈累日不厌，至约卜邻以老焉，公论之不可掩如此，而绍圣诸人，乃遂其忮心，投之岭海必死之地，何哉？"深表不屑。"古来立事戒轻发，往往馋夫出乘罅。深仇积愤在逆胡，不用追思灞亭夜。"（《送辛幼安殿撰造朝》）这就是陆游对待其时党争的态度。另一方面，嘉泰四年（1204），韩侂胄倡议北伐，并为此作了一系列的准备：解除庆元党禁，党人复官，死者追复官职；追封岳飞为鄂王；削秦桧申王封号改谥缪丑，其制词中"一日纵敌，遂贻数世之忧；百年为墟，谁任诸人之责？"当年传诵一时。80岁的陆游得知北伐即将进行，非常兴奋："北伐谈笑取关河，盟府何人策战多？扫尽烟尘归铁马，剪空荆棘出铜驼。"（《书事》）"中原蝗旱胡运衰，王师北伐方传诏。一闻战鼓意气生，犹能为国平燕赵。"（《老马行》）这时陆游已经八十二岁了。陆游就是这样冒着名节被毁的危险，冲破了韩侂胄这一巨大障碍，坚持了恢复中原、统一祖国的人生大方向。然而，不幸的是，韩侂胄北伐失败，被杀，首级被贡送金人，宋金再度议和。陆游最后的希望破灭了。当他85岁的生命走向尽头，他还企望死后中原能够收复，国家能够统一：

死去元知万事空，但悲不见九州同。
王师北定中原日，家祭无忘告乃翁。

——《示儿》

这是生命的悲歌，也是生命的执着。生前的理想没有实现，死后的企盼也没有成功。在陆游人生的天幕上写着硕大的"悲剧"二字。但就在他一生的追求中，在悲剧的演进中，他坚守了自己的人格，现实了自己的人生价值：中华民族爱国主义精神的典范。他一生的行状，他近万首的诗篇，永远获得人们的崇敬、铭记和传承。悲剧是美的，悲剧也是崇高的。

2007 年 12 月 5 日

（原载《放翁新论》、刘庆云主编，海峡文艺出版社，2009
年 12 月出版）

《杏山樵吟稿》序

　　李国庆君，河南许昌人氏。许昌，汉魏故都，历史名城也。自公元196年—221年，曹操父子雄踞此处25年，挟天子以令诸侯，在历史上留下了浓墨重彩的一笔。波诡云谲的政治智谋，清新刚健的建安风骨，生命意识的诗歌，魏晋名士的风度，千百年来在中原大地，在整个中国发酵、升华、浸染了多少中国知识分子。李国庆君就是在这样的历史积淀、这样的文化氛围中成长起来的。

　　国庆君大学中文系毕业后，从事繁重的党政工作，先后任职禹州市委组织部、乡镇党委书记、县委宣传部长、纪委书记及许昌市计生委副主任。由于工作的需要，在河南省委党校在职研究生班念的也是经济管理，并取得了在职研究生学位。然而，天性爱好诗词，工作之余，不辍吟咏和写作。

　　我与国庆君认识，是在2007年，其时他报名参加中华诗词学会培训中心高级研修班学习，被分配在我的名下。我感到他有灵性，有艺术感觉，还有强烈的创新意识，是可堪造就之材。现在读到他的《杏山樵吟稿》，诗艺进步之神速，令我大为惊讶。

　　中华民族注重"感悟思维"。中国文学艺术，特别是诗词艺术，之所以能够极其精妙地表达人类难以言状的精神体验和生命韵味，是与它的重感悟分不开的。感悟强于思辨，体验强于逻辑分析。所以，中国诗学讲的是"似"，而不是"是"；讲的是隐喻性的"立象以尽意"，而不是直观性的"真理"。《杏山樵吟稿》首标"感悟"，说明作者深谙中国诗学之精要。

抽刀断水总空忙，勒马何如信放缰。

鼠岁灵光才照户，牛年紫气又临窗。

新桃旧版时时换，老酒陈坛日日装。

莫使韶华闲对月，梅花休恋隔年香。

——《七律·迎春感怀》

　　诗旨置于时空永恒、生命短促的哲理之上。这种哲理是从时间流逝、生命存亡的变化中体验和感悟出来的。虽有停滞之保守，更多的却是新生之变化。因之能珍惜生命、奋然前行。全诗洋溢一股"梅花休恋隔年香"、与时俱进的意态和"勒马何如信放缰"、豁达乐观的情思，不失为"感悟"书怀的上乘之作。

谁凌冰雪着寒枝？玉女精神众笑痴。

洗却轻红桃杏色，心香一瓣报春知。

惯闹新蕾三九时，蝶蜂无绪对灵枝。

清淳却动才人兴，一树寒梅一首诗。

——《七绝·咏梅（二首）》

　　从梅的"洗却轻红桃杏色"之"清淳"和"蝶蜂无绪对灵枝"之高贵，引出对自尊的人格精神之追求和赞美。

闲看喧嚣世事，淡然冷对纷争。

灯红酒绿过浮云。开落自春心。

——《画堂春·咏白玉兰》

"开落自春心"——一种无可企及的淡定自持的精神风貌和气质。

> 风物匆匆入客怀，四时迫迫戍天台。
> 柳花十万挟春去，菡萏一枝报夏来。
> 热雨从今雷作伴，骄阳自此火凝腮。
> 人生若有轮回日，二度芳菲竞盛开！

> ——《七律·立夏有感》

从四时轮替，风物盛衰之中，感悟到"人生若有轮回日"，理当活得更有意义，更加精彩！

感悟来源于对物情的体验和对事理的认知。这种体验和认知，就是要找到事、物和诗人心灵相沟通、相契合的精神特质。这需要学、识、才、情，尤其是情。《杏山樵吟稿》中不乏这样的篇什。

> 本是朗乾坤，雨忽倾盆，三更冷月五更风。
> 天道如魔犹可测，难测人心。　　风扫夜空新，
> 望尽星辰，浩茫心事寄谁人？万里银河思欲渡，
> 怕问迷津。

> ——《浪淘沙·夏夜》

风云变幻，天道无常。但作者却一反常态说："天道如魔犹可测"，更深一层突出"难测"之"人心"，推向对人本质的追问。这其中一定隐藏着很多沉重的东西。其情其理的深刻性，还是令人瞩目的。

乘阳驭蕙风，高格凭枝翘。鼓腹荡空桴，历
历歌"知了"。　　罕能耐寂寥，浮世心脾燥。
未待朔风临，畏冷潜形杳。

——《生查子·咏蝉》

于蝉，前人常尊其高洁，如虞世南、骆宾王、党怀英等。
作者一反前人之意，而对蝉之"高格凭枝"、"鼓腹荡空"
予以讥讽，对蝉"浮世心燥"、"畏冷潜形"之精神特质把
握准确，刻画精准，不失为一篇佳作。

以上诸篇所抒之情，或多或少还可看到"志"、"道"
的影子，而纯然之情，即不含或少含"志"、"道"之情，
在《杏山樵吟稿》中也多有可圈可点的表现。如：

我欲凭高问青帝，满山花树为谁春？

——《七绝·山行·（十）挑山工》

总负白衣缱绻肠，灵犀偶动便清狂。

——《七绝·腿伤卧休》

天籁横空思激越，诗情满腹重清佳。

——《七绝·静夜吟》

得势江湖骑猛虎，闲归柳岸作渔翁。

——《七律·无题》

不因风雪摧翩翼，哪有倚天大写"人"？

　　　　　　——《七绝·咏物感怀·（一）鸿雁》

未言泪下心先碎，已许心期福正长。

　　　　　　　　　　——《七律·国祭》

一年一度肝肠断，万斛相思洒雀桥。

　　　　　　　　　——《鹧鸪天·七夕》

楼林入目犹亲切，异境留身自慰安。

　　　　　　　——《七律·夜至台北有感》

　　或高旷，或狂狷，或雄奇，或警策，或劲峭，或豪迈，或哀感沉郁，或悱恻缠绵，或淡定清淳，在在情思深婉，神采飞扬。

　　诗以言情。陆机"缘情"之说一出，自两晋南北朝以下，逮乎唐诗宋词元曲明歌，莫不奉为金律。故诗者，大抵发乎其情。此乃中国诗学之根本，本无可置疑。但有些人，标榜"诗缘情"，却连"诗言志"也避之三舍。于是将"情"的内涵，一再缩小，仿佛只有亲情、友情、男女闺阁之情，才是"诗以言情"之情。这其实是一种很深的误解。

　　夫"诗言志"（《尚书·舜典》）、"诗缘情"（陆机《文赋》），志情相通，实则一也。《左传》昭公二十五年："是故审则宜类，以制六志。"杜预注："为礼以制好恶喜怒哀乐六志，使不过节。"孔颖达疏："此六志，《礼记》谓之六情。在己为情，情动为志，情志一也。"屈原："路漫漫其修远兮，吾将上下而求索。"李白："《大雅》久不作，吾衰竟谁陈。"杜甫："丛菊两开他日泪，孤舟一系故园心。"苏轼："但愿人长久，千里共婵娟〉"文天祥："人生自古谁无死，留取丹心照汗青。"鲁迅："寄意寒星荃不察，我以我血荐轩辕。"无一不是既是言情，也是述志。

审视《杏山樵吟稿》，对于这一误区，作者保持了一份清醒。《虞美人·无题》对实为腐败的泛滥成灾的检查评比，发出了"补天五色石何处？倚剑茫然顾"的浩叹。《七绝·咏物感怀·(五)蚊子》对"花蚊噬血也君子，胜似蛇蝎放暗枪"的阴暗动物，进行了抨击。《鹧鸪天·井冈山》对四万余名先烈表达了深切的凭吊和由衷的礼赞。

人谓"诗以言情"，犹如"文以载道"。诗词亦是文学之一种。严格地讲，道也是诗词的题中之义。只是由于儒家的竭力提倡，"道"和"志"逐渐向伦理道德方面转化，故大凡桑间濮上之思，闲情逸趣之乐，难以入诗。是故"诗缘情"一帜高扬，应者云起。今天，我们应该恢复"志"和"道"的本来面目，给予其诗学中应有的地位。

诗词创作，学、识、情之外，还得有才。"才"，讲的就是艺术才能。它包括诗意的提炼、意境的营造、体物的工切、刻画的生动、语言的精美，乃至对仗的工整和音韵的和谐等等。这些方面，《杏山樵吟稿》也有许多值得称道之处：

绿柳斜依，海棠醉卧，恐负东君意。

——《念奴娇·风筝》

情致缠绵，蕴籍深婉，深谙倚声之体式和情韵。

> 天下三分动地哀，嚷嚷何事筑高台？
> 山阳汉帝封公去，魏晋风云卷土来。

> ——《七绝·汉魏故都怀古·其十四受禅台》

题旨高远，格局高开，有无穷的历史感喟！

> 昼是雄鹰夜是星，少飞梦想老飞情。

> ——《七绝·市区百象有见·（三）放风筝》

情思活泼，爽朗天真。

> 席梦思柔藏利刃，人头马烈酿砒霜。
> 黑金染领红翻紫，警匪联姻犬变狼。

> ——《七律·赞重庆市打黑除暴》

匕首投枪，犀利无比。作为律体，对仗工整而有变化。

> 邀来黄浦江心月，醉作青山画里人。

> ——《七律·百年梦圆世博会》

清丽隽永，意态风流。

> 灵蛇手握追唐宋，荆玉胸怀振宋声。

> ——《七律·贺河南诗词学会
> 第六次会员代表大会胜利召开》

清奇俊逸，语美义精。

悦目层林色，温心百鸟音。

——《五律·黄山游·其一 从南京到黄山》

形象鲜明，遣词典雅，对仗工整，字字如圣贤，色相庄严。

谁言异境身当客，直若萍踪入故园。

——《鹧鸪天·赠台湾朋友》

情思深婉，意态优容。

总之，国庆君不仅仅是缠绵悱恻之句、岚光烟景之篇的写手，而且是风雅颂赋比兴六义俱用、情志道各有所珍的诗人。学、识、情、才已有根底，于绝、律、倚声各体，均已登堂，前途无可限量。唯愿国庆君文光大发，更上层楼。

据悉，国庆君正在积极筹划、奔走、联络成立许昌诗词组织。许昌乃人文萃荟之地，诗词风华正茂之乡，期盼中原大地，再树吟旗；诗国神州，新添骁勇。是为序。

二〇一〇年三月二十一日于北京潇湘云水楼

中国太湖世界文化论坛首届年会论文

和谐：献给全人类的元典精神

雍文华

【内容提要】：经济全球化的今天，人类必须互相包容、互相理解，通过沟通、对话，和衷共济，化解面临的各种矛盾和冲突。作为中华文化核心价值和元典精神的"和谐理念"，对于医治当前世界的创伤，应该不失为一副良剂。"和谐"是指事物平衡、有序，并且相对稳定的存在与发展。它一直把人与人、人与社会、人与自然、人与自身的平衡与和谐作为最高的价值取向和追求目标。中国已经向世界庄严表明，主张构建和谐世界。当下，构建和谐世界，首要的是要建立"以人为本"的治世理念；其次要大兴"义利之辨"，制约市场经济的负面影响；再次是要高举公平正义的旗帜，构筑稳定的国际格局；第四，就是采取"和而不同"的立场，保证多元文化文明的共存共荣。为此，人类需要建构公认的、能够遵守的基本价值理念和行为准则——人类共同伦理，而世界不少顶级学者认为，中华文化中儒家"己所不欲，勿施于人"及"己欲立而立人，己欲达而达人"两个基本价值和理念应是人类共同伦理的黄金律，以此求得大量共同点和基本价值。当世界把目光投向中华文化，寻找思想资源时，作为中华文化的传人，就特别需要一个正常的心态，那就是将文明由传统的一个民族一个国家的天下主义推进到全人类的世界主义。

关键词：和谐、元典精神、人类共同伦理、和谐世界。

参加"加强文明对话与合作，促进世界和谐与发展"这样一个盛会，使我想起了德国当代著名哲学家伽达默尔（Hans-Georg Gadamer, 1900—2002）的一段话。他说："在今天，把思想无论是框定在一个国家之内，还是框定在欧洲之内，都被证明是过时的。与世界上其他国家隔绝已不再可能。在今天，人类同过去一样置于一叶小舟上。我们必须掌好小舟的舵，以免让它触礁。"①他说的是跨文化理解和对话的至关重要性。

今天的世界的确需要理解、沟通和对话。

当今世界的一个基本特征是人类进入了经济全球化的时代。一方面，投资增加，贸易规模扩大，经济迅速发展，科学技术飞速进步，广漠的世界变成了小小的地球村，人们彼此很难分割；另一方面，新兴经济实体和新兴大国兴起，正在改变世界原有的格局。同时，经济全球化和世界格局的变化也带来了诸多严重的问题，诸如大国的博弈、贸易争端、资源争夺、分配不公，南北贫富差距扩大，资源短缺、环境污染、恐怖主义、核威胁等等，给世界的安全和人类的生存造成了极大的威胁。人类必须互相包容、互相理解，通过沟通、对话，和衷共济，化解这些矛盾和冲突。作为中华文化核心价值和元典精神的"和谐理念"，对于医治当前世界的创伤，应该不失为一副良剂。

中华文化的核心价值和元典精神：和谐理念

中华文化的核心价值和元典精神就是"和"、"和谐"。什麽是和谐，和谐是指事物平衡、有序，并且相对稳定的存在与发展。它一直把人与人、人与社会、人与自然、人与自身（即灵与肉）的平衡与和谐作为最高的价值取向和追求目标。这是哲学层面的理解。

"和谐"，"和"，从"禾"从"口"，表示人人有饭吃；"谐"，从"言"从"皆"，表示人人可以发表意见。由此说来，"和谐"就是人人享有物质财富，人人享有民主自由。这是世俗层面的解释。

"和"是中华文化最核心的范畴。

"诗言志，歌永言。声依永，律和声。八音克谐，无相夺伦，神人以和。"②心之所之谓之志。心有所之，必形于言，故曰诗言志。既形于言，则必有长短之节，故曰歌永言。既有长短，则必有高下清浊之殊，故曰声依永。声者，宫商角徵羽也。大抵歌声长而浊者为宫，以渐而清且短，则为商、为角、为徵、为羽，所谓声依永也。既有长短清浊，则又必以十二律和之，乃能成文而不乱。假令黄钟为宫，则太簇为商，姑洗为角，林钟为徵，南吕为羽，盖以三分损益，隔八相生而得之。余律皆然，即《礼运》所谓五声六律十二管。还相为宫，所谓律和声也。人声既和，乃以其声被之八音而为乐，则无不谐协而不相侵乱，失其伦次，可以奏之朝廷，荐之郊庙而神人以和矣！陈良运先生在其《中国诗学体系论》中认为尧舜时代，舜不可能说出"诗言志"这样经典的话来，"诗言志"大概成于秦汉之际。即便如此，亦无妨我们的论述。

"礼之用，和为贵。"③

"中也者，天下之大本也；和也者，天下之达道也。致中和，天地位焉，万物育焉。"④

"乾道变化，各正性命，保全大和，乃利贞。首出庶物，万国咸宁。"⑤这里，保，保持、调整。大和，作太和。太和指自然界的一种普遍调顺谐和的关系。利，施利。贞，中正。即万事万物的发展应符合大自然变化的规律，要安于自己应有的位置，保持阴阳会合之元气，这样才能顺利成长。

以孔子为代表的先秦儒家，由入世的原则和方法论上升到和谐世界观。

"道生一，一生二，二生三，三生万物，万物负阴而抱阳，冲气以为和。"⑥这是说，万物的本源是阴（正）——阳（反）——和（合）。

"至阴肃肃，至阳赫赫；肃肃出乎天，赫赫发乎地；两者交通成和而万物生焉，或为之纪而莫见其形。"⑦

道家将"和"视为纲纪，视为万物之本源，亦即老庄哲学中至高无上的"道"。

佛教创立于公元前六世纪至五世纪的古印度。自汉代传入我国，中经三国、魏晋、南北朝、隋，特别是唐，终于与中国本土文化融为一体，形成了中国化的佛教——主要是禅宗。它的创始人是六祖慧能。禅宗提倡"见性即佛"与"凡夫即佛"。所谓"见性即佛"，就是说，心即佛，只要认识本心，即可成佛。所谓"凡夫即佛"，就是人人皆可成佛。禅宗提倡"无念为宗"。所谓"无念为宗"，就是"于诸境上心不染"，即身在尘世之中，而心在尘世之外，也就是，在与外界的接触中，不受外界的影响。由此可见，禅宗的"见性即佛"、"凡夫即佛"和"无念为宗"，已把中国传统文化中诸如孟子的人性善，人人皆可成尧舜和庄子的自然适意融铸进去，而成为中国化的佛教。慧能把"无念"看作是禅宗的最高宗旨。其心灵哲学对于反思生存的"异化"与回归人之本真与自由富有正面价值。禅宗是从人与自身，即灵魂与肉体的清静、和谐为起点，进而达到人与人、人与社会、人与自然的平衡与和谐的。

因此，中华文化的核心价值和元典精神"和谐"，在中华文化主流的儒、道、佛三家是共同的、殊途同归的。这种"和"、"贵和"、"中和"的文化价值取向和精神指归，将为我们在全球经济一体化的今天，构建和谐世界提供十分珍贵的思想文化资源。

"和谐理念"与当前世界

中国已经向世界庄严表明，主张构建和谐世界。当前，世界发生了很多极积的变化：全球经济一体化继续向前推进，各国的共同利益增多，联系也更加密切；新兴经济实体兴起，正在改变原有的国际格局；世界格局中的单边主义受挫并遭到广泛质疑，而多极化的形势进一步发展；对话和沟通之重要日益为各国所认识，国际关系民主化的趋势得到了进一步的加强；大国关系获得改善；要求发展、要求和平、反对战争成了世界人民的强烈愿望和一致呼声。这是构建和谐世界的有利条件。另一方面，当前世界也面临一系列前所未有的新的挑战：金融危机、能源危机、生态危机、地区冲突、核扩散、恐怖主义、宗教极端势力、民族分裂势力、意识形态分歧、强权政治、单边主义、双重标准以及南北贫富差距扩大，等等。这些都把构建和谐世界这一时代性、历史性的问题，推到了全世界人民面前，推到了各国领导人面前。当下，构建和谐世界，首要的是要建立"以人为本"的治世理念；其次要大兴"义利之辨"，制约市场经济的负面影响；再次是要高举公平正义的旗帜，构筑稳定的国际格局；第四，就是采取"和而不同"的立场，保证多元文化文明的共存共荣。

（一）、"以人为本"：治世的最高理念

本文开篇明义就指出：和谐是指事物平衡、有序，并且相对稳定的存在与发展。它一直把人与人、人与社会、人与自然、人与自身（即灵与肉）的平衡与和谐作为最高的价值取向和追求目标。这中间，核心的问题自然就是"人"。提出"以人为本"的治世理念，乃是抓住了构建和谐世界的核心，因之它也就成了最高的治世理念。

"以人为本"一直是中华文化的元典精神。《尚书·五子之歌》载有"民惟邦本，本固邦宁"。《左传·桓公六年》载有"圣王先成民而后致力于神"。⑧《左传·庄公三十二年》载有"国将兴，听于民；将亡，听于神。"《论语·颜渊第十二》有若对鲁哀公云："百姓足，君孰与不足？百姓不足，君孰与足？"《孟子·尽心下》云："民为贵，社稷次之，君为轻。"《荀子·王制》云："《传》曰：'君者，舟也；庶人者，水也。水则载舟，水则覆舟。'"这些论述都说明，人民是国家社稷的基础，能否安定民生，关系到国家民族的盛衰兴亡。先秦的民本思想，到汉代又有所继承和发展。西汉政治家、文学家贾谊在《大政上》中云："闻之于政也，民无不为本也。国以为本，君以为本，吏以为本。故国以民为安危，君以民为威侮，吏以民为贵贱。此谓之民无不为本也。"⑨说明人心的背向极端重要。是否以人为本，关乎国

家的统一和社会的安定。因之，贾谊进一步提出民为"万事之本"。指出："故夫民者，大族也，民不可不畏也。故夫民者，多力而不可适也。"⑩又说："王者有易政而无易国，有易吏而无易民"。⑪还说："一夫不耕，或受之饥；一女不织，或受之寒"。⑫认识到民众人数众多，其力量令人敬畏，又坚不可摧；民众是国家、社会的基础；民众是社会财富生产的主体。贾谊的"以民为本"，特别强调"爱民"——给民众以一定的地位；特别强调"富民"。他认为"德莫高于博爱人"⑬，"为人君者敬士爱民"⑭。他主张"与民以福"、"与民以财"⑮。他认为，"以民为本"，就是要给民众一定的地位，把他们看成是国家的基础；就是要使他们摆脱贫困，富裕起来，社会才能发展，天下才能安定。"以民为本"在中华文化中一直被继承下来，并且不断发展。唐太宗李世民就说过"民为水，君为舟，水可载舟亦可覆舟"。直到清代黄宗羲把天下万民视为主人，而君主为客，甚至把君主视为"天下之大害"。他说："然则天下之大害，君而已矣。"⑯近代孙中山也曾经提出"天下为公，世界大同"和谐世界的思想。当下，中国把"以人为本"作为执政的核心，已经将这一治世理念推进到治世实践的伟大历史时期。它意味着：社会发展的主体是人民；社会发展的动力是人民的需要；社会发展的目的是最大地满足人民的需求；社会发展的终极目的是实现人的全面发展。这样的执政理念、这样的治世理念，对于推动经济全球化、政治多极化和国际关系民主化的深入发展，构建和谐世界，提供了正确无误的政治路线图。

（二）、"义利之辨"：制约市场经济的负面影响

市场经济为19、20世纪资本主义的发展提供了最为有

效的途径，为世界的经济发展、为人类进步起到了至关重要的作用。中国将市场经济引入经济体制三十年来，经济快速增长，综合国力和人民生活的总体水平得到了显著提高。但是市场经济对于人类社会是一柄双面剑。随着市场经济的发展，各种弊端也随之突显出来：分配不公、机会不均、贫富悬殊、正义缺失、贪污腐败、坑蒙拐骗、诚信危机，等等。这就需要我们在讲究利益的同时，还要讲究道义。讲究道义，深明义利之辨，乃是中华文化的元典思想。"君子义以为止。"⑰君子认为道义是崇高的品德。"君子义以为质。"⑱君子以道义作为做人的根本。"君子喻于义，小人喻于利。"⑲君子懂的是道义，小人只懂得财利。"放于利而行，多怨。"⑳只依照个人的利益去做事，必定招致许多人的怨恨。"君子有勇而无义为乱，小人有勇而无义为盗。"㉑"义然后取，人不厌其取。"㉒《孟子》开篇《梁惠王上》就谈义与利。"王何必曰利，亦有仁义而已矣。王曰：'何以利吾国？'大夫曰：'何以利吾家？'士庶人曰：'何以利吾身？'上下交征利而国危矣。"㉓"生，亦我所欲也；义，亦我所欲也。二者不可得兼，舍生而取义者也。"㉔"尊德好义，则可以嚣嚣矣。故士穷不失义，达不离道。"㉕

要克服市场经济带来的种种弊端，就要深明"义利之辨"。其中最最重要的问题就是对市场经济的负面影响，对资本、资本的人格化——资本所有者，进行限制、规范和教育。市场经济利益多元化，各个不同利益群体之间，必然会发生各种利益矛盾、冲突和斗争。这种矛盾、冲突和斗争，大致涉及下列几个方面：（一）、劳动与资本；（二）、企业与企业；（三）、资本与社会；（四）、自由平等贸易。既然是市场经济，作为生产要素，资本在经济发展中的重要性，怎麼估计都是不为过的。而无限追求最大利润趋势是资本的本性。资本的本性不是一个道德问题，它在追求利润最大化时，它会时时产生道德问题。就劳动与资本而言，资本对劳动剥削和压迫，在现代化的今天，还时有发生，有时还表现得十分严重。前不久，中国深圳富士康连续发生十三起职工跳楼自杀事件，就是震惊世人的事例。社会主义市场经济的中国尚且如此，世界范围内劳动与资本所引发的问题就更加严重。且不说西方殖民主义时代政治压迫、经济掠夺所造成的贫穷、疾病、动乱的严重恶果，至今难于消除，给当今国际社会造成严重负担；既是当前世界南北贫富的差距也越来越大。"当今世界 20% 的人口享有 75% 的总收入，另有 25% 的人口收入还不到总量的 2%；31% 的人口是文盲；80% 的人口面临居住问题；十数亿人的日收入不到一美元；还有近 15 亿人饮用不到清洁的水"。[26]就企业与企业而言，有时为了利益，采取不正当手段，排挤、打击甚至坑害对方。就资本与社会而言，有时为了自己的利益，就不顾社会、社会群体的利益。这次金融危机中暴露出很多问题。如虚报业绩，骗取客户资金；一面向国家领取救急资金，一面又给自己发高薪；就贸易而言，践踏自由平等贸易原则，大搞贸易限制、封锁和保护主义。在市场经济引发的这些矛盾、冲突和斗争中，国家不要站在"资本"一边，而应该站在"社会"、"社会群体"一边，以社会大众的利益为重，妥善处理资本与劳动、企业与企业、资本与社会及世界贸易之间的矛盾，兼顾社会不同群体和不同国家的利益。资本就其本性而言，不可能认同社会的共同价值，对于道德天生地具有机会主义的品格。但资本、资本的人格化——"资本所有者"又同时是社会的公民。因此，社会要对市场经济进行规范和限制，不让"资本"凌驾于社会之上，又要对"资本所有者"进行法律和道德的约束以此来制约市场经济的负面影响。被誉为"日本企业之父"、"日本现代文明创始人"的涩泽荣一，便成功地统一了"义"和"利"，在他去世后日本为其立的铜像是一手拿着算盘，一手拿着《论语》，他的成功对我们有着重要的启示意义。

（三）、公平正义：构筑稳定的国际格局

人与人、国与国之间的和谐要通过公平正义、诚信友好来实现。公平正义、诚信友好是构建稳定的国际关系、国际格局的极其重要的伦理基石。中国政府总理温家宝最近指出：公平与正义比太阳还要光辉。这是对公平正义这一伦理的高度肯定，也是当前构筑稳定的国际关系、国际格局过程中对公平正义的极为热切的呼唤。

公平正义是中华文化最基本的伦理道德之一。上节谈"义利之辨"所引证中华文化经典中关于"义"的论述，其实讲的就是"道义"，也就是"正义"的问题。"大道之行也，天下为公，选贤与能，讲信修睦。"[27]"丘也闻有国有家者，不患贫而患不均，不患寡而患不安。"[28]"宽则得众，信则民任焉，敏则有功，公则说。"[29]"天之道其犹张弓乎？高者抑之，下者举之；有余者损之，不足者与之。天之道，损有余而补不足。"[30]"直其正也，方其义也。君子敬以直内，义以方外，敬义立而德不孤。"[31]"夫仁政，必自经界始。经界不正，井地不均，谷禄不平。是故暴君污吏必慢其

经界。经界既正，分田制禄，可坐而定也。"㉜ "王者之论，无德不贵，无能不官，无功不赏，无罪不罚。"㉝ "《传》曰：'农分田而耕，贾分货而贩，百工分事而劝，士大夫分职而听，建国诸侯之君分土而守，三公总方而议；则天子共己而已矣。'出若入若，天下莫不平均，莫不治辨，是百王之所同也，而礼法之大分也。"㉞ "故当今之时，能去私曲就公法者，民安而国治；能去私行行公法者，则兵强而敌弱。"㉟这里"礼法"、"公法"，说明"法"即是"公平正义"的化身。"法"，在中国古代写作"灋"，《说文》解释道："灋，刑也，平之如水，从水。"在中国古人的心目中，"法"的本质意义就是公平正义。以上这些中华文化中关于"公平正义"的经典论述都说明"公平正义"与"稳定"、"和谐"关系极大。

西方一直把自由视为最重要的政治价值。自由主义政治哲学的代表人物诺奇克就更强调自由的重要性，主张自由高于平等，其思想被称为"极端自由主义"。但另一位自由主义政治哲学的代表人物罗尔斯发表《正义论》，把正义视为现代哲学的主题，认为正义就意味着平等，从而将自由主义政治哲学的主题由自由变为平等。㊱这一西方政治哲学主题的转换，无疑对建构和谐世界具有重要的思想价值意义。

由于"公平正义"的缺失，当代世界范围内产生了一系列严重问题，直接影响了当今国际关系、国际格局的和谐和稳定。

（1）、财富分配的不公。美国生母大学多萨商学院国际商务伦理学教授、当代著名经济伦理学家乔治·恩德勒（Georges Enderle）指出：" '财富创造'概念中永远包含社会财富公平分配的观念；创造财富的动机则既有利己性也有利他性"。
㊲当西方发达国家人均工资收入，如瑞典 2008 年全国平均月
工资为 29100 元（已折换成人民币）、挪威为 40047 元㊳，当"2008
年全球 GDP 总量为 62 万亿元，其中美国占了 14.3 万亿美
元，欧盟 27 国加在一起大约是 14 万亿美元，日本是 4.9 万
亿美元。美国、欧盟、日本加在一起占全球 GDP 的比重大约
是 55%。整个发达国家经济体的产出加在一起，占全球 GDP
的 70% 左右"㊴，而某些不发达国家人均月生活费不到三十
美元时，这个世界要想和谐稳定几乎是不可能的。下面这组
数字更进一步说明了这个问题：高收入国家以其只占世界人
口 15.7% 的人数拥有 79% 的世界收入。2000 年，在世界成
年人口中，底层的 50% 总共拥有全球财富的 1.1%，而顶层
的 10% 却拥有全球财富的 85.1%，顶层 1% 甚至拥有全球财
富的 39.9%；世界上最富有的 200 人的财富，在 1994 年至
1998 年这四年期间增长了一倍多，已经超过了一万亿美元；
最富有的 3 个亿万富翁的财富超过所有发达国家六亿人的国
民生产总值。全球贫困者每人只有 100 美元或 200 美元的消
费能力，而在富裕国家人均收入要高出 150 倍到 300 倍。在
非洲的贫困国家，即使 26 个国家的全部国民收入加起来还
不到 4 亿美元；在撒哈拉以南非洲人均是 745 美元，而发达
国家是 35131 美元，比率为 47：1。㊵

　　(2)、贸易保护主义。市场经济、自由贸易原本是当代
社会共同的价值观念和经济行为法则，它的核心就是公平竞
争。但是，当前一些发达国家，面对新兴经济体，利用国家
力量，对贸易横加干涉：所谓的"反倾销"、"反补贴"、
制裁、禁运满天飞，给世界经济发展带来极大的负面影响，

也导致了国与国之间的矛盾和冲突。

（3）、单边主义。在经济全球化的形势下，各国的利益更加紧密地交织在一起，各国的关系也前所未有地密切，有关世界的重大问题，本应大家协商解决。但是，西方某些大国却绕过联合国，甚至盟国，独断独行，实行单边主义。或以"大规模杀伤性武器"为由推翻一个主权国家，或以"核扩散"为由打压那些生活在"先发制人"核武器打击威胁下的中小国家，或以"暴力极端分子"为由，出兵征讨，企图以自己的意识形态、价值观念改造一个国家、一个地区。

（4）、霸权主义。经济全球化虽然大大推进了世界经济的发展，但也造就了世界帝国。在《美国新世纪计划》中，克里斯托尔、卡根等公开提出必须维持一个"单极的21世纪"，必须"阻止新的大国竞争者出现"，"积极推动美国军队和战争的转型"，"控制网络空间和太空的主导权"，"在全球推行自由民主原则"等等。㊽正是这种"霸权主义"的推行，一时"先发制人"、"国家主权有限论"的叫嚷，甚嚣尘上；轻视和随意改写国际准则以及在国际事务中实行双层标准之事屡屡发生。唯其如此，才有一个主权国家遭到肢解的科索沃战争，才有意图改造中东地区、在中东地区推行西方自由民主原则的伊拉克战争，才有经民主选举产生的哈马斯政权被宣布为恐怖组织，才有世界范围内反核威胁、核垄断，在核不扩散道路上的无限曲折和艰辛。

历史已经证明：处理重大的复杂的国际问题、构筑和谐稳定的国际关系和国际格局，公平正义是不能缺席的。美国总统奥巴马最近向国会提交的"国家安全战略报告"，一反布什政府时期"先发制人"的战略，刻意疏远布什政府推行的"单边主义"，放弃了"全球反恐战争"、"伊斯兰极端分子"等提法，转而提倡美国安全战略奉行"全球多边主义"和"依赖国际组织"。㊷就是最好的证明。

（四）、"和而不同"：多元文化文明的共存共荣

人类历史的发展，就是人类多元文化文明的发展。现今的世界至少由现代西方文化文明、东亚文化文明、印度文化文明、伊斯兰文化文明、俄罗斯文化文明、南美非洲土著文化文明所组成。不同的文化文明，由于种族、阶级、宗教信仰、价值观念的差异与不同，必然存在矛盾和对立。是将这种矛盾对立，引向冲突甚至战争，还是通过理解、沟通和包容，引向共存共荣呢？这是摆在人类面前一个切实的、生死攸关的问题。

中华文化"和谐理念"中一个重要的原则就是："和而不同"。"君子和而不同，小人同而不和。"㊳郑氏注："君子心和，然其所见异，故曰不同。小人所嗜好者同，然各争利，故曰不和。"和，则是和合协调，而又相互补充，充满生机；同，则单一，无变化发展。诚如北京大学中文系现代文学与比较文学教授、博士生导师、中国比较文学学会会长、北京大学跨文化研究中心项目负责人乐黛云所指出的："中国传统文化很早就认为'不同'是事物发展的根本。所谓'以他平他谓之和，故能丰长而物归之。若以同裨同，尽乃弃矣'。'以他平他'，是以相异和相关为前提的，相异的事物相互协调并进，就能发展；'以同裨同'则是以相同的事物叠加，其结果只能是窒息生机。中国传统文化的最高理想是'万物并育而不相害，道并行而不相悖'。'万物并育'和'道并行'

是'不同'；'不相害'，'不相悖'则是'和'。这种思想为多元文化共处提供了不尽的思想源泉。"㊹

历经近 500 年的发展，现代西方文化文明无疑成为全世界最强势的文化文明，它的市场经济，它的科学技术，它的自由民主法制，曾经造就了人类现代社会的发展和繁荣。但市场经济的盲目竞争和失衡，使社会失去组织和控制，也弱化了人类的道德，限制了人类智能的发展。所以，2003 年 5 月 31 日，德法两位著名哲学家哈贝马斯与德里达联合发表《论欧洲的复兴》一文，强调更相信国家的组织能力和控制能力，而对市场的调节能力持深刻的怀疑态度。对科学技术的盲目崇拜，形成强烈的物质主义、实用主义和科学主义，认为物质性的东西比精神性的东西重要，实用性的东西比无用的东西重要，甚至主张"有用即真理"，用"经验"把哲学的根本问题一笔抹杀，造成了对人类思想、道德的长期、严重扼制和戕害。个人主义培育了自我中心的封闭与孤独，对自由民主的绝对强调，使得公平和法制遭到破坏。而事实上，只有权力而无责任，个人权力也是无法实现的。所以，美国汉学家安乐哲与哲学家郝大维指出：杜威和孔子都强调"人是具体环境下的人"，而不接受完全无约束的自由主义的个人概念。而且杜威认为：仅仅追求"绝对独立自由的自我"，并没有给美国带来什么好处，事实上，它已经阻碍了美国社会的进步。㊺

面对西方文化文明造成人类如此多的不幸，不少西方有识之士不能不对西方文化文明进行反思。法国著名思想家埃德加·莫兰就指出：人类需要的不是帝国世界而是创造一个和谐、均衡的"社会世界"，而要达到这个目的，不同文化文明的多元共存是必不可少的。多元文化文明的共存、汇合必然会重新创造出新的多样化。埃德加·莫兰的深刻反思也为多元文化文明的共存共荣提供了坚实的理论基础，展示了新的前途和希望。

西方的强势文化文明一度演变成文化霸权主义和霸权主义，引起了民族国家、不同种族和宗教的激烈而顽强的抵抗。因此，2001 年 11 月 7 日，联合国文明对话小组出版《跨越分歧》，宣布他们经过长期研究而得出的结论：假如文明冲突，文明之间的抗衡、抗争、矛盾增加，那么对话更为必要。《文明的冲突》的作者亨廷顿（Samuel Huntington）也接受了这一观点，他在第二版的新序中说道："我强调冲突的危险，正是要为文明对话创造条件，加强文明对话的重要性。"1990年费孝通在其《文明对话的最高理想》中谈到，任何一个文明都是各美其美，而我们要把各美其美发展到美人之美，再到美美共美，才达到天下大同的和平世界。[46]这些都是"和而不同"能够达致多种文化文明"共存共荣"的经典论述。德国图宾根大学荣休教授、享誉世界的海外中国学研究的顶级学者孔汉思（Hans Kung）甚至认定中国传统伦理中"和而不同"是全球伦理价值的基础。[47]

建构人类共同伦理（世界伦理或全球伦理）

经济全球化的今天，地球村出现，人们的联系越来越密切，但因不同的文化文明的存在，使得人与人、民族与民族、国家与国家之间并不和谐，各种矛盾冲突不断，甚至时有战争发生。那么，要使人类不同文化文明之间能够共存共荣，人与人、民族与民族、国家与国家之间能够和平相处，有没有一些大家公认的能够遵守的原则呢？

　　1993 年亨廷顿在其著作《文明的冲突》中提出文明冲突的观点，认为世界文明多种多样，但有两种文明不会为以美国为代表的西方文明所主导，一个是伊斯兰文明，一个是儒家文明。从亨廷顿文明冲突的角度看，以伊斯兰宗教激进主义为代表的伊斯兰文明和以中国为代表的儒家文明乃是对美国造成威胁的敌人。孔汉思批评了亨廷顿的这种观点。他说："亨廷顿的想法很荒谬，就好像东方文化与西方文化生来就一定会有冲突一样。其实，不同文化可以和平共处，而前提就是对话。"孔汉思在此基础上并进而明确提出"没有全球性的伦理准则，便没有宗教间的对话；没有一种全球性的伦理即世界伦理，便没有一种全球性的共同生存。"孔汉思关于文明对话的观点为亨廷顿所接受，上文已经说过了。

　　1998 年，伊朗总统哈塔米向联合国建议公元 2001 年为"文明对话年"，获得联合国大会一致通过。秘书长安南组织了一个 18 人组成的文明对话小组。2001 年 5 月，爱尔兰都柏林讨论文明如何对话时，文明对话小组成员孔汉思提出应该把儒家两个基本价值和理念作为文明对话的起点：一个就是"己所不欲，勿施于人"[48]自己不愿承受的，不要加给别人；一个就是"己欲立而立人，己欲达而达人"[49]。2001年 11 月 7 日小组研究报告《跨越分歧》发表，结论是：解决文明之间的矛盾冲突的最好途径就是开展对话。上文也已讲过了。

　　早在 1993 年芝加哥第一次世界宗教议会上，全球伦理问题就引起了很多学者的关注。会议有一个工作小组，专门讨论人类和平共存的基本原则。最后得出了两个原则：一个是"己所不欲，勿施于人"，恕道；一个是"己欲立而立人，己欲达而达人"，仁道。2001年，孔汉思携带自己的著作《政治与经济的〈全球伦理〉》在第二届全球伦理与中国传统伦理大会表示："在我对世界伦理及宗教对话长年的研究中，越来越清晰地意识到：当此第二、第三千纪流转之时，中国智慧在21世纪将成为共同的人类伦理。这种能为或大或小的社会或人类群落，提供价值标准或行为准则底线的伦理法则，将成为全球伦理最奇特的动力源泉。"

2001年，第一届世界公民大会在巴黎召开，提出建立一个负责、协力、多元的社会，并主张在联合国宪章和人权宪章之外，建设第三个宪章——《人类责任宪章》。其实，这也是对"世界伦理"的呼唤。

中国宋健也是联合国文明对话小组18成员之一，他明智地指出："全球化使不同的国家和文明日趋接近。在文明交会的过程中，人们可以发现大量共同点和基本的共同价值。……全球化的发展将为各具特色的文明的发展创造更广阔的空间。"

2004年南亚海啸之后，在布达佩斯的世界团结宣言指出："世界范围的对话必须具体进行，那样才可以超越目前世界不稳定的状况，朝向一个更为稳定、和平和持久的文明。"又说："所有有思想的人以及具有人道倾向的组织参与全球对话，去创造一个包容与和平的持久文明。"

其实，孔汉思关于全球伦理的两个金律的观点，自有所自。远在18世纪欧洲启蒙时代，启蒙大师伏尔泰、莱布尼兹和奎耐都很敬重儒家传统，并将儒教中国作为西欧主要的参考社会、参考文明。伏尔泰认为孔子提出的"己所不欲，毋施于人"的思想是超过基徒教义的最为纯粹的道德。1988年1月，诺贝尔奖获得者在巴黎集会，瑞典诺贝尔物理奖获得者汉内斯·阿尔夫指出：人类要生存下去，就必须回到2500年前去吸取孔子的智慧。

1922年，罗素在访问中国之后，在其《中西文明比较》一文中说："不同文明之间的交流过去已经多次证明是人类文明发展的里程碑，希腊学习埃及，罗马借鉴希腊，阿拉伯参照罗马帝国，中世纪的欧洲又模仿阿拉伯，而文艺复兴时期的欧洲则仿效拜占庭帝国。"

法国学者于连·法朗索瓦认为："中国文明是在与欧洲没有实际的借鉴或影响关系之下独自发展的、时间最长的文明……中国是从外部正视我们的思想——由此使之脱离传统成见——的理想形象。"

奥地利心理学家卡尔·容格在他的《东洋冥想的心理学》中指出："应该转换西方人已经偏执化了的心灵，学习整体性领悟世界的东方智慧。"

在当下构建全球伦理的实践中，全世界很多顶级学者纷纷把眼光投向中华文化，从中寻找思想资源，这对于我们中华文化的传人，就应该有一个正常的心态。那就是：坚信不同文化文明之间虽然有质的不同，但彼此之间通过对话是可以相互理解的，在一些最重要的核心价值上，能够获得共识，而成为当代不同社群、不同民族、不同国家共享的基本价值，将文明由传统的一个民族一个国家的天下主义推进到全人类的世界主义。

注：①、《社会科学报》·《伽达默尔的女儿（Andrea Gadamer）的贺词》，2007年11月1日第6版。②、《尚书·虞书·舜典》。③、《论语·学而第一》。④、《中庸第一章》。⑤、

《周易·乾·象辞》。⑥、《老子·四十二章》。⑦、《庄子·田子方》。⑧、《左传·桓公六年》。⑨、⑩、⑮、《大政上》。⑪、《大政下》。⑫、《论积贮疏》。⑬、《修政语上》。⑭、《修政语下》。⑯、《原君》。⑰、㉑、《论语·阳货第十七》。⑱、《论语·卫灵公第十五》。⑲、⑳、《论语·里仁第四》。㉒、《论语·宪问第十四》。㉓、《孟子·梁惠王上》。㉔、《孟子·告子上》。㉕、《孟子·尽心上》。㉖、［美］杜维明：《儒家传统与文明对话》，第79页，人民出版社、河北人民出版社，2010年1月第一版。㉗、《礼记·礼运》。㉘、《论语·季氏第十六》。㉙、《论语·尧曰第二十》。㉚、《老子·七十七章》。㉛、《周易·坤卦第二》。㉜、《孟子·滕文公上》。㉝、《荀子·王制》。㉞、《荀子·王霸》。㉟、《韩非子·有度第六》。㊱、参见姚大志《当代西方正义理论透视》，《社会科学报》，2008年4月10日，第5版。㊲、《"财富创造"遭遇伦理危机》，《社会科学报》，2009·1·8，第3版。㊳、《看瑞典和挪威的公资分配》，《作家文摘》，2010年7月9日，第5版。㊴、《全球化时代的世界格局现状与展望》，《文汇报》，2009年8月29日，第6版。㊵、《中国问题》第66页。北京大学国家发展研究院编，世纪出版集团上海人民出版社2010年5月第1版。㊶、㊹、㊺、乐黛云：《西方的文化反思与东方转向》，《解放日报》，2004年11月14日第8版。㊷、参见《多变的语言，不变的战略》，《文汇报》2010年6月4日第6版。㊸、《论语·子路第十三》。㊻、［美］杜维明：《儒家传统与文明对话》，第58页。㊼、参见《孔汉思：致力倡导全球伦理的大学者》，《文汇报》，2009年11月9日，第9版。㊽、《论语·颜渊第十二》。㊾、《论语·雍也第六》。

2010年8月12日

（原载《世界和谐的通途》——太湖世界文化论坛首界年会"加强文明对话与合作，促进世界和谐与发展"论文集新华出版社 2013年1月第一版）

附：引文译文

引文之现代汉语译文

　　(1)、《社会科学报》·《伽达默尔的女儿 (Andrea Gadamer) 的贺词》，2007 年 11 月 1 日第 6 版。(2)、"诗言志，歌永言。声依永，律和声。八音克谐，无相夺伦，神人以和。"（《尚书·虞书·舜典》）：心之所之谓之志。心有所之，必形於言，故曰诗言志。既形於言，则必有长短之节，故曰歌永言。既有长短，则必有高下清浊之殊，故曰声依永。声者，宫商角徵羽也。大抵歌声长而浊者为宫，以渐而清且短，则为商、为角、为徵、为羽，所谓声依永也。既有长短清浊，则又必以十二律和之，乃能成文而不乱。假令黄钟为宫，则太簇为商，姑洗为角，林钟为徵，南吕为羽，盖以三分损益，隔八相生而得之。余律皆然，即礼运所谓五声六律十二管。还相为宫，所谓律和声也。人声既和，乃以其声被之八音而为乐，则无不谐协而不相侵乱，失其伦次，可以奏之朝廷，荐之郊庙而神人以和矣！(3)、"礼之用，和为贵。"（《论语·学而第一》）：礼的用处，以和谐为可贵。(4)、"中也者，天下之大本也；和也者，天下之达道也。致中和，天地位焉，万物育焉。"（《中庸第一章》）：中，是天下一切情感和道理的根本；和，是天下一切事物的普遍原则。达到了中和的境界，天地便各就其位而运行不息，万物就各得其所而生长繁育了。(5)、"乾道变化，各正性命，保全大和，乃利贞。首出庶物，万国咸宁。"（《周易·乾·象辞》）：这里，保，保持、调整。大和，作太和。太和指自然界的一种普遍调顺谐和的关系。利，施利。贞，中正。即万事万物的发展应符合大自然变化的规律，要安于自己应有的位置，保持阴阳会合之元气，这样才能顺利成长。天的功德超出万种物类，给万国带来普遍的安宁。(6)、"道生一，一生二，二生三，三生万物，万物负阴而抱阳，冲气以为和。"（《老子·四十二章》）：大道衍生出浑沌的一，一派生出二，二派生出三，三演化出万物。万物背负着阴，怀抱着阳，阴阳二气相激荡而达到和谐。这是说，万物的本源是阴（正）——阳（反）——和（合）。(7)、"至阴肃肃，至阳赫赫；肃肃出乎天，赫赫发乎地；两者交通成和而万物生焉，或为之纪而莫见其形。"（《庄子·田子方》）：地之极致为阴冷之气，天之极致为炎热之气，阴冷之气根于天，炎热之气本于地。两者相互交通和合而生成万物，谁为这一切的纲纪而又不见它的形体。(8)、"成"，通"诚"，真诚。《韩非子·功名》"近者结之以成，远者誉之以名。"（《左传·桓公六年》）。(9)、"本"，根本。"国以为本"，即国家以民为根本。"国以民为安危"，国家的安危取决于民。"威"，威严；"侮"，受人轻视。"贵"，受人尊敬；"贱"，受人鄙视。（〈大政上〉）。(10)、"故夫民者，大族也，民不可不畏也。故夫民者，多力而不可适也。"（《大政上》）："适" dí，通"敌"，抵挡。《史记·李斯列传》："子婴立三月，沛公兵从武关入，至咸阳，群臣百官皆畔，不适。"所以民众，是一个人口众多的族群，对于民众不可不畏惧。所以民众，力量强大而不可惩罚。(11)、"王者有易政而无易国，有易吏而无易民"。（《大政下》）：君主有改换政策而没有改换国家的，有改换官吏而没有改换人民的。(12)、"一夫不耕，或受之饥；一女不织，或受之寒"。（《论积贮疏》：一个农夫不耕田，有的人就要遭受饥饿；一个女人不织布，有的人就要遭受寒冷。(13)、"德莫高于博爱人"（《修政语上》）：最高的道德在于广博地爱人。(14)、"为人君者敬士爱民"（《修政语下》）：做国君的人要尊敬士大夫爱惜人民。(15)、"与民以福"、"与民以财"（《大政上》）：给民众以幸福，给民众以财富。(16)、"然则天下之大害，君而已矣。"（《原君》）：然则天下最大的祸害，就是君主了！(17)、"君子义以为止。"（《论语·阳货第十七》）：君子认为道义是崇高的品德。(18)、"君子义以为质"。（《论语·卫灵公第十五》）：君子以道义作为做人的根本。(19)、"君子喻于义，小人喻于利"（《论语·里仁弟四》）：君子懂的是道义，小人只懂得财利。(20)、"放于利而行，多怨。"（《论语·里仁第四》）：只依照个人的利益去做事，必定招致许多人的怨恨。(21)、"君子有勇而无义为乱，小人有勇而无义为盗。"（《论语·阳货第十七》）：君子只有勇敢而无仁义就会造反作乱，小人有勇敢而无仁义就会成为盗贼。(22)、"义然后取，人不厌其取。"（《论语·宪问第十四》）：应该领取的钱财才取，所以别人不讨厌他的领取。(23)、"王何必曰利，亦有仁义而已矣。王曰：'何以利吾国？'大夫曰：'何以利吾家？'士庶人曰：'何以利吾身？'上下交征利而国危矣。"(《梁惠王上》)：大王何必讲利呢？只要有仁义也就够了。大王说：'什么办法可使我的国家获利？'做官的人说：'什么办法可使我的家族获利？'读书人和老百姓说：'什么办法可使我自身获利呢？'上上下下交相求利，那么国家就危险了。(24)、"生，亦我所欲也；义，亦我所欲也。二者不可得兼，舍生而取义者也。"(《孟子·告子上》)：生，是我想要的；义，也是我想要的，两者不能同时得到，我宁愿舍弃生命而选择大义。(25)、"尊德好义，则可以嚣嚣矣。故士穷不失义，达不离道。"(《孟子·尽心上》)：尊重仁德，乐于奉守大义，就能够做到安闲自若。所以士人困窘的时候不丢失大义，得势的时候不背离大道。(26)、[美]杜维明：《儒家传统与文明对话》，第79页，人民出版社、河北人民出版社，2010年1月第一版。(27)、"大道之行也，天下为公，选贤与能，讲信修睦。"(《礼记·礼运》)：大道实行的时代，天下成为公家的。选举贤能之人，讲求信用，相处和睦。(28)、"丘也闻有国有家者，不患贫而患不均，不患寡而患不安。"(《论语·季氏第十六》)：我听说有国的诸侯，有家的大夫，不担心国家的暂时贫穷，而担心财富分配的不均，不担心人民稀少而担心国家不能安定。(29)、"宽则得众，信则民任焉，敏则有功，公则说。"(《论语·尧曰第二十》)：待人宽厚，就会得到众多人的拥护，说话讲信用，老百姓就会依靠你，做事勤敏就会功劳高，公平就会使老百姓高兴。(30)、"天之道其犹张弓乎？高者抑之，下者举之；有余者损之，不足者与之。天之道，损有余而补不足。"(《老子·七十七章》)：上天的法则大概就象把弓弦安装到弓上去一样吧？高的压低一些，低的抬高一些，有余的削减一些，不足的增加一些。上天的法则是削减有余的，补益不足的。(31)、"直其正也，方其义也。君子敬以直内，义以方外，敬义立而德不孤。"(《周易·坤卦第二》)：直是内心品德的正直，方是行为规范的道义，君子通过恭敬谨慎来矫正思想上的偏差，用道义的原则来规范行为上的错乱。只要这样做了，其他的人也会响应，高尚的道德就会传布开来而不再孤立。(32)、"夫仁政，必自经界始。经界不正，井地不均，谷禄不平。是故暴君污吏必慢其经界。经界既正，分田制禄，可坐而定也。"(《孟子·滕文公上》)：要推行仁政，一定是从划定田界着手。田界没有划定清楚，每井的土地就不均匀，公田的禄米就不公平。所以暴君和贪官污吏总要不注意田界。田界已经分清楚了，分配田地规定奉禄，坐在那里不费工费时就能解决。(33)、"王者之论，无德不贵，无能不官，无功不赏，无罪不罚。"(《荀子·王制》)：王者选用人才的方针：没有道德的人就不会尊贵，没有能力的人就不会做官，没有功劳的就不会受到奖赏，没有罪过就不会受到惩罚。(34)、"传曰：'农分田而耕，贾分货而贩，百工分事而劝，士大夫分职而听，建国诸侯之君分土而守，三公总方而议；则天子共已而已矣。'出若入若，天下莫不平均，莫不治辨，是百王之所同也，而礼法之大分也。"(《荀子·王霸》)：书传上说：'农民分别耕种自己的土地，商贾分别贩卖自己的货物，各种工匠分别努力去做好自己的业务，士大夫分别听从命令管理好自己应该管理好的事情，建立诸侯国家之君主分别守卫自己的封地，三公总管天下政事，随时进行讨论，天子只要拱手端坐就可以等待事业的成功了。对内是这样，对外也是这样，天下就没有不平均的事情，没有治理不好的事情，往古上百个君主都是这样，这是礼义法度的大纲。(35)、"故当今之时，能去私曲就公法者，民安而国治；能去私行行公法者，则兵强而敌弱。"(《韩非子·有度第六》)：所以现在这个时代，能够除去臣下谋取私利的歪门邪道而追求实施国法的国家，民众就安定，国家就太平；能够除去臣下谋取私利的行为而实行国法的国家，就兵力强大，而使敌人变得相对弱小了。(36)、参见姚大志《当代西方正义理论透视》，《社会科学报》，2008年4月10日，第5版。(37)、《"财富创造"遭遇伦理危机》，《社会科学报》，2009·1·8，第3版。(38)、《看瑞典和挪威的公资分配》，《作家文摘》，2010年7月9日，第5版。(39)、《全球化时代的世界格局现状与展望》，《文汇报》，2009年8月29日，第6版。(40)、《中国问题》第66页。北京大学国家发展研究院 编，世纪出版集团上海人民出版社2010年5月第1版。(41)、(44)、

(45)、乐黛云：《西方的文化反思与东方转向》，《解放日报》，2004年11月14日第8版。(42)、参见《多变的语言，不变的战略》，《文汇报》2010年6月4日第6版。(43)、"君子和而不同，小人同而不和。"郑氏注："君子心和，然其所见异，故曰不同。小人所嗜好者同，然各争利，故曰不和。"（《论语·子路第十三》）。(46)、[美]杜维明：《儒家传统与文明对话》，第58页。(47)、参见《孔汉思：致力倡导全球伦理的大学者》，《文汇报》，2009年11月9日，第9版。(48)、"己所不欲，勿施于人"（《论语·颜渊第十二》）：自己不愿承受的，不要加给别人。(49)、"己欲立而立人，己欲达而达人"（《论语·雍也第六》）：自己事业有成，也叫别人事业有成，自己发展起来了，也叫别人发展起来。

附记：《和谐：中国献给全人类的元典精神》收入《世界和谐的通途——太湖世界文化论坛首届年会"加强文明对话与合作，促进世界和谐与发展"》论文集，新华出版社，2013年1月第一版。太湖世界文化论坛首届年会世界37个国家顶级学者170余人，与国内学者350多人在苏州举行（永久坛址设在苏州）。巴基斯坦总理优素福·拉札·吉拉尼、印尼前总统梅加瓦蒂·苏加诺普特丽、越南前总理多名外国政要，全国政协副主席张梅颖、孙家正，全国人大常委会副委员长许嘉璐与会，刘延东致开幕词。

略论"格律诗的'求正容变'"——致马凯

马凯同志：

大作《再谈格律诗的"求正容变"》，再三读过。遵嘱将一些想法提出如下，仅供参考。

（一）在会前闲谈中，听学会有同志说，格律诗包括诗、词、曲等，似乎格律诗不能仅指五、七言律绝。查《辞源》第 1567 页：［格律］：指诗词歌曲关于对仗、平仄、押韵等方面的格式和规律。古典诗歌中的近体诗特别讲究格律严整，因称为格律诗。（商务印书馆，1980 年 8 月修订第 1 版）看来，格律诗是可以专指五、七言律绝近体诗的，况大作开宗明义说明专指五、七言律绝，所以我意不必改动。

（二）"从黄遵宪、梁启超倡导'诗界革命'开始，自由体新诗的创作与发展应运而生"，我意将"开始"改为"之后"，理由如下：

（1）此"'诗界革命'之后"，意指整个"诗界革命"运动之后。梁启超为"诗界革命"立了三条标准：第一要新意境，第二要新语句，第三而又须以古人之风格入之，然后成其为诗。（《夏威夷游记》）在论到"诗界革命"时又说："然革命者，革其精神，非革其形式"，"要能以旧风格含新意境"。（《饮冰室诗话》六十三，人民文学出版社，1982 年 9 月版，下同）"所谓'诗界革命'及'以旧风格含新意境'或'熔铸新理想以入旧风格'，也就是以旧体诗为形式，以符合时代要求的新思想、新观念、新兴资产阶级的愿望以及时代信息为内容的新诗风。"（邢丽雅、周彦《黄遵宪——"诗界革命"的旗手》，《黄遵宪研究新论》，中国史学会 中国社会科学院近代史研究所编，社会科学文献出版社 2007 年 5 月第 1 版）谈不到自由体新诗。

　　(2) 有学者认为，"诗界革命"的起点是"新学诗"，中间经过了"新派诗""潮音集"和"新体诗"。所谓"新学诗"，其特点，按梁启超的话来概括，就是"盖当时所谓'新诗'（即新学诗）者，颇喜撏扯新名词以自表异。"（《饮冰室诗话》六十）所谓"新派诗"，是 1897 年黄遵宪在《酬曾重伯编修》诗中"费君一月官书力，读我连篇新派诗"，对自己一部分诗的称呼。梁启超说："时彦中能为诗人之诗而锐意欲造新国者，莫如黄公度。其集中《今别离》四首，又《吴太夫人寿诗》（即《拜曾祖李太夫人墓》）等，皆纯以欧洲意境行之，然新语句尚少。盖由新语句与古风格，常相背驰。公度重风格者，故勉避之也。"（《夏威夷游记》）"新派诗"囿于传统的诗美观，未能在诗体革新上有所突破。所谓"潮音集"（或称"诗界潮音集"），是梁启超意识到"诗界革命"中形式变革的滞后，寻求以一种与"新意境"相和谐的新形式而在《清议报》和《新民丛报》上开辟的专栏《诗界潮音集》。它是"诗界革命"继"新学诗""新派诗"之后的一个新发展。它在形式上虽没有突破传统诗体，但表现了更多的革新精神，社会上流行通用的新名词使用更多，也更加通俗化。所谓"新体诗"是黄遵宪在诗体上的新探索。他名之曰："杂歌谣"，篇幅长短不一，句式、字数多少不等，艺术风格多种多样。在内容上，要求"弃史籍而就近事"，也就是要反映现实生活。黄先后写了《军歌》24 章、《幼稚园上学歌》10 章、《小学校学生相和歌》19 章，自称"新体诗"。梁启超主办的《新小说》相继刊出的"杂歌谣"，为"诗界革命"的诗体改革作了许多新探索，新尝试，尽管这种"新体诗"也未能完全冲破旧体诗的束缚，成为一种全新的形式，但在 20 世纪初，"新体诗"已达到了"诗界革命"在诗体改革方面的最高成就。

　　结语："诗界革命"在形式上它从捃扯新名词开始,逐渐过渡到"以旧风格(即旧形式)含新意境",再到借鉴民歌形式,力求冲破旧格律、旧体制的束缚而提出了"新体诗"的尝试。尽管:"诗界革命"最终并未完全解决旧形式的问题,但在当时的历史文化背景下,"诗界革命"的先驱者们已作了大胆的尝试与努力。在价值取向上,他们自始至终地自觉吸取西方文化,为"诗界革命"输入新血液、注入新生命。(参看郭廷礼:《"诗界革命"的起点、发展及其评价》,《文史哲》,2000 年 02 期)

　　又,考黄遵宪的"新体诗"——"杂歌谣",已是古乐府早有之体式。唐吴竞作《乐府古题要解》,分乐府为八类,中有"杂题"一项;郭茂倩《乐府诗集》乃将乐府分为十二类,中有"杂歌谣辞"一项 (肖涤非:《汉魏六朝乐府文学史·第一编 绪论》)

　　但,"诗界革命"无疑是近代资产阶级文学革新运动的重要组成部分,也是中国诗歌迈向近代化的开端。它是中国近代社会变革思潮、西学东渐的文化走向在近代诗歌领域的一种反映。胡适在《五十年来中国之文学》中说:"黄遵宪是有意作新诗的。"(《胡适学术文集·新文学运动》,第 118 页,中华书局,1993 年版)吴吉芳在《四论吾人眼中之新旧文学观》中说:"新诗之历程有五:始以能用新名词者为新诗,如黄公度《人境庐诗》是也;次以能用白话者为新诗,如留美某博士之集是也;次以无韵律者为新诗,如留东某学士之集是也;次以谈哲理为新诗,如教会某女士之集是也;再以欧化者为新诗,如京、沪诸名士之集是也。"(钱仲联:《人境庐诗草·前言》,上海古籍出版社,1981 年)黄丽珍也说:"在近代诗坛上,黄遵宪的'新派诗'逐渐突破诗言志(不确,黄遵宪在给梁启超的信中说:'吾论诗以言志为体，以感人为用。'——引者按）、比兴、温柔敦厚的传统诗教，在诗歌的主要内容、审美意蕴、表现方法、语言形式等方面出现了新的特点。这些新变虽然不够彻底，带有过渡性质，但已是解构旧诗的有效尝试。"（《善变的矜奇之作——析黄遵宪的新派诗》，《滨州师专学报》，2002 年 01 期）因此，我们说，"诗界革命"催生了自由体新诗是不成问题的。

（三）"四是韵有定位，……逢双句尾要押韵，要押平声韵"，我意改为"逢双句句尾要押韵，平声韵仄声韵均可，但以平韵为正格。"因为，事实上，仄韵格律诗是存在的。格律诗韵律原则之一就是"出句反调原则"即"平韵仄出"或"仄韵平出"，也就是指格律诗不押韵的单句，即一（若首句入韵，则此句除外）、三、五、七句，句末一字收声必须与双（数）句所押之韵声调相反。具体表现为：凡平韵诗（押平声韵）其出句须收以仄声；凡仄韵诗（押仄声韵）其出句须收以平声。如韩偓的仄韵五律《五更》："秋雨五更头，桐竹鸣骚屑。却似春残间，断送花时节。空楼雁一声，远屏灯半灭。绣被拥娇寒，眉山正愁绝。"（《全唐诗》第 7841 页）又，中晚唐以前，仄韵格律诗出句收声是规定要平仄相间的。如刘长卿《湘中纪行十首之一浮石濑》："秋月照潇湘，月明闻荡桨。石横晚濑急，水落寒沙广。众岭猿啸重（chong），空江人语响。清晖朝复暮，如待扁舟赏。"（《全唐诗》第 1520 页）如周匡物《古镜歌》："轩辕铸镜谁将去，曾被良工泻金取。明月中心桂不生，轻冰面上菱初吐。蛟龙久无雷雨声，鸾凤空踏莓苔舞。欲向高台对晓开，不知谁是孤光主。"（《全唐诗》第 5549 页）若论仄韵律诗的标准形式尚有许多，如仄起标准式、平起标准式、仄起首韵形式、平起首韵形式等等，兹不赘述。

（四）"为了更好地抒情达意，稍稍破点格，适当有些变化，也应是允许的；不但允许，有时还会成为'绝唱'之句。"可补充下列例子："城阙辅三秦，风烟望五津。"（王勃《杜少府之任蜀州》，《全唐诗》，第 676 页）"西陆蝉声唱，南冠客思深。"（骆宾王《在狱咏蝉》，《全唐诗》第 848 页）"可怜后主还祠庙，日暮聊为梁父吟。"（杜甫《登楼》，《全唐诗》第 2479 页）其中"城"、"西"、"可"、"梁"，平仄不合律，但并不影响它们成为名句名篇。

（五）"若其变化超出了容许的边界，……也会异化为其他诗体或其他文学形式"，我意删去，因与上文语意重复。

（六）"第四项'韵有定位'，其规定有的丝毫不能改变，有的则可适当变化"，我意改为"第四项'韵有定位'，其规定丝毫不能改变；至于用韵则可适当变化。"

（七）"而且只能押平声韵，不但只能押平声韵"应删去，理由已经讲过了。

（八）"如逢双句字尾必须是平声，逢单句字尾除首句入韵格式外必须是仄声"也应作相应的改动，理由已述。

（九）"即这种诗体可以称为'新古体诗'或'古风'"，我意改"古风"为"古体诗""或径直称"五古"、"七古"。因事实上，"古风"已逐渐演变成长篇歌行。［清］冯班《钝吟杂录》云："至唐有七言长歌，不用乐题，直自作七言，亦谓之歌行。故《文苑英华》歌行与乐府又分为两类。今人歌行题曰古风，不知始於何时？"（《清诗话》上册，上海古籍出版社，1978 年 9 月新 1 版）

（十）"对初学者可以从写作五言古风、七言古风……入手"，我意改为"对初学者可以从写作五言古、七言古……入手"。盖古风实不易写作。〔明〕胡震亨云："自五言古、律以至五、七言绝，概以温雅和平为尚，惟七言歌行、……不然。歌行自乐府语已峭峻，李、杜大篇，穷极笔力，若但以平调行之，何能自拔？"（《唐音癸签·券三》）

拉杂写上这些，不一定对，仅供您参考。即颂

文祺！

雍文华

2010年9月1日

诗意和韵味

—— 读蔡长松《湖海诗词集》感言

　　读蔡长松先生《湖海诗词集》，觉得很有诗意和韵味，是一种精神享受。我的书架上有不少当代诗词作品集，全国各地的诗友也不断把他们的诗词集寄给我，但老实说，够层次的，有诗意和韵味的，还是太少。所以，我敢说，蔡长松先生《湖海诗词集》的出版，是 2010 年我国诗词界的一大收获。

　　从读蔡长松先生《湖海诗词集》所得，我觉得，诗要写得有诗意、有韵味，是有很多途径的。例如，平实就有一种平实美。它是一种以恬淡忠诚、随缘自适的心态，或者说，方式去体现经济之志，去抒发自然本真的情感。《湖海诗词集》的开篇《趣事吟》就十分自然本真，没有任何夸饰，没有任何做作，没有任何标榜，清新而充满童趣。因为写的是童年的生活，这种平实自然不是看透繁华、绵历世事的老到通脱。"不屑高谈华盛顿，喜闻频唱卡秋莎。""少小轻弹狂想曲，人生变奏且由它。"《狂想曲》写得流利通畅，神采飞扬。还有《菩萨蛮·水乡》，写回忆，有童年生活的实写，也有成年后对人生悲欢离合的理性体验和认知。

　　如果以为把诗写得平实、不做作是件很容易的事，那就大错特错了。平实、平淡是我国诗歌理论的一贯主张，《诗品》、《文心雕龙》以及苏轼、黄庭坚均有特出的论述。宋·梅尧臣的经典表述是"作诗无古今，唯造平淡难。"明·陆时雍云："每事过求，则当前妙境，忽而不领。古人谓眼前景物，口头言语，便是诗家体料。"（《诗境总论》）锺嵘亦云："至乎吟咏性情，亦何贵于用事？'思君如流水'，既是即目；'高台多悲风'，亦惟所见；'清晨登陇首'，羌无故实；'明月照积雪'，讵出经史。观古今胜语，多非补假，皆由直寻。"（《诗品·总论》）这些都是对平实平淡诗风的肯定和推崇。

人认识世界、感悟人生，便产生了诗。这种对世界的认识、对人生的感悟，常常使诗充满哲理。哲理、理趣也是诗意和韵味不可或缺的重要组成部分。《湖海诗词集》中《鹧鸪天·深山恋》《浣溪沙·轮回》《品茶》《竹林》《太湖品茶》《到曲阜》均是富于哲理、颇见理趣的篇章，其精工深刻的句子令人难忘：如"几多天下传奇事，起步朦胧一瞬间"、"春雨竟将红日掩，秋风频送丽阳归，岂劳夸父舍身追"、"荣华富贵烟云外，淡极方知一品深"、"阴阳互补成天理，造就人间笛与弓"、"自是流年净肌骨，从来疏瀹涤心源"、"心存太岳仁无量，腹纳汪洋智可酬"，等等，均是源自独创、令人耳目一新的好句。

诗缘情，委婉蕴籍、绵远旖旎的情思，可以说就是诗意和韵味。《湖海诗词集》中有很多情思隽永的诗句："犹忆青梅牵竹马，剧怜豆蔻好年华。"（《仙女自叹》）"独喜眉山吟性好，根生一地即家乡。"（《家乡》）"而今伏枥知何处，又听惊涛拍岸声。"（《别椰城》）等等。

但是，《湖海诗词集》之所以有诗意和韵味，还有一个很重要的方面，那就是情景交融、物我合一。下面，我想就这方面多讲几句。讲这个问题，要从诗的本源、诗的产生去思考。

《礼记·乐记》云："凡音之起，由心生也。人心之动，物使之然也。"是客观外物打动了人心，因物感心，因景动情，这才产生了音乐。古代诗、乐、舞三位一体，因此，诗歌的产生也是如此。这一"物感"诗学理论为历代诗论家所肯定、所发挥。陆机《文赋》云："遵四时以叹逝，瞻万物而思纷；悲落叶于劲秋，喜柔条于芳春。心懔懔以怀霜，志眇眇而临云。"四季的交替，景物的变迁，都能使诗人得到感触，打动诗人的情思。刘勰云："春秋代序，阴阳惨舒，物色之动，心亦摇焉。……情以物迁，辞以情发。"季节推移，景物变化，使诗人有所感悟，诗人的情感是随物的变化而变化的。又云："是以诗人感物，联类不穷；流连万象之际，沉吟视听之区；写气图貌，既随物以宛转；属采附声，亦与心而徘徊。"（《文**心雕龙·物色第四十八**》）这是说诗人感物，要做到"神与物游"，创作构思时，诗人的想象与外界物象一起活动。刻画外物的形貌，深入研究外物，然后对外物进行再创造。锺嵘《诗品·总论》云："气之动物，物之感人，故摇荡性情，形诸舞咏。"诗人因感物而生情，发为吟咏而成诗歌。这种情景交融，物我一体，乃是诗的艺术本质。

如何做到"情景交融、物我一体"呢？我们且看蔡先生是如何做的。

《青峰山观竹》：作者眼中之竹、心中之竹，是一首咏竹诗。咏物诗，首先要体物工细。"工"，是指摹其形容要精巧如实，不可移易。"体"，是指诗人对所咏之物，必须"神之于心"、"处心于境"（《**唐音癸签**》卷二），抓住所咏之物的特征，特别是摄取物的特征中某种与诗人的心灵相沟通、相契合，能够表达诗人心中之情、之志的精神特质，然后工细描摹，是谓之"形似"。这里的"形"，是指整个物，不只是外形，也包括物的生命特征。其次是融情于物，托物寄兴，化客观外物为主观情思，表达象外之意——诗人的情感境界，是谓之"神似"。二者水乳交融，最终达到形神兼备，物我合一。

对于"竹"，蔡先生用"气润清香远，春催绿叶新"摹其形容，而于"竹"的精神特质，他拈出了什么呢？

有人编了一本《梅兰竹菊诗词选》，要我写篇序。对于竹，我写了下面一段文字：

> 世有何物，守之有常，养之有素，诱之不迁，胁之不惧，斯唯竹也。材美质坚，姿性倜傥，寄生榛莽，不扶自直；冰摧雪压，待以虚心。向日森森，当风袅袅；高标绝俗，历劫不凋。逾寒暑而愈茂，秉四时而一心。神如秋水，气若浮云。有如翠幕佳人，幽怀自赏；夷荒使节，耿耿丹诚……

这里无疑拈出了"竹"的一些精神特质。于众多的精神特质中，蔡先生独独拈出"虚心"与"拔节"两点，"虚心待雨露，拔节笑风云。"这肯定是他内心情感和志意与竹的精神特质最契合之点。他由一个农村孩子而成长为一位"封疆副吏"，这期间少不了人民的哺育，国家的培养，民族精神的陶铸，甚至阶级、政党的识拔、提携，乃至朋友、同事的呵护和关照。这一切，对于他来说，有如春风化雨，既值得怀念，也值得期盼。而身处改革开放、建设有中国特色社会主义的伟大斗争中，这一路走来，其间的艰难和险阻、欢乐和忧伤、顺利和挫折、成功和失败，总之风风雨雨、困顿竭蹶，只有诗人自己最清楚。如诗人自述，从湘西深山老林的矿山中"朦胧""起步"，直到三湘乃至全国防洪、抗洪重镇常德，除水害、兴水利，呵护一方生灵，再到全国改革开放的前沿阵地——海南，"选拔精英"、"挽困除难"、"斩邪祛恶"，"也曾一域写春秋，留得清名到白头"。这需要"拔节"——不断培养提高自己的风骨气节，以对抗、"笑"对全国乃至世界的变换的风云！

这种"写物穷情"，"详切"的"写物穷情"，就是"滋味"，也就是"韵味"。《诗品·总论》云："五言居文词之要，是众作之有滋味者也，故云会于流俗。岂不以指事造形，穷情写物，最为详切者耶！"这种"造形指事，写物穷情"，讲的虽是五言诗，却是各体诗歌创作的指导原则。

再看一首《卜算子·海南岛》：上阕"海角"、"四季"两句写海南岛的风光和气候特征，"四季炎如暑"，十分工切，不可移易。"年到冬深不必愁，总有温馨雨。"既是海南的特征，又明显渗透了诗人的情感：乐观而温馨。下阕"嫩叶软如绵，老茎坚如柱。"既是眼中风物，又是心中情志。"风护飞花上九霄，香透云和雾。"旖旎风光之中蕴含着以"封疆副吏"造福人民、造福社会的人格理想和对自己事业的高度期许。

还有《桂花吟》和《丹顶鹤》。"地老天荒总有时，花开花落任由之。前周嫩绿方盈树，今日轻黄忽满枝。"宇宙空蒙，时间流转，寄生于天地之间需得珍重短暂的生命。"添雅韵"、"著风姿"，"飞临宫阙"，"洒向人间尽好诗"，这既是"桂花"对生命的珍重和挚著，更是诗人的宇宙意识、生命意识和人生理想、人格精神的充分体现。一、二句，突兀而起，格局高开，调高韵响。三、四句，笔意蕴籍精工，清丽流转。"一声清唳入飞云，态雅姿高性静宁。"写丹顶鹤姿态高雅、性情宁静。"热血心膛丹灌顶，寒冰气质玉雕翎。"写丹顶鹤的体貌特征和精神特质，精准工切，不可移易。"倦盘湿地栖芦荻，饥歇塘池啄藻萍。"既是丹顶鹤的生存特性，也是诗人的人生轨迹。"百鸟喧嚣当塞耳，翩翩鹤影绕长亭。"自珍自重的人生态度。可否考虑将末句中的"鹤影"改为"素影"。因为，"鹤"成为第三人称，破坏了"物我合一"的美学原则，不成为"咏物诗"，已属于王国维所谓的"有我之境"。

王国维《人间词话》云："有有我之境，有无我之境。'泪眼问花花不语，乱红飞过秋千去。'（冯延巳《鹊踏枝》）'可堪孤馆闭春寒，杜鹃声里斜阳暮。'（秦观《踏莎行》）有我之境也。'采菊东篱下，悠然见南山。'（陶渊明《饮酒》第五首）'寒波澹澹起，白鸟悠悠下。'（元好问《文颖亭留别》）无我之境也。有我之境，以我观物，故物皆著我之色彩。无我之境，以物观物，故不知何者为我，何者为物。"这里要郑重说明一点：王国维是就诗句而言，不是就整首诗而言，就整首诗而言，上述陶渊明、元好问的诗，均不能算是无我之境。我们前讲的咏物诗，均是无我之境。不过，插一句闲话：陶渊明的"采菊东篱下，悠然见南山"，如果"采"是采摘的采，"见"是看见的见，那么这两句诗还是无我之境吗？如果，"采"是彩色的彩，见是"现"，那就可以说是"无我之境"了。王国维是大学者，大概不会出错，是我们有些人将"采"读成"採"、将"见"读成看见的"见"，读错了。

　　有我之境，同样需要情景交融，需要托物寄兴，需要抓住物的特征，特别是摄取物的特征中某种与诗人相沟通、相契合，能够充分表达诗人心中之情、之志的精神特质，加以描摹，然后融情于物，把诗人的主观情感，通过物象表达出来。在这方面，《湖海诗词集》还有许多可圈可点的篇章。

　　《爱莲》："悄然冲水面，叶茎倍新鲜。聚露成珠玉，含苞赛美娟。"描摹莲之形态，可称工切。"自持秋水上，相忆绛云边。"确是切物传神的好句。"自持"，写出了莲的精神特质，自尊自爱，洁身自好。"秋水"，澄明洁净，毫无尘滓。"相忆"，有很多回忆和想象。"绛云"，那是遥远的、美好的、有着众多美丽仙女的天国。这才是莲。"秋水"，你能换成"春水"吗？根本不可能，当然并不是"春水"一词不好。既是"清水"、"云水"、"烟水"，均要失色。这令人想起唐·高蟾的名句："天上碧桃和露种，日边红杏倚云栽。"

　　《荷塘秋色》：前四句写荷塘秋色，堪称工切。三、四句"周有鱼虾常恋戏，底生苔藓共相持"，便开始向主观情思过渡，一种共存共荣的意念。以此作为基础，第五、第六句，便能突兀而起，格高调响："个争长短皆能节，形取方圆总有丝。"传达出诗人的人生认知和人格操守。这种认知和操守的获取和坚持，也实非易事，只能是"莲芽清苦自心知"了。

　　写物的工切精准，特别是摄取物的最核心的、与诗人情感相契合的精神特质，是诗人托物寄兴的前题、基础，也是诗意和韵味的本源所自。前人有云："坡公云：诗人有写物之功，'桑之未落，其叶沃若'，他木殆不可以当此。林逋梅花诗云：'疏影横斜水清浅，暗香浮动月黄昏。'决非桃李诗。皮日休白莲诗云：'无情有恨何人见，月冷风清欲堕时。'决非红莲诗。此乃写物之功。若石曼卿红梅诗云：'认桃无绿叶，辨杏有青枝。'此村学中至陋语也。"（《唐音癸签》卷三）顺便说明一下，上引白莲诗是陆龟蒙的，而不是皮日休的，引文有误。以"认桃无绿叶，辨杏有青枝"来写红梅，为什么是"至陋语"呢？就因为它见物不见人。

　　林逋的梅花诗、陆龟蒙的白莲诗均为上好的咏物诗。仅仅描摹工切，没有诗人的情感灌注其间，严格说来，是不能称之为咏物诗的。唐代李峤《风》："解落三秋叶，能开二月花。过江千尺浪，入竹万竿斜。"有形无神，更无寄托。好的咏物诗，一定是两个完整的境界，一个是物的，一个是人的。除了林逋的梅花诗、陆龟蒙的白莲诗外，最典型的例子莫过于陆游的《卜算子·咏梅》和毛泽东的《卜算子·咏梅》，既是写梅，又是写诗人自己，物我融合，天衣无缝。我们再看看唐·张九龄的《庭梅咏》："芳意何能早，孤荣亦自危。更怜花蒂弱，不受岁寒移。朝雪那相妒，阴风已屡吹。馨香虽尚尔，飘荡复谁知。"对照张九龄为李林甫所忌，罢政事、贬荆州长史、请归的宦海经历，就知道《庭梅咏》，表面句句咏梅，骨子里句句写自己。又如，有人《咏红蓼花》："如此红颜争奈秋，年年风雨历沧州。一生辛苦谁相问，只共芦花到白头，"是写人，还是写物，谁能辨析？

　　读前人咏物诗佳作，可以看出，蔡长松先生深谙咏物诗的真谛——情景交融，物我合一，所以他的《青峰山观竹》、《卜算子·海南岛》《桂花吟》《丹顶鹤》等作，才能构筑出物和人两个完整的境界，达到唐·皎然《诗式》中所说的"两重意以上"，从而充满诗意和韵味。

　　以上"无我之境"如此，有我之境亦是如此，首先是体物要深细精工，摄取与诗人情感相契合的精神特质，然后将诗人要表达之情、之意，灌注其中。苏轼《红梅》，摄取了红梅什么与自己情感相契合的精神特质呢？他摄取的是"冰容"，是"小红桃杏色"，是"孤瘦雪霜姿"。诗云："怕愁贪睡独开迟，自恐冰容不入时。故作小桃红杏色，尚馀孤瘦雪霜姿。寒心未肯随春态，酒晕无端上玉肌。诗老不知梅格在，但看绿叶与青枝。"写梅，更是写自己的人格操守。最后两句是批评前引石曼卿的不知梅格之所在。因是第三者说道，所以归入"有我之境"一类。再看看明·袁凯的《白燕》："故国飘零事已非，旧时王谢见应稀。月明湘水初无影，雪满梁园尚未归。柳絮池塘香入梦，梨花庭院冷侵衣。赵家姊妹多相妒，莫向昭阳殿里飞。"写白燕而写出世事沧桑之变，身世飘零之感，伤感哀痛，蕴籍深沉。蔡长松先生《爱莲》中的"自持秋水上，相忆绛云边"、《荷塘秋色》中的"个争长短皆能节，形取方圆总有丝"以及《桥墩》中的"横江墩柱正，昼夜砥中流"都是情景交融、物我合一、情性所至、妙不自寻的好篇章、好诗句。

　　中国诗学对情景交融、物我合一这一艺术法则十分看重。清·王夫之云："诗文俱有主宾。无主之宾，谓之乌合。……立一主以待宾，宾无非主之宾者，乃俱有情而相浃洽。若夫'秋风吹渭水，落叶满长安'，於贾岛何与？'湘潭云尽暮烟出，巴蜀雪消春水来'，於许浑奚涉？皆乌合也。'影静千官里，心苏七校前'，得主矣，尚有痕迹。'花迎剑佩星初落'，则宾主历然，镕合一片。"说的还是情景交融，物我合一。连"西风吹渭水，落叶满长安"这样的名句，也不值一哂！

别看王夫之是一位大学问家、文章家，诗词却写得特好，尤其是词。举两例：

《初度日占》："横风斜雨掠荒丘，十五年来老楚囚。垂死病中魂一缕，迷离唯记汉家秋。"故国之思，跃然纸上。

《青玉案·忆旧》："桃花春水湘江渡，纵一艇，迢迢去。落日颓光摇远浦。风中飞絮，云边归雁，尽指天涯路。

故人知我年华暮，唱彻灞陵回首句。花落风狂春不住。如今更老，佳期逾杳，谁倩啼鹃诉？"哀伤凄婉，仍是故国之思。

中国诗学和蔡先生的《湖海诗词集》告诉我们一个写诗的根本法则，那就是情和景，情为主，景为宾；物和我，我为主，物为宾。诗人无论是写物写事，都是写诗人自己。写诗人个体，也就是写人类。

向蔡先生祝贺，祝贺《湖海诗词集》的出版。也向蔡先生致敬，感谢他为我国当代诗词事业所做出的贡献！

2010 年 11 月 11 日

（原载《＜湖海诗词集＞作品研讨会撷英》，海南省文学艺术界联合会、海南省作家协会编　2010-11-13 于琼海博鳌）

词宗婉约——致骆华桂

王昌龄《诗格》云:"诗有三境:一曰物境,欲为山水诗,则张泉石云峰之境极丽绝秀者,神之于心,处身于境,视境于心,莹然掌中,然后用思,了然境象,故得形似。二曰情境,娱乐愁怨,皆张于意而处于身,然后驰思,深得其情。三曰意境,亦张之于意而思之于心,则得其真矣。"

"物境",是指一些自然景物为主(**也包括社会的、人事的具体事物**)所展示的境界,它的主要审美特征就是"了然境象,故得形似",其所构成这种境界的物象,是形似之象,结合景物形态抒发相应的情思,尚未进入到情景交融的境界。"物境",所描绘的对象是实有之物,不是以抒情写意为主,故又被称为"实境"。司空图《诗品》中有《实境》一品。

"情境",是以融情于物为主要特征,写景叙事,融景入情,化客观外物为主观情思,使之成为心灵化了的意象,或意象的组合和叠加;或者干脆以诗人情感的展示为"境",其所描写的景物(**包括社会的、人事的具体事物**),只具象征意义,象外之意才是诗人要表达的感情境界。而词的"情境",则婉约含蓄、轻灵淡逸、清旷骚雅而又哀感凄迷。

有学者将词体情感及其美感特征分为:(一)、艳情,婉媚之美。(二)、个人情感,深切之美。(三)、家国之情,雄浑之美。(四)、闲适之情,恬淡深静之美。

词宗婉约。婉约、豪放之争,关系对词体本质的定性,迄今仍在争论之中。

明张綖在其《诗余图谱》中说:"词体大略有二:一体婉约,一体豪放。婉约者欲其词调蕴藉,豪放者欲其气象恢宏。然亦存乎其人，如秦少游之作多是婉约，苏子瞻之作多是豪放。"徐师曾《文体明辨序说》云："至论其词，则有婉约者，有豪放者。婉约者欲其辞情蕴藉，豪放者欲其气象恢宏。盖虽各因其质，而词贵感人，要当以婉约为正。否则，虽极精工，终乖本色，非有识之所取也。"

其实，宋代词人已经注意到了婉约、豪放之别。李清照在《词论》中提出"词别是一家"的著名观点。所谓"词别是一家"，就是主张分别诗词畛域。词，从创作主体看，"他们的不能诉之于诗古文的情绪，他们的不能抛却了的幽怀愁绪，他们的不欲流露而又压抑不住的恋感情丝，总之，即他们的一切心情，凡不能写在诗古文辞之上者无一不泄之于词。所以词在当时，是文人学士所喜爱的一种文体。他们在闲居时唱着，在登临山水时吟着，他们在絮语密话时微讴着，在偎香倚玉时细诵着，他们在欢宴迎宾时歌着，在临歧告别时也唱着。"（郑振铎《插图本中国文学史》第 35 章，见《郑振铎全集》第 9 卷，第 2 页。花山文艺出版社，1998 年版。）从接受群体看，如御卜（即黄瓯）所说："词体如美人含娇掩媚，秋波微转，正视之一态，旁视之又一态，近窥之一态，远窥之又一态。"（谢章铤《赌棋山庄词话卷七·黄瓯论词》，见唐圭璋主编《词话丛编》第 4 册，第 3408 页，中华书局，1986 年版。）从词作看，"大较词人之体，多属揣摩不置，思致神遇。然率于人情之所必不免者，以敷言又必有妙才巧思以将之，然后足以尽属词之蕴。故夫词成而读之，使人恍若身遇其事，怆然兴感者，神品也。意思流通，无所乖逆者，妙品也。能品不与焉。宛丽成章，非辞也。是故山林之词清以澈，感遇之词凄以哀，闺阁之词悦以解，登览之词悲以壮，讽喻之词宛以切。之数者，人之情也。属词者皆当有以体之。夫然后足以得人之性情，而起人之咏叹……诗之有风，犹之有词也。语曰：动物谓之风。由是以知：不动物，非风也。不感人，非词也。"（周逊《词品序》，《渚山堂词话·词品》，第175页，人民文学出版社，1960年版。）查礼《铜鼓书堂词话》云："情有文不能达，诗不能道者，而独于长短句中可以委宛形容之。"王蛰堪《半梦庐词话》云："或问：诗词何似？曰：诗若苍颜老者，孤灯独坐，虽葛巾布服，眉宇间使人想见沧桑，谈吐挥洒，不矜自重，不怒自威。词犹美艳少妇，微步花间，风姿绰约，虽钗钿绮服，使人想见玉骨冰肌，顾盼间隐然怨诉，徒有怜惜，可远慕而不可近接焉。"吴谷人《红豆词序》云："驻枫烟而听雁，舣葭水而寻渔；短径遥通，高楼近接；琴横春荐，杂花乱飞；酒在秋山，缺月相候，此境与词宜。金迷纸醉之娱，管语丝哇之奏；浦遗余佩，钗挂臣冠；满地蘼芜，夕阳如画；隔堤杨柳，红窗有人，此其情与词宜。"（见江顺诒《词学集成》卷七，《词话丛编》，第4册，第3290页）

由于诗词有别，词体别有审美倾向，所以历代论者多主词宗婉约。

陈师道《后山诗话》云："退之以文为诗，子瞻以诗为词，如教坊雷大使之舞，虽极天下之工，要非本色。今代词手，惟秦七黄九尔，唐诸人不迨也。"王世贞《艺苑卮言》云："盖六朝诸君臣，颂酒赓色，务裁艳语，默启词端，实为滥觞之始。故词须宛转绵丽，浅至儇俏，挟春月烟花于闺幨内奏之，一语之艳，令人魂绝，一字之工，令人色飞，乃为贵耳。至于慷慨磊落，纵横豪爽，抑亦其次，不作可耳。作则宁为大雅罪人，勿儒冠而胡服也。"王炎《双溪类聚》

云："今之为长短句者，字字为言闺阃事，故语懦而意卑，或者欲为豪壮语以矫之。夫古律诗且不以豪壮语为贵，长短句命名曰曲，取其曲尽人情，唯婉转妩媚为善，豪壮语何贵焉。不溺于情欲，不荡而无进，可以言曲矣。"张炎《词源》云："辛稼轩、刘改之作豪气词，非雅词也，于文章余暇，戏弄笔墨为长短句之诗耳。元遗山极称稼轩词，及观遗山词，深于用事，精于炼句，有风流蕴藉处不减周、秦，如《双莲》、《燕邸》等作，妙在模写情态，立意高远，初无稼轩豪迈之气。岂遗山欲表而出之，故云耳？"

所以，词宗婉约，抒写个人闲适之情，应视为再正常不过之事。

但是，词在发展进程中，突破"艳科"的藩篱，而进至"无意不可入，无事不可言"的广阔天地，家国之情，慷慨之气，充溢其中，使之意象阔大，气势恢宏。这是词体的发展和提升，因之不可任意贬斥豪放。这也是历代论家的不刊之论。如：司空图《二十四诗品》有"豪放"一品："观花匪禁，吞吐大荒。由道反气，处得以狂。天风浪浪，海山苍苍。真力弥满，万象在旁。前招三辰，后引凤凰。晓策六鳌，濯足扶桑。"沈祥龙《论词随笔》云："词有婉约，有豪放，二者不可偏废，在施之各当耳。房中之奏，出以豪放，则情致绝少缠绵。塞下之曲，行以婉约，则气象何能恢拓。苏辛与秦柳，贵集其长也。"又云："词之体，各有所宜，如吊古宜悲慨苍凉，纪事宜条畅滉漾，言愁宜呜咽悠扬，述乐宜淋漓和畅，赋闺房宜旖旎妩媚，咏关河宜豪放雄壮。得其宜则声情合矣，若琴瑟专一，便非专家。"（《词话丛编》，第4册，第4049页）晚明孟称舜在其《古今词统序》中说："乐府以暾逫扬厉为工,诗余以究丽流畅为美。故作词者率取柔音曼声,如张三影、柳三变之属。而苏子瞻、辛稼轩之清俊雄放,皆以为豪而不入格。宋伶人所评《雨霖铃》《酹江月》之优劣,遂为后世镇(tian)词者定律矣。予窃以为不然。盖词与诗曲,体格虽异,而本于作者之情。古来才人豪客,淑姝名媛,悲者喜者,怨者慕者,怀者想者,寄兴不一。或言之而低徊焉、宛娈焉;或言之而缠绵焉、悽怆焉;又或言之而嘲笑焉,愤怅焉,淋漓痛快焉。作者极情尽态,而听者洞心荡耳。如是者皆为当行,皆为本色,宁必姝姝媛媛学儿女子语而后为词哉!故幽思曲想,张柳之词工矣,然其失则俗而腻也,古者妖童冶妇之所遗也。伤时吊古,苏辛之词工矣,然其失则莽而俚也。古者征夫放士之所托也。两家各有其美,亦各有其病,然达其情而不以词掩,则皆填词之所宗,不可以优劣言也。”清顾咸三也曾说:“宋名家词最盛,体非一格。苏、辛之雄放豪宕,秦、柳之妩媚风流,判然分途,各极其妙。”(高佑[金巳]《湖海楼词序》引,《清名家词》)。沈谦在《填词杂说》中也说:“词不在大小深浅,贵于移情。‘晓风残月’‘大江东去’体制虽殊,读之皆如身历其境,惝恍迷离,不能自主,文之至也。”(《词话丛编》,第1册,第629页)

所以,我们可以词宗婉约,但不要贬斥豪放。在词的创作方面,不要自设藩篱:词旨单一,词境狭小,词情过于个人化,或谓私人化。

2011年4月18日

史实与人物

—— 读《辛亥革命元老诗词选》（节选）

孙中山

联合会党组织起义

万象阴霾扫不开，红羊劫运日相催。
顶天立地奇男子，要把乾坤扭转来。

挽刘道一

半壁东南三楚雄，刘郎死去霸图空。
尚余遗业艰难甚，谁与斯人慷慨同。
塞上秋风悲战马，神州落日泣哀鸿。
几时痛饮黄龙酒，横揽江流一奠公。

黄 兴

吊刘道一

英雄无命哭刘郎，惨淡中原侠骨香。
我未吞胡恢汉业，君先悬首看吴荒。
啾啾赤子天何意，猎猎黄旗日有光。
眼底人才思国士，万方多难立苍茫。

致谭人凤

怀锤不遇粤途穷，露布飞传蜀道通。
吴楚英雄戈指日，江湖侠气剑如虹。
能争汉上为先着，此复神州第一功。
愧我年年频败北，马前趋拜敢称雄。

宋教仁

哭铸三尽节黄花岗（二首）

一

残月孤云了一生，无情天地恨何平。
常山节烈终呼贼，崖海风波失救兵。
特为两间留正气，空教千古说英雄。
伤心汉室路难复，血染杜鹃泪有声。

二

海天杯酒吊先生，时势如斯感靡平。
不幸文山难救国，多才武穆竟知兵。
卅年片梦成长别，万古千秋得有名。
恨未从军轻一掷，头颅无价哭无声。

廖仲恺

留诀内子（二首）

一

后事凭君独任劳，莫教辜负女中豪。
我身虽去灵明在，胜似屠门握杀刀。

二

生无足羡死奚悲，宇宙循环活杀机。
四十五年尘劫苦，好从解脱悟前非。

秋　瑾

对　酒

不惜千金买宝刀，貂裘换酒也堪豪。
一腔热血勤珍重，洒去犹能化碧涛。

感　怀

莽莽神州叹陆沉，救时无计愧偷生。

抟沙有愿兴亡楚，博浪无椎击暴秦。

国破方知人种贱，义高不碍客囊贫。

经营恨未酬同志，把剑悲歌涕泪横。

蔡　锷

军中杂诗 (二首之二)

绝壁荒山二月寒，风光如刃月如丸。

军中夜半披衣起，热血填胸睡不安。

《联合会党组织起义》是孙中山于 1899 年秋所作的七言绝句《咏志》。曾用作革命组织的动员口号和联络语，"联合会党组织起义"的标题大概由此而来。全诗多用口语，浅显易懂，极具鼓动性。惟"红羊"一句用典。南宋理宗时，有一位算命先生柴望上书提请朝廷注意，每逢丙午、丁未年，国家必有祸患。以天干"丙""丁"和地支"午"在阴阳五行里都属火，为红色，而"未"这个地支在生肖上是羊，每六十年出现一次的"丙午丁未之厄"，后被称为"红羊劫"。宋人最惨痛的记忆"靖康之耻"就发生在丙午年 (1126 年)，今人所谓十年浩劫也始于丙午年 (1966 年)，杨绛就有《丙午丁未年纪事》。不过，孙中山这里却是反其意而用之，以"红羊"谐音太平天国领袖"洪""杨"，宣称革命的时机就要到来了，满清的劫运就要到来了。孙中山曾说："洪秀全是反清第一英雄，我是第二。"

　　孙中山无意做诗人。1897年他对日本友人宫畸寅藏说："弟不能为诗，盖无风流天性也。"然而，孙中山对中国古典诗歌却推崇备至。他说："中国诗之美，逾越各国，如三百篇以逮唐宋名家，有一韵数句，可演为彼方数千百言而不尽者。"对于诗的创作规律亦不乏见解："或以格律为束缚，不知能者以是益见工巧。至于涂饰无意味，自非好诗。然如'床前明月光'之绝唱，谓妙手偶得则可，惟决非寻常人能道也。"而对当时颇为时尚的诗观诗潮则不以为然："今倡为至粗率浅俚之诗，不复求二千余年吾国之粹美，或者人人能诗，而中国已无诗矣。"此后的革命生涯中，孙中山还是不时有诗问世。1907年12月镇南关起义，孙中山亲临战场，向清军开炮。失利后率军退入安南（今越南），在马背上吟成了一首七绝："咸来意气不论功，魂梦忽惊征马中。漠漠东南云万叠，铁鞭叱咤厉天风。"其字里行间，洋溢着百折不挠的革命意志。　1917年，孙中山有诗《祝童洁泉七十寿》："阶前双凤戾天飞，览揆年华届古稀。治国安民儿辈事，博施济众我公徽。玉槐花照瑶觥燕，窦桂香凝彩舞衣。所欲从心皆絜矩，兰孙绕膝庆祥晖。"此诗以人情味见长，展示了作者精神世界的另一面。诗中用典娴熟妥帖，如"戾天飞"一语出自《诗·小雅·四月》"翰飞戾天"，"览揆"代指生辰，出于屈原《离骚》"皇览揆余于初度兮"，"窦桂香"尝见于南宋诗人李昂英《秋试已近用韵勉儿辈》"岁当酉戍吾家旺，月府先教窦桂香"，尾联"所欲从心皆絜矩"一句则化用孔子"七十而从心所欲不逾矩"。《虞美人·为谢逸桥诗钞题词》："吉光片羽珍同璧，潇洒追秦七。好诗读到谢先生，另有一番天籁任纵横。　　五陵待客赊豪兴，挥金为革命。凭君纽带作桥梁，输送侨胞热血慨而慷。"1918年5月20日，因不满桂系军阀的排挤，孙中山辞去大元帅职。数日后，自广州往梅县，住松口铜琶村谢逸桥家，读其诗词集有感，遂填此词，盛赞谢逸桥的诗歌品质和他对革命的无私支持。谢逸桥 (1874-1926)，广东梅县人，华侨巨商，同盟会员。弱冠父死，笃志好学。时清政不纲，丧师失地，海内志士多倡言改革，逸桥感怀时事，隐然有澄清天下之志。1900年为响应武汉唐才常自立军，归乡倡办团防，为拔赵帜立汉帜之计。唐才常败死，乃东渡日本留学，加入同盟会。1907年参与潮州黄冈起义。失败后归乡，与姚雨平等组织体育传习所，取法陆军学校，日夜研习武事，为革命造就指挥人才。1908年3月，河口起义失败，孙中山旋至槟榔屿有所策划，馆于逸桥寓所。1910年新正广州新军起义失败，黄克强、赵声、何克夫拟假道缅甸入滇发难，逸桥以云南地僻，不足举大事，力阻其行，才改图广州。赵声力言广州举事，非有预备金十万元不可。逸桥慨任筹募，约以旬日集半数始定。南京国民政府成立，孙中山贻书招之，逸桥辞以亲老不赴。袁世凯称帝，逸桥积极讨袁。及帝制瓦解，遂息影家园，希言利禄。逸桥是党内可用之军事人才。秦七，即北宋词人秦少游，其词清新婉丽，苏轼谓之有屈、宋之才，王安石称其有鲍、谢之致。五陵，旧指豪门贵族聚居之地。　孙中山和黄兴《吊刘道一烈士》同作于1907年2月的《挽刘道一》，辞正调永，情真意挚，气魄恢宏，境界远大，均属彪炳史册之作。（注：参见毛翰：《民国历史上首脑人物们的诗》，《书屋》，2006年8月31日，qq首页＜新闻说吧＞文化博览）。

刘道一，字炳生，湖南湘潭人，1884 年生。由于受孙中山所领导的革命潮流及其兄刘揆一的影响，思想激进。尝读《汉书·朱虚侯传》，中有"非其种者，锄而去之"的句子，遂自号"锄非"，以推翻满清，恢复中华而自励。

1904 年 2 月，黄兴、刘揆一等组织的华兴会在长沙成立，道一参加。3 月，东渡日本留学，结识秋瑾等革命志士，组织反清秘密团体"十人会"。1905 年 8 月，同盟会在东京成立，道一入盟，被推任书记、干事等职。1906 年秋，道一和蔡绍南等被派回湖南，在湘赣边境联络会党，运动军队，准备武装起义。12 月 4 日，萍（乡）、醴（陵）、浏（阳）起义爆发。会党、防营兵士及矿工三万余人，揭竿而起，声势浩大，屡败清军。清政府急调湘、鄂、赣、苏等省驻军四、五万会剿，相持月余，起义失败。起义发动时，刘道一正在长沙作起事的最后部署，以便义军攻取长沙时，能使新军及防营开城响应。不幸他的活动为清政府侦知而遭逮捕，12 月 31 日，在长沙浏阳门外就义，年仅 22 岁。刘道一是留日学生中因反清革命被杀害的第一人，也是同盟会会员中为革命流血牺牲的第一人。刘道一牺牲后，其亲友遭株连者甚众。老父被捕，瘐死狱中；新妇亦遭缧绁之苦，殉情而死。

萍、浏、醴起义失败和刘道一牺牲的噩耗传到日本，留日同盟会员痛心疾首，纷纷请缨归国杀敌。黄兴哀痛欲绝，与其兄刘揆一相抱痛哭说："吾每计议革命，惟伊独能周详，且精通英语，辩才无碍，又为将来外交绝好人才，奈何即死于是役耶？"（参见刘揆一：《黄兴传记》）并写下了《吊刘道一烈士》诗；孙中山对刘道一的牺牲，也深为悲痛。他一生作诗不多，而《挽刘道一》一首，沉雄悲壮，令人瞩目。

刘道一墓在湖南长沙岳麓山清风峡右岸清风桥南。

黄兴《致谭人凤》缘起是：1911 年 9 月下旬，湖北同盟会推代表居正和杨玉如携同盟会中部总会函赴上海请黄克强（兴）、宋遁初（教仁）、谭石屏（人凤）来武汉主持起义。因黄兴远在香港，故派吕天民（志伊）、刘芷芬携函于 10 月 2 日抵达香港晤黄兴。次日，黄兴复函同盟会中部总会，赞成在武汉发动起义。其时，谭人凤是同盟会特派代表，奔走两湖，积极策动长江中、下游起义。"怀锥不遇粤途穷"，指当年农历三月二十九日广州黄花岗起义之失败。"露布飞传蜀道通"，其时四川保路风潮愈演愈烈，盛传成都为革命党人所得，故黄有是句。

宋教仁《哭铸三尽节黄花岗（二首）》是哀悼好友——黄花岗七十二烈士之一陈铸三的。辛亥（1911 年）年三月二十九日，黄花岗起义，福建牺牲的革命志士有 23 人。其中品学兼优的著名人物有 10 人，被称为"黄花岗烈士福建十杰"。陈铸三烈士（1888—1911），便是这"十杰"之一，是"十杰"中最年轻的。

陈铸三，名更新，铸三是他的字，又字耿星，福建侯官（今福州市）人。丁亥年十一月十二日生，"幼失怙恃，终鲜兄弟，依姐家。孤家独立，备历艰辛"。但他在少年时代就聪明过人，读书过目不忘，学冠群英，每试名列第一，为老师和友人所器重。

陈铸三生前工草书，善曲艺，尤长于诗词。所作均有感而发，意气纵横。1980 年 8 月，上海古籍出版社出版《近代诗一百首》，入选者均为近代名人，如林则徐、魏源、黄遵宪、严复、孙文等的名篇佳作，其中选收了陈铸三的《过洪王旧垒》一首：

事业都如宿雾消，行人到此怅停桡。
老天不忍销奇气，化作危峰与怒潮。

这是一首咏史诗，1911 年春初陈铸三去广西桂林访友时写的。洪王指太平天国天王洪秀全，旧垒：旧时的营垒。洪秀全最早以广西桂林紫金山区为根据地，此处山峦起伏，地形险要。洪秀全在这里举行著名的金田村起义。这首诗热情地颂扬了太平天国的光辉业绩，并表现出要继承未竟之业，坚持反清革命的壮志。

早在 1905 年，陈铸三在东京加入同盟会，结识中国民主革命家宋教仁（1882——1913），成为挚友，就时常作诗唱和而言志，可惜遗诗多散失。在桂林时曾作《偶题》二首，其中之一：

料峭春寒动酒悲，剧怜贫病过花时。
伤时愧此陈同甫，落魄何如杜牧之。

1911 年春，陈铸三接到陈与燊从香港来的密电，要他前往"共商大计"。陈铸三因身体有病，担心不能立即动身，心中感到十分惆怅，在病中填《南柯子》一阕：

长见阴霾重，难逢朗霁时。羁愁如醉复如痴，
闪闪灯光、犹恐鬼生疑。　　去日终难驻，前程
望可期。奋飞欲作病偏滋，可怜梦魂、犹自绕红旗。

这阕词，反映出当时疾病缠身的陈铸三急于参加起义的心情。

陈铸三，以"铸三"为字，是取义于《汉书》，"吾本布衣，提三尺，取天下"。遗诗有《偶题》第三联"末路知交三尺剑，满腔热血两行诗"，是同志们所称道的。以尺剑为知交，揭示了其字"铸三"，即"铸三尺，取天下"之意。"诗言志"，陈铸三烈士为革命而奋斗，不仅流露于诗和日常生活中，更表现在义无反顾地献出生命的行动上。

在1910年（庚戌）11月13日马来西亚槟榔屿会议（又称庇能会议）上，孙中山主张在广州起义，而以宋教仁为首的同盟会总部同志则主张在长江中、下游起义。会议最后决定在广州起义，长江中、下游组织配合。长江中、下游武装起义事宜由宋教仁及在上海的陈士英（其美）负责。1911年4月中旬，宋教仁受黄兴之邀，前往香港参加广州起义。到达香港后，任起义统筹部课长，负责起草各种布告文令。起义原定在农历四月初二，因叛徒告密，只好提前至农历三月二十九日发动。宋得黄电，于二十八日离港，二十九日抵达广州，但起义已提前发动，并已失败。或许宋教仁认为，事实已经为他们关于起义地点的辩论作出了结论。诗中"伤心汉室路难复"、"时势如斯感靡平"，反映他对革命前途和党内状况的忧虑。"恨未从军轻一掷"，饱含着不能与好友献身革命的无穷遗憾。（注：有关陈铸三资料引至陈松溪：《英烈风采》，见《福州晚报》1911年6月7日）

廖仲恺《留诀内子》作于1922年6月至8月被军阀陈炯明囚禁期间。1921年4月7日，国会非常会议参众两院联合会通过《中华民国政府组织大纲》，并选举孙中山为非常大总统，陈炯明为陆军部长，邓仲元为参谋长，陈绍宽为海军部长，伍廷芳为外交部部长，伍朝枢为外交部次长，唐绍仪为财政部长，廖仲恺为财政部次长，胡汉民为广东省省长，第二次在广州建立政权。当时孙中山的主要目标是进行北伐，统一全国。在平定广西，统一两广之后，设大本营于桂林，1922年2月3日，誓师北伐，并派参谋长邓仲元留守后方，廖仲恺管财政，筹措军饷。可是，留守广东的陈炯明却阳奉阴违，并和湖南督军赵恒惕结成反对孙中山的联盟，阻止北伐军假道湖南北进。孙中山被迫回师广东，改设大本营于韶关，随即分三路进攻江西。6月13日攻克赣州，北伐军势如破竹，直逼南昌。就在这紧要关头，陈炯明发动了叛变。陈炯明首先使人在广九车站暗杀了邓仲元。又于6月14日，给廖仲恺发一电报，请廖去惠州领款，并说"有事相商"。廖仲恺也想见见陈炯明，再做些挽救工作，于是赶往惠州，甫抵石龙，即被陈囚于石井兵工厂。陈炯明十分得意地说："这一次就把'孙大炮'的荷包给锁住了。"早在总统府成立时，陈炯明即声言："我不愿任何人骑在我的头上。"一杀一囚，斩断孙中山双臂之后，陈炯明于16日凌晨炮轰观音山总统府。孙中山见陈炯明公然要置自己于死地，当时悲愤得竟欲以身殉职。

陈炯明，原名捷，字赞三，又字竞存，广东海丰县人，出身望族。1898年中戊戌科秀才。在康梁维新运动影响下，办过学，组织过文社，鼓吹革新思想。1906年就读于广东法政学堂，并以成绩"优等"毕业。1909年2月，与乡中30余位青年宣誓缔盟，分头开始民族革命。同年，清政府宣布预备立宪，各省成立咨议局，被选为广东省咨议局议员，并被推参加各省咨议局代表上海联合会，乘机与沪上革命党人联络，始加入同盟会。1911年农历三月二十九日的广州起义，陈炯明担任统筹部编制课课长兼调度课副课长，又被确定负责率领一路敢死队进攻巡警教练所。因叛徒告密，黄兴决定提前起义，陈炯明坚决主张延期。最后逼得黄兴只好宣布：不同意的可以退出，陈竟偷跑出城，躲藏于同乡马亚弁的盐船里，当了可耻的逃兵。

为响应武昌起义，同盟会南方支部派陈炯明和邓仲元到东江组织民军起义。他们组织了一支叫"循军"的民军（取惠州为古循州之义），陈炯明任总司令，邓仲元为参谋长，于11月1日在惠州附近起义。群众革命热情高涨，旬日之内，参加民军者即达数千人。在同盟会员王和顺率领的拥有数千之众的另一支东江民军"惠军"的协同作战下，于11月9日攻取惠州。惠州守城湘军全部由陈收编。同日广州光复，胡汉民被推为广东都督，陈炯明为副都督。南京民国临时政府成立，胡汉民随孙中山北上，就任总统府秘书长。陈炯明代理都督，独揽广东军政大权，旋即把所属部队及反正新军扩编为两师一旅和一部分队团的正规军。掌握了军政大权后，陈便排除异己，用武力镇压了王和顺的"惠军"，强行解散光复广州的其他民军，枪决了老同盟会员、民团总局局长黄世仲和民军首领石锦泉，连为黄世仲鸣冤的广州《公言报》和《佗城独立报》主持人陈听香也被枪决！仅省城遭裁撤的民军即达9万余人。另外，以"绥靖"地方为名，对各地民军进行"剿办"和屠杀：围剿光复连阳的"复汉义军"，密使吴祥达在汕头以宴请当地民军首领为名，当场惨杀民军首领、同盟会员许雪秋、陈芸生、陈涌波等。又派人捕杀光复大埔有功的三合会首领温阿拱，等等。就连为革命建立了功勋的广东北伐军，在"南北议和"达成协议后，本拟调回广东高州、廉州一带驻防，也为陈所阻挠而中辍，不得已予以解散，仅保留炮兵一营调回广东，刚抵虎门，即被陈派人缴械，加以解散。但对清朝的爪牙、镇压革命的刽子手龙济光所统率的"济军"，则优礼有加，予以保留，并委龙为副绥靖经略。以后又让龙把这支军队带去广西梧州，以致"二次革命"时又打回广东来。陈炯明这种残杀同志、镇压民军的行径，使广东同盟会产生严重分裂。如被排挤的民军首领王和顺、关仁甫、杨万夫、廖竹彬等，聚集在港澳，拟组织"扶正同盟会"，拥孙中山胞兄孙寿屏（眉）为首领，以对抗陈炯明，为孙中山获悉并及时制止。1912 年 4 月 1 日，孙中山辞去临时大总统，偕胡汉民等返回广东，陈炯明隔天即避居香港。胡汉民在孙中山的支持下，复任广东都督。陈由朱执信等人劝返广州，任广东总绥靖经略，专司剿匪、裁兵及禁赌、禁会道门诸政。他由此对孙中山不满。1913 年 3 月 20 日，国民党代理理事长宋教仁被袁世凯派人暗杀于上海车站。孙中山旋即从日本赶回，说服黄兴等人同意举兵讨袁，并密电当时担任广东副都督、掌握兵权的陈炯明作好出兵准备。但陈以"内部不一致，实力还薄弱"为由，回电拖延。6 月 14 日袁世凯宣布撤销胡汉民的广东都督职，任命陈炯明继任广东都督。孙中山和黄兴主张乘此由陈举兵讨袁，但陈一直犹豫不决。待到袁世凯通过其秘书梁士诒转告陈炯明，3 天之内再不接任都督，则改派龙济光接任都督。陈无法拖延，乃于 7 月 8 日就任广东都督。但仍不敢宣布独立讨袁，致电孙中山："广东兵力单薄，不能首先发难。" 7 月 12 日，李烈钧在江西湖口宣布独立讨袁；7 月 15 日，黄兴在南京举兵讨袁；迟至 7 月 18 日，陈才被迫宣布广东独立讨袁。直至 1921 年 3 月 19 日与某议员谈话时，还不无后悔地说："癸丑之役，我本不欲轻于一掷，徒以党议关系，不得不尔，至今思之，犹有余痛。"1914 年 6 月 22 日，孙中山在日本东京改组国民党为中华革命党，继续举起讨袁的革命旗帜。陈炯明则身怀巨资，经商南洋，并组织政治小派别，反对孙中山。1915 年 12 月 13 日，袁世凯接受帝位。25 日蔡锷、唐继尧、李钧烈等在云南揭起了护国讨袁的旗帜，组成护国军，向川、湘、粤等地进军，各省纷纷响应。陈炯明见袁世凯大势已去，回到广东东江一带，组织民军，参加讨袁，但和孙中山的中华革命军在广东的讨袁活动，不相统属。1916 年 2、3 月间，陈炯明在惠州附近的马鞍成立广东共和军总司令部，自任总司令。6 月 6 日，袁世凯暴毙，黎元洪继任总统，段祺瑞任国务总理。陈向北洋军阀政府输诚，把军队交给中央，仅获得"定威将军"空头衔一个，非常失望。1917 年夏，陈炯明到了上海。其时北京政府因参战问题发生"府院之争"，黎元洪免去段祺瑞总理之职。继而督军团叛变，张勋复辟。段祺瑞一面唆使独军团逐黎下台，一面又"马厂誓师"，讨伐复辟，僭任国务总理，拥冯国璋为总统，拒绝召开国会和恢复约法。孙中山遂于 7 月 12 日率海军南下广东护法，两广宣布"暂行自主"。陈炯明四处碰壁，走投无路，又投到孙中山门下，向孙中山"认错"，表示"竭诚拥护"。孙中山不咎既往，邀之同行南下护法。8 月 25 日至 9 月 1 日，非常国会召开，通过《中华民国军政府大纲》，选举孙中山为中华民国军政府大元帅，唐继尧、陆荣廷为元帅。孙中山极想建立一支自己的陆军，时值北洋军阀从福建进攻潮汕。孙中山要广东省省长朱庆澜从省长亲军中拨出 20 个营由陈炯明率领"援闽"。朱庆澜表示同意，并委陈炯明为省长亲军司令。1917 年 12 月 2 日,孙中山以大元帅名义任命陈炯明为援闽粤军总司令,并派许崇智、邓仲元等人相助。陈率一万人屯驻粤东,徘徊不进。因受唐继尧、陆荣廷等军阀的排挤,孙中山于 1918 年 5 月 4 日辞去大元帅职,离穗赴沪,途中特地到陈炯明驻地视察,力劝其进攻。为了支持陈,孙中山三次抵押上海的房子,供应军需。在孙中山的严厉催促、全党人力物力支持下,陈才决心攻闽。经过 10 个月的奋战,终于占领了闽西南汀州、漳州、龙岩等地 20 多个县,建立了"闽南护法区"。1918 年 11 月,以徐世昌为总统的北洋政府与广东军政府停战,粤军乘机扩编整训,编成 2 个军。陈炯明为第一军军长,许崇智为第二军军长,邓仲元为总部参谋长。在孙中山的积极支持和廖仲恺、朱执信、邓仲元等人的具体协助下,陈炯明在漳州整军经武,"刷新政治",一时获得好评。孙中山力主粤军回粤,肃清盘踞广东的桂系军阀,建立广东革命根据地。1920 年 8 月 11 日,桂系通过军政府下令进攻福建粤军,陈炯明这才决心回师广东。10 月 22 日攻克广州,并迅速攻克广东全省。11 月 28 日,孙中山率唐绍仪、伍廷芳等抵达广州,重组护法军政府。此时,孙中山认识到,仅靠举起护法的旗帜,不能解决根本问题,必须建立正式政府,乃于 1921 年元旦,建议非常国会在广东选举正式政府。但广东军政大权操在陈炯明手里,他极力反对。在孙中山多方说服教育和别人斡旋疏通,才勉强同意孙中山就总统职。但连就职典礼也不参加。孙中山就任非常大总统之后,任命陈炯明为陆军部总长兼内务部总长。孙还连拉带劝,说服陈加入国民党,并任命他为国民党广东支部长。这样,连同广东省省长和粤军总司令,陈炯明一身兼有五个要职。但孙中山对称陈的忍让和抬举，并没有使他感到满足，反而更加飞扬跋扈，政治野心愈加膨胀，以致炮轰总统府，公然背叛孙中山。

在这种情势之下，廖仲恺此次被囚，凶多吉少。十天之后，何香凝找到陈炯明部下一个军官熊略，说动了他，允许去看廖仲恺。兵工厂戒备极为森严。廖仲恺被关在一个楼上，身上锁着三道铁链——手上一道，腰间一道，脚上一道，锁在一张铁床上。身上穿的还是十天前的夹衣，已经汗污得不成样子。正在这个时候，陈炯明的同宗兄弟陈达生在香港被人暗杀，据说原因是陈炯明囚禁了廖仲恺。陈炯明因此更要枪毙廖仲恺。当何第三次去看廖时，廖已知道陈要杀害他，所以就写了这首与妻子诀别的诗。

秋瑾《对酒》、《感怀》是她对国家民族的深情挚爱，对清朝统治者的刻骨仇恨，对献身革命的踔厉无前的坚强意志的充分体现。《绝命诗》应是《感怀》，字句略有不同："莽莽神州叹陆沉，救时无计愧偷生。拚沙有愿兴亡楚，博浪无椎击暴秦。……"（见《秋瑾集》，上海古籍出版社，1985 年 7 月第二次印刷。）秋瑾的绝命词是"秋雨秋风愁煞人"断句。此断句据光绪三十三年六月二十日（1907 年七月二十九日）清浙抚张曾敭复贵福电（见《大通学堂党案》、《浙江办理秋瑾革命全案》）录印。当时报刊所载皆作"秋雨秋风"，惟以后灿芝本作"秋风秋雨愁煞人"。据当时报载系清吏逼供时，秋瑾不语，书此七字作答。关于有无供词说法不一。秋瑾，浙江绍兴人，1875 年 11 月 8 日生于厦门。秋瑾出身官宦人家，自小在家塾中习读经史书，11 岁即学会作诗，又会骑马击剑。1890 年随父湖南，19 岁嫁与湘潭富家子弟王廷钧，甚为不适。1904

年4月，东渡日本留学，组织以反清为宗旨的"共爱会"和"十人会"，结识陶成章、徐锡麟，加入"光复会"。1905年秋，加入"同盟会"，被推为评议部评议员和同盟会浙省主人。1906年初回国。是年冬，光复会计划起兵响应刘道一等领导的浏（阳）、醴（陵）、萍（乡）起义，秋瑾负责联络浙江会党。1907年初，秋瑾接到徐锡麟手扎，主持绍兴大通学校校务，设立体育专修科，培养军事干部并领导浙江方面的起义。6月，约定安徽、浙江两地于7月19日同时发动。但浙江方面机密泄露，清政府大肆搜捕党人，徐锡麟乃于7月6日在安庆仓促起义。徐刺杀安徽巡抚恩铭。由于外地会党党人没有及时赶到，激战四小时，徐被俘，于安庆抚院门前慷慨就义。9日，秋瑾获知徐遇害的消息，估计清兵很快会来绍兴搜捕，有的主张立刻暴动，有的主张按确定起义日期不变，7月13日上午，王金发来见秋瑾，告知金华、兰溪、处州、嵊县等地起义失败，劝秋瑾迅速离开绍兴，向安全地方撤退。秋瑾已抱定了为革命牺牲的决心，对王金发说："我个人出走，对不起革命事业，对不起大家。我决定留下，和敌人一拼。"下午，清兵包围大通学校，秋瑾率学生抵抗。相持近一小时，击毙击伤清兵多人，牺牲学生两人。清兵冲进秋瑾卧室，夺下她的手枪，将其逮捕。同时捕去的还有程毅等六人。当晚，绍兴知府贵福遵照浙江巡抚张曾敭电示会同山阴县令李宗岳升堂审问，秋瑾一语未答。贵福说："你的演说稿、日记一律称本朝为'满贼'，叛逆证据确凿，难道还有什么狡辩的？"秋瑾听到这里，轻蔑地答道："你们既然已经知道我是革命党，何必多问。浙江的革命党就是秋瑾一人。其余的事，我全不知道。要杀要剐，一切听便！"秋瑾的父亲同贵福同过事。利用这个关系，秋瑾和贵福有些往来，贵福不敢深问，便令李宗岳主审此案。李审不出口供，又改派刑名师爷余某代审。余某百般用刑，秋瑾不为所屈。最后又逼秋瑾写供词，秋瑾提笔写下"秋雨秋风愁煞人"七个字。贵福一怕光复军劫狱，二怕把秋瑾解到省城牵连自己，便急忙呈报浙江巡抚，于 1907 年 7 月 15 日将秋瑾杀害于绍兴轩亭口，年仅 33 岁。秋瑾是中国资产阶级民主革命的杰出战士，集才、慧、侠、烈于一身，平生忼爽明决，意气自雄；为诗为文，奇警雄健，尤好剑侠，慕朱家、郭解为人。丰貌英美，娴于辞令；高谈雄辩，惊其座人。理想深邃，抱负宏大，斗志高昂，为诗境界广阔；为词非不能作婉丽凄清之调，其情韵才思绝不少弱于惯写柔情密致之男士，然其英毅决绝、雄迈高视，为苏、辛之后真正的铁琶铜琶。

蔡锷"绝壁荒山二月寒"诗，原题为《军中杂诗》，共两首，写于 1916 年 2 月率领护国军入川攻打泸州、叙州军营中。第一首是："蜀道崎岖也可行，人心奸险最难平。挥刀杀贼男儿事，指日观兵白帝城。"1915 年，袁世凯酝酿称帝。8 月，蔡锷秘密到天津和梁启超商议讨袁计划。11 月用计离开北京，12 月 19 日到达昆明，随即趋访云南都督唐继尧，说："我已到此，只有两个办法，不是你从我，就是我从你。如要我从你，你可将我头断下送交袁世凯，你可得一个公爵或一个亲王头衔。如你能从我，我两人一个坐镇滇中，一个率师入川作战。两事你任择其一可也。"盖其时唐继尧尚未下反袁的决心。蔡锷和唐继尧颇有渊源。辛亥革命前，云贵总督李经羲调蔡锷到云南任陆军第 19 镇 3 协协统，唐继尧任第 73 标第 3 营管带。蔡唐为先后留日士官生，蔡对唐颇为关切。

武昌起义，云南光复，军政府成立，公推蔡锷为云南都督，李根源任军政部长，唐继尧任次长。时贵州亦已反正，但内部自治派和宪政派争权，局势混乱，宪政派乞师云南，蔡锷遂派唐继尧为北伐军司令官，率部入黔，此唐后为贵州都督之前因。蔡颇受部下挟制，思任湖南都督。袁世凯佯示同意，授意蔡锷：离开云南，即发表湖南都督。蔡信以为真，濒行，保唐继尧为云南都督。蔡锷北上，袁世凯遽尔特任汤芗铭为湖南都督，蔡进退两难，只好北上，被委以虚职，实则被软禁起来。待蔡锷脱险来滇，唐曾有电请示袁世凯如何办理。闻唐曾密饬阿迷（即开远）州知事张一琨设计谋刺，因拥护恭迎者太多，未敢下手。滇中各级军官大多赞成蔡的主张，唐见势不佳，表示自愿坐镇滇中，由蔡率师入川，乃于1915年12月25日通电宣布独立，反对洪宪帝制，举蔡锷为护国军总司令。当部署就绪，只待出发，而唐继尧百计推延故为阻滞。前已指定出发的督署军队数团，不允开动。蔡不顾一切，毅然率少数部队出发，而唐随即自由变更护国军组织，以蔡为护国第一军总司令，以李烈和为第二军总司令，均归唐节制指挥。蔡锷率部进攻叙州、泸州，一举攻克叙州。攻泸战役，不利，退至纳溪，蔡率后续部队赶到，与北军鏖战40余日，战事至为激烈。蔡督察前线，为敌侦知，集中炮火射击，蔡伏水田得免。此役，滇军抗击三倍之敌，弹尽粮绝，电促唐继尧从速补充，唐始终未予补充，虽叠电催促，均置不理。唐闻滇军在纳溪继叙城退却，遂复与袁世凯勾结，拟定投降办法。北军兵力极厚，饷弹充足，蔡知难以力取，遂决计暂退大州驿，弹中司令座右，蔡镇静不动。大州驿地方虽小，而山势险恶异常，滇军士气甚壮，故能迭次夜袭，用刺刀、大刀杀毙北军不下二、三千人。《军中杂诗》二首，以唐继尧之行为印证"人心奸险"及对荒山"峰尖如刀月如丸"的描写，应是写在这个时候。

吴禄贞《临终遗诗》应是别人对吴禄贞的悼诗。国家图书馆藏有后人编的吴禄贞诗集《吴烈士遗诗》，由《西征草》和《戍延草》两部分组成。《西征草》是吴禄贞1905年8月实授（北京）练兵处军学司训练科马队监督（科长），受人刁难，无法开展工作，经军机处准许去西北等省视察边防情况时写下的诗。因沿途向陕西布政使樊增祥、陕甘总督升允指斥时弊，宣传改革弊政，且意颇轻其老朽，被升允扣押起来，诬其冒充钦差，沿途需索供应，要求绳之以法。经陆军部尚书铁良向慈禧太后奏明情况，朝廷指令升允放人，吴禄贞于1906年末才回到北京。《戍延草》是吴禄贞于1907年7月至1910年2月随新任东三省总督徐世昌到东北担任吉林边务帮办、吉林边务督办时写下的诗作。吴禄贞虽是军人，但出身书香门第，曾祖父吴鼎元是道光庚戌年（1850年）进士，祖父吴道亨是个优贡，父亲吴利彬是个名秀才，因之诗文颇有根底。其诗雄直悍快，悲歌慷慨，俏其为人。如《西征草·宿陕州观音堂步题壁原韵》："不畏风尘苦，生涯伴马骒。十年心血罄，万里足蹤多。汉時瞻云气，秋风发浩歌。西来边事急，前路竟如何？"又如《戍延草·大地河山待鼓铸》："筹边我亦起高楼，极目星关次第收。万里请缨歌出塞，十年磨剑笑封侯。鸿沟浪静金瓯固，雁碛风高铁骑愁。西望白山云气渺，图们江水自悠悠。"这是吴禄贞奉命到延吉帮办边务、建成戍边楼时写下的一首诗。

吴禄贞不是病死，也不是被囚被杀而牺牲，他是被人突然暗杀的，没留下《临终遗诗》。1903年12月，清政府调吴禄贞到练兵处任职时，吴禄贞并不想去，认为无异于助敌以力，资盗以粮。但同志都说："不若乘机进用，揽北方兵柄，伺隙而动。"黄兴说："北京地位重要，势在必争，机不可失。"希望将来与他"南北呼应，共成大业。"1910 年 2 月 17 日延吉边务公署撤销，调回北京，补授镶红旗蒙古副都统，属正二品，并派往德、法两国阅操，同年冬回国。不久，与同志李书城定计，花白银二万两，贿通庆亲王奕劻，于同年 12 月 23 日得授第 6 镇统制，驻防保定。1911 年 10 月上旬，三年一度的秋操，在河北永平府（今卢龙）举行。西路军为禁卫军，东路军为一、四、六、二十各镇及第二混成协，内定西路军战胜东路军。吴禄贞精神大振，随即与倾向革命的第二十镇镇统张绍曾，第二混成协协统蓝天蔚秘密联络，共同商定，相期起义，先消灭禁卫军，然后乘胜入京，一举推翻清朝统治。正在这时，武昌起义爆发，清政府即令秋操各军，回原防地待命。张绍曾拒绝执行命令，仍扎营滦州，按兵不动，伺机起义。清政府先派海军大臣载洵前往滦州进行"疏解"，遭张严词拒绝。继派吴禄贞赶往滦州，再度"劝导"。吴一到滦州，马上召集将士，鼓动他们说："荫昌倾北京兵南征武昌，诸君倘偕我倒戈，掩北京不备，可无血刃而定。然后绥靖士民，易置帝政，而传檄东南，释甲寝兵，天下事大定矣，奚以立宪为！"次约定：第二十镇为第一军，从滦州西进；第六镇由保定北上，形成两路夹击之势；第二混成协留守后方，进行策应，一鼓作气，打下北京。但吴禄贞雄豪而时失粗疏，把来滦州打算发动兵变的意图一五一十地告诉了同行的援军咨府第三厅厅长陈其采。因陈是第一期日本士官生，自己的同学，陈其美的胞兄，其美是孙中山最信得过的同盟会骨干。讵料这个"革命党"竟是清政府的奸细，他乘人不备，溜回北京，向清政府告密。清政府立即下令将停放在滦州火车站的全部车皮开回北京，防吴运兵。10月29日，山西起义军打死巡抚陆钟琦，公举原新军第八十六标标统阎锡山为都督，在太原建立起革命军政府。清政府惊慌之余，急令吴部二十协进攻太原。吴禄贞星夜赶回石家庄。吴首令二十协停止前进，署理协统吴鸿昌即刻回石家庄参加军事会议，次则向清政府谎报：已派部队向固关、娘子关攻击；三则谎称两路进攻，颇获胜利，已见输诚，倾已下令停止进攻，并即单骑赴娘子关抚慰。10月31日，吴派副官周维桢持函前往娘子关与阎锡山商组燕晋联军事宜。吴在信中说："公不崇朝而据有太原，可谓雄矣。然大局所关，尤在娘子关外。"又说："革命之主要障碍为袁世凯，欲完成革命，必须阻袁入京。若袁入京，无论忠清与自谋，均不利于革命。望公以麾下晋军东开石家庄，共组燕晋联军，合力阻袁北上。"清政府于吴鸿昌的密报中，知吴禄贞奏报不实，但只能虚与委蛇，乃于11月4日任命吴禄贞为署理山西巡抚，希望吴禄贞与阎锡山火拼起来。吴禄贞则阳为接受，阴实拒之。当日，吴禄贞去娘子关与阎锡山会谈。吴首先声明："清室授我为山西巡抚，这是一种笼络手段，决不就任。"又说："我是老革命党，……怀疑我想做山西巡抚，你太小看我了。"阎锡山疑心顿消，拥护吴禄贞为燕晋联军大都督。吴回北京，立即拟定三路大军南阻袁世凯归路，北捣清政府老巢的作战计划。11月5、6两日，两营山西义军开到石家庄。袁世凯获悉吴禄贞的情报后，决心除掉他。11月5日，被吴禄贞撤职的原十二协协统周符麟和军咨府第三厅厅长陈其采窜到石家庄，串通一些对吴禄贞心怀不满的军官，秘密商议，用二万元收买了吴的亲信骑兵营营长马步周。11月7日凌晨一点半，吴禄作为在临时司令部的车站站长室内，独自伏案批阅机密文件，马步周带领几个人闯进室内，高呼："听说统制升任山西巡抚，特来向大帅贺喜。"说罢，双腿打恭下去，猛然拔出手枪，向吴禄贞乱射。吴禄贞骤不及防，胸中数枪，被扑击而亡。马步周割下吴的首级，向周符麟邀功请赏。吴为袁世凯杀害，"身首异处，死事至惨"，年仅32岁。1912年南京临时政府成立，孙中山下令以大将军例赐恤：追悼会上，亲撰祭文，中有"荆山楚水，磅礴精英，代有伟人，振我汉声"之句。1913月11月7日，建"故燕晋联军大将军绥卿吴公之墓"于石家庄，中华人民共和国成立后，将其列为重点文物加以保护，以示对共和先驱的追念。吴禄贞突然被暗杀，不可能留下《临终遗诗》。

2011 年 8 月 14 日

（原载《中华诗词》2011 年第 10 期）

广西民歌手诗词创作研讨会论文

明歌的启示

我们常说唐诗、宋词、元曲,其实还有明歌,明代的民歌。对于明歌,当代人知之不详,甚至完全不知道。我本人知道明歌也是很晚的事。最近,拜读了周玉波先生的《明代民歌研究》一书,觉得值得向在座的诗友推介,并交流一点感想。

周玉波先生的《明代民歌研究》是一本材料翔实丰富、论述缜密警拔、煌煌三十五万字的高水准的学术著作,由凤凰出版传媒集团凤凰出版社出版。我这里重点推介下列三方面的内容:

(一)明歌的评价

我们首先看到的是陈宏绪惊世骇俗的论说。陈宏绪在《寒夜录》中引卓珂月的话说:"我明诗让唐,词让宋,曲让元,庶几《吴歌》、《挂枝儿》、《罗江怨》、《打枣竿》、《银纽丝》之类,为我明一绝耳。"第一次把明歌置于与唐诗、宋词、元曲相同的地位。

接着是明歌举世传诵、令人骇叹的盛况。沈德符《万历野获编》卷二十五之《时尚小令》云:"自宣(德)、正(统)至成(化)、弘(治)后,中原又行《锁南枝》、《傍妆台》、《山坡羊》之属,李崆峒先生初自庆阳徙居汴梁,闻之以为可继《国风》之后,何大复继至,亦酷爱之。今所传《泥捏人》及《鞋打卦》、《熬髹髻》三阕,为三牌名之冠,故不虚也。自兹以后,又有《耍孩儿》、《驻云飞》、《醉太平》诸曲,然不如三曲之盛。嘉(靖)、隆(庆)间乃兴《闹五更》、《寄生草》、《罗江怨》、《哭皇天》、《干荷叶》、《粉红莲》、《桐城歌》、《银纽丝》之属，自两淮以至江南，渐与词曲相远，不过写淫媟情态，略具抑扬而已。比年以来，又有《打枣竿》、《挂枝儿》二曲，其腔调约略相似，则不问南北，不问男女，不问老幼良贱，人人习之，亦人人喜听之，以至刊布成帙，举世传诵，沁人心腑。其谱不知从何来，真可骇叹。又《山坡羊》者，李、何二公所喜，今南北俱有此名，但北方惟盛爱《数落山坡羊》，其曲自宣、大、辽东三镇传来，今京师妓女，惯以此充弦索北调，其语秽亵鄙浅，并桑濮之音亦离去已远，而羁人游婿，嗜之独深，丙夜开樽，争先招致。而教坊所隶筝篆等色，及九宫十二，则皆不知为何物矣。俗乐中之雅乐，尚不知谐里耳如此，况真雅乐乎？"

再次就是明、清及近现代人的评价。李梦阳则反复申说自己"真诗在民间"的主张。他在《郭公谣》的《附记》中说："李子曰：世尝谓删后无诗，无者谓雅耳，风自谣口出，孰得而无之哉？今录其民谣一篇，使人知真诗果在民间。于乎，非子期孰知洋洋峨峨哉！"（《空同集》卷六）

李开先为"嘉靖八才子"之一，早年复古复雅，四十岁时因得罪夏言、严嵩而罢官还乡，接触流行的民歌，"顿然觉悟"而转向神往世俗情趣。他在《市井艳词序》中说："（市井艳词）语意则直出肺肝，不加雕刻，俱男女相与之情，虽君臣友朋，亦多托此，以其情尤足感人也。故风出谣口，真诗只在民间。"（《李开先集·闲居集》之六）

袁宏道云："吾谓今之诗文不传矣。其万一传者，或今间阎妇人孺子所唱《劈破玉》、《打草竿》（即《打枣竿》）之类，犹是无闻无识真人所作，故多真声，不效颦于汉魏，不学步于盛唐，任性而发，尚能通于人之喜怒哀乐嗜好情欲，是可喜也。"（《袁宏道集笺校》卷四《叙小修诗》）又在《答李子髯》诗中说："当代无文字，闾巷有真诗。却沽一壶酒，携君听竹枝。"（《袁宏道集笺校》卷二）

胡适《元人的曲子》云："明代的小曲，也是最有价值的文学，不幸是没有人留意到它们。"（《读书杂志》第4期，1922年）

郑振铎《中国俗文学史》列有《明代的民歌》专章，认为"民间的作品却仍是活人口上的东西，仍是活跳跳的生气勃勃的东西"，刺激文人学士们不断"向民间来汲取新的材料、新的灵感"，并且"得到了很大的成功"。（郑振铎《中国俗文学史》下册第259页，上海书店1984年影印本）。

梁乙真《元明散曲小史》云："王氏（骥德）不独能将小曲的价值说出，且由此可知小曲亦是由北而南来的。沈德符和王骥德二氏皆云小曲可继《国风》，可谓自有卓识。至冯梦龙谱《挂枝儿》为《一江风》，则是以小曲与宋词、元曲等视，小曲至此地位乃益崇高了。"（梁乙真《元明散曲小史》第69页，商务印书馆1934年版）

刘大杰《中国文学发展史·明代的散曲与民歌》云："旧曲既与民间隔离，民间自有其歌辞，自己创造，自己歌唱，那就是当代流行的称为杂曲俗曲的民歌。这些民歌虽没有旧曲那么文雅蕴藉，音律也没有那么谨严，但它们是通俗的、有生命的、新鲜的、大众喜爱的歌曲。"（刘大杰《中国文学发展史》下卷1096页，上海古籍出版社出版）

李昌集《中国古代散曲史》云："明代小曲的风行，对晚明文学有着重要的影响。其最直接的一面，是小曲向文人散曲输入了一股新鲜的气息，并使明代曲坛产生了'文人小曲'之一流。从更广泛的角度说，小曲对当时的整个文坛都有不同程度的影响"。（**李昌集《中国古代散曲史》第 407 页，华东师范大学出版社 1991 年版**）

（二）明歌的内容

说明歌好话的还真的不少。那么，下面我们就来看看《明代民歌研究》一书所揭示的明歌的"庐山真面目"：

李开先《词谑》所记当时中原地区（**汴省**）是处可闻的《泥捏人》：

傻酸（**一作"俊"**）角我的哥，和块黄泥儿捏咱两个。捏一个儿你，捏一个儿我。捏的来一似活托（**脱**），捏的来同床上歌卧。将泥人儿摔碎，着水儿重和过，再捏一个你，再捏一个我。哥哥身上也有妹妹，妹妹身上也有哥哥。

北风南渐，天下同其声气，吴地民歌中也有《泥捏人》同调，如《挂枝儿·想部》卷三之《牵挂》：

我好似水底鱼随波游戏，你好似钓鱼人巧弄心机。钓钩儿放着些甜滋味，一时间吞下了，到如今吐又迟。牵挂在心头也，放又放不下你。

冯梦龙编《童痴一弄·挂枝儿》中的《枕》：

绣枕儿，整夜里和他作伴，并着头，对着脸，偎着香肩。相思血泪都流遍，成双欢共寝，寂寞恨孤眠。诉不尽离情也，梦里多辗转。

当时中原地区极为流行的《山坡羊》：

你性情儿随风倒舵，你见识儿指山卖磨。这几日无一个踪影，你在谁价家里把牙儿磕。进门来床儿前快与我双膝儿跪着，免的我下去采你的耳朵。动一动就叫你死，挪一挪惹下个天来大祸。你好似负桂英王魁也，更在王魁头上垒一个儿窝。哥哥，一心里爱他，一心里爱我。婆婆，一头儿放水，一头儿放火。

南北民歌合流，沈德符所谓风行一时的《闹五更》：

一更里，教奴泪满腮，我好伤怀，呀！我好伤怀。斜倚帷屏呆答孩，手托腮，盼多才，不见他来，呀！不见他来。痴心只恐他忘旧，我好疑猜，呀！我好疑猜。想是冤家恋章台，恋花街，伴裙钗，把奴丢开，呀！把奴丢开。

二更里，教奴泪不干，我好伤惭，呀！我好伤惭。领着梅香出绣房，后花园，烧夜香，哀告穹苍，呀！哀告穹苍。惟愿鸳鸯事早全，呀！绣幕红牵，呀！绣幕红牵。画堂春尽鼓声喧，两团圆，一处眠，早结良缘，呀！早结良缘。

三更里，奴家睡正浓，梦见多情，呀！梦见多情。梦见与奴同衾枕，喜欣欣，笑吟吟，云雨交情，呀！云雨交情。晚风吹得窗棂晚，铁马叮当，呀！铁马叮当。惊醒南柯梦不成，奴伤情，被卧空，依旧孤零，呀！依旧孤零。

四更里，教奴睡不着，踏破鲛绡，呀！踏破鲛绡。忽见楼头月儿高，晚风峭，海棠梢，花影风摇，呀！花影风摇。痴心疑是情人到，出户忙瞧，呀！出户忙瞧。可意人儿不见了，好心焦，泪珠抛，泪雨滔滔，呀！泪雨滔滔。

五更里，教奴泪珠倾，我好伤情，呀！我好伤情。斜倚帏屏盼多情，想情人，不见踪，我好惊心，呀！我好惊心。冤家那里贪欢乐？别奴孤零，呀！别奴孤零。手摽胸膛自揣扪，想情人，放哀声，哭到天明，呀！哭到天明。

袁宏道赞不绝口的《劈破玉》：

为冤家鬼病恹恹瘦，为冤家脸儿常带忧愁。相逢扯住乖亲手，牡丹花下死，做鬼也风流，就死在黄泉死在黄泉，乖，不放你的手，不放你的手。（《怨》）

为冤家懒去巧打扮，这几日茶饭少手脚酸。恹恹害病无聊赖，金簪懒去插，罗裙懒去穿。斜插着牙梳插着牙梳，乖，天光想到晚，天光想到晚。（《病》）

与《挂枝儿》风格相近、不同凡响的《弋阳童声歌》：

郎唱山歌唱得新，姐在房中不作声。悄悄听他唱什么，唱来唱去奴动心。好难禁，我的亲，几时鸾凤得和鸣？

《新增南京时曲》，带有明显的文人散曲的特征：

相思病渐缠，新年又一年。添愁送恼莺和燕，想着他眉清目朗似神仙。仿佛云烟，花阴月影栏杆转。心儿也是偏，情儿也是偏，别人见了偏不愿。

写离情的民歌，几乎全是精品：

纱窗外，月正收，送别情郎上玉舟。双双携手叮咛嘱，嘱咐你早早回头。热碌碌难舍难丢，难丢难舍心肝肉。旱路儿去，早早投宿，水路儿去，少坐舡头。夜风吹了无人顾，那时节，郎在京都，小妹子独守秦楼，相思两下难禁受。（《罗江怨歌》）

一重山两重山，阻隔着关山迢递。恨不得来看你，空想着佳期。默地里思一回，想一会，要写封情书捎寄。刚才的放上一只桌儿，铺上一张纸儿，磨了一池墨儿，提起一支笔儿，正写着衷肠，泪珠儿滴湿了纸。（**《新增急催玉歌》**）

表达欢娱之情的篇什：

我做的梦儿，倒也做得好笑。梦见你与别人调，醒来时依旧在我怀中抱。也是我心儿里丢不下，待与你抱紧了睡一睡着。只莫要醒时在我身边也，梦儿里又去了。（**《做梦》**）

感深恩，无报答，只得祈天求地。愿只愿我二人相交得到底，同行同坐不厮离。日里同茶饭，夜间同枕席。死便同死也，与你地下同做鬼。（**《感恩》**）

俏冤家，才上床，缠我怎地？听见说，你一向惯缠别的，怕缠来缠去没些主意。今夜假温存，缠着我，日久真恩爱，去又缠谁？冤家，你若再去缠人也，我也把别人缠个死。（**《沉醉春风·挂枝儿》**）

梦儿里梦见冤家到，梦儿里把手搂抱着。梦儿里把乖亲叫，梦儿里成凤友，梦儿里鸾配交，梦儿里交欢也，梦儿里又交了。（**《挂枝儿》**）

俏冤家，你想我今朝来到。喜滋滋，连衣儿搂抱着腰。浑身上下

都堆俏，搂一搂愁便解，抱一抱闷也消。纵不得与你通宵也，一霎也是好。（《一片情·挂枝儿》）

要丢开，我与你丢开了罢。你无情，你无义，又相处做什么。说相思，话相思，都是闲话。今朝你向我，明日又向他，好似驿递里的铺陈也，赶脚下儿的马。（《杂情》）

想当初，这往来，也是两相情愿，又不是红拂妓私奔到你跟前，又不曾央媒人将你来说骗。你要走也得由你，你若不要走，就今日起你就莫来缠。似雨落在江心也，那希图你这一点。（《不希罕》）

娇滴滴玉人儿，我十分在意，恨不得一碗水吞你在肚里。日日想，日日挨，终须不济。大着胆，上前亲个嘴，谢天谢地，她也不推辞。早知你不推辞也，何待今日方如此。（《挂枝儿·私部·调情》）

俏冤家，口应心不应。想当初说话儿，水里点灯。到如今，闪得干干净。欲待要开言骂，难舍我旧恩情。说在我舌尖上（重），乖，忍上又加忍。

临行时，不用你重嘱咐，再来的人儿难得见奴。王孙公子无心顾，若要奴心变，石烂与江枯。送旧迎新（重），乖，除非是第二世。

俏冤家，情性儿生得傲，见人来，神身不动，好似木雕，装模作样把嘴儿翘。落在烟花巷，纵好也不高。有什么名声（重），乖，你要与万人搞。（《新增杂调北腔》）

挑战世俗之作：

小尼姑猛想起把偏衫撇下，正青春年纪小，出什么家。守空门便是活地狱，难禁难架。不如蓄好了青丝发，嫁个俏冤家。念什么经文也，佛，守什么的寡。（《挂枝儿·杂部·小尼姑》）

小和尚就把女菩萨来叫，你孤单，我独自，两下难熬。难道是有了华盖星便没有红鸾照，禅床做合欢帐，佛面前把花烛烧。做一对不结发的夫妻也，和你光头直到老。（《挂枝儿·杂部·小和尚》）

老和尚得病在床上坐，叫一声徒弟们我的哥哥，这几日不见小官儿过。私窝子要钱多，大姐又招祸。快寻个尼姑，快寻个尼姑，搭救搭救我。（《乐府万象新·新增京省倒挂真儿》）

放荡恣肆、纵欲宣淫的《巫梦缘·挂枝儿》：

小学生把小女儿低低的叫，你有阴，我有阳，恰好相交。难道年纪小，就没有红鸾照？姐姐，你还不知道，知道了定难熬。做一对不结发的夫妻，也团圆直到老。

俏冤家扯奴在窗儿外，一口儿咬住奴粉腮，双手就解香罗带。哥哥等一等，只怕有人来。再一会无人也，裤带儿随你解。

又：

傻亲亲，奴爱你风情俏，动我心，遂我意，才与你相交。谁知你胆大就是活强盗，不管好和歹，进门就搂抱着。撞见个人儿来也，亲亲，教奴怎么好。（《挂枝儿·私部》）

离情别绪的精湛之作：

送情人，直送到门儿外，千叮咛万嘱咐，早早回来。你晓得我家中并没个亲人在，我身子又有病，腹内又有了胎，就是要吃些酸咸也，那一个与我买。（《挂枝儿·别部·送别》）

送情人，直送到丹阳路，你也哭，我也哭，赶脚的也来哭。赶脚的你哭是因何故？道是去的不肯去，哭的只管哭，你两下里调情也，我的驴儿受了苦。（《挂枝儿·别部·送别》）

论者都认为，情爱是明代民歌最为重要的内容。冯梦龙在《山歌》中下一断语："皆私情谱也"。郑振铎在《跋〈山歌〉》中认为："也只有咏歌'私情'的篇什写得最好"。

以上所录，可见一斑。

当然，明代民歌的内容是很广泛的，上关世道盛衰，政事兴废，下涉里巷琐故，帷阃秘闻；大而山河日月，细及柴米油盐，美则名姝胜境，丑有恶疾畸形，几乎无所不包。只是周玉波先生说《明代民歌研究》重在对其极有价值部分——情爱民歌的整理、发掘和研究，所以，反映别的题材的篇什引用不多，但还是引录了不少：

痴心的，悔当初错将你嫁，却原来整夜里搂着个小官家。毒手儿重重地打你一下，他有的我也有，我有的强似他。你再枉费些精神也，我凭你两路儿都不得下马。（《男风》）

倾银的分明是活强盗，他恨不得一火筒夺去了你的银包。你如何不识机落他圈套，他把炭火儿簇一会，瓦盖儿揭几遭，撒上一把硝儿也，把银子儿偷去了。（《挂枝儿·杂部·银匠》）

手艺人其实有些妙，幼而学壮而行手段精高，白首能赚钱和钞。不用爷娘本，安分过一生，无忧无虑，无忧无虑，谁不道你好。（《摘锦奇音·劈破玉·工》）

做生涯委实真堪羡，走燕齐经楚粤，天南地北都游遍。江湖随浪荡，万贯在腰缠，四海为家，四海为家，到处堪消遣。（《摘锦奇音·劈破玉·商》）

小大姐模样儿生得尽妙，也聪明，也伶俐，可恨在装乔，一时喜怒人难料。一时甜如蜜，一时辣似椒，没定准的冤家也，看你者到何时了。（《挂枝儿·谑部·者妓》）

讽刺批判僧尼：

天上星多月弗多，和尚在门前唱山歌。道人问道："师父那里能快活？我受子头发讨家婆。"（《山歌·和尚》）

男女关系上的朝秦暮楚、见异思迁：

俏冤家，我待你自知道，为甚的信搬唆去跳槽？你若要去跳槽，我就把绳来吊。你死我也死，同过奈何桥。五百年回阳（重），乖，还要和你好。（《新锲精选古今乐府滚调新词玉树英·新增劈破玉·死》）

你风流，我俊雅，和你同年少。两情深，罚下愿，再不去跳槽。恨冤家瞒了我去偷情别调。一般滋味有什么好。新相交难道便胜了旧相交。扁担儿的塌来也，只教你两头儿都脱了。（冯梦龙辑《挂枝儿·隙部》）

送情人送到城隍庙，手拈香口发咒不再去嫖。从今不敢把槽儿跳。小鬼拿住你，神灵定不饶。剜骨熬油杵儿来舂捣。（《万曲长春》卷五）

俏冤家性情儿，我就拿你不定，瞒着我背地里，两下去偷情。缘何口应心不应？欲待打你又下不得手，骂你我又先自疼。我为你一团恼气在心中也，只得在心中暗自去忍。（《挂枝儿·隙部·醋》）

旧人儿说我和新人厚，新人儿叫我把旧人儿丢。你两个都是我心肝肉，新人我不舍，旧人我不丢，一个愿天长，一个愿地久。（《**乐府万象新·新增京省倒挂真儿歌**》）

咏物的民歌很有特色：

我与你月月红，寻欢寻乐；我与你夜夜合，休负良宵；我与你老少年，休使他人含笑。休为十姊妹，使我美人焦。便做道你使尽金钱也，情愿与你唱杨花直到老。（《**挂枝儿·咏部·花名**》）

李桃儿，两眼双垂泪。樱桃口，骂一声你是薄幸贼。你是薄幸贼，吃橄榄竟不想回头味。学水梨心肠冷，我莲心苦自知。你做了十榇九空似这样虚头也，恨不得胡桃般就打碎了你。（《**挂枝儿·咏部·果**》）

还有《叶》《杨花》《化蝶》《荷》《粽子》《桃子》《甘蔗》《藕》《瓜子》《橄榄》等。

揭露社会黑暗、讽刺世风衰败的，如：《山人》揭露了封建阶级帮闲文人的丑态；《门子》描写了官署爪牙的贪婪；《当铺》刻画了典当商人的剥削本质。还有《鸨儿》《子弟》《小官人》《假纱帽》均是讽刺批判世风之作。这些均收在《挂枝儿·谑部》。

以上可以看出，明代民歌内容极其丰富，其触角已延伸至社会的各个角落。

（三）明歌文献

周玉波先生指出：除了冯梦龙的《山歌》、《挂枝儿》、陈所闻的《南宫词纪》、李开先的《市井艳词》外，明歌的专集尚少见到，它们大多保存在各种戏曲选集中。经过爬梳，周先生对嘉靖、万历年间收录民歌较多、影响较大的文献勾画如下：

① 风月锦囊；

② 大明天下春（全称为《精镌汇编杂乐府心声雅调大明天下春》）；

③ 词林一枝（全称为《新刻京板青阳时调词林一枝》）；

④ 八能奏锦（全称为《鼎雕昆池新调乐府八能奏锦》）；

⑤ 乐府万象新（全称为《梨园汇选古今传奇滚调新词乐府万象新》）；

⑥ 乐府玉树英（全称为《新锲精选古今乐府滚调新词玉树英》）；

⑦ 徽池雅调（全称为《精选天下时尚南北徽池雅调》）；

⑧ 玉谷新簧；

⑨ 摘锦奇音（全称为《新刊徽板盒像滚调乐府官腔摘锦奇音》）；

⑩ 大明春（全称为《鼎锲徽池雅调南北官腔乐府点板曲响大明春》）。

总计现存明代民歌约 2000 首左右。

通过研读周玉波先生的《明代民歌研究》，我似获得如下启示：

（一）要具有文学通变的眼识。

论文学通变，王国维有一段名言，大家并不陌生："凡一代有一代之文学，楚之骚，汉之赋，六朝之骈语，唐之诗，宋之词，元之曲，皆所谓一代之文学，而后世莫能继焉者也，独元人之曲，为时既近，托体稍卑，故两家志史与《四库》集部均不著录，后世硕儒皆鄙弃不复道，……遂使一代文献，郁埋沉晦者且数百年。"（《宋元戏曲考·自序》）

文学通变的理念，早在南北朝时期，刘勰既已指出："时运交移，质文代变，古今情理，如可言乎？""故知歌谣文理，与世推移，风动于上，而波震于下者也。"（《文心雕龙·时序》）

文学通变的眼识，历代文人学者均有。明屠隆云："诗之变随世递迁，天地有劫，沧桑有改，而况诗乎？善论诗者，政不必区区以古绳今，各求其至可也。"（《鸿苞集·论诗文》）清叶燮亦云："且夫风雅之有正有变，其正变系乎时，谓政治、风俗之由得而失，由圣隆而污。此以时言诗，时有变而诗因之。"（《原诗》）

盖自"五四"以来，中国传统诗歌之赓续者，至今渺然无着。从前引沈德符《万历野获编·时尚小调》中有"自两淮以至江南，渐与词曲相远"的话看，明歌与元曲是有继承和发展、创新关系的。在我们寻找民族诗形的征程中，明歌在这方面是可以给予我们以启迪的。

（二）树立"真诗在民间"的思想。鲁迅在《门外文谈》中指出："就是《诗经》的《国风》里的东西，好许多也是不识字的无名氏作品，因为比较优秀，大家口口相传的"，即如"东晋到齐陈的《子夜歌》和《读曲歌》之类，唐朝的《竹枝词》和《柳枝词》之类，原是无名氏的创作，经文人的采录和润色之后，留传下来的"，当然，"这一润色，留传固然留传了，但可惜的是一定失去了许多本来面目。"（《且介亭杂文》）

前引李梦阳"今真诗乃在民间""真诗果在民间"、李开先"真诗只在民间"以及袁宏道"闾巷有真诗"，说明把民歌看成真诗乃是有明一代、甚至历代诗人文士的共识。民歌自由、纯真，天真任性，发乎自然，所谓"人禀七情，应物斯感；感物吟志，莫非自然"（《文心雕龙·明诗第六》）。它对礼教、纲常、传统的蔑视，对主体意识的尊崇，张扬个性，甚至追求快感的宣泄，其审美趣味，立足当下，直面世俗，其内容与大众日常生活息息相关，它与我们今天提倡的贴近现实、贴近生活、贴近群众在精神实质上乃是一脉相承的。

（三）向民歌学习。明代诗人向民歌学习极具成效。李梦阳是复古复雅的，但后来却服膺民歌。正如有人指出："空同先生跨辗千古，力敌元化，乃犹称真诗在民间……空同先生固圣于诗也，孰能外民间真音而徒为韵语？"（**万历重刻本《空同子集·邓云霄序》**）李梦阳写了不少拟古乐府民歌，如《子夜四时歌》八首，引两首：

一

柳条宛转结，蕉心日夜卷。
不是无舒时，待郎手自展。

二

郎住西水头，妾住东北浒。
何能冰遂合，永免风波苦。

袁宏道在公安和吴县任上创作了很多拟乐府民歌作品：

姊妹行四五，朝朝行采桑。
青丝络笼底，光艳映道旁。
去年采桑迟，今年采桑早。
只愁蚕不熟，误我嫁时袄。
采桑复采芝，照水湿罗衣。
欢自不吞华，牵侬百丈丝。

（**采桑度**）

横塘渡，临水步。

郎西来，妾东去。

妾非倡家人，红楼大姓妇。

吹花误唾郎，感郎千金顾。

妾家住虹桥，朱门十字路。

认取辛夷花，莫过杨梅树。

（《横塘渡》）

落花去故条，尚有根可依。

妇人失夫心，含情欲告谁。

灯光不到明，宠极心还变。

只此双峨眉，供得几回盼。

看多自成故，未必真衰老。

辟彼数开花，不若初生草。

织发为君衣，君看不如纸。

割腹为君餐，君咽不如水。

旧人百婉顺，不若新人骂。

死若刻回君，待君以长夜。

（《妾薄命》）

唐寅五、七言古诗，几乎尽是民歌风格：

桃花坞里桃花庵，桃花庵里桃花仙；

桃花仙人种桃树，又摘桃花换酒钱。

酒醒只在花前坐，酒醉还来花下眠。

半醒半醉日复日，花落花开年复年。

但愿老死花酒间，不愿鞠躬车马前……

（《桃花庵歌》）

一年三百六十日，春夏秋冬各九十。

冬寒夏热最难当，寒则如刀热如炙。

春三秋九号温和，天气温和风雨多。

一年细算良辰少，况又难逢美景何。

美景良辰倘遭遇，又有赏心并乐事。

不烧高烛对芳樽，也是虚生在人世。

古人有言亦达哉，劝人秉烛夜游来。

春宵一刻千金价，我道千金买不回。

（《一年歌》）

人生七十古来少，前除幼年后除老。

中间光景不多时，又有炎霜与烦恼。

花前月下得高歌，急须满把金樽倒。

世人钱多赚不尽，朝里官多做不了。

官大钱多心转忧，落得自家头白早。

春夏秋冬捻指间，钟送黄昏难报晓。

请君细点眼前人，一年一度埋芳草。

草里高低多少坟，一年一半无人扫。

（《一世歌》）

以上是个案，其时文人向民歌学习的情况可见一斑。

事实上，文人小曲（即仿民歌之作）在明代中、后期已蔚然成风。路工先生辑录的《明代歌曲集》很好地反映了这方面的情况。

（四）催生新的文学思潮。明代民歌对前后七子的"文学复古"和公安派的"独抒性灵，不拘格套"的文学革新思潮具有催生作用。在中国历史上，打着复古旗号而谋革新者，屡见不鲜。前后七子的文学复古，是要求回到以前的自然朴素，对其持肯定意见者，不乏其人。更有甚者，认为可与西方文艺复兴相提并论。至于，公安派的"独抒性灵，不拘格套"，则显然与明代民歌的蔑视传统、张扬个性是一脉相通的。

　　在我们继承传统、奋力创新，建构新的民族诗形的努力中，由于民歌贴近现实、贴近生活、贴近群众的得天独厚的优势，民歌是肯定能够给予我们足够的思想艺术养料的。

2012 年 6 月 24 日草就，7 月 12 日订正

《刘泽林诗词选》序

　　刘泽林君是我的同事，他在中国现代文学馆任副馆长，我在创作研究部任副主任，同在中国作家协会。我和泽林君交往不多，但同住一栋楼上。我只知道他当过兵，后来在中央组织部工作过。一般来说这种出身的人，大都原则性有余，而灵活性不足。但泽林君给我的印象却总是笑嘻嘻的，说话也柔声细气。突然有一天，他说他的诗词集即将出版，希望我看看，最好能写篇序。老实说，我当初没有思想准备。我退休后，一直在中华诗词学会工作，曾任副会长兼学术部主任，对全国诗词界的情况应该说还是比较了解的。泽林君在诗词界不算闻人，所以有点将信将疑。即至将他的诗词翻阅一过，的确使我颇为吃惊。中国传统诗词底蕴深厚，具有诗词艺术功力者，大有人在。在中华诗词学会工作的人，切不可一叶障目，不见泰山。

　　如谓不然，有诗为证。

　　　　《战线》绵长已十年。文墨芳华，佳作
　　联翩。知音一聚满梁园。倾心叙旧，握手言欢。
　　　　科学同探发展观。服务惟宽，律己惟严。
　　我擎明月党擎天。意在全心，任在双肩。

　　　　　　　　《一剪梅·记〈秘书战线〉创刊十周座谈会》

　　写会议而言志，向来容易流于空泛和叫嚣，此词有形象有情感，尚不失为可读之作。

碧水盈盈，绿叶亭亭。如仙子、丽质天生。

不枝不蔓，犹浊犹清。有梅花骨、兰花韵、菊花情。

其形淡雅，其影娉婷。风怀抱、永葆清名。

为官到此，养气如卿。乃天之道、民之福、世之声。

《行香子·荷花》

抓住荷花"清"的特点，托物言志。"为官到此，养气如卿"避免了政治伦理化倾向。

如果说前一首是赋事见意，那么后一首则是托物见志。托物见志，最根本的要求就是情景交融，物我合一。

《礼记·乐记》云："凡音之起，由心生也。人心之动，物使之然也。"是客观外物打动了人心，因物感心，因景动情，这才产生了音乐。古代诗、乐、舞三位一体，因此，诗歌的产生也是如此。这一"物感"诗学理论为历代诗论家所肯定、所发挥。陆机《文赋》云："遵四时以叹逝，瞻万物而思纷；悲落叶于劲秋，喜柔条于芳春。心懔懔以怀霜，志眇眇而临云。"四季的交替，景物的变迁，都能使诗人得到感触，打动诗人的情思。刘勰云："春秋代序，阴阳惨舒，物色之动，心亦摇焉。……情以物迁，辞以情发。"季节推移，景物变化，使诗人有所感悟，诗人的情感是随物的变化而变化的。又云："是以诗人感物，联类不穷；流连万象之际，沉吟视听之区；写气图貌，既随物以宛转；属采附声，亦与心而徘徊。"（《文心雕龙·物色第四十八》）这是说诗人感物，要做到"神与物游"，创作构思时，诗人的想象与外界物象一起活动。刻画外物的形貌，深入研究外物，然后对外物进行再创造。钟嵘《诗品·总论》云："气之动物，物之感人，故摇荡性情，形诸舞咏。"诗人因感物而生情，发为吟咏而成诗歌。这种情景交融，物我一体，乃是诗的艺术本质。

如何做到"情景交融、物我一体"呢？

首先要体物工细。"工"，是指摹其形容要精巧如实，不可移易。"体"，是指诗人对所咏之物，必须"神之于心"、"处心于境"（《唐音癸签》卷二），抓住所咏之物的特征，特别是摄取物的特征中某种与诗人的心灵相沟通、相契合，能够表达诗人心中之情、之志的精神特质，然后工细描摹，是谓之"形似"。这里的"形"，是指整个物，不只是外形，也包括物的生命特征。其次是融情于物，托物寄兴，化客观外物为主观情思，表达象外之意——诗人的情感境界，是谓之"神似"。二者水乳交融，最终达到形神兼备，物我合一。刘泽林君正是抓住了荷花"清"的精神特质与诗人"为官到此，养气如卿"相沟通、相契合的心志，而达到形神兼备，物我合一的。

在当代诗词界最为人诟病者，叫"老干体"。所谓"老干体"，就是一些革命经历丰富、政治意识极强的老同志、老领导所写的诗词，其特点是革命之"志"有余，而艺术的想象力、感染力不足。当然，也有人说，"老干体"这名词不确切、不科学，曹操不是老干部？毛泽东不是老干部？他们的诗词能说是"老干体"？但无论怎么说，当下，"老干体"约定俗成的涵义，即如上述。这样一来，大家对"老干体"避之惟恐不速。

"诗言志"（《尚书·舜典》）是中国古代诗论对于诗歌的本质特征和最基本的审美原则的概括，千百年来，人们奉为金典。毛泽东把"诗言志"看成是诗歌的本质特征和创作要求。1945年9月在重庆谈判时，诗人徐迟向毛泽东请教怎样写诗，并请他题词，毛泽东当即写下"诗言志"相赠。1957年，应《诗刊》社之请，毛泽东也题了"诗言志"三字。

"诗以言志"，犹如"文以载道"。"志"和"道"是诗词的题中之义。只是由于儒家的竭力提倡，"道"和"志"逐渐向伦理道德方面转化，故大凡桑间濮上之思，闲情逸趣之乐，难以入诗。于是有"诗缘情"说的兴起。

刘泽林君坚守了"诗言志"的诗学主张。

由于儒家拼命将"道"和"志"向政治伦理道德方面转化，诗歌表达情感的空间一再压缩，所以陆机的"诗缘情"之说一出，自两晋南北朝以下，逮乎唐诗宋词元曲明歌，莫不奉为金律。故诗者，大抵发乎其情。此亦中国诗学之根本。刘泽林君亦是抒情的好手。

> 茫茫大海，破浪轻舟扬气概。蓝宇无边，闪闪红星碧水间。　　向前飞进，激起风雷犹阵阵。肝胆红光，为国齐心固海防。
>
> 　　　　　　　　　　　　《减字木兰花·巡海》

激越雄浑，所抒乃时代家国之情。

> 黄河滚滚来天上，洪波涌起千层浪。青翠拥山冈，千峰锁大洋。　　崂山浮天际，齐鲁苍茫势。红日出其东，卷潮兵气雄。
>
> 　　　　　　　　　　　　《菩萨蛮·崂山》

情从景出，山川壮丽，诗情激越。

> 奇锋铸得铁中英，一指青芒冷气横。
> 谁解匣中存剑胆，萧萧常作不平鸣。
>
> 　　　　　　　　　　　　《剑魂》

冷峻雄豪。

烟台海边一巨石如船。

> 奇观造化，巨石如船也。白浪滔滔舷扣雅，引渡八仙纷下。　　如迷渤海风光，常年遗忘苍茫。海市蜃楼过眼，生涯端合倾觞。

《清平乐·石船》

情深语挚，深具人生体验与感知，其超凡豁达，令人想起学士。

> 戈壁植杨柳，戍边凝寸衷。
> 感知公此意，舒袖引春风。

《左公柳》

物色情志，融合无间。

> 春暮远观天，晓透繁花色。几许娇羞几许嗔，只与风相惜。　　流水逝残英，梦断溪桥侧。待到明年又满枝，识否长吟客？

《卜算子·赏樱》

旖旎缠绵，情思深婉，意象情境均好，堪称上品。

刘泽林君时而雄浑激越，时而冷竣豪雄，时而缠绵旖旎，时而豁达清妍。

当下，有些人，标榜"诗缘情"，却连"诗言志"也避之三舍。于是将"情"的内涵，一再缩小，仿佛只有亲情、友情、男女闺阁之情，才是"诗以言情"之情。弄得诗（词）

境狭小，诗（词）情过于个人化，或谓私人化。这其实是一种很深的误解。

"诗言志"（《尚书·舜典》）、"诗缘情"（陆机《文赋》）是中国古代诗论对于诗歌的本质特征和最基本的审美原则的两种概括。

夫"诗言志"、"诗缘情"，志情相通，实则一也。《左传》昭公二十五年："是故审则宜类，以制六志。"杜预注："为礼以制好恶喜怒哀乐六志，使不过节。"孔颖达疏："此六志，《礼记》谓之六情。在己为情，情动为志，情志一也。"陆机本人提"缘情"并未否定"言志"，往往是"情志"并提，《文赋》云："伫中区以玄览，颐情志于典文。"屈原："路漫漫其修远兮，吾将上下而求索。"李白："《大雅》久不作，吾衰竟谁陈。"杜甫："丛菊两开他日泪，孤舟一系故园心。"苏轼："但愿人长久，千里共婵娟。"文天祥："人生自古谁无死，留取丹心照汗青。"鲁迅："寄意寒星荃不察，我以我血荐轩辕。"无一不是既是言情，也是述志。

刘泽林君对格律诗体也有很强的艺术把握能力。

清水仙姿俏，清风巧剪裁。
清香犹益远，清气绝尘埃。

《荷花》

风声疾行笔，落墨起烟云。
唯楚于斯盛，枫红到几分？

《岳麓书院》

前者连用四个"清"字，而风神独现。后者灵动轻盈，而涉笔成趣。

"绝句之构，独主风神。"（《唐音癸签》卷三，第16页）。何谓"风神"？风骨神采而已矣！这就涉及到作者的人格理想、胸怀气度，涉及他对社会的认知、对人生的体验以及对美的追求。细读刘泽林君的绝句，对泽林君的风骨神采自有体验。

> 欲作扶摇入画图，巍然天柱壮天都。
> 诗藏密树凝千叠，酒趁飞流泻一壶。
> 青嶂幽寒真自得，白云闲淡远相呼。
> 此间造化钟神秀，四绝风神悟到无？

《游黄山》

七言律要沉郁顿挫，中间两联尤为重要，是作者气格和功力的指示器。《游黄山》对仗精工。还有"扫榻依稀知竹性，推窗仿佛破篱樊"（《寄语彩虹玻璃发明家尚惠春教授》）、"花熏鸟语摇云梦，雨罩平湖网黛螺"（《洪泽湖即景》）、"风描红叶镶金菊，思接青云映碧天"（《2006年参加作协、文联两代会有感》）均见艺术功力。

我们读刘泽林君的诗词作品，最大的启示，恐怕是对"诗言志"和"诗缘情"辩证的正确的理解。刘泽林君正值年富力强，祝愿他在诗词创作上更上层楼。

2012年7月31日

祁寯藻诗词研讨会论文

祁寯藻的咏物诗

时新先生将《祁寯藻集·诗词卷》寄给我，一个位高爵显的朝廷大臣，工余之时，能写出三千首诗词，令我很是吃惊、佩服。及读其诗，一个进士出身的人，功力自然不差；作为中枢重臣，气格也异常之高。其诗忠君、爱国、悯民、清廉自守、仁恕爱人，都令人景仰。而这些"诗以言志"、"诗以载道"的诗作太多、太高，一时深感难于把握，于是便想从"托物寄情"入手，一窥作者不太伦理道德政治化的贴近人的本真的思想情感，这自然就想到"咏物诗"。

据初略统计，祁寯藻的咏物诗大约六、七十首，约占其诗的2%强，分量不大。

说起咏物诗，也有"日月光天德，山河壮帝居。"（《南史·陈后主纪》从隋文帝东巡登"芒山"诗）"秦筑长城比铁牢，蕃戎不教过临洮。虽然万里连云际，争及尧阶三尺高。"（唐·汪遵《长城》）这样充满政治伦理色彩之作，但它毕竟是"感物生情"，其所寄之情，就深邃广泛多了。

《荆花》：

十里红荆夹道遮，纷纷照眼烂如霞。
寻常亭馆栽难得，开遍山椒不当花。

　　照眼如霞之"荆花"不在亭馆，而开遍于山椒之中，"真贵"只在民间。延安万花山，牡丹独盛。欧阳修《洛阳牡丹记》云："牡丹出丹州、延州……（**延州即今延安，丹州即今宜川，亦属延安**）。又云："牡丹初不载文字，唯以药载草本，然于花中不为高第。大抵丹、延以西及褒斜道中尤多，与荆棘无异，土人皆取以为薪。"于是，我有《题延安万花山牡丹园》一首："上苑天香举世夸，灵根原本在天涯。时人不识真情性，误作人间福贵花。"亦是这个意思。中国早有"英雄豪杰起于江湖草莽之间"的说法。

　　"真贵在民间"，这种意识，对于高踞庙堂的宰辅之臣来说，是十分难能可贵的。

　　《盆蕙》：

> 一花一干得来难，干密花多亦可观。
> 词客惟知惜香草，赏心何处觅真兰。
> 小窗尽日春风暖，空谷无人夜雨寒。
> 拟学灵均栽百亩，他时秋佩访江干。

追求真美。

　　《山泉》：

> 浊河本藉细流成，不是昆仑便不清。
> 石磴红泉太多事，在山已有出山情。

一反杜甫"在山泉水清，出山泉水浊"（《佳人》）之意，强调修身养性之本源，人如果处身不正，则他入世之后的所作所为便难以清正。

《十春词·春帖》：

退归已似旧桃符，朵殿椒屏记得无。
七十六言三十册，愧无讽谕继欧苏。

"南斋翰林岁进春帖子词，五言截句一首，七言截句二首，用黄表朱里小册，陈懋勤殿上。忆自道光初元入直，前后三十余年矣。椒屏亦春帖类，盖嘉庆年间故事也。"

《十春词·春蚕》：

幸藉条桑得免饥，三眠三起敢违时。
将身作茧寻常事，到死仍余未尽丝。

立朝做事，愧无讽谕；虽作茧自缚，而死有余丝。

《风》：

谁决土囊开，焚轮走怒雷。
直将吹垢去，不为送寒来。
大块机难测，终朝势欲隤。
吾庐甘独破，倚杖且优哉。

因吹垢济世，自甘庐破。

《秋花》：

众花热闹君独冷，人为君怜君自幸。
不能向人作妩媚，强斗时妆必遭屏。
夭桃秾李春风时，黄金买尽先开枝。
君独何为在空谷，白露团团已如玉。
闻道邻人来送花，对花不语心叹嗟。
金堂玉砌知多少，付与东篱处士家。

冷而幸，不能强斗时妆而媚俗，一种幽独孤高的人格。这是积极用世儒学大臣的另一面。

《晚菊》：

百花零落送秋光，冷淡惟余老圃香。
自是君身多傲骨，不关时节有清霜。

身多傲骨，冷淡清香。

《赠水仙花》：

碎石匀圆衬浅沙，疏疏矮叶出高花。
玉盘金盏神仙格，误落人间福贵家。

《代水仙花答》：

细笔如锥也画沙，深闺对镜只簪花。
自惭冷艳非春色，不见姚家与魏家。

自知冷艳而非春色，悔落人间福贵家。
《幽兰二首》：

一

空山四无人，知有幽兰花。
花开不可见，香气清且嘉。
飞流下危磴，时有横风遮。
香久亦不闻，山深愁路赊。
众草何青青，吐艳明朝霞。
如何咫尺间，渺若天一涯。
援琴坐白石，日暮三叹嗟。

二

亭亭复亭亭，孤芳空自馨。
美人偶一顾，移植来中庭。
中庭花木繁，红紫罗锦屏。
一茎止一花，何以奉尹邢。
亦思九畹滋，力薄身伶俜。
云窗雾阁中，疏弦何泠泠。
不叹知音希，希声难为听。

幽兰之姿，匿迹荒山；贤能之士，才高难用。

《晓凉》：

晓凉惜枕簟，残睡转沉酣。
懒趣闲方得，秋心老独谙。
林蝉风翼静，篱豆露花含。
纨扇休予弃，余炎恐未堪。

有秋凉纨扇被捐之忧。

《篱豆曲》：

簇簇篱豆花，花开复结实。
其实何累累，采摘向朝日。
堂上白头翁，篱下好颜色。
今日釜中煮，前日手中植。

手植而釜煎，生死由人也。

《山苗》：

涧松郁郁羡山苗，地势由来匪一朝。
雨露深恩谁料得，失时更让野花娇。

　　所谓"大块机难测"，虽身居高位，亦有"高处不胜寒"的危机感。

　　《秋后槿花》：

　　　　红晚趁斜日，翠深藏古春。
　　　　不愁不烂漫，烂漫却愁人。

　　盖槿花朝开暮落也。有深刻的人生隐忧。

　　《鹊巢》：

　　　　中庭东南隅，门左有嘉树。
　　　　双鹊来营巢，衔枝无朝暮。
　　　　岂无旧巢在，苦被群乌妒。
　　　　斗力既不胜，同流亦所恶。
　　　　逝将避汝去，去去复回顾。
　　　　迁乔不在远，相望数十步。
　　　　徘徊如有情，选择亦有故。
　　　　君家地幽僻，门少车马驻。
　　　　列炬夜不惊，弹丸晨不怖。
　　　　树头多好枝，轻荫行堪护。
　　　　何处无风雨，且愿依君住。
　　　　尔鹊何辛勤，绸缪向谁诉。
　　　　梁柱觅新楼，金铖感旧句。
　　　　惭愧老浮家，乡关渺归路。

幼时赋《鹊巢》诗云："自有金鍼作梁柱，不愁阴雨不愁风。"曾蒙先君奖励。

世道险恶，择居求安。

《暖室牡丹再开》：

> 梦断青丝障，寒消古锦囊。
> 已拼成野叟，那解事花王。
> 晚酒争残色，春衣惜故香。
> 似闻松径外，孤鹤守琴床。

也存松鹤之想。

以上，读祁寯藻的咏物诗，我们深刻地感受到了这位朝廷重臣深邃、丰富、复杂的情感世界。有"吹垢济世、庐破为甘"、"作茧自缚、死有余丝（思）"的忠诚；有"愧无讽谕"的自责；有"真贵在民间"的灼识；有对真美的追求；有"虽冷而幸"、不媚时媚俗的清高；有"身多傲骨、冷淡余香"的孤高；有"幽兰弃置、才高难用"的浩叹；有"纨扇见捐"、"手植釜煎"的危机感；有对一入豪门，便失去自由的反思，也有以折腰为苦，而作松鹤之想。其中，有些已接近对生命价值和本质的追寻。

之所以能如此，乃在于咏物、感物是"诗缘情"的主导方式。咏物诗，首先要体物工细。"工"，是指摹其形容要精巧如实，不可移易。"体"，是指诗人对所咏之物，必须"神之于心"、"处心于境"（《唐音癸签》卷二），抓住所咏之物的特征，特别是摄取物的特征中某种与诗人的心灵相沟通、相契合，能够表达诗人心中之情、之志的精神特质，然后工细描摹，是谓之"形似"。这里的"形"，是指整个物，不只是外形，也包括物的生命特征。其次是融情于物，托物寄兴，化客观外物为主观情思，表达象外之意——诗人的情感境界，是谓之"神似"。二者水乳交融，最终达到形神兼备，物我合一。

《礼记·乐记》云："凡音之起，由心生也。人心之动，物使之然也。"是客观外物打动了人心，因物感心，因景动情，这才产生了音乐。古代诗、乐、舞三位一体，因此，诗歌的产生也是如此。这一"物感"诗学理论为历代诗论家所肯定、所发挥。陆机《文赋》云："遵四时以叹逝，瞻万物而思纷；悲落叶于劲秋，喜柔条于芳春。心懔懔以怀霜，志眇眇而临云。"四季的交替，景物的变迁，都能使诗人得到感触，打动诗人的情思。刘勰云："春秋代序，阴阳惨舒，物色之动，心亦摇焉。……情以物迁，辞以情发。"季节推移，景物变化，使诗人有所感悟，诗人的情感是随物的变化而变化的。又云："是以诗人感物，联类不穷；流连万象之际，沉吟视听之区；写气图貌，既随物以宛转；属采附声，亦与心而徘徊。"（《**文心雕龙·物色第四十八**》）这是说诗人感物，要做到"神与物游"，创作构思时，诗人的想象与外界物象一起活动。刻画外物的形貌，深入研究外物，然后对外物进行再创造。锺嵘《诗品·总论》云："气之动物，物之感人，故摇荡性情，形诸舞咏。"诗人因感物而生情，发为吟咏而成诗歌。这种情景交融，物我一体，乃是诗的艺术本质。

我最近为文，因有感于当下诗词创作的两种倾向：一种是因为反对所谓的"老干体"，而或轻视或不敢"言志"，对"诗言志"避之三舍；一种是将"诗缘情"与"诗言志"

对立起来，标榜"诗缘情"，却将"情"的内涵，一再缩小，使之不断个人化，或谓私人化，因而大谈"情志相通、情志合一"。这当然不是毫无根据。《左传》昭公二十五年："是故审则宜类，以制六志。"杜预注："为礼以制好恶喜怒哀乐六志，使不过节。"孔颖达疏："此六志，《礼记》谓之六情。在己为情，情动为志，情志一也。"提出"诗缘情"说的陆机，也是情志并提。《文赋》云："伫中区以玄览，颐情志于典文。"杨明先生更举先秦到六朝文献中众多情志混用的例证，说明情志是可以互文互换的概念。

但现在看来，"诗言志""诗缘情"这两个命题，应该可以找出许多的不同来，不能简单地以"情志相通、情志合一"来论定。

读祁寯藻的咏物诗，我有了这样一点反思。

2012 年 8 月 18 日于北京

《鲲鹏集·续》序

以中国传统诗词内容上的博大精深，艺术上的登峰造极，创制上的或选词择句、布局谋篇，或缘情言志、意境两浑，以及风格上的或平实自然、清新恬淡，或深婉含蓄、绮丽缠绵，或豪放谲奇，雄浑劲拔，或风流俊逸，酣畅淋漓，或沉郁苍凉、沉雄孤峭，于浩如烟海的名篇佳作之中，稍加抉择，略为凑合，涂抹出像样的诗词来，或许并非难事。但，"文变染乎世情，兴废系乎时序。"（刘勰：《文心雕龙·时序第四十五》）一个时代有一个时代的文学，一个时代也有一个时代的诗歌。要写出一个时代的面貌、风采，写出它的精神特质，写出它的历史认知和人生体验，就不是那么简单了。

我读傅明夫先生的《鲲鹏集·续》，于此感慨良多。

傅先生首先是一位为时代描形立传的高手。一个时代必有一个时代的特定的历史内涵，包括重大的历史事件、特定的历史面貌、特定的历史情感和意识，等等。这些在傅先生的诗词作品中均有上佳的体现。

港人治港沐春风，欣看紫荆花日红。

百载耻为阶下隶，五年幸作主人公。

任凭风浪门前涌，背倚神州胆自雄。

转眼云开风暴过，天蓝湾绿贯霓虹。

《庆祝香港回归祖国五周年》

　　香港回归是中华民族史上的重大事件，值得大书特书。中国收回香港，洗刷百年的民族耻辱，彻底埋葬殖民主义，只有今天这个时代才能做到。这一事件是时代本质的某种体现。

　　　　山间大院合金门，腰别手机佃户孙。
　　　　昨夜沪杭归一宿，又飞香港去伦敦。

《大　款》

　　　　择婿嫁人今掉向，城中小姐恋山庄。
　　　　"丰田"飞骋卷红叶，婚礼谈完谈办场。

《商　女》

　　　　自古插秧总折腰，而今腰挺手轻抛。
　　　　绕阡转陌未当午，一畈青青沧海潮。

《抛　秧》

　　　　棚外雪霜棚内春，紫茄翠韭闹盈盈。
　　　　悄悄电话与郎约，连夜装车早进城。

《乡下见闻四首·大　棚》

　　这些都是当今时代特有的生活生产内容，是已往时代压根儿没有的。

信步登高，寥廓霜天，一抹霞红。望崇楼拔地，参差遝迤；虹桥横宇，高下西东。市尽珠玑，厅盈罗绮，黑肤白肌生意隆。四围看，遍缤纷广告，万国旗风。　　洋洋大市寰中。正月异、日新速换容。忆先贤衫履，小城苦斗；创新独步，冒雪顶风。终见鸿毛，九霄竞上，感谢当年开拓功。任海啸，有射潮人在，何惧汹汹！

《沁园春·登义乌国际商贸城感赋》

中国传统诗词大抵产生于人类农业文明时代，写乡村生活，大可借鉴，虽有新的时代内容，尚不为难事。而用诗词写现代文明，写现代城市，倒是一个崭新的课题。"黑肤白肌"、"万国旗风"和"寰中""洋洋大市"，寥寥数笔就写出了一个国际商贸城的面目来。写现代工业、现代城市为明夫先生所擅长。《望海潮·宁波北仑港》、《桂枝香·登洞头望海楼》均是出新的优秀之作。

南方雪灾，河北玉田县十三位农民，自带工具，租车直奔郴州，义务抢险救灾，有感而赋。

雪压三湘，冰封南岭。灾魔袭击谁腰挺？十三勇士下郴州，腰包自负何须令。　　深壑飞身，危崖横影，高空抢险天为证。赞歌一曲颂新风，燕山衡岳声相应。

《踏莎行》

只有特定的时代才能产生特定的思想意识。《踏莎行》既是时代的剪影，也是时代精神、时代本质的反映。

> 一机小小，竟造就、名世创新英杰。力挫群雄无敌手，突显"虎牌"威烈。东国鸣金，南韩息鼓，君独英姿发。尖新科技，五洲魁夺桂折。
>
> 孰信创业当初，蜗居七尺，梦上昆仑阙。昼作工场宵卧榻，呕尽平生心血。打拼千番，攻关万道，讼案终传捷①。虎生双翼，昊天瀚海腾越。

《念奴娇·赞温州打火机有限公司董事长周大虎》

马克思说过：历史不过是追求着自己目的的人的活动而已，人是历史创造的主体。今天的现实就是未来的历史。任何时代，人是主体。他们的生产和生活，他们的心理、思想、文化和精神特质，均是时代的产物，均是时代本质的反映。因此，可以说，抓住了人，就抓住了时代。傅明夫先生写的人物，他们也许名不见经传，但在改革开放、建设有中国特色社会主义的伟大事业中，却奇迹般地登上历史舞台，演出威武雄壮的戏剧来。

巴尔扎克曾自诩为历史的书记官，一个优秀的诗人似乎也应如此。傅明夫先生把重大历史事件、特有的时代风貌和特有的时代思想意识，囊括于自己的诗词作品之中，使之具有一定的史诗性。

人心如同海洋一样的深邃，如同宇宙一样的寥廓。诗人思接千载，视通万里，感物吟志，因物寄情，营造出一个万象纷纭的精神宇宙来。我读傅明夫先生的《鲲鹏集·续》，就有如是想法。

圣地摇篮，万水千山，复沓逶迤。望桐木哨
口，松河浪涌；黄洋界上，云海风驰。双马奔南，
虎峰北走，莽莽井冈日月低。征尘起，正民兵演武，
百骑腾蹄。　　当年满目疮痍，世如漆豺狼当道
啼。幸回天巨手，雄文示路；工农奋臂，戟卷红旗。
星火燎原，五洲共仰，寰宇前途何复疑！醒狮吼，
看霞飞四海，万国朝曦。

《沁园春·访井冈山》

井冈山道路，是二十世纪人类革命史上极其重要的成
果。它不仅把中国革命引向胜利，也为殖民地民族解放运动
指明了正确的方向。诗人选择了这一时代主题予以礼赞，抒
的是家国乃至普世的情怀。"星火燎原，五洲共仰，寰宇前
途何复疑"，精警而有思想高度。

赞北川地震埋于废墟中两天两夜犹唱儿歌"两只老虎……"
的幼儿园女孩思雨。

地塌墙崩，身埋墟洞，女孩小小无惊恐。泥
流压膝血淋漓，儿歌吟虎消疼痛。　　勇气驱魔，
奶声励众，新生一代真龙种。中华崛起有传人，
等闲四海风云涌。

《踏莎行》

诗人对事物的探寻已深入神髓。这是一种见识，这是一
种眼光，这是一种深挚的民族情感，洵非一般人所有。

　　滨海长城古，屹南疆，一如北塞，业勋昭著。拾级千寻登楼望，海上狂涛翻注。仿佛见、千军旗鼓。铁马金戈思往昔，天欲坠，端赖擎天柱。平寇患，戚家旅。　　唐墙宋堞悄无语，自应记、将军智勇，甲城坚础①。迭变沧桑岿然立，伟迹万人观睹。怎忘却、当年腥雨！龙柏虬松齐奋发，共山光、水色同吞吐。天海际，阵云布。

《金缕曲·游临海古长城》

　　"怎忘却"以下，义理俱高，情词并茂，确是好句。风云不住，世路多艰，渗透深邃的历史意识。面对历史，表达了当代人的现实诉求：在日本快速右倾化、军国主义化的今天，深刻地体现出作者的家国之忧。

　　西子湖边，依然是、吴山宋月。问何处、风波旧址，栖霞低泣①。直捣黄龙方有望②，长驱中土频飞捷。竟金牌，十二逼催回，全功抹。

　　三字狱，孤柱折③；靖康耻，安能雪。恨萧墙计毒④，东窗谋黜。天道奈何人世怨，汗青斑斑忠魂血。痛戕才、祸国代相承，谁评说？

《满江红·为纪念岳飞诞生九百周年而作》

　　体现出深刻的历史悲剧意识。从对历史的认知、阐释、评判中表达对现实的渴望、诉求和感慨。这既是对历史的追问，也是对人类命运和人生价值的终极关怀。

　　诗人应是天生的情种。大至对宇宙人生的思索，小至对一思一绪的流连；上至对家国民族的忧思，下至对亲情恋情乃至闲情逸趣之乐、桑间濮上之思的缱绻，均应发乎其情，言乎其衷，讽乎其事，慨乎其辞。傅明夫先生庶几近之。

黄鹤辞楼路八千，缘何偏恋此泓泉？

许因九派多腥臊，少有清心涤垢川。

《饮鹤川》

题旨源自诗人对社会人生的深刻感悟和体验，也是诗人自身人格精神的观照。

"惯看城阙王旗换，时痛黎民苦难多．"（《古廊桥》）"后人不以前车鉴，衣钵传承续效尤。"（《长乐望云楼》）"青史细看皆是血，令人一读一潸然。"（《长乐象贤厅》）均体现出诗人的悲悯情怀和忧患意识。

又梦西征路，正千军、穷追残敌，壮心如虎。凛冽寒风陇海夜，暴雨兵车乱注。又蜀道冰河强渡。晓起神回嗟已老。见东风、又绿门前树。花怒放，蝶争舞。　　人生事业浑无据。念当年、离乡背井，奋身孤旅。闪闪红星枪盈尺，伴我豪情倾吐。忽解甲、巫山频顾。休道教坛平似镜，四十年桃李风兼雨。乐晚景，歌金缕。

《金缕曲·记梦》

诗人检视自己的人生道路，虽说自"嗟已老"，却"见东风、又绿门前树"，春日融融，花开蝶舞，也就没有遗憾，只有欢欣了。

薄暮江滨风夹雨，殷勤感谢绿衣人。

银钩铁画化星火，烧暖寒斋一片春。

《感怀张传宗老师三首（之三）》

对师长的深切怀念。

> 常忆驻川巴，正戎装粗粝，英气交加。叹燕雁天涯，竟杳先桃落，阴错阳差。最是经年梦断，千水万山遮。

《望海潮·忆战友》

对劳燕分飞的战友，梦绕神牵。

> 历经磨难更深情，苦丝萦，泪成晶。年少青春，缀笔务耘耕。世态炎凉尝遍尽。扶老幼，一肩承。
> 倾心何必海山盟。雪松青，玉泉冰，纵便千金，难买此精诚。君已冀霜吾白发，闲针线，伴瑶琴。

《江城子·妻》

有白头偕老的深情眷顾。

> 花径徘徊，芳郊凝伫，小桥亭阁知何处？君披绒氅冀犹青，我穿羽服前无语。　　相顾频频，中心煦煦，神魂轻荡飞空去。江滨碧水映霞明，赤松天外星如雨。

《踏莎行·记梦》

也有年轻恋情的浪漫回闪。

"秧水平畴蛙阁阁，菜花盈畈蝶飞飞"（《湖畈春耕》），形象自然，情景兼具，令人想起少陵含蓄细密处。"山雨频来云聚散，松风乍过户开关"（《金华双龙疗养院暑夏》），悠然娴静，自卷自舒，物我合一。"浒里啼莺，一曲清音好。最是梅苞娇且小，数枝探出田家早"（《蝶恋花·冬日郊游》），风物清新，心头春早。"休叹人生无再少，从来夕照更辉煌。青山妩媚应如我，雨打风吹挺脊梁"（《癸未重阳前夕神丽峡登高》），因事言志，论从景出：达观自信，自有风流。令人想起辛稼轩"我见青山多妩媚，料青山、见我应如是"句。"问姮娥、人间天上，数谁富有？破帽笑吾金不换，喜看白云苍狗"（《金缕曲·中秋夜建中来访，故友重叙》），清风引袖，物外高人。……

《鲲鹏集·续》是一条情感的长河，我们每次浸染、涉足，均会怦然心动，思绪绵绵。

在《鲲鹏集·续》里，我们还可以读到很多思想锋芒指向现实的作品。

格非先生说："文学是他者的东西，是跟社会异质的东西，文学需要独断的、冒犯性的东西出现。"（**格非：《当代文学的精神裂变》，《文艺报》，2012 年 9 月 10 日 第 2 版**）我想，如果把文学视为社会困境之解脱和社会理想之追求的前瞻性的批判力量，应该说是可以的。诗词在解脱社会困境和追求社会理想，亦即传统的"美刺并举"中应该发挥"刺"的作用，成为社会前进的亮光和鼓点。在我看来，傅明夫先生这方面的作品确有"补察时政"、推动社会改革前进的作用，可算是时代的鼓手。

时念前驱真理探，腥风血雨尽先谙。

植根大众萌神力，跋涉雪山成美谈。

可叹承平易忘本，更惊辙鲋总迷岚。

官贪吏虐几多事，"焦点"痛心看再三。

《次韵奉和甘肃袁第锐吟丈〈癸未迎春曲·之四〉》

痛斥贪腐，心系民瘼。

烟爆通宵人不眠，祥光一片迓新年。休云户户人皆富，犹有穷庐夜号寒。　形影吊，念孤鳏，下岗失业一家难。世间安得公平日，护弱扶贫责在肩。

《原韵奉和杭州孔汝煌先生〈丙戌迎春曲·鹧鸪天十二阕·和谐〉》

心向弱势群体。

走马楼头育马驹，风云奔走影何孤。
铮铮卓见忧人口，灼灼真知识正途。
慷慨千番言逆耳，险夷一节志如初。
堪嗟一介书生气，无力回天痛切肤！

《访马寅初故居》

卓见逆志，忠言逆耳，书生无力回天，是历史的悲剧，亦含现实的隐忧。

学子年年累万千，高桥独木奋争先。书唯本本孜孜读，业但分分续续攀。　随考棒，转团团，徒将"素质"喊连天。且看诗教云云久，关卡重重上路难。

《原韵奉和杭州孔汝煌先生〈丙戌迎春曲·鹧鸪天十二阕·素教〉》

问责国民教育。

流断桑干应泪干，细看桥石血斑斑。

休云往事风烟过，时有狼嚎富士山。

《访芦沟桥有感》

勿忘国耻，警钟长鸣。

仁人爱物，经世济民，对国家、民族、人民始终充满深刻真挚的爱和深远终极的关怀。

诗非小道。有些人以为写几首缠绵悱恻的情诗，或镂刻几篇岚光烟景的田园山水，或点染涂抹出几缕少男少女缥缈轻灵的情思心绪，便成了诗人。虽然它们亦是诗人不可或缺的资质，但作为一个真正意义上的诗人，却是远远不够的。诗道广博而深邃。它应有"天地之心"（《文心雕龙·原道第一》）、"浩然之气"（苏辙：《上枢密韩太尉书》），能"苞括宇宙，总揽人物"（《西京杂记》卷二）。至少也应该成为历史的书记官，成为一个情种，成为一个时代前进的鼓手。

傅明夫先生年逾八十，尚未悬车。我读其《鲲鹏集·续》之余，只能送上我衷心的祝福和崇高的敬意。

2012 年 9 月 20 日于北京

【注】

①　"wto"温州打火机反倾销案获胜。

②　戚继光镇守临海八年，改造古城结构，累高加厚，极大地增加了防御力量。

③　风波、栖霞：风波即风波亭，南宋大理寺狱，为岳飞遇害处，在今杭州小车桥附近。栖霞即栖霞岭，岭下是岳坟。

④　直捣黄龙：岳飞曾对部属说："直捣黄龙府，与诸君痛饮尔。"黄龙，古代府名，岳飞以当时的燕京为黄龙。

⑤　三字狱：秦桧诬岳飞下狱，韩世忠不平，诘问秦桧，桧曰："莫须有。"后遂称岳飞的冤狱为三字狱。

⑥　萧墙、东窗：萧墙，古官内门屏，君臣相见处，后以喻内部潜存的祸害，作者认为岳飞被害系赵构授意。东窗，传说秦桧杀害岳飞曾与其妻谋于东窗之下。

《踏歌行》碎语

　　翻开《踏歌行》，从体制上讲，不仅格律诗诸体兼备，且尚有"七言新体"、"歌谣体"、"自由体"等。及看内容，上至家国大事，下至个人幽怀，大至长河大漠，小至落叶飞花，远至三皇五帝，近至改革开放，无不摄入笔端，形成吟咏。我们常见一些人写诗，寻章摘句，硬凑死拼，踧踖（cuji）拘挛，捉襟见肘，弄得语言枯槁，诗思阻滞，浑不知才情为何物。真正意义上的诗人必定是格局高开，神游八极，人间万象，竞遣笔端，所谓"无意不可入，无事不可言"，凌云健笔，捭阖纵横，具有极大的襟怀和魄力。易海云君庶几近之。

　　以上断语，我是细读《踏歌行》求证出来的。

　　我们从《开国大典》《痛悼邓公辞世》《建党四十周年作》《雄心壮志走天涯》《浣溪沙·喜迎香港回归》《贺神舟五号载人飞天》《抗日战争胜利60周年之际，日本有人频翻旧案，美化侵略，愤而有作》《秋兴》《西郊春晓》《蝶恋花·新春遣兴》《虞美人·陪台湾诗人林恭祖先生访上庄纳兰性德史迹陈列馆》《百花吟·死不了》《临江仙·忆旧》等篇目，即可窥其一端。诵读《踏歌行》，我们可以深刻感知对新时代的由衷礼赞，对祖国统一、中国梦圆的强烈渴望，对民族安危的深刻忧虑，对祖国山河的挚爱，对传统文化的珍惜和传承，深刻地感受到对生活的认知和对人生的体悟：其情有爱，大爱、深爱、挚爱；有恨，有怒，有讥讽，有悲哀，也有快乐，人生终极之乐。其境有雄浑壮阔，有沉郁悲凉，有清空虚静，有缠绵悱恻，也有绮丽凄迷，总之兴象淋漓，风情婉转，美不胜收。

一关雄峙海山间，万顷波涛万仞山。

巨浪摧关关不倒，长风吹石石犹寒。

千秋征战人何在，百转心潮此倚栏。

赢得江山神圣地，好留胜景后人看。

（《登山海关》）

人类历史有不尽的悲辛，令人无不百转低徊，但人又耐得起摧折，永远屹立不倒，为后人负戟前行。

重到温泉未自惊，早将肝脑托红尘。

苍天易变风云色，碧海难磨铁石心。

草杂不防鹰眼疾，路遥应见马蹄轻。

征途稍解鞍劳后，鞭指阳关趁早行。

（《重到温泉》）

人为天下之主，既已为人，则必肝脑相托，不管道路艰难，则必奋然前行，少有怯懦之态。

中外古今多少事，温泉院里谈心。山南海北寄深情。披衣穿月影，款步踱花阴。　　咤叱风云谁个是？英雄一代新人。千言万语赞精神。山河今日壮，莫负发青青。

（《临江仙》）

好个"披衣穿月影，款步踱花阴"，这是对历史了解至透，对人生体验至深而分外涵虚淡定之人；又好个"山河今日壮，莫负发青青"，这是为壮美山河叫好，为大写之人礼赞，深知人生使命而立志奋然前行的人！

　　重阳节后时，最爱西山好。露草染新黄，霜
叶红于枣。　　相邀登岭峰，健步随诸老。献此
济时心，不让春花早。

（《生查子·西山金秋诗会》）

天地飘忽，人生难再，但济时之心，青春不老。

　　盛夏喜逢连夜雨，晓来情致悠悠。满天炎暑
一时收。思量寻好句，却惹旧时愁。　　记得昆
明湖畔路，相携踏月吟讴。忽惊地裂起鸿沟。至
今牛女恨，珍重两凝眸。

（《临江仙·忆旧》）

缠绵悱恻，委婉情深。

　　红林艳处白云飞，云是花鬟叶是衣。
　　一幅天真儿女态，淡妆浓抹出深闺。

（《香山颂组诗》之五）

　　清丽自然，风流偶傥，令人想起太白"云想衣裳花想
容""清平调"三首。

　　最爱香山冰雪姿，羽衣轻袖拂瑶池。
　　诗寻柳子千山句，独钓寒江意已迟。

（《香山颂组诗》之十三）

清虚秀逸，几欲羽化登仙。

　　我曾说过：诗非小道。有些人以为写几首缠绵悱恻的
情诗，或镂刻几篇岚光烟景的田园山水，便成了诗人。虽然

它们亦是诗人不可或缺的资质，但作为一个真正意义上的诗人，却是远远不够的。诗道广博而深邃。它应有"天地之心"（《文心雕龙·原道》）、"浩然之气"（苏辙《上枢密韩太尉书》），能"苞举宇宙，总览人物"（《西京杂记》卷二），甚至直至《毛诗序》所说："诗者，志之所之也，在心为志，发言为诗。……故正得失，动天地，感鬼神，莫近于诗。先王以是经夫妇，成孝敬，厚人伦，美教化，移风俗。" 总之，诗人心中必须装着整个宇宙人生。（拙作《军旅行吟序》）

我们读《踏歌行》，易海云君就是这种"视通万里"、"思接千载"的歌者。

易海云君为诗不仅万象盎然，情词深婉，且于诗艺亦专擅精深，堪称吟坛斫轮老手。

> 阅尽丁香未识愁，马缨花谢又临秋。
>
> 等闲踏遍温泉草，不负韶华到白头。

（《诗二首》之一）

> 人间何处觅天堂，逢人尽道是苏杭。
>
> 今日西湖初染足，走他万里也留香。

（《西湖杂咏》四首之四）

关于七绝： 前人云："七言绝尚高华，文多胜质。"又云："绝句之构，独主风神。"又云："七绝盛唐诸公命意得句，以韵发端，突然而起，意到辞工，不暇雕饰，通首自混成无迹。" 再云："绝句之法，要婉曲回环，删芜就简，句绝而意不绝，多以第三句为主，而第四句发之。"（《唐音癸籤》卷三）上举绝句触物而成，天机骤发，诗以神行，意于言外，且通体散行，风致天然，兴象淋漓，已得绝句之三昧。

七律是最要功力的。看《踏歌行·七言律诗》，开篇第二首就有"春风有意催花发，化雨何妨照我淋"句（《赠刘麟同志并区人委机关下放干部》），"照我淋"，颇嫌生硬。接着第三首又有"种花总望发花枝，树木成材用有时。两手双肩应有托，千河万水欲何之"句（《参加工作十周年有感》），"千河万水欲何之"，略有游离。接着后面还有"长愿青春人不老，尚期白首作诗俦"句（《行年五十寄庚山》），"人不老"、"作诗俦"，难相属对，心想七律恐非海云君所长。突然，前面所举"重到温泉"跳入眼帘。中两联苍劲凝重而又从容潇洒，颇见功力。特别是读到《秋兴·依杜甫原韵八首》，深感其笔意老到，功力弥满，令我不能不拍案叫绝：

西风昨夜染霜林，万岭红云破肃森。
大漠广栽常绿树，天涯何处不繁阴。
江山已尽离人泪，海泽应安去国心。
裘帛喜遮寒士体，洗衣机响不闻砧。

地是广栽绿树，处处繁阴，而人已是离人泪尽，去国心安，一个和谐昌明的时代，此为联章之首。家国之念，首在京华：

霞满西山日半斜，每寻佳句赞京华。
情因极爱翻成泪，路有迷津每误槎。
白首尚期歌盛世，青春常惜诉悲笳。
山荆一束堪成蜜，拙笔聊添锦上花。

对于家国，因爱极情深不免为之常常落泪，因之白首华颠尚望念之颂之，相比之下，道路迷津、青春悲寂，也就不过成为历史的记忆了。当然，这记忆，亦是一份珍贵的财富。

> 名园座座漾秋晖，金碧楼台映翠微。
> 碧水惊鸥随浪起，蓝天小燕入云飞。
> 涌泉欲报心难尽，彩笔生花愿莫违。
> 最是霜枝增晚艳，满山红紫叶儿肥。

北京名园，灵秀生动，艳丽多姿，更激发诗人彩笔丹青、涌泉相报的深情厚谊。

> 赢得人间一局棋，苍生洗尽百年悲。
> …………
> 中华毕竟臻强盛，一扫颓风畅所思。
> 慷慨悲凉，乐观雄健。

> 疮痍不泯前朝恨，屈辱难开此日颜。
> 何幸虎狼俱逐灭，东方狮醒列头班。

悲凉沉郁而又意气风发。

关于七律：前人有云："七言律畅达悠扬，纡徐委折，近体之妙始穷。"又云："近体之难，莫难于七言律。五十六字之中，意若贯珠，言如合璧。其贯珠也，如夜光走盘，而不失回旋曲折之妙；　其合璧也，如玉匣有盖，而绝无参差扭捏之痕。思欲深厚有余而不可失之晦，情欲缠绵不迫而不可失之流；肉不可胜骨，而骨又不可太露；词不可使胜气，而气又不可太扬。庄严则清庙明堂，沉着则万钧九鼎，高华则朗月繁星，雄大则泰山乔岳，圆畅则流水行云，变幻则凄风急雨：一篇之中，必数者兼备，乃称全美。故名流哲匠，自古难之。"细味海云君七律，往往合之。

> 行年五十四，来作泰山游。
> 有志观沧海，无心拜冕旒。
> 天低迎日出，云起揽风流。
> 倚杖云天外，乾坤眼底收。

（《泰山游》）

> 久有凌云志，乘车直上天。
> 重关开殿宇，飞阁住神仙。
> 玉树连霜结，冰风透骨寒。
> 仙宫一小卧，剧下白云间。

（《峨嵋小卧》）

> 北国霜来早，西山别样姿。
> 拟将秋色赋，换写踏春词。
> 莫叹人空老，休惭报国迟。
> 平生有奇志，胜压百花枝。

（《西山秋兴》）

关于五律：　前人有云："五言如四十个贤人，著一字屠沽辈不得。"又李梦阳云："选景者意必二，阔大者半必细。此最律诗三昧。如杜甫'诏从三殿去，碑到百蛮开。野馆浓花发，春帆细雨来。'前半阔大，后半工细也。'浮云连海、岱，平野入青、徐。孤嶂秦碑在，荒城鲁殿馀。'前景寓目，后景感怀也。"（《唐音癸籖》卷三）看来（一）、五律四十个字，个个如贤人，庄严正立，容不得半点猥琐之态；（二）、中两联可纯然写景，亦可纯然抒情；可以前联写景，后联抒情，亦可前联抒情，后联写景。细观海云君五律，均合法度。

李清照提出"词别是一家"（《词论》）。所谓"词别是一家"，就是主张分别诗词畛域。这也就是说，诗写得好，并不就等于词写得好。

> 北京好，春意满长安。日照琉璃生异彩，夜来星斗落人间。灯开不夜天。

> 北京好，白塔映蓝天。云化彩龙邀舞燕，风摇翠柳拂游船。人在画中间。

> 北京好，西山叶正丹。云岭山风吹翠幔，镜湖秋水照红颜。含笑待人看。

将北京写得色彩明丽，气韵生动。

> 人生易老心难老，未到重阳，却赋重阳，付与黄花一处香。　好花不怕风和雨，过了春光，又是春光，笑傲江天万里霜。

（《采桑子·读毛主席词，感慨很深，早上醒来，油然欲和，卒成几句》
二首之一）

执着人生，沉雄爽朗。

碧海青天恨应休，银河须住泪长流，任他两岸风波阔，终得诗人结伴游。　同赏月，共吟讴。乡心诗愿各相酬。金风玉露情无限，今夜人间好个秋。

（《鹧鸪天·颐和园中秋诗会》）

心清神秀，情深意切。

天道如炉，世道如棋，历险茹辛。自开天辟地，尘寰扰扰；韬文略武，冠盖纷纷。几许沉浮，几番荣辱，几个从容自在身？千秋事，作铮铮铁汉，能屈能伸。　如今盛世多闻，正改革方兴万事纭。幸老去逢时，优游岁月；吟诗作画，潇洒红尘。种几株花，栽几行柳，浓荫繁华共报春。增寿考，养浩然之气，蓄我童贞。

（《沁园春·奉和张家春诗长〈七十抒怀〉》）

此为横放杰出之作。

西山风景秋来媚，西风尽染霜林醉。仿佛女儿娇，满山红袖招。　枝枝连叶叶，共绾同心结。白发对婵娟，相期度百年。

（《菩萨蛮·西山红叶》）

风流无限，恻艳非常。

海云君词作，虽不乏豪放之音，但仍坚守了"婉约为宗"的主旨。

徐师曾《文体明辨序说》云："至论其词，则有婉约者，有豪放者。婉约者欲其辞情蕴藉，豪放者欲其气象恢宏。盖虽各因其质，而词贵感人，要当以婉约为正。否则，虽极精工，终乖本色，非有识之所取也。"词，从创作主体看，"他们的不能诉之于诗古文的情绪，他们的不能抛却了的幽怀愁绪，他们的不欲流露而又压抑不住的恋感情丝，总之，即他们的一切心情，凡不能写在诗古文辞之上者无一不泄之于词。"（郑振铎《插图本中国文学史》第 35 章，见《郑振铎全集》第 9 卷，第 2 页。花山文艺出版社，1998 年版）从接受群体看，如御卜（即黄瓯）所说："词体如美人含娇掩媚，秋波微转，正视之一态，旁视之又一态，近窥之一态，远窥之又一态。"（谢章铤《赌棋山庄词话卷七·黄瓯论词》，见唐圭璋主编《词话丛编》第 4 册，第 3408 页，中华书局，1986 年版）从词作看，"大较词人之体，多属揣摩不置，思致神遇。然率于人情之所不勉者，以敷言又必有妙才巧思以将之，然后足以尽属词之蕴。故夫词成而读之，使人恍若身遇其事，怵（chu）然兴感者，神品也。意思流通，无所乖逆者，妙品也。能品不与焉。宛丽成章，非辞也。是故山林之词清以澈，感遇之词凄以哀，闺阁之词悦以解，登览之词悲以壮，讽喻之词宛以切。之数者，人之情也。属词者皆当有以体之。夫然后足以得人之性情，而起人之咏叹，诗之有风，犹之有词也。语曰：动物谓之风。由是以知：不动物，非风也。不感人，非词也。"（周逊《词品序》，《渚山堂词话·词品》，第 175 页，人民文学出版社，1960 年版）查礼《铜鼓书堂词话》

云："情有文不能达，诗不能道者，而独于长短句中可以委宛形容之。"王蛰堪《半梦庐词话》云："或问：诗词何似？曰：诗若苍颜老者，孤灯独坐，虽葛巾布服，眉宇间使人想见沧桑，谈吐挥洒，不矜自重，不怒自威。词犹美艳少妇，微步花间，风姿绰约，虽钗钿绮服，使人想见玉骨冰肌，顾盼间隐然怨诉，徒有怜惜，可远慕而不可近接焉。"吴谷人《红豆词序》云："驻枫烟而听雁，舣葭（jia）水而寻渔；短径遥通，高楼近接；琴横春荐，杂花乱飞；酒在秋山，缺月相候，此境与词宜。金迷纸醉之娱，管语丝哇之奏；浦遗余佩，钗挂臣冠；满地蘼芜，夕阳如画；隔堤杨柳，红窗有人，此其情与词宜。"（见江顺诒《词学集成》卷七，《词话丛编》，第 4 册，第 3290 页）

由于诗词有别，词体别有审美倾向，我相信以上诸家所述，我相信古老的信条：诗庄词媚。

当然，词在发展过程中，突破"艳科"的藩篱，而进至"无意不可入，无事不可言"的广阔天地，家国之情，慷慨之气，充溢其中，使之意象阔大，气势恢宏。这是词体的发展和提升，因之不可任意贬斥豪放。这也是历代论家的不刊之论。如：司空图《二十四诗品》有"豪放"一品："观花匪禁，吞吐大荒。由道反气，处得以狂。天风浪浪，海山苍苍。真力弥满，万象在旁。前招三辰，后引凤凰。晓策六鳌，濯（Zhou）足扶桑。"沈祥龙《论词随笔》云："词有婉约，有豪放，二者不可偏发，在施之各当耳。房中之奏，出以豪放，则情致绝少缠绵。塞下之曲，行以婉约，则气象何能恢拓。苏辛与秦柳，贵集其长也。"又云："词之体，各有所宜，如吊古宜悲慨苍凉，纪事宜条畅滉漾，言愁宜呜咽悠扬，述乐宜淋漓和畅，赋闺房宜旖旎妩媚，咏关河宜豪放雄壮。得其宜则声情合矣，若琴瑟专一，便非专家。"（《词话丛编》，第4册，第4049页）晚明孟称舜在其《古今词统序》中说："乐府以暾逯扬厉为工，诗余以究丽流畅为美。故作词者率取柔音曼声，如张三影、柳三变之属。而苏子瞻、辛稼轩之清俊雄放，皆以为豪而不入格。宋伶人所评《雨霖铃》、《酹江月》之优劣，遂为后世镇（tian）词者定律矣。予窃以为不然。盖词与诗曲，体格虽异，而本于作者之情。古来才人豪客，淑姝名媛，悲者喜者，怨者慕者，怀者想者，寄兴不一。或言之而低徊焉、宛变焉；或言之而缠绵焉、悽怆焉；又或言之而嘲笑焉、愤怅焉，淋漓痛快焉。作者极情尽态，而听者洞心荡耳。如是者皆为当行，皆为本色，宁必姝姝媛媛学儿女子语而后为词哉！故幽思曲想，张柳之词工矣，然其失则俗而腻也，古者妖童冶妇之所遗也。伤时吊古，苏辛之词工矣，然其失则莽而俚也。古者征夫放士之所托也。两家各有其美，亦各有其病，然达其情而不以词掩，则皆填词之所宗，不可以优劣言也。"所以，我们可以词宗婉约，但不要贬斥豪放。在词的创作方面，不要自设藩篱：词旨单一，词境狭小，词情过于个人化，或谓私人化。

易海云君词作也已深入词之个中三昧。易海云君，年时八十，尚未悬车，我祝他诗文灿如星斗，诗心永葆童贞。

2013年11月30日

宣南诗社成立于嘉庆九年说

2014 年 12 月 24 日，中华诗词学会、北京诗词学会、北京楹联学会在京民大厦联合召开了"纪念宣南诗社成立 200 周年座谈会"。段天顺老给会议提供了两篇论文：《以风雅之才，求兼济之学——介绍晚清时期的宣南诗社》、《启神智、扩见闻——为李明哲、李珂〈龙树寺与宣南诗社〉序》。在前一篇，他开门见山地说："从近代史料看，嘉庆九年（1804）京城创立了一个诗社名宣南诗社"。在后一篇，他又说："宣南诗社活动最早见于嘉庆九年（1804），有陶澍、朱琦、顾莼等组建消寒诗社，为"文酒唱酬之会"。我完全赞成"宣南诗社成立于嘉庆九年"说。据此，会标应改为"纪念宣南诗社成立 210 周年座谈会"。

宣南诗社最初被研究者关注始于对林则徐的研究。1935 年商务印书馆出版了魏应麒所编《林文忠公年谱》。魏称：林则徐道光十年（1824）四月入都，"与龚自珍、潘曾莹、潘曾沂、黄爵滋、彭蕴章、魏源、张维屏、周作楫等结'宣南诗社'，互相酬唱"[①]。此说被范文澜采入《中国近代史》而广为传播[②]。但，魏、范此说亦遭到质疑，其典型代表是杨国桢、黄丽镛、王俊义。他们从史料入手，钩沉出'宣南诗社'最早成立于嘉庆九年（1830），并非由林则徐创始[③]。

"宣南诗社"最早可以追溯到嘉庆九年（1804）。陶澍在《潘功甫以〈宣南诗社图〉属题抚今追昔有作》一诗中说：

忆昔创此会，其年在甲子。
赏菊更忆梅，名以消寒纪。

嘉庆九年初举此会，朱兰坡斋中以赏菊为题，
吴退旃斋中以忆梅为题。与者夏顾洪，聚散一期
耳。顾南雅、夏森圃、洪介亭皆入会。明年秋，
余以艰归，诸君亦多风流云散矣。④

这首诗的来由是：道光四年（1824）春暮，潘曾沂离京归
里，请画家王学诰绘《宣南诗会图》，遍征同人题咏，陶澍
是遵潘嘱而写的。潘曾沂于道光元年（1821）入都，被召入"宣
南诗社"。诗社以"宣南诗社"命名，最早见于此年。⑤

诗中"忆昔创此会"，指创建"宣南诗社"；"其年在
甲子"，即嘉庆九年。这说明嘉庆九年的"消寒诗社"即是"宣
南诗社"的前称。

陶澍是嘉庆七年（1802）进士入翰林院，嘉庆九年（1804）
创建"消寒诗社"即嗣后的"宣南诗社"。第二年丁忧回家，
守制三年返京，嘉庆二十四年（1819）春授川东兵备道，结束
了十四年的京官生活。其间，嘉庆十九年（1814）秋冬之际，
董国华等约为消寒诗会，陶澍、朱珔等嘉庆九年消寒诗社主
要成员都参加了。这一年冬至第二年春，消寒诗社共集会8
次，陶澍均是参与者。陶澍后来任安徽巡抚、江苏巡抚、两
江总督，兼管两淮盐政，还给"宣南诗社""岁寄宴费"⑥。
虽然，陶澍在京14年参与"宣南诗社"活动情况尚未作详
细的钩沉，但陶澍是"宣南诗社"的核心成员是无可置疑的。

陶澍创立的"消寒诗社"何时改名为"宣南诗社"，说
法不一，笔者也未来得及作深入的爬梳清理。有说嘉庆十九
年（1814）的，有说是道光元年（1821），也有说是嘉庆二十一
年（1816）的。我们暂且按魏泉教授的说法定于道光元年（1821）。

嘉庆二十四年（1819）春，黄安涛有意将此前五年来积累的同人诗作"裒而辑之，都为一编，而先为图以记其事"⑦，并请胡承珙作序。据陶澍《题黄霁青太史〈消寒诗社图〉》⑧，得知黄安涛所为图名《消寒诗社图》，而胡存珙为此图撰序，序名也叫《消寒诗社图序》⑨。此文后来被梁章钜收入其《师友集》时，将其名改为《宣南吟社序》。看来，相当一段时期，"消寒诗社"、"宣南吟社"、"宣南诗社"，甚至"城南吟社"⑩，在诗社成员中是混叫的，并无区别。

有的论者硬要将"宣南诗社"与陶澍于嘉庆九年（1804）创立的"消寒诗社"分割开来，（尽管自嘉庆十九年［1814］至道光元［1821］所谓的"宣南诗社"一直叫"消寒诗社")，并列出如下所谓的理由：

（一）京师仕宦消寒聚会繁多，所以"消寒诗社"不能视为"宣南诗社"之始。余谓：此"消寒"非彼"消寒"也。嘉庆九年（1804）由陶澍创立的"消寒诗社"，活动被赓续，其核心成员多为"宣南诗社"骨干分子，此"消寒诗社"与其后的"宣南诗社"有一以贯之的血缘关系。

（二）"宣南诗社"已非同年友雅集。余谓：即便嘉庆十九年（1814）前的"消寒诗社"是同年友的雅集，如嘉庆七年（1802）壬戌同年（陶澍、朱琦、梁章钜）、嘉庆十三年（1808）戊辰同年（董国华、谢阶树、钱仪吉、刘嗣绾）和嘉庆十六年（1811）辛未同年（林则徐、程恩泽、李彦章、汤储璠），嘉庆十九年后的雅集加入了一些非进士、翰林的仕宦，也改变不了诗社的性质。组织由小到大、由少变多、甚至由简单变复杂，均为常理，似无须多辩。

（三）"消寒诗社"乃消寒、忆梅、赏菊的风雅消闲之举，

而嘉庆十九年 (1814) 之后的雅集，则"尊酒流连，谈剧间作，时复商榷古今，上下其议论"⑪。余谓：嘉庆帝即位，和珅倒台，逐步推行改革。汉族士大夫地位有所提高，言论禁锢有所松弛，文人结社亦初开风气。但康乾时代文字狱之严酷，无疑使得汉族士大夫心有余悸，在"商榷古今，上下其议论"方面，或暂时默然，或小有议论，不及嘉庆十九年 (1814) 雅集以后自由开放，是完全可以理解的。再者，目前尚未见到其时陶澍等雅集诗作的全部，是否完全没有一点家国之思，济世之念？退一步说，即使诗作中没有，又有谁能肯定他们在雅集时就绝对没有"商榷古今，上下其议论"？因为，陶澍是公认的嘉道时期的改革者。《剑桥中国晚清史》关于"嘉庆改革"中说："这些新任命者中的许多人，包括改革者湖南人陶澍在内"⑫。陶澍被当时及后人评价很高。魏源在《太子太保两江总督祀贤良祠陶文毅公墓志铭》中说："公为翰林能诗，为御史能言，及备兵川东，摘伏发奸，又为能吏。……吁！可谓智不惑、勇不惧者也。悬河之辩，不可复闻；骋古今之学，剸繁剧之才，不可复见。"⑬。张佩纶在光绪五年 (1879) 十一月二十一日探访张之洞时写道："二十一日，晴。过孝达，辑《先哲录》。饭后，论道光来人才，当以陶文毅为第一。其源约分三派：讲求史实，考订掌故，得之者在上则贺耦耕，在下则魏默深诸子，而曾文正集其成；综核名实，坚卓不回，得之者林文忠、蒋砺堂相国，而琦善窃其绪以自矜；以天下为己任，包罗万象，则胡、曾、左直凑单微。而陶实黄河之昆仑，大江之岷也。"⑭。这是清末著名"清流"人物张之洞、张佩纶对陶澍的评价。

还有一个情况应该考虑进去，那就是淘澍的故乡湖南安化早在 2004 年便拟复"宣南诗社"，并编辑出版了诗集《宣南雅韵》。2005 年 8 月 18 日，祭祀陶澍陵，正式挂牌恢复"宣南诗社"。无疑，他们认为"宣南诗社"是陶澍于嘉庆九年**(1804)**创建的。

2015 年元月二日

【注】

① 魏应麒：《林文忠公年谱》，商务印书馆 1935 年版，第 2425 页。

② 范文澜：《中国近代史》，第 1617 页，人民出版社 1955 年出版。

③ 参见杨国桢：《宣南诗社与林则徐》，《厦门大学学报 1964 年第 2 期。黄丽镛：《宣南诗社管见》，《上海师大学报 1980 年第一期。王俊义：《关于宣南诗社的几个问题》，《清史研究集》第一集，中国人民大学出版社 1980 年 11 月版。

④ 《陶澍集》，岳麓书社 1998 年 8 月版，第 359 页。

⑤ 参见魏泉《士林交游与风气变迁：19 世纪宣南的文人群体研究》第 80 页注；北京大学出版社 2008 年 9 月第 11 版。

⑥ 潘曾沂作于道光二年（1822）的《谢阶树席上赠陶澍》一诗有"甚愧俸相寄，兼夸诗可观"句，诗后小注云："近年诗会饮酒之费皆陶所寄也。"《功甫小集》卷六，咸丰四年重刻本。参见《士林交游与风气变迁：19 世纪宣南的文人群体研究》第 90 页。

⑦ 据来夏新先生称，此图为画家朱鹤年所绘，见《林则徐年谱新编》，南开大学出版社 1997 年 6 月版，第 87 页。转引自《士林交游与风气变迁：19 世纪宣南的文人群体研究》第 79 页。

⑧ 《陶澍集》第 553 页。

⑨ 胡承珙：《消寒诗社图序》，《求是堂文集》卷四。

⑩　吴嵩梁：《题霁青太守城南吟社图即送赴任高州》，《香苏山馆古体诗钞》卷十二，清刻本，见《续修四库全书》1490 册。转引自《士林交游与风气变迁：19 世纪宣南的文人群体研究》第79 页。

⑪　胡承珙：《消寒诗社序》。

⑫　《剑桥中国晚清史》上卷，中国社会科学出版社 1985 年2 月版，第 125 页。转引自《士林交游与风气变迁：19 世纪宣南的文人群体研究》第 87 页。

⑬　《魏源集》，第 347 页。

⑭　张佩纶：《涧于日记〈篑斋日记〉·己卯下》（涧于草堂影印本）。参见陈蒲清教授提交会议论文《杰出改革家陶澍》。

太湖世界文化论坛中华美学精神高层研讨会论文

日本汉诗与中华美学

顾炎武说，中国文化是"天下文化"。之所以这样说，是因为，在东亚的历史上，存在一个很长时期的汉文化圈，汉字除了中国人使用，日本、琉球、朝鲜和越南，在本国文字尚未形成以前和形成以后，都使用汉字，产生了一大批汉字文献，具有非常高的价值。

早在周朝，朝鲜半岛就是中国领土，分封土地时是箕子的领地。西汉时，前109年汉武帝在那里设置玄菟、乐浪、真番、临屯四郡。中国汉字最晚在公元前3—4世纪传入朝鲜。在这漫长的历程中，汉字不仅未被朝鲜国文"训民正音"击倒，而且以更加旺盛的生命力立起了朝鲜汉文化的丰碑。朝鲜汉诗从产生到发展，在其形态演变上深受中国诗歌的影响。其四言体诗，主要受到《诗经》的影响；五言体诗，与对《文选》的学习有密切关联；到新罗时期，朝鲜汉诗已趋成熟，创作空前繁荣。现存世的诗文集多达二百多种。最重要的诗人则是李奎报和李齐贤，一向被誉为高丽文学双璧。

自明初至清末五百余年，琉球作为中国的附属国，受中国文化影响极深。明代琉球汉诗今已不存，清代琉球汉诗，自顺治年间开始，风行二百年。琉球汉诗大致有两大主题，一为有国之乐，二为亡国之痛。琉球汉诗的黄金时期正值中国的康乾盛世，一时诗人辈出。

公元前214年，秦始皇在红河中下游、古称交趾、安南，居民为雒越人之地，设置了南海、桂林、象郡三郡。秦末中原大乱，秦将赵陀，河北正定人，武力统一各郡，建立南越国，是为越南建国之始。汉武帝灭了南越政权，改为郡县。自此之后，直至唐五代末，南越都是中国的郡县，越南史称"郡县时代"，约一千二百年。宋太祖开宝元年（968），交趾人丁部领建立丁朝，脱离中国统辖，但一直向中国称臣朝贡，史称"藩属时期"。直至清德宗光绪十一年（1885），中法"天津条约"签订，越南成为法国保护国，结束了约900年的藩属关系。作为中国郡县的越南，经过多年的教化，已渐"通诗书，识礼乐，为文献之邦"；作为中国藩属的越南，继续用汉字，立孔庙，兴科举，崇尚儒学，兼容佛老，中国文化仍然大行其道。今天能见到的最早的一首越南人作的诗，是廖有方《题旅榇（chen, 棺材）》，载于《全唐诗》。安南立国后，丁、黎、李，直到陈朝前期，由于佛教势力影响巨大，禅诗盛行三百余年。

古代日本没有本民族的文字，五世纪左右汉字才从中国传到日本。但日本学者和辻哲郎《日本古代文化》指出"日本人开始接触汉字，是在上古的弥生文化时代"。《魏志·倭人传》中有魏明帝正始元年（240）"倭王因使上表，答谢恩诏"的记载，可见在早于应神天皇（第15代，在位期间270—310）时代，日本人当中就已经有懂得汉语使用汉字的人了。而日本现存最早的汉文作品则见于我国的《宋书·夷蛮传》。宋顺帝昇明二年（478），倭王（雄略天皇［第21代，在位期间456—479］）曾遣使上表："封国偏远，作藩于外。自昔祖祢，躬擐甲胄，跋涉山川，不遑宁处。东征毛人五十六国，西服众夷六十六国，渡平海北九十五国……"。日本人用汉文写作。当时的日语也是用汉字做音符来书写的，著名的《万叶集》就是用这种方法写成的，因而又称为《万叶假名》。但是，用汉字作音符，书写起来很不方便。8世纪时（**唐朝武则天圣历二年——德宗贞元十五年**），留学生吉备真备利用汉字偏旁创造了日本表音文字——片假名，从此，日本才有了自己的文字。后来，日本留唐求法僧空海又利用汉字行书创造了日本的行书假名——平假名（**如："あ"来源于汉字"安"**）。这个空海应该多说几句。空海，俗姓佐伯，号遍照金刚，平安时代名僧，生活于公元774年（**唐代宗大历九年**）至公元835年（**唐文宗大和九年**）年间。15岁随其舅父研习经史文章，熟读《诗》《书》《左传》等中国典籍。后入佛门，31岁入唐求学，曾到长安西明寺、青龙寺学习佛法，归国后居日本金刚峰寺总艺种智院著书。他汉文造诣甚高，尤其精通汉诗的格律声韵理论，著有《文镜秘府论》《篆隶万象名义》《三教指归》《十佳心论》《秘藏宝轮》等。其著于819年（**唐宪宗元和十四年**）的《文镜秘府论》，乃日本第一部诗话，专论中国骈俪文学，不仅给日本汉学和汉诗以极大影响，而且也为研究中国古典文学理论保存了许多珍贵资料，如盛唐七绝圣手王昌龄的《诗格》，其价值极高。王昌龄《诗格》，在我国只在明胡震亨的《唐音癸籤》卷二保存了"为诗在神之於心"及"诗思有三"两条。东亚诸国今存其著作版本多种，我国有王利器《文镜秘府论校注》于1983年由中国社会科学出版社出版发行。

　　中华文化传入日本始于何时，历来有两种说法。其一为"徐福赍来"说。其一为"神后征韩收还"说。前者的依据是宋代欧阳修《日本刀歌》，诗中有"徐生行时书未焚，逸书百篇今尚存。先王大典藏夷貊，苍波浩荡无通津"。在日本《神皇正统记》"孝灵天皇（**第7代，在位时间前290—前**

215)"条中也有类似的说法："四十五年（前246）乙卯，秦始皇即位，始皇好神仙，求长生不老药于日本，日本欲得彼国之五帝三王遗书，始皇乃悉送之。其后三十五年，彼国焚书坑儒，孔子全经遂存于日本。"后者的依据是《日本书记》，其中有神功皇后征新罗时"入国中，封重宝府库，收图籍文书"的记载。但史学界一致的观点是，中华典籍的传入始于应神天皇。据《古事记》及《日本书纪》卷10记载，应神天皇十五年（284），百济王照古派大臣阿直歧来日，十六年（285）百济博士王仁归化日本，阿直歧曾担任皇太子菟道稚郎子的老师，当时，王仁曾向应神天皇进献中国典籍《论语》10卷和《千字文》1卷。到了继体天皇（第26代，在位时间507—531）七年（513），百济又向日本派出五经博士段杨尔，十年（516）又请求以五经博士高安茂来替换段杨尔。十六年（522），南梁司马达传入佛教。钦明天皇（第29代，在位期间539—571）十五年（554），五经博士王柳贵替代了前任马丁安，此后《易》博士王道良、历博士顾德、王保孙以及医博士、采药师、乐师等纷纷来日。到了推古天皇时（第33代，在位时间592—628），圣德太子师从高丽僧惠慈学佛学，并师从高丽博士觉苟学汉籍，对于佛教及儒学的推广和繁荣起了巨大作用，中华典籍的传播开始蔚为大观。推古天皇十二年（604），圣德太子制定的《宪法十七条》字句精练，措辞简古，其中有《诗经》《尚书》《孝经》《论语》《左传》《礼记》《管子》《孟子》《墨子》《庄子》《韩非子》《史记》《汉书》等儒家诸子百家的著作以及佛教典籍。

日本汉诗兴起于公元7世纪中叶的近江（667--672）时代，弘文天皇（第39代，在位时间671—672）是最初用汉文写诗的人。

　　日本现存最早的汉诗是天智七年 [天智天皇 (第38代, 在位时期 661—671)] (668) 正月三日, 弘文天皇被册封为皇太子, 群臣祝宴时弘文天皇 (其时为大友皇子) 的《侍宴》:

> 皇明光日月, 帝德载天地。
> 三才并泰昌, 万国表臣义。

　　日本最早的汉诗集, 是成书于孝谦天皇 (第46代, 在位时间 749—758) 太平胜宝三年 (751) 的《怀风藻》。比现存最早的和歌集《万叶集》至少早十年左右。书中序文记载, 该书共收从七世纪后半叶近江朝 (667—670) 至八世纪奈良朝 (701—794) 的诗一百二十首。但现存《怀风藻》的实际数目为一百一十六首, 少了四首。作者是以天皇为中心的宫廷诗人, 尤以奈良朝诗人居多, 因此可以说《怀风藻》是一部从七世纪后半叶至八世纪中叶的宫廷诗人们的诗集。平安时期 (794—1192) 继《怀风藻》以后, 又出现了《凌云集》《文华秀丽集》和《经国集》三部汉诗集。

　　在日本, 自八世纪初的奈良时代以来, 初唐诗人特别是王勃、骆宾王的诗风风靡一时。《王勃集》唐写本的卷二十八、二十九、三十的残卷仅存于日本, 正仓院文书里也留下了一部王勃的《诗序》。《骆宾王文集》一卷虽然为逸书, 但正仓院文献录有其名, 我们也不难想象它和《王勃集》一样, 曾给当时的诗人以一定的影响。《怀风藻》中可以找到很多模仿这两个人诗作的痕迹。圣武天皇 (第45代, 在位时间 724—749) 时代, 从时间上来讲, 相当于盛唐时期, 但当时的诗人们也许并没有接触过李白、杜甫的诗。编纂于九世纪末的《日本国见在书目录》中，盛唐诗人只录有王维、王昌龄、张说的文集，并没有杜甫的文集，李白则仅录有《李白歌行集》三卷而已。但是，在那个与中国大陆往来不便的时代，出现这种现象毫不为奇。诗人们还是以既往的六朝诗或初唐诗为范本，为尽可能接近唐人的水准耗费了大量心血。

汉词则兴起于公元九世纪的平安时代，嵯峨天皇（第52代，在位时间809—823），是日本填词的开山祖。《经国集》卷十四载有嵯峨天皇御制《渔歌子》五阕，是仿张志和的《渔歌子》而作。据夏承焘《域外词选·前言》此词写于嵯峨天皇弘仁十四年（823），上距张志和原作产生仅四十九年。

《渔歌子五首》（每歌用"带"字）

江水渡头柳乱丝，渔翁上船烟景迟。
乘春兴，无厌时，求鱼不得带风吹。

渔人不记岁月流，淹泊沿洄老棹舟。
心自效，常狎鸥，桃花春水带浪游。

青春林下渡江桥，湖水翩翩入云霄。
烟波客，钓舟摇，往来无定带落潮。

溪边垂钓奈乐何，世上无家水宿多。
闲钓醉，独棹歌，洪荡飘飖带沧波。

寒江春晓片云晴，两岸花飞夜更明。
鲈鱼脍，莼菜羹，餐罢酣歌带月行。

　　张志和原作五阕，初见于唐李德裕写的《玄真子渔歌记》
（李文《饶文集》别集七），五代《尊前集》和宋计有功《唐诗纪事》
等书也有记载：

> 西塞山前白鹭飞，桃花流水鳜鱼肥。
> 青箬笠，绿蓑衣，斜风细雨不须归。

> 钓台渔父褐为裘，两两三三舴艋舟。
> 能纵棹，惯乘流，长江白浪不曾忧。

> 云溪湾里钓鱼翁，舴艋为家西复东。
> 江上雪，浦边风，笑着荷衣不叹穷。

> 松江蟹舍主人欢，菰饭莼羹亦共餐。
> 枫叶落，荻花乾，醉宿渔舟不觉寒。

> 青草湖中月正圆，巴陵渔父棹歌连。
> 钓车子，橛头船，乐在风波不用仙。

　　五阕联章，且每歌用一"不"字。故嵯峨天皇标明"每歌用一'带'字"。嵯峨天皇的摹仿之作，和张志和原作一样，均见高雅冲淡的意趣。

　　日本汉诗汉词到明治维新时代走向衰落，约有 1200 年的历史。其间诞生了数以几十万计的汉诗作品。据 1980 年东京刊行的《汉诗文图书目录》统计，从奈良时代到明治时代，日本出版的各种汉诗总集、别集共 769 种，凡 2339 卷，20 余万首诗。

"诗言志"、"诗缘情"，志情相通，实则一也（**孔颖达疏杜预注《左传》昭公二十五年**）。中华美学、诗学的论诗主旨，在于倡导仁爱、推行德政以及关怀社会人生，在于"达则兼济天下，穷则独善其身"。这种中华诗学、美学精神，对日本汉诗有着深远的影响。

（一）家国民生

嵯峨天皇《春日游猎》：

> 三春出猎重城外，四望江山势围雄。
> 逐兔马蹄承落日，追禽鹰翻拂轻风。
> 征船暮入连天水，明月孤悬欲晓空。
> 不学夏王荒此事，为思周卜遇非熊。

诗的尾联用了两个典故，一个是夏桀亡国的典故，一个是周文王出猎遇吕尚的故事。诗人对中国历史的熟识由此可见一斑。

有智子《春日山庄》：

> 寂寂幽庄水树里，仙舆一降一池塘。
> 栖林孤鸟识春泽，隐涧寒花见日光。
> 泉声近报初雷响，山色高晴暮雨行。
> 从此更知恩顾渥，生涯何以答旻苍？

有智子（806—847），嵯峨天皇之女。自幼能写一手好汉诗，深得父皇钟爱。诗作较多，收于《经国集》《雅言奉和》中，被后人誉为平安朝第一女诗人。此诗为在嵯峨天皇驾临她居住的山庄时应命而作，借咏山庄景色表达了她对父皇垂顾的感激之情。

藤原宇合（694—737）《奉西海道节度使之作》：

> 往岁东山役，今年西海行。
> 行人一生里，几度倦边兵。

虽只短短四句，却也写尽了人们厌战的心声。藤原宇合是日本的贵族公子，曾在唐玄宗开元五年（717），以遣唐副使的身份到过中国，直接得到过华夏文化的浸润，其作品完全可以和初、盛、中唐时期的诗歌写作高手媲美。

菅原道真：

> 丞相度年几乐思，今宵触物自然悲。
> 声寒络纬风吹处，叶落梧桐雨打时。
> 君富春秋臣渐老，恩无涯崖报犹迟。
> 不知此意何安慰，饮酒听琴又咏诗。

菅原道真（845—903），书香世家出生，其祖上代代为大学头、文章博士，而道真更是平安朝最具代表性的一个诗人，深受白居易的影响。他于公元八九九年当上了右大臣。公元九零零年，他在出席醍醐天皇的祝宴时，接受天皇命题写了上面这首诗诗。次年，道真被左大臣藤原时平排斥，被贬为驻九州的大宰帅。被贬后的道真在回忆起一年前的待宴作诗的情景，曾写下一首《九月十日》：

> 去年今夜待清凉，秋思诗篇独断肠。
> 恩赐御衣今在此，捧持每日拜余香。

诗中诗人的念君、怨君的凄凉之情跃然纸上。

菊池溪琴《河川途上》：

南朝古木锁寒霏，六百春秋一梦非。

几度问天天不答，金刚山下暮云归。

菊池溪琴（1799—1881），名保定，字士固，通称孙左卫门，号溪琴，晚称海庄，纪州（今和歌山县）人。世代富豪，关心国事，尤重海防。但谢绝出仕，隐居山林，啸傲风月。其诗前期多忧国之作，隐居后，诗风恬淡，有谪仙遗风。

国分高胤《改官制》：

清廷改官制，任免各大臣。

锐意学西法，百弊期一新。

衰弱两百年，岂无其原因。

头小而尾大，国势竟不振。

上下只征利，徒说义与仁。

苞苴公然行，水火悲斯民。

近来有所悟，制度仿东邻。

各省拔才俊，留学日问津。

从来宪政美，先要得其人。

愿不趋皮相，沉潜养精神。

国分高胤（1857—1944），吟诗六十年，为雅文会、吟社、兴社、兰社、朴社等众多诗社之盟主，指陈时事，诗风苍劲，关怀民生，豪情慷慨，被认为是日本汉诗千年创作史上的殿军。

铃木虎雄（豹轩）无　题

　　夺将民志赴干戈，四海风云日夜多。
　　若使管商长跋扈，神州天地竟如何？

河上肇《兵祸何时止》：

　　薄粥犹难得饱尝，煮茶聊慰我饥肠。
　　不知兵祸何时止，破屋颓栏倚夕阳。

（二）咏　史

鸟山辅宽《秦始皇》：

　　弃掷皇坟与圣经，漫求仙药究蓬溟。
　　盛称水德真堪笑，不救咸阳火一星。

　　鸟山辅宽（1655—1715），京都人，善书法，精于诗，有"晚唐宗匠"之称。其书法被时人誉为"洛阳名笔"。

新井君美

　　霜剑一销皆入秦，咸阳铜狄为传神。
　　莫言天下浑无事，犹有江东学剑人。

新井君美（1657—1725），名君美，号白石，江户人。江户中期汉学家、政治家。曾先后辅佐三代将军，为德川幕府的重臣。其诗气势博大，新见迭出。

这首诗写秦始皇焚销书籍、销毁武器，企图巩固帝业而适得其反。这自然使我们想起章碣《焚书坑》："竹帛烟销帝业虚，关河空锁祖龙居。坑灰未冷山东乱，刘项原来不读书。"旨意相同，传达出较为深刻的历史意识。

久保得二（天随）《铜雀台》

> 漳水东流去不回，几多宫观劫余灰。
> 终生权略三分业，旷古文章七子才。
> 墓表题名欺后世，帐前奏伎引余哀。
> 依稀疑冢亦荒草，秋老西陵风雨来。

久保得二（1875—1934），号天随，又号春琴。信州（今长野）高远人。著有《四书新释》《庄子新释》《列子新释》《韩非子新释》《西厢记研究》《日本儒学史》《近世儒学史》《日本汉学史》《秋碧吟庐诗抄》等。

森茂（沧浪）《汴都怀古》

> 繁台落日望无涯，千古兴亡入客怀。
> 南渡君臣歌玉树，北征将士泣金牌。
> 中原云涌连三晋，河朔风来接两淮。
> 不耐登临重转首，故宫衰柳草侵阶。

高野进（真斋）《古战场》：

> 十里愁阴惨不开，荒原吊古去徘徊。
> 当年逐鹿人安在，今日放牛童自来。
> 青史有名唯将帅，断碑无字只莓苔。
> 黄昏转觉荒凉甚，数点秋燐起路隈。

（三）山水诗

文武天皇《咏月》：

> 月舟移雾渚，枫楫泛霞滨。
> 台上澄流耀，酒中沉去轮。
> 水下斜阴碎，树落秋光新。
> 独以星问镜，还浮云汉津。

文武天皇（在位时间697—707）， 此诗在早期的日本汉诗中，是最富诗情画意的一首。将月比作舟，将月下云霞比作舟楫，想象自然，诗中"酒中沉去轮"一句，优雅而有余韵。

兼明亲王《忆龟山》：

> 忆龟山，龟山久往还。南溪夜雨花开后，西岭秋风叶落间。岂不忆龟山！

兼明亲王是醍醐天皇的儿子，此词是仿造白居易的《忆江南》。

绝海中津《多景楼》：

> 北固高楼拥梵宫，楼前风物古今同。
> 千年城堑孙刘后，万里盐麻吴蜀通。
> 京口云开春树绿，海门潮落夕阳空。
> 英雄一去江山在，白发残僧立晚风。

　　绝海中津（1336—1405）出生在土佐（今高知县）津野，早慧，三十四岁西渡明朝，广交江南名士，曾受到明太祖朱元璋的召见，并以敏捷诗才，得到朱元璋的赞赏。绝海中津诗风自然超逸，名擅一时。代表诗作《蕉坚藁》。此诗景阔思长，情怀悲壮，与明初高启名篇《登金陵雨花台望大江》有异曲同工之妙。

　　藤原惺窝《山居》：

> 青山高耸白云边，仄听樵歌忘世缘。
> 意足不求丝竹乐，幽禽睡熟碧岩前。

　　藤原惺窝（1561—1619），名肃字敛夫。江户前期思想家。在日本首倡程朱理学，为程朱理学在日本的传播奠定了基础。其门人甚多。如号称藤原门下"四大天王"的松永尺五、林罗山、那波活所、崛杏庵，以及石川丈山等人。

　　石川丈山《富士山》：

> 仙客来游云外巅，神龙栖老洞中渊。
> 雪如纨素烟如柄，白扇倒悬东海天。

石川丈山（1583—1672），藤原惺窝弟子，被誉为"日东李杜"。

这是他在病殁前写的日本最为脍炙人口的咏富士的诗，尤其是结句，把遥望的富士山比作倒悬的白扇，极为神似，又使人感到亲切。作者曾师事藤原惺窝。他的诗得到朝鲜使节权式的赞扬，称他为"日东李杜"。后人赖杏坪有诗一首纪念石川丈山："戎衣一脱住青山，竹径梅关小有天。不问云台三十六，草堂六六画诗仙。"

室直清《富士山》：

上帝高居白玉台，千秋积雪拥蓬莱。
金鸡咿喔人寰夜，海底红轮飞影来。

室直清（1658—1734），江户前期著名汉学者、汉诗人。此诗想象神奇，场景阔大，笔力雄浑。

高野惟馨《月夜三叉江泛舟》：

三叉中断大江流，明月新悬万里秋。
欲向碧天吹玉笛，浮云一片落扁舟。

高野惟馨（1704—1757）号兰亭，诗情豪放，专学明后七子李攀龙，喜爱盛唐诗风。此诗场面广阔，气魄极大，秋夜河面波光粼粼，明月新悬，扁舟一叶，引吭高歌，颇有苏东坡赤壁泛舟之意境。

江村绶《夏川》：

> 河上烟岚迭碧纱，南风吹动水纹斜。
> 夕阳才敛飞萤乱，却胜春流泛落花。

江村绶（1707—1782）此诗写景细腻生动。

龟田长兴《江月》：

> 满天明月满天秋，一色江天万里流。
> 半夜酒醒人不见，霜风萧瑟荻芦洲。

《放歌》：

> 人俟河清寿几何，功名富贵亦无多。
> 古今兴废一丘貉，日月往来两掷梭。
> 秦庙草荒埋石马，汉门霜冷卧铜驼。
> 桑田碧海须臾梦，我举一杯君试歌。

龟田长兴（1752—1826），号鹏斋，江户人。鼓吹宋诗，有《善身堂诗钞》传世。

草场船山《江南》：

> 江南十里晚莺啼，野店小桥垂柳西。
> 日暮行人思一醉，杏花满地雨凄凄。

草场船山（1822—1889），名廉，字立大，通称立大郎。好儒学，重视经史，其忠君思想，后来发展成为极端民族主义思想。

森大来（槐南）《夜过镇江》：

> 他日扁舟归莫迟，扬州风物最相思。
> 好赊京口斜阳酒，流水寒鸦万柳丝。

森大来（槐南，1863—1911），爱读《水浒传》。汉诗中心星社之盟主，以清诗为宗，创刊汉文杂志《鸥梦新志》、《明诗综》、《百花栏》及报纸汉文专栏《朝日新闻》的《沧海拾珠》和《日本新闻》的《文苑》等。诗风婉约绵永，颇有韵致。

田边华《万里长城》：

> 雄关北划古幽州，浩浩风沙朔气道。
> 不上长城看落日，谁知天地有悲秋。

田边华（1864—1931），号碧堂。出生于备中长尾（今冈山县浅口郡）名门。此为登长城后的感慨之作，境界阔大，气魄豪迈，意旨深邃。最后两句，总括了万里长城及中华帝国的悠久历史，渲染出大清帝国行将灭亡前的惨淡氛围，从眼前的衰败凄凉回想起昔日的强盛，从长城落日感到古今悲秋，感慨无穷，令人心灵震撼。

（四）诗人个性显现

雪村友梅《偶作》：

> 函谷关西放逐僧，同行唯有一枝藤。
>
> 终南翠色连嵩华，庆快平生此一登。

　　雪村友梅（1290—1346），镰仓末期、南北朝时的禅僧。公元一三零七年流元，一时被元政府怀疑为日谍，在湖州入狱三年，后放逐西蜀约十年，获赦后返长安。公元一三二九年归国。后世认为，他的诗"放在盛唐诗中，也不逊色。"这是作者被放逐西蜀过秦岭时写的。

　　义堂周信《小景》：

> 酒旆翩翩弄晚风，招人避暑绿荫中。
>
> 谁将钓艇来投宿，典却蓑衣醉一蓬。

　　义堂周信（1326—1389），号空华道人，南北朝著名诗僧，与绝海中津并称"五山文学的双璧"，在公元一三八六年作了京都五山中最高的南禅寺的住持。其诗素以巧致著称。代表诗作《空华集》。此诗描写了夏日河畔小景，显得甚为别致。"典却蓑衣醉一蓬"一句，颇有生活气息。

　　足利义昭《避乱泛舟江洲湖上》：

> 落魄江湖暗结愁，孤舟一夜思悠悠。
>
> 天公亦怜吾生否，月白芦花浅水秋。

足利义昭（1537—1597），乃是室町幕府的末代将军，他少时在奈良为僧，法号觉庆。他曾得助于织田信长而当上将军，后又被除信长赶下台。此诗是他于公元一五六五年逃难近江时所作。

松永尺五《途中》：

> 稻畦千顷若铺毡，白鹭双飞斜日边。
> 远树幽村晚烟里，豆人寸马画屏前。

松永尺五，名遐年，字昌三，号尺五。山城人，江户前期儒学者。著有汉诗文集《尺五先生全集》，这是尺五的代表作之一。此诗如一幅秋日田园风景画，由近至远层次分明，步步引人入胜。结句取自《王维山水论》意，是点睛之笔。（《王氏画苑卷一·王维山水论》："凡画山水，意在笔先。丈山尺树，寸马分人。远人无目，远树无枝。远山无石，隐隐如眉；远水无波，高与云齐：此是诀也。"）

伊藤仁斋《渔父图》：

> 两鬓皤皤霜雪垂，芦洲水浅吐花时。
> 好将整顿乾坤手，独向江湖理钓丝。

伊藤仁斋（1627—1705），名维真，字源佐，号敬斋、仁斋。京都人。江户前期儒学家。古义学派创始人，主张诗以言情。著有《论语古义》、《孟子古义》等。后人编有他汉诗文集《古学先生诗集》。此诗实际是诗人晚年的一幅自画像，在一丝不苟地钻研学问的同时，充满了自负。

梁田邦美《九日》：

> 棋树连云秋色飞，独怜细菊近荆扉。
> 登高能赋今谁是，海内文章落布衣。

梁田邦美（1672—1757）精研朱子学，有布衣诗人强烈自豪感，后两句，大有睥睨豪贵，唯我独尊的气势。

荻生徂徕《还馆口号》：

> 甲阳美酒绿葡萄，霜露三更湿客袍。
> 须识良宵天下少，芙蓉峰上一轮高。

荻生徂徕（1666—1728），名双松，字茂卿，号徂徕。江户人。江户中期思想家，是古文辞派的代表。他反对朱子学，主张复古，继承周以前的"先王之道"，主张"文秦汉，诗盛唐"，讲究辞章，开创徂徕学派，门人甚多。著有《萱园随笔》《辨道》《太平策》等。

这首是诗人奉命去视察甲州返回江户时所作，描写了在甲州客居的庭院里饮酒欣赏月夜中的富士山的情景。

新井白石《自题肖像》

> 苍颜如铁鬓如银，紫石棱棱电射人。
> 五尺小身浑是胆，明时何用画麒麟。

这首诗写于宝永七年（1710），时年 54 岁。这一年被派赴上洛（京都）参加中御门天皇（在位时间 1709—1735）即位登基典礼。这首诗凸显出一位老练政治家的胆识与胸襟。

三浦晋《谢聘》：

> 樵蹊不与世间通，高卧东山异谢公。
> 占得烟霞吾已老，清风鹤唳白云中。

三浦晋（1723—1789），号梅园，洞仙。当时各地藩主争相聘请他。诗中表示不入仕途，自甘闲居，显示出高尚的人格，也流露出自视甚高、颇为自负的个性。

梁川星岩《耶马溪绝句》：

> 日车红闪晓风回，树树晴烟次第开。
> 青压马头惊欲倒，万峰飞舞自天来。

梁川星岩（1785—1858），名孟围，字公图，号星岩。江户末期晚起的折衷学派的代表人物，他们提倡袁宏道的性灵说，反对古文辞学派，被誉为"日本的李白"。此诗是星岩的代表作之一，采用了李白式的夸张手法，极有气势。

冈本黄石《赠星岩先生》：

> 道气日将华发新，文章兼见旧精神。
> 已知骨相归无色，更信灵台绝幻尘。
> 毫发遂无遗憾事，波澜真是老成人。
> 前身毋奈浣花叟，百代重扶大雅轮。

冈本黄石（1811—1898），名宣迪，字吉甫，通称留弥，黄石是其号。黄石出身于政坛，忠实地继承了恩师梁川星岩救国济民思想，其诗源于生活，出于自然，且有真情和灵气。

小野湖山《朱舜水先生墓》：

> 安危成败亦唯天，绝海求援岂偶然。
> 一片丹心空白骨，两行哀泪洒黄泉。
> 丰碑尚记明征士，优待曾逢国大贤。
> 莫恨孤棺葬殊域，九州疆土尽腥膻。

小野湖山（1814—1910），名长愿，字士达，号湖山。因仰慕白乐天，故别号玉池仙史、狂狂生等。近江人。十九岁时，加入星岩的"玉池吟社"，为"优游吟社"盟主。这首诗是他青年时代访水户谒前明遗臣朱舜水墓时写的。湖山颇长寿，一直活到明治维新后，后为日本汉诗长老。一八七九年清末文人王韬访日时，曾赠诗欢迎王韬。诗曰：

> 虽云殊域岂其然，文字相通兴欲仙。
> 蓬岛风光尚如旧，迟来徐福二千年。

诗中充满了对中国的友好感情。

释月性《将东游题壁》：

> 男儿立志出乡关，学若无成不复还。
> 埋骨何期坟墓地，人间到处有青山。

释月性（1817—1858），仗剑离乡，立志报国。令人想起李贺的"男儿何不带吴钩"一诗来。相传毛泽东在湖南一师曾书此以自励。

黑泽胜算《绝命词》：

> 呼狂呼贼任他评，几岁妖云一旦晴。
> 正是樱花好时节，樱花门外血如樱。

黑泽胜算（1840—1861），因参与"樱田门暗杀事件"，被幕府处死。1860 年 3 月，幕府大老井伊直弼被来自水户、萨摩的 18 名浪士杀死于江户城樱田门外，史称"樱田门外之变"，促使日后幕府的倒台。这首诗反映幕末义士高尚的道德情操和精神境界。

今关天彭《岁端杂吟》：

> 江湖满地欲何之，犹是万方多难时。
> 八十老翁无所用，拥炉暗诵杜陵诗。

今关天彭（1882—1970），与清末章炳麟、康有为、梁启超交往，学问长进。后赴中国，在北京、南京任教，并担任外务大臣的对华顾问。战败后归国，鼓吹风雅，传授汉诗，参与编辑《汉诗大系》。

田边太一（莲舟）《老将》：

> 万里轮台白骨横，将军百战此余生。
> 天高铜柱飞鸢度，风黑南山射虎行。
> 一卧沧江新岁月，十年辽海旧勋名。
> 腰间曾佩双龙在，阴雨时听匣里声。

前原一诚（梅窗）《逸题》：

> 汗马铁衣过一春，归来欲脱却风尘。
> 一场残醉曲肱睡，不梦周公梦美人。

宫岛诚一郎（粟香）

黄参赞公度君将辞京，有留别作七律五篇。余与公度交最厚，临别不能无黯然销魂，强和其韵，叙平生以充赠言：

> 幸然文字结奇缘，衣钵偏宜际此传。
> 霞馆秋吟明月夜，麹街春酌早樱天。
> 佳篇上梓人争诵，新史盈箱手自编。
> 恰爱过江名士好，翩翩裙屐若神仙。
>
> 自昔星槎浮海到，看他文物盛京华。
> 相将玉帛通千里，可喜车书共一家。
> 使客纵观新制度，词人争赏好樱花。
> 墨江春色东台景，分与天工着意夸。

服部辙（担风）《郁达夫寄示近作即次其韵却寄》：

> 万里悲哉气作秋，怜君家国有深忧。
> 功名唾手抛黄卷，车笠论交抵白头。
> 鲈味何曾慕张翰，鹏图行合答庄周。
> 略同宗悫平生志，又上乘风破浪舟。

金井雄（秋蘋）《绿天楼与剑士话别》：

> 我亦旗亭愧有名，频年腰笛带离声。
> 从今同作他乡客，花月良宵怨柏城。

以上，我们从日本汉诗看，中华美学精神深刻、全面、系统渗透于日本汉诗作者的诗美学观念和作品之中。事实上，他们对中国历代著名诗人，如屈原、谢灵运、陶潜、王维、孟浩然、韦应物、柳宗元、李白、杜甫、白居易、李贺、李商隐、孟郊、贾岛、欧阳修、苏轼、黄庭坚、辛弃疾、陆游、周密、李东阳、李攀龙、王渔洋、沈德潜、袁枚、梁启超等等十分景仰。他们对于南朝的山水诗、司空图的"韵味说"、严羽的"禅趣"、王渔洋的"神韵说"、沈德潜的"格调说"及袁枚的"性灵说"等等均有精深的研究和运用。

或曰：日本之对于中国，自古至今，由仰视到平视再到俯视，脱亚入欧。我相信，随着中国的倔起，随着中华民族的复兴，中国现代文化的繁荣和发展，日本必将重温历史，再续中日友好的前缘，对中国由俯视改为平视，甚至再度仰视，脱欧入亚，最终回到亚洲，与东亚、亚洲、中国世代友好，则是必定无疑的！

（本文参考书目：祁晓明《江户时期的日本诗话》，中国社会科学出版社 2009 年 10 月版。严明《东亚汉诗研究》，中国书籍出版社 2013 年 5 月版。高汉文《日本近代汉文学》，宁夏人民出版社 2005 年 5 月版。）

2015 年 2 月 4 日

刘征老的人格魅力

—— 恭贺刘征老九十华诞

首先，十分虔诚地恭贺刘征老九十华诞。还是中国传统的老话：祝刘征老福如东海，寿比南山。

我曾经问我身边的诗友：你最喜欢我国的哪位诗人。他说辛弃疾。他问我最喜欢谁。我说苏东坡。这原因就在于：与其说我喜欢苏东坡的诗词文章，还不如说我更喜欢苏轼的人格。年轻的时候，特别喜欢诗人的作品，而愈老愈喜欢诗人的人品。

我对刘征老就是这样：与其说我喜欢刘征老的诗词作品，倒不如说我更喜欢刘征老的人格。

什么是真正的诗人？我曾说过：有些人以为写几首缠绵悱恻的情诗，或镂刻几篇岚光烟景的田园山水，便成了诗人。虽然它们亦是诗人不可或缺的资质，但作为一个真正意义上的诗人，却是远远不够的。诗非小道，诗道广博而深邃。它应有"天地之心"（《文心雕龙·原道》），"浩然之气"（苏辙《上枢密韩太尉书》），能"苞括宇宙，总览人物"（《西京杂记》卷二），能"思接千载"、"视通万里"（《文心雕龙·神思》），做到"无意不可入，无事不可言"（刘熙载《艺概卷二·诗概》）。

我虽好诗，但称不上诗人。吉狄马加书记为我的《潇湘云水楼诗词》作序时，就说过："他（指我）不是那种能将所有的生活都化解成诗的人"，当然还是赠给了我一顶"本色型诗人"的帽子。我集子中最早的诗是高中时写的，到如今差两年就八十岁了，已经整整写了六十年，估计300首也不到。但刘征老不是这样。他基本上是耳遇之为声，目遇之成色，几笔描摹，稍加点染，便成了绝妙好词，而且是他胸次、情怀、人格、风貌的充分体现。

刘征老写过一首，《水龙吟·海上日出》：

> 海天极目苍茫，一痕划破胭脂染。凌波微步，青罗振袖，乱花飞片。跃出团光，珊瑚溶滴，黄金腾焰。忽悬珠如斗，洪涛涌起，听隐约，天鸡唤。　　身逐白云飞去，饮流霞，尽澄肝胆。百年忘老，千觞忘醉，浩歌忘倦。愿岁皆春，愿时不夜，愿人无叹。定此番不负心期，精禽舞，真千万！

上片写海日飞天的壮丽景象：阔大、光辉、明亮；下片三"忘"、三"愿"，写尽了诗人肝胆澄澈、几欲羽化登仙的精神风貌。这使人想起张孝祥的"素月分辉，明河共影，表里俱澄澈"（《念奴娇·过洞庭》），更想起苏轼的名句："云散月明谁点缀，天容海色本澄清"（《六月二十日夜渡海》）。

再看刘征老写山：《踏莎行·登南山积雪亭》：

> 一掌天青，四围松绿，众山盘卧苍龙伏。飘风忽地乱林梢，只疑龙动思腾去。　　十载冰霜，百年风雨，棱棱铁骨还如许。会当跃起破云飞，雷霆十万为君鼓。

众山盘卧在"一掌天青"之下，而这"众山"并非等闲之辈，而是随时能够腾飞九霄的苍龙。相比之下，这"一掌天青"的南山是何等的高入云表。宋·寇准写过一首《华山》：

只有天在上，更无山与齐。

举头红日近，回首白云低。

这无疑是写华山，但无疑也是写寇准自己：一人之下，万人之上！

我深入地研究、仔细地考证过：刘征老好像没有当过大官。他的高，不在于官阶，不在于权势，而在于他的诗词，他的道德文章！

刘征老写水：《水龙吟·过香溪口》：这里是王昭君的故乡。传说昭君梳洗时将一颗珍珠落在溪里，溪水流香至今。

画图纵识朱颜，绮楼未必如君意。马头翘首，万山云月，几多豪气！千载琵琶，只弹幽怨，未为知己。看年年青冢，飘飘素雪，都化作，春风蕊。

岂只龙沙遗念？故乡人，问君归未。当年妆镜，堕珠敲皱，一溪寒水。珠是侬心，绿波香染，长流不已。看春同南北，百族亲睦，她笑在，波心里。

只要"春同南北，百族亲睦"，他就"珠是侬心，绿波香染，长流不已"，永远地歌唱下去。这不就是刘征老么？

我还注意到刘征老《老鹰》一诗：

> 端坐全无喙爪烦，羊脂兔脯足三餐。
> 一从迁入笼中住，久忘风云自在天。

老鹰的向往、归宿不是"羊脂兔脯"，而是"风云自在天"。
我将刘征老上述四首诗概括为四句话：

> 海日飞天一派红，万山拔地一峰青。
> 人间流水一支曲，万里东风一老鹰。

这就是刘征老在我心目中的形象。

衷心祝愿刘征老长命百岁，一百二，一百五，总之上不
封顶，最好超过彭祖，创造一个吉尼斯世界纪录。

2015 年 6 月 21 日

苏轼海南诗

苏轼于绍圣四年（1097）四月，自惠州贬所，再谪琼州别驾昌化军安置，六月渡海，七月到昌化军贬所，至元符三年（1100）五月移廉州安置，六月渡海北归，谪居海南，总计三年零一个月。自《吾谪海南，子由雷州，被命即行，了不相知，至梧乃闻其尚在藤也，旦夕当追及，作此诗示之》至《六月二十日渡海》，计诗 122 首。

苏轼有《自题金山画像》云："心似已灰之木，身如不系之舟。问汝平生事业，黄州、惠州、儋州。"这是苏轼谪居南海，奉诏北归，过金山写的。【查注】慎案：《金山寺》："李龙眠画子瞻照，留金山寺。后东坡过金山，自题云云。"（《诗集》卷四十八）大家知道，苏轼任过翰林承旨、礼部、兵部尚书，可谓朝廷重臣，但在经历人世沧桑、进入垂暮之年，总结自己一生的时候，却把儋州的贬谪生涯看作是平生事业，虽不乏自嘲，恐怕也不仅自嘲而已。

（一）儋耳贬谪生涯，触目皆是边徼（jiao）荒凉景象，无复中原文物之盛。还在去儋耳的路上，苏轼就明白儋耳将是个什么样的地方。《吾谪海南，子由雷州，被命即行，了不相知，至梧乃闻其尚在藤也，旦夕当追及，作此诗示之》云："天其以我为箕子，要使此意留要荒。"【王注】《国语》：蛮夷要服，戎翟荒服。无疑是戎夷荒蛮之地。《行琼、儋间，肩舆坐睡。梦中得句云：千山动鳞甲，万谷酣笙钟。觉而遇清风急雨，戏作此数句》云："四州环一岛，百洞蟠其中。我行西北隅，如度月半弓。登高望中原，但见积水空。此生当安归，四顾真途穷。"【王注次公曰】四州，言琼、崖、儋、万也。【浩案】

自琼州，由东路至北为万，再北至崖，此非公所经也。自琼州西路，至北为儋，又极北为崖。公但由澄迈至儋而止，故云"如度月半弓"，象其形也。《琼州志》：黎母山，在琼州南界，黎人居山四旁，内为生黎，外为熟黎。大抵四州各占岛之一陲，而山极高，洞极深，生黎之巢，人迹罕至。《儋耳山》亦云："突兀隘空虚，他山总不如。君看道旁石，尽是补天馀。"诗人被贬之处，自是荒蛮险绝之地。【查注】《后汉·明帝纪注》引杨孚《异物志》：儋耳，南方夷，生则镂其颊，皮连耳匡，分为数支，状如鸡肠，累累下垂至肩。由此看来，人物与中原是如此悬殊。【查注】《外纪》：东坡在儋州，自书云：吾始至南海，环视天水无际，悽然伤之，曰，何时得出此岛也。《和陶拟古九首》：《其九》："黎山有幽子，形槁神独完。负薪入城市，笑我儒衣冠。生不闻诗书，岂知有孔、颜。"

　　身处边徼荒蛮之地，却不见苏轼有老人衰惫之气。在《吾谪海南，子由雷州，……》一诗中云："莫嫌琼雷隔云海，圣恩尚许遥相望。平生学道真实意，岂与穷达俱存亡。天其以我为箕子，要使此意留要荒。他年谁作地舆志，海南万里真吾乡。"在《行琼、儋间，肩舆坐睡。……》一诗中，"此生当安归，四顾真途穷"，悽然伤感之情，却又有"眇观大瀛海，坐咏谈天翁。茫茫太仓中，一米谁雌雄。幽怀忽破散，永啸来天风。……安知非群仙，钧天宴未终。喜我归有期，举酒属青童。……应怪东坡老，颜衰语徒工。久矣此妙声，不闻蓬莱宫"，天地在积水中，九州在大瀛海中，中国在少海中，有生孰不在岛者的豁达与宽慰。《和陶还旧居》是梦归惠州白鹤山居之作："痿人常念起，夫我岂忘归。不敢梦故山，恐兴坟墓悲。生世本暂寓，此身念念非。"既有家乡坟墓之悲伤，立刻就有"雪泥鸿爪"、人生如是的宽解。"梦与邻翁言，悯默怜我衰。往来付造物，未用相招麾。"以付与造物，不用招麾来宽慰自己。

（二）儋耳人不事耕稼，百物奇缺。《和陶劝农六首并引》云："海南多荒田，俗以贸香为业。所产秔稌，不足於食。乃以藷芋杂米作粥糜以取饱。予既哀之，乃和渊明《劝农》诗，以告其有知者。"【查注】《南方草木状》云：密香、沉香、鸡骨香、黄熟香、栈香、青桂香、马蹄香、鸡舌香、此八物，同出於一树。《其一》："咨尔汉黎，均是一民。鄙夷不训，夫岂其真。怨愤劫质，寻戈相因。欺谩莫诉，曲自我人。"【查注】《方舆志》：生黎各有洞主，贝布为衣，两幅前后为裙，掩不至膝，椎髻额前，男文臂腿，女文身面。

《其二》："天祸尔土，不麦不稷。民无用物，珍怪是直。播厥熏木，腐馀是穑。贪夫污吏，鹰挚狼食。"《其六》："逸谚戏侮，博弈顽鄙。投之生黎，俾勿冠履。……"

关于这种情况，苏辙在《栾城后集·次韵诗叙》云："子瞻和渊明《劝农》诗六首，哀儋耳之不耕。予居海康，农亦甚惰，其耕者多闽人也。然其民甘於鱼鳅鰕蟹，故蔬果不毓。冬温不雪，衣被吉贝，故艺麻而不绩，生蚕而不织，罗纨布帛，仰於四方之负贩。工习於鄙朴，故用器不作。医夺於巫鬼，故方术不治。予居之半年，凡羁旅之所急，求皆不获，故亦为此篇，以告其穷，庶或有劝焉。"

先生觉得，汉黎一家。黎民并未失去本真，只是缺少教化。由于"民无用物"，而贪官污吏，还"鹰挚狼食"，激起黎民反抗，曲在汉族官吏。

《闻子由瘦》：【公自注】儋耳至难得肉食。"五日一见花猪肉，《本草》注："猪生岭南者，白而肥。又云：花猪不可食。十日一遇黄鸡粥。土人顿顿食藷芋，《南方草木状》："珠崖之地，人皆不业耕稼，惟掘地种甘藷，秋熟收之，蒸晒，切如米粒，以充粮糗，是谓藷粮。荐以薰鼠烧蝙蝠。旧闻蜜唧尝呕吐，稍近虾蟇缘习俗。十年京国厌肥羜，日日蒸花压红玉。从来此腹负将军，**【公自注】俗谚云：大将军食饱扪腹而叹曰："我不负汝。"左右曰："将军固不负此腹，此腹负将军，未尝出少智虑也。"此乃自嘲也。**今者固宜安脱粟。人言天下无正味，唧蛆未遽贤麋鹿。海康别驾复何为，帽宽带落惊童仆。相看会作两臞仙，还乡定可骑黄鹄。"由于肉食难得而引起的消瘦，先生以幽默待之。

《过子忽出新意，以山芋作玉糁羹，色香味皆奇绝。天上酥陀则不可知，人间决无此味也》："香似龙涎仍酽白，味如牛乳更全清。莫将南海金齑脍，轻比东坡玉糁羹。"**总案云：盖是时，公所食惟芋，过真无以为养，故变此方法也。**

《客俎经旬无肉，又子由劝不读书，萧然清坐，乃无一事》："病怯腥咸不买鱼，尔来心腹一时虚。使君不复怜乌攫，属国方将掘鼠馀。老去独收人所弃，游哉时到物之初。从今免被孙郎笑，绛帕蒙头读道书。"腥咸之鱼，令人呕吐，只能掘野鼠而食，而先生以"从今免被孙郎笑，绛帕蒙头读道书"以对之。**《江表传》：道士琅邪于吉，往来吴会，立精舍，读道书，制作符以治病，人多事之。策於郡城门楼，会诸将宾客，吉趋度门下，诸将宾客，三分之二下楼迎之。策怒，收吉。诸将连名陈乞。策曰："昔南阳张津为交州刺史，舍前圣典训，废汉家法律，常著绛头帕，鼓琴烧香，读道书，云以助化，卒为南夷所杀。此甚无益，诸君但未悟耳，今此子已在鬼录，勿复费纸笔也。"即命斩之。**

《和陶连雨独饮二首并引》云："吾谪海南，尽卖酒器，以供衣食。独有一荷叶杯，工制美妙，留以自娱。乃和渊明《连雨独饮》。"诗略。尽管衣食艰难，而能感到"醉里有独觉，梦中无杂言"。

《次韵子由浴罢》："理发千梳净，风晞胜汤沐。闭息万窍通，雾散名乾浴。颓然语默丧，静见天地复。时令具薪水，漫欲濯腰腹。陶匠不可求，盆斛何由足。老鸡卧粪土，振羽双瞑目。倦马碾风沙，奋鬣一喷玉。垢净各殊性，快惬聊自沃。"【公自注】海南无浴器，故常乾浴而已。又，《云溪七籤》：夜卧时，常以两手揩摩身体，名曰乾浴。先生於艰难之中，自嘲自解。

（三）一夕三迁，居无定所。《和陶怨诗示庞邓》："当欢有馀乐，在戚亦颓然。渊明得此理，安处故有年。嗟我与先生，所赋良奇偏。人间少宜适，惟有归耘田。我昔堕轩冕，毫釐真市廛。困来卧重裀，忧愧自不眠。如今破茅屋，一夕或三迁。风雨睡不知，黄叶满枕前。……"此乃儋守张中为苏轼所修伦江之驿。

绍圣四年（1097）丁丑，先生年六十二，在惠州。四月，再责琼州别驾昌化军安置，即儋州也。是岁，子由亦贬雷州。五月，相遇於藤，同行至雷。六月十一日，相别渡海。时先生病痔呻吟，子由亦终夕不寐。复送至徐闻递角场也。七月十三日，至儋耳贬所。《和陶拟古九首》：《其八》："城南有荒池，琐细谁复採。"【查注】《名胜志》：儋州城南有桃榔菴，……宋知军陈觉《清水池》诗，有"坡老未须讥琐细，解陪梅菊到冰霜"之句。《和陶和刘柴桑》："万劫互起灭，百年一踟躇。漂流四十年，今乃言卜居。"【诰案】此诗乃被逐后城南卜筑之作。【案】总案绍圣五年（1098）戊寅四月，有"公无地可居，偃息城南污池之侧桃榔林下，就地筑室，儋人运甓畚土以助"之条，有"客有王介石者，躬其劳辱"条，有"物器或不给，咸致所有，张中来观，亦助畚锸"条。《新居》："朝阳入北林，竹树散疏影。短篱寻丈间，寄我无穷境。旧居无一席，逐客犹遭屏。结茅得兹地，翳翳村巷永。"子由志先生墓云："安置昌化，初傲官屋以庇风雨，有司犹以为不可，则买地筑室为屋三间。苏轼《与程全父尺牍》云："初至，傲官屋数椽，近复遭迫逐。"王定国《甲申杂记》云："董必察访广西时，子瞻在儋州，董至雷，遣一小使臣过儋，有逐出官舍之事。"此一桩公案，概括起来是：东坡贬至儋耳，军使张中请其馆於行衙，有司以为不可，逐出。张中役兵修伦江驿，以就房店为名，与别驾苏轼居。朝廷又命湖南提举常平董必，察访广西，遣使臣过海体究得实，逐出之。坐不觉察，朝散大夫直秘阁权知广南西路都钤辖程节，降授朝奉大夫；户部员外郎谭掞降授承议郎朝散郎；提点湖南路刑狱梁子美降授朝奉郎。张中坐黜，死雷州监司。苏轼则削去全部奉禄，只得买地筑室，为屋五间（**子由云三间**）。

我们应该知道，这种一夕三迁，被朝廷一再逐出，最后只得拼尽全力筑室而居的悲惨遭遇在惠州就经历过。《宋史·哲宗本纪》："绍圣元年（1094）甲戌六月，来之邵等疏，苏轼诋斥先朝，七月贬赴湖口，八月再贬宁远军节度副使惠州安置不得签书公事，九月度大庾岭，十月到惠州贬所。"危太朴《东坡书院记》："公初至惠州，寓居合江楼，数日迁嘉祐寺。合江楼，即府城之东门楼也。"《和陶移居二首并序》云："去岁三月，自水东嘉祐寺，迁居合江楼。迨今一年，多病鲜欢，颇怀水东之乐。得归善县后隙地数亩，父老云：此古白鹤观也。意欣然，欲居之，乃和此诗。"《迁居并引》亦云："吾绍圣元年（1094）十月二日，至惠州，寓居合江楼。是月十八日，迁於嘉祐寺。二年（1095）三月十九日，复迁於合江楼。三年（1096）四月二十日，复归於嘉祐寺。时方卜筑白鹤峰之上，新居成，庶几其少安乎？"按《年谱》："先生年六十一，在惠，即古白鹤基，始营新居，至明年乃成。"《和陶时运四首并序》亦云："丁丑二月十四日，白鹤峰新居成，自嘉祐寺迁入。""丁丑"即绍圣四年（1097）。也就是说，苏轼在惠州，辛辛苦苦将白鹤新居建成刚刚两月，就被朝廷贬谪到儋州，这一切屈辱和劳苦又重新来了一遍。

　　虽然，"旧居无一席，逐客犹遭屏"，而有了这桃榔林下的三（一说五）间土屋，先生倒感觉"短篱寻丈间，寄我无穷境"。在《和陶拟古九首》其三："去此复何之，少安与汝居。"除此三间土屋，稍安即罢，你惶惶然还想往哪儿去呢？"吾生如寄耳，何者为吾庐。"人生如寄，还一定要考虑房子干什么呢？《和陶和刘柴桑》："漂流四十年，今乃卜一居。"够艰难的了。然而先生一转："且喜天地间，一席亦吾庐！……一饱便终日，高眠忘百须。自笑四壁空，无妻老相如。"对于这一席为庐的土室，谈论起来，并不尴尬，反而风趣无穷：《被酒独行，遍至子云威徽先觉四黎之舍，三首》其一："半醒半醉问诸黎，竹刺藤梢步步迷。但寻牛矢觅归路，家在牛栏西复西。"

　　（四）骨肉分离，情怀萧瑟。公之整个贬谪生涯，就是骨肉分离。《和陶贫士七首并引》："余迁惠州一年，衣食渐窘，重九伊迩，樽俎萧然。乃和渊明《贫士》七篇，以寄许下、高安、宜兴诸子侄，并令过同作。"【谱案】子由有田在许，其自汝谪筠过许，命迟、适因田为食，及归，迟、适力田已成，遂家於许，初非其本意也。远从子由於高安，迈、追家宜兴，公与过在惠。公尝自云，今一家作四处住也。诗略。

　　贬到儋州，更是如此。《和陶止酒并引》："丁丑（绍圣四年，1097）岁，予谪海南，子由亦贬雷州。五月十一日，相遇於藤，同行至雷。六月十一日，相别，渡海。余时病痔呻吟，子由亦终夕不寐。因诵渊明诗，劝余止酒。乃和原韵，因以赠别，庶几真止矣。"

"时来与物逝，路穷非我止。与子各意行，同落百蛮里。萧然两别驾，各携一椎子。子室有孟光，我室惟法喜。相逢山谷间，一月同卧起。茫茫海南北，粗亦足生理……望道虽未济，隐约见津涘。"【诰案】时子由与史夫人及一远房，自筠迁雷。"各携"句，则公携过，而子由携远也。【诰案】公《赠王景纯》诗云："虽无孔方兄，顾有法喜妻。"盖释氏以法喜为妻，以慈悲为男女也。此时，朝云已亡。《悼朝云并引》云："绍圣元年（甲戌，1094）十一月，戏作《朝云》诗。三年（丙子，1096）七月五日，朝云病亡於惠州，葬之栖禅寺松林中东南，直大圣塔。予既铭其墓，[查注] 本集先生誌朝云墓云：朝云字子霞，姓王氏，钱塘人。事先生二十有三年。绍圣三年七月壬辰，卒於惠州，葬於西湖之上，栖禅山寺之东南。且和前诗以自解。

朝云本是先生一生之红颜知己，一生守护着先生，亦是先生情感世界的傲霜之花。《朝云诗并引》云："世谓乐天有鬻骆马放杨柳枝词，嘉其主老病，不忍去也。然梦得有诗云：春尽絮飞留不住，随风好去落谁家。乐天亦云：病与乐天相伴住，春随樊子一时归。则是樊素竟去也。予家有数妾，四五年相继辞去，独朝云者，随予南迁。因读乐天集，戏作此诗。朝云姓王氏，钱唐人。尝有子曰幹儿，未期而夭去。"

"不似杨枝别乐天，恰如通德伴伶玄。阿奴络秀不同老，天女维摩总解禅。经卷药炉新活计，舞衫歌扇旧因缘。丹成逐我三山去，不作巫阳云雨仙。" [查注] 《艺苑雌黄》云：东坡尝令朝云乞词於少游。少游作《南歌子》赠之云："霭霭迷春态，溶溶媚晓光。不应容易下巫阳。"《苕溪渔隐丛话》云：东坡《朝云诗》，略去洞房之气味，翻为道人之家风，非若乐天所云"樱桃樊素口，杨柳小蛮腰"，但自诧其佳丽也。

《和陶时运四首并引》："丁丑（绍圣四年，1907）二月十四日，白鹤峰新居成，自嘉祐寺迁入。咏渊明《时运》诗云：斯晨斯夕，言息其庐。似为余发也，乃次其韵。长子迈 [查注] 按，迈字伯达。东坡谪惠州，迈方居宜兴，三年，授韶州仁化令，官至驾部员外。子符，高宗朝仕至礼部尚书。与余别三年矣，挈携诸孙，万里远至，老朽忧患之馀，不能无欣然。诗略。

贬谪儋州后，亲人更加离散，情感更加孤寂。

《次前韵寄子由》："我少即多难，邅回一生中。百年不易满，寸寸弯强弓。老矣复何言，荣辱今两空。泥洹尚一路，所向馀皆穷……胡为适南海，复驾垂天雄……离别何足道，我生岂有终。渡海十年归，方镜照两童。……"【王注次公曰】童即瞳也。【诰案】二诗本旨以不归为归，犹言此区区形迹之累，不足以囿我也。

《夜梦并引》："七月十三日，至儋州。十馀日矣，【查注】按本集《谢表》云：四月十九日起离惠州，七月二日，已至昌化军讫。澹然无一事。学道未至，静极生愁。夜梦如此，不免以书自怡。""……怵然悸寤心不舒，起坐有如挂钩鱼。……"

《和陶拟古九首》：《其一》："有客叩我门，系马门前柳。庭空鸟雀散，门闭客立久。……"

《和陶杂诗十一首》：《其一》："……从我来海南，幽绝无四邻。……"

《上元夜过赴儋守召，独坐有感》【公自注】戊寅岁。【查注】时张中为儋州守。"使君置酒莫相违，守舍何妨独掩扉。静看月窗盘蜥蜴，卧闻风幔落伊威。【施注】《毛诗·豳风·东山传》：伊威，委黍也。郑笺：此物，家无人，恻然令人感思。灯花结尽吾犹梦，香篆消时汝欲归。搔首凄凉十年事，传柑归遗满朝衣。"【施注】东坡在翰林时，有《上元侍饮》诗云：犹有传柑遗细君。【合注】末联因时节而念同安君也。

《子由生日》：【查注】《栾城集·次韵生日》诗云：弟兄本三人，怀抱丧其一。颀然仲与叔，耆老天所驚。……悽酸念母氏，此恨何时毕。……凄凉百年后，事付何人笔。如今兄独知，言之泣生日。""……遥知设罗门，独掩悬磬室。回思十年事，无愧箧中笔。但愿白发兄，年年作生日。"先生向来手足情深。

《倦夜》："倦枕厌长夜，小窗终未明。孤存一犬吠，残月几人行。衰鬓久已白，旅怀空自清。荒园有络纬，虚织竟何成。"

《庚辰岁正月十二日，天门冬酒热，予自漉之，且漉且尝，遂以大醉，二首》：《其二》："载酒无人过子云，年来家醞有奇芬。醉乡杳杳谁同梦，睡息駒駒得自闻。……"

《追和戊寅岁上元》：【王注】先生尝自跋云：戊寅（绍圣五年，1098）上元在儋耳，过子夜出，余独守舍，作《违字韵》诗。今庚辰（元符三年，1100）上元，已再期矣。家在惠州白鹤峰下。过子不眷妇子从余来此。其妇亦笃孝，怅然感之，故和前篇，有"石建"、"姜庞"之句。又复悼怀同安君，末章故复有"牛衣"之句，悲君亡而喜余存也。书以示过，看余面，勿复感怀。春鸿社燕巧相违，【王注】《淮南子》：燕雁代飞。注：燕，春分而来；雁，春分而去。燕，秋分而北；雁，秋分而南。白鹤峰头白板扉。石建方欣洗褕厕，【王注】《前汉·石奋传》：万石君家以孝谨闻。长子建为郎中令，每五日洗沐归谒亲，入子舍，窃问侍者，取亲中裙厕褕，身自澣洒。姜庞不解叹蠨蝛。【王注次公曰】"不解叹蠨蝛"，则《东山》诗"蠨蝛"云云，以妇人叹其夫不在而居处寂寞也。一龕京口嗟春梦，万炬钱塘忆夜归。【合注】先生《自金山放船至焦山》诗云："只有弥勒为同龕"，又《与述古有美堂乘月夜归》诗云"万人争看火城还"，故此联云然。合浦卖珠无复有，当年笑我泣牛衣。"【王注】《前汉书》：王章疾病，无被，卧牛衣中，与妻决，涕泣。其妻呵怒之，曰："仲卿，京师尊贵在朝廷，人谁踰仲卿者？今疾病困厄，不自激昂，乃反涕泣，何鄙也。"后章仕宦历京兆，欲上封事。

妻止之，曰："独不念牛衣中涕泣时邪？"书上，果下狱死。妻子徙合浦，采珠致产数百万。【施注】《食货志》：董仲舒曰："贫民常衣牛马之衣，"则牛衣者，编草使暖以被牛体，盖蓑衣之类。【诰案】纪昀曰：语亦恺至。

《和陶郭主簿二首并引》："清明日闻过诵书，声节闲美。感念少时，怅焉追怀先君宫师之遗意，且念淮、德二幼孙。无以自遣，乃和渊明二篇，随意所寓，无复伦次也。"《其一》："今日复何日，高槐布初阴。良辰非虚名，清和盈我襟。孺子卷书坐，诵诗如鼓琴。却去四十年，玉颜如汝今。闭户未尝出，出为邻里钦。家世事酌古，百史手自斟。当年二老人，喜我作此音。淮、德入我梦，角羁未胜簪。孺子笑问我，君何念之深。"

以上，我们从苏轼与父母、妻妾、兄弟、子侄的分离、甚至死生相隔的痛苦中，感受到他们之间深挚的亲情以及睿智的人生理性。

（五）超然物外，随遇而安。苏轼对自然万物社会人生皆能看透本质，从而能够达人知命，知足常乐。《和陶郭主簿二首并引》：其二：

"雀鷇含淳音，竹萌抱劲节。诵我先君诗，肝肺为澄澈。犹如鸣鹤和，未作获麟绝。愿因骑鲸李，追此御风列。丈夫贵出世，功名岂人杰。家书三万卷，独取《服食诀》。地行即空飞，何必挟日月。"

《和陶游斜川》：正月五日，与儿子过出游作：

"谪居淡无事，何异老且休。虽过靖节年，未失斜川游。春江渌未波，人卧船自流。我本无所适，泛泛随鸣鸥。中流遇洑洄，捨舟步层丘。有口可与饮，何必逢我俦。过子诗似翁，我唱而辄酬。未知陶彭泽，颇有此乐不。问点尔何如，不与圣同忧。问翁何所笑，不为由与求。"【谐案】纪昀曰：有自然之乐，形神俱似陶公。《籴米》："籴米买束薪，百物资之市。不缘耕樵得，饱食殊少味。【施注】《后汉书·周燮传》：有先人草庐，结於冈畔，下有陂田，常肆勤以自给，非身所耕渔，则不食也。再拜请邦君，愿受一廛地。知非笑昨梦，食力免内愧。【王注】《后汉书》：徐穉家贫，常自耕稼，非其力不食。春秧几时花，夏稗忽已稠。怅焉抚末耜，谁复识此意。"【谐案】纪昀曰：讬意深微。

《和陶赴假江陵夜行》郊行步月作：

"缺月不早出，长林踏青冥。犬吠主人怒，愧此闾里情。怪我夜不归，茜袂窥柴荆。云间与地上，待我两友生……归来闭户坐，寸田且默耕。莫赴花月期，免为诗酒萦。诗人如布谷，聒聒常自名。"

《和陶九日闲居并引》"明日重九，雨甚，展转不能寐。起，索酒，和渊明一篇，醉熟昏然，殆不能佳也。""九日独何日，欣然惬平生。四时靡不佳，乐此古所名。龙山忆孟子，栗里怀渊明……登高望云气，醉觉三山倾。长歌振履商，起舞带索荣。坎坷识天意，淹留见人情。但愿饱秔稌，年年乐秋成。"【谐案】纪昀曰：收得和平而满足。

《和陶拟古九首》：《其一》："有客叩我门，系马门前柳。庭空鸟雀散，门闭客立久。主人枕书卧，梦我平生友。忽闻剥啄声，惊散一杯酒。倒裳起谢客，梦觉两愧负。坐谈杂今古，不答颜愈厚。问我何处来，我来何所有。"《其二》："……昔我未尝达，今者亦安穷。穷达不到处，我在阿堵中。"《其三》："客去室幽幽，服鸟来座隅。引吭伸两翅，太息意不舒。吾生如寄耳，何者为吾庐。……"《其四》："少年好远游，荡志隘八荒。九夷为藩篱，四海环我堂。卢生与若士，何足期渺茫。【施注】《神仙传》：若士谓卢敖曰："吾方与汗漫期於九垓之外，不可久住。"乃竦身入云中。稍喜海南州，自古无战场。奇峰望黎母，何异嵩与邙。飞泉泻万仞，舞鹤双低昂。分流未入海，膏泽弥此方。芋魁倘可饱，无肉亦奚伤。"

《次韵子由三首》：

《东亭》【谐案】栾城集·东亭》诗云："十口南迁粗有归。""仙山佛国本同归，世路玄关两背驰。到处不妨闲卜筑，流年自可数期颐。遥知小槛临廛市，定有新松长棘茨。谁道茅檐劣容膝，海天风雨看纷披。"

《东楼》【查注】《名胜志》：雷州城南有苏公楼，苏黄门以论熙丰邪说，安置雷州。章惇下令，流人不许占官舍。郡人吴国鉴，造屋於此，以处子由。惇又以为强夺民居，赖有傲卷而止。"白发苍颜自照盆，董生端合是前身。【王注次公曰】董生，董仲舒也。独栖高阁多辞客，为著新书未绝麟。【王注次公曰】司马迁作《史记》，述陶唐至汉武太和年，得白麟而止，亦犹《春秋》止於获麟也。【子仁曰】此一联，意指董仲舒下帷讲诵不窥园，及著《玉杯》、《繁露》书，特不泥本事耳。故首言董生是前身以引之，所谓高阁者，直指东楼也。【施注】《汉·扬雄传》：校书天禄阁。汉贾谊书名《新书》。【查注】按此诗第二句以董仲舒比子由，第四句复云'为著新书未绝麟'，意是时子由方著《春秋传》而未成，故云尔。小醉易醒风力软，安眠无梦雨声新。长歌自誷真堪笑，底处人间是所欣。"【公自注】柳子厚诗云：高歌返故室，自誷非所欣。

《椰子冠》"天教日饮欲全丝，【王注】《前汉书》：爰盎，字丝。徙为吴相，辞行，兄子种谓曰："吴王骄日久，国多姦，今丝欲刻治，彼不上书告君，则利剑刺君矣。南方卑湿，丝能日饮，亡何，说王毋反而已。如此幸得脱。"美酒生林不待仪。【王注次公曰】今言美酒生林，指言椰子中有自然之酒，故不待仪狄也。【施注】《番禺杂编》：椰子中有汁二三升许，蕃人好饮，谓之椰子酒。《战国策》：帝女令仪狄作酒而美，进之禹。自漉疏巾邀醉客，更将空壳付冠师。【公自注】《前汉·高祖纪注》云：薛有作冠师。【施注】《汉·高祖纪》：以竹皮为冠，令求盗之薛治。应劭曰：薛，鲁国县也，有作冠师，故往治之。规模简古人争看，簪导轻安发不知。【王注】《隋书·礼仪志》：簪导。按《释名》云：簪，建也，所以建冠於发也。导，所以导櫟鬓发，使入巾帻之里也。更著短檐高屋帽，【王注】《隋书·礼仪志》：宋、齐之间，帽或有白纱高屋。【施注】《晋·舆服志》：江左时，野人已著帽，士人亦往往而然，但其顶圆耳，后乃高其屋云。李廌《师友谈记》：士大夫近年仿东坡桶高檐短帽，名曰子瞻样。东坡何事不违时。"

《入寺》："曳杖入寺门，辑杖挹世尊。我是玉堂仙，谪来海南村。多生宿业尽，一气中夜存。且随老鸦起，饥食扶桑暾。【王注次公曰】食扶桑暾，道家食日法也。光圆摩尼珠，照耀玻璃盆。来从佛印可，稍觉魔忙奔。【谐案】以上四句，谓光明透彻，无所不了业。凡学皆然，虽就佛说，不必皆佛理也。公无可与言，故就佛印可耳。闲看树转午，坐到钟鸣昏。敛收平生心，耿耿聊自温。"

《独觉》："瘴雾三年恬不怪，反畏北风生体疥。朝来缩颈似寒鸦，焰火生薪聊一快。红波翻屋春风起，先生默坐春风里。浮空眼缬散云霞，无数心花发桃李。【查注】《道家元气论》：气运息调，荣枝叶也；性清心悦，开花也；固精留胎，结实也。翛然独觉午窗明，欲觉犹闻醉鼾声。回首向来萧瑟处，也无风雨也无晴。"

《观棋并引》"予素不解棋，尝独游庐山白鹤观。观中人皆阖户昼寝，独闻棋声于古松流水之间，意欣然喜之。自尔欲学，然终不解也。儿子过乃粗能者，儋守张中日从之戏，予亦隅坐，竟日不以为厌也。""五老峰前，白鹤遗址。长松荫庭，风日清美。我时独游，不逢一士。谁欤棋者，户外屦二。不闻人声，时闻落子。纹枰坐对，谁究此味。空钩意钓，岂在鲂鲤。小儿近道，剥啄信指。胜固欣然，败亦可喜。

优哉游哉，聊复尔耳。"

《和陶和刘柴桑》【诰案】此诗乃被逐后城南卜筑之作。【案】总案绍圣五年戊寅四月，有"公无地可居，偃息城南南污池之侧桃榔林下，就地筑室，僧人运甓畚土以助之"条，有"客有王介石者，躬其劳辱"条，有"物器或不给，咸致所有，张中来观，亦助畚锸，事皆集"条。"万劫互起灭，百年一踟蹰。漂流四十年，今乃言卜居。且喜天壤间，一席亦吾庐。稍理兰桂丛，尽平狐兔墟。黄橼出旧枿，紫茗抽新畲。我本早衰人，不谓老更劬。邦君助畚锸，邻里通有无。竹屋从低深，山窗自明疎。一饱便终日，高眠忘百须。自笑四壁空，无妻老相如。"

《庚辰岁正月十二日，天门冬酒熟，予自漉之，且漉且尝，遂以大醉，二首》《其一》"自拨牀头一瓮云，幽人先已醉浓芬。天门冬熟新年喜，曲米春香并舍闻。菜圃渐疎花漠漠，竹扉斜掩雨纷纷。拥裘睡觉知何处，吹面东风散縠纹。"《其二》"载酒无人过子云，年来家酝有奇芬。醉乡杳杳谁同梦，睡息齁齁得自闻。口业向诗犹小小，【王注】白乐天诗：渐伏酒魔休放醉，犹残口业未抛诗。【施注】白乐天《斋月静居》诗：些些口业尚夸诗。眼花因酒尚纷纷。点灯更试淮南语，泛溢东风有縠纹。"

《归去来集字十首并引》"予喜读渊明《归去来辞》。因集其字为十诗，令儿曹诵之，号《归去来集字》云。【诰案】此十诗非海外作。"《其一》"命驾欲何向，欣欣春木荣。世人无往复，乡老有相迎。【合注】《庄子·知北游篇》：惟无所伤者，为能与人相将迎。云内流泉远，风前飞鸟轻。相携就衡宇，酌酒话交情。"《其二》"涉世恨形役，告休成老夫。良欣就归路，不复向迷途。去去径犹菊，行行田欲芜。情亲有还往，清酒引樽壶。"《其三》"与世不相入，膝琴聊自欢。风光归笑傲，云物寄游观。言话审无倦，心怀良独安。东皋清有趣，植杖日盘桓。"【谐案】公谓朱康叔云：旧好诵陶潜《归去来》，近辄微加增损，作《般涉调哨遍》。虽微改其词，而不改其意，请以《文选》及本传考之，方知字字皆非创入也。此六首亦同时在齐安作。可见其致力於斯文者久矣。《其四》"云岫不知远，巾车行复前。仆夫寻老木，童子引清泉。矫首独傲世，委心还乐天。农夫告春事，扶老向良田。"《其五》"世事非吾事，驾言归路寻。向时迷有命，今日悟无心。庭内菊归酒，窗前风入琴。寓形知已老，犹未倦登临。"《其六》"富贵良非愿，乡关归去休。携琴已寻壑，载酒复经丘。翳翳景将入，涓涓泉欲流。老农人不乐，我独与之游。"《其七》"觞酒命童仆，言归无复留。轻车寻绝壑，孤棹入清流。乘化欲安命，息交还绝游。琴书乐三径，老矣亦何求。"《其八》"归去复归去，帝乡安可期。鸟还知已倦，云出欲何之。入室还携幼，临流亦赋诗。春风吹独往，不是傲亲知。"《其九》"役役倦人事，来归车载奔。征夫问前路，稚子侯衡门。入息亦诗策，出游常酒樽。交亲书已绝，云壑自相存。"《其十》"寄傲疑今是，求荣感昨非。聊欣樽有酒，不恨室无衣。丘壑世情远，田园生事微。柯庭还独眄，时有鸟归飞。"

《题过所画枯木竹石三首》【查注】黄鲁直《次韵》诗云：眼入毫端写竹真，枝掀叶举是精神。因知幻化出无象，问取人间老斫轮。【谐案】老斫轮，谓公也，公在惠州，尚有《题过偃松屏画赞》。《其二》"散木支离得自全，交柯蚴蟉欲相缠。不须更说能鸣雁，要以空中得尽年。"【王注】《庄子·养生主篇》：可以全生，可以养尽年。"【施注】《莊子·山木篇》：夫子舍於故人之家，故人喜，命竖子杀雁而烹之。竖子请曰："其一能鸣，其一不能鸣，请奚杀？"主人曰："杀不能鸣者。"明日，弟子问於庄子曰："作日山中之木，以不材得终其天年，今主人之雁，以不材死，先生将何处？"庄子笑曰："周将处夫材与不材之间，似之而非也，故未免乎累。"

《司命宫杨道士息轩》：【查注】《苕溪渔隐丛话》：东坡云：无事此静坐，便觉一日似两日。若能处置此生，常似今日，年至七十，便是百四十岁，人世间，何药能有此效。此方人人收得，但苦无好汤使，多噎不下。坡题《息轩》诗，正此意也。《名胜志》云：朝天宫，在儋州城东南，中有息轩。亦载此诗。

"无事此静坐，一日似两日。若活七十年，便是百四十。黄金几时成，白发日夜出。开眼三千秋，速如驹过隙。是故东坡老，贵汝一念息。时来登此轩，目送过海席。【合注】《文选》木元虚《海赋注》引刘熙《释名》曰：随风张幔曰帆，或以席为之。故曰帆席也。家山归未能，题诗寄屋壁。"

《赠李兜彦威秀才》："魏王大瓢实五石，种成濩落将安适。可怜公子持十年，海上三年竟何得。先生少负不羁才，从军数到单于台。天山直欲三箭取，白衣将军何人哉。夜逢怪石曾饮羽，戏中戟枝何足数。誓将马革裹尸还，肯学班超苦儿女。封侯魏、霍知几许，老矣先生困羁旅。酒酣聊复说平生，结袜犹堪一再鼓。弃书捐剑学万人，纨袴儒冠皆误身。穷途政似不龟手，与世羞为西子颦。如今惟有谈天口，云梦胸中吞八九。世间万世寄黄粱，且与先生说乌有。"

（六）遗世独立，儒者风标。

《和陶杂诗十一首》：《其一》"斜日照孤隙，始知空有尘。微风动众窍，谁信我忘身。一笑问儿子，与汝定何亲。从我来南海，幽绝无四邻。耿耿如缺月，独与长庚晨。此道固应尔，不当怨尤人。"《其二》"故山不可到，飞梦隔五岭。真游有黄庭，闭目寓两景。室空无可照，火灭膏自冷。披衣起视夜，海阔河汉永。西窗半明月，散乱梧楸影。良辰不可系，逝水无留骋。我苗期后枯，【施注】《文选》嵇叔夜《养生论》：为稼於汤之世，溉者后枯。持此一念静。"　《其三》"……我非徒跣相，终老怀未央。【施注】《汉·萧何传》：为相国，下廷尉，数日赦出，何徒跣入谢。《高祖纪》：七年，萧何治未央宫，上徙都长安。兔死缚淮阴，狗功指平阳。【施注】《汉·萧何传》：上曰："今诸君徒能得走兽耳，功狗也；至如萧何发纵指示，功人也。"列侯毕已受封，奏位次，皆曰："平阳侯曹参宜第一。"哀哉亦何羞，世路皆羊肠。"《其四》"相如偶一官，嗤鄙蜀父老。不记犊鼻时，涤器混佣保。著书曾几何，渴肺灰土燥。琴台有遗魄，笑我归不早。作书遗故人，皎皎我怀抱。余生幸无愧，可与君平道。"【施注】《汉·传四十二序》云：蜀有严君平，卜筮於成都市，以为卜筮者，贱业而可以惠众人，有邪恶非正之问，则依蓍龟，为言利害。《其五》"孟德黠老狐，奸言嗾鸿豫。哀哉丧乱世，枭鸾各腾矗。逝者知几人，文举独不去。【谐案】纪昀曰：以孔融自比。合注亦有此论。其后公《和狄咸》诗自道云：才疏绝类孔文举。谓几於见杀也。天方斫汉室，岂计一郗虑。昆虫正相啮，乃比蔺相如。【施注】《后汉书·孔融传》：字文举。曹操忌融正议，虑鲠大业，山阳郗虑承望风旨，奏免融官，因显明雠怨。操故书激厉融曰："廉、蔺小国之臣，犹能相下。国家东迁，文举盛叹鸿豫，名实相副，鸿豫亦称文举，奇逸博闻，诚怪今者与始相违。"操既积嫌忌，郗虑复搆成其罪，遂令路粹枉状，奏融下狱弃市。虑，字鸿豫。我知公所坐，大名难久住。【施注】《史记·越世家》：范蠡以为大名之下，难以久居。细德方险微，岂有容公处。【施注】《史记·孔子世家》：夫子之道至大，故天下莫能容。既往不可悔，庶为来者惧。"【谐案】此以孔融自慨。《其九》"馀龄难把玩，妙解寄笔端。常恐抱永叹，不及丘明、迁。亲友复劝我，放心饯华颠。虚名非我有，至味知谁餐。思我无所思，安能观诸缘。已矣复何叹，旧说《易》

两篇。"【合注】指所著《易传》，见子由所撰墓誌铭。【诰案】此首道传经之志，下首任传经之责。《其十》"申、韩本自圣，陋古不复稽。巨君纵独慾，借经作岩崖。【施注】《汉·王莽传》：字巨君。奏起明堂、辟雍、灵台，为学者筑舍万区。益博士员，徵天下通一艺教授十一人以上，及有《逸礼》古《书》、《毛诗》、《周官》、《尔雅》，通知其意者，诣公车。《汉·礼乐志》：王莽为宰衡，欲耀众庶，遂兴辟雍，因以篡位。遂令青衿子，珠璧人人怀。凿齿井蛙耳，信谓天可弥。大道久分裂，破碎日愈离。我如终不言，谁悟角与羁。吾琴岂得已，昭氏有成亏。"【施注】《庄子·齐物论篇》：有成与亏，故昭氏之鼓琴也；无成与亏，故昭氏之不鼓琴也。

《和陶田舍始春怀古二首并引》"儋人黎子云兄弟，居城东南，躬农圃之劳。【诰案】诗有"城东两黎子"句，谓子云、子明也。若黎先觉辈，似其后卜居城南，始相识也。偶与军使张中同访之。居临大池，水木幽茂。坐客欲为醵钱作屋，予亦欣然同之。名其屋曰载酒堂，用渊明《始春怀古田舍》韵。"

《其一》"退居有成言，垂老竟未践。何曾渊明归，屡作敬通免。【施注】《后汉·冯衍传》：字敬通。为曲阳令，论功当封，以馋毁故赏不行。帝将召见，王护等排间，由此得罪。显宗即位又多短衍以文过其实，遂废於家。休闲等一味，妄想生愧靦。聊将自知明，稍积在家善。城东两黎子，室迩人自远。呼我钓其池，人鱼两忘反。使君亦命驾，恨子林塘浅。"《其二》："茅茨破不补，嗟子乃尔贫。菜肥人愈瘦，灶闲井常勤。我欲致薄少，解衣劝坐人。临池作虚堂，雨急瓦声新。客来有美载，果熟多幽欣。丹荔破玉肤，黄柑溢芳津。借我三亩地，结茅为子邻。【诰案】此二句偶然及之，不虞来年竟卜邻也。与张中同游，亦在无嫌疑之时。凡此皆丁丑（绍圣四年，1097）作诗之证也。鴂舌倘可学，化为黎母民。"

《借前韵贺子由生第四孙斗老》："今日散幽忧，弹冠及新沐。况闻万里孙，已报三日浴。朋来四男子，大壮泰临复。【王注次公曰】《易·复卦》：朋来无咎。为其有四男子，故使"大壮泰临复"。盖一阳生则为复，二阳生则为临，三阳生则为泰，四阳生则为大壮。开书喜见面，未饮春生腹。无官一身轻，有子万事足。举家传吉梦，殊相惊凡目……但令强筋骨，可以耕衍沃。不须富文章，端解耗纸竹。君归定何日，我计久已熟。长留五车书，要使九子读。【公自注】吾与子由共九孙男矣。单瓢有内乐，轩冕无流瞩。人言适似我，【合注】适为子由次子，斗老疑适所生，故诗中独指适而言。穷达已可卜。早谋二顷田，莫待八州督。"【公自注】吾前后典八州。

《过於海舶，得迈寄书、酒。作诗，远和之，皆粲然可观。子由有书相庆也，因用其韵赋一篇，并寄诸子侄》【查注】晁说之《嵩山集·苏叔党墓志》云：通直郎苏过叔党，东坡先生之季子也。元祐五年（1090）年十九，以诗赋解两浙路。七年，先生为兵部尚书，任右承务郎。明年，先生即谪英州，继贬惠州，迁儋耳，万死不测之险也，独侍先生以往来。先生还居阳羡，疾不起，叔党遂家於颍昌。偶从湖阴，营水竹数亩，名曰小斜川，自号斜川居士。疾卒於镇阳行道中，年五十二，时宣和五年（1123）十二月乙未。【诰案】公以八年九月帅定，九年润四月谪英，《墓志》误。"我似老牛鞭不动，雨滑泥深四蹄重。汝如黄犊走却来，海阔山高百程送……他年汝曹笏满床，中夜起舞踏破瓮。【施注】世传小话，有一贫士家，惟一瓮，夜则守之以寝。一夕，心自惟念，苟得富贵，当以钱若干营田宅，若干蓄声妓，而高车大盖，无不备置，往来於怀，不觉欢适起舞，遂踏破瓮。故今俗间指妄想狂计者，谓之瓮算。会当洗眼看腾跃，莫指痴腹笑空洞。誉儿虽是两翁癖，积德已自三世种。岂惟万一许生还，尚恐九十烦珍从。六子晨耕箪瓢出，众妇夜绩灯火共。春秋古史乃家法，诗笔《离骚》亦有用。但令文字还照世，粪土腐馀安足梦。"

《海南人不作寒食，而以上巳上冢。予携一瓢酒，寻诸生，皆出矣。独老符秀才在，因与饮，至醉。符盖儋人之安贫守静者也》【王注洪炎曰】先生《被酒独行》诗注云：符林秀才也。

《迁居之夕，闻邻舍儿诵书，欣然而作》："幽居乱蛙黾，生理半人禽。跫然已可喜，况闻絃诵音。儿声自圆美，谁家两青衿。且欣集齐咻，未敢笑越吟。九龄起韶石，姜子家日南。吾道无南北，安知不生今。海阔尚挂斗，天高欲横参。荆榛短墙缺，灯火破屋深。引书与相和，置酒仍独斟。可以侑我醉，琅然如玉琴。"

《和陶戴主簿》【诰案】《和陶戴主簿》一诗，与前和《西田获早稻》、《下潠田舍穫》二诗一辙，前则方事锄冶，此则乐其所成。而时已冬杪，故云"岁将穷"也。"海南无冬夏，安知岁将穷。时时小摇落，荣悴俯仰中。上天信包荒，佳植无由丰。鉏耰代肃杀，有择非霜风。手栽兰与菊，侑我清宴终。撷芳眼已明，饮酒腹尚冲。草去土自隙，井深墙愈隆。勿笑一亩园，蚁垤齐衡、嵩。"

《安期生并引》"安期生，世知其为仙者也。然太史公曰：'蒯通善齐人安期生，生尝以策干项羽，羽不能用，羽欲封此两人，两人终不肯受，亡去。'【施注】见《汉·蒯通传》。予每读此，未尝不废书而叹。嗟乎，仙者非斯人而谁为之。故意战国之士，如鲁连、虞卿皆得道者欤？"【王注】《抱朴子·内篇》：安期生者，卖药於海边，琅邪人。传世见之，传计已千年。秦始皇请与语，三日三夜，始皇异之，赐之金璧。安期留书，曰："复数千年，求我於蓬莱山。""安期本策士，平日交蒯通。尝干重瞳子，不见隆準公。应如鲁仲连，抵掌吐长虹。难堪踞床洗，宁挹扛鼎雄。事既两大缪，飘然翛遗风。乃知经世士，出世或乘龙。岂比山泽臞，忍饥啖柏松。纵使偶不死，正堪为仆僮。茂陵秋风客，望祖犹蚁峰。【查注】《韵语阳秋》云：汉武帝好大喜功，黩武嗜杀，而乃斋戒求仙，毕生不倦，可谓痴绝。李颀《王母歌》云："若能鍊魄去三尸，后当见我天皇所。"观武帝所为，岂能鍊去三尸者乎？善哉东坡之论也："安期与羡门，乘龙安在哉。茂陵秋风客，劝尔麾一杯。帝乡不可期，楚些招归来。"言武帝非得仙之姿也……言安期生尚不肯见高祖，而肯见武帝乎，其薄武帝甚矣。海上如瓜枣，可闻不可逢。"【谱案】纪昀曰：英思伟论，雄跨古今。

《五色雀并引》："海南有五色雀，常以两绛者为长，进止必随焉。俗谓之凤凰云。久旱而见辄雨，潦则反是。吾卜居儋耳城南，尝一至庭下。今日又见之进士黎子云及其弟威家。既去，吾举酒祝曰：'若为吾来者，当再集也。'已而果然，乃为赋诗。""粲粲五色羽，炎方凤之徒。青黄缟玄服，翼卫两緅朱。仁心知闵农，常告雨霁符。我穷惟四壁，破屋无瞻乌。【文按】瞻乌：流离失所之民。惠然此粲者，来集竹与梧。锵鸣如玉佩，意欲相嬉娱。寂寞两黎生，食菜真臞儒。小圃散春物，野桃陈雪肤。举杯得一笑，见此红鸾雏。高情如飞仙，未易握粟呼。胡为去复来，眷眷岂属吾。回翔天地间，何必怀此都。"【施注】《晋·王凝之妻谢氏传》：不意天壤之中，乃有王郎。【王注】贾谊《吊屈原文》：历九州而相其君兮，何必怀此都也。

《儋耳》【冯注】《汉·地理志》：自合浦、徐闻南入海，得大州，东西南北方千里，武帝元封元年，以为儋耳珠厓郡。"霹雳收威暮雨开，【冯注】《唐书》吴武陵与孟简书云：子厚之斥十二年，殆半世矣。霆砰电射，天怒也，不能终朝。圣人在上，安有毕世而怒人臣耶？公起句，暗用其意。独凭阑槛倚崔嵬。垂天雌霓云端下，快意雄风海上来。野老已歌丰岁语，除书欲放逐臣回。残年饱饭东坡老，一壑能专万事灰。"【查注】按《汉书·叙传》：渔钓於一壑，则万物莫奸其志。王介甫用其意，作诗曰：

我亦暮年专一壑。陈后山诗，亦有"他日入东专一壑"之句。【合注】晋陆云《逸民赋序》：古之逸民，轻天下，细万物，而欲专一丘之懽，擅一壑之美，岂不以身胜於宇宙，而心恬於纷华者哉。【文按】阐述陆云意以自况。

（七）以道事君，孤忠不减。《和陶拟古九首》：《其五》："冯冼古烈妇，翁媪国於兹。策勋梁武后，开府隋文时。三世更险易，一心无磷缁。锦繖平积乱，犀渠破馀疑。【施注】：《北史·列女传》："谯国夫人冼氏，世为南越首领，在父母家，抚循部众，能压服诸越，海南儋耳归服者千馀洞。梁大同初，高凉太守，冯宝聘以为妻。高州刺史李迁仕反，夫人击之，大捷。及宝卒，岭表大乱，夫人怀集百越，数州宴然。陈永定二年，广州刺史欧阳纥反，夫人发兵拒境，诏使持节册夫人为高凉郡太夫人，一如刺史之仪。陈亡，隋文帝安抚岭外。晋王广遣陈主遗书，谕以归化，以犀杖兵符为信。夫人验知，尽日恸哭。册夫人为宋康郡夫人。王伯宣反，夫人进兵至南海，亲披甲，乘介马，张锦伞，领毂骑，卫诏使裴矩巡抚诸州，岭南悉定，封谯国夫人。赐物各藏於一库，每岁时大会，皆陈於庭，以示子孙，曰：'我事三代主，惟用一好心，今赐物具存，此忠孝之报。'"《国语》：奉文犀之渠。注云：甲也。庙貌空复存，碑版漫无辞。我欲作铭誌，慰此父老思。……"

《其六》："沈香作庭燎，甲煎粉相和。岂若炷微火，萦烟嫋清歌。【诰案】此二句谓不必多求也。必朱、刘改置和买，抑勒多取，其害转甚，故诗言如此。贪人无饥饱，胡椒亦求多。朱、刘两狂子，陨坠如风花。本欲竭泽渔，奈此明年何。"【公自注】朱初平、刘谊欲冠带黎人，以取水沉耳。【合注】《续通鉴长编》：元丰三年七月，荆湖南路转运副使朱初平为琼管体量安抚，权提举广南西路常平等事刘谊，同体量安抚。又，十二月载：朱初平等言：每年省司下四州军买香，官吏并不据时估值，沈香每两只支钱一百三十文，科配香户，受纳者，多取斤重，又加息耗，因缘私买，不在此数，以故民多破产。海南大患，无甚如此。

《其七》："鸡窠养鹤发，【施注】钱希白《洞微志》：太平兴国中，李守忠为承旨，奉使南方。过海至琼州界，道逢一翁，自称杨遐举，年八十一，邀守忠诣所居。见其父曰叔连，年一百二十二，又见其祖曰宋卿，年一百九十五。语次，其梁上鸡窠中，有一小儿出头下视。宋卿曰："此吾前代祖也。不语不食，不知其年，朔望取下，子孙列拜而已。及与唐人游。来孙亦垂白，【施注】《尔雅》：曾孙之子为玄孙，玄孙之子为来孙。颇识李崖州。【施注】谓唐相李德裕也。德裕大中二年，贬崖州司户参军。《洞微志》：李守忠见宋卿，访及往时韦执谊、李德裕二相经由。宋卿曰："李太尉到朱崖，虽不多时，尚时时令人北去买药。其时某以小吏，亦三献厨料於太尉。观太尉方正端重，实为名相，虽迁降南荒茅茨之下，了无介怀。"【查注】《唐书》：李德裕，字文饶。历相文宗、武宗，拜太尉，进封赵国公。宣宗大中二年，贬崖州司户参军，明年卒，年六十三。再逢卢与丁，【施注】谓卢多逊、丁谓也。卢、丁皆贬崖州司户参军。【查注】《宋史》：卢多逊，太平兴国初，拜中书侍郎平章事。与赵普不协。会有以多逊交通秦王事闻，削官爵，一家亲属，并配流崖州。卒於流所，年五十二。又：丁谓，字公言。擢户部，参知政事。寇准为相，尤恶谓，谓谋孽其过，遂罢准相。既而拜谓同中书门下平章事。仁宗即位，谓潜结内侍雷允恭，传达中旨。诛允恭后，降谓分司西京，遂贬崖州司户参军，籍其家。【诰案】丁谓后以智数得归。阅世真东流。斯人今已亡，未遽掩一丘。【邵注】按公诗，反用其语，似谓李与卢、丁贤姦之不同也。卢、丁乃其本朝，故语意特深浑。【诰案】"再逢"四句，从"颇识"句带串而下，此乃在"来孙"口吻中，只应如此完结也。我师吴季子，守节到晚周。一见春秋末，渺焉不可求。"

《庚辰岁人日作，时闻黄河已复北流，老臣旧数论此，今斯言乃验，二首》【施注】神宗元丰四年（辛酉，1081），澶州言：河决小吴埽。诏东行河道已填淤，不可复，更不修闭。上曰："陵谷迁变，虽神禹复出，亦不能强。"盖水之就下者性也。哲宗元祐三年（1088），知枢密院安焘等疏议回河东流，平章重事文忠烈、中书侍郎吕正愍，从而和之，力主其议。子由在西掖，言於右仆射吕正献曰："河决而北，先帝不能回，而诸公欲回之，是自谓过先帝也。元丰河决，导之北流，不因其旧修其未备，乃欲取而回之？"正献曰："当与公筹之。"然竟莫能夺，其役遂兴。议论纷然，至於累岁。东坡尝侍上读《祖宗宝训》，因及时事，曰："黄河势方北流，而强使之东。"当轴者恨之。四年八月，子由在翰林，第四疏论必非东决，有曰："臣辙前在经筵，因论黄河等事，为众人所疾，迹不自安，遂求引避。"【查注】《宋史·河渠志》：元祐初，河流虽北，而孙村低下，河北诸郡皆被灾，於是回河东流之议起。安焘深以东流为是，文彦博、吕大防皆主其说。苏辙谓吕公著曰："盍因旧而修其未备？"会范百禄行视东、西二河，亦云东流高仰，北流顺下，决不可回。时吴安持与李伟力主回河，请置修河司，从之。七年十月，以大河东流，赐吴安持三品服，李伟再任。绍圣元年，都水使王宗望上言：东北两流，频年纷争不决，伏自奉诏凡九月，上禀成算，使全河东还故道，望付史馆纪绩。至元符二年六月，河决内黄，东流遂断绝。八月，左司谏王祖道请正吴安持、李伟等之罪，诏可。《其一》："老去仍栖隔海村，梦中时见作诗孙。【刘须溪曰此句为仲虎发也。陆务观《老学庵笔记》云：在蜀，见苏山藏公墨迹叠韵《竹》诗后题云，寄"作诗孙"符。【合注】苏符，考《建炎以来系年要录》载建炎、绍兴间，以宣教郎为国子监丞，司农丞，知蜀州，司封员外郎兼资善堂赞读，试秘书少监，为太常少卿，起居郎，中书舍人兼翊善，试给事中。九年八月，充贺大金正旦使，旋试礼部侍郎，权礼部尚书兼侍读，以讨论典礼不详，罢。后又以左朝散郎知遂宁府，以朝奉郎复敷文阁待制知饶州，二十五年乞奉祠，乃提举台州崇道观，又复敷文阁直学士。二十六年十月乙亥，以新知邛州卒。天涯已惯逢人日，归路犹欣过鬼门。【王注】《山水志》：广南西路容、牢二州界有鬼门关。谚曰：若度鬼门关，十去九不回。言多炎瘴也。【查注】本集《到昌化军谢表》云：并鬼门而东鹜，浮瘴海以南迁。《名胜志》：鬼门关，在鬱林州北流县西十里，两山相对间，阔三十步，往来交阯，皆出此关，其南尤多瘴疠。谚云：鬼门关，十人去，九不还。三策已应思贾讓，【诰案】纪昀曰：此非自誉语，乃冀幸语也，故不是忠厚之旨。【文按】《汉书·沟洫志》：贾讓，汉哀帝时人，为待诏。时河从魏郡以东多溃决，因广求能浚川疏河者。讓奏治河三策，上策为放河使北入海，迁冀州遭水衝之民；中策为多穿漕渠於冀州之地，分散水流；下策为完缮旧堤，增高加厚。古来治河方略，不外乎此。孤忠终未赦虞翻。【王注】《三国志》：虞翻性疏直，数有酒失，孙权积怒，放之交州，在南十餘年卒。典衣剩买河源米，【施注】河源县，属惠州，当是杭秫所产也。屈指新篘作上元。"【文按】讲阴阳五行的人以一百八十年为一周，以其中前六十年（第一个甲子）为"上元"。【诰案】此诗已形北归之兆，气机动矣。言者，心之所发，虽公有不自知其然也。《其二》："不用长愁挂月村，槟榔生子竹生孙。【公自注】海南勒竹，每节生枝如竹竿大，盖竹孙也。新巢语燕还窥砚，旧雨来人不到门。春水芦根看鹤立，夕阳枫叶见鸦翻。此生念念随泡影，莫认家山作本元。"【查注】《愣严经》：徒获此心，未敢认为本元心地。【诰案】纪昀云：末亦无聊自宽之语，勿以禅悦视之。

　　《和陶始经曲阿》【诰案】合注题作：和陶始作镇军参军经曲阿。此诗闻赦而作，乃和陶最后之一首也。"虞人非其招，欲往畏简书。【施注】《毛诗·小雅·出车》：岂不怀归，畏此简书。穆生责醴酒，先见我不如。江左古弱国，强臣擅天衢。渊明堕诗酒，遂与功名疏。我生值良时，朱金义当纤。【施注】《扬子》：使我纤朱怀金，其乐不可量也。天命适如此，幸收废弃餘。独有愧此翁，大名难久居。不思犠牛龟，【施注】《莊子·列御寇篇》：子见夫犠牛乎，衣以文绣，食以蒭菽，及其牵而入於太庙，虽欲为孤犊，其可得乎？《外物篇》：神龟能见梦於元君，而不避余且之网，知能七十二钻而无遗筴，不能避刳肠之患。兼取熊掌鱼。北郊有大赛，南冠解因拘。【诰案】元祐七年（1092）冬，合祭天地於圜丘，此公在礼部所定议也。哲宗亲政，力反元祐，遂改祀北郊。公既极以北郊为非，而合祭乃万古不易之论，岂肯於诗中自反其说耶。此乃因新恩得赦，而或以赦为幸，即有哲宗崩之一层，在公所不忍出诸口也。诗意借郊寰为辞，适欲用南冠，就便以北郊为对，不必是年定有郊也。眷言罗浮下，白鹤返故庐。"【谐案】罗浮下即指惠州，返故庐，即指白鹤新居也。

《别海南黎民表》【查注】《苕溪渔隐丛话·前集》卷四十引《冷斋夜话》云：余游儋耳，及见黎民表，为余言：东坡无日不相从，尝从乞园蔬，出其临别归海北诗"我本海南民"云云。其末云：新酿甚佳，求一具理漫写此诗，以折菜钱。【合注】《诗话总龟》云：余游儋耳，见黎民表出东坡别海北诗，曰"我本儋耳民"云云。又谒姜唐佐，见其母，余问："识苏公乎？"曰："然。无奈好吟诗，尝杖而至，有包灯心纸，公以手拭开，书满纸。"余案读之，醉墨敧顷，曰：张睢阳生犹骂贼，嚼齿穿龈；颜平原死不忘君，握拳透爪。"我本海南民，寄生西蜀州。忽然跨海去，譬如事远游。平生生死梦，三者无劣优。知君不再见，欲去且少留。"【文按】先生终不忘君国之事。

《澄迈驿通潮阁二首》【查注】《太平寰宇记》：澄迈县，在旧崖州西九十里，隋置县，以迈山为名。按《志》，县西又有澄江，故名。《名胜志》：通潮阁，乃澄迈驿阁也。《旧志》：通潮阁，一名通明阁，在澄迈县西。《其二》"馀生欲老海南村，帝遣巫阳招我魂。【王注叶思文曰】王逸《楚辞章句》曰：帝，谓天帝也，女曰巫阳。案《山海经》：开明、东巫、彭巫、阳巫，凡皆神医也。【施注】《楚辞》宋玉《招魂》：帝告巫阳曰："有人在下，我欲辅之，魂魄离散，汝筮与之。"巫阳对曰："掌梦，上帝其命难从，若必筮予之，恐后之谢，不能复用巫阳焉。"乃下招曰云云。杳杳天低鹘没处，青山一发是中原。"【施注】韩退之《寄元十八》诗：乘潮簸扶胥，近岸指一发。【谐案】纪昀曰：神来之句。

（八）人格感召，百世之师。

前已提到，《和陶拟古九首》：《其九》"黎山有幽子，形槁神独完。负薪入城市，笑我儒衣冠。生不闻诗书，岂知有孔、颜。翛然独往来，荣辱未易关。日暮鸟兽散，家在孤云端。问答了不通，叹息指屡弹。似言君贵人，草莽栖龙鸾。遗我古贝布，海风今岁寒。"

此黎人物质空泛，亦不知诗书，而对苏轼却敬爱有加。

《和陶赠羊长史并引》"得郑嘉会靖老书，【查注】先生《半月泉题名》：苏轼、曹辅、刘季孙、鲍朝懋、郑嘉会、苏坚同游。元祐六年（辛未，1091）三月十一日。刻石在湖州德清县慈相寺中，余家有搨本。诗题中所谓郑会嘉，当即嘉会之讹，今从石刻改正。欲於海舶载书千余卷见借。因读渊明《赠羊长史》诗云：愚生三季后，慨然念黄虞。得知千载事，上赖古人书。次其韵以谢郑君。"【查注】程钜夫《雪楼集·跋东坡帖》云：苏公坐谪时，有在都城见叔党而障面者。及迁儋耳，郑嘉会靖老乃以海舶载书千馀卷为借，亦可嘉也。公《和渊明赠羊长史》诗以谢之，千载而下，知有靖老，士乌可不自附於青云哉。【诰案】郑嘉会时官惠州，凡两借书，由海运至儋，皆广州道士何德顺为之代致者也。然书到甚迟。【案】总案云：本集郑靖老借书两次，其后到者一次，不能悉考。又，元符二年（1099），总案有"郑嘉会舶书至"条。"我非皇甫谧，门人如挚虞。不持两鸱酒，肯借一车书。欲令海外士，观经似鸿都。结发事文史，俯仰六十踰。老马不耐放，长鸣思服舆。故知根尘在，未免病药俱。念君千里足，历块犹踟蹰。好学真伯业，比肩可相如。此书久已熟，救我今荒芜。顾惭桑榆迫，久厌诗书娱。奏赋病未能，草玄老更疏。【施注】《汉·扬雄传》：从上甘泉还，奏赋以风哀帝，时草《太玄》，有以自守，泊如也。犹当距杨、墨，稍欲惩荆舒。"【施注】《毛诗·鲁颂·閟宫》：戎狄是膺，荆舒是惩。

《去岁，与子野游逍遥堂。日欲没，因并西山叩罗浮道院，至，已二鼓矣。遂宿於西堂。今岁索居儋耳，子野复来，相见，作诗赠之》【诰案】吴子野自广西宪曹子方处归，遂自雷州渡海来见，乃绍圣五年（1098）戊寅春夏间事。是年六月改元元符，题云去岁，乃指四年丁丑春中也。"往岁追欢地，寒窗梦不成。笑谈惊半夜，风雨暗长檠。鸡唱山椒晓，钟鸣霜外声。只今那复见，仿佛似三生。"

《新居》：为安置苏轼，儋州军使张中坐黜而死，我们重温这一悲剧式的史实：【施注】东坡在儋耳，军使张中请馆於行衙，又别饰官舍为安居计。朝廷命湖南提举常平董必者，察访广西，遣使臣过海逐出之。中坐黜，死雷州监司。悉镌秩，遂买地筑室，为屋五间。潮人王介石为客於儋，躬泥水之役，其劳甚於家隶。故诗有"旧居无一席，逐客犹遭屏"句。【合注】《续通鉴长编》：元符二年四月，朝散大夫直秘阁权知广南西路都钤辖程节，降授朝奉大夫，户部员外郎谭掞降授承议郎朝散郎，提点湖南路刑狱梁子美降授朝奉郎。先是昌化军使张中役兵修伦江驿，以就房店为名，与别驾苏轼居。察访董必体究得实，而节等坐不觉察，故有是命。诗略。

《和陶与殷晋安别送昌化军使张中》

"孤生知永弃，末路嗟长勤。久安儋耳陋，日与雕题亲。【施注】《礼记·王制》：雕题交趾，有不火食者也。海国此奇士，官居我东邻。卯酒无虚日，夜碁有达晨。小甕多自酿，一瓢时见分。仍将对床梦，伴我五更春。暂聚水上萍，忽散风中云。恐无再见日，笑谈来生因。空吟清诗送，不救归装贫。"

《赠郑清叟秀才》【诰案】郑清叟因周文之见公海南，公称其俊敏笃问学，即其人也。"风涛战扶胥，海贼横泥子。胡为犯二怖，博此一笑喜。问君奚所欲，欲谈仁义耳。我才不逮人，所有聊足已。安能相付与，过听君误矣。霜风扫瘴毒，冬日稍清美。年来万事足，所欠唯一死。澹然两无求，滑净空棐几。"【诰案】纪昀曰："'年来'二句，宋人诗话亦议之。然东坡特自言万念皆空，故不立语言文字之意，非有所怨尤。论者未看上下文义耳。"其说清楚。清叟越海相见，尚何他求，亦为仁与义而已矣。诗言我不逮人，仅足为自了汉，如是而止，於清叟无所发明也。

《被酒独行，遍至子云威徽先觉四黎之舍，三首》《其
一》 "半醒半醉问诸黎，竹刺藤梢步步迷。但寻牛矢觅归
路，家在牛栏西复西。"【诰案】此儋州记事诗之绝佳者，要知公当此时，
必无"令严钟鼓三更月"之句也……《左传·文公十八年》"埋之马矢之中"，
《史记·廉颇传》"一饭三遗矢"，凡此类，古人皆据事直书，未尝以矢子为秽，
代之以文言也。记事诗与史传等，当据事直书处，正复以他字替代不得。《其
二》"总角黎家三四童，口吹葱叶送迎翁。【合注】刘克庄《宿》诗：
幼吹葱叶还堪听，老画葫芦却未工。莫作天涯万里意，溪边自有舞雩
风。"《其三》"符老风情奈老何，朱颜减尽鬓丝多。投梭
每困东邻女，换扇惟逢春梦婆。"【公自注】是日，复见符林秀才，
言换扇之事。【施注】赵德麟《侯鲭录》云：东坡在昌化，尝负大瓢行歌田间，
有老妇年七十，谓坡云："内翰昔日富贵，一场春梦。"坡然之。里人呼此媪
为春梦婆。

《用过韵，冬至与诸生饮酒》【公自注】符、吴皆坐客，其馀，
皆即事实录也。"小酒生黎法，乾槽瓦盎中。芳辛知有毒，滴
沥取无穷。冻体寒初泫，春醅暖更馔。华夷两樽合，醉笑一
欢同。……"

《和陶王抚军座送客再送张中》【诰案】此诗有"汝去莫相怜，
我生本无依"、"悬知冬夜长，不恨晨光迟"句，其张中恋恋不忍去之状，情
见乎词矣。今定此诗为十一月作。"胸中有佳处，海瘴不能腓。三
年无所愧，十口今同归。【诰案】张中到儋在公后，亦丁丑（绍圣四年，
1097）年事，以此诗证之，其去在己卯（元符二年，1099）之冬也。汝去莫
相怜，我生本无依。相从大块中，几合几分违。莫作往来相，
而生爱见悲。悠悠含山日，炯炯留清辉。悬知冬日长，不恨
晨光迟。梦中与汝别，作诗记忘遗。"【诰案】纪昀曰：此首真至。

《和陶答庞参军三送张中》【诰案】以上送张中二诗……乃相去
不远之作，……今分列十二月者，以公有"三年无愧"之语，特满是岁，以表

其人如张中者，卒以公故废死，虽诎於一时，而申於千古，可谓贤矣。"……使君本学武，少诵《十三篇》。【施注】《史记·孙武传》：以兵法见阖闾。阖闾曰："子之《十三篇》，吾尽观之矣，可以小试勒兵乎？颇能口击贼，【施注】《晋·朱伺传》：杨珉曰："朱将军何以不言？"伺曰："诸人以舌击贼，伺惟以力耳。戈戟亦森然。才智谁不如，功名叹无缘。独来向我说，愤懑当戛宣。一见胜百闻，往鏖皋兰山。白衣挟三矢，趁此征辽年。"

《纵笔三首》【诒案】此三首平澹之极，却有无限作用在内，未易以情景论也。《其一》"寂寂东坡一病翁，白须萧散满霜风。小儿误喜朱颜在，一笑那知是酒红。"【诒案】纪昀曰：叹老语如此出之，语妙天下。《其二》"父老争看乌角巾，应缘曾现宰官身。溪边古路三叉口，独立斜阳数过人。"【诒案】纪昀曰：含情不尽。《其三》"北船不到米如珠，醉饱萧条半月无。明日东家当祭灶，只鸡斗酒定膰吾。"【诒案】纪昀曰：真得好。

《葛延之赠龟冠》【查注】葛立方《韵语阳秋》云：东坡在儋耳时，余三从兄讳延之，自江阴擔簦，万里绝海往见，留一月。坡尝诲以作文之法，吾兄拜其言，而书诸绅。尝以亲制龟冠为献，坡受之，而赠以诗"南海神龟三千岁"云云。诗略。

《次韵子由赠吴子野先生二绝句》【施注】子野昔从李士宁纵游京师，与蓝乔同客曾鲁公家甚久，故子由诗云：惯从李叟游都市，久伴蓝乔醉画堂。盖谓是也。【诒案】时子野以报公内迁，再渡儋耳。【案】总案元符三年五月，有"吴复古再渡海，报公内迁，出子由循州所赠诸什以示公"条。

《其二》"江令苍苔围故宅，谢家语燕集华堂。先生笑说江南事，只有青山绕建康。"

元符三年（1100）庚辰正月，在责授琼州别驾昌化军安置不得签书公事贬所，五月移廉州安置，六月渡海，七月抵廉州贬所，八月迁舒州团练副使，徙永州安置。三年零一个月的海南贬谪生活得以结束。渡海回归之际，苏轼有《六月二十日夜渡海》诗：**【查注】《王氏交广春秋》：朱崖儋耳，大海中极南之外，对合浦徐闻县，清朗无风之日，遥望朱崖州如囷廪大。从徐闻对渡，北风举帆，一日一夜而至。周围二千馀里，径渡八百里。**"参横斗转欲三更，苦雨终风也解晴。**【王注次公曰】《诗》；有《终风篇》。【谐案】纪昀曰：比也。**云散月明谁点缀，**【谐案】问章惇也。**天容海色本澄清。**【谐案】公自谓也。凡此种联句，必不可傅会。**空馀鲁叟乘桴意，粗识轩辕奏乐声。九死南荒吾不恨，兹游奇绝冠平生。"**【谐案】此诗，人皆知为北归作者。**

这是海南三年贬谪生活的总结，也是他忧患一生的总结。"云散月明谁点缀，天容海色本澄清"，一个饱经磨折、受尽人生苦难而终能如"天容海色"般通体光明的高尚人格已然定格于历史的天幕之上。

苏轼于徽宗建中靖国元年（1101）客死常州，终于寿终正寝。我们于悲悯之中感到一丝慰藉。然而，徽宗改元崇宁，专意绍述，新党蔡京用事，开始了元祐旧党第三次放逐。崇宁元年（1102）五月，将元祐旧党无论生死一律废黜，九月御书刻立《元祐党人碑》，榜之朝堂，禁锢元祐党人120名。三年六月，再刻立《元祐党籍碑》，入籍309人。且有元祐学术之禁即元祐党人诗赋史论之禁。苏轼於崇宁元年五月，降复崇信军节度行军司马，原追复官告并缴纳。九月，入《元祐党人碑》，列文臣曾任待制以上官第一。崇宁二年四月，"诏：焚毁苏轼《东坡集》并《后集》印板。"纷争扰攘，苏轼死后25年，即钦宗靖康元年（1126），金人铁骑踏入汴京，北宋就灭亡了。读这段历史，能不感慨系之？

2015 年 7 月 18 日

诗词创作与理论批评的价值准则

在当代诗词创作和理论批评方面，应该有一定的价值准则。它至少应该包括如下几点：

一、独立性。即我们是否具有健全独立的人格，是否能摆脱权力和金钱等异化力量对自己的消极影响，拒不迎合市场、臣服市场，摆脱"市侩主义"对自己心灵的败坏；

二、真实性。即能否捍卫自己内心的自由与尊严，无所畏惧地向权力和社会说真话，而不是用虚假的方式来回避历史、漠视现实或遮蔽自己的感情；

三、导向性。即我们是否具有成熟的文化自觉，是否站在理性的制高点上，发现社会新的变动、新的事物、新的力量、新的理想精神以及潜在的病相和残缺的能力，如当下乡村农民工的双重边缘化，为人们的前行提供引导；

四、为他性。即我们能否摆脱自我中心倾向，以充满人道情怀的态度关注并叙述具有社会性和人类性的经验内容，从而使自己的作品成为泽被读者的精神财富，如抛弃诗词内容的轻飘而不厚重，小我而非大我，等等；同时在发展诗词事业中，摆脱自我中心倾向，多为读者、多为他人着想。例如，"精品意识"，创作作品是如是，发表作品也应是如是。要避免"近水楼台先得月，向阳花木早逢春"现象，发表作品方面应严格要求自己，把篇幅留给读者，留给他人。例如，各省市区诗词刊物的主编均是很有水平的，我们能否有计划地发表他们一些作品，三年即可轮完。又如，对网络诗词，可否每年评选十人，杂志予以刊登介绍，有如"青年诗会"。这样就使他们感到《中华诗词》是他们的杂志。

外 篇

在"留学生文学暨域外题材作品
研讨会"上的讲话

同志们：

今天的会叫做"留学生文学暨域外题材作品研讨会"，是由中国作家协会创作研究部和中国社会科学院文学研究所联合召开的。

近年来在文学创作中集中地出现了一批以中国人在国外生活经历为内容的域外题材作品，有的叫它"留学生文学"，有的笼统地称之为"域外题材文学"。这些作品从独特的角度表现了二十世纪八十年代以来中国人民面向世界、了解世界、走向世界过程中的精神历程和心理体验，也反映了不同社会制度、不同文化观念和价值取向在特定环境下的对比与冲突，为我们在"世界"这个大背景上认识中国和世界的现状，认识中国社会历史的变迁和中国人自我认识的发展，提供了大量的信息和生动形象的材料，因而产生了较大的社会反响，引起了文学界，特别是文学研究评论界的关注。作为一种文学现象，或者说文学形态，一方面，它自然是今天改革开放时代的产物，它既面向世界，又植根于民族文化传统，因之它兴起和发展的原因，它的特点就必然繁富而独特；另一方面，它又有历史的源头，至少可以回溯到五四时期，这就使得它既有历史的传承，又有时代的变异，在思想内容、艺术形式、审美趣味，在人物、主题等等方面必然有所继承和创新。它既有长足的进步，取得了可喜的成就，又不够成熟，存在许多不足。所有这一切都值得我们进行研究，以便推动域外题材文学创作、甚至整个文学创作的发展。

我们这个会是学术研讨会。提供大家研究的主要是近几年来发表的域外题材作品，特别是北京出版社出版的美籍华人周砺的《曼哈顿的中国女人》、中国文联出版公司出版的旅美华人曹桂林的《北京人在纽约》、柯岩的《他乡明月》以及中国作家出版社出版的旅日华人樊祥达的《上海人在东京》等四部长篇小说。为了支持这次会议，这三个出版社提供了一些研讨用书。对此，我们深表感谢。

今天被邀请与会的同志，多是国内知名的当代文学研究专家、评论家、文艺理论家，也有著名作家，还有两个单位及中宣部文艺局的负责同志。我想我们大家一定能够遵循"百花齐放、百家争鸣"的方针，畅所欲言，各抒己见。

我们很重视会议的成果，为此，特邀请了《人民日报》《人民日报·海外版》《文学评论》《文艺报》《中国文化报》以及《新华文摘》等报刊社的同志，希望能够提供尽可能多的版面，以便我们会议的成果能在这些报刊上充分反映出来。

我们这次研讨会获得了中国作家协会党组、书记处和文学研究所领导的大力支持。党组书记处嘱托创作研究部说，这样的学术活动今后要多开展。我想，这是符合党的十四大精神的，集中精力抓经济建设，对于我们来说就是集中精力抓文艺创作、文艺研究和文艺评论。领导如此重视，专家学者又如此热心，相信我们的会议一定会开得成功。

湖南省第四次青年作家代表大会贺词

同志们：

继建立创作中心、毛泽东文学院、召开重点作家创作会议之后，湖南第四次青年作家代表大会又隆重召开了。这是湖南文学界的一件大事。我受中国作家协会派遣，特来向大会、向到会的作家，并通过你们向湖南省全体青年作家表示由衷的、热烈的祝贺。

当前，我国改革开放和社会主义现代化建设正处于一个承前启后、继往开来的重要历史时期。党的十四届五中全会制定了我国国民经济和社会发展"九五"计划和 2010 年远景目标，提出了今后 15 年的奋斗目标和主要任务，描绘了我国跨世纪发展的宏伟蓝图。要将这宏伟蓝图变成美丽的现实，需要全党和全国人民的共同努力，更需要青年一代的创造和奋斗。当代青年是跨世纪的一代，是我国改革开放和现代化建设的一支突击力量，在实现党的跨世纪宏伟目标进程中肩负着重要的历史使命。社会主义文学事业是我们跨世纪宏伟蓝图中绚丽而重要的组成部分。文学青年，特别是青年作家就是这一部分工程中最富思想、最有热情、最具创新能力和开拓精神的建筑师。青年作家的思想、工作、创作态度如何，直接关系到这一宏伟蓝图的完美实现，每一个青年作家都不应轻视自己肩上的这一责任。

我们希望湖南青年作家首先要立志，立为谁而写作之志。我们为什么写作？是为衣食之谋？是想自己名垂青史？还是为祖国跨世纪的发展，为中华民族的全面振兴而建功立业？毫无疑问，我们要的是后者，而非前者。有理想有志气的青年作家应该把自己的命运和祖国人民的命运紧紧联系在一起，全心全意反映人民的生活和斗争、理想和追求、欢乐和痛苦，为他们的成就而欢呼，为他们的前途而殚精竭虑。我们深信，只有为自己的祖国、自己的民族、自己的人民树立丰碑的文学家，他自己的事业和名字才能有可能刻在民族的丰碑上。

我们希望湖南青年作家牢牢坚守文学的唯一源泉是生活的认识。作家，特别是青年作家如何认识生活、把握现实，至关重要。这就要求我们要有正确的人生观、价值观、审美观。尽管当今世界，主义、思想、理论，繁富多样，但其中最严谨、最深刻、最系统、最科学的只能是马克思主义。因此，我们要运用马克思主义这个科学的世界观去认识世界。在今天，就是用当代中国的马克思主义——邓小平理论去认识社会、剖析生活。邓小平同志的文艺理论、江泽民同志一系列关于文艺的指示，就是我们认识生活、把握现实的思想武器。

我们希望湖南青年作家认真研究我国文学发展的历史和规律。我国文学有三个传统：古代民族文学传统、"五四"以来现代文学传统和党领导的革命文学传统。这三个传统，我们都应该进行认真的研究和总结。其中，特别是新时期以来文学发展的经验值得加以认真的研究和总结。前一段，西方文学搞了相当一段时间的语言和结构的创新，我国也有部分作家，特别是青年作家也随之闹了一通语言和叙事的"革命"。这种趋势，在西方，目前已在回归。新历史主义、女权主义、黑人文学运动、后殖民主义纷纷出现，文学又回到社会、历史、政治层面。因此，我国有识之士提出：我国文学向自身回归的过程已经基本完成，目前当务之急，应该转向直面生活、贴近现实，创作出无愧于历史和时代的文学精品和力作。这种文学发展的趋势，很值得我们青年作家去研究和把握。

我们希望湖南青年作家要加强学习。青年作家所承担的历史使命以及自身的状况决定了这一点。青年，比较敏感，接受新事物的能力强，不必担心他们保守、僵化，他们最需要的是深刻而清醒的判断力。要有牢固的理论基点，不要轻易为新潮理论和思潮所左右。在学习方面，要特别强调的是，对于民族文化的学习。大多数青年作家，民族文化的根底还欠深厚，要成为我们民族文学的巨匠，缺了这一条是不可想象的。处于和平时期的今天，处于全民族文化建设高潮、民族文化素质全面提高的今天，单凭一点生活底子，没有真正属于自己民族艺术的修养和才能，要在文学园地立足，要经受住历史的筛选，简直是不可能的。希望青年作家对此保持清醒的认识。

同志们！实现跨世纪宏伟目标的伟大实践为我们青年作家提供了施展才华、建立功业的广阔舞台，三湘大地深厚的文学传统，为我们湖南青年作家提供了艺术创造的丰富营养。我们有理由相信，在湖南这块文学热土上，将会涌现出我国下一个世纪的文学栋梁之材！

祝大会成功！祝大家前途无量！

中国作家协会
雍文华
1996 年

中国作家代表团访问罗马尼亚

以内蒙作协主席扎拉嘎胡为团长、以雍文华、王家达、汤世杰、刘宪平为成员的中国作家代表团于1996年9月5日至18日访问了罗马尼亚。

罗作协为代表团作了周密的安排。6日上午，浏览布加勒斯特市容，下午，举行会谈，签署两国作协合作议定书；7日，去黑海之滨康斯坦萨市，在旅游胜地奈普顿待到10日，游览了多瑙河；11日去布拉索夫的锡那亚，参观了布朗古堡和别列士大小皇宫；15日返回布加勒斯特；16日上午，到我驻罗使馆拜会大使卢秋田，下午与罗中友协及罗科学院人士举行座谈；17日上午参观罗人民宫，下午，罗作协设宴送行，再次举行座谈；18日离罗回国。

这次访问是很成功的。罗马尼亚作家协会极想与中国作家协会发展友好关系。这次访问，正式恢复了两协会之间的关系。我们的突出感受是：

（一）罗马尼亚作家渴望了解中国，极想发展与中国作协的友好关系。1989年12月，罗马尼亚政局发生"巨变"之后，罗作协就分裂了，以乌里奇为主席的作协，自认是正宗，拥有2000名会员。其余一个只有会员100人左右，另一个是地方作协，只有三四十名成员。齐奥塞斯库时期的作协主席，现已参加罗中友协。友协与乌里奇作协的关系还是可以的。在会谈中，乌里奇说，罗马尼亚作家一直认为，中国文学在世界上占有很重要的位置。中国作协愿意和罗马尼亚作协恢复联系，这对双方都是有益的，使中国能更好地了解罗马尼亚的文学，罗也能更好地了解中国文学。副主席雅鲁是个诗人，他说，中国的诗歌了不起，你们有李白。你们中国是大国，罗马尼亚是小国。面对这样赞颂，我们只好说，文学，不分国家大小，我们中国有李白，你们罗马尼亚也有埃明内斯库，很了不起的诗人。外委书记乌利卡卢说，各国文学反映各自国家人民的心灵。文学有凝聚的作用。我们有共同的使命，尽管我们处于两个大陆，却非常荣幸地集会在一起。他们都渴望访问中国。

（二）罗马尼亚人民对中国十分友好。据他们说，他们最恨的是俄罗斯人，他们把摩尔多瓦比做我们的台湾。其次最恨的是匈牙利人。中国离他们远，存在着传统的友谊，他们十分珍惜。今年一月，我国云南发生地震，罗马尼亚现任总理立即召开内阁会议，说，虽然各部预算已定，但中国兄弟遇到地震，需要帮助，请各部重新修改预算，拿出一部分钱来支援中国兄弟。各部部长均很赞同，立即凑齐了 45 万美元的物资和 5 万美元的现金，运往中国。他们感到十分自豪的是，全世界有三位总统能讲罗马尼亚语，一位是他们自己的总统，一位是摩尔多瓦总统，另一位就是中国国家主席江泽民。据我驻罗大使卢秋田介绍，罗自 1989 年 12 月"巨变"之后，政界、知识界整体看来是亲西方的。但反共不反华。罗马尼亚反对党领袖拜会我大使，声明，即使他们执政，也会同中国友好。胡锦涛同志访罗，无国家职务，他们照样接待，不怕戴红帽子。罗中友协，聚集了一批高级知识分子和前高级官员。与代表团座谈的有罗中友协名誉会长、科学院院士、经济法律部主任康士坦丁内斯库、罗中友协执行主席、经济学家米特内斯库、罗中友协第一副主席西米欧、小说家、前作协主席波佩斯库、前布加勒斯特大学校长、评论家、文学史家布朗、布加勒斯特大学中文系主任、中文教授杨玲女士，还有前财政部长和驻华大使等高级官员。经济学家希望代表团能给他们推荐一本全面介绍中国经济情况的专著，文学家希望翻译中国的文学作品。

（三）罗马尼亚作协与中国作协代表团互相交流了情况，介绍了两国当前文学发展的现状。代表团向罗马尼亚作协介绍了中国作家协会的基本情况及组织状况，介绍了当前中国文学发展的状况。罗马尼亚作协也向代表团介绍了罗马尼亚作协的基本情况及罗马尼亚文学的现状。罗马尼亚作协拥有会员 2000 多名，地方也有作协，但会员均为全国会员。另外两个作家组织，一个有 100 名左右成员，一个是地方组织，只有 30—40 名成员。作协机关只 4 名领导成员，即主席、副主席、外事书记、内务书记，并聘有主席秘书 1 人，财务 1 人。他们宣称自己独立于政府，不要政府的钱，对政府也就不负任何义务。作协与党、国家、政府没有任何冲突，但独立自主，可以批评政府。有 27 名作家参加议会，分属各个党派。作协的主要刊物是《文学的罗马尼亚》，发行 8000 份。其余，全国大大小小还有十余种杂志。在布加勒斯特市有《金星》《罗马尼亚生活》《二十世纪》，后者是专门介绍世界文学的。还有一本《备忘录》，1989 年"巨变"后出版的，专门介绍知识分子的状况，特别介绍齐奥塞斯库时期被迫害的知识分子的情况。问到罗马尼亚作家目前关心和写作的主要问题是什么时，他们说，主要是 89 年以前鲜为人知的、被禁止的政治事件、知识分子被迫害的情况等纪实性的、回忆录式的东西。罗马尼亚作协的经费来源，一是靠出租房屋，每年有 35 万美金的收入；一是靠版税，国家规定，每卖出一本书，提成 2% 给作家协会，当然不只给他们一家。罗马尼亚作协帮助作家，主要是为作家出书，给经济困难的作家，提供少量的补助等。

（四）关于中罗文学交流，罗马尼亚作协提出了如下要求和建议：（1）罗、中作家代表团互访所写的文章，希望能合编一个集子，用罗、中两国文字出版；（2）希望中国作协能编选反映当代中国文学水平的散文和诗歌各一集，供罗作协翻译出版；（3）罗中友协希望中国作协能提供 2—3 部中国优秀的侦探小说，供其翻译出版（**此为罗中友协成立，罗内务部秘书提出，他们正好接待我公安部休假团，我们建议他们与我公安部联系**）；（4）布加勒斯特大学中文系主任、中文教授杨玲想将《中国人，走出死胡同》一书（**发展出版社 1991 年出版，作者史仲文**）介绍到罗马尼亚，但不知其中观点，中国党能否接受，如无问题，她便翻译出版。据我驻罗大使卢秋田介绍：此书主要写中西文化的差异，有些观点，不能接受。我们答应了解了情况之后，向她通报。

（五）罗马尼亚目前的状况是前景不太乐观。政治上，1989 年 12 月"巨变"之后，执政的社会民主党已经分裂，目前掌权的一派叫社会民主主义党，对内实行私有化，对外想加入欧洲共同体，但迄今连伙伴国地位也未争到（**欧共同体已批准波兰、捷克、匈牙利为伙伴国**），离正式成员，路途遥远。目前，正在开展竞选，较大的政党有 8 个，小党有 200 多个。目前已有 31 人报名为总统候选人，其中作家有 4 名，乌里奇作协有 3 名。新闻、言论、出版比较自由。作协副主席雅鲁编辑出版了一份讽刺杂志《讽刺科学院》，自称类似中国的大字报，经常刊登讽刺政要，包括总统的文章和漫画。经济上，尚未恢复到齐奥塞斯库时期，只达到 80%。最大的问题是原大中型国有化企业，无人买得起，无法私有化，国家养不起，只好倒闭，民族工业，如造船业等日益衰落，能出口的东西越来越少。国家下一步向何处去，成为举国关心、忧虑的问题。据他们说，世界上现行三种经济模式，美国式、日本式、中国式，与中国模式最接近，但不敢动作；日本模式，难学；最向往美国模式，但无法接轨。青年就业不充分，许多青年，特别是女青年都跑到土耳其、意大利去打工了。这样一来，整个社会从89年"巨变"的热潮中冷静了下来，对齐奥塞斯库时期一般能逐渐实事求是的评价。齐奥塞斯库当初悄悄地葬在布加勒斯特盖恰公墓，现在已向社会公开，并有人竖起了十字架，逢节日有不少人去献花。50—70岁的人，怀念齐奥塞斯库时期。年轻人虽说对国家的前途有所忧虑，但他们认为，共产党还是下台好。他们希望自己选择生活，凭自己的能力去发展。为代表团作翻译的热尼娅就是这样说的。她1991年上大学，毕业才两年，在国家电视台任文学编辑，每月挣30万列伊（**1美元=3500列伊**），另靠自己的能力，每月有40万列伊的灰色收入。一般人的收入是每月20—30万列伊，有的还只有15万列伊。但老底子还在，住房宽敞、漂亮，布拉索夫喀尔巴千山公路两旁，尽是别墅式的私人房屋，漂亮极了；小汽车很多，平均十户之中便有一户拥有私家小汽车；人民的文化素质较高，犯罪率小；国家实行免费教育（从小学到大学）和免费医疗（**但使用进口药，则全由自己负担**）。

1996年9月20日

附：罗马尼亚文学

罗马尼亚早期民间口头文学直到18、19世纪才被发掘整理。书面文学最初散见于宗教书籍和编年史之中。15世纪下半期开始撰写编年史，多为宫廷纪事。17世纪，罗马尼亚语在各公国普遍使用，世俗文学发展，许多方面胜过宗教文学。编年史家迪·康特米尔（1673-1723）所著《象形文字史》就是最早的寓言故事。

18世纪下半叶，文学中出现了阿尔迪亚尔学派，发起思想文化启蒙运动，代表人物首推伊·布达伊－德列亚努（1760-1820），其英雄史诗《茨冈人之歌》是罗第一部成功的叙事长诗，歌颂15世纪罗马尼亚公国君主弗·采佩什组织茨冈人同奥斯曼军队作战的事绩。

尼·菲利蒙（1819-1865）描写19世纪初期封建阶级压迫人民的《新老地主们》，是罗马尼亚第一部长篇小说。科·内格鲁齐（1808-1868）的历史小说《亚历山德鲁·拉普什尼亚努》，描写了16世纪中期摩尔多瓦公国君主拉普什尼亚努同反动贵族的斗争。安·潘恩（1796-1854）的《独特的诗或人们的歌》和《谚语集或民间故事》创造性地编纂了当时流传的民歌、谚语、故事和谜语等。其时的诗歌，标志着罗马尼亚文学进入浪漫主义时期。1848年罗马尼亚诸公国的革命，促进了这个时期文学的繁荣。

19世纪80年代至第一次世界大战间，罗文学空前繁荣，现实主义为主要流派，其代表人物有米·爱明内斯库等。巴·德拉弗兰恰（1858-1918）的《日落》《暴风雪》和《金星》三部曲历史剧非常著名，取材于16世纪的摩尔瓦多历史，塑造了爱国者斯特凡大公的形象。

一战后，西方文艺思潮有所表现，长篇小说进入繁荣时期。利·雷布雷亚努（1880-1961）是罗现代长篇小说创始人之一，创作了《依昂》等3部长篇小说。

——摘自《中国大百科全书·外国文学卷》

丹青翰墨　情景相生

山水画家李思训被誉为唐朝"山水第一"。他曾为唐玄宗画掩幛，后来玄宗对李思训说："卿所画掩幛，夜闻水声，通神之佳手也。"画山水而能使人感到"夜闻水声"，已入诗之极境，这是翰墨丹青。反过来，也有由诗入画的。明代胡应麟论杜甫诗说："形神意气，踊跃毫楮，如周昉写生，……逼夺化工。"这可称之为丹青翰墨。所谓"少陵翰墨无形画，韩干丹青不语诗"，此之谓也。

宋人范晞文评杜诗，说它的特点是"景无情不发，情无景不生"。清人黄图泌说："情生于景，景生于情，情景相生，自成声律。"虽说的是音乐，但道出了艺术的一般规律，这就是我们经常讲的"情景交融"。这就需要做到神与物会、心与物通，即主观的心与客观的物、情与景、意与境相融合。神与物会，心与物通，这"物"必须是能够感荡心灵的"物"，这"神"、这"心"必须是感物而起的"神"、"心"，也就是"情"。

志、情、理是诗文的主宰，所谓"体物写志"是艺术的不二法门。但好的诗文，体物写志时，有时不仅应该提到哲理的高度，而且应该以精警的格言出之。例如，刘禹锡写《陋室铭》，有"山不在高，有仙则名；水不在深，有龙则灵"，则精神全出。又如《游褒禅山记》，有"夫夷以近，则游者众；险以远，则至者少。而世之奇伟瑰怪非常之观，常在于险远，而人之所罕至焉"一段，则格调骤然升高。还有苏子瞻《前赤壁赋》"清风"、"明月"之句，范仲淹《岳阳楼记》"先忧"、"后乐"之词，均是文章典则。

为复兴中华民族文化承担一份责任

中华诗词学会拟邀请在京诗词组织、诗词编著中心、有关出版社及从事诗词编著出版的团体和个人来交换一下中华诗词编著出版的情况，共同总结一下诗词编著出版方面的经验和不足，整合和规范诗词编著出版工作，进一步搞好诗词编著出版，促进当代诗词的繁荣和发展。

新时期以来，随着中华诗词的复兴，其编著出版工作也获得了巨大的发展。全国从中央到地方省、市（地区）、县均有诗词编著出版，总集、选集、别集、专集等不断问世，门类齐全。全国诗词学会、协会、诗词社开展的各类诗词活动，如工作会议、诗词竞赛、学术研讨、采风等等均有较完整的文献纪录。有的还延伸到历史文化遗产的挖掘和整理。所有这些都大大地促进了中华诗词的发展。但无疑也存在一些问题，需要研究解决。一是无序，缺乏协调和规划；二是片面追求经济效益而忽视质量；三是为了自己的利益而侵害他人权益。这些问题，无疑阻碍了当代诗词质量的提高，也阻碍了中华诗词的繁荣和发展。

为了搞好中华诗词编著出版工作，我们拟提出需要树立五种意识：

（一）使命意识。搞好中华诗词编著出版工作是与会者一项重要的历史使命。当前，我们正处于中华民族复兴的时代。中华民族的复兴，无疑也包括中华文化、中华诗词的复兴。由于历史的原因，自十九世纪下半叶至整个二十世纪，或因社会的动乱，或因新文化运动的偏颇，中华诗词，包括它的编著出版都遭到了不应有的扼制，因此，中华诗词的编著出版数量颇少，且支离凌乱，有的甚至留下了空白。由于现实的原因，或因计划经济的出版发行体制，或因市场经济利益的驱使，中华诗词的编著出版，举步维艰，很多工作都延误了，甚至根本就没有启动。一个强大的民族，必须有它强大的文化。因此，这种现象不能再继续下去了。改变这种状况，我们搞中华诗词编著工作的，肩上都承担了一份责任，我们应该毫不犹豫地将这份责任承担起来。

（二）社会责任意识。市场经济不能不讲经济效益，不能不讲利润。但我们从事中华诗词编著出版的人，是文化工作者，而不是一般的商人。即便是纯粹的商人，我国古代也看重儒商，以经商的手段达到济天下、惠黎庶的目的，何况我们是社会主义文化工作者。因此，不能片面追求经济效益，片面追求利润而忽视社会效益。我们编著出版一本书即应是有文化价值的书。

（三）精品意识。因为我们所作是一个伟大民族复兴的文化工程，一方面，近一个世纪命脉衰微的中华诗词刚刚苏复，其蓬勃生长的表象之下，隐藏着艺术根芽的幼稚与脆弱，这是不争的事实；另一方面，中华诗词在民族文化中位居上乘，起点很高，这也是不争的事实；因此，倘不是精品，你无法获得社会的承认，也达不到复兴民族文化、复兴中华民族的目标。现实生活中，通俗文化、甚至电影电视，即使常识性的错误多多，人们并不重视，习以为常，也懒得争辩；但若为诗词则迥然不同，大致深层的心理原因是：诗词乃上乘艺术，要弄诗词，即使不是高手，也得是个中之人，混迹于诗词艺术，很难为人容忍。这就是当前对于中华诗词的一种社会心理。而反观现实，混迹者确也不乏其人。他们所编、所作、所序、所评倒了读者的胃口。因此，当务之急，非有精品推出，不足以保声誉、正风气而推动当代诗词的发展。

（四）法律意识。市场经济当然有竞争，但这种竞争不是无序的，而是有序的。要有序，则必须依法行事。所以，中华诗词的编著出版，必须纳入法制轨道。我们看到，有的个人或团体，经常盗用诗词名家、专家的名字，主编书刊，收取费用，一旦事发，众议喧腾，名家、专家则百口莫辩，苦不堪言。这种侵人权益的事，实在是不应该发生的。究其原因就是法律意识淡薄，于己于人于中华诗词的发展都造成了不小的伤害。因此，从事中华诗词编著出版者必须树立起牢固的法律意识。

（五）团队意识。中华诗词的编著出版，目前基本上属于民间事业，资金、人力、物质条件均极为有限，所以要做成一点事，必得大家同心协力方可完成。这就需要在我们中间提倡团队精神。要不然，我们就很难将中华诗词的编著出版工作做好。试想，全国有多少出版社，唯独没有一家中华诗词出版社；全国出了多少价值不大、甚至无用的出版物，唯独自十九世纪下半叶至整个二十世纪的诗词总集、别集、专集、文献，能够出版发行者寥寥可数，绝大多数则处于无人问津、日益损坏、流失的可悲境地。这些都是不可复制的民族精神产品呀！一旦消失就永远消失！社会弱势群体只有抱成团，齐心协力，方可成就一点事业。我们中华诗词编辑出版者便是这样的社会弱势群体，"团队意识"也许能使我们成就一点中华诗词编著出版事业。

如果与会者能就上述使命意识、社会责任意识、精品意识、法律意识以及团队意识，达成共识，则我们拟提出如下几点意见，供与会者研究是否可行？

建立合作机制。(1) 不定期交换中华诗词编著出版情况；(2) 整合选题，避免重复，避免编著出版资源的浪费；(3) 整合编著出版力量，有的以编著力量见长，有的以出版力量为盛，互相合作，方能形成合力，搞好中华诗词编著出版事业。这种编著出版力量的整合，大体有两个方面，一是编著中心、编辑部、从事诗词编著的团体或个人之间的力量整合，一般说来，中华诗词学会的编著力量较强，它聘请全国的诗词名家、专家充当特约编审，可以提供这方面的合作；一是编著中心、编辑部、诗词编著的团体或个人与出版社之间的力量整合。如中华诗词学会拥有较强的编著力量，但却没有自己的出版社，这就需要应邀出席会议的出版社大力支持、合作。

为了便于开展合作，可能需要建立一个合作组织来专管这方面的工作。

(一) 建立中华诗词编著出版基金。这不是当前的目标。有了基金，我们就可以干一两件实实在在的事，如编辑出版《中国当代诗词总汇》《二十世纪中华诗词丛书》。《二十世纪中华诗词丛书》可将一些至今付之阙如的诗词别集赶快整理出版，这既是民族文化遗产的抢救，也是当代民族文化的建设。资金来源，除了社会赞助之外，主要由中华诗词编著出版单位从年利润中提成。

(二) 建立中华诗词文库。我们所作无论是当代诗词的编著出版，还是民族文化遗产的挖掘、整理，都是复兴中华民族文化的伟大工程之一部分，它的现实价值和历史价值都不可低估。我们应该把这些书刊收集、整理、保存下来，尽可能地为后代子孙提供今天中华诗词发展的全貌，也为将来中国文学史的编纂提供信史。因此，我们建议以中华诗词学会为中心，请各单位、有关团体和个人，凡有关中华诗词的出版物都给我们寄一份留存，以便图书资料的集中管理和保存。

2003 年 6 月 20 日

关于确认当代诗词应有地位的请示报告

中国作家协会党组、书记处：

"五四"以来，格律诗在文艺生活及整个社会生活中应有的地位，一直未得到确认。反映现当代生活的新诗词一直不被认为文学艺术的"正宗"。这是很不科学、很不公平的。中华诗词学会成立以来，同仁们为确立诗词在文艺格局中的地位作了一些努力。特别是去年召开的中华诗词学会第二次全国代表大会，进一步发出了这方面的呼吁，得到了有关领导和文艺界许多朋友的认同。但"冰冻三尺，非一日之寒"。"五四"以来，对传统诗词的歧视之见，至今仍有很深的流毒。我们认为，现在是到了彻底纠正这种偏颇的时候了。

诗词是中华传统文化的重要组成部分。优秀的中华传统文化对于我国目前正在进行的社会主义现代化建设，不是包袱，而是动力。这是今天有识之士的共识。大家认识到，一切民族与国家的现代化都是以传统为前提的，一切现代化都是在某种传统基础上的发展和创新。传统文化作为一种民族的内聚力，正是一个国家能够进行现代化建设的有力保证。我国正在进行的现代化并不等于西化，它必须避免西方现代化的弊病。因此，中国越是走上现代化之路，就越需要坚持和弘扬自己民族的优良传统。中华传统文化之中的精华，诸如整体的、辩证的世界观和宇宙观；以人为本，强调个人独立人格和修养的人生观和道德观；提倡个人向群体负责的义务感及"天下兴亡，匹夫有责"的爱国主义；先忧后乐、舍己为人的牺牲精神；勤劳勇敢、自强不息的奋斗精神；"和而不同"、珍视人际关系和谐融洽的处世态度以及开放包容意识，等等，无疑均可以成为社会主义精神文明的丰富内涵。中华诗词则是上述中华传统文化最广泛、最集中、最典型的体现者之一。

当代诗词是社会主义时代对中华传统诗词的继承和发展。整体看来，它高度关心和积极反映社会主义新时代，大力歌颂社会主义现代化建设和改革开放所取得的伟大成就，关心和反映人民群众的疾苦，抒发高尚的心志和感情，表达深刻的人生体悟，绝少有不健康的政治意识、颓废没落意识、色情意识混迹其间，因之也获得了社会一致的好评与首肯。

那种认为格律诗词不能反映当代人的意识和现代生活的观点是经不起实践检验的。我们看毛泽东的诗词，反映中国革命和建设的各个方面，表达毛泽东这样一位中国历史上伟大人物的心灵的各个方面，不但得心应手，而且深刻、生动、形象，极富中华民族的审美特征，其成就和影响并不比我国现、当代哪位诗人差。还有鲁迅的诗词、郁达夫的诗词，以及陈毅的某些代表作，如梅岭三章、赣南游击词，均是诗歌中的上乘之作。

当前，随着民族复兴的伟大事业的大踏步前进，中国传统文化在我国现代化中的价值和作用，已经受到越来越多的中国人的关注。当代诗词亦是在这样宏大的历史背景下蓬勃兴起的。全国诗词队伍达百万人，仅中华诗词学会就有一万余名个人会员，团体会员202个，各省市的诗词组织及会员，更是一个令人咋舌的数字。诗词刊物、书籍更是大量出版，省市县均有自己出版的诗词刊物。中华诗词学会主办的《中华诗词》，发行量逐年递增，由最初的两、三千份发展到如今的二万五千份。这样庞大的创作队伍，这样数量的诗词出版物，告诉人们一个不容忽视的现实：正如诗人晓雪所说：中国的的确确存在另一个诗坛。

当代诗词的发展，无疑在新诗界产生了影响，很多新诗人已经开始正视这一现象，逐步介入这一领域的研究和评论。更有许多新诗人，"勒马回缰作旧诗"，臧克家、贺敬之、刘征、丁芒、屠岸、刘章等等，均已取得了可观的成就。

当代诗词的创作已经越出文学界而进入社会。现在"诗词之乡"、"诗词之市"的活动方兴未艾；诗词走进校园、社区的活动亦在蓬勃发展。截至目前，仅中华诗词学会授牌的"诗词之乡"、"诗教先进单位"已有24家。

当代诗词创作已经受到各级党和政府越来越大的关注。他们把当代诗词创作当作民族文化复兴的必要之举，看作是培育和弘扬民族精神的必要之举，看作是社会主义精神文明建设的必要之举。中华诗词学会于1999年9月在湖北武汉召开的"全国第十二届中华诗词研讨会"，就有教育部副部长周远清参加；贵州省举行诗词大赛，是省教育厅与省诗词学会联合发文；前年十二月在南京召开的"全国诗词教育经验交流会"，江苏省人民政府责令全省教育局长参加会议。去年十二月，中华诗词学会第二届全国会员代表大会在京召开，乔石、朱镕基、李瑞环等原党和国家领导人发来贺信、题词，金炳华、杨志今等文艺界领导同志到会讲话。目前，格律诗的创作、吟诵，已成为群众文化生活中的一个重要项目，对精神文明建设起着显著的作用。

近来，有些省市文学界的领导采取新的措施，摆正新诗与格律诗的关系，很值得注意。如黑龙江省作家协会，首先从领导体制上打破了新旧诗歌的界限，作家协会派一名副主席任省诗词学会的会长，优秀的诗词创作者可以被吸纳为作家协会的会员，诗词与新诗一样，平起平坐参加文学评奖，作家协会的工作报告中有诗词创作和诗词理论批评的情况总结。无疑，黑龙江省作家协会的做法是值得借鉴的。

中国作家协会是最高文学领导机关，在扶持当代格律诗上作了不少令诗词界永怀感激之情的工作。我们寄希望于中国作家协会，恳请中国作家协会党组、书记处进一步明确认定当代诗词在文学界的应有地位：

一、当代诗词尽快纳入鲁迅文学奖评奖范围；

二、积极吸纳优秀的当代诗词作者为中国作家协会会员；

三、中国作家协会的重要文件、工作报告、编撰的文学史将当代诗词作为正式内容予以纳入。

以上报告当否，请批示。

中华诗词学会

2005 年 3 月 10 日

关于举办第三届中国·常德诗人节的公告

中华诗词学会和湖南省常德市人民政府联合举办的第三届中国·常德诗人节定于二〇〇六年五月三十一日(端午节)至六月三日在湖南省常德市举行。

本届诗人节将围绕推进"诗词走进大众"工作开展三大主体活动:

(一)举办第一届"华夏诗词奖"评奖颁奖活动;

(二)举行中华诗词高峰论坛。(1)中国社会科学院文学研究所所长杨义:《屈原诗学与湖湘文化》;(2)中国社会科学院文学研究所《文学遗产》主编陶文鹏:《中华诗词的现代化》;(3)中华诗词学会顾问周笃文:《屈原流放陵阳考》;(4)中华诗词学会顾问梁东:《诗教与时代精神》;(5)湖南省社会科学院研究员毛炳文:《屈原故乡汉寿考证》;(6)汉寿诗词学会刘子英:《屈原楚辞与巫风的关系》;(7)中华诗词学会顾问杨金亭:《意象的经营》。刘征、林从龙、蔡厚示亦将宣读论文或讲话。

(三)考察常德市澧县、安乡县创建诗词之乡工作及采风活动;

为办好本届诗人节,常德市委、市政府准备了一场主题为《寻梦桃花源》的大型专场文艺晚会,并举行"环洞庭湖龙舟争霸赛"以及"梦入桃花源"书法、美术、摄影、奇石展览等活动。

常德,昔称武陵,南通川原错汇之黔滇,北连烟波浩渺之郢鄂,东控沃野千里之江汉,西接云气混茫之夔巫,实属华夏名区。张家界之索溪峪、青岩、天子诸山,层峦叠嶂,奇秀殊绝；武陵之桃花源、花岩溪、闯王陵等，江山人物，颇费评章。还有沅水岸旁的十里诗墙，柳叶湖畔的莺歌鹭影，无处不令人想起屈灵均之绝唱，刘禹锡之竹枝，无处不触动灵感，酝酿诗情。我们竭诚欢迎全国各界诗友参与此一盛典，共同领略沅水芳兰、范公遗韵、潇湘夜雨、云梦朝霞……

中华诗词与和谐社会

什么是和谐？和谐是指事物平衡、有序，且相对稳定的存在与发展。这大概是形而上的哲学层面的解释。也有人解释"和谐"二字，"和"，从"禾"从"口"，表示人人有饭吃；"谐"，从"言"从"皆"，表示人人可以自由发表意见。由此说来，"和谐"就是人人享有物质财富，人人享有民主自由。这大概可以称之为形而下的世俗解释。

什么是和谐社会？按胡锦涛说的就是"民主法制、公平正义、诚信友爱、充满活力、安定有序、人与自然和谐相处的社会"。①

党的十六届六中全会提出构建社会主义和谐社会，要求发掘民族和谐文化资源，倡导和谐理念、培育和谐精神，营造和谐氛围，进一步形成全社会共同的理想信念和道德规范，打牢全党全国各族人民团结奋斗的思想道德基础。

这是一个全新的奋斗目标和历史任务。过去我们是信奉斗争哲学的。从马克思恩格斯将人类文明的历史概括为阶级斗争的历史，无产阶级必须从自在走向自觉和自为，推翻资产阶级的统治，建立无产阶级专政，到列宁的国家是阶级矛盾不可调和的产物，是剥削被压迫阶级的工具，从资本主义过渡到共产主义社会，必须经过一个无产阶级专政的阶段，再到毛泽东的在整个社会主义历史阶段，始终存在无产阶级和资产阶级两个阶级的斗争，以阶级斗争为纲，阶级斗争必须天天讲、月月讲、年年讲等等，在思想领域，民本主义、人道主义、人性受到批判，成为禁区。现在提出构建和谐社会，来了一个180度的转弯。有人觉得真是世事如轮转，变化如风烟，突然、奇怪，产生三十年河东、三十年河西的感觉。更有甚者，有人怀疑这是否已经背离了我们的指导思想：马克思主义。

其实，构建和谐社会的提出是马克思主义的题中之义。在马克思恩格斯的科学社会主义理论体系中，最终的目的就是创建人类有史以来最完全最充分最高度的和谐社会——共产主义社会，而阶级斗争和无产阶级专政只是达到这一目标的手段。在无产阶级尚未取得政权之前，强调对立统一规律中对立、斗争的一面，开展革命斗争，夺取政权，建立无产阶级专政是历史的要求，历史的必然。但当无产阶级取得了政权，开始全面建设社会主义时，则需要强调对立统一规律中同一、统一的一面，协调社会各方面的利益关系，化解矛盾，保持社会运行的和谐与稳定。毛泽东虽然提出要正确处理人民内部矛盾，但仍然把阶级斗争强调到绝对高度，是严重的失误，对党和国家造成了不可估量的损失。是党的十一届三中全会在邓小平的领导下，实现了由斗争专政到和平发展建设的转变。这一历史性的转变，由江泽民、胡锦涛为首的党中央继承下来，并有所发展。由"斗争论"到"和谐论"，既是思维方式的转变，也是治国方略的转变，是马克思主义国家学说的创造性的发展。

中国共产党人一贯主张马克思主义的中国化。构建和谐社会的思想正是把马克思主义的国家学说同中华"和谐"文化的原典精神结合起来。因此，构建和谐社会亦是中华和谐文化精神的继承和发展。

中华文化，"和"是最核心的范畴。"诗言志，歌永言。声依永，律和声。八音克谐，无相夺伦，神人以和。"（《尚书·舜典》）陈良运先生在其《中国诗学体系论》中认为：尧舜时代，舜不可能说出"诗言志"这样经典的话来，"诗言志"大概成于秦汉之际。即是如此，亦无妨我们的论述。"礼之用，和为贵。"（《论语·学而》）"中也者，天下之大本也；和也者，天下之达道也。致中和，天地位焉，万物育焉。"（《中庸第一章》）"乾道变化，各正性命，保全大和，乃利贞。首出庶物，万国咸宁。"（《周易·乾象辞》）保，保持、调整。大和，读为太和。太和指自然界的一种普遍调顺谐和的关系。利，施利。贞，中正。万事万物的发展应符合大自然变化的规律，要安于自己应有的位置，保持阴阳会合之元气，这样才能顺利成长。以孔子为代表的先秦儒家，由入世的原则和方法论上升到和谐世界观。"道生一，一生二，二生三，三生万物，万物负阴而抱阳，冲气以为和。"（《老子·四十二章》）"至阴肃肃，至阳赫赫；肃肃出乎天，赫赫发乎地；两者交通成和而万物生焉，或为之纪而莫见其形。"（《庄子·田方子》）万物的本源是：阴（正）——阳（反）——和（合）。将"和"视为纲纪，视为万物之本源，亦即老庄哲学中至高无上的"道"。

因此，中华文化元典精神"和谐"，在中华文化主流的儒、道两家是共同的，殊途同归的。这种"和"、"贵和"、"中和"的民族文化传统精神为我们构建和谐社会提供了十分珍贵的思想文化资源。

中华诗词是中华和谐文化的典范。关于这一论题，孔汝煌有过十分深刻而精彩的论述：

就哲学层面看，中华诗词兼容并包民族哲学中的儒、释、道三家主流思想派别，诗圣杜甫、诗仙李白、诗佛王维即是和谐并峙的唐诗摩天群峰；就艺术层面看，基于"太极说"的宇宙观和生命观，作为中华艺术典型的中华诗词充满艺术辩证法，表现为虚与实、动与静、言与意、意与象、神与形、情与理、情与景、文与质、刚与柔……等一系列和而不同的艺术范畴的和谐把握上；就美学层面看，中华诗词崇尚韵味含蓄的意象、意境审美，深合温柔敦厚、中正典雅的和谐审美观，中华诗词的主流作品的思想纯正高尚，求真、务善、尚美，其语言形式具有节奏显明、韵律回环、词语对称的音乐美感，中华诗词是内容与形式统一之美的典型；就伦理学层面看，中华诗词不论"言志"、"缘情"、"传意"，都饱含对和谐人生的追求，亲情的挚爱，群己关系的融洽，社会责任的担当，对国家民族命运休戚与共的主体意识，对自然界的心仰神契的友善，因而中华诗词无疑是对和谐人生、和谐社会的伦理秩序的追求；从思维科学的层面看，是形象与逻辑、直觉与理性等两类思维交融创新的产物，是左右脑和谐合作的结晶。[②]

构建和谐社会，必须做到人与社会、人与自然及人自身心灵的和谐。中华诗词在构建和谐社会中均可起到潜移默化的全方位的作用。其中首要的就是对社会人心，"风以动之，教以化之"[③]。

"以人为本"，已经成为中国共产党的执政理念，它是我们一切工作的出发点和归宿点。贯彻"以人为本"的理念，我们就应该牢固树立人民群众是我们社会发展的主体和动力，他们既有享受经济物质利益，也有享受民主自由的权利的观念。因此，对于人民群众的献身和首创精神，他们的高尚品格，他们的业绩，要大歌大颂。中华诗词有"美刺"之说，首先就是"美",就是"歌颂"。中华诗词学会于 1992 年12 月举行首届中华诗词大赛,佳章十万赞中华。1997 年 6月举行"回归颂"中华诗词大赛,庆祝香港回归。2004 年纪念邓小平诞生 100 周年诗词大赛,歌颂改革开放总设计师邓小平的丰功伟绩及改革开放取得的巨大成就。

> 漫说英伦日不西,城头终降百年旗。
> 前仇到此应全了,积弱何时可尽医。
> 两制风开红紫蕊,一言永释弟兄疑。
> 台澎放眼情无限,共插茱萸信有期!

—熊东遨《喜香港回归,有感于统一大业,因赋》

> 莫再纠缠社与资,天惊石破发雄词。
> 开基昔赖扶轮手,易辙今凭设计师。
> 中土卿云仍缦缦,北邻芳讯尚迟迟。
> 饶它国际风波谲,未改心仪马克思。

—刘瑞清《开元颂》

试举两例,以见一斑。

与此同时,对违背人民群众根本利益的丑恶现象,则应大胆"刺"之。

> 笑着脸看打假,弯着腰迎检查,自知合格心忧怕,开罚单三万两毛都是他。小心点别忙中出差,吊着胆听弦外藏啥。文明匾亮厅堂挂,先进红旗政府发,致富名高领导诤。暗中闲话,这都是成叠钞买下。

王洗尘《【商调】醋葫芦过金菊香》（节选）
尤应特别关注社会上的弱势群体。

小女辍学卖豆芽，打工老父走天涯。日背砖
石汗如雨，夜宿工棚霜似花。　　停饮酒，不喝茶。
分分积攒寄娇娃。偶闲也作登楼望，万户千灯不
是家。

王守仁《鹧鸪天·打工老者》
要关心人民群众的生存状况，关心国家的发展，关心民
族的命运，择三个重要问题略作剖析：

（一）制约市场经济的负面影响。今天看来，我们的社
会主义市场经济是搞成了。经济繁荣，国力增强，人民生活
水平大幅度提高，这要大歌大颂，大书特书，这是没有问题
的。想当初，也是小平同志破天荒的想法，很多人不能接受，
也走过了一条曲折的道路。但市场经济是一把双刃剑，在推
动经济发展、取得经济成就的同时，它的负面影响、负面作
用也是不能忽视的。

据中国社会科学院社会所《2006中国社会心态调查报
告》④所列"生活压力感"一项，遇到最多、感觉最大的生
活压力来自经济方面。占前四位的是："家庭收入低，日
常生活困难"，为51.3%；"医疗支出大，难以承受"，占
45.5%；"住房条件差，建／买不起房"，占45%。分配不公，
贫富悬殊，其中很重要的一个问题就是对市场经济的负面影
响，对资本，资本的人格化—资本所有者教育、规范、限制
不够。市场经济利益多元化，各不同利益群体之间，必然发
生各种利益矛盾和斗争。在各种社会利益关系中，劳动与资

本的关系极为重要。既然是市场经济，作为生产要素，资本也就必然要在经济发展中发挥作用。无限追求最大利润趋势是资本的本性。资本的本性不是一个道德问题，但资本作为一种社会关系，并在市场运动，就会产生道德问题。我们看看频频发生的矿难事件就知道了。资本主义国家对待劳动与资本的关系，一是利用国家政权控制甚至镇压劳动者，一是提供一定的公共服务和社会保障。国家是站在"资本"一边的。而我国的市场经济是社会主义市场经济，在对待劳动和资本的关系时，是站在"社会"的立场上，以社会大众的利益为重，妥善处理资本与劳动二者之间的矛盾，兼顾社会不同群体的利益。同时，对于社会主义市场中的资本，就其本性而言，不可能认同社会主义的共同价值，对于道德天生地具有机会主义的品格，但资本、资本的人格化——"资本所有者"又同时是国家公民。因此，我们既可由社会对市场经济进行规范和限制，不让它凌驾于社会之上，又可对"资本所有者"进行法律和道德的约束，以社会主义核心价值体系制约市场经济的负面影响。对作为社会主义国家公民的"资本所有者"进行和谐文化——社会主义核心价值体系的教育，使之认同社会基本道德规范，中华诗词无疑大有用武之地。

　　平日高高在上，年终大搞检查。钦差巡按一车车，到处焚香接驾。　　顿顿佳肴美酒，人人既吃还拿。验收保证挂红花，管你是真是假。

　　　　　　　　　　　　熊楚剑《西江月·检查风》

谁听硕鼠不平鸣，窃齿深宵恨有声。

小嚼残羹即严打，豪吞盛宴却横行。

未随猫犬邀怜宠，竟共蚊蝇惹骂名。

安得精通贪吏术，又多油水又冠缨！

杨逸明《老鼠咏叹调》

（二）感化、教育、提升人格精神。我们民族很多古圣先贤对国家民族的忠诚挚爱，他们的人格精神，永远是撑起中华民族精神大厦的巍巍柱石。"长叹息以掩涕兮，哀民生之多艰。"（屈原：《离骚》）"夔府孤城落日斜，每依北斗望京华。"（杜甫：《秋兴八首》之二）"人生自古谁无死，留取丹心照汗青。"（文天祥：《过零丁洋》）"苟利国家生死以，岂因祸福避趋之。"（林则徐：《赴戍登程口占示家人》）"寄意寒星荃不察，我以我血荐轩辕。"（鲁迅：《自题小照》）这些爱国爱民，为民族国家，不避祸福，以热血作牺牲，甚至从容面对死亡的精神，永远是照耀我们民族前进的火炬。其中，林则徐抗英有功，鸦片战争失败，他为国负罪，被遣戍新疆，登程出发之际，留给家人，也留给我们后代子孙的，不是委屈，不是怨恨，不是牢骚不平，而是以国家民族为重，从容面对祸福与生死。在这样的人格面前，谁都会经历一番灵魂的洗涤。还有韦应物的"邑有流亡愧俸钱"（《寄李儋元锡》），也令人知官员职责之所在。一个封建时代的士大夫尚能如此，我们共产党人呢？难道不令我们深刻反思么？

（三）学术上的振衰济弱。时至今日，我国新时期学术研究成果要总结起来肯定是丰硕的，任何时候不能看不见主流。但从民族日益振兴、国家日益强大比照看来，我国学术的确存在危机。报刊上经常刊登诸如：大学何以没有名校长、为什么出不了大师、五花八门的研究生导师、教授队伍"通货膨胀"、警惕名校教育腐败等文章。影响至巨的现代传媒如电视，俗不可耐的节目不在少数，插科打浑，将肉麻当有趣，还自我感觉良好，以至有人说现在已经到了"娱乐至死"的时代。很多电视剧，作家缺席，不见艺术，也不见思想。即使中央电视台《百家讲坛》节目，也有把"所嫁匪人"说成"嫁了一个土匪"的名教授、大学者。学术上的振衰济弱，当然牵涉许多问题，需要从各方面着手解决，但"教化"依然十分重要。有什么样的政治教化，就会有什么样的社会风气，什么样的文风、学风。在这个领域，中华诗词也是可以大有作为的。诗词进校园、工厂、农村、机关、社区，甚至监狱，对国民素质的提高，社会风气的改良（刹赌博麻将之风），甚至犯人的改造，均收到了很好的效果，当然有助于社会的和谐隐定。最近在《作家文摘》看到毛泽东研究专家陈晋一篇文章说："1962 年 9 月 24 日在中共八届十中全会，毛泽东说：'叶剑英同志搞了一篇文章，很尖锐，大关节是不糊涂的。我送你两句话，诸葛一生唯谨慎，吕端大事不糊涂。'诸葛，大家都知道，是诸葛亮，吕端是宋朝的一个宰相，说这个人大事不糊涂。"这两句话，是明代思想家李贽自题联语。联语亦可目为诗句。诸葛亮掌军理政，十分谨慎，史家有共识；吕端的'大事不糊涂'就得翻翻材料。《宋史·吕端传》：宋太宗想以吕端为相，不同意者认为吕端糊涂，而太宗却认为吕端小事糊涂，大事不糊涂。例如，吕端知道有人散布他的谣言，他却说："吾直道而行，无所愧畏，风波之言不足虑也。"再如，他和名臣寇准同列参知政事之职，且排名在前，吕端主动提出"请居准下"。不久，吕端升任宰相，"恐准不平，乃请参知政事与宰相分日押班值印，同升政事堂"。这就是他"小事糊涂"处。朝廷要捕杀叛将李继迁的母亲，吕端坚决反对，建议把李母安置厚待，牵制笼络之。宋太宗死时，内侍王继恩担心太子继位妨碍其专权，同李皇后合谋另立。吕端觉察其奸，把王继恩看管起来，说服李皇后不要改立。太子继位，垂帘召见群臣，独吕端不拜，他让人打开帘子，确认太子后才退殿下拜。这就是吕端"大事不糊涂"处。⑤毛泽东可谓善于诗教也。

我国有着诗教的优良传统，从孔夫子到毛泽东传承不断。我们相信，中华诗词在"化成天下"方面将起着重要的独特的作用。

2008 年 4 月 16 日

【注】

①　见胡锦涛同志在 2006 年 2 月由中共中央主办的省级领导干部提高构建社会主义和谐社会的能力的专题研讨班上的讲话。

②　孔汝煌《鉴湖集》：《让中华艺术诗词诗教的和谐文化之魂伴随和谐人生之旅》。

③　《毛诗序》。

④　见《社会科学报》2007 年 2 月 8 日版。

⑤　陈晋：《毛泽东看叶剑英的"大关节"》，见《作家文摘》2008 年 4 月 8 日第 1 版。

致袁忠秀吟长

　　您好！谢谢您本月十八日寄来的信和《马凯诗词存稿》一书。

　　请转达对马凯主任的敬意和问候。

　　我一直认为，诗道广博而深邃，它应有"浩然之气"、"天地之心"，能够"苞括宇宙，总揽人物"，重在兴象风神，重在诗人的理想、信念、人格精神。《马凯诗词存稿》开篇《日月人》三篇就是我心目中"诗道"的典型表现。我深信，作为一个读者，我会从中受益良多。

　　无以为报，只好捡出两本小书奉上。这两本小书，现在读起来，甚为汗颜，有污清目，也就顾不上了。祈谅。附上外省刊物要的一份稿子，就是近两三年的作品吧。

　　非常感谢你们对中华诗词学会的支持。民族文化的振兴关系到民族的振兴。我们党和国家领导同志对此予以支持，是功在千秋的很有意义、很有价值之举，后代子孙是会记着他们的。

　　书不尽言，祝您俩身体健康！新年快乐！

雍文华

2006 年 12 月 28 日

在聂绀弩诗词研讨会上的讲话

各位领导、各位诗友：

我不胜荣幸地被邀请参加聂绀弩诗词研讨会。我谨代表中华诗词学会向湖北省诗词学会、京山县委县政府、京山县绀弩诗社表示衷心的感谢，并对聂绀弩诗词研讨会的顺利召开表示热烈的祝贺。

聂绀弩是近当代诗词大家。胡乔木称赞聂绀弩诗"是过去、现在、将来的诗史上独一无二的"。还在传抄阶段，就得到了施蛰存、程千帆、启功、虞愚等诸位著名学者、诗人的激赏。中华诗词学会领导在中华诗词学会成立二十周年大会上的讲话中，列举近代九名优秀诗词家时，就有聂绀弩的名字。现在，阅读、欣赏、研究聂绀弩诗的人越来越多。京山县绀弩诗社为此做了许多工作。我正企盼这次研讨会上他们关于聂绀弩诗词研究成果的介绍。这些都说明聂绀弩已经为近当代中华诗词史写下了光辉的一页。

物有尽时，而精神永在。人为灵长，贵莫如思。所以，在我看来，一方要政，首在施行教化，养育人才。京山县委县政府在千头万绪的现代化建设中，如此注重文化建设，如此注重人才的培养，这是功在千秋、利在国家民族的大举措，是很有见的、很有眼光的。我对此怀有深深的敬意。

预祝研讨会取得丰硕的学术成果。

谢谢大家！

中华诗词学会　雍文华

二〇〇八年十月十四日

湖北省荆州市荆州区"诗词之乡"授牌、"古城杯"全国诗词大赛颁奖暨《当代诗人咏荆州》首发仪式上的讲话

尊敬的书记、尊敬的区长，女士们、先生们、诗友们：

今天，荆州市荆州区是三喜临门：荆州区被授予全国"诗词之乡"、"古城杯"全国诗词大赛颁奖暨《当代诗人咏荆州》一书首发。这是荆楚大地文化建设取得的一项突出成绩。我谨代表中华诗词学会，向荆州区区委、区人民政府、荆州区人民，向获奖的作者，向主编、编辑及荆州区的诗友们表示热烈的祝贺！

在我们进行社会主义先进文化建设时，需要一种文化自觉。这种"文化自觉"，从我们国家现当代文化发展的历史进程，从当前经济全球化和西方强势文化的现状考虑，其中一个指向就是：我们必须意识到传统文化的价值和作用，使之成为现代中国人文化认同的根本。

我们经历过"五四"新文化运动的"文化自觉"，那就是检视传统文化，提倡科学、民主，提倡理性精神。但是，"五四"新文化运动中参杂的民族虚无主义、历史虚无主义造成的文化传统的断裂和现代性的困境，一直延续到今天，使我们对"五四"以来的新文化，必须有一次反省，有一次"文化自觉"。

毛泽东早就告诫我们，不应当割断历史，因为今天的中国是历史的中国的一个发展。因此，我们也就可以说，一切

民族与国家的现代化都是以传统为前提的，一切现代化都不过是某种文化传统在现今条件下的存在和发展。这是就国内现代化建设而言。

就国际上的发展而言，我们应该拥有自己的话语权，在西方文化霸权主义盛行的当下，这一点尤其重要。因为文化霸权主义是政治霸权主义的孪生兄弟，它企图控制和塑造别的民族的价值观和世界观，从而认同他们的政治理念和社会制度。但是，源远流长、精深博大而又高扬民族主体精神的中华文化却是他们难以攻克的坚固堡垒。毫无疑问，中华诗词是中华文化的重要组成部分。

中华民族的伟大复兴，离不开社会主义先进文化的建设，离不开中华诗词的繁荣发展。祝愿荆州区人民在现代化文化建设中，荆州区诗友在诗词创作和出版中取得更大的成就！

雍文华

2009 年 5 月 13 日

全国第 23 届 _{（西安）} 中华诗词研讨会小结

　　我认为，全国第 23 届（西安）中华诗词研讨会研讨时间虽然很短，大会交流的人数有限，但与会的论文作者层次是相当高的。与会论文作者在全国范围内挑了又挑，选了又选。大会共收到论文近 250 篇，其中特约 15 篇，陕西方面近 30 篇，请了 21 名，而全国 205 篇中只请了 15 名作者与会，可见这次与会的门槛是相当高的。特邀专家，我们请了中国社会科学院学部委员、文学研究所所长、民族文学研究所所长、《文学评论》主编杨义先生、北京大学教授程郁缀先生、北京师范大教授赵仁珪先生、首都师范大教授赵敏利先生、中央民族大学教授徐建顺先生、福建社科院研究员蔡厚示先生、山东师范大学教授袁忠岳先生、湖南湘潭大学教授刘庆云先生、湖北教育学院教授侯孝琼先生、西北大学教授雷树田先生、浙江教育学院教授张涤云先生。由于时间关系，恕我不能一一列举，请教授们原谅。这次研讨会还有一个十分可喜的现象，就是很多的年轻学者、教授参与进来，他们是：西安交通大学教授金　中先生、中南大学副教授宋湘绮女士、华中科技大学教师（博士）占骁勇先生、南开大学博士后尽心女士等。

　　这次研讨会的学术水准也是相当高的，集中表现在下列几个方面：

　　（一）关于中国诗学的研究。这方面当然首推杨义先生的"感悟思维"的研究。"感悟思维"是当下全球化时代中国文化现实生存的"关注国魂、重振国脉"的大课题。在杨义先生看来，中国文学艺术之所以能够极其精妙地表达人类难以言状的精神体验和生命韵味，是与它的重感悟分不开的。中国文学理论思维是感悟性强于思辨性，生命体验力强于逻辑分析力。中国诗学是"生命——文化——感悟"的多维诗学。它的基本形态和基本特征是以生命为内核，以文化为肌理，由感悟加以元气贯穿，形成一个完整、丰富、活跃的有机整体。人谓西方诗学讲的是"是"，中国诗学或者说东方诗学则立足于"似"，前者以逻各斯直达"真理"，后者以隐喻性达成"立象以尽意"。所以，将东方的感悟性与西方的分析性这样鲜明地揭示出来，的确是一个原创的、极其重大的哲学课题、美学课题、艺术理论课题。它可以派生出中国诗歌理论表意方面的"言志""抒情""立意""兴寄""炼意""重意"，表象方面的"形似""意象""兴象""神形兼备"，美感显现方面的"物境""情境""意境""风骨""气象"，灵感思维方面的"深思""苦思""直寻""兴会""神会""妙悟""神韵"，鉴赏品评方面的"滋味""趣味""韵味""韵外之致""韵外之旨"等等，几乎囊括了中国诗学的各种理论命题，完全可以建构起与西方诗学并峙而毫无愧色的中国诗学或东方诗学来。

程郁缀教授关于守住"从心所欲不逾矩"，树立"创新意识"和"精品意识"，提倡"抒发真情、平等宽容、美人之美"的阐释，对于诗词创作应该是金玉良言。

宋湘绮副教授曾着力研究过中国现代民族诗形，企图在新诗和旧体诗两种相去甚远的诗体形式之中，探索出现代民族诗歌的形式，但苦于实证太少，研究工作进行得十分艰苦。这次她提交给大会的论文是《"当代旧体诗人"论》，转入对创作主体的研究。这也应该看作是建构中国诗学的一种努力。

　　(二)关于现当代旧体诗入史的研究。有学者指出:"五四"
新文化运动以后,本是一条连贯河流的中国文学,被人为地
分成了古代与现当代两个泾渭分明的学术界域,鸡犬之声相
闻而老死不相往来。这种状况,随着时间的推移,其负面效
应就越来越凸显出来。旧体诗词的边缘化,当然与此有关。
正如王仲镛所说: "这么重要的一部分诗歌创作(旧体诗词)
数十年来却既被古代文学研究所冷清,因为作者都是现当代
人物,同时也被现当代文学史研究所厌弃,因为那是'新人
物'写的'旧东西'。"有鉴于此,一当学界提出"中国文
学古今演变"的命题,和者如云,可谓极一时之盛。因之大
声疾呼:20世纪的诗词创作应特别引起学界的注意。这不
仅是一个蕴含着巨大学术价值的"富矿",更应该成为我们
日益疲惫的中国诗歌研究的一个新的发力点。中国社会科学
院研究生院博士王巨川此次提交的论文《改革开放三十年以
来的现代旧体诗研究述要》,非常详细地非常有力地说明了
我国学界对旧体诗词重要性的认识。反对现当代旧体诗词入
史的人,当然还有,但这不足为奇,因为自"五四"新文化
运动以来就一直这么反对着。我们看重的是赞成入史的学者
越来越多,并逐步形成共识。现在,诗词史著作逐步问世。
准备写现当代诗词史的学者也大有人在。杨义先生在第二届
中国诗歌节《诗歌论坛》上作题为《中国人的精神谱系与新
旧体诗》的发言中指出: "我们有必要反思一下应该如何写
现代中国的文化史和文学史的问题。百年中国的现代文化进
程,绝不是仅有一条文化线索,一个文化层面,一种文化形
态。……在文学史中要写白话诗,也要写旧体诗。""如此

才能使我们的文化生生不息，与时俱进，又在海纳百川中把我们的文化做强做大。"因此杨义先生计划中的《二十世纪中国文学通论·诗歌卷》将包括现当代诗词。现当代诗词入史的趋势是谁也阻挡不了的了。

（三）现当代诗词的研究。现当代诗词作家作品的研究已经越来越受到学者的关注。这次提交给大会的论文，其研究对象就涉及郁达夫、沈祖棻、于右任、孙轶青、霍松林、叶嘉莹、刘征、李汝伦、刘章、陆维钊等。我们希望学者们对现当代诗词作家作品进行深刻的具有规模的研究，为现当代诗词史、文学史准备材料。

（四）关于诗词吟唱问题。要恢复诗词与音乐的天然关系。诗词大众化，诗词走进千家万户，必须与音乐结合，必须借助现代大众传媒。柯卓英《论唐诗的吟唱对当代中华诗词音乐化的启示》为我们展示了丰富多彩的唐诗吟唱形式，对今天诗词的吟唱、音乐化有极大的助益。赵敏利、徐建顺教授更是为我们作了诗词吟唱的开拓性、抢救性工作。

这次提交给大会的论文，很多都是很优秀的，只是由于时间关系，不能一一安排发言，我个人也感到十分无奈。下面是我在安排大会发言名单中的候补篇目，请大家予以特别关注：（1）王国赋：《简论古今音韵中的标准语》；（2）彤星：《声韵改革不容否定——驳一篇所谓的宣言》；（3）刘连茂：《发展中华诗词文化，创造时代精神产品》；（4）时新：《对"境界说"的一点理解》；（5）周笃文：《古诗的新生命》；（6）寓真：《关于中华诗词的文学史地位问题》；（7）王萧婷：《曲坛又见西北风》。

论文集前排十九篇，均在大会发言。由于雷树田教授突然发病，会议提前结束，致使徐建顺教授、袁忠岳教授、梁鉴江先生、周兴俊先生未能发言，也令人十分遗憾。

我个人认为，全国第 23 届（西安）中华诗词研讨会是开得很成功的。谢谢大家。希望有机会明年再见！

雍文华

2009 年 5 月 27 日

致《中华诗词》编辑部

编辑先生：

拙词《水龙吟·游黄叶村，感曹雪芹遭遇，怅然寄声》，于《中华诗词》2009 年第 6 期刊出，十分感谢。

然所削改之处，尚有鄙见相陈焉：

（一）"古壁龙蛇"改为"古壁涂鸦"。"龙蛇"一词，即笔走龙蛇，指草书笔势。苏轼《西江月·平山堂》有"十年不见老仙翁，壁上龙蛇飞动"句。曹雪芹老屋墙上有很多文字，亦是专家考证之珍贵材料。而"涂鸦"一词，按《辞源》："比喻书法幼稚。多用作谦词。"此处不是谦词，作"幼稚"解，也似乎不妥。

（二）"忆昔村头黄叶，总飘零，做成屦燧。"改为"忆昔村头杨柳，总飘零，做成屦燧。""黄叶村"几乎成了曹雪芹故居的专属代名词，将其改为一般的杨柳，实为可惜。究其原因，可能是为了首句入韵。其实，《水龙吟》词谱，下阕首句不入韵亦是一种格式。谢映先《中华词律》（**湖南大学出版社出版**）将其作为定格。翻开《全宋词》，苏轼名下，开篇四首《水龙吟》，均为下阕首句不入韵的。李之仪、晁补之、辛弃疾也有下阕首句不入韵的《水龙吟》之作。

（三）"冷烟残灶，绳床破被，半盆稀粥。"改为"冷烟残灶，绳床破被，倾颓窗牖"。此处编辑先生改得有理，但我仍觉得可惜。所谓有理，是《词林正韵》将"粥"归入"第十五部入声·一屋"，不属"十二部尤求"。可惜是因为"半盆稀粥"比较准确地反映了曹雪芹的遭际。曹雪芹的好友敦诚乾隆辛巳（**1761 年**）《赠曹芹圃》诗中有"满径蓬蒿老不华，举家食粥酒长赊"句。现代汉语"粥"注为"zhou"，有徐柚子著《词范》一书（**华东师范大学出版社出版**），认为《词林正韵》辨音有误，将"粥"列入《词韵》第十二部平声"尤、侯、幽"，以入声作平声；又列入仄声"有、厚、黝、宥、候、幼"，以入声作上声，而以"粥"同"鬻"，列入"第十五部入声·一屋"。如果承认这种辨误，根据"押韵从宽"的原则，编辑先生也似可高抬贵手；如果坚持《词林正韵》不能动一根毫毛，那就只好服从编辑先生了。不过，此句确有可改之处，如将"冷烟残灶"改为"残垣断壁"，则正好从衣、食、住三个方面写到，避免"冷烟残灶"和"半盆稀粥"之重复。

建议编辑先生改稿时，如方便，可否给作者一个电话？

即颂

编安。

雍文华

2009 年 6 月 7 日

读书笔记

一、《意识形态论》笔记

1. 每个人都生活在意识形态之中，并受其支配。（p2）

2. 意识形态是占统治地位的阶级的价值观念体系。（p2）

3. 在马克思的著作中，"意识形态"概念是在虚假性或否定性的意义上使用，因为统治阶级的理论家总是把本阶级的利益说成是全社会的普遍的利益，从而为本阶级统治制造幻想。虽然对于意识形态家来说这是不自觉的，但是只要阶级统治仍然是社会制度的形式，这种情况是不会消失的。列宁、毛泽东不再笼统地谈论意识形态的虚假性，而是直接地强调意识形态的阶级性和意识形态领域中的阶级对抗和斗争。关于意识形态的阶级性问题，他们的观点是一致的。值得重视的是，列宁首先将马克思主义看作是科学的意识形态。（p3）

4. 根据唯物史观基本原理，在指证意识形态对经济基础有巨大反作用的同时，澄明这种作用不是任意和无限的，而是有限度的，因为归根到底意识形态是围绕着经济发展的中轴线而波动的。（p4）

5. 弗兰西斯·培根的"假相说"是把"虚假的意识""错误的观念"归结为社会环境影响的最初的历史的尝试。为了获得科学的知识，人们应当摆脱四种假相：种族假相、洞穴假相、市场假相、剧场假相。在培根那里，意识形态的概念已经包含了后来被青年马克思首先加以发展的两个方面：一方面，关系到"虚假的意识"问题；另一方面关系到产生这些"虚假意识"的原因。（序二：P1-2）

6. 黑格尔认为，这些不同时代的历史意识按自己的主题创造了不同的制度、文化的外在表现等等，没有一个个体能够超越这样的意识或者从这样的意识之中摆脱出来。只有当一个历史时代已经结束时，人们才能意识到它的原则并超越它。于是，一种新的世界历史的意识和一个新的时代便开始了。在每一时代结束的时候，这种以时代为局限的意识都变成了"虚假的意识"，并被"新的意识"所取代。（序二：P2-3）

7. 普遍的情况是："每一个企图代替的统治阶级的地位的新阶级，就是为了达到自己的目的而不得不把自己的利益说成是社会全体成员的共同利益，抽象地讲，就是赋予自己的思想以普遍性的形式，把它们描绘成唯一合理的、有普遍意义的思想。"（马克思语）因此，革命的阶级总是作为"全社会的代表"而出现的。（序二：P5-6）

8. 卡尔·曼海姆已经区分了两种意识形式（Bewubtseinsformon）：一种是走向没落的阶级偏见，即"意识形态"（Ideologie）；另一种是新兴阶级的意识形式，即"乌托邦（Utopie）。（序二：P5）

9. 马克思预见到了，随着阶级社会的终结，在将来的"无产阶级社会"中，意识形态也必将终结。（序二：P6）

10. 路易·阿尔都塞认为，"意识形态"则绝不是科学的真理，它只是为社会变化提供动机。阿尔都塞割裂了意识形态和科学之间的联系。阿尔都塞改铸马克思思想的动机是出于这样一种需要，即把马克思主义描述为"普遍认可的科学"，使之与近代资产阶级的科学理论对立起来。（序二：P7）

11. 在德国法西斯主义盛行的时候，大多数德国人都无力发展自我意识，因而尝试同"强有力的领袖"保持"一致"。大多数人反对谈论自己的利益，而是努力效忠于荒谬的掠夺和剥削计划。对小资产阶级和工人阶级意识的经验的探讨在战后也导致了对依附于权威的人格结构的探讨，正是这种人格结构很容易引起对相应的"领袖"的盲从。（弗洛伊德批判了人的理性的骄横，强调人的思想和感情都是被无意识的本能因素所规定的，但是，像尼采一样，弗洛伊德并不愿意让非理性的欲望【或"权力意识"】显露出来，而是倒过来要给有意识的我以支配无意识的力量。）（序二：P8）

12. 处在一定历史形态下的主体总是通过各种命名形式，即语言形式去认识并描述各种不同的客体及它们之间的相互关系。在这个意义上可以说，整个主体世界都飘浮在语言中，人是通过语言认识客体世界并与之打交道的。（文按：是思维还是语言？）(P1)

13. 它（语言）在内容上必然会自觉地或不自觉地以一定的社会意识形态为导向的。一定的意识形态总是以一定的语言为载体的。也就是说，既不存在无语言载体的意识形态，也不存在无意识形态导向的空洞的语言形式。（文按：语言和意识形态的关系似乎不似如此简单。阶级社会以前的语言能说是意识形态的载体？）（P2）

14. 在这个意义上，我们可以进一步说，整个客体世界都飘浮在意识形态中。这个意思是说，主体并不直接地与客体世界打交道，而是通过意识形态的媒介去认识、理解并改变客体世界的。（文按：应该将认识论与价值论区别开来。）（P2）

15. 教化也是以语言为媒介的，而传授语言的过程本质上就是传授意识形态的过程。在这个意义上，接受教化的过

程也就是接受意识形态的过程。（P2-3）

16. 真正居于主体位置上的不是个人，而是意识形态。个人的主体性的实质是意识形态主体性。（P3）

17. （**现代西方**）意识形态研究，集中在以下四个问题上。一是关于发达工业社会的意识形态问题。这个问题有两个方面：一个方面是在意大利的马克思主义者葛兰西的倡导下形成起来的，主要是关于如何在西方社会中开展意识形态斗争，逐步夺取资产阶级意识形态领导权的理论。这一理论对战后西方各国的马克思主义者，尤其是欧洲共产主义者产生了广泛影响；另一个方面是以德国法兰克福学派和美国社会学家为代表的关于战后西方发达工业社会中意识形态的新的特征和作用的理论，从六七十年代至今，这方面的理论成了西方大学哲学系（**和社会学系**）最热门的研究课题，其讨论的焦点则集中在意识形态与科学技术的关系上。二是关于马克思主义意识形态的问题。不少论著致力于对苏联、东欧的意识形态理论的研究，以法国的结构主义的马克思主义者阿尔都塞为代表的一些学者则深入地研究了《德意志意识形态》这部著作，着重探讨了意识形态与科学（**即成熟的马克思主义理论**）的关系问题，并提出了"意识形态国家机器"等新概念。阿尔都塞的意识形态理论被西方评论家认为是最有创见的理论。三是关于意识形态概念发展史问题。从六七十年代开始，德国学者汉斯·巴尔特、K.兰克等就已致力于这方面的研究。1988 年冬季学期，法兰克福大学教授 I.费切尔和 A.施密特主持了题为"意识形态概念史"的讨论班，争论激烈，表明人们对这一问题的普遍关注。四是关于意识形态和心理分析理论的关系。战前的奥地利学者威廉·赖希和战后的法国学者弗洛姆、马尔库塞等都积极地推进了这方面的研究，其探讨的重点则集中在意识形态与无意识、意识形态与社会性格的关系等问题上。 (P5-6)

18. 西方学者意识形态研究中所存在的问题：第一，一些理论家借口当代西方社会的新情况，偏离甚至抛弃了马克思的唯物史观的基本立场，这使他们不能正确地理解并阐述意识形态，特别是资本主义意识形态的本质。第二，一些理论家在研究意识形态概念发展史的时候，完全撇开了以列宁、毛泽东为代表的东方社会主义国家的意识形态理论，这表明"欧洲中心论"的错误观念还远没有彻底地消除；第三，一些理论家竭力淡化乃至抹煞意识形态的阶级属性，否认社会主义意识形态是科学性与阶级性的有机的统一等等。 (P6)

19. 原苏联和东欧的意识形态研究。在苏联和东欧，占主导地位的都是社会主义的意识形态，这种意识形态主要体现了斯大林的思想特征。斯大林不失为一个马克思主义者，但他在政治和意识形态领域里犯了阶级斗争严重扩大化的错误。斯大林逝世后，以他的名字命名的意识形态在苏联遭到了广泛的批评。在这一批评中，出现了一种与西方的"意识形态终结"的思潮相近的倾向，即试图建立一种完全与阶级属性分离的新的意识形态。1955 年苏联《哲学问题》杂志第六期上刊登了谢列克托尔的一篇文章，文章呼吁发展一种新的社会主义意识形态，这种意识形态应该是"真正人道主义的、深刻博爱的意识形态，因此它是各国人民之间的和平的意识形态"。这是一种新的意识形态理论，其哲学基础是抽象的人道主义学说。这种新的意识形态理论遭到了另一部分苏联理论家的批判和反对。康斯坦丁诺夫在《哲学问题》

杂志 1973 年第 6 期上发表的那篇《现阶段的意识形态斗争和哲学科学的任务》的论文就是批评这样的倾向的。他指出："哲学科学最重大的问题是意识形态斗争，亦即社会主义力量与资本主义势力之间的斗争在现阶段的地位、内容和作用的问题。"他还进一步批评了资产阶级意识形态的哲学基础："哲学人本主义和抽象人道主义今天都是资产阶级意识形态、修正主义和其他反马克思主义学说的十分重要的组成部分。"康斯坦丁诺夫的见解维护了列宁关于社会主义意识形态与资本主义意识形态相对立的学说。（**文按：如何评价列宁主义关于人本主义和人道主义则是另一问题了。**）

值得注意的是，戈尔巴乔夫在 1987 年出版的《改革与新思维》一书中提出的意识形态理论是更接近谢列克托尔所倡导的新的意识形态理论的。戈说："在政治方面、意识形态中，我们力求恢复生气勃勃的列宁主义精神"。这种精神主要表现在两个方面：一是对内提倡公开性、批评和自我批评的准则，并认为"只有这样的态度才符合社会主义意识形态的原则"。二是对外倡导"必须使政治立场摆脱意识形态上的偏执"的新的政治思维，而新的政治思维的基本原则、作为出发点的原则很简单："核战争不可能是达到任何政治的、经济的、意识形态的目的的手段"。也许，戈提出以新思维为基础的新的意识形态的目的是为了缓和国际国内的紧张局势。这种以共同生存问题来取代社会主义意识形态和资本主义意识形态的对立的善良愿望是否就是对生气勃勃的列宁主义精神的恢复呢？

战后，东欧各国主要恪守斯大林主义的意识形态，在苏共二十大和西方的"意识形态终结"思潮的冲击下，这些国家的意识形态领域出现了四种新的理论和倾向。一是在改革过程中出现了以"市场社会主义"为根本特征的新的意识形态概念。正如马拉科夫斯基指出的："尽管'市场社会主义'的一些主要思想在各国尚未组合成自成体系、占主导地位的意识形态，然而在1953年至1968年之间，即斯大林机制开始瓦解到斯大林之后的体制最终确立一段时间，这些主要思想在东欧各国都已充分表现出来。"从六十年代后期起，由于改革中发生的种种挫折，这种新的意识形态理论逐渐衰落下去。二是出现了类似谢列克托尔倡导的人道主义的意识形态新理论，这种新理论在以科西克为首的捷克存在主义人类学派、以马尔科维奇和弗兰尼茨基为代表的南斯拉夫实践派、以沙夫为代表的波兰哲学文学派中得到了充分的体现。三是出现了从社会存在本质论的角度出发来研究意识形态的新理论，这主要体现在匈牙利哲学家卢卡契晚年的著作中。四是出现了以民主德国的哲学家布洛赫为代表的、从乌托邦角度出发来研究意识形态的新理论。

总起来看，苏联和东欧的意识形态是由两大部分组成的：一部分是正统的或官方的意识形态，强调意识形态的阶级属性，肯定社会主义意识形态是阶级性和科学性的统一，坚持批判各种资产阶级的意识形态理论，其局限性是失之僵化，失之偏颇，缺乏对意识形态问题的真正深入的研究；另一部分是非正统的或民间的意识形态，主张淡化意识形态的阶级属性，借鉴西方学者关于哲学和意识形态研究的新思想，其局限性是偏离了马克思的唯物史观的基本立场，否定了社会主义意识形态与资本主义意识形态相互对立的基本事实。在戈尔巴乔夫执政时期，非正统的或民间的意识形态开始逐渐变为官方的意识形态。八十年代末到九十年代初苏联和东欧发生的剧变表明，自觉地意识到两大意识形态的对立，自觉地维护社会主义意识形态仍然是社会主义社会中理论工作者的重要使命。当然，从唯物史观的立场看来，维护社会主义的意识形态的最根本的做法是使这种意识形态无条件地适用于并服务于社会主义经济建设这个中心任务。(P、6-9)

20. 马克思的意识形态概念可以定义为：在阶级社会中，适合一定的经济基础以及竖立在这一基础之上的法律的和政治的上层建筑而形成的、代表统治阶级根本利益的情感、表象和观念的总和，其根本的特征是自觉地或不自觉地用幻想的联系来取代并掩蔽现实的联系。

（《意识形态论》，俞吾金著，上海人民出版社 1993 年 4 月第 1 版。）

二、《中国民族史》笔记

1. 实则中国民族本为混合体，无纯粹之汉族，亦无纯粹之满人。这个观点得到了林惠祥的支持："今日之汉族所含成分尽有匈奴、肃慎、东胡、突厥等……今日之汉族实为各族所共同组成，不能自诩为古华夏系之纯种，而排斥其他各系。其他各系亦皆有别系之成分，然大抵不如华夏系所含之复杂。"

2. 汉族胚胎时代（**太古至唐虞三代**）：甚至在远古时代，这些族群就是不同"民族"的混合体，如汉族在其"胚胎期"是四支部落（**炎帝、黄帝、周、秦**）的血缘混合体，而春秋战国时期的"獯鬻"则是通古斯和蒙古两支血统混合后变成的"新民族"。

3. 汉族第二次蜕化时代（**三国两晋南北朝**）：逐鹿中原并创立五胡十六国和北朝的匈奴、乌桓、鲜卑、羌、巴氏六支也最终加入了汉族血统。

五胡十六国汉族女子入宫表 14 人，汉姓（**未必汉族**）女子入宫表 33 人。五胡十六国汉族出身人物表 118 人，汉姓人物表 687 人，以及南北朝时期北朝皇族族际通婚表 9 个（计**70 人**），南北朝北朝汉族大臣表 5 个（计 **571 人**）等等。另有北朝非汉族大臣冠汉姓者表、南朝北方出身人物表、晋代南北朝归化部落表（**共约 80 余万人**），汉魏六朝西来高僧表（**67 人**）均反映当时各族血统与文化相互融合的程度。

4. 汉族第三次蜕化时代（**五代及宋元**）：书中开列五代各国外族出身人物 85 人。后唐后晋后汉皇室族际通婚 21 例，后唐后汉汉族出身人物 49 人，辽国皇室族际通婚 33 例，辽国汉族出身人物 68 人，金国皇室族际通婚 24 例，金国汉族出身人物 277 人，金国其他族群出身人物 22 人。

元代皇室族际通婚 55 人，以及色目人、契丹人、女真人、汉人在朝人物表、各族赐蒙古姓或改用其他民族姓名表等 29 个，人数众多，不胜枚举。

（《中国民族史》，王桐龄著，1934 年文化学社出版。）

附 录：

研究巴金　学习巴金

——在巴金国际学术研讨会上的讲话

女士们、先生们、朋友们、同志们：

筹备已久的巴金国际学术研讨会今天开幕了。来自全国各地和世界各地的专家、学者和文学界人士共聚一堂，研究巴金，学习巴金，这无论在中国文化界还是世界文化界都是一件令人瞩目的事情。我谨代表中国作家协会向来自全国各地和世界各地的同志们、朋友们表示热烈的欢迎，并预祝大会圆满成功。

巴金是我国现、当代著名作家，我国新文学奠基者之一，也是一位蜚声世界的文化名人。他在近 70 年的创作生涯里，写下了 600 多万字的著作。这些著作不仅揭露了旧时代的黑暗，批判了不合理的社会制度，反映了人民群众反抗压迫、反抗剥削、变革旧制度的强烈愿望和英勇斗争，而且以强烈的爱国主义精神描写了中国人民所进行的社会主义革命和建设的伟大事业，歌颂了新的时代和人民。这些著作在摧毁旧制度，建设新生活的革命斗争中教育和激励了我国几代青年，成为他们追求奋斗的巨大精神力量。巴金的文学创作实践和业绩，为我国现、当代文学作出了宝贵的贡献。他和鲁迅、郭沫若、茅盾、老舍、丁玲，曹禺、赵树理等许许多多优秀作家一道，创造了我国辉煌的现、当代文学，获得了中国人民的尊敬和热爱，获得了我国党和政府理所当然的肯定和赞扬。

巴金不仅是我国的一代文学巨匠，而且在世界上享有崇高的声誉。他的作品先后被译成日、苏、英、法、德、匈、波、捷、瑞典等近20国的文字，在世界上广为传播。现在，世界上许多国家和地区不仅涌现出了一批研究巴金的专家和学者，而且纷纷授予巴金以各式各样的荣誉。例如，1982年意大利卡森帝诺文学、艺术、科学经济研究院授予的"但丁国际奖"，1983年法国政府授予的"法国荣誉军团勋章"，1984年香港中文大学授予的荣誉文学博士学位，1985年美国文化艺术学院授予的名誉院士称号，1990年日本福冈亚洲文化奖委员会授予的亚洲文化特别奖等。巴金不仅是属于中国的，而且是属于世界的。

对于巴金的研究，在我国从本世纪30年代初期就已经开始。但截止1949年以前，虽然有过不少评论，其中也不乏真知灼见，却大抵是零散的评价文章，对于巴金的思想和创作倾向，所论难中肯綮。中华人民共和国建立以后，在社会主义经济和文化建设高潮中，对巴金的研究进一步开展起来，王瑶、丁易、刘绶松的三部新文学史都给了巴金相当的地位，围绕对《激流三部曲》，特别是《家》的评论，推动了对巴金的研究，并在某些方面取得了重要的进展和突破。嗣后是1958年、1959年对巴金的批判和"文革"10年中对巴金的"扫荡"，这种粗暴的攻击甚至政治迫害，自然已经不属于学术研究的范畴。对巴金的研究真正取得全局性的进展和多方位的开拓，是在我国进入历史新时期以来才出现的。研究队伍的扩大，一批富有创新精神的中青年专家和学者脱颖而出，研究论著和研究资料不断出版，特别是研究视野的扩大、观念的更新、新课题的提出，使得巴金研究逐渐深入，并显示出令人欣喜的实绩。与此同时，随着巴金作为一位世界性的杰出作家和文化战士的声誉不断提高，世界各地研究他的专家、学者也越来越多。他们的研究成果日益丰富。我们相信，随着这次会议的召开，对巴金的研究工作一定会提高到一个新的水平。

我们研究巴金是为了学习巴金，可以说，巴金是我国新文学的一座富矿，值得挖掘、学习的东西相当丰富。

首先，我们要学习巴金一以贯之的追求光明、追求时代同步前进的革命战士的品格。巴金自称为"五四的产儿"。"五四"运动是我国近代史上第一次彻底的不妥协的反帝反封建的政治运动，也是第一次伟大的思想启蒙运动和新文化运动。巴金就是在"五四"浪潮的冲击下，在新文化思想的熏陶和对自身环境的体验中接受了"五四"的科学与民主思想，进而形成了强烈的反帝反封建的民主主义革命要求和追求社会光明、社会进步的坚定信念。他一走上文坛，就将他的笔锋指向封建军阀的反动统治，指向封建宗法制度，指向毒害青年的封建思想文化，热情鼓励青年向黑暗抗争，向光明奋进，为理想献身。这正如巴金自己所说："自从我执笔以来我就没有停止过对我的敌人的攻击。我的敌人是什么？一切旧的传统观念，一切阻碍社会进化和人性发展的不合理制度，一切摧残爱的努力，它们都是我最大的敌人。"[1]当抗日战争爆发，中华民族面临生死存亡的关头，巴金描绘我国人民所蒙受的沉重灾难，愤怒控诉日本侵略者的暴行，高举抗战到底、抗战必胜的旗帜，宣告中华民族的共同心声，"祖国永不会灭亡"。[2]他在作品中抒发的是爱国热忱，表达的是对国家民族所受灾难的悲痛和对日本侵略者的仇恨，他所期望的是祖国在民族抗战的烽火中获得新生。当中国进入两种前途、两种命运大决战的历史时刻，随着对现实生活认识的深化，巴金看出了蒋介石国民党的反动统治必将崩溃，他这个时期的作品"是在控诉那个一天天烂下去的使善良人受苦的制度，那个'斯文扫地'的社会"③，"替垂死的旧社会唱挽歌"④，期望着一个"像初生太阳一样的新社会"的诞生⑤。我们可以看出，巴金近70年的创作道路，充满着对光明的追求，对进步的渴望。他长期跋涉的足迹，和中国人民在中国共产党的领导下所进行的革命斗争的光辉历程是基本一致的。他不愧是一位杰出的文化战士。

其次，我们要学习巴金鲜明的创作态度，学习他的社会责任感和历史使命感。改良人生，服务人生，改造社会，有益社会，这是巴金在文学创作上的一贯主张。他认为文学的目的不是"为了表现自己"，"用美丽的辞藻装饰自己"，不是"用个人的才智和艺术的技巧玩弄读者"，文学"不是只供少数人享受的娱乐品"，"更不是让人顺着台阶往上爬的敲门砖"⑥。他在评论有的人说"生命是短促的，艺术是长久的"的观点时说："我却以为还有一个比艺术更长久的东西。那个东西迷住了我，为了它我甘愿舍弃艺术。艺术算得了什么，假若它不能够给多数人带来光明，假若它不能够打击黑暗。"⑦在巴金看来，文学是战斗的武器，因此他不为消遣而写作，也不为艺术而艺术。在旧社会，他的创作目的在于揭露社会的黑暗，控诉旧制度的罪恶；在于"鼓舞别人的勇气，巩固别人的信仰"，使人"看出未来中国的希望"⑧，也在于"使人变得更好"⑨。他说"人为什么需要文学？需要它来扫除我们心灵中的垃圾，需要它给我们带来希望，带来勇气，带来力量，让我们看见更多的光明。"⑩1949年中华人民共和国诞生之后，巴金的思想产生了新的飞跃。他表示："既然走上了新的道路，参加了新队伍，就必须拿出全力跟着大队前进。"⑪他热情歌颂祖国翻天覆地的变化，礼赞社会主义的光明生活和英雄人物。他说他"有说不尽的对新社会的热爱要分给别人"，才拿起他"这支写秃了的笔"⑫。美国奥尔加·朗在《〈巴金和他的创作〉序》中说"巴金不仅是一个描写社会的作家，而且是一个要求改革社会的革命者。"这个评价是很中肯的。我们考察巴金的全部著作，可以看出，从新民主主义革命时期到社会主义革命和建设时期，巴金的创作态度始终是严肃的，创作目的始终是明确的，那就是：改造社会，服务人生；打击黑暗，歌颂光明；使我们的生活变得更美好，使人的心灵变得更美好。

第三，我们要学习巴金的现实主义文学传统。巴金是在时代的冲击、鞭策、影响下投入创作的。他的创作首先关注的就是时代的命运和整个社会生活的主流。早在20年代初，他的新诗《被虐待者的哭声》和散文《可爱的人》，就表现了关注社会生活的现实主义态度。他前期的作品《革命三部曲》《爱情三部曲》等，描写小资产阶级青年的痛苦、抗争和失败，虽然其中充满作家反抗黑暗、呼号光明的主观热情，具有浪漫主义色彩和情调，但从整体看，这些作品所反映的是当时知识青年的痛苦和不幸，他们的觉醒和追求，他们的整个情绪和心态，都无疑是相当真实的，它们基本上都是现实主义的作品。可以看出，巴金的创作从一开始，就与我国现代文学的现实主义主流相一致。《激流三部曲》以精细的笔触描绘了一个封建大家庭的没落和分化，青年一代的觉醒和反抗，为我们展示了一幅 20 世纪初中国封建社会的图画，成为一部现实主义的杰作，与茅盾的《子夜》一道被誉为我国现代文学长篇小说天空中竞相辉映的双星。在抗日民族解放斗争中，巴金的眼光投向饱受战争蹂躏的祖国和奋起抗敌的人民，他的《抗战三部曲》控诉了日本侵略者的罪行，充分反映了全民动员、坚持抗战的爱国主义精神。抗战胜利后，巴金的作品通过对现实社会的冷峻解剖，彻底否定了蒋介石国民党的反动统治，表现出严峻的现实主义文学的思想光辉。全国解放后，面对崭新的社会主义时代，巴金一反过去的感伤和苦闷，怀着巨大的喜悦投入新的生活，描写新的生活，将固有的爱国主义激情与对社会主义制度的热爱结合起来。我们可以看出，巴金在创作上一直坚持着现实主义的文学传统。1979 年巴金访问法国，在回答一位法国作家的问题时说，在 1930 年代，"我最推崇鲁迅、老舍和茅盾，我极希望能追随鲁迅的道路"。在《怀念鲁迅先生》一文中，他说："几十年中间用自己的燃烧的心给我照亮道路的还是鲁迅先生。"在《悼念茅盾同志》一文中，他说"我国现代文学始终沿着'为人生'的现实主义道路成长、发展，少不了他几十年的心血。"并说茅盾是他们那一代作家的代表和榜样，表示即使自己只有一两年的时间也还要向他学习。

第四，我们要学习巴金强烈的爱国主义精神。巴金曾多次表示即使在年轻的时候，对他影响最大的还是爱国主义。爱国主义精神成为巴金全部创作活动的激情和力量的源泉。他揭露封建社会的黑暗，抨击军阀官僚的反动统治，控诉日本侵略者的暴行，以至彻底否定国民党反动政权，其中一以贯之的东西就是希望祖国和人民获得解放，获得新生。当一个新的中国，人民的中国诞生时，他是举起双手欢迎的。在《巴金文集·前记》中，他说"现在新中国的社会主义建设开始了。看见人民的敌人灭亡，看到新的社会和新的人的成长，我感到极大的喜悦。虽然我的作品并没有为这个伟大的工作尽过多少力量，虽然我这一支笔写不出伟大作品，但是为了欢迎这伟大的新时代的来临，我献出我的心，我的笔和我的全部力量。"他曾两次赴朝鲜前线体验生活，描写保卫和平的志愿军战士的伟大精神。他曾多次深入我国的工厂、农村和矿山，讴歌新中国欣欣向荣的社会风貌。《生活在英雄们中间》《英雄的故事》《新声集》《赞歌集》等作品，就是他献给新社会的一份厚礼。新时期以来，他不顾高龄和病痛，仍坚持写作，主要作品《随想录》是他"真实思想和真挚感情"的记录，既有自己一生思想与创作的回顾总结，也有对祖国和人民命运的深沉思考，为后人研究这位伟大作家和杰出的文化战士留下了弥足珍贵的材料。半个多世纪以来，为了推进新文学运动，为了繁荣我国文学事业，他还花费很多心血办出版社、办刊物，为青年作家看稿，出书，帮助青年作家成长。特别是他倡议建立中国现代文学资料馆一事，更加体现了这位老作家对我国文学事业的一片赤诚。他的建议不仅获得了海内外许多作家的赞同和支持，也理所当然地受到了我国党和政府的极大重视。为了建好该馆，他捐赠了巨款，捐献了珍藏的书刊、手稿、照片共 3000 余件。他之所以倡议建立文学馆，是因为他觉得"我们需要加强我们的民族自豪感，提高对我们民族精神的认识，认识自己，认识自己的文学，认识中国人民的心灵美"[13]。

当然，时代风云的急剧变幻，革命斗争的激烈复杂，使得巴金同他那一辈的许多知识分子一样，经历了人生道路的探索过程，在青年时期难免出现一时的迷茫。但人们重视的是作家长途跋涉的鲜明足迹，是作家的全部创作实践，是作家的最终归宿。对于那些一时迷茫，只应予以历史的科学的分析与说明，而不应该抛弃历史观点苛求前辈。

目前，我国人民在共产党的领导下，正在为建设有中国特色的社会主义而努力奋斗，我国文艺界人士也正在为建设有中国特色的社会主义文化而发奋努力。在这种情况下，我们深入地研究巴金，学习巴金，学习他的高尚品格，学习他的社会责任感和历史使命感，学习他的现实主义文学传统，学习他的爱国精神，这对于进一步繁荣我国的社会主义文学事业，建设有中国特色的社会主义文化，具有特殊的意义。让我们把对巴金的研究继续深入下去，取得更大的收获。

（1991 年 9 月 12 日，中国作家协会巴金文学创作国际学术研讨会主旨报告。报告人：中国作家协会书记处书记葛洛，原载《巴金与中西文化——巴金国际学术研讨会论文集》，四川大学出版社 1992 年 9 月出版）

【注】

① 《巴金文集·前记》。

② 巴金：《关于＜火＞》。

③ 巴金：《真话集·知识分子》。

④ 巴金：《＜憩园＞法译本序》。

⑤ 巴金：《寒夜》。

⑥ 《巴金选集·后记》。

⑦ 《电椅集·代序》。

⑧　《火》第一部《后记》。

⑨　《巴金选集·后记》。

⑩　《关于＜砂丁＞》。

⑪　《新声集·序》。

⑫　《赞歌集·后记》。

⑬　《真话集·现代文学资料馆》。

致湖南省创作会议贺词

同志们：

值此湖南省创作会议隆重召开之际，我们谨向你们，并通过你们向湖南省所有文学工作者表示衷心的、热烈的祝贺。

最近一个时期，三湘大地不断给文学界传来令人振奋的消息。先是省委书记王茂林同志代表省委、省政府致信中国作家协会表示希望在湖南省建立创作中心；接着，湖南省决定建立毛泽东文学院，并获得江泽民总书记的热情支持和题写院名。现在一个认真组织、精心规划的创作会议又胜利召开。我们的确为我国有三湘大地这样一块文学热土而感到欢欣鼓舞。

江泽民总书记最近号召我们弘扬民族艺术，振奋民族精神，并指出这是向广大群众特别是青少年进行爱国主义教育的重要内容，是建设社会主义精神文明的重要内容，是发展社会主义文化事业的迫切需要。而我们所从事的社会主义文化事业又是我们奋发图强、孜孜以求的社会主义现代化民族大业的一个极其重要的组成部分。我们深信，同志们都会从这样一个时代的前沿视角、历史的制高点来看待我们所从事的文学创作。天意君须会，人间要好诗。我们民族的现代化大业要求我们文学工作者拿出文学精品，拿出无愧于我们时代、我们民族的不朽的传世之作来。

我国是一个有着五千年灿烂历史文化传统的国家，一想到两三千年前我们就拥有像《诗经》、诸子百家、《离骚》、《史记》这样的文化文学经典，我们就感到无比的骄傲和自豪。我们民族有着极其伟大的文学创造力，这是世界公认的，我们能不有这份自尊和自信么？三湘大地自古以来就是人文荟萃之地，特别是一个半世纪以来，伴随着我们民族自救图强的历史征程，在这块土地上涌现出了多少杰出的历史人物、文化名人啊！人说唯楚有才，看来并非纯属溢美之辞。今天，处于改革开放、实现现代化的建设高潮中，有党中央、省委的重视与支持，有湖南作协富有成效和开创性的工作，有全体文学工作者殚精竭虑的忘我创造，湖南文学上的收获将是丰硕的。

一声号角传天下，万紫千红结队来。我们深信，通过这次创作会议的精心组织与规划，湖南在落实江泽民总书记关于长篇小说、影视文学、儿童文学三大工程方面定会做出可观的成绩，整个文学创作将会出现一个新的面貌，重振湘军，甚至再造一支更强大的湘军，都是极有希望的。而且它无疑会对全国文学界产生积极影响。

再一次向同志们表示祝贺，祝贺会议取得圆满成功！

中国作家协会书记处

1995 年 6 月 10 日

在第四届茅盾文学奖颁奖大会上的讲话

女士们、先生们、朋友们、同志们：

茅盾文学奖无疑是目前我国一项具有最高荣誉的文学奖项，凡中国作家均以获得这一奖项为荣。为此，我代表中国作家协会向这一届获奖的作家王火、陈忠实、刘斯奋、刘玉民四位同志表示热烈的祝贺！向获奖作品《战争和人》、《白鹿原》、《白门柳》、《骚动之秋》的出版单位人民文学出版社、中国文联出版公司及其责任编辑表示热烈的祝贺！向参加这次颁奖大会的各位领导、文艺界新闻界的朋友表示热烈的欢迎！

长篇小说是时代的丰碑，艺术的大厦，是衡量一个民族、一个国家文学发展水准的标尺。我国长篇小说创作，新时期以来，特别是九十年代以来，有了极大的繁荣和发展。它对于飞速变化着的现实生活的跟踪观察和分析，对于参与历史创造活动的各类人物的心灵的研究和体验，对于民族性格、民族心理、民族文化的认知和把握，对于民族精神、人生理想的崇尚与倾心，张扬与赞颂，都有了前所未有的提高和深化。这些，在这次获奖的四部作品中都可以得到证实。

长篇小说是生活的史诗，是一种规模宏大的文学样式。它包含浩繁的题材内容，描绘各式各样的人物形态及其丰富复杂的性格、遭遇和命运，叙述生动曲折的故事情节，展开广阔多彩的生活画面，表现极其错综复杂的人际关系和社会生活，反映一个时代的现实真实和心灵真实，勾勒出一个社会的整体面貌及其主要发展趋势，从而使人们认识历史、获得人生的体验和启悟，推动历史创造活动的进程。因此，长篇小说必须具有史诗的品格。

第一．面对整个历史进程抓住社会整体，全面分析各种社会矛盾和整体社会关系，对社会生活作全景式的客观把握，描绘出社会的本质方面，反映出社会发展的某种趋势和规律，而不是只关注具体的事态和生活的某些侧面。描绘的本质方面愈广泛，反映出的社会发展趋势和规律就愈带整体性。

第二．把人作为描写的中心，塑造出反映社会本质、时代精神的典型人物形象，要从广泛、复杂的社会关系和发展趋势中描写人物，要强调人的意志、能力与力量，强调人在历史运动中的能动性和创造性，强调人在社会创造实践中的地位、作用与价值，强调人对社会对历史的责任感和使命感。

第三．含蕴万象，吐纳深情，具有多种价值取向和审美功能，使长篇小说成为社会人生大容量和高密度的载体。

由此可知，要营建这样雄伟巍峨的艺术大厦，要铭刻这种记载民族的光荣创造历史的时代丰碑，就绝不是轻而易举之事。首先，它要求我们的作家必须有一个正确的历史观，即用历史唯物主义的观点来观察、分析社会生活。对于历史，它的发展的动因和发展趋势应有科学的理解；对于现实，对于我们所处的社会主义初级阶段，应研究它的现状、特点、矛盾以及所必须采取的科学对策，这样才能接近对它的本质的认识。其次，它要求我们的作家一定要把人民作为自己服务和描写对象，要在我们的作品中流注更旺壮的民族血脉，传达更多的民族主体精神，弘扬起更坚定的民族的共同理想。第三，它要求我们的作家必须有很高的思想艺术修养和对于艺术的殉道精神。对历史要有清醒的科学的理性的认识，对人生要有深刻的体验和深邃的领悟，对理想有坚定的信仰和执着的追求，对美要有近乎本能的感知和得心应手的创造。而思想上的平庸，理论上的肤浅，艺术上的粗疏，情绪上的浮躁，都将使我们绝无可能营建长篇小说这样的艺术大厦。

改革开放的现实生活，日新月异飞速发展的社会主义现代化建设事业，为长篇小说的创作提供了绝好的条件；党中央、江总书记的重视和鼓励为长篇小说的创作提供了强大的精神动力；历届茅盾文学奖的获奖作品为长篇小说的创作提供了极好的参照；永远牢记"人民是文艺的母亲"的教导的作家们，深深懂得只有为自己的祖国、自己的民族、自己的人民树立丰碑的艺术家，他自己的事业和名字才有可能刻在时代的丰碑上，他们才能最终为我们长篇小说的创作提供可靠得保证。我相信，更多的优秀长篇小说一定会源源不断地产生出来。谢谢大家。

（1997年）（未采用稿）

【注】

第四届茅盾文学奖读书班审读工作于1995年10月就已经启动，评奖委员会于1997年10月27日向中国作家协会党组书记处提出《关于第四届茅盾文学奖评奖结果的请示报告》，1997年11月4日中国作家协会向中共中央宣传部提出《关于第四届茅盾文学奖评奖情况的报告》，报告了评奖情况和评奖结果。当时，评奖委员会办公室由创作研究部承担，我是评委并主管评奖办公室的工作，整个评奖工作由党组副书记陈昌本同志领导。大概是出于职责，我起草了这篇《在第四届茅盾文学奖颁奖大会上的讲话》。据评奖办公室某同志回忆，第四届茅盾文学奖颁奖大会是和首届鲁迅文学奖颁奖大会在人民大会堂合并举行（我被聘为首届鲁迅文学奖文艺理论评论奖评委，聘书署时是 1997 年 12 月 15 日），而我对于这届颁奖大会何时何地举行，报告人是谁，已毫无印象。因此，基本可以肯定，这是一篇未被采用的讲稿。本应删去，但毕竟是我的文稿，提出了我对长篇小说这种文学体裁的一些看法，故仍附录于此。

易咏枚：中国现代文学馆开馆纪实

1985 年 3 月 26 日上午 9 时，中国文学馆正式开馆成立。那天到会的有中央政治局委员胡乔木同志，中央书记处书记、中央宣传部部长邓立群同志，还有中国现代文学馆的倡议者、支持者、领导者巴金同志。文艺界的老前辈夏　衍、臧克家、姚雪垠、王瑶、骆宾基等和知名作家袁鹰、邓友梅等参加了大会。到会的还有中国作家协会副主席王蒙、党组书记唐达成、副书记兼书记处书记鲍昌等同志，总共二百多人。

大会由馆长主持。王蒙同志致开幕词。胡乔木同志在大会上讲了话。他说："中国文学资料馆的工作是一个在中国历史上没有前例的工作。今后怎么样工作，这当然会有很多复杂的问题。对于这方面，各位文学界的前辈、先进会提出很多很宝贵的意见，我希望文学馆越办越好，能够越办内容越充实，能够成为不单是在中国文学事业上留下永远不可磨灭的、重要的地位，发挥越来越大的作用，而且能够对其他姊妹艺术建立同样的机构起一个促进作用。巴金同志的建议首先是向胡耀邦同志提出来的，我愿意代表党中央表示：在文学馆今后的工作中，凡是需要党中央帮助的地方，我们一定尽力地加以无保留的支持。"巴金同志也在大会上讲了话。他说："今天是中国文学馆正式开馆的日子，这的确是件大好事。我们这样一个十忆人口的大国，应当有一个这样的文学馆，至少应当有一个。现在成立了，这是很好的事情。虽然规模很小，但是从今以后就从小到大，今天虽然开个头，以后会大大地发展，我是觉得前途是无限光明。刚才乔木同志也讲党中央支持我们的工作，所以前途更无限光辉。我相信中国现代文学馆是一股强大的力量，文学馆的存在和发展就将证明这个事实。我又病又老，可以工作的日子不多了，但只要我一息尚存，我愿意为文学馆的发展出力。我想，这个文学馆是一个整个集体事业，所以是人人都有份的，也希望大家出力，把这个文学馆办得更好。"

大会发言之后，举行了简单的茶话会，大家欢聚一堂，气氛十分热烈而亲切。

中国现代文学馆馆员　易咏枚

1985 年 4 月 30 日